Matilde Asensi
Die Jesus-Verschwörung

Weitere Titel der Autorin:
Wächter des Kreuzes
Der verlorene Ursprung (nur als E-Book erhältlich)
Iacobus (nur als E-Book erhältlich)

MATILDE ASENSI

DIE JESUS VERSCHWÖRUNG

THRILLER

Aus dem Spanischen von
Sybille Martin

LÜBBE

Dieser Titel ist auch als E-Book erschienen

Titel der spanischen Originalausgabe:
»El regreso del Catón«

Für die Originalausgabe:
Copyright © 2015 by Matilde Asensi/Editorial Planeta, S.A.
This agreement c/o Schwermann Literary Agency, Essen
and Bookbank Literary Agency, Madrid

Für die deutschsprachige Ausgabe:
Copyright © 2017 by Bastei Lübbe AG, Köln
Textredaktion: Sven-Eric Wehmeyer, Bielefeld
Alle Bibelzitate stammen aus folgender Ausgabe:
Die Bibel, Altes und Neues Testament, Einheitsübersetzung, Herder 1980.
Umschlaggestaltung: www.buerosued.de
Einband-/Umschlagmotiv: © getty-images, Christopher Chan;
© www.buerosued.de
Satz: two-up, Düsseldorf
Gesetzt aus der Minion
Druck und Verarbeitung: C. H. Beck, Nördlingen

Printed in Germany
ISBN 978-3-404-17604-5

1 3 5 4 2

Sie finden uns im Internet unter: www.luebbe.de
Bitte beachten Sie auch: www.lesejury.de

*Ein verlagsneues Buch kostet in Deutschland und Österreich jeweils überall dasselbe.
Damit die kulturelle Vielfalt erhalten und für die Leser bezahlbar bleibt, gibt es
die gesetzliche Buchpreisbindung. Ob im Internet, in der Großbuchhandlung,
beim lokalen Buchhändler, im Dorf oder in der Großstadt – überall bekommen
Sie Ihre verlagsneuen Bücher zum selben Preis.*

Für meinen Neffen Gonzalo, den Seemann, und meine Nichten, die Tänzerin Almudena und die Leichtathletin Berta. Danke für euer Springen, Tanzen, Klavierspielen, Singen und lautstarkes Streiten über meinem Arbeitszimmer, während ich dieses Buch und andere Bücher schrieb. Zum Glück werdet ihr langsam erwachsen, und mein Leben wird zusehends ruhiger. Ich verrate euch etwas, das niemand erfahren wird: Ich liebe euch.

EINS

Wie hinlänglich bekannt ist, wird die Geschichte von den Siegern geschrieben, und die Sieger erlangen mit der Zeit die Macht, uns glauben zu lassen, was sie geschrieben haben, und uns vergessen zu lassen, was nicht niedergeschrieben wurde, und uns Angst einzuflößen vor dem, was nie hätte geschehen dürfen. Und das alles nur, um weiterhin ihre Macht demonstrieren zu können, sei es religiöse Macht, politische Macht oder wirtschaftliche Macht. Das ist egal. Sie, die Sieger, interessiert die Wahrheit nicht mehr, und uns, die Menschen, auch nicht mehr. Von dem Moment an schreiben wir die Vergangenheit alle zusammen neu, wir machen uns zu Komplizen derjenigen, die uns täuschten, einschüchterten und beherrschten. Aber die Geschichte ist nicht unverrückbar, die Geschichte ist nicht in Stein gemeißelt, es gibt weder eine einzige Version noch eine einzige Interpretation, obwohl man uns das glauben macht und, was noch schlimmer ist, obwohl man uns die Geschichte mit unserem Leben, unserer Hingabe oder unserem Geld rechtfertigen lässt. So entstehen Orthodoxien, große Wahrheiten, aber auch Kriege, Konflikte und Teilungen. Und dann haben sie uns für immer besiegt. Dennoch, sobald wir uns mit Mut wappnen, einen Schritt zurücktreten und die Welt zur Abwechslung einmal aus einem anderen Blickwinkel betrachten, werden wir die wichtigste aller Lektionen erkennen und begreifen: die Ungewissheit. Die Wahrheit wird euch freimachen, sagte Jesus. Schön, aber die Wahrheit schreiben die Sieger, sodass uns nur

Ungewissheit, Misstrauen und Zweifel bleiben, um wirklich frei zu sein. Und auch ein kleiner Kunstgriff, den anzuwenden mir lange schwerfiel: sich immer bewusst zu machen, dass die Häretiker – welcher Couleur auch immer, nicht nur die religiösen – ebenso wenig zu leugnen sind wie die Orthodoxien und dass sie außerdem nie versuchten, sich gewaltsam durchzusetzen oder durch Einschüchterung die Oberhand zu gewinnen. Deshalb sind sie die Verlierer.

»Mein Gott! Endlich!«, stöhnte ich an jenem Spätnachmittag, als wir nach Hause kamen, wobei ich meine verhassten Stöckelschuhe von mir schleuderte.

»Schon zurück?«, rief Isabella aus dem Wohnzimmer.

»Ottavia, sie werden gleich da sein«, erinnerte mich Farag klugerweise, als er sein Jackett in den Garderobenschrank hängte.

»Wieso?«, protestierte ich. »Wieso müssen wir nach diesem blöden Fest auch noch Besuch bekommen?«

Farag antwortete nicht. Er kam mit einem geduldigen Lächeln näher und drückte mir energisch einen Kuss auf die Lippen, der eher nach Versiegelung als nach Leidenschaft schmeckte. Ich erwiderte ihn gleichermaßen energisch, und wir mussten lachen. Immerhin ein Kuss, oder?, dachte ich zufrieden, wandte mich mit einem amüsierten Blick von ihm ab und ging ins Wohnzimmer.

Meine unverschämt junge und schöne Nichte Isabella, unerhörte neunzehn Jahre alt und Informatikstudentin der UofT, der Universität von Toronto, an der Farag und ich seit einem knappen Jahr arbeiteten, lümmelte auf dem Sofa und schaute fern. Ich ging um den Tisch herum und stieg über ihre Hausschuhe und eine leere Tüte dieser Schweinereien, die sie ständig in sich hineinstopfte und die sie zu allem Überfluss weder dick machten noch ihr den Appetit verdarben. Sie reckte den Hals, um sich von mir auf die Wange küssen zu lassen, und schob mich dann sanft zur Seite, weil ich ihr den Blick auf den Fernseher verstellte.

»Los, räum das weg und schließ dich in dein Zimmer ein«,

sagte ich, als ich mir rasch ihr Tablet, ihr Smartphone und ihre Hausschuhe schnappte. »Gleich kommt Präsident Macalister mit wichtigen Mäzenen der Universität.«

»Aber ihr kommt doch gerade von Macalister?«, fragte sie überrascht, sprang auf und half mir, ihr Chaos zu beseitigen.

Isabella war eine typische Salina, so rebellisch wie gehorsam. Nachdem sie das Abitur gemacht und zum größten Missfallen ihrer Mutter beschlossen hatte, nichts von den Familiengeschäften wissen und auch nicht länger in Sizilien leben zu wollen, war sie letztes Jahr zu uns gezogen. Isabella war – von den fünfundzwanzig Kindern meiner acht Geschwister – von Geburt an meine Lieblingsnichte, und weil sie das ganz genau wusste, war sie eine Expertin darin, mich zu manipulieren und alles von mir zu bekommen, wonach ihr gerade der Sinn stand. Ganz zu schweigen davon, dass sie für ihren Onkel Farag schlichtweg das größte Wunder der Schöpfung, die intelligenteste Hochbegabte und als erwachsene Frau das erlesenste Kunstwerk war (wenngleich auch als Kind die Schönste der Welt).

Während Isabella mit der Fernbedienung den Fernseher ausschaltete, reckte sie erneut den Hals und hielt ihrem Onkel die Wange zum Kuss hin. So war sie eben, ausgesprochen liebevoll, einen Meter achtzig groß und gertenschlank, mit wunderschönen, von langen Wimpern umrahmten schwarzen Augen sowie aufsehenerregendem kastanienbraunen Haar, das sie als Pferdeschwanz trug. Mit anderen Worten: Dem Aussehen nach ähnelte sie mir nicht im Geringsten.

»Stimmt, wir kommen von Macalister«, bestätigte ich und drückte ihr den ganzen Krempel samt Hausschuhen in die Arme. »Aber der Herr Präsident hat uns eröffnet, dass er uns Punkt sieben Uhr in Begleitung wichtiger Persönlichkeiten in unserem bescheidenen Heim aufsuchen wird, weil die uns kennenlernen wollen.«

»Schon wieder Konstantin ...?«, fragte sie gelangweilt und bereits auf dem Weg zur Treppe, die nach oben zu ihrem Zimmer führte.

»Du darfst nicht vergessen«, erwiderte ihr Onkel, als er sich auf den Platz sinken ließ, auf dem Isabella bis eben gesessen hatte, »dass wir die großartigen und berühmten Entdecker des Grabes von Konstantin dem Großen sind. Unser Ruf und unsere Reputation eilen uns voraus.«

»Ist ja gut«, schnaubte sie verächtlich und verschwand im oberen Flur. Obwohl wir von der englischen Sprache umzingelt waren, sprachen wir zu Hause Italienisch. »Viel Spaß, bis morgen.«

»Gute Nacht!«, rief ich und setzte mich zu Farag, der den Arm über meine Schulter legte und mich an sich zog. »Nur über meine Leiche, ich habe keine Lust mehr, von Konstantin dem Großen zu reden«, maulte ich und seufzte resigniert.

»Wie ich schon sagte, *Basileia*[1], unser großer Ruf und unsere Repu...«

»Oh, sei endlich still, Professor!«, unterbrach ich ihn und biss ihn scherzhaft in den Hals.

»Aua!«

In dem Augenblick klingelte es an der Tür. Wir zuckten zusammen.

»Wie spät ist es?«, fragte Farag mit hektischem Blick auf seine Armbanduhr. »Es ist doch erst zehn vor sieben!«

»Versteck meine Stöckelschuhe« war das Einzige, was mir einfiel, als ich in unser Schlafzimmer flitzte, um flache Schuhe anzuziehen, die gut zu meinem schönen blauen ägyptischen Blazer und dem schwarzen Rock passten.

Ich schaffte es rechtzeitig an die Haustür, um mit strahlendem und freudigem Gesicht den Präsidenten der UofT, Stewart Macalister, und ein reizendes achtzigjähriges (oder neunzigjähriges) Ehepaar mit offenem und sympathischem Lächeln zu begrüßen. Tatsächlich kam mir das Gesicht des Mannes irgendwie bekannt vor, ich wusste aber nicht, woher.

»Guten Abend, Ottavia«, begrüßte mich Macalister. »Farag...

---

[1] Bezeichnung für Kaiserin oder Prinzessin im alten Byzanz.

Guten Abend. Erlauben Sie mir, Ihnen Becky und Jake Simonson vorzustellen, alte Freunde von mir und große Förderer unserer Universität.«

»Simonson …?«, riefen Farag und ich unisono und blickten das achtzigjährige (oder neunzigjährige) Ehepaar überrascht an, das uns breit anlächelte und von Macalister in unser Haus geschoben wurde.

Jake Simonson, mit weißem Spitzbart und Altersflecken auf der Pergamenthaut, ergriff meine Hand und führte sie mit einer höflichen Verneigung an seine Lippen, während Farag es ihm mit der hageren, eleganten Becky gleichtat.

Wer hatte noch nie von den Simonsons gehört …? Es waren Flüsse aus Tinte über sie, ihre Familie und ihren unermesslichen Reichtum vergossen worden; es wurden Bücher geschrieben über ihre Zugehörigkeit zu hochgefährlichen Geheimbünden, über ihr Faible für Verschwörungen, um die Welt zu beherrschen, und über ihre unangefochtene Abstammung von Außerirdischen. Natürlich wirkten sie in meinem Haus in Toronto wie ein ganz gewöhnliches, wohlhabendes altes Ehepaar, und sollten ihre Vorfahren wirklich von einem anderen Planeten stammen, war ihnen das nicht anzusehen. Eine ganz andere Sache war, dass sie die Welt beherrschen wollten; vielleicht stimmte das sogar, aber wozu, wenn sie doch mit ihren Geschäften und Ölkonzernen schon alles besaßen? Jetzt begriff ich, welche Art der Förderung sie der UofT angedeihen ließen: Geldmittel. Und vermutlich in beträchtlichen Mengen.

Als wäre Macalister der Hausherr (was er tatsächlich auch war, denn das Haus gehörte zum Universitätscampus), führte er Becky und Jake zu den Sofas und begann, Getränke einzuschenken (Bourbon für die Herren, Gin für Becky und ein Erfrischungsgetränk für mich, denn für mich schmeckte Alkohol immer nach Medizin). Zum Glück beeilte sich Farag, die Mäntel der Simonsons in die Garderobe zu hängen, und gesellte sich rechtzeitig zu uns, um Macalister die Eiswürfel für die Drinks zu reichen. In den ersten Minuten war das Gespräch ziemlich banal. Becky Simonson erzählte mir, wie traurig sie über die Rückkehr in ihre Heimatstadt Toronto sei, weil dieser Mai so verregnet und bewölkt war, und beklagte sich nebenbei über die Kälte, die in meinem Wohnzimmer herrschte. Es stimmte zwar, dass wir grässliches Wetter hatten, passender zum Winter als zum Frühling in Kanada – bestimmt der Klimawandel –, doch ich fand die Wohnzimmertemperatur ideal. Trotzdem drehte ich die Heizung höher, weil auch Jake sich verstohlen die Hände rieb, um warm zu werden, während Macalister ihm gerade erzählte, welch große Bedeutung es für die Universität hatte, die beiden Entdecker des Mausoleums von Konstantin dem Großen zu ihren Professoren zählen zu können. Offensichtlich waren sie gerade von einem deutlich wärmeren Ort zurückgekehrt, wahrscheinlich verbrachten sie den Winter auf irgendeiner Kanarischen Insel. Ich hätte nicht gedacht, dass die Simonsons Kanadier sind. Wegen ihres unermesslichen Reichtums hätte ich eher auf eine britische oder nordamerikanische Herkunft getippt.

Eigentlich hatten Farag und ich nie die Absicht gehabt, an der Universität von Toronto zu arbeiten oder in Kanada zu leben. Nachdem wir Alexandria verlassen hatten, um das Grab von Konstantin zu *entdecken*, sahen wir uns aufgrund der weltweiten Aufregung und des Drucks der türkischen Regierung gezwungen, acht Jahre in Istanbul zu leben. Wir arbeiteten sehr viel, veröffentlichten unzählige Artikel, hielten massenhaft Vorträge, erhielten mehrere internationale Preise, gaben Interviews, drehten Dokumentarfilme fürs Fernsehen und erhielten Angebote von sämtlichen Universitäten der Welt. Doch wir wollten eigentlich immer nach Alexandria zurück, nach Hause. Unglücklicherweise starb in diesen Jahren Farags Vater Butros Boswell, und Farag, der ziemlich besorgt die zunehmende Islamisierung Ägyptens und die Terroranschläge auf die Kopten verfolgte, brauchte nur den geeigneten Anlass – die Proteste gegen die Regierung der Moslembrüder im November 2012 und den Militärputsch 2013 –, um unseren gesamten Besitz einzupacken, die Häuser zu verschließen und diesen Lebensabschnitt für beendet zu erklären.

Die letzten Monate des Jahres 2013 verbrachten wir in Rom und versuchten zu entscheiden, welche der vielen Universitäten, die uns haben wollten, unseren beruflichen Plänen am besten entgegenkäme. Die 2008 einsetzende globale Wirtschaftskrise erlaubte uns nicht, die Entscheidung allzu lange hinauszuzögern, aber wir hatten ein wenig Erspartes, mit dem wir noch ein paar Monate ohne Einschränkungen unsere Wohnung in Rom halten sowie das Unterstellen unserer Möbel aus Alexandria bezahlen konnten. Und dann kam wie eine erlösende Erscheinung der Präsident der Universität von Toronto, Stewart Macalister, auf seinem weißen Pferd angeritten (wie man so sagt), ein Mann in den Siebzigern, allerdings noch ausgesprochen attraktiv und mit dichtem grauen Haar, der Farag den Posten als Direktor des renommierten Fachbereichs für Archäologie der Universität Toronto und mir das fabelhafte Owen-Alexandre-Stipendium für wissenschaftliche Forschung offerierte, damit ich im Gegenzug für ein paar Stunden Unterricht in byzantinischer Paläographie im Fachbereich Mittelalter-Studien eine meiner wichtigsten Arbeiten weiterführen konnte: anhand mehrerer Codizes den berühmten, verlorengegangenen Text des *Panegyrikon* des heiligen Nikephoros zu rekonstruieren, woran ich schon seit über zehn Jahren arbeitete, diese Arbeit jedoch aus den unterschiedlichsten Gründen immer wieder unterbrechen musste und deshalb noch nicht fertiggestellt hatte. Es war perfekt. Doch da in dem Sommer Isabella zu uns gezogen war und der Präsident sah, dass sie zum Gesamtpaket gehörte, machte er ihr das Angebot, ein Studium ihrer Wahl an der Universität aufzunehmen, woraufhin sie sich, dem Vorbild vieler älterer Cousins folgend, für Informatik entschied, ein Studienfach, für das die Uni Toronto zu den zehn besten weltweit zählt.

In wenigen Monaten würden wir bereits ein Jahr hier leben, und wir fühlten uns wirklich wohl in diesem hübschen Haus. Nach der irrwitzigen Zeit in der Türkei und in Rom war dieses Heim eine Oase des Friedens, des Studiums und der Ruhe, mal abgesehen von meiner neunzehnjährigen Nichte mit ihrem übergroßen Selbstwertgefühl und ihrer ausgeprägten Neigung zur Tyrannei.

»Gefällt es Ihnen in Kanada, Frau Doktor Boswell?«, fragte Jake Simonson liebenswürdig und riss mich damit aus meinen Gedanken.

Ich sah den Multimillionär lächelnd an.

»Frau Doktor Salina, Mister Simonson, Salina«, stellte ich richtig. »Nicht Boswell.«

Mein Gott, was für eine Unart der Angelsachsen, uns Frauen den Familiennamen wegzunehmen!

»Ja, es gefällt mir«, antwortete ich auf seine triviale Frage. »Farag und mir gefällt es hier sehr gut. Kanada hat zwar nichts mit unseren Heimatländern Italien und Ägypten zu tun, aber wir mögen die hiesige Kulturvielfalt und schätzen die Toleranz und den Respekt der Kanadier.«

»Aber Sie müssen mir doch recht geben, dass das Wetter und diese Kälte grauenhaft sind«, merkte Becky Simonson mit entschuldigendem Lächeln an. Obwohl es im Wohnzimmer schon ziemlich warm war, ging Farag zum Thermostat und drehte ihn noch ein wenig höher.

Die oberflächliche, für meinen Geschmack ziemlich langweilige Unterhaltung plätscherte dahin, und ich begann mich langsam zu fragen, was zum Teufel die Simonsons um diese Uhrzeit in meinem Haus verloren hatten. Noch hatten sie die wunderbare Sache mit dem Mausoleum von Konstantin nicht mal ansatzweise zur Sprache gebracht, obwohl der Universitätspräsident es schon erwähnt hatte, was sehr, sehr merkwürdig war. Jake und Becky Simonson schienen an unserer großen archäologischen, historischen und akademischen Leistung überhaupt nicht interessiert zu sein. Ich kannte die Dynamik solcher Besuche ziemlich gut und wusste, dass etwas nicht stimmte. Sie waren eindeutig nicht wegen des ersten christlichen Kaisers gekommen. Farag warf mir verstohlen einen Blick zu, und ich wusste, dass er dasselbe dachte wie ich. Das war dem alten Simonson nicht entgangen.

»Sie fragen sich wahrscheinlich nach dem Grund dieses unverhofften Besuchs«, sagte er leise, »und zu einer so unpassenden Zeit.«

»Um Gottes willen, Jake, nein!«, rief Macalister, wobei er die Beine übereinanderschlug und mit beiden Händen sein Glas Bourbon umschloss. »Direktor Boswell und Frau Doktor Salina freuen sich über euren Besuch und wissen, dass Leute wie ihr nur wenig Zeit haben.«

Noch nie hatte ich Macalister so rücksichtsvoll (oder so anbiedernd) mit jemandem umgehen sehen. Klar, es handelte sich um die Simonsons, trotzdem wirkte sein Verhalten etwas übertrieben. Mister Simonson war klein, hager, hässlich und fast glatzköpfig, hatte aber ein freundliches, redliches Gesicht, und sein weißer, perfekt gestutzter Spitzbart verlieh ihm einen Anflug von mittelalterlichem Ritter. Seine Frau Becky war eine ausgesprochen attraktive alte Dame, bei deren Anblick man sofort wusste, was für eine aufregende Schönheit sie in ihrer Jugend gewesen war. Jetzt hingegen hatte sie eine so durchsichtige Haut, dass man darunter den Verlauf der Adern sehen konnte, und silbergraues Haar, das ein eigenes Licht auszustrahlen schien. Obwohl das auch an ihrem Schmuck liegen konnte, dessen Wert jegliche Summe, die ich mir vorstellen konnte, weit übersteigen dürfte.

Jake machte dem Präsidenten ein Zeichen der Dankbarkeit für seine Worte und dann auch uns. Anschließend lehnte er sich neben seiner Frau gemütlich im Sofa zurück und sagte zu ihr:

»Becky, könntest du mir bitte den Reliquienschrein geben?«

Becky öffnete ihre sagenhafte Krokodilledertasche von Hermès und holte vorsichtig ein rechteckiges Silberkästchen heraus, das genau in ihre gepflegte Hand passte. Jake ergriff es, ohne auch nur eine Sekunde den Blick davon abzuwenden, und hob dann den Kopf, um uns neugierig anzusehen, als wäre er ein Anthropologe, der die Reaktion zweier Aborigines beim Anblick eines Raumschiffes studiert. Erst da wurde mir bewusst, welches Wort er benutzt hatte, als er seine Frau um das Kästchen bat: Reliquienschrein, er hatte es Reliquienschrein genannt, und soweit mir bekannt war, diente ein Reliquienschrein nur einem einzigen Zweck. Mir blieb fast das Herz stehen. Welche Art von Reliquie beherbergte dieser Schrein? Und noch wichtiger, was hatte eine Reliquie in meinem Haus verloren? Ich begann, aus allen Poren zu schwitzen, redete mir jedoch ein, dass es an der verdammten Heizung lag.

Ich war dreizehn Jahre lang Nonne gewesen, Schwester der Kongregation der Glückseligen Jungfrau Maria in Italien, und leitete als solche von 1991 bis 2000 das Labor für Restaurierung und Paläographie des Vatikanischen Geheimarchivs; im Jahr 2000 erhielt ich zusammen mit Farag (in den ich mich nebenbei verliebte und seinetwegen schließlich das Ordenskleid und andere Dinge ablegte) von der höchsten Instanz der katholischen Kirche den Auftrag, die Reliquien des Heiligen Kreuzes zu suchen – das Holzkreuz, an dem Jesus von Nazareth gestorben war, wie man seit seinem Auffinden im IV. Jahrhundert glaubt –, Reliquien, die damals aus allen möglichen christlichen Kirchen der Welt gestohlen wurden. Weil wir bei dieser Suche gescheitert waren und die Diebe nie festgenommen wurden, hatte man uns vier lange Jahre vom Militär und der Vatikanpolizei überwachen lassen, was so weit ging, dass man in Rom bereits wusste, wenn wir in Alexandria einen Seufzer ausstießen, noch bevor er ausgestoßen war.

Aufgrund meiner Erziehung und meiner Liebe zu Gott war ich eine glühende Katholikin, weshalb ich nicht an Reliquien glaubte und sie auch nicht mochte, und seit unserer Suche nach dem Heiligen Kreuz verursachten sie mir zudem Ausschlag und Atemnot. Zu allem Unglück befand sich jetzt nach vierzehn Jahren eine davon ausgerechnet in meinem Wohnzimmer, weshalb sämtliche Alarmglocken und -lichter in meinem Kopf gleichzeitig anschlugen. Mein armer Mann schwitzte genauso stark wie ich, aber im Gegensatz zu mir, die ich meinen Blazer abgelegt hatte, hatte er wieder in sein Jackett schlüpfen müssen, um den Gästen die Tür zu öffnen. Die Hitze und die Reliquie ließen mich unvermittelt wieder an die rot glühende Eisenplatte auf dem Boden der Katakomben in Syrakus und an den Glutteppich denken, den wir in Antioch barfuß überwinden mussten. Diese alten Erinnerungen waren der schlagende Beweis für mein Gefühl, dass Gefahr drohte.

Jake Simonson stellte den Reliquienschrein auf den Tisch und schob ihn vorsichtig zu uns herüber. Mein Sachverstand der promovierten Paläographin und Kunsthistorikerin ließ mich unwillkürlich die außergewöhnliche Schönheit des Kästchens bewundern. Es stellte einen kleinen silbernen Sarkophag mit Glasdeckel dar, dessen Beinchen aus vier winzigen Adlern bestanden und dessen Seiten wunderschöne Emailarbeiten in Blau und Gold aufwiesen.

»Könnten Sie dieses Stück datieren?«, fragte uns der alte Simonson.

Stellte er uns auf die Probe?, fragte ich mich überrascht, denn sollte dem so sein, bliebe mir trotz meiner Selbstschutzmechanismen nichts anderes übrig, als auf die Provokation einzugehen. Ich trug es in den Genen, ich konnte nichts dagegen tun. Ob ich wollte oder nicht, ich war eine Salina aus Sizilien, und wenn man die Salinas herausforderte, stürzten sie sich kopfüber ins Abenteuer, auch wenn es sie das Leben kosten könnte.

»Eindeutig 13. Jahrhundert«, sagte ich im Brustton der Überzeugung. »Frankreich. Limonsiner Email.«

Jake Simonson versuchte erst gar nicht, seine Bewunderung zu verhehlen.

»In weniger als einer Minute«, sagte er überrascht. »Und ohne es genauer untersucht zu haben. Sie hat es nicht mal angerührt. Sie sind zweifelsohne noch besser als Ihr Ruf, Frau Doktor Salina, und das will einiges besagen.«

Fast hätte ich mich von seinen Schmeicheleien einlullen lassen, doch dank meines genuinen Misstrauens schoss mir plötzlich der Gedanke durch den Kopf, dass das Ganze überhaupt nicht natürlich war, dass die Herausforderung möglicherweise der Gewissheit geschuldet war, dass ich sie annehmen würde, und dass das eigentliche Ziel darin bestand, meine ausgeprägte – und offensichtlich bekannte – berufliche Eitelkeit anzustacheln, um mich weichzuklopfen oder zumindest auf das einzustimmen, was Jake wirklich wollte und bestimmt gleich folgen würde.

»Nehmen Sie es bitte in die Hand«, bat er mit sanfter Stimme, »und schauen Sie es sich genau an.«

Ich rührte mich nicht. Wenn in diesem Kästchen eine Reliquie lag, wollte ich nichts davon wissen und sie schon gar nicht anrühren. Aber Farag beugte sich vor und nahm das Kästchen in die Hand. Sein Gesicht verdüsterte sich, und er blinzelte nervös, als seine wunderschönen blauen Augen hinter der kleinen, altmodischen Nickelbrille, die er so liebte, beim Anblick des Reliquienschreins unruhig hin und her hüpften.

»Was ist?«, fragte ich ihn.

Er wollte den Mund öffnen und mir antworten, brachte aber keinen Ton heraus. Stattdessen drehte er sich mir zu und reichte mir das Kästchen weiter. Meine Beklemmung war verflogen, aber trotz meiner großen Fähigkeit, immer das Schlimmste zu befürchten, katapultierte mich der Anblick unter dem Glasdeckel des verfluchten Kästchens ins Abseits. Damit hatte ich wirklich nicht gerechnet.

»Erkennen Sie die Reliquie?«, fragte Becky Simonson ausgesucht höflich.

Ich hätte sie umbringen können, würde ein solches Verbrechen nicht gegen mein Gewissen verstoßen. Wozu es auch leugnen: Vor vierzehn Jahren waren wir verantwortlich für eine groß angelegte weltweite Operation, um diese winzigen Holzsplitter zu suchen und zu finden, die im ersten Jahrtausend unserer Ära von Pilgern und Königen aus dem Kreuz gebrochen, gestohlen und verschenkt worden waren, weshalb wir ganz genau wussten, was wir gerade in Händen hielten. Es handelte sich ohne jeden Zweifel um einen Splitter des Heiligen Kreuzes. Und das Merkwürdigste daran war, dass er auf keinen Fall echt sein konnte, denn Farag und ich wussten als Einzige (außer den Betroffenen, die nur allzu gern schwiegen), dass es auf der Welt keine echten Reliquien des Heiligen Kreuzes mehr gab, dass sie allesamt Fälschungen der katholischen Kirche waren, um die Gläubigen bei der Stange zu halten. Doch hier handelte es sich um die Simonsons, und was wäre Leuten mit diesem Namen nicht möglich? Aber nein, sagte ich mir, nicht einmal sie konnten so mächtig sein, um den hochintelligenten Dieben der *Ligna Crucis* – Plural des lateinischen *Lignum Crucis*, Holz des Kreuzes –, die wir kennengelernt hatten, zu entkommen.

»Ist das ein Dorn aus Jesus' Dornenkrone?«, scherzte Farag ausweichend.

»Möglich«, bestätigte der alte Jake. »Die Analysen mit der Radiokarbonmethode datieren ihn auf das 1. Jahrhundert unserer Zeitrechnung. Aber wenn Sie genau hinschauen, Direktor Boswell, werden Sie erkennen, dass es kein Dorn, sondern ein Holzsplitter ist. Es ist eine Reliquie des Heiligen Kreuzes.«

Ich konnte mich nicht mehr beherrschen.

»Woher wissen Sie das? Sie könnten sich irren!«

Der alte Simonson sah seine Frau an, und beide lächelten gefällig.

»Wie Sie bestimmt wissen, Frau Doktor Salina, finanzieren wir weltweit zahlreiche archäologische Ausgrabungen, das gehört zu den kulturellen Aktivitäten unserer Museen und Universitäten«, erklärte er lächelnd und streckte die Hand nach der Reliquie aus. Nichts wünschte ich mehr, also gab ich sie ihm zurück und strich mir den Rock glatt, eine unbewusste Geste des Händesäuberns. »Ich versichere Ihnen, dass der Ort, an dem sie bei den Ausgrabungen gefunden wurde, keinen Zweifel an seiner Echtheit aufkommen lässt, ebenso wenig der Brief von Ludwig IX. von Frankreich an Güyük Khan, dem Großkhan der Mongolen von 1246 bis 1248, in dem er unter anderem diese Reliquie und ihren schönen Reliquienschrein als Geschenk zu Güyüks angeblicher Konvertierung zum Christentum erwähnt.« Sein Mund verzog sich ironisch. »Der Dominikanermönch André de Longjumeau war beauftragt, den Brief und die Geschenke zu überbringen, aber als der gute Mönch nach der einjährigen Reise in Karakorum, der Hauptstadt der Mongolei, eintraf, war Güyük ärgerlicherweise gerade gestorben, und zwar, ohne je Christ geworden zu sein, weshalb er die Geschenke zu seinem großen Bedauern der Witwe Güyüks, Kaiserin Ogul Qaimish, übergeben musste, wegen seiner tiefen Frömmigkeit das heilige Holz aber einfach behielt.«

»Er konnte es doch nicht diesen Heiden aushändigen!«, erklärte Becky aufgebracht, wohl eher in der Absicht, uns begreiflich zu machen, wie unangenehm die Situation für Longjumeau gewesen sein musste, als die Mongolen beleidigen oder herabwürdigen zu wollen. »Bruder André sah sich genötigt, die Reliquie zu retten, als er Ogul Qaimish die anderen Geschenke aushändigen musste, die zwar auch wertvoll, aber zu ersetzen waren.«

»Wir wissen nicht, wie ihm das gelang«, fuhr ihr Mann fort und strich dabei über die Seiten des Kästchens. »Aber er hatte sie auf dem Rückweg bei sich und traf mit ihr in Palästina ein. Faktisch gab er sie auch König Ludwig IX. nicht zurück, als er ihn in Caesarea traf und über das Ergebnis seiner Mission informierte. Ludwig befand sich als ranghöchster Monarch des siebten Kreuzzuges auf heiligem Boden und war gerade nach Zahlung eines beträchtlichen Lösegelds von den Mamelucken befreit worden. Ich fürchte, dass Bruder André entweder Gefallen an der Reliquie gefunden hat,« betonte Jake lächelnd, »oder Ludwig misstraute und befürchtete, er könnte sie wieder einem Heiden schenken oder als Lösegeld einsetzen. Die Reliquie wurde in Longjumeaus Grabstätte gefunden, die man kürzlich bei Ausgrabungen in der Kathedrale St. Peter des alten Caesarea zwischen Tel Aviv und Haifa in Israel entdeckte.«

Nach Jakes letzten Worten erfüllte Schweigen den Raum. Farag ergriff meine Hand und drückte sie fest. Wir mussten uns irgendwie ohne Worte verständigen und die Gedanken, die uns durch den Kopf schossen, austauschen, ohne dass Macalister oder die Simonsons etwas davon mitbekamen. Der Händedruck bestätigte mir, dass Farag ebenso verblüfft und überrascht war wie ich und dieser Splitter vor uns auf dem Tisch zweifellos das letzte echte *Lignum Crucis* auf der ganzen Welt sein musste.

Becky ließ uns mit ihrem reizenden Lachen hochschrecken.

»Oh Jake, du hast sie zu Stein erstarren lassen!«, sagte sie äußerst amüsiert.

»Ich sehe es, meine Liebe, ich sehe es«, antwortete er ebenfalls lachend. »Ich hoffe, die Bemerkung meiner Frau hat Sie nicht beleidigt.«

Da meldete sich Macalister zu Wort. Er wirkte sichtlich irritiert und schien zu spüren, dass hier etwas vor sich ging, von dem er keine Ahnung hatte.

»Sei unbesorgt, Jake«, stammelte er und versuchte, ein natürliches Lächeln aufzusetzen. »Die Boswells werden doch wegen eures Scherzes nicht beleidigt sein.«

Ich war versucht zu rufen: Doch, das sind wir!, aber Becky hatte wirklich recht: Farag und ich waren wie versteinert. Allerdings ahnten wir noch nicht, dass es noch eine Steigerung geben würde.

»Schön«, sagte der alte Simonson und stellte das Kästchen wieder auf den Tisch. »Und was halten Sie davon, wenn wir jetzt ein wenig über die Staurophylakes und Ihren guten Freund reden, den derzeitigen Cato und früheren Hauptmann der Schweizergarde im Vatikan, Kaspar Glauser-Röist?«

ZWEI

Ich habe an Farag immer seine Fähigkeit bewundert, sich in komplizierten Situationen schnell wieder zu fangen und die Zügel geschickt und entschlossen in die Hand zu nehmen. Ich konnte das nie. Bei mir schlägt immer die Emotionalität, mein mediterranes Temperament durch. Ich neige eher dazu, die Krallen auszufahren und dem Gegner die Augen auszukratzen (natürlich nicht im wörtlichen Sinne). Aus diesem Grund hatte mir Glauser-Röist vor Jahren – wie ich später erfuhr – einen unschönen Spitznamen verpasst, den zu erinnern ich mich standhaft weigere. Ich hatte ihn nämlich wegen seines sagenhaft sympathischen und höflichen Verhaltens »den Felsen« getauft. Doch in meinem Fall erlaubte es mir eine Art göttliche Gerechtigkeit, ihn so zu nennen, denn der Spitzname war absolut passend. Welche schwerwiegenden Gründe hatte er gehabt, mich hinterrücks derart zu beleidigen, und das, obwohl ich damals sogar noch Nonne war? Keinen, auch wenn er am Ende der einflussreiche Cato oder geistige Anführer einer jahrtausendealten Sekte geworden ist. Und warum, fragte ich mich mit herausforderndem Blick auf unsere Gäste, wagte es Jake Simonson, Glauser-Röist einfach so zu erwähnen? Wer war er denn, abgesehen von einem gewöhnlichen Multimillionär, um derart leichthin das ehrwürdige, tausendsechshundert Jahre alte Geheimnis anzusprechen, mit dem Kaspar ins Amt eingeführt wurde? Wie schon gesagt, zum Glück für mich konnte mein Mann mit schwierigen Situationen viel diplomatischer umgehen.

»Wovon reden Sie, Mister Simonson?«, fragte er den Alten mit gefährlicher Kälte in der Stimme, während er fest meine Hand drückte, um jedweden Kommentar oder auch nur die leiseste Regung meinerseits zu unterbinden. »Unser Freund Kaspar Glauser-Röist starb vor vielen Jahren, und es ist für meinen Geschmack nicht sehr respektvoll, wie Sie über ihn sprechen.«

Statt einer Antwort wandte sich der gewöhnliche Multimillionär an Präsident Macalister.

»Stewart, würdest du bitte Becky und mich mit Frau Doktor Salina und Direktor Boswell allein lassen? Ich weiß, eine solche Bitte ist nicht sehr höflich, aber ich versichere dir, es ist notwendig.«

Auch wenn seine Worte anders klangen, enthielt Simonsons Tonfall keinerlei Anflug von Bitte oder Rücksicht. Er klang eher nach Befehl, und Macalister erfasste das sofort. Eigentlich war er schon seit einem Weilchen fehl am Platze und sich dessen wohl bewusst. Er sah und hörte Dinge, die er nicht sehen und hören sollte.

»Selbstverständlich, Jake, keine Sorge«, erwiderte er, stellte seinen Bourbon auf den Tisch und stand auf. »Ein kleiner Spaziergang nach Hause wird mir guttun. Es war ein harter Tag.«

»Unser Wagen kann dich bringen, Stewart«, schlug Becky höflich vor, die eine derartige Brüskierung des Präsidenten der Universität von Toronto ungerührt hinnahm, als wäre sie von Kindesbeinen an solches Verhalten gewöhnt.

»Nein, nein«, sagte er ablehnend und legte Farag, als er auf dem Weg zur Haustür hinter dem Sofa entlangging, kurz die Hand auf die Schulter. »Bleibt bitte sitzen. Ich weiß, ihr habt wichtige Dinge zu besprechen, und ich möchte mir noch die Beine vertreten und ein wenig frische Luft schnappen.«

Wie recht er hatte. Auch ich hätte sehr gern ein wenig frische Luft geschnappt, weil in unserem Wohnzimmer unerträgliche Hitze herrschte, aber ich konnte weder gehen noch mich beklagen, denn obwohl ich mir wünschte, diese beiden Achtzigjährigen (oder Neunzigjährigen) auf Nimmerwiedersehen aus dem Haus zu werfen, war die Angelegenheit mit Glauser-Röist viel zu heikel, um sie zu ignorieren, und zu gefährlich, um den Dingen einfach ihren Lauf zu lassen. Zum Wohle der geheimen Bruderschaft der Staurophylakes und vor allem zum Wohle des Cato CCLVIII. (dem zweihundertachtundfünfzigsten) mussten wir erfahren, worauf das alles hinauslaufen sollte. Schwierig war nur, den Simonsons Informationen zu entlocken, ohne ihnen im Gegenzug irgendetwas anzubieten.

In absoluter Stille hörten wir Macalister das Haus verlassen und die Tür dumpf ins Schloss fallen. Es wurde langsam Zeit, dass unsere Gäste ihre Karten auf den Tisch legten.

»Nun gut, Mister Simonson«, sagte Farag mit verhaltener Gereiztheit. »Erklären Sie uns bitte, was das alles soll. Ich bin mir nicht ganz sicher, ob das soeben Erlebte ausgesprochen unhöflich gegenüber dem Präsidenten der Universität war oder das gerade in meinem Haus Geschehene eine Angelegenheit zwischen Ihnen beiden ist, der ich keine Wichtigkeit beimessen sollte.«

»Machen Sie sich wegen Stewart keine Sorgen, Direktor Boswell!«, beschwichtigte der Multimillionär Farag mit einer Geste, die der Sache ihre Brisanz nehmen sollte. »Wir kennen ihn seit seiner Kindheit. Seine Großeltern und seine Eltern waren Freunde von uns.«

Seine Großeltern und seine Eltern? Aber wie alt waren diese Leute eigentlich? Offensichtlich konnte man sich mit viel Geld irgendwo ein längeres Leben kaufen.

»Dann kommen Sie bitte direkt zur Sache«, sagte Farag mit gerunzelter Stirn, »denn es ist schon spät, und Sie wollen bestimmt auch nach Hause.«

Ich glaube nicht, dass Jake Simonson daran gewöhnt war, dass jemand so mit ihm sprach, das konnte ich seinem Gesichtsausdruck entnehmen, und auch nicht, dass man ihn irgendwo rauswarf.

»Zuallererst«, kam Becky Jake zuvor, der mit offenem Mund dasaß, »möchte ich mich bei Ihnen für das brüske Verhalten meines Mannes entschuldigen. Wenn ihm etwas wichtig ist, zeichnet er sich nicht gerade durch gute Umgangsformen aus. Und es ist ihm wichtig, die Staurophylakes zu finden. Das müssen Sie verstehen.«

»Alles, was wir vor vierzehn Jahren im Auftrag des Vatikans über die Staurophylakes herausfinden konnten«, erklärte Farag mit müder Stimme, wobei sein fast verschwundener arabischer Akzent wieder anklang, »haben wir damals schon der Kirche und der Polizei erklärt.« Er holte Luft und begann ihnen eine Kurzfassung der vom ständigen Wiederholen auswendig gelernten Lektion über die Ereignisse jener zurückliegenden und gescheiterten Nachforschungen vorzutragen. »Als wir am ersten Junitag 2000 in den Katakomben von Kom el-Shoqafa in Alexandria forschten, wurden wir brutal zusammengeschlagen, entführt und zur Oase Al-Farafra in der ägyptischen Wüste verschleppt. Unsere Entführer, die Staurophylakes, die wir über die halbe Welt verfolgt hatten, sagten uns, dass Hauptmann Glauser-Röist schwer verletzt wurde und gestorben sei, obwohl wir seine Leiche nie gesehen haben. Einen Monat lang brachte uns ein Beduine namens Bahari dreimal täglich Essen in die Zelle, in die wir eingesperrt waren, bis man uns Anfang Juli schließlich unter Drogen setzte und wir das Bewusstsein verloren. Als wir im Eingang eines alten Tunnels zum Mariutsee in Alexandria aufwachten, erinnerten wir uns an nichts. Daraufhin wollten wir die Nachforschungen nicht weiterführen, und der Vatikan hat ein anderes Team auf die Reliquienräuber des Heiligen Kreuzes angesetzt. Wie das Ganze ausging, wissen wir nicht.«

Die Simonsons wechselten einen Blick, der besagte, dass sie Farag kein Wort glaubten.

»Ja, das alles wussten wir schon«, räumte Jake ein, und Becky nickte schweigend. »Und ich muss zugeben, es ist wirklich eine gute Geschichte. Gewiss haben die Staurophylakes Ihnen geholfen, sie zu erfinden, oder? Ich studiere diese Bruderschaft schon mein halbes Leben lang und weiß, wozu sie fähig ist. Becky und ich haben Ihr Abenteuer im Jahr 2000 mit großer ...«

»Unmöglich«, unterbrach ich ihn.

»Nein, meine Liebe«, erwiderte Becky beschwichtigend. »Jake sagt Ihnen die Wahrheit. Wir haben gute Freunde im Vatikan und auch in anderen Glaubensgemeinschaften. Als bekannt wurde, dass überall auf der Welt Reliquien des Heiligen Kreuzes gestohlen wurden, war Jake und mir klar, dass die Bruderschaft der Staurophylakes endlich aktiv geworden, dass der Zeitpunkt gekommen war, auf den sie seit Jahrhunderten gewartet hatten, und dass sie nicht aufzuhalten wären. Wir erfuhren ganz genau, was Sie gerade taten und was Sie entdeckten, wir ließen parallel zu Ihnen ein Expertenteam arbeiten, das jedes Detail, jede Spur und jede Prüfung von Dantes Kreisen des Fegefeuers bestätigte …«

»Und wozu?«, wollte Farag mit eisiger Stimme wissen. Wir schützten etwas ausgesprochen Wichtiges, das auf keinen Fall in die Hände von ein paar verrückten Fanatikern gelangen durfte, so reich sie auch sein und so viel Einfluss sie auch haben mochten.

»Weil es das erste Mal war«, gestand Jake mit Rührung in der Stimme, »dass die Staurophylakes zum Greifen nah waren, und ich konnte nicht zulassen, dass sie mir entwischten.«

»Sie sind Ihnen entwischt, Mister Simonson?«, fragte ich naiv.

Im Gesicht des Greises stand großes Bedauern.

»Ja, sie sind mir entwischt. Und nicht nur das. Sie haben auch die Prüfungen der Kreise des Fegefeuers entfernt, und wir konnten den Eingang nicht mehr finden.«

»Deshalb sind wir hier«, erklärte Becky mit einem besorgten Blick auf ihren Mann. »Wir brauchen Ihre Hilfe. Wir haben darauf gewartet, dass irgendwo eine letzte echte Kreuzreliquie auftaucht«, sagte sie seufzend. »Sie können sich nicht vorstellen, wie schwierig das war. Wie Sie ja wissen, sind alle Kreuzreliquien auf der Welt gut gemachte Fälschungen«, sagte sie lächelnd. »Aber diese hier ist echt. Die letzte echte. Weshalb ihr Wert für sie … die Staurophylakes natürlich, unermesslich ist. Es fehlt ihnen nur dieses eine Fragment, dann ist ihr Kreuz vollständig. Und uns ist natürlich klar, dass es unsere letzte Chance ist.«

Farags Hand drückte meine fester. Was wollte ein altes Paar von Multimillionären von einer fanatischen religiösen Sekte, die von dem Kreuz, an dem Jesus starb, besessen war? Irgendwas wussten wir noch nicht, es fehlte noch ein wichtiges Teilchen der Geschichte.

»Ihr Freund Kaspar hätte diese Reliquie bestimmt gern, oder?«, fragte Jake mit schelmischem Blick.

»Kaspar ist tot«, wiederholte Farag schroff.

»Wenn Sie das sagen, Direktor Boswell.«

»Wir haben seine Leiche nicht gesehen, aber so wurde es uns gesagt«, fügte ich schnell hinzu. Wir mussten hartnäckig bei der Version bleiben, die wir über lange Zeit immer wieder erzählt hatten, ebenso wie bei unserem Schweigegelübde gegenüber der Bruderschaft. »Wir haben seit vierzehn Jahren nichts mehr von ihm gehört. Ich glaube, einen besseren Beweis für seinen Tod gibt es nicht.«

»Wie dem auch sei, Mr. und Mrs. Simonson«, sagte Farag scharf, wobei er sich vorbeugte. »Warum wollen Sie die Staurophylakes aufspüren? Haben Sie etwa die Absicht, sie Ihrer Sammlung von archäologischen Trophäen hinzuzufügen? Wir konnten sie nicht finden und hatten die größtmögliche Hilfe. Ich kann Ihnen versichern, dass wir unser Bestes getan haben, sie uns aber trotzdem besiegten. Das alles ist Schnee von gestern.«

Jake Simonson blickte Farag schweigend an. Es war ein sehr langer Blick und ein sehr vielsagendes Schweigen. Dann fuhr er sich mit seiner arthritischen Hand über den fast kahlen Schädel und stieß ein Grunzen aus.

»Lügen und mehr Lügen!«, rief er schließlich, und ich riss überrascht die Augen auf, denn als der Achtzigjährige (oder Neunzigjährige) uns der Lüge bezichtigte, lächelte er uns zufrieden an. »Dennoch hätte mich jede andere Antwort enttäuscht«, fügte er hinzu. »Sie sind gut, Becky! Genau die Art von Mensch, die wir suchen, stimmt's?«

Seine Frau nickte, wobei das wunderschöne schwarze Perlenkollier an ihrem Hals funkelte. Jake fuhr fort:

»Schön, ich will Sie nicht länger auf die Folter spannen. Wir brauchen Hilfe. Sie müssen verstehen, dass Becky und ich ...« Er verstummte kurz, als suchte er nach den richtigen Worten. »Sie müssen verstehen, dass diese Sache sehr wichtig für uns ist. Es handelt sich um ganz besondere, sehr heikle Nachforschungen ... Eine Sache, die man nicht irgendjemandem anvertrauen kann.«

Becky öffnete erneut ihre schöne Hermès-Tasche und nahm ein Lederetui (oder die Hülle eines Taschenknirpses, je nach Blickwinkel) heraus, aus dem sie ein paar eingerollte Bögen, etwas größer als ein Blatt Papier, zog und mir überreichte. Es handelte sich um zwei Fotos. Die Qualität der Bilder war fantastisch, es waren Vergrößerungen von alten Pergamenten, damit sie besser lesbar waren, und man konnte noch die kleinsten Details erkennen ... Was es war? Natürlich ein griechischer Text. Die Originalpergamente hatten ausgefranste und eingerissene Ränder sowie eine dunkelbraune Farbe, die ihr Alter und ihre sichere Aufbewahrung über lange Zeit an einem verschlossenen Ort mit hohen Temperaturen bezeugte. Als Paläographin hatte ich solche Schriftstücke schon oft gesehen, daher wusste ich das. Alles in allem konnte man die mit schwarzer Tinte geschriebenen Buchstaben sehr gut erkennen.

»Können Sie das lesen, Frau Doktor Salina?«, fragte Becky.

Obwohl Farag ein Pokerface zog, konnte er seine Neugier nicht länger bezwingen und beugte sich zu mir herüber, um einen Blick auf die Fotos zu werfen. Auch er konnte Griechisch (neben etlichen anderen lebenden und toten Sprachen), und wir stritten uns gelegentlich heftig über Feinheiten bei Transkriptionen, weil er sich immer darauf versteifte, absolut wörtlich zu übersetzen, was man aus meinem Blickwinkel der Expertin beim Übertragen eines Textes niemals tun sollte.

»Einige Buchstaben sind schwer zu entziffern«, murmelte ich. »Aber ja, ich kann es lesen.«

»Dann tun Sie es bitte«, bat Jake mich freundlich.

»Ich brauche meine Brille«, sagte ich, reichte Farag die Fotos und stand auf, um sie zu holen. Sie musste in greifbarer Nähe sein, denn ich legte sie immer auf ein Möbel im Wohnzimmer oder auf den Nachttisch im Schlafzimmer. Auf dem Nachttisch fand ich sie auch und eilte zurück. Doch da las Farag gerade laut vor:

»*Is to onoma tou Christou tou Estavromenou* ...«

Im Namen des gekreuzigten Jesus Christus ..., übersetzte ich in Gedanken. Ich sank auf das Sofa, setzte die Brille auf und beugte mich dann über Farag und die Fotografien, die nebeneinander auf dem Tisch lagen, um sie besser lesen zu können.

Ε ς τὸ ὄνομα τοῦ Χριστοῦ τοῦ 'Εσταυρομένου ...

Es handelte sich um einen alten Brief von einem gewissen Dositheus, dem orthodoxen Patriarchen von Jerusalem, an einen gewissen Nicetas, dem orthodoxen Patriarchen von Konstantinopel.

Farag übersetzte weiter laut, wobei sein gestelztes Griechisch ein wahrer Ohrenschmaus war, während ich eilig den Text überflog, ihn entschlüsselte und mich daran verschluckte:

»Im Namen des gekreuzigten Jesus Christus wünsche ich, Dositheus, Patriarch von Jerusalem, dir, Nicetas, Heiligster Patriarch von Konstantinopel, Gesundheit, Segen und Frieden. Du musst wissen, Heiligster, dass am Sonntag, am sechsten Tag der Theophanie unseres Herrgotts und Erlösers Jesus Christus im Jahr des Herrn 1187, in der Umgebung von Nazareth in einer Höhle eine sehr große und reich geschmückte alte jüdische Grabstätte gefunden wurde. In ihrem Innern fanden sich vierundzwanzig steinerne Ossuarien, die alle mehrere Körper beinhalten, doch in einer Nische fand man weitere neun Ossuarien mit nur je einem Körper darin und seinem Namen in den Stein gemeißelt, und diese neun hatten als einzige Grabinschriften. Da in Nazareth sofort Gerüchte laut wurden, dass es sich um das Grab unseres Herrn Jesus und der Heiligen Familie handelt, ließ Letard, der lateinische Erzbischof von Nazareth, die Grabstätte verschließen, verbot die Anbetung und Verehrung der Höhle und befahl, die Gerüchte gewaltsam zu unterbinden. Aber unsere Gläubigen vor Ort haben uns darüber unterrichtet, dass Letard einen Priester namens Aloysius mit der Übersetzung der Inschriften der neun Ossuarien beauftragt hat, die in den Sprachen Hebräisch und Aramäisch verfasst sind. Letard hat diese Übersetzung dem lateinischen Patriarchen von Jerusalem, Heraclius von Caesarea, zukommen lassen, ein Mann von großer Tugend und Klugheit, wie ich von Männern unseres Vertrauens weiß, der gestern, am 26. Januar, dem Festtag des heiligen Apostels Thimotheus, einen Geheimbotschafter mit einem Eilbrief an den lateinischen Papst Urban III. nach Rom geschickt hat. Dank besagter Männer unseres Vertrauens habe ich auch erfahren, dass diesem Eilbrief die Übersetzung beiliegt, die Aloysius von den Inschriften der neun Ossuarien angefertigt hat. Und hiermit lasse ich sie dir ebenfalls zukommen:

Yeshua ha-Mashiahh ben Yehosef, Jesus der Messias, Sohn von Josef
Yehosef ben Yaakov, Josef, Sohn von Jakob
Yehosef ben Yehosef akhuy d'Yeshua ha-Mashiahh, Josef, Sohn von Josef, Bruder von Jesus der Messias
Yaakov ben Yehosef akhuy d'Yeshua ha-Mashiahh, Jakob, Sohn von Josef, Bruder von Jesus der Messias
Shimeon ben Yehosef akhuy d'Yeshua ha-Mashiahh, Simon, Sohn von Josef, Bruder von Jesus der Messias
Yehuda ben Yehosef akhuy d'Yeshua ha-Mashiahh, Judas, Sohn von Josef, Bruder von Jesus der Messias
Miryam bat Yehoyakim, Maria, Tochter von Joachim
Salome bat Yehosef, Salome, Tochter von Josef
Miryam bat Yehosef, Maria, Tochter von Josef

Ich kann mir deine Überraschung und dein Missfallen vorstellen, Heiligster, denn mir erging es ebenso. Der Teufel will in seinem Eifer, die Christenheit irrezuführen, den Schwachgläubigen einreden, dass unser Herr Jesus nicht von den Toten auferstanden ist, dass die Heilige Jungfrau Maria keine Jungfrau war und noch weitere Kinder mit ihrem Mann Josef hatte und dass auch sie nicht mit Körper und Seele zum Himmel aufgefahren ist. Es gibt keine größere Abscheulichkeit. Mich beruhigt lediglich die Gewissheit, dass Patriarch Heraclius, den ich gut kenne, höchstselbst die neun Ossuarien zerstören lassen würde, wenn es nach ihm ginge, er dafür aber die Erlaubnis des Papstes benötigt. Dennoch, wie Urban auch immer entscheidet, diese Ossuarien müssen zerstört werden, weil sie das Werk des Bösen sind, und wenn die Lateiner es nicht tun, werden wir es tun. Ich weiß, dass du damit einverstanden sein wirst. Mehr gibt es nicht zu sagen. Ich empfehle mich dir, Heiligster, möge dich Gott für immer schützen. Verbleibe in der heiligen, süßen Liebe Gottes.«

Ich zuckte zurück, um mich körperlich von diesem Brief zu entfernen, als handle es sich um einen Infektionsherd. Wie bitte …? Gütiger Gott, in meinem ganzen Leben hatte ich noch keine solche Ungeheuerlichkeit gehört. Ich fühlte mich zutiefst verletzt, als hätte man mich geohrfeigt und mir eine Lanze ins Herz gebohrt. Ich verspürte den dringenden Wunsch, Jesus um Verzeihung zu bitten dafür, mit dieser Blasphemie in Berührung gekommen zu sein. Natürlich zweifelte ich keinen Augenblick daran, dass diese neun Ossuarien, sollten sie denn wirklich existiert haben, gewiss nur erbärmliche und respektlose Fälschungen waren: Im 12. Jahrhundert, mitten in den Kreuzzügen, war es eher wahrscheinlich, dass irgendein erzürnter Emir oder Sultan – auch wenn ich Muslime nicht gern bezichtige (schon gar nicht nach achthundert Jahren) – die Idee hatte, auf diese Weise ordentlich Verwirrung in der Christenheit zu stiften, denn abgesehen von der zweifelhaften Beteiligung des Teufels schien mir der Gedanke schwer vorstellbar, dass die Christen jener Zeit, seien es lateinische, griechische oder syrische, genügend Mut aufgebracht hätten, so etwas zu tun. Wie geschmacklos, mein Gott, und was für ein Mangel an Respekt!

Ein jeder dieser Gedanken schien mir unmittelbar ins Gesicht geschrieben zu stehen, denn als ich aus meiner Bestürzung herausfand, merkte ich, dass Jake und Becky mich irritiert anblickten.

»Ist etwas mit Ihnen, Frau Doktor Salina?«, fragte Becky wie eine besorgte Großmutter.

Farag wandte den Kopf und sah mich an.

»Das hat dich getroffen, was?«, sagte er zärtlich.

Er kannte mich besser als irgendwer und wusste ganz genau, dass ich auf die Sache mit den Ossuarien sehr persönlich reagierte. Über lange Zeit hatte ich mit unendlicher Geduld und Respekt, wenn auch vergeblich, versucht, wenigstens seinen Glauben an Gott zu wecken, denn mir war inzwischen klar, dass er unmöglich Vertrauen zu irgendeiner Kirche fassen würde. Sein Atheismus schmerzte mich wie eine Wunde, und obwohl ich ihn liebte und gelernt hatte, mit einem Ungläubigen zusammenzuleben, bedeutete das nicht, dass es mir leichtfiel. Natürlich war es auch für einen Heimat- und Gottlosen wie ihn nicht leicht, mit einer gläubigen Katholikin zusammenzuleben, das behauptete er zumindest, aber ich war davon überzeugt, dass es nicht stimmte. Weshalb sollten ihn mein Glaube und meine Liebe zu Gott stören oder schmerzen? Das konnte nicht sein. Doch jedes Mal, wenn ich auf seine verdrängten religiösen Gefühle zu sprechen kam, behauptete er starrsinnig das Gegenteil, also vertieften wir das Thema nicht weiter. Farag hatte also meine Überraschung und tiefe Abneigung bezüglich der Sache mit den verdammten Ossuarien aus dem 12. Jahrhundert sofort erfasst.

»Schön«, sagte ich im Versuch, mich zusammenzureißen. »Das hat mich wirklich getroffen, klar, aber es ist und bleibt ein historisches Dokument, das aus christlichem Blickwinkel keinerlei Relevanz hat.«

»Da irren Sie gewaltig, Frau Doktor Salina«, erwiderte Jake derart trocken, dass es wie ein Peitschenhieb klang. »Es ist von größter Relevanz. Tatsächlich handelt es sich bei den Nachforschungen, von denen ich vorhin sprach, genau darum, diese neun Ossuarien zu finden.«

Leichenblass. Ich wurde leichenblass. Unmöglich zu glauben, was ich da hörte. Ich war vollkommen versteinert.

Farag legte die Fotografien auf den Tisch neben das Kästchen mit dem Holzsplitter und ergriff meine Hände, diesmal im Versuch, mir wieder Leben einzuhauchen.

Ich konnte verstehen, dass sich die Simonsons – trotz des offensichtlichen Schwindels von dieser angeblich heiligen Familie – einer religiösen, historischen und archäologischen Herausforderung von solcher Größenordnung stellen wollten, aber es war trotzdem völlig absurd: Wozu neun falsche Ossuarien aus dem 12. Jahrhundert suchen, von denen nicht mal mehr ein Steinchen übrig sein dürfte? Und selbst im unwahrscheinlichsten hypothetischen Fall, dass sie noch existierten und wir sie fänden, wem würde diese Entdeckung nutzen? Niemandem! Höchstens Atheisten wie Farag. Für gläubige Christen wie mich wäre es schlicht ein Affront, ganz zu schweigen von dem Hohngelächter, wenn sich herausstellen sollte, dass es sich um Fälschungen handelte.

»Warum wollen Sie die Ossuarien finden? Welchen Wert hätten solche falschen Reliquien für Sie?«, fragte Farag und klopfte mir beruhigend auf den Handrücken.

»Wert, Direktor Boswell?«, fragte Becky erstaunt. »Ihr Wert interessiert uns nicht. Diese neun Ossuarien sind echt, und wir wollen, dass Sie sie finden.«

Um Himmels willen! Jetzt begriff ich, warum diese Achtzigjährigen (oder Neunzig- oder Hundertjährigen) vollkommen verrückt waren. Sie mixten Heiliges Kreuz, Staurophylakes und falsche Ossuarien in denselben Cocktail. Sie sollten schleunigst einen guten Arzt konsultieren.

»Sie wollen, dass wir die Ossuarien suchen?«, fragte Farag überrascht.

»Nun ja, nicht Sie beide allein.« Jake fuhr sich wieder mit seiner arthritischen Hand über den Schädel. »Das ist keine leichte Aufgabe, das versichere ich Ihnen. Sie brauchen Hilfe von den Staurophylakes und Ihrem Freund Kaspar. Sie verfügen über

Ressourcen, die nicht jedem zur Verfügung stehen, weshalb wir uns gezwungen sahen zu warten, bis die Reliquie gefunden wurde. Andererseits können wir diesen Auftrag niemand anderem als Ihnen erteilen, denn wir sind wirklich davon überzeugt, dass Sie ein spezielles Augenmerk für die Wahrheit haben, so verborgen sie auch sein mag.«

Ich stieß einen lauten Seufzer aus. Im Grunde hatte ich Mitleid mit den Simonsons. Sie waren alt, und ihr privilegierter Status ließ sie offensichtlich glauben, über Superkräfte zu verfügen.

»Na schön.« Ich wollte es kurz machen. »Wir werden es nicht tun. Als gläubige Katholikin fühle ich mich von Ihrem Vorschlag beleidigt und verletzt. Es ist sinnlos, weiter darüber zu reden. Außerdem ist es schon sehr spät. Wir könnten noch stundenlang darüber diskutieren, aber wozu? Wir sind Ihnen sehr dankbar, dass Sie an uns gedacht haben, aber die Antwort lautet Nein.«

Ich spürte, wie Farags Hände sich anspannten, aber er schwieg. Es geschah selten, dass wir vor anderen Menschen unterschiedlicher Meinung waren; wir besprachen die Dinge lieber unter vier Augen. Jedenfalls schien es höchst unwahrscheinlich, dass Farag anderer Meinung war, dachte ich, auch wenn wir DIE Simonsons vor uns hatten. Die Vorstellung, nach falschen mittelalterlichen Ossuarien zu suchen, war einfach lächerlich, und wir würden nicht unseren Sommerurlaub dafür opfern, um in Zeit und Raum verlorengegangenen Chimären hinterherzujagen.

»Sehen Sie, Frau Doktor Salina«, sagte der alte Jake Simonson mit einem traurigen Lächeln. »Wir können zweierlei tun: Als Erstes könnten wir gleich morgen die Entdeckung des Grabes von Bruder Andrè de Longjumeau und des Kreuzsplitters bekanntgeben. Ich kann Ihnen versichern, dass die Kammer schon bereitsteht, in der diese Reliquie für alle Ewigkeit vor Ihren Freunden, den Staurophylakes, sicher sein wird. Und ich versichere Ihnen auch, dass sie sich diese nicht aneignen können wie all die anderen Reliquien auf der Welt. Nein, diesmal nicht, das können Sie mir glauben. Und glauben Sie mir auch, wenn ich

Ihnen versichere, dass die zweite Möglichkeit noch viel besser ist. Dieser Splitter des Heiligen Kreuzes wird unser Geschenk an die Bruderschaft sein, ein Geschenk, das selbstverständlich Sie beide ... wem auch immer übergeben werden, im Austausch für ihre Mithilfe bei unserer Suche. Auf diese Weise können die Staurophylakes ihr Heiliges Kreuz vervollständigen, was ja den Grund ihres Daseins ausmacht, und Sie hätten ihnen dabei geholfen. Wie finden Sie das?«

»Selbst wenn wir diese Ossuarien finden würden«, erwiderte Farag und ließ mich bei seiner anschließenden Frage zusammenzucken. »Wer hätte den wissenschaftlichen Fund gemacht, Sie oder wir?«

Die Simonsons blickten sich strahlend an.

»Wir, Direktor Boswell«, rief Becky, die immer weniger Umstände machte. »Aber ich kann Ihnen versichern, dass er nie an die Öffentlichkeit gelangen wird. Diese Suche soll nicht dazu dienen, uns Ruhm zu verschaffen, da können Sie ganz beruhigt sein. Sie ist privat, geheim und sehr persönlich. Sollten Sie sich dazu entschließen, müssten Sie vor den Nachforschungen natürlich eine Verschwiegenheitsklausel unterschreiben. Und obwohl sie nicht Ihr beträchtliches akademisches Prestige bereichern würden, kann ich Ihnen versprechen, dass Sie eine finanzielle Entschädigung erhalten werden, die Sie sehr zufriedenstellen wird, weil Sie die Summe selbst bestimmen können. Ohne Höchstgrenze.«

Das zu hören hatte gerade noch gefehlt. Ich konnte mir ein Lächeln nicht verkneifen.

»Mein Mann hat nur einen Scherz gemacht, Mrs. Simonson«, erklärte ich. »Wir haben nicht die geringste Absicht, diese Ossuarien zu suchen.«

Farags Hände spannten sich wieder an.

»Befürchten Sie nicht«, fragte dieser unglaubliche Blödmann, obwohl ich ihm die Fingernägel in die Hand bohrte, »dass wir die Suche auf eigene Rechnung machen könnten, nachdem wir den Brief von Dositheus gelesen haben?«

»Meinen Sie damit, ohne die Staurophylakes über diese Reliquie zu informieren, Direktor Boswell?«, lautete Jakes ungerührte Gegenfrage. »Sie beide allein? Ohne uns?«

»Ja genau.«

»Nein, das fürchten wir nicht«, antwortete Becky. Das Gesprächsverhalten der Simonsons verlief immer synkopisch, obwohl Becky meinem Eindruck nach mehr redete. »Mit dem Brief von Dositheus würden Sie nicht weit kommen. Das ist eine Sackgasse. Man benötigt noch andere Dinge, von denen wir Ihnen natürlich noch nichts erzählt haben.«

Ich würde Farags Hand zum Bluten bringen, wenn ich ihm weiter so heftig die Fingernägel ins Fleisch bohrte, womit ich ihm zu verstehen geben wollte, dass er sich auf sehr dünnem Eis bewegte und Gefahr lief, in wilden Wassern zu ertrinken. Aber er reagierte gar nicht darauf. Er schien es geflissentlich zu überhören, dass ich schon zweimal zu den Simonsons gesagt hatte, dass unsere – unser beider – Antwort deutlich und unmissverständlich Nein lautete. Seit wir verheiratet waren, hatte er sich mir gegenüber vor anderen Menschen noch nie derart distanziert verhalten oder mich übergangen.

»Das heißt also«, fuhr er ungerührt fort, »dass wir zuerst einen Vertrag mit einer Verschwiegenheitsklausel unterschreiben müssten, bevor Sie uns die ganze Geschichte von den Ossuarien erzählen?« Seine Stimme klang neutral, aber ich spürte die Wellen der Erregung, die darin mitschwangen, für andere aber nicht wahrzunehmen waren.

»Genau«, bestätigte Jake breit grinsend. »Und da die Hilfe der Bruderschaft der Staurophylakes unverzichtbar ist, sichern wir Ihnen die Übergabe des einzigen noch existierenden echten Splitters des Heiligen Kreuzes vertraglich zu. Was halten Sie davon? Ich glaube, Cato Glauser-Röist wird unser Angebot gefallen.«

Das Ganze war vollkommen aus der Spur gelaufen und wirkte jetzt wie eine beschlossene Sache, die mir wie Säure die Eingeweide verätzte.

»Sie wissen gar nicht, was Sie da reden«, entfuhr es mir mit so tiefer Stimme, dass ich selbst erschrak. »Wenn Kaspar noch leben würde, wäre er nie im Leben daran interessiert, falsche Reliquien zu suchen, die gegen seinen Glauben, Gott und die Kirche verstoßen.«

Jake und Becky lächelten geheimnisvoll, erwiderten jedoch nichts. Jake nahm einfach die Fotografien und das Kästchen vom Tisch und reichte es Becky, die alles sorgfältig wieder in ihrer Tasche verstaute. Ich war sehr erleichtert, wirklich.

Die Simonsons erhoben sich gleichzeitig, um zu gehen, und Farag und ich standen ebenfalls auf, um sie zu verabschieden. Wenn Isabella erführe, wer an diesem Abend bei uns gewesen war, wäre sie bestimmt überrascht. Oder vielleicht auch nicht. Ihre Generation, die Generation mit der besten Ausbildung und der größten Informationsfülle der Menschheitsgeschichte, wusste ja nicht einmal, dass man früher mit dem Kugelschreiber geschrieben hatte und nicht mit den Daumen. Bestimmt hatte Isabella noch nie von den Simonsons gehört.

Kurz vor Verlassen des Wohnzimmers blieb der alte Jake unvermittelt stehen.

»Wie lange wird es dauern, bis Sie uns eine endgültige Antwort geben?«, fragte er, ohne jemanden dabei anzusehen.

Farags Hand drückte meinen Arm, damit ich den Mund hielt, aber es brauchte viel mehr als das, um eine Salina aus Sizilien zum Schweigen zu bringen. Nun ja, und weil Farag das wusste, drückte er so fest zu, dass ich vor Schmerz zusammenzuckte und ihm einen tödlichen Blick zuwarf, während er antwortete:

»Zwei Tage. Am Montag kriegen Sie unsere Antwort.«

Selbst wenn er so dumm wäre, es nicht zu bemerken, ließ er damit nicht nur mich schlecht dastehen, sondern hatte zudem das Schweigegelübde mit der Bruderschaft gebrochen und den Simonsons verraten, was nicht verraten werden durfte: dass Kaspar Glauser-Röist als Cato der Staurophylakes noch am Leben und glücklich war. Der Verrat war in seinem Versprechen einer Antwort in zwei Tagen enthalten. Ich sage ja immer, dass es keine Gerechtigkeit gibt. Hätte es sie gegeben, hätte sich in genau dem Augenblick der Himmel aufgetan, und eine scharfe Axt hätte seinen dummen blonden Dickschädel in zwei Hälften geteilt wie eine Melone.

»Montag ist in Ordnung«, antwortete Becky und hängte sich ihre Tasche in die Armbeuge.

»Ach, Frau Doktor Salina«, fügte der alte Jake hinzu und blieb erneut stehen. »Erinnern Sie sich an den Bibelvers: *Da rührte er ihre Augen an und sprach: ›Euch geschehe nach eurem Glauben.‹ Und ihre Augen wurden geöffnet.*«

Ja, natürlich erinnerte ich mich daran. Das Evangelium nach Matthäus. Aber ich war so verärgert, dass ich weder diesen Wink mit dem Zaunpfahl erfasste noch mich fragte, warum dieser boshafte Multimillionär das Neue Testament zitierte. Ich beschränkte mich auf ein höfliches Lächeln und führte sie zur Tür. Wozu noch darauf antworten, wenn sie schon im Gehen begriffen waren?

Ich war wütend und fühlte mich von Farag verraten, ich war verwirrt wegen der Sache mit den Ossuarien, besorgt, weil ich nicht wusste, wie wir Kaspar erklären sollten, dass wir einem Paar achtzigjähriger (oder neunzigjähriger) Außerirdischer verraten hatten, dass er noch lebte, und vor allem schrecklich sauer über die grässliche Aussicht, meinen Urlaub mit der Suche nach nicht existenten, wertlosen und schmählichen archäologischen Funden zu vergeuden.

Aber ich wusste, wer ziemlich teuer dafür bezahlen würde. Direktor Boswell würde heute Nacht, sobald er die Haustür geschlossen hatte, sein blaues Wunder erleben. Gleich würde ein ordentliches Gewitter über ihn niedergehen.

DREI

Ich ließ ihm keine Zeit zu reagieren. Exakt null Komma null Sekunden später ging eine fürchterliche Ladung aus Vorwürfen und Verbalattacken über seinen Egoismus, seinen Narzissmus, seine Undankbarkeit, seinen Ehrgeiz, seinen Atheismus, seine Selbstüberschätzung, seine Heuchelei, seine Falschheit, seine Unwürdigkeit, seine Habsucht, seine Arroganz, seine Eitelkeit, seinen Dünkel und vieles mehr über ihn nieder. Es war mir egal, dass er völlig ungerührt blieb und es mit gesenktem Kopf und den Händen tief in den Jackentaschen seelenruhig über sich ergehen ließ. Auf dem Weg zu unserem Schlafzimmer attackierte ich ihn weiter mit scharfen Spitzen, weshalb ich gar nicht bemerkte, wie wir hineingelangt waren. Mein Blut kochte, und plötzlich hörte ich mich sagen, dass unsere Ehe am Ende sei, dass er die Koffer packen und sich einen anderen Ort zu leben suchen sollte.

»Aber du kannst dich doch gar nicht scheiden lassen«, rief er überrascht und brach damit endlich sein stoisches Schweigen. Die Angst in seinem Gesicht war unglaublich befriedigend.

»Wieso nicht?«, erwiderte ich wutschnaubend. »Wenn ich nicht mehr Nonne bin, kann ich auch nicht mehr verheiratet sein!«

»Aber nein!«, wiederholte er starrsinnig. »Hier kann man nicht jedes Jahr ein Gelübde ablegen! Die Ehe ist ein Sakrament und für ein ganzes Leben bestimmt.«

Jetzt war ich überrascht.

»Aber du glaubst doch gar nicht an diese Dinge!«, schnaubte ich empört.

»Nein, ich nicht«, räumte er mit einer besonnenen Geste ein. »Du aber schon. Deshalb kannst du dich nicht scheiden lassen. Ich schon, wenn ich will.«

Ich hätte ihn umbringen können, aber wir waren noch mitten im Streit, und erst musste ich gewinnen.

»Zu deiner Information«, sagte ich gedehnt, »ich bin keine radikale Katholikin, die Wort für Wort alles befolgt, was die Kirche vorschreibt. Ich habe eine eigene Meinung, das weißt du.« Ich zeigte mit meinem rechten Zeigefinger auf die Stelle zwischen seinen Augen. »Wenn ich mich scheiden lassen will, dann mache ich das und Schluss.«

»Wenn du also keine radikale Katholikin bist«, parierte er stur, »warum hast du dann so große Angst vor diesen Ossuarien mit den Namen von Jesus und seiner Familie?«

Er hatte mich kalt erwischt.

»Ich habe keine Angst vor ihnen. Ich finde sie nur geschmacklos. Sie beleidigen meinen Glauben.«

»Wie, sie beleidigen deinen Glauben? Ist es nicht eher so, dass sie deinen Glauben bedrohen?«

»Mein Glaube ist meine Angelegenheit, und nichts und niemand kann ihn bedrohen. Er ist unangreifbar, denn er ist bei mir in Sicherheit. Und mein Glaube sagt mir, dass Jesus kein sterblicher Mensch, sondern Gott war, der als Werk des Heiligen Geistes von der Jungfrau Maria geboren und als Sein einziger Sohn für unsere Sünden gekreuzigt wurde und am dritten Tag in den Himmel aufgefahren ist.«

»Das ist das katholische Credo.«

»Genau. Das Credo. Das, woran ich glaube. Woran wir Christen glauben.«

»Nicht alle«, schränkte er mit schiefem Grinsen ein. »Wir Kopten sind Monophysiten. Wir glauben, dass Jesus nur Gott war und nicht Mensch, dass er nicht mal einen richtigen Körper besaß, dass er eine Art projizierter Schatten war.«

»Aber du glaubst doch an gar nichts!«, rief ich aufgebracht. »Bist du jetzt plötzlich Kopte und Monophysit?«

»Eigentlich nicht«, räumte er ein und schob seine Brille hoch, eine Geste, die ich sehr mochte. »Aber du musst zugeben, dass es eine gute Antwort war.«

Ich kam nicht gegen ihn an. Wenn er anfing, Dummheiten zu sagen, und mich auf diese Weise anblickte und anlächelte (vor allem, wenn ich schon meine ganze Munition verschossen hatte), verflog mein Zorn im Nu. Der hübsche, schüchterne Professor Boswell, in den ich mich vor Jahren verliebte, hatte sich zu einem attraktiven und reizenden Mittfünfziger gemausert; er hatte noch immer diese wunderschönen türkisblauen Augen seiner englischen Vorfahren, die dunkle Haut seiner arabischen Linie, die jüdischen Gesichtszüge seiner schönen Urgroßmutter Esther Hopasha und das weiche, fast blonde Haar seiner Mutter, einer Norditalienerin, die wie ich Italien den Rücken gekehrt hatte, um Farags Vater, den guten Butros Boswell, zu heiraten. Im Gegensatz zu mir, die ich immer dunkles (und jetzt dunkel gefärbtes) Haar hatte, waren Farags graue Strähnen nicht auf den ersten Blick zu erkennen, und er trug zu Hause noch immer diese grässlichen beigen Hosen wie seinerzeit, als ich ihn im Vatikan kennenlernte. Damals waren sie natürlich modern und standen ihm ausgezeichnet, und obwohl sie jetzt schrecklich alt und abgewetzt wirkten, ging es ausschließlich darum, dass sie ihm noch immer passten, was nicht alle Männer seines Alters von sich behaupten konnten. Erfreulicherweise hatte auch ich noch immer dieselbe Rockgröße, aber nur dank meiner eisernen Ernährungsdisziplin (soll heißen: Verzicht und andere Opfer).

Wie dem auch sei, der Streit war damit beendet. Ich wusste es, und er wusste es, aber noch konnten wir nicht aus unserer Haut und Frieden schließen, wie es sich gehörte. Erst musste der verletzte Stolz weichen. Das passiert, wenn man so lange Zeit zusammen ist: Selbst das Streiten erfolgt nach bekannten Mustern.

Ich sank auf die Bettkante und stützte mich auf die Matratze.

»Warum willst du diese verfluchten Ossuarien suchen?«, fragte ich traurig.

Farag kam zu mir und setzte sich neben mich auf die Bettkante. Er nahm die gleiche Haltung ein und drückte sich an mich. Es war kein endgültiger Friedensschluss, aber Nähe und Körperkontakt brachten uns wieder in die Normalität zurück.

»Ich weiß noch nicht, ob ich sie suchen möchte«, murmelte er, ohne mich anzublicken. »Das müssen wir gemeinsam entscheiden. Was ich jedoch weiß, ist, dass wir uns diese Gelegenheit nicht entgehen lassen dürfen. Wenn die Simonsons mit einem Nein durch diese Tür gegangen wären, würde es wenig professionell wirken, wenn wir ihnen später mitteilten, dass wir unsere Meinung geändert haben. Natürlich nur, wenn wir sie auch ändern. Aber vergiss nicht die Sache mit der Reliquie des Heiligen Kreuzes. Das ist etwas sehr Ernstes, *Basileia*. Woher wussten die Simonsons von der Existenz der Bruderschaft, und was noch schlimmer ist, woher haben sie so viele Informationen über sie? Doch wenn ich ehrlich sein soll, überlasse ich das lieber Kaspar, schließlich ist er ihr Cato. Wie dem auch sei, wir müssen ihm mitteilen, dass ein weiterer Splitter des Heiligen Kreuzes aufgetaucht ist, oder etwa nicht?«

Ich nickte stumm. Er warf mir einen Seitenblick zu, ohne den Kopf zu drehen.

»Wenn Kaspar die Reliquie will, und er wird sie zweifelsohne wollen, dann wird er anbieten, die Ossuarien zu suchen.«

»Nein, das wird er nicht«, widersprach ich. »Ich möchte dich daran erinnern, dass er wirklich ein radikaler Katholik ist.«

Farag lachte so laut, dass es im Raum widerhallte.

»Du hast ihn nie richtig kennengelernt«, sagte er und bog sich vor Lachen. »Ich habe es dir schon tausend Male gesagt! Kaspar ist kein Katholik, *Basileia*. Er war es in seiner Zeit als Hauptmann der Schweizergarde, hatte aber schon damals viele Vorbehalte gegen die Kirche, das weißt du genau.«

»Wie sollte er die auch nicht haben? Er hatte die schlimmste Arbeit der Welt: die widerlichsten Geheimnisse der Kurie und des Kardinalskollegiums zu kennen und ihre schmutzige Wäsche zu waschen, um Skandale zu verhindern und jeden und alles auszumerzen, was das Bild des Vatikans trüben könnte. Alle hassten und fürchteten ihn. Sogar mein gutmütiger Bruder Pierantonio!«

»Dein Bruder Pierantonio war nie gutmütig«, murmelte Farag, der sich immer sofort auf Kaspars Seite schlug. »Er hat auf dem internationalen Schwarzmarkt Kunstwerke verscherbelt.«

»Mein Bruder Pierantonio war der berühmte Kustos des Heiligen Landes!«, protestierte ich gereizt. »Und die wenigen Stücke von den franziskanischen Ausgrabungen hat er verkauft, um Krankenhäuser, Schulen und Altenheime errichten und die Armen ernähren zu können.«

Farag mochte nicht weiter über die Sache mit Pierantonio streiten. Es war nicht der geeignete Moment, vor allem, weil wir schon über etwas anderes gestritten hatten, das noch nicht geklärt war.

»Kannst du dir vorstellen, wie der arme Gottfried Spitteler bei den ganzen Skandalen wegen Päderastie in der Kirche jetzt ins Schwitzen kommt?«, fragte er mich.

Die Erinnerung an die vielen Anzeigen wegen Kindesmissbrauchs, die der katholischen Kirche zu Recht zu schaffen machten, versetzte mich augenblicklich in schlechte Laune. Schon bei dem Gedanken daran verspürte ich Ekel, und da mir der neue Papst Franziskus gefiel, hoffte ich von ganzem Herzen, dass er das Seine tun würde, um den Priestern endlich die Heirat zu erlauben. Niemand konnte sicher sein, dass nicht weitere Abartige im Schoße der Kirche aufgenommen wurden, das durfte einfach nicht passieren, aber wenn zumindest das freiwillige Zölibat eingeführt würde wie in anderen christlichen Kirchen, die offensichtlich nicht mit diesem Problem zu kämpfen hatten, gäbe es weniger Opfer, und das war das Wichtigste. Doch die katholische Kirche ähnelte in vielen Dingen einer politischen Partei: bloß nicht daran rühren, selbst wenn jemand durch die Hölle ging, denn es könnte ja mehr ans Licht kommen als gewünscht.

Der Klerus hatte noch nicht gemerkt, dass die Welt sich direkt vor seiner Nase schwindelerregend schnell veränderte und die Kirche, wenn sie nicht endlich die Augen öffnete und etwas unternahm, alles verlieren könnte. Und das sage ich, eine gläubige Katholikin.

»Ottavia.« Farag stupste mich leicht mit der Schulter. »Erinnerst du dich an Gottfried Spitteler?«

»Soll er doch leiden!« schnaubte ich wütend. »Soll er doch Blut schwitzen, der verdammte ...!«

»*Basileia!*«

»Ich weiß, ich weiß, das ist nicht sehr christlich, du brauchst mich nicht daran zu erinnern! Aber ich hatte den vier Jahre lang am Hals, er hat mich unter Druck gesetzt und mir ständig über die Schulter geschaut. Soll er doch ...!«

»*Basileia!*«

Spitteler war nach Kaspars Verschwinden sein Nachfolger im Vatikan geworden. In vier endlosen Jahren mobbte er uns auf jede erdenkliche Weise, in der Hoffnung, uns oder die Staurophylakes zu erwischen. Er war ebenfalls Hauptmann der Schweizergarde, aber im Gegensatz zu unserem Freund Glauser-Röist genoss Spitteler seine Arbeit, weshalb ich ihm in dem Wirbelsturm, den die Missbrauchsskandale verursacht hatten, einen guten Flug wünschte.

»Ja, ja, schon gut«, seufzte Farag resigniert. »Pierantonio nicht und Spitteler auch nicht. Also wechsle ich jetzt zum dritten Mal das Thema, vielleicht habe ich damit mehr Glück.«

»Du hast dich immer noch nicht dafür entschuldigt, dass du mich vor den Simonsons wie eine Idiotin hast dastehen lassen.«

»Genau. Das ist ein guter Ansatz, um wieder ins Gespräch zu kommen. Also gut: Es tut mir leid, dass ich dich wie eine Idiotin habe dastehen lassen und deine liebevollen Warnungen ignoriert habe.« Er hob die Arme und zeigte mir seine Handflächen, in denen noch immer die Abdrücke meiner Fingernägel zu sehen waren.

»Das nächste Mal hörst du auf mich.«

»Nein, Ottavia. Wenn uns das nächste Mal jemand einen so fantastischen Forschungsauftrag anbietet wie diesen, werde ich genau dasselbe tun. Für einen Archäologen ist das der Traum seines Lebens. Selbst wenn die Ossuarien nicht existieren sollten, selbst wenn es mittelalterliche Fälschungen sein sollten, selbst wenn wir sie nicht finden werden, ist das eine einmalige Herausforderung von unvorstellbaren Ausmaßen. Wenn du deinen Glauben mal einen Augenblick beiseitelassen und das Ganze nur als archäologische Forschungsarbeit betrachten könntest, würde dir klarwerden, dass selbst im schlimmsten Falle das Finden der Ossuarien ...«

»Unmöglich.«

»... und zwar der echten ...«

»Ganz und gar unmöglich.«

»Zum Teufel noch mal! Aber weshalb würde das denn deinen Glauben an Gott untergraben?«

»Deshalb! Der heilige Paulus sagt im ersten Brief der Korinther unmissverständlich, dass unser Glaube leer wäre, wenn Jesus nicht auferstanden ist.«

»Soll heißen, die Auferstehung Jesu ist absolut notwendig für den Glauben an Gott.«

»Genau.«

»Dann wäre es also nicht möglich, an Gott zu glauben, wenn Jesus nicht auferstanden wäre«, wiederholte er verdutzt und dachte darüber nach, als könne er es wirklich nicht verstehen.

»Ganz genau. So geben es die Doktrin und die katholische Theologie vor.«

»Ich verstehe das nicht«, stammelte er und begann meine Hand zu streicheln. »Aber das ist unwichtig, denn da diese Ossuarien bestimmt eine Fälschung sind, kann uns das egal sein, stimmt's?«

»Ich weiß nicht ...«, räumte ich zögerlich ein. Seine Hand streichelte jetzt meinen Arm.

»Ja, es ist uns vollkommen egal, denn es sind bestimmt nur ein paar Steinkisten, die im 12. Jahrhundert von jemandem in böser Absicht angefertigt wurden, und sie würden ein weiteres Mal beweisen, dass die katholische Kirche immer große Feinde hatte und schlimmen Verfolgungen ausgesetzt war.«

»Ja, stimmt ...« Ein Schauer jagte mir über den Rücken, als seine Hand meinen Hals erreichte und er seinen Kopf neigte, um mich zu küssen.

»Du musst Kaspar am Sonntag eine Nachricht schicken«, flüsterte er und legte seine andere Hand um meine Taille.

In jener Nacht nach diesem, nennen wir es kurzes Intermezzo, schlief ich voller Sorgen ein. Ich konnte den Gedanken, dass es der Bruderschaft gewiss schwerfallen würde, nicht um das letzte Fragment des *Lignum Crucis* zu kämpfen, nicht aus meinem Kopf verbannen. Diese Geschichte ließ mir einfach keine Ruhe, was dazu führte – keine Ahnung, warum –, dass ich träumte, den Zauberwürfel zu erfinden und ihn beim Backgammon-Spiel zu benutzen. Ich wachte mehrmals auf und konnte im Gegensatz zu Farag keine zehn Minuten richtig schlafen. Am nächsten Tag, einem Samstag, erwachte ich mit dunklen Schatten unter den Augen und schlechter Laune. Zum Glück war es der Tag der offenen Tür im Fachbereich für Archäologie (der einzige Tag im Jahr, an dem das allgemeine Publikum eingelassen wurde), und sein Direktor lag nicht mehr im Bett, als ich aufwachte. Zum Glück war auch meine Nichte mit Freundinnen shoppen gegangen, und obwohl sie zum Essen nach Hause kam, verschwand sie bald darauf wieder sorgfältig (un)ordentlich zurechtgemacht zu einem Geburtstagsfest in einer Diskothek im Stadtzentrum.

Am Sonntagmorgen parkten Isabella und ich pünktlich um zehn vor elf auf dem Parkplatz der St. Michael's Cathedral an der Ecke Church Street zur Shuter Street. Diesen Weg fuhren wir jeden Sonntag um dieselbe Zeit, denn Farag begleitete uns natürlich nicht. Um ihn ein wenig zu ärgern, fragte ich ihn trotzdem vor Verlassen des Hauses gern:

»Willst du wirklich nicht mitkommen?«

Und er, der meistens wie ein Prinz auf dem Sofa lag und auf seinem Tablet die Zeitung las, gab immer die gleiche Antwort:

»Ich bin Kopte. Meine Religion erlaubt es mir nicht.«

Und so blieb, er ohne aufzublicken, gemütlich auf dem Sofa liegen.

Ich parkte den Wagen, und Isabella und ich gingen zu dem Eisentor, vor dem sich in der kalten Maisonne schon eine große Zahl an Menschen eingefunden hatte, die wie wir in die Elf-Uhr-Messe wollten, die Seine Eminenz Kardinal Peter Hamilton, ein sehr populärer Mann in Ontario, zelebrierte.

Die St. Michael's Cathedral im typisch englisch-gotischen Stil wirkte drinnen warm und gemütlich, sowohl wegen ihrer harmonischen Proportionen als auch wegen des wunderbaren Lichts, das in großer Fülle durch die außergewöhnlichen Fenster ins Kirchenschiff flutete. Ihre mächtige Architektur aus dem Jahre 1845, ein Werk des berühmten kanadischen Architekten William Thomas, machte sie zu einem herausragenden Gebäude in Torontos Zentrum, aber da ich Italienerin mit einer Vorliebe für Byzanz war, hätte ich eine kleinere und traditionellere familiärere Kirche im eher europäischen, mediterranen Stil vorgezogen, wie die Saint Francis of Assisi im Viertel Little Italy. Doch unser Kontakt zu den Staurophylakes war hier in diesem Gotteshaus, weshalb mir nichts anderes übrig blieb, als regelmäßig die Messe in dieser imposanten Kathedrale zu besuchen.

In meinem früheren Leben, dem Leben, das ich führte, bevor ich Farag kennenlernte, ging ich täglich zur Messe und hatte feste Zeiten für das Gebet. Als ich weltlich wurde und die Entdeckung von Konstantins Mausoleum unglaublichen Wirbel verursachte, wurden die alten Gewohnheiten ebenfalls weltlich. Ich war und konnte nicht mehr dieselbe Person sein, und Gott, der das wusste, rückte an die zweite Stelle, um Farag den ersten Platz in meinem Herzen zu gewähren. Jetzt bezeichnete ich mich als gläubige Katholikin, aber die Veränderung war tiefgreifend und radikal gewesen, weshalb mir innerlich nichts mehr von religiöser Berufung und äußerlich auch keine Anzeichen von religiösem Leben geblieben waren. Ich war weltlich, mit allem, was dazugehörte, im Guten wie im Schlechten (fast nur im Guten, muss ich hinzufügen), doch wenn ich sonntags in der Kathedrale saß, kehrten überraschend die mächtigen und intensiven Gefühle aus jenen fernen Jahren zurück, in denen ich mein Leben Gott geweiht hatte.

Isabella und ich gingen durch den Mittelgang des Hauptschiffes zu der Bankreihe, auf der wir immer Platz nahmen. Ich war stolz darauf, mit meiner Nichte zur Messe zu gehen. Und ich muss einräumen, dass meine Schwester Agatha, obwohl sie ziemlich nachgiebig war, Isabella gar nicht mal schlecht erzogen hatte. Wie viele neunzehnjährige Mädchen begleiten ihre Tante am Sonntagmorgen zur Messe, nachdem sie samstags bis in die Morgenstunden ausgegangen waren? Aber Isabella saß neben mir, trug eine gewollt löcherige Jeans, ein weißes T-Shirt (das nicht mal zum Putzlappen taugt hätte) unter einer beigen, mit Swarovski-Steinen besetzten Jacke und einen eleganten langen braunen Mantel. Was ihren Kleidungsstil anbelangte, bezeichnete sie sich selbst als snobistischen Freak, und ihr Onkel, der jetzt zu seiner alten Nickelbrille Fliege statt Krawatte trug, lachte über den Scherz und gab ihr recht. Aus Gründen der geistigen Hygiene hielt ich mich bei beiden mit Meinungsäußerungen zum Thema zurück und pflegte meinen typisch klassischen Kleidungsstil.

Der Kirchenchor sang alte fröhliche Lieder aus meinen Kirchenzeiten als Jugendliche. Bezüglich ihrer Musik musste sich die Kirche wahrlich erneuern. Ich sang Lieder, die mich in meine früheste Kindheit und Schulzeit in Sizilien zurückversetzten, und ich sah mich mit der Gitarre im Arm über deren Saiten streichen und dieselben Akkorde anschlagen, die ich jetzt mit dreiundfünfzig Jahren auf der anderen Seite des Ozeans, fast am anderen Ende der Welt, in einer anderen Sprache hörte.

Es war der sechste Sonntag nach Ostern, und Seine Eminenz begann die Messe mit der Bitte, doch für den Heiligen Vater Franziskus zu beten, der ins Heilige Land gereist war, und für die Brüder und Schwestern anderer Regionen im Mittleren Osten, damit Frieden unter ihnen einkehre. Er trug das goldene

Messgewand und die goldene Mitra, die bei besonderen Anlässen zum Einsatz kamen, auch wenn Gold nicht zu den vier Farben von Messgewändern gehörte, und der besondere Anlass an diesem Sonntag war, dass eine große Schar Gläubiger das Sakrament der Firmung erhielt.

»Das wird heute ziemlich lang dauern, Tante«, flüsterte mir Isabella ins Ohr. »Wir werden zu spät zum Essen kommen, und das findet Onkel Farag nicht witzig.«

»Die Firmung kommt ganz zum Schluss«, flüsterte ich zurück. »Wenn die Messe zu Ende ist, gehen wir.«

Kardinal Hamiltons Predigt über das Geheimnis der Heiligen Dreifaltigkeit und im Besonderen über den Heiligen Geist war für meinen Geschmack zu lang, aber mal abgesehen davon, dass es eines seiner Lieblingsthemen war, blieben nur noch zwei Wochen bis Pfingsten, und er war derart in seinem Element, dass er jegliches Zeitgefühl verloren hatte. Zum Glück schien ihn irgendwann jemand darauf hingewiesen zu haben, denn er beendete seinen Monolog unvermittelt mit dem Zeichen des Kreuzes. Die sichtlich erleichterte Gemeinde bekreuzigte sich ebenfalls, und die Messe konnte fortgesetzt werden. Als nach dem Vaterunser und der Weihe der Augenblick der Kommunion gekommen war, schritten viele Gläubige ordentlich zum Altar, um aus den Händen von sechs oder sieben Priestern den Leib Christi zu empfangen. Ich musste mich vorsichtig zwischen ihnen durchdrängen. Isabella sah mich verständnislos an, und ich merkte, dass es für sie eine seltsame Art der Fortbewegung in die noch merkwürdigere Richtung war, als sie mir zu folgen versuchte. Sie verstand nicht, warum wir uns ohne ersichtlichen Grund einreihten und dann wieder die Reihe wechselten, doch ich beachtete sie nicht weiter, denn inzwischen befanden wir uns in der richtigen Reihe und näherten uns schrittweise dem Staurophylax, dem ich mitteilen sollte, dass Farag und ich dringend mit Kaspar sprechen müssten.

Schließlich nahm der alte Chinese im Anzug vor mir das Abendmahl entgegen und trat zur Seite, um mich zu Kardinal Hamilton vorrücken zu lassen, der mit einem glänzenden goldenen Teller voller geweihter Hostien bereitstand, mir die Kommunion zu erteilen. Ich neigte den Kopf und hielt ihm die ineinander gelegten Hände hin, um die kleine Hostie aus ungesäuertem Brot zu empfangen.

»Der Leib Christi«, sagte er leise und legte mir die Hostie in die linke Hand, die auf der rechten lag.

»Amen«, antwortete ich. Aber statt das Abendmahl zu nehmen und der hinter mir stehenden Isabella Platz zu machen, formte ich mit dem Daumen ein Kreuz über der Hostie (Wir müssen mit dem Cato reden) und bedeckte sie mit den vier Fingern der linken Hand (dringend).

Es war eine schnelle und kaum wahrnehmbare Geste. Gleich darauf nahm ich das Abendmahl zu mir und ließ meine Nichte nachrücken. Der linke Fuß Seiner Eminenz, oder genauer gesagt, der riesige schwarze Schuh Seiner Eminenz, ein nicht gerade kleiner Mann, bewegte sich in meine Richtung, um mir anzuzeigen, dass meine Botschaft angekommen war. Ich seufzte erleichtert und kehrte im Bewusstsein, Gott in mir zu tragen, an meinen Platz zurück und betete.

Als der Chor wieder seinen Gesang anstimmte, wussten wir, dass die Firmung gleich begann, weshalb Isabella und ich uns bekreuzigten und die Kirche verließen. Draußen war es ziemlich kalt, sodass Mäntel und Halstücher uns einen guten Dienst erwiesen. Ich setzte meine Sonnenbrille auf und ging mit meiner Nichte zum Parkplatz.

»Tante Ottavia?«

»Ja?«

Immer, wenn sie mich »Tante Ottavia« statt wie üblich nur Tante nannte, war ich gerührt und erinnerte mich an ihren fünften Geburtstag (sie war so klein und süß!), an dem sie mich mit einem riesigen roten Papphandschuh mit goldenen Sternen durch das große Haus der Salinas in Palermo verfolgt und wie eine Verrückte gerufen hatte: »Tante Ottavia, Tante Ottavia, ich schlag dich mit dieser roten Hand!« Jetzt war sie schon eine richtige Frau, und trotz der Rührung verkrampfte sich mein Magen, wenn sie mich Tante Ottavia nannte, weil das zumeist nichts Gutes verhieß.

»Sag mal, was hast du eigentlich mit den Händen gemacht, als Monsignore dir das Abendmahl gab?«

Wie heißt es doch gleich ... Ach ja: Wem Gott keine Kinder schenkt, dem gibt der Teufel Nichten und Neffen.

»Soweit ich mich erinnere, habe ich nichts mit meinen Händen gemacht.«

»Doch. Du hast die Daumen überkreuzt und die Hand mit der Oblate geschlossen.«

Wie konnte ich nur vergessen, dass sie zwanzig Zentimeter größer war als ich und mir problemlos über die Schulter schauen konnte?

»Ich weiß es nicht«, erwiderte ich gleichmütig, während ich nach dem Autoschlüssel suchte. »Ehrlich gesagt ist mir das gar nicht aufgefallen.«

»Aber es war merkwürdig, und noch merkwürdiger war der Fuß von Kardinal Hamilton, der wie eine Kompassnadel auf dich gezeigt hat, als er mir die Kommunion erteilte.«

»Wirklich? Der Fuß von Seiner Eminenz hat auf mich gezeigt?«, fragte ich heiter und öffnete den Wagen mit der Fernbedienung. Unser grauer Hyundai Elantra gab ein leises Geräusch von sich, und das Licht blinkte kurz auf. Es war Essenszeit und nur wenig Verkehr auf den Straßen.

Da Isabella schwieg, schickte ich einen stummen, dankbaren Stoßseufzer gen Himmel und ließ den Wagen an, bereit loszufahren, sobald sie sich angeschnallt hatte.

»Tante Ottavia?«

»Ja?«

»Bist du sicher, dass das mit den Händen und dem Fuß nichts mit den Staurophylakes, dem Heiligen Kreuz und den Ossuarien von Jesus Christus und der Heiligen Familie zu tun hat?«

O mein Gott! Ich wollte einen Schrei ausstoßen, aber aus meiner Kehle drang nur ein ersticktes Stöhnen.

VIER

Ich weiß nicht, wie wir nach Hause gelangten. Ich fuhr wie der Teufel, ohne ein Wort mit Isabella zu wechseln, und nahm jedes Fahrzeug, das mir in die Quere kam, aufs Korn. Manche Fahrer schauten überrascht zu mir herüber, wenn ich sie überholte, und konnten nicht fassen, dass eine reizende und allem Anschein nach normale Frau mittleren Alters mit der Familienkutsche wie im Film *Fast & Furious* durch die Straßen raste.

Als ich auf dem Unicampus in unsere nicht sehr lange Straße einbog, drehte sich Farag, der vor dem Haus auf dem Grasstreifen stand, den die Kanadier humorvoll Garten nennen, nach den quietschenden Autoreifen um, und sein Gesicht konnte kein größeres Entsetzen ausdrücken, als er begriff, dass ich den Wagen gleich an die Fassade setzen würde. Er machte einen Satz nach hinten, und ich trat voll auf die Bremse.

»Was zum Teufel hast du in der Messe zu dir genommen?«, schrie er, als er auf mich zukam. »War die Hostie ranzig, oder hast du zu viel vom Blut Christi getrunken?«

»Das ist Gotteslästerung!«, knurrte ich durchs halboffene Fenster.

Isabella stieg mit Unschuldsmiene aus und ging unbefangen zu ihrem Onkel, um ihm einen Kuss zu geben. Als ich das sah, streckte ich wütend den Arm aus und zeigte mit zittrigem Finger auf sie, brachte jedoch kein Wort heraus. Farag missverstand die Geste und suchte nach etwas hinter Isabella, aber ich zeigte weiter hartnäckig auf sie, bis ihm klar wurde, dass ich sie meinte. Daraufhin verstand er natürlich erst recht nichts mehr.

»Ist was passiert, Isabella?«, fragte er.

»In der Messe war sie ziemlich nervös«, erklärte ihm diese falsche Heuchlerin. »Und dann hat sie nicht mehr mit mir gesprochen.«

Das war einfach die Höhe! Es wimmelte nur so vor Judassen auf der Welt. Da flippte ich erst richtig aus, und vor lauter Wut atmete und schluckte ich falsch, woraufhin sich meine Glottis verschloss. Die Luft gelangte weder in meine Lunge hinein noch hinaus.

Farag merkte sofort, was mit mir los war. Es musste einen gewichtigen Grund für meinen Zustand geben, doch praktisch wie er war, befand er, dass ich jetzt wichtiger war, alles andere konnte warten. Er half mir aus dem Wagen und brachte mich direkt in die Küche.

»Nein, nicht in den Kühlschrank«, keuchte ich erstickt.

»Doch, in den Kühlschrank, und zwar sofort.«

Weil ich seit meiner Kindheit immer schnell nervös wurde (was genetisch bedingt ist, wie ich klarstellen möchte), verschloss sich meine Glottis manchmal und ließ mich nicht mehr atmen. Dann hielt mich meine Mutter, der das auch häufig passierte, fest und redete beruhigend auf mich ein:

»Schau mich an, Ottavia, atme ganz langsam, es ist nichts. Entspann dich, nimm die Schultern runter, atme, atme ...«

Ich kämpfte, damit der feine Luftstrom durch meine Kehle auch dahin gelangte, wo mein Körper ihn brauchte, aber ich hatte immer Angst, Todesangst zu ersticken. Mit fortschreitendem Alter normalisierte sich das zum Glück. Als man mich auf das Internat der Glückseligen Jungfrau Maria schickte, passierte es mir seltsamerweise nicht mehr, und so hatte ich es schließlich vergessen, bis zu dem Tag, als dieser Schurke Gottfried Spitteler vor unserer Haustür in Alexandria stand. Farag, der so etwas noch nie erlebt hatte, konsultierte damals einen befreundeten Arzt, der ihm einen bombensicheren Rat gab:

»Steck ihren Kopf ins Gefrierfach des Kühlschranks.«
»Was?«
»Den Kopf ins Gefrierfach«, wiederholte sein Freund. »Die kalte Luft wird ihre Atemwege weit öffnen.«

So steckte mein Kopf wieder einmal im Gefrierfach unseres Kühlschranks zwischen Eiswürfeln, Fisch- und Fleischvorräten, die wir die Woche zuvor gekauft hatten. Aber wenigstens ließ mich die Eiseskälte wieder durchatmen, und der Schwindel verflog schnell. Als ich mehrmals große Mengen eiskalte Luft eingeatmet hatte, fühlte ich mich besser. Ich zog den Kopf heraus und suchte mit tödlichem Blick nach meiner Nichte.

»Du!«, sagte ich mit ausgestrecktem anklagenden Zeigefinger. »Wie kannst du es wagen, unsere Gespräche zu belauschen?«

Beschämt ließ sie den Kopf hängen und duckte sich schützend hinter ihren Onkel, der sich wie ein Kinoheld zwischen uns aufgebaut hatte.

»Das wirst du noch bereuen«, rief ich wutschnaubend. »Du wirst den ganzen Sommer bestraft und alle weiteren Sommer deines Lebens. Außerdem ...«

Farag, der den Grund dieses Familiendramas nicht kannte, unterbrach mich:

»Was ist passiert? Was hat das Kind denn getan?«

»Das Kind ist bereits neunzehn Jahre alt!«, explodierte ich. »Sie hat uns belauscht, als wir über die Bruderschaft, Kaspar und die Ossuarien gesprochen haben!«

Farag fuhr zu seiner Nichte herum, als hätte man ihm einen Stromschlag verpasst.

»Isabella!«, rief er ungläubig. »Warum?«

»Es tut mir leid, es tut mir wirklich sehr leid.« Aus den Augen der Missetäterin kullerten Krokodilstränen. Ich stürzte auf sie zu und wollte ihr an die Gurgel (na ja, eher an die Jackenaufschläge) und sie schütteln, bis sie aufhörte zu lügen, aber eine starke Männerhand fing mich auf halbem Weg ab.

»Erklär uns das«, verlangte ihr Onkel, der im Gegensatz zu mir keine Mordgelüste zu verspüren schien.

Isabella nahm ein Stück Küchenrolle und tupfte sich damit sorgfältig die Tränen ab, damit ihre Wimperntusche nicht verschmierte.

»Es tut mir wirklich sehr leid«, wiederholte sie und gab sich schuldbewusst. »Ich wollte nicht lauschen. Einer meiner Freunde hat mir eine selbst entwickelte App zum Ausprobieren mitgegeben. Als ihr kürzlich von der Feier kamt und mich in mein Zimmer geschickt habt, fiel mir wieder ein, dass ich sie noch gar nicht ausprobiert hatte, und wollte sehen, wie sie funktioniert.«

»Wovon redet sie eigentlich, verdammt noch mal?«, fragte ich Farag. Er machte mir ein Zeichen, still zu sein.

»Sie ist wirklich gut, Onkel«, bekräftigte sie mit einem dieser Lächeln, das Farag dahinschmelzen ließ. »Du nimmst irgendeine Mobilfunknummer aus deinen Kontakten, und dessen Smartphone schickt dir sofort einen Ping zurück. Ich weiß, das klingt nicht sehr originell, aber das Grandiose an Harrys App ist, dass sie anstelle des Mikrofons, das ausgeschaltet sein kann, das Gyroskop benutzt. Ein Gyroskop funktioniert wie ein Sensor im Smartphone und fängt Luftdruckveränderungen auf, die von Schallwellen ausgelöst werden, und Harrys App verwandelt diese Veränderungen wieder in Töne.«

»Und wessen Smartphone hast du benutzt?«, hakte er nach.

»Deines«, flüsterte sie mit einem gespielten Anflug von Reue. »Tante Ottavias hätte sonstwo liegen können. Du hast deines immer bei dir.«

Farag atmete ganz langsam aus. Schweigend sah er erst mich und dann sie an. Einen Augenblick lang herrschte absolute Stille.

»Geh in dein Zimmer und hol dein Tablet, dein Smartphone und dein Notebook.«

»Nein, bitte nicht!«, flehte die Bestrafte.

»Bring alles sofort her!«, befahl Farag unerschütterlich. Es freute mich, dass mein Mann den Ernst der Lage erfasst hatte. Zudem war die Idee ausgezeichnet. Mir wäre nicht eingefallen, ihr die Waffen wegzunehmen.

Kaum war Isabella aus der Küche verschwunden, wechselten Farag und ich einen Blick und umarmten uns schweigend. So blieben wir regungslos und traurig stehen. Isabella hatte uns noch nie Verdruss bereitet.

»Was sollen wir tun?«, flüsterte ich mit dem Kopf an seiner Schulter. Sein Geruch, der Geruch seiner Haut, seiner Kleidung und seines Rasierwassers bewirkten Wunder bei mir. In seinen Armen beruhigte ich mich immer schnell.

»Keine Ahnung«, murmelte er. »Erst mal nehmen wir ihr das Lieblingsspielzeug weg. Dann sehen wir weiter.«

»Wir sollten sie einen Monat lang in ihr Zimmer einsperren, damit sie darüber nachdenkt, was sie getan hat.«

»Sie weiß doch ganz genau, dass sie andere nicht belauschen darf, *Basileia*. Außerdem war es bestimmt keine böse Absicht. Schließlich sind wir ihr Onkel und ihre Tante, das ist was anderes, als wenn sie irgendwelche Nachbarn oder irgendeinen Professor belauscht hätte. Sie wollte doch nur die App eines Kommilitonen ausprobieren.«

»Aber Farag, sie hat unser Gespräch mit den Simonsons belauscht, und statt das verdammte Ding ...«

»Die App.«

»Was auch immer auszumachen, hat sie bis zum Schluss mitgehört.«

Plötzlich fiel mir etwas ein.

»Wann hat sie aufgehört zu lauschen?«, fragte ich alarmiert und löste mich von Farag. »Du weißt schon ...«

Er lächelte.

»Du musst mich nicht daran erinnern, ich war auch dabei.«

»Mein Gott!«, rief ich entsetzt.

»Ich glaube nicht, dass sie so weit gegangen ist. Ich denke, sie hat die App ausgemacht, als die Simonsons gegangen sind. Hätte sie uns beim wilden Sex belauscht, würde sie sich schämen, und das würden wir ihr ansehen.«

»Wie kannst du dir so sicher sein!« Bei diesem Aufschrei betrat Isabella mit ihrem Elektronikkrempel die Küche. Natürlich wagte sie nicht danach zu fragen, wessen sich ihr Onkel so sicher sein konnte.

»Wann krieg ich es zurück?«, wollte sie wissen, als sie das Notebook und alles andere auf das Regal neben dem Kühlschrank legte.

»Das wissen wir noch nicht«, erwiderte Farag und ergriff sie beim Arm. »Jetzt werden wir erst mal reden.«

Ich wusste, es war nicht zu verschieben, aber ein klärendes Gespräch war das Letzte, worauf ich Lust hatte. Der unschöne Eklat hatte mich ausgelaugt, und ich musste den Kopf wieder freikriegen. Aber als ich sah, wie Farag Isabella ins Wohnzimmer beförderte, war mir zweierlei klar: Erstens war das Mittagessen bis auf Weiteres verschoben, und zweitens würde der Tag sehr, sehr lang werden, also holte ich ein Glas aus dem Wandschrank, füllte es mit Wasser und folgte den beiden ins Wohnzimmer, wo sie sich auf den Sofas gegenübersaßen.

Viel konnten wir mit Isabella nicht machen; das Beste wäre gewesen, ihr Gedächtnis zu löschen, wie eine Festplatte, aber das war leider nicht möglich. Und weil sie zudem wie alle Salinas an einer schrecklichen Krankheit litt, die darin bestand, sich über alles hinwegzusetzen, wenn sie sich etwas vorgenommen hatte, würde sich das Gespräch mit ihr schwierig gestalten. Der Lauschangriff hatte ihr eine neue Welt voller spannender Geschichten über geheime Bruderschaften, jahrtausendealte Kirchengeheimnisse und Briefe früherer Patriarchen eröffnet, und darauf würde sie nicht mehr verzichten, auch wenn sie ihre Schuld – und noch mehr, wenn nötig – eingestand. Farag warf mir gelegentlich vielsagende Blicke zu, um mich auf die große Ähnlichkeit zwischen uns beiden (Gesten, Redeweise …) aufmerksam zu machen. Nicht einmal die Drohung, sie zu ihren Eltern und Geschwistern nach Palermo zurückzuschicken, ließ sie einknicken. Sie meinte, sie würde ausziehen, wenn wir sie nicht mehr bei uns haben wollten, aber wir sollten sie nicht wie einen Dummkopf behandeln, denn das sei sie nicht, und sie würde jetzt, da sie über alles Bescheid wüsste, natürlich gern helfen, sie wolle teilhaben, mitarbeiten und mehr erfahren. Denn sie hätte sich am Samstag wirklich schlecht gefühlt und den Kopf darüber zerbrochen, wie sie uns beibringen könnte, dass sie alles wusste, ohne dass wir ärgerlich würden, aber das in der Messe sei so krass gewesen, dass sie dem Wunsch nachzufragen nicht hatte widerstehen können.

Wenn wir sie auf die Suche nach den Ossuarien mitnehmen würden – »Denn du kannst so was nicht einfach ablehnen, Tante« –, würde sie uns hoch und heilig versprechen, uns ihr Ehrenwort geben und auf die Bibel schwören, dass sie nie auch nur ein einziges Wort über die Staurophylakes und alles andere verlieren würde, selbst wenn man sie foltern oder töten wollte. Und darüber hinaus sei sie volljährig, falls wir das vergessen hätten; sollte also etwas passieren (ein Unfall, ein Schlangenbiss oder so was in der Art), wären wir nicht verantwortlich dafür. Als erwachsene Frau, die sie jetzt war, hatte sie ihrer Mutter, ihrer Großmutter und allen anderen Salinas die Stirn geboten, um wegzugehen und bei uns zu leben – »Und du weißt ja, Tante, was die Familie über euch denkt, einschließlich Onkel Pierantonio und Tante Lucía« –, weshalb es die Höhe sei, dass ausgerechnet wir sie jetzt wie ein kleines Mädchen behandelten. Also, in ihren Augen seien wir Hasenfüße ohne Herz oder Verstand, wenn wir sie wegschickten, denn sie wollte doch nur bei uns sein, uns Gesellschaft leisten und unterstützen, denn ohne sie könnten wir offensichtlich nichts tun und …

An diesem Punkt ihres Monologs konnte ich nicht mehr. Entweder erwürgte ich sie auf der Stelle, oder ich würde vor Erschöpfung tot umfallen.

»Um Himmels willen, sei endlich still!«, wetterte ich.

Wunderbare Stille breitete sich im Wohnzimmer aus. Ich spürte, wie sich meine Nerven und Muskeln entspannten. Auch Farag neben mir sank schwer ins Sofa zurück.

»Schau mal, Isabella«, setzte er an. Wie kurz diese Stille gewesen war. »Du hast dir Informationen angeeignet, die weder deine Tante noch mich betreffen. Es ist, als hättest du andere

Menschen ihrer wertvollsten Dinge beraubt und würdest uns bitten, sie behalten zu dürfen. Sie gehören nicht uns, Isabella, das musst du verstehen. Die geheime Existenz der Bruderschaft der Staurophylakes gehört nur den Staurophylakes; die Geschichte mit den Ossuarien aus dem 12. Jahrhundert gehört nur den Simonsons. Weder deine Tante noch ich können dir erlauben, dich einzumischen oder teilzunehmen. Wir wissen, dass du nicht in böser Absicht gelauscht hast, aber es war falsch, dass du weitergelauscht hast, und deshalb bestrafen wir dich mit dem Entzug von Computer, Tablet und Smartphone.«

»Aber die brauche ich!«, flehte sie.

»Dann benutzt du eben die Computer der Bibliothek!«, erwiderte ich gnadenlos.

Jetzt musste sie natürlich den Mund halten. Das Semester und die Prüfungen waren zu Ende, und sie hatte seit zwei Wochen Ferien, also brauchte sie den Kram gar nicht, außer für ihr rastloses virtuelles Sozialleben. Um die (obligatorische) Ferienreise nach Palermo zu umgehen, hatte sie sich in einen Sommerkursus über was weiß ich welche Computerdinge eingeschrieben, den sie zur Verbesserung für was weiß ich welche Informatiksachen bräuchte. Doch ich wusste, dass Isabellas Wissen und Noten überdurchschnittlich gut waren; das hatte mir ihr Tutor bei einem Treffen im Flur erzählt und mir zudem vorgeschlagen, sie solle doch noch weitere Seminare belegen, um sich im nächsten Semester nicht mehr so zu langweilen wie bisher. Aufgrund dieser Hintergrundinformation war ich mir sicher, dass sie diesen ganzen Elektronikkram überhaupt nicht brauchte.

»Hast du verstanden, was ich gesagt habe, Isabella?«, fragte Farag, um zum Thema zurückzukehren.

Die Missetäterin nickte.

»Du darfst niemals vergessen«, fuhr er fort, »dass die Dinge, die du zufällig erfahren hast, nicht dich betreffen und die Betroffenen nicht sehr glücklich wären, zu erfahren, dass du davon weißt. Ich würde dir raten – und du musst wirklich ernst nehmen, was ich dir jetzt sage –, dass du niemals auch nur ein Wort darüber verlierst, auch wenn du das Gehörte nicht vergessen kannst, denn das ist schlicht unmöglich. Niemals, Isabella, hast du mich verstanden?«

Die Missetäterin nickte erneut.

»Du würdest viele ehrenwerte und mutige Menschen in Gefahr bringen«, fügte ich mit rauer Stimme hinzu. »Gute Menschen, deren Leben zerstört werden könnte. Ganz abgesehen von dem Risiko, das du eingehst, denn wenn gewisse Kreise erfahren, dass du von der Existenz der Bruderschaft weißt, würden sie dir das Leben zur Hölle machen, glaub mir. Ich mag gar nicht daran denken.«

Die Missetäterin erbleichte unter ihrer Schminke. Ihr jugendliches, frisches und straffes Gesicht färbte sich kurz gelblich und dann rot.

»Echt?«, stammelte sie.

»Ganz echt«, erwiderte ihr Onkel ernst. »Wir würden dich diesbezüglich nie anlügen. Und wir sagen dir das alles, weil du unsere Nichte bist und wir dich beschützen wollen. Wärst du eine Unbekannte, könntest du davon ausgehen, dass wir uns gezwungen sähen, die Methoden der Bruderschaft anzuwenden, und das würde dir keineswegs gefallen.«

Sie starrte uns einen Moment irritiert an, und ich sah klar und deutlich, wie ihr etwas durch den Kopf schoss, als wäre er eine Kinoleinwand.

»Ihr seid Staurophylakes!«, rief sie dann, wobei ihr die Aufregung anzusehen war.

Ich sah auf meine Armbanduhr. Es war vierzehn Uhr. Und ich fragte mich verwundert, wo Phil blieb. Unser Eilbote von den Staurophylakes hatte noch kein Lebenszeichen von sich gegeben.

»Ihr seid Staurophylakes!«, rief sie noch einmal, sprang auf und zeigte mit dem Finger auf uns.

Farag warf mir wegen dieser Geste erneut einen vielsagenden Blick zu. Drohend und unhöflich den Zeigefinger auf andere zu richten war eine eingefleischte Unart, die wir Salinas in den Genen zu haben schienen.

»Seid ihr nun welche oder nicht?«, bohrte sie nach und stemmte ungeduldig die Hände in die Hüften.

»Wir sind keine«, versicherte ich ihr.

»Lüg mich nicht an, Tante«, parierte sie. »Man sieht es euch doch an!«

»Man sieht uns an, dass wir Staurophylakes sind?«, scherzte Farag. »Aber hallo, und ich dachte, in meinem Gesicht gäbe es nur einen Bart!«

»Geh mir aus den Augen, Isabella«, sagte ich erschöpft. »Mach, was du willst, aber lass mich bitte eine Weile in Ruhe.«

»Aber wo soll ich denn hin ohne Tablet oder Smartphone?« Ihr Gesicht hätte keine größere Bestürzung ausdrücken können. »Und ohne Computer!«

Zum Glück war Farag von diesem Gespräch ebenso erschöpft wie ich.

»Mach dir keine Sorgen um deine fünfzig besten Freunde bei WhatsApp oder Twitter«, tröstete er sie und stand auf. »Wie deine Tante schon sagte, an den Computern der Bibliothek kannst du ihnen erzählen, dass du kein WLAN hast.«

Isabella konnte ihre Wut nur mühsam zurückhalten und stürmte mit Tränen in den Augen wie ein Zyklon die Treppe hinauf. Als wir sie endlich wütend die Tür zuschlagen hörten, schnauften wir beide wie alte Dampfloks. Wir waren erledigt.

»Ich dachte immer, das Schwierigste sei, ihnen zu erklären, woher die Kinder kommen«, sagte Farag. »Aber das heute war viel schlimmer.«

»Sie weiß schon, woher die Kinder kommen, mach dir darüber keine Sorgen«, sagte ich lachend.

»Hast du dich schon mal gefragt, was passiert wäre, wenn sie unsere Skarifikationen gesehen hätte?«, flüsterte er und beugte sich zu mir herüber.

Auf meiner Stirn brach kalter Schweiß aus. Wir waren immer sehr bemüht, unsere seltsamen Narbentätowierungen zu verbergen. Natürlich waren wir auch stolz auf sie, schließlich hatten wir mehrfach unser Leben dafür riskiert, doch öffentlich herzeigen konnten wir sie nicht, weil sie von einer geheimen Bruderschaft stammten, aber vor allem, weil sie so eigenwillig waren, dass immer irgendjemand fragen würde, was zum Teufel diese seltsamen Kreuze und griechischen Buchstaben auf unseren Körpern zu bedeuten hatten. Was hätten wir darauf auch antworten sollen? Das war eine der negativen Begleiterscheinungen seit Isabellas Ankunft: Wir mussten immer darauf achten, dass sie unsere Skarifikationen nicht zu Gesicht bekam. Denn wir waren tatsächlich Staurophylakes.

Um zum irdischen Paradies der Staurophylakes zu gelangen (bei unserer Jagd auf die Diebe der *Ligna Crucis*), mussten wir uns sieben ziemlich schweren Prüfungen unterziehen, deren Vorlage die sieben Höllenkreise des Fegefeuers aus Dante Alighieris *Göttlicher Komödie* bildeten. Jedes Mal, wenn wir einen dieser Kreise überwunden hatten und bewusstlos waren, hatten uns die Staurophylakes an einer anderen Körperstelle eine Skarifikation verpasst. Und als wir schließlich alle Hindernisse erfolgreich überwunden hatten und am Ende wirklich im irdischen Paradies eintrafen, belohnten sie uns mit weiteren sieben Tätowierungen, die uns, wenn man so will, endgültig zu komischen Käuzen machten. Zum Glück wurden sie von Haar und Kleidung vollständig verborgen, waren aber nicht mehr zu entfernen. Und was noch wichtiger war: Diese Skarifikationen lieferten den unleugbaren Beweis dafür, dass wir praktisch echte Staurophylakes waren. Weshalb die Antwort auf die Frage unserer Nichte Ja hätte lauten müssen, wenn auch mit Einschränkungen. Wir waren Staurophylakes, weil wir alle Bedingungen erfüllt hatten, um welche zu werden, wir lebten und dachten aber nicht wie sie.

Als wir in der Kirche waren, hatte Farag als rechtschaffener Alexandriner und zudem erfahrener Gourmet und exzellenter Koch einen leckeren Käse-Bohnen-Salat und einen deliziösen Lammeintopf zubereitet. Inzwischen war der Salat welk und der Eintopf kalt. Dennoch verschlangen wir beides mit großem Hunger, und anschließend brachte ich Isabella ein Tablett auf ihr Zimmer, damit auch sie etwas aß. Als sie auf mein Klopfen nicht reagierte, trat ich leise ein und sah sie auf dem Bett liegen, wo sie mit verweintem Gesicht (umgeben von jeder Menge zerknüllter Papiertaschentücher) eingeschlafen war. Ich stellte das Tablett auf ihren Schreibtisch und verließ geräuschlos den Raum, um sie nicht zu wecken.

Um fünf Uhr nachmittags machte ich mir langsam richtig Sorgen. Wir hatten nichts von Phil, unserem Kontaktmann zu Kaspar, gehört. Tatsächlich hatten wir Kaspar seit neun Jahren, seit er Cato wurde, nicht mehr gesehen, allerdings oft mit ihm telefoniert. Nun ja, nicht direkt mit ihm, mit … es war kompliziert. In den ersten schwierigen Jahren in Alexandria, als Gottfried Spitteler noch im Nachbarhaus wohnte und der Geheimdienst des Vatikans unsere Computer ausspionierte, hörte auch jemand aufmerksam unsere Telefongespräche mit. Demzufolge mussten wir eine äußerst seltsame Form der Kommunikation mit Kaspar unterhalten, die die Bruderschaft schon seit langer Zeit benutzte. Ein Teil der Staurophylakes beherrschte noch eine ausgestorbene Sprache, das *Birayle*. Diese Staurophylakes lebten strategisch verteilt in allen möglichen Ländern, in denen sie gebraucht wurden, und so redeten wir in Alexandria in Wirklichkeit mit einem Ibrahim, unserem direkten Ansprechpartner, der wiederum über sein Mobiltelefon mit seinem Cousin Muntu in Äthiopien Birayle sprach, der seinerseits Kaspars Sprachrohr war. So hatten wir es in der Türkei und später in Italien gehalten, jetzt in Kanada war es Phil, ein lieber alter Freund, Musikprofessor und verheiratet mit einer Kanadierin, der uns gelegentlich besuchte und die Gelegenheit nutzte, mit seinem Mobiltelefon einen Bekannten anzurufen, der Birayle sprach und in Äthiopien lebte. Das war natürlich reiner Zufall. Doch an jenem Nachmittag gab Phil einfach kein Lebenszeichen von sich, weshalb auch Farag sich langsam Sorgen machte.

Um sechs Uhr kam Isabella mit dem Ausdruck eines Lämmchens, das schutzlos blutdürstigen Wölfen ausgeliefert ist, zum Essen herunter. Als wir zusammen am Küchentisch saßen, versuchten ihr Onkel und ich uns so normal wie möglich zu verhalten, doch sie befand, dass das Leben nichts wert, alles schrecklich tragisch und schmerzlich sei und es keine Hoffnung mehr für die Welt gebe, weshalb Farag und ich sie einfach nicht mehr ansprachen und so taten, als wäre sie gar nicht da. Wir waren gerade mit dem Abendessen fertig, als es an der Tür klingelte.

»Das ist Phil«, rief Farag, legte die Serviette auf den Tisch und stand auf.

Isabella kannte unseren Freund Phil und wunderte sich nicht, dass er uns um diese Zeit besuchte. Sie würde ihn in dieser Verfassung gewiss nicht begrüßen. Das wäre auch gar nicht nötig, antwortete ich beim Aufstehen.

Dann hörte ich einen gedämpften Schrei, ein Lachen, das mir irgendwie bekannt vorkam, und das unverwechselbare Geräusch einer männlichen Umarmung (Männer klopfen sich immer lautstark gegenseitig auf den Rücken, wenn sie sich umarmen; ich habe noch nicht herausgefunden, warum das so ist, ein bisher ungelöstes Rätsel). Auf dem Weg in den Flur fragte ich mich, wer das wohl sein könnte, den Farag so herzlich begrüßte. Natürlich hätte ich in Millionen Jahren nicht erwartet, hier in Kanada, in Toronto, eine Eminenz wie den Cato der Staurophylakes, den Cato CCLVIII. persönlich anzutreffen, der wie ein normaler Mann mit Hose, Jackett und Krawatte bekleidet war und auf dessen Gesicht ein strahlendes Lächeln stand, obwohl es sonst immer ernst, herrisch, schroff und verdrossen wirkte. Na schön, vielleicht übertreibe ich ein wenig, denn ich freute mich riesig, ihn wiederzusehen. Kaspar hatte sich sehr verändert seit unserer gemeinsamen Zeit im Vatikan, wo ich ihn als Hauptmann der Schweizergarde kennenlernte – und ertragen musste. Am Ende war er ein menschliches Wesen geworden. Dennoch haftete mein erster Eindruck von ihm noch immer in meinem Gedächtnis: der korpulente und kräftige Schweizer und Kommisskopf, der mit seinen grauen Augen Eisenklammern verschoss, mit dem kleinen Finger tonnenschwere Steine anhob und beim Essen Scherben kaute. Mit einem breiten Lächeln auf den Lippen, weil es so unglaublich war, ihn hier bei uns zu haben, entdeckte ich, dass er trotz seines hohen religiösen Amtes das Haar noch immer so kurz geschoren wie beim Militär trug.

»Ottavia!«, rief der blonde Hüne, ließ von Farag ab und umfing mich mit seinen Bärenarmen. Mit einem Meter neunzig war er ebenso groß wie Farag, aber ihr Körperbau war grundverschieden: mein Mann tendierte zur Schmächtigkeit, während Kaspar eher zum Mammut neigte.

»Kaspar …?«, stammelte ich in seinen Armen erstickt. »Mein Gott, Kaspar, du bist es wirklich!«

»Was für eine Freude, dich wiederzusehen, Dottoressa«, murmelte er, wobei er die Rs in die Länge zog und mich noch fester drückte. Nach all der Zeit hatte er seinen starken deutschen Akzent nicht verloren, wenn er Italienisch sprach. »Ich habe euch so vermisst!«

Kaum zu glauben. Oder besser, ich traute meinen Ohren nicht.

Unvermittelt hatte sich die Realität in eine Art Traum verwandelt. Es gab etwas Unwirkliches an dieser Situation, denn mein Kopf beharrte darauf, dass das nicht wahr sein konnte, dass es völlig unmöglich war, den Cato CCLVIII. leibhaftig vor mir zu sehen, dass er sein geheimes irdisches Paradies verlassen hatte, in ein oder mehrere Flugzeuge gestiegen war und etliche Sicherheitskontrollen umgangen hatte, um nach Toronto zu kommen. Wir beide waren schon lange nicht mehr wichtig (oder vielleicht doch, wir wussten es nicht), aber bei ihm hätten doch selbst die Fahrradklingeln schrillen müssen. Moment mal, dachte ich alarmiert. Und wenn es genauso gewesen war? Wenn tatsächlich sogar die Fahrradklingeln geschrillt hatten und wir in diesem Augenblick von Spittelers Killern, dem FBI, der CIA umzingelt wurden?

»Du siehst großartig aus!«, sagte der Cato voller Bewunderung und ohne den geringsten Anflug von Heuchelei; fast hätte ich ihm geglaubt.

Als Erstes hörte ich hinter dem Felsen das Schnauben von Farag und dann ein weiteres hinter mir. Isabella hatte es sich anders überlegt. Meine Güte! Und was jetzt? Kaspars Name musste wie ein Magnet auf sie gewirkt haben.

»Also ich finde dich wunderschön«, beharrte der früher eher ungehobelte Hauptmann. »Keine Frage, das Leben mit dem Professor scheint dir bestens zu bekommen.«

»Ich habe sie natürlich gut verköstigt«, erwiderte Farag voller Stolz auf seine Kochkünste.

Isabellas Anwesenheit konnte nicht länger ignoriert werden.

»Kaspar«, sagte ich und drehte mich zu ihr um. »Das ist unsere Nichte Isabella, die Tochter meiner Schwester Agatha. Sie wohnt seit einem Jahr bei uns. Isabella, das ist unser Freund Kaspar aus der Schweiz.«

»Freut mich, dich kennenzulernen, Isabella«, sagte er lächelnd und küsste sie auf beide Wangen, wie es in Italien üblich war. Die Augen meiner Nichte sprühten Funken, oder besser, sie glühten wie Hochöfen. Sie wusste genau, wer er wirklich war, und konnte das nicht verbergen.

Plötzlich wandte sich Kaspar von Isabella ab und drehte sich zur Tür, wo niemand zu sehen war.

»Linus«, rief er auf Englisch. »Wo hast du dich denn versteckt?«

Ein blondes Köpfchen tauchte im Türrahmen auf. Mein Gott, er war das lebendige Abbild seines Vaters, nur im Kleinformat! Gewiss, seine Haut war etwas dunkler, wie die seiner Mutter Khutenptah, einer intelligenten und wunderschönen Griechin mit klassischen, feinen Gesichtszügen, die nach seiner Geburt unerwartet an einem Aneurysma im Kopf gestorben war. Von ihr hatte er zweifelsohne auch diese zarte gerade Nase, aber in allem anderen war der kleine Linus ein Kaspar in Miniatur. Auch er trug das blonde Haar sehr kurz geschnitten, sodass kaum ein paar leuchtende Punkte auf der Stirn zu erkennen waren, und hatte ebenso wie sein Vater graue Augen, wenn auch etwas dunkler.

Wir wussten von seiner Geburt, wir wussten vom Tod seiner Mutter, wir wussten, wie sehr und wie lange Kaspar um sie getrauert hatte, und jetzt stand der Junge vor uns, in unserem Haus. Nun ja, nicht direkt im Haus, aber zumindest in der Tür, und sah seinen Vater mit ängstlichem Blick an.

»Komm doch rein, Linus«, sagte Farag lächelnd und hielt ihm die Hand hin, als wäre er ein Erwachsener.

Der kleine Linus trat ein und reichte Farag die Hand, obwohl er nicht genau zu wissen schien, wozu das gut sein sollte. Mein Mann drückte die kleine Hand und ging dann in die Hocke, um ihm einen Kuss zu geben. Das beruhigte Linus, denn auch er gab Farag einen Kuss und drückte sich dann an das Hosenbein seines Vaters.

»Und das ist deine Tante Ottavia!«, sagte Kaspar und schob ihn auf mich zu.

Hoppla, noch ein Neffe! Als hätte ich nicht schon genug mit den fünfundzwanzig Kindern meiner Geschwister! Und die Jüngste von ihnen war Isabella, die Missetäterin, weshalb ich mich über diesen Neffen von viereinhalb Jahren noch freuen konnte. Ich ging ebenfalls in die Hocke und umarmte ihn herzlich. Sein zarter Körper versteifte sich ein wenig, weil ihm alles so fremd war.

»Hallo, Linus«, sagte ich lächelnd. »Herzlich willkommen. Ich hatte ja solche Lust, dich kennenzulernen.«

»Ich dich auch«, sagte er wohlerzogen.

»Und ich bin Isabella«, tönte meine Nichte, als sie sich vordrängte und Linus ebenfalls einen Kuss geben wollte. Der Junge wich jedoch zurück.

»Ich kenne dich nicht«, murmelte er mit gerunzelter Stirn. Meine Güte, wie sehr er seinem Vater glich.

»Ja, aber du kannst sie doch jetzt kennenlernen, oder?«, versuchte sein Vater ihn zu ermutigen.

»Ich habe zwei Spielkonsolen«, versuchte Isabella ihn zu locken. »Magst du ein bisschen spielen?«

Die Spielkonsolen! Wir hatten vergessen, ihr die Konsolen für die Videospiele wegzunehmen. Aber jetzt war es zu spät, dachte ich resigniert.

Linus' Pupillen hatten sich bei dem Wort Spielkonsole geweitet.

»Geh ruhig mit ihr, mein Sohn, mach schon. Und keine Angst, ich bin ja da.«

Der kleine Linus ergriff artig Isabellas Hand, und beide gingen die Treppe hinauf. Ich vertraute darauf, dass meine Nichte nicht versuchte, das Kind auszuhorchen ... Nun ja, eigentlich vertraute ich keineswegs darauf. Ich wusste, dass sie es versuchen würde. Aber ich wusste auch, dass ich sie in dem Fall sofort in ein Flugzeug nach Palermo setzen würde, und das könnte nicht einmal ihr Onkel verhindern.

»Hast du schon zu Abend gegessen?«, fragte Farag Kaspar. Er hatte seit dessen Ankunft nicht aufgehört zu lächeln.

»Ja, wir haben im Flugzeug gegessen«, erklärte Cato CCLVIII. »Doch wenn ihr gerade beim Abendessen seid, lasst euch nicht stören. Ich brauche nur einen Kaffee. Ich habe mich noch nicht an die Essenszeiten auf diesem Kontinent gewöhnt.«

Farag klopfte ihm herzlich auf den Rücken und schob ihn in die Küche, wo die praktisch leeren Teller danach verlangten, abgeräumt zu werden.

»Ich räume ab«, sagte ich. »Macht euch Kaffee und setzt euch.«

Es war einfach unglaublich. Da saßen wir drei wieder zusammen, nur wir, dieselben, die sich gemeinsam in das Abenteuer gestürzt hatten, das unser Leben für immer veränderte, und es wirkte, als würden wir in die Vergangenheit zurückkehren und noch einmal diese verfluchten Prüfungen bestehen und die Geheimnisse der Staurophylakes lüften. Klar, jetzt waren wir drei ebenfalls Staurophylakes und darüber hinaus etliche Jahre älter. Leider sah man Kaspars Gesicht das Vergehen der Zeit viel stärker an als uns, wahrscheinlich wegen seiner Trauer über Khutenptah, die er zutiefst geliebt hatte. Farag und ich waren dabei, als sie sich kennenlernten, und wir hatten sie noch einmal gesehen, als sie schon zusammenlebten und er zum Cato ernannt wurde. Ihr plötzlicher Tod war immer noch unfassbar.

»Wir haben uns viel zu erzählen«, sagte Kaspar und setzte sich auf Isabellas Stuhl. »Aber zuerst das Wichtigste: Was ist passiert? Warum habt ihr mir eine Eilnachricht geschickt?«

Inzwischen hatte ich das ganz vergessen, also räumte ich schweigend Teller, Gläser und Besteck in die Spülmaschine.

»Genau, das Wichtigste zuerst«, wiederholte Farag, während er die bunten Kapseln für seine supermoderne Kaffeemaschine à la George Clooney aus einem Karton holte. Gegen meinen Willen war er diesem Trend gefolgt. »Wisst ihr schon, wo ihr heute übernachtet?«

»Was für eine Frage!«, sagte Kaspar herzlich auflachend. »Wir haben immer eine Übernachtungsmöglichkeit, mach dir keine Sorgen. Sagt mir endlich, was los ist.«

»Nein, noch nicht«, erwiderte der sture Professor Boswell. »Dafür muss ich etwas ausholen, und du wirst wichtige Entscheidungen treffen müssen.«

»Noch mehr wichtige Entscheidungen?«, scherzte der Felsen. »Aber ich treffe doch die ganze Zeit wichtige Entscheidungen! Mein Leben besteht ausschließlich aus dem Treffen von wichtigen Entscheidungen!«

»Verzeihen Sie, Eure Eminenz, wenn das Euren Stellenwert schmälern sollte«, sagte ich lachend. »Aber das Leben von uns Sterblichen besteht ebenfalls aus nichts anderem.«

»Worauf ich hinauswollte«, unterbrach uns sein Freund der Professor. »Erklär uns doch mal, Kaspar, was zum Teufel ihr beide hier in Kanada verloren habt. Es sind erst sieben Stunden seit der Botschaft vergangen. Du kannst unmöglich in dieser Zeit aus Äthiopien gekommen sein. Wenn man das Ein- und Auschecken abzieht, hattest du nur dreieinhalb Stunden Zeit bis nach Toronto, und in dieser Zeitspanne kannst du nur von einem Ort wie New York kommen. Nicht zu vergessen, dass du dein unterirdisches Reich zum ersten Mal seit vierzehn Jahren verlassen hast, soweit Ottavia und ich wissen.«

Kaspar, der ebenfalls die ganze Zeit lächelte, nahm Farag den dampfenden Kaffee aus der Hand und starrte auf das Licht, das sich auf dem heißen schwarzen Gebräu spiegelte. Wo ist bloß die gute alte Espressokanne geblieben?, dachte ich bitter, alles andere ist doch überflüssig.

»Was ist los, Hauptmann?«, fragte ich, irritiert über sein Schweigen. Ich setzte mich neben ihn und legte meine Hand auf die seine. »Ist was passiert?«

»Ich gehe«, stieß er hervor.

»Aber du bist doch gerade erst angekommen!«, protestierte ich. Farag gab mir unter dem Tisch einen leichten Tritt.

»Nein, Ottavia, ich gehe nicht von hier weg«, erklärte er wieder lächelnd. »Ich verlasse die Bruderschaft. Vor genau einer Woche habe ich die Würden des Cato abgelegt. Jetzt bin ich wieder nur ich.«

FÜNF

Nachdem er diese Bombe gezündet hatte, war absolut sicher, dass Kaspar an diesem Abend unser Haus nicht mehr verlassen würde, das konnten wir nicht zulassen. Es gab viel zu viel zu erzählen und zu besprechen. Weshalb sich Farag nach dem anfänglichen Schweigen in der Küche (das man grafisch als Zeitblase zwischen dem Tod durch Bestürzung und der Rückkehr ins Leben durch Adrenalinausstoß darstellen könnte) auf den Tisch stützte, als würden ihm seine Beine nicht gehorchen, und wie ein hinfälliger Greis mühsam aufstand. Das lag nicht an Kaspars Entscheidung, das Amt niederzulegen, denn schlussendlich haben wir alle die Freiheit zu tun, was wir wollen, solange wir niemandem damit schaden, sondern an seiner überwältigenden und ungeheuerlichen Fassungslosigkeit.

Soweit wir wussten, war in tausendsiebenhundert Jahren kein einziger Cato zurückgetreten oder abgesetzt worden. Alle hatten ihr Amt bis zum Tod bekleidet und vorher die Chronik ihrer Obliegenheiten verfasst, die wiederum vom nächsten Cato in dessen Amtszeit weitergeführt wurde. So hatten das die zweihundertsiebenundfünfzig Catos seit dem 4. Jahrhundert unserer Zeitrechnung, genauer gesagt: seit dem Jahr 341 gehalten, als die Bruderschaft von einer Gruppe Diakonen der Grabeskirche in Jerusalem gegründet und Myrogenes zum Archimandriten oder geistigen Anführer, dem ersten Cato der Geschichte, ernannt wurde. Im Laufe der Jahrhunderte galt die Mission der Bruderschaft dem einzigen Ziel, die geweihten Holzsplitter des Heiligen

Kreuzes, das Kaiserin Helena im Jahre 326 auf dem Hügel Golgatha in Jerusalem entdeckt hatte, um jeden Preis zu schützen.

Und jetzt erklärte uns Kaspar Glauser-Röist einfach so, dass er zurückgetreten sei, dass er als erster Cato in der Geschichte das Amt niederlegte, und damit nicht genug, dass er auch die Bruderschaft verlassen wollte.

»Wo gehst du hin, Farag?«, war das Erste, was ich herausbrachte, als ich wieder zum Leben erwachte, wenn auch nicht in bester Verfassung.

Farag bewegte sich wie ein schlingerndes Boot durch die Küche, blieb plötzlich stehen und stützte sich mit der Hand am Türrahmen ab.

»Das Gästezimmer herrichten«, sagte er mit rauer Stimme. »Sie werden natürlich hier übernachten.«

»Nein, nein. Wir werden bei Kardinal Hamilton übernachten«, widersprach Kaspar, doch es war deutlich zu spüren, dass er lieber bei uns bleiben wollte.

»Dann ruf ihn an und sag ihm, dass er nicht auf euch warten soll«, erwiderte ich und folgte Farag. »Und lass euer Gepäck herbringen.«

Wir ließen ihn in der Küche zurück, damit er telefonieren konnte, und gingen Hand in Hand schweigend die Treppe hinauf. Aus Isabellas Zimmer, dessen Tür offen stand, waren Melodien von Videospielen für Kinder zu hören, vermischt mit Stimmen und Lachen. Zumindest verhielt sich Isabella anständig.

»Was hältst du von Kaspars Entscheidung?«, fragte Farag.

»Ich würde gerne seine Gründe erfahren, bevor ich mir eine Meinung bilde«, erwiderte ich. »Es ist schließlich Kaspar.«

Farag nickte und schaltete im angeblichen Gästezimmer das Licht an. Eigentlich benutzten wir es als Arbeitszimmer, aber für eine Notsituation wie diese war vorgesorgt: hier und da ein paar Dinge wegräumen und andere hinstellen, und schon diente es seinem ursprünglichen Zweck, denn in den Schränken verbargen sich zwei Betten und ein Nachttisch. Außer einem eigenen Bad gab es auch einen schmalen Kleiderschrank.

Als wir fertig waren, sahen wir uns noch einmal zufrieden um und schlossen die Tür hinter uns. Wir hatten nicht lange gebraucht, wollten Kaspar aber auch nicht länger allein lassen, weshalb wir in die Küche zurückeilten. Er hatte weder den Platz gewechselt noch seine Haltung verändert und saß mit traurigem Ausdruck und düsterem Blick am Tisch. Farag ging zu seiner geliebten Kaffeemaschine und machte einen weiteren Kaffee, während ich mich dem Hauptmann gegenüber an den Tisch setzte und ihm in die Augen sah.

»Warum?« war alles, was ich zu fragen wagte, mit der sanftesten Stimme, zu der ich fähig war.

Kaspar sah mich mit seinen grauen Augen lächelnd an. Im grellen Neonlicht wirkten seine kräftigen Gesichtszüge wie in Granit gemeißelt.

»Weil Khutenptah nicht mehr ist«, sagte er ruhig. »Weil sie gestorben ist. Weil ich mich geirrt habe. Denn als ich mich in sie verliebte, glaubte ich, dass ich mich auch in die Bruderschaft und ihr schönes Leben verliebt hätte, aber das stimmt nicht«, zählte er langsam seine Gründe auf, als würde er sie beim Nachdenken erst formulieren. »Als ich Khutenptah kennenlernte, glaubte ich an nichts, dann glaubte ich an sie, und aus Liebe zu ihr glaubte ich auch an die Bruderschaft.«

Mein Mann servierte ihm eine zweite Tasse starken Kaffee und setzte sich zu uns.

»Aber sie starb und ließ mich mit unserem Sohn allein«, fuhr er fort. »Anfangs war der Schmerz ... unerträglich. Das wisst ihr ja. Aber als er langsam zur Gewohnheit wurde und jeden Tag ein wenig nachließ, verstand ich nicht mehr, was ich im irdischen Paradies verloren hatte und warum ich dort war. Es ist nicht meine Welt, auch nicht das, was ich für Linus will.«

Er trank einen Schluck heißen Kaffee und verzog das Gesicht. Dann gab er einen Löffel Zucker hinein und rührte ihn um.

»Vor sechs Monaten wachte ich eines Morgens auf und sagte mir: Wenn Benedikt XVI. zurücktreten kann, kann ich das auch. Und ich begann, über meinen Weggang nachzudenken, richtig wegzugehen und nicht nur auf das Amt des Catos zu verzichten, sondern auch das irdische Paradies zu verlassen. Ich besprach mich schließlich mit dem Rat, und nach einiger Bedenkzeit wurde mir gesagt, dass sie mich verstünden und ich tun könnte, was ich für das Beste hielte, dass sie mich nur darum bitten würden, vorher noch die Chronik meiner Amtszeit zu schreiben.«

Er trank einen weiteren Schluck und seufzte. Dann sah er uns beide mit schmerzlichem Ausdruck im Blick an.

»Ich werde immer ein Staurophylax bleiben. Ich trage die Beweise dafür auf meinem Körper. Immer wird ein Teil meines Herzens im irdischen Paradies verweilen, vor allem, weil dort Khutenptah ruht. Aber jetzt will ich mein Leben ändern, ich will für meinen Sohn und für mich ein neues Leben. Ich werde selbstverständlich der Bruderschaft immer zu Diensten sein, aber als laizistischer Staurophylax. Wie ihr.«

Farag und ich hielten den Atem an. Der Ex-Cato hatte eine ganz falsche Vorstellung von unserer Identität als Staurophylakes.

»Kaspar, wir fühlen uns nicht wie Staurophylakes«, setzte Farag zu einer Erklärung an. »Wir haben uns nie wie Staurophylakes gefühlt. Du weißt genau, dass Ottavia und ich glauben, dass das Heilige Kreuz, das ihr anbetet, eine gefälschte Reliquie ist. Wir teilen weder euren Glauben noch euren Lebensentwurf.«

»Das weiß ich doch«, erklärte der Ex-Cato und lachte unerwartet auf. »Meint ihr etwa, dass ich je geglaubt habe, Farag ›der Atheist‹ und Ottavia ›die Misstrauische‹ würden irgendwann akzeptieren, dass unser Heiliges Kreuz wirklich das Kreuz ist, an dem unser Herr Jesus Christus starb? So blind bin ich nicht! Aber eines dürft ihr nicht vergessen: Ob diese Reliquie echt ist oder nicht, ändert nichts an ihrem Wert als religiöses Symbol, oder? Khutenptah glaubte aufrichtig an die Echtheit des Kreuzes, und das machte es für mich authentisch. Außerdem gilt es historisch als unumstößlich, dass es sich um das Kreuz handelt, das die heilige Helena, die Mutter von Kaiser Konstantin, im 4. Jahrhundert in Jerusalem gefunden hat. Lassen wir ihm also seinen Wert als Symbol und respektieren wir den Glauben der anderen.«

»Übrigens, Kaspar«, setzte ich an und wollte von den Simonsons erzählen, als plötzlich Isabella mit ihrem schönsten Lächeln im Türrahmen stand.

»Linus ist auf meinem Bett eingeschlafen«, verkündete sie.

Der Felsen sprang sofort auf.

»Die Zeitverschiebung. Er ist erschöpft«, stammelte er bereits auf dem Weg zur Treppe.

»Warte, Kaspar«, rief Farag. »Ich zeige dir, wo euer Zimmer ist. Ich komme mit.«

»Bleiben sie über Nacht?«, fragte Isabella.

»Ja, wir warten noch auf ihr Gepäck.«

»Ach so. Tante …«, setzte sie zögerlich an. »Bist du noch böse auf mich?«

Ja, ich war noch böse auf sie.

»Ein bisschen«, antwortete ich und trank meinen Kaffee aus. »Es wird schon wieder vergehen.«

»Wann? Ich mag diese Stimmung zwischen uns nämlich nicht, und ich wollte nichts Schlimmes tun.«

»Das hast du aber.«

»Da schilt ein Esel den andern Langohr.«

»Hey, ganz vorsichtig!« warnte ich sie. Was zum Teufel glaubte diese Rotznase eigentlich, wer sie war? »Für mangelnden Respekt fällt die Strafe härter aus als nur mit Computerentzug.«

»Hättest du es etwa nicht auch getan?«, begann sie zu argumentieren. »Du bist wie Großmutter Filippa und ich. Wir drei sind gleichermaßen unvernünftig und dickköpfig, also sag mir nicht, dass du das Smartphone ausgeschaltet hättest, um ein solches Gespräch nicht mitzuhören, denn das glaube ich dir nicht.«

Großmutter Filippa, meine Mutter … Ich vermisste sie noch immer jeden ewigen Tag, trotz der zwei Abgründe, die uns trennten: Da war zum einen Farag, den sie ablehnte, weil er nicht katholisch war und mich aus dem Schoß der Kirche gerissen hatte, und zum anderen die Familiengeschäfte, die zufällig recht schmutzig und ehrlos ausfielen, wie auch die Hauptbeschäftigung meiner neunundachtzigjährigen Mutter, die noch immer den noblen Posten einer Patin des sizilianischen Salina-Clans der *Cosa Nostra* innehatte.

»Du sagst ja gar nichts?«, fragte Isabella.

Sie hat recht, dachte ich, ich hätte ein solches Gespräch auch mitgehört, selbst im Wissen, dass es nicht richtig ist. Wie meine Mutter, ja, und wie Isabella. Aber das enthob mich nicht meiner Pflicht, meine Nichte anständig zu erziehen.

»Nun, ich sage dir«, murmelte ich, »dass mir die momentane Stimmung auch nicht gefällt, aber noch weniger gefällt mir, dass du deiner Großmutter und mir so ähnlich bist.«

»Na los, komm schon, vergiss es, bitte«, flehte sie mit einer Mischung aus Verdruss, Kummer und Ungeduld.

»Schön, lass mich bis morgen in Ruhe. Wenn wir aufstehen, bin ich wieder normal, einverstanden?«

»Einverstanden«, sagte sie lächelnd. In dem Moment klingelte es an der Tür.

»Das wird das Gepäck von Kaspar und Linus sein«, meinte sie.

»Ich mach schon auf«, sagte ich bereits im Aufstehen. »Geh ins Bett, es ist schon spät.«

»Gute Nacht«, maulte sie gehorsam.

Der Mann, der das Gepäck der Auswanderer brachte, war ein junger Priester der Kathedrale, den ich vom Sehen kannte. Zum Glück hatte er nicht die Absicht zu plaudern oder so was in der Art. Er stellte die beiden Koffer an die Stelle, auf die ich zeigte, und war mit einem höflichen Abschiedsgruß wieder verschwunden.

Ich zog die Tür zu und schloss sie auch ab. Ich war die Einzige, die das jeden Abend tat, nachdem ich überprüft hatte, dass die Fenster geschlossen, das Gas abgedreht, die Lichter ausgeschaltet waren … Es war eine Gewohnheit, aber Farag meinte, es sei eine Zwangsvorstellung. Na und? Hatte nicht jeder seine Macken?

Die beiden männlichen Staurophylakes kamen leise, um niemanden zu stören, die Treppe herunter. Ich zeigte Kaspar die beiden Koffer und ging zurück in die Küche. Er folgte mir und ihm Farag, der leise die Tür hinter sich schloss.

»Wollt ihr mir endlich erklären, warum ihr die Eilnachricht geschickt habt?«, fragte der Felsen, als er sich wieder auf Isabellas Stuhl setzte, den er jetzt wohl für sich beanspruchte.

»Wie hast du unsere Nachricht überhaupt bekommen?«, fragte ich misstrauisch. »Du bist kein Cato mehr und auch nicht mehr im irdischen Paradies.«

»Wenn eine Nachricht von euch kommt, ist es doch ganz logisch, dass man sie an mich weiterleitet, findest du nicht auch? Und wenn die Sache die Bruderschaft betrifft, würde ich das ebenfalls sofort weiterleiten. Also, raus mit der Sprache, was ist los?«

Farag kam mir zuvor.

»Hast du schon mal von den Simonsons gehört? Diese Familie, die eines der größten Vermögen der Welt besitzt?«

Für einen Sekundenbruchteil verzog sich Kaspars Gesicht zu einer seltsamen Grimasse.

»Ja, natürlich«, bestätigte er dann wieder ernst.

»Becky und Jake Simonson waren nämlich am letzten Freitagabend hier in unserem Haus«, prahlte ich.

»Im Ernst?«, staunte er. »Willst du mich auf den Arm nehmen?«

»Oh nein, mein Freund!«, sagte Professor Boswell lachend. »Von wegen auf den Arm nehmen! Wir haben dir einiges zu erzählen.«

Wir berichteten ihm ausführlich von dem seltsamen Gespräch mit den Multimillionären, wie sie uns das letzte echte Fragment des Heiligen Kreuzes angeboten hatten im Austausch für die Suche nach neun falschen Ossuarien, die im Brief des orthodoxen Patriarchen von Jerusalem Dositheus an den Patriarchen von Konstantinopel Nicetas im Jahr 1187 erwähnt werden. Das Gesicht des Ex-Catos war es wirklich wert, gesehen zu werden: hochgezogene Augenbrauen und weit aufgerissene Augen, was für ihn schon sehr viel Mimik war, ebenso der Mund, der ein vertikales Oval bildete, das erst in ein horizontales überging, als wir von Isabellas Missetat berichteten. Wir betonten mehrmals, dass wir streng an ihr Gewissen appelliert und ihr begreiflich zu machen versucht hatten, was auf dem Spiel stand und wie wichtig diese Informationen waren, die sie immer als Geheimnis bewahren müsste. Die Sache schien ihm keineswegs zu gefallen, er sagte aber nichts. Obwohl er auch kein Wort gesagt hatte, als Farag und ich uns beim Erzählen wie die Simonsons gegenseitig das Wort aus dem Mund nahmen.

Als wir fertig waren, hatten wir absolut keine Ahnung, was er denken oder meinen könnte. In den langen Jahren als geistiger Anführer einer religiösen Sekte hatte er eine außergewöhnliche Fähigkeit zur Diplomatie entwickelt, die gut zu seinem ausdruckslosen und trockenen Naturell passte. Ich habe mich oft gefragt, was Khutenptah an ihm gefunden haben mochte, denn wenn es jemanden auf dieser Welt gab, der seine Gefühle absolut verbergen konnte, dann war es der Felsen.

Schließlich reckte er den Hals, als wollte er ihn sich ausrenken, stützte sich auf den Tisch und legte nachdenklich eine Hand auf den Mund.

»Aber ich habe das irdische Paradies doch gerade erst verlassen ...« murmelte er schließlich.

»Was willst du damit sagen?«, fragte ich.

»Ich weiß nicht. Ich habe das Gefühl, als hätte diese Geschichte auf mich gewartet, im Hinterhalt gelauert, um mich genau in dem Moment zu erwischen, wenn ich die Bruderschaft verlassen will.«

»Red keinen Unsinn«, erwiderte ich trocken. »Diese Geschichte ist keine Geschichte. Sie ist Quatsch.«

Sein Blick verlor sich im Nichts.

»Ist das nicht der Sohn des Zimmermanns?«, begann er zu rezitieren. »Heißt nicht seine Mutter Maria und sind nicht Jakobus, Josef, Simon und Judas seine Brüder? Leben nicht alle seine Schwestern unter uns?«

»Ja gut«, bestätigte ich zu meinem Leidwesen. »Matthäus 13, Vers 55. Ist mir schon klar.«

Das Neue Testament war kein Geheimnis für mich. Schließlich hatte ich es als Nonne und Paläographin im Vatikan einen Großteil meines Lebens studiert.

»Als Jesus noch mit den Leuten redete«, zitierte er weiter, »standen seine Mutter und seine Brüder vor dem Haus und wollten mit ihm sprechen. Da sagte jemand zu ihm: Deine Mutter und deine Brüder stehen draußen und wollen mit dir sprechen. Evangelium nach Matthäus, Kapitel 12, Vers 46 und 47.«

»Ist ja gut, Kaspar!«, rief ich aufgebracht. »Die Kirche beharrt darauf, dass diese Brüder in Wirklichkeit Cousins von Jesus oder Kinder aus einer ersten Ehe Josefs waren.«

»Und ihr sagt, die Simonsons wollen das Ergebnis der Nachforschungen nicht öffentlich machen?«, hakte der Ex-Cato nach, ohne auf meinen Einwand einzugehen.

»Genau, sie wollen es nicht öffentlich machen«, bestätigte Farag. »Becky Simonson hat sich diesbezüglich klar und deutlich ausgedrückt. Sie sagte, es handle sich um private Nachforschungen, die nie an die Öffentlichkeit gelangen sollen, weil sie weder private Anerkennung noch persönlichen Ruhm anstreben. Mehr noch, um uns zum Schweigen zu verpflichten, wollen sie einen Vertrag mit einer Verschwiegenheitsklausel aufsetzen; erst dann werden sie uns mitteilen, was sie noch wissen. Für mein Empfinden haben sie Sorge, dass wir die Geschichte für unsere akademische Laufbahn nutzen könnten.«

»Und deshalb«, fügte ich sarkastisch hinzu, »haben sie uns das Angebot gemacht, selbst eine Geldsumme festzulegen, ohne Obergrenze, so astronomisch hoch sie auch sein möge.«

»Das ist schon merkwürdig ...«, murmelte der Ex-Cato.

»Allerdings«, stimmte ich zu. »Mir gefällt das ganz und gar nicht. Ich habe Farag schon gesagt, dass wir das Angebot ablehnen sollten, aber er hört nicht auf mich.«

»Sie würden uns das *Lignum Crucis* dafür geben«, rechtfertigte sich mein Mann achselzuckend.

»Und wir können ihnen diese Reliquie nicht lassen«, erklärte Kaspar mit hochgezogenen Augenbrauen entschlossen.

»Dann kannst du dich schon mal mit der Idee anfreunden, sie

zu stehlen, denn wir werden bestimmt nicht tun, worum sie uns gebeten haben«, versicherte ich ihm.

»Ich glaube, es wäre eine reizvolle Aufgabe«, erklärte Farag, der meinen Einwand schlichtweg ignorierte.

»Ja, das glaube ich auch«, stimmte Kaspar, der mich ebenfalls ignorierte, ihm zu.

»Stopp!« rief ich wütend. »Was ist denn bloß los mit euch beiden?«

Offensichtlich verursachte die hypothetische Existenz jüdischer Ossuarien, in denen die Reste von Jesus von Nazareth, seinen Eltern und Geschwistern ruhten, dem Ex-Cato keinerlei Gewissensbisse oder Glaubenskonflikte. Wenn ein superwichtiger Splitter des Heiligen Kreuzes auf dem Spiel stand, schien alles andere unwichtig zu sein. Farag hatte eindeutig recht, wenn er behauptete, dass ich Kaspar nicht so gut kannte, wie ich glaubte.

»Auch wenn wir nichts über diese Ossuarien veröffentlichen können«, fuhr dieser Trottel von meinem Ehemann fort, »wird uns irgendein Aspekt der Nachforschungen von einer solchen Größenordnung bestimmt neue Arbeitsansätze eröffnen.«

»Und außerdem könnten wir mit diesem letzten *Lignum Crucis* für immer die offene Wunde in der Geschichte der Bruderschaft schließen«, bestätigte der Ex-Cato. »Und wir könnten sagen, dass wir unseren heiligen Auftrag, das Verlorengegangene wiederzufinden, erfüllt haben.«

»Hey!«, rief ich inzwischen regelrecht verzweifelt und ohne daran zu denken, dass im Haus ein kleiner Junge schlief. »Hört mir hier eigentlich jemand zu, oder was?«

»Stimmen wir ab«, schlug mein Mann vor.

»Stimmen wir ab …?«, protestierte ich überrumpelt. »Seit wann stimmen wir ab, statt eine Einigung zu finden?«

Kaspar und Farag hoben wie in der Schule einen Arm und sahen mich lächelnd an.

»Seit wir eine ungerade Zahl bilden«, antwortete mein Mann unverfroren. »Zwei gegen eine. Nachforschung akzeptiert.«

SECHS

Da wir nicht wussten, wie sich die Simonsons am Montag mit uns in Verbindung setzen wollten, gingen wir unseren Alltagsgepflogenheiten nach, und unsere Gäste machten einen Ausflug in den Vergnügungspark *Canada's Wonderland*. Es hatte sich herausgestellt, dass Kaspar und Linus gerade in Orlando, Florida, weilten und sich in Disneyland amüsierten, als der Ex-Cato unsere Eilnachricht erhielt, denn so merkwürdig es auch klingen mochte – der kleine Linus kannte mit seinen fast fünf Jahren weder Mickymaus noch Schneewittchen und hatte auch nicht den *König der Löwen* oder *Die Eiskönigin* gesehen. Das kommt davon, wenn man das Kind eigenwilliger Eltern ist, die in einem kolossalen unterirdischen Höhlensystem in einem Land am Horn von Afrika leben. Aber das Kind schien das gut zu verkraften, es war voller Tatendrang und Neugier.

Kaspar und Linus trugen jetzt einen anderen Familiennamen und stammten aus Dänemark. Nicht dass das ein großer Schutz vor Gottfried Spitteler und seinen Schergen gewesen wäre, aber erst mal ermöglichte es ihm, sich problemlos durch die Welt zu bewegen, ohne entlarvt zu werden. Laut seinem nagelneuen Reisepass hieß er Kaspar Jensen und sein Sohn demzufolge Linus Jensen. Der Familienname Jensen war in Dänemark weit verbreitet und die Abstammung von den Wikingern bei Vater und Sohn unübersehbar, weshalb sie keine Probleme haben dürften, um – zumindest eine Zeit lang – unerkannt zu bleiben. Desgleichen verfügten sie noch über weitere Pässe mit anderen Namen, die alle völlig legal waren, denn die Bruderschaft machte keine halben Sachen. Laut Gesetz war Kaspar ein ehrenwerter dänischer Bürger, der in allen offiziellen Computern Dänemarks mit einem blütenweißen und absolut glaubwürdigen Lebenslauf registriert war.

Außer dem Identitätswechsel hatte man noch einen anderen wichtigen Aspekt berücksichtigt: Gottfried Spitteler suchte einen Cato Kaspar Glauser-Röist und nicht einen Kaspar Jensen, Vater eines kleinen Sohnes. Niemand wusste von Linus' Existenz, und er war als Begleitung Kaspars die größte Garantie dafür, nicht so leicht entdeckt zu werden.

Um halb fünf nachmittags klingelte es an der Tür. Ein Chinese von zwei Metern Größe, der eine Krawatte zum schwarzen Anzug trug und eine ebenfalls schwarze Tellermütze in der Hand hielt, überreichte mir eine Einladung für Farag, mich und überraschenderweise auch für Kaspar, der auf der Karte mit seinem richtigen Namen Glauser-Röist genannt war, zum Abendessen im Haus der Simonsons. Wenn sie wussten, dass er bei uns war, hatten sie uns ausspioniert. Isabellas Verhalten und das Auftauchen der Simonsons hatte meine Privatsphäre mit einem Schlag zunichtegemacht. Ich war mir nicht sicher, ob man deswegen Anzeige erstatten konnte, jedenfalls bekam ich ziemlich schlechte Laune.

Der riesige Chinese erklärte, dass er warten würde, bis wir fertig seien, kehrte zu dem luxuriösen schwarzen Lincoln mit getönten Scheiben zurück, der vor unserem Haus stand, und setzte sich hinein. Natürlich hatten die Simonsons trotz ihres kosmopolitischen Lebens ein eigenes Haus in Toronto, es war ja auch ihre Heimatstadt.

Wir zogen uns alle hübsch an, wie es sich für ein feines Abendessen in einer Luxusresidenz gehörte (auch wenn einer sich eher verkleidete, indem er eine Fliege umband), und baten vor Verlassen des Hauses Isabella eindringlich, sich um Linus zu kümmern, der uns mit einer Mischung aus körperlicher Erschöpfung und Glückseligkeit anstarrte. Er hatte mit Charlie Brown und

Snoopy gespielt, mit Meeresungeheuern und einem Piratenschiff gekämpft, Dinosaurier gesehen und Pizza gegessen. Das Leben konnte schöner nicht sein. Sein Vater hatte ihm das Abendessen gemacht, ihn gebadet und ihm den Schlafanzug angezogen, aber vorher durfte er mit Isabella noch ein wenig fernsehen.

Die Simonsons wohnten natürlich im sündhaft teuren und luxuriösen Stadtteil Lawrence Park mitten in Torontos City. Im strahlenden Sonnenschein fuhren wir erst die Young Street und dann die riesige Mount Pleasant Road entlang und bogen schließlich in die Blythwood Road ein, wo wir an hohen Buschhecken entlangkamen, hinter denen sich Luxusvillen im Wert von Abermillionen kanadischen Dollars verbargen. Kurz nach Passieren der Stratford Crescent bog der Lincoln nach rechts in eine kleine Seitenstraße ab, die steil bergauf führte, bis er vor einem großen und soliden Tor anhielt, das uns durch die getönten Scheiben des Wagens nicht erkennen ließ, was sich dahinter, darüber, darunter, rechts oder links davon verbarg. Soll heißen, wir sahen gar nichts. Der Chauffeur, von dem uns eine Glasscheibe trennte, betätigte eine Fernbedienung, und die Tore begannen sich langsam zu öffnen. Jetzt konnten wir einen dichten Wald aus hohen Tannen, Zedern und riesigen Kiefern erkennen. Ein asphaltierter, von alten Straßenlaternen aus Eisen, Keramik und Glas gesäumter Weg führte zwischen den Bäumen hindurch ins Innere eines unvergleichlichen Anwesens, das uns aus dem modernen Toronto des 21. Jahrhunderts unvermittelt in den wunderschönen Pariser Bois de Boulogne des 19. Jahrhunderts katapultierte.

Zu unserer Überraschung erwartete uns am Ende der Fahrt durch diese schöne Landschaft eine spektakuläre zweistöckige Villa im französischen Stil mit Balkongalerie, dunklem Dach und einem Springbrunnen à la Versailles vor dem Eingangsbereich. Der Lincoln hielt vor einer stilvollen Massivholztür mit wunderschönen Schnitzereien und Mattglasscheiben, und schon öffnete uns der orientalische Chauffeur, der sich geschmeidig und agil wie ein Tiger bewegte, die Türen. Dieser Chauffeur war bestimmt in Kampfsportarten trainiert und diente der Familie wahrscheinlich auch als Bodyguard.

Ein schwarz gekleideter Bediensteter öffnete uns die zweiflügelige Eingangstür und hieß uns willkommen, und dann führte uns der Majordomus, ebenfalls im schwarzen Anzug, durch etliche Flure, die mit Sesseln und Leuchtern dekoriert und mit Blumenbouquets geschmückt waren, in den Salon, wo die Simonsons uns bereits erwarteten. Zu behaupten, dass diese Villa fabelhaft war, wäre reichlich untertrieben: Jeder Teppich, jeder Gardinenschal, jedes Möbelstück und jede Lampe, jede Farbe, jeder Krug, jeder Wandteppich und jede Skulptur verströmte Grandezza und Eleganz. Alles war von bemerkenswerter Schönheit und mutete aristokratischer an als jeder Palazzo, den ich in meinem Leben betreten hatte. Das Haus atmete Macht und vor allem das Bewusstsein dieser Macht.

»So ein Haus möchte ich auch«, flüsterte ich Farag zu.

»Morgen«, versprach er und legte sich die Hand aufs Herz.

Als wir den Salon betraten, in dem ein Kaminfeuer brannte und in den durch große Panoramafenster, die zur Galerie zeigten, viel Licht hereinfiel, standen die Simonsons auf, um uns zu begrüßen. Der alte Jake, der ein beiges Jackett samt beiger Krawatte trug, und die elegante Becky, die an diesem Tag ganz in Weiß gekleidet war und unzählige goldene Schmuckstücke angelegt hatte, konnten ihren Blick nicht von Kaspar abwenden, nicht einmal, als sie Farag und mich begrüßten. Es war keine Unhöflichkeit, wirklich nicht, doch die Tatsache, dass kein Geringerer als der Cato – oder Ex-Cato – leibhaftig vor ihnen stand, war selbst für sie, die den Umgang mit Regierungspräsidenten, Monarchen und Päpsten gewohnt waren, regelrecht überwältigend. Beide drückten ihm die Hand, und mir schien, als würde Jake eine leichte Verbeugung andeuten und Becky am liebsten einen Knicks machen.

Wir saßen auf langen, bequemen Sofas aus grünem Samt, als wie aus dem Nichts ein weiterer Bediensteter mit einem Silbertablett und Champagner auftauchte. Jake Simonson wartete, bis wir alle ein Glas in Händen hielten, um seines zum Anstoßen zu heben.

»Auf Sie«, sagte er mit breitem Lächeln. »Und auf Ihren Erfolg.«

Ich wusste nicht, wo ich mein Glas abstellen sollte, bis ich sah, dass Becky ihres einfach auf den Kaffeetisch gestellt hatte, einen Tisch, auf dem ich mich problemlos hätte ausstrecken können, und oben und unten wäre noch immer Platz gewesen. Es schien sie nicht weiter zu kümmern, ob sie das empfindliche Holz bekleckerte, also tat ich es ihr gleich. Wir alle.

»Genießen Sie Ihre Reise durch die Vereinigten Staaten und Kanada, Mister Glauser-Röist?«, fragte sie Kaspar freundlich.

»Ja, sehr«, erwiderte der Felsen so ernst, dass es fast wirkte, als meinte er das Gegenteil.

»Und Ihr Sohn?«, fügte Jake wie nebenbei hinzu. »Gefällt Linus das Leben außerhalb des irdischen Paradieses?«

»Ja, es gefällt uns beiden sehr, danke.«

»Vielleicht wissen Sie noch nicht, dass Kaspar nicht mehr Cato der Bruderschaft der Staurophylakes ist«, platzte mein Mann heraus.

»Nun ja«, erwiderte Becky und griff zu dem breiten Collier in ihrem Ausschnitt. »Wir haben so etwas schon vermutet. Seine Anwesenheit hier ist doch ein Beweis dafür, dass er das Schicksal der Bruderschaft nicht mehr lenkt. Aber ein Cato ist wie ein Papst: Auch wenn er auf sein Amt verzichtet, bleibt er doch immer Cato. Im Augenblick hat die katholische Kirche zwei Päpste, Benedikt und Franziskus, und schon bald wird die Bruderschaft auch zwei Catos haben. Die Zeiten ändern sich, man muss sich anpassen. Die einzige Ausnahme ist der Dalai Lama, der sein Amt nicht seiner nächsten Inkarnation übergeben kann.«

Obwohl wir alle lächelten, war die Atmosphäre alles andere als entspannt.

»Wie wäre es, wenn wir uns gleich mit dem Anlass befassen, dessentwegen Sie hier sind?«, schlug der alte Jake mit Blick auf Kaspar vor. »Was meinen Sie, Mister Glauser-Röist?«

»Wenn Ottavia und Farag damit einverstanden sind«, erwiderte er, »möchte ich zunächst die Reliquie des Heiligen Kreuzes sehen.«

Die Simonsons zeigten sich hocherfreut, als hätten sie schon ungeduldig auf diese Bitte gewartet. Jake erhob sich mit überraschender Agilität und ging zu einer Vitrine aus Mahagoni, die neben dem brennenden Kamin stand. Noch bevor er sie öffnete, erkannte ich durch die Glastüren den Reliquienschrein aus dem 13. Jahrhundert, der für jeden sichtbar auf einem Fächer zwischen anderen silbernen Dekorationsgegenständen lag und deshalb überhaupt nicht auffiel. War diese Vitrine etwa der Hochsicherheitstresor, in dem die Reliquie für alle Ewigkeit vor den Staurophylakes in Sicherheit sein sollte? Ich presste die Lippen zusammen und verkniff mir ein Lachen. Offensichtlich nicht, aber allein die Vorstellung fand ich witzig. Der Splitter läge keine zwei Sekunden länger in der Vitrine, wenn die Bruderschaft sich seiner bemächtigen wollte.

Jake ergriff den Reliquienschrein und hielt inne, als hätte ihn der Schlag getroffen. Dann öffnete er ihn und wühlte mit seinen arthritischen Fingern darin herum. Ich konnte nicht glauben, was ich sah, und diese Ungläubigkeit lähmte mich. Becky stieß einen besorgten Schrei aus.

»Jake, Jake!«, rief sie ihren Mann, der keinen Laut von sich gab. »Was ist los, Jake?«

Aber Jake verharrte stumm und starr wie eine Statue, er hielt das Kästchen in der Hand und starrte Kaspar, ohne zu blinzeln, an.

»Lassen Sie Geoffrey kommen!«, befahl Kaspar mit einer Stimme, die mich erschreckte. Ich sah ihn an und erkannte ihn nicht wieder. Er war wieder der Cato der Staurophylakes.

»Geoffrey ...?«, fragte die verblüffte Becky besorgt. »Den Majordomus?«

»Geoffrey«, flüsterte der alte Jake, als er aus seiner Erstarrung herausfand. »Geoffrey! Nein, nein nein ... Das kann nicht sein.«

In dem Moment ging die Tür auf, und es trat, als hätte er uns belauscht, der Majordomus ein, der uns in den Salon geführt hatte. Er ging entschlossen zu Kaspar, streckte den Arm aus und öffnete seine behandschuhte Hand.

»Hier hast du sie, Cato«, sagte er und gab ihm den Splitter. Dann wandte er sich an die Simonsons. »Wenn Sie keine weiteren Wünsche haben, gehe ich jetzt. Ich habe meine Kündigung der Wirtschafterin Jane ausgehändigt.«

Kaspar sah ihn zufrieden an.

»Gehe in Frieden, Geoffrey«, sagte er, wobei er voller Ehrfurcht die Reliquie in der Hand hielt.

»Gehe auch du in Frieden, Cato.«

»Ich bin nicht mehr dein Cato, das weißt du.«

Geoffrey lächelte.

»Wie Mrs. Simonson ganz richtig sagte: Ein Cato bleibt immer ein Cato, auch wenn er sein Amt ablegt«, erwiderte er und verließ den Salon.

Da die Simonsons zu Salzsäulen erstarrt waren und Farag und mir buchstäblich der Puls aussetzte, waren die sich entfernenden Schritte des Majordomus deutlich zu hören, ebenso wie das leise Zufallen der Tür.

Nur die Flammen im Kamin zuckten. Ich suchte Farags Blick und er meinen. Wir waren genauso überrumpelt wie die armen Multimillionäre, die nicht reagierten und nicht aus ihrer Bestürzung herausfanden. Mein Mann zog inquisitorisch eine Augenbraue hoch, womit er sich und mich fragte, was soeben geschehen war. Wenn ich das wüsste, dachte ich. Einerseits hatte die Bruderschaft einmal mehr ihre außergewöhnliche geheimnisvolle Macht demonstriert; andererseits war die Bruderschaft in das Haus der allmächtigen Familie Simonson eingedrungen und hatte sie bestohlen.

Becky war sichtlich mitgenommen, weshalb es ihr sehr schwerfiel, aus der Unterwelt zurückzukehren. Jake, der noch den Reliquienschrein in der Hand hielt, trat einen Schritt vor und kehrte dann langsam zu seinem Platz neben seiner Frau auf dem Sofa zurück.

»Geoffrey …«, stammelte er fassungslos, als er sich hinsetzte. »Er hat über zwanzig Jahre für uns gearbeitet.«

»Ich weiß«, bestätigte Kaspar nickend.

»Er hatte unser vollstes Vertrauen«, fuhr der verwirrte Hundertjährige fort.

»Auch das weiß ich«, antwortete der Ex-Cato.

»Unser gesamtes Personal wird einem sehr rigorosen Auswahlverfahren unterzogen und alle zwei Jahre überprüft«, schloss Jake und schleuderte den leeren Reliquienschrein auf den Tisch. Der Aufprall holte mich ins Leben zurück.

»Geoffrey ist ein Staurophylax, nicht wahr?«, fragte ich den Felsen wie ein Einfaltspinsel.

»Ja.« Kaspar lachte. »Er ist im irdischen Paradies geboren.«

»Er hatte keine Skarifikationen am Körper!«, platzte es schließlich aus dem wütenden Jake heraus. »Er wurde auch medizinisch untersucht!«

»Ja«, erwiderte Kaspar gelassen. »Mein Sohn Linus hat ebenfalls keine. Den dort Geborenen werden Aufgaben übertragen, für die sie keine Narben haben dürfen; sie erhalten die Skarifikationen bei ihrer Rückkehr.«

Becky, der es bisher komplett die Sprache verschlagen hatte, seufzte laut.

»Bitte, Cato«, bat sie den Felsen. »Sagen Sie Geoffrey, dass er nicht gehen soll. Wir schätzen ihn sehr, und er arbeitet ausgezeichnet. Es wird sehr schwierig sein, einen so guten Majordomus wie ihn zu finden.«

Kaspar schüttelte bedauernd den Kopf.

»Erstens bin ich nicht mehr Cato, Becky. Und zweitens ist Geoffrey nicht Ihr Majordomus, sondern ein Staurophylax, der nach so langer Zeit endlich nach Hause möchte. Das müssen Sie verstehen.«

»Er hat uns zwanzig Jahre angelogen!«, knurrte der alte Jake, dessen Adern am Hals und auf der Stirn gefährlich angeschwollen waren. »Ein Staurophylax! In unserem Haus! Der uns ausspioniert!«

»Sie haben uns schon lange, bevor Geoffrey in dieses Haus kam, ausspioniert!«

Jake Simonson starrte ihn überrascht an und schien langsam wieder zu Verstand zu kommen. Es stimmte, was Kaspar gesagt hatte, er selbst hatte es uns an jenem Freitagabend bei uns zu Hause verraten, und weil er zuerst spioniert hatte, hatte er keinerlei Recht, sich derartig aufzuregen. Außerdem hatten sie ihm die Reliquie ja nicht wirklich gestohlen.

»Gibt es noch mehr?«, fragte er Kaspar kampfeslustig, wenn auch nicht mehr so aufgebracht. »Gibt es noch mehr Staurophylakes unter meinem Personal hier oder an einem anderen Ort?«

Der Felsen lächelte flüchtig.

»Glauben Sie wirklich, Jake, dass ich diese Frage beantworten werde? Nicht in einer Million Jahren!«

Ich bewunderte Kaspars Unverfrorenheit, die Simonsons beim Vornamen zu nennen, als würde er sie ein Leben lang kennen. Sie hatten es ihm nicht angeboten, aber wie es schien, gestanden sie ihm größere Autorität zu als sich selbst, auch wenn sie viel älter, viel reicher und viel bekannter waren als er. Vielleicht war das eine alte Sitte bei den Außerirdischen.

Farag und ich hatten uns in steinerne Gäste verwandelt. Wir waren ebenso verblüfft wie die Simonsons, gehörten allerdings zu den Gewinnern und wollten erleben, wie unser geistiger Anführer den Feind ohne Verschnaufpause weiter in die Zange nahm. Na ja, ich wollte das, ein anderer nicht unbedingt.

»Ich glaube, wir sollten uns alle beruhigen«, ließ sich Farag plötzlich vernehmen. »Was soeben passiert ist, beweist doch nur den guten Willen der Bruderschaft, Mister Simonson. Die Reliquie ist nicht aus Ihrem Haus verschwunden. Und ich glaube auch nicht, dass irgendjemand die Absicht hatte, sie zu stehlen. Wie Sie sehen konnten, hätte die Bruderschaft das mit Leichtigkeit tun können, hätte sie denn gewollt. Aber dem ist nicht so«, schloss er und zeigte dabei auf den Ex-Cato. »Und ich glaube, es gibt für all das eine gute Erklärung, stimmt's, Kaspar?«

Dieses »Stimmt's, Kaspar« enthielt eine Mahnung, die ich genau verstand: Entweder begann Kaspar jetzt zu singen wie ein Vögelchen, oder die Konsequenzen wären unvorhersehbar. Mein Mann gehörte zu den Menschen, die schweigen und ertragen, aber wenn sie explodierten, dann auf schlimmste Art und Weise. Und Kaspar wusste das ebenso gut wie ich.

»Ich möchte, dass Sie verstehen, Jake«, setzte der Ex-Cato zu seiner Erklärung an, »dass Sie uns mit Ihrem Vorgehen nicht überzeugen werden. Unsere Art zu helfen ist eine andere. Sie brauchen uns, um diese Ossuarien zu finden, von denen Ottavia und Farag mir erzählt haben? Na schön, bitten Sie um Hilfe, bitten Sie angemessen darum, aber versuchen Sie nicht, uns zu kaufen.«

Nachdem er das gesagt hatte, stand er auf und ging um den Tisch herum zu dem Reliquienschrein, hob ihn auf und legte ganz vorsichtig den Splitter des Heiligen Kreuzes hinein. Dann schloss er ihn wieder und reichte ihn dem alten Jake.

»Sie wissen, dass wir uns nichts sehnlicher wünschen auf der Welt«, sprach Kaspar weiter. »Aber benutzen Sie das, was wir seit tausendsiebenhundert Jahren verehren, nicht als Währung. Bitten Sie uns um Hilfe, und Sie werden sie bekommen. Sie können uns dieses *Lignum Crucis* geben oder nicht, das ist Ihre Entscheidung, aber benutzen Sie es auf keinen Fall als Bestechungsmittel.«

Jake war noch dabei, diese Portion Galle zu schlucken, die Kaspar ihm in den Mund gelegt hatte, weshalb Becky für sie beide antwortete.

»Das *Lignum Crucis* gehört Ihnen, Cato«, erklärte sie unumwunden, schnappte sich das Kästchen aus den reglosen Händen ihres Mannes und gab es Kaspar zurück.

»Danke. Wären Sie jetzt so freundlich und lassen Jeremy kommen?«

»Jeremy ... den Chauffeur?«, stotterte Jake.

»Den chinesischen Chauffeur?«, wiederholte ich, weil ich nicht glauben konnte, was ich da hörte.

»Ja, den chinesischen Chauffeur. Lassen Sie ihn kommen.«

Aber Becky war schon aufgestanden und hatte einen kleinen Knopf neben dem Rauchfang gedrückt. Augenblicklich erschien ein weiterer Bediensteter im Türrahmen.

»Lassen Sie bitte Jeremy sofort herkommen«, sagte Becky.

»Er ist auch ein Staurophylax, oder?«, fragte der alte Jake vollkommen erschlagen.

»Selbstverständlich«, bestätigte Kaspar mit angedeutetem Lächeln.

Der zwei Meter große Chauffeur, der aussah wie ein Meister im Kampfsport und uns hergebracht hatte? Das Ganze überstieg allmählich wirklich mein Vorstellungsvermögen.

Gleich darauf trat Jeremy ein, als hätte er ebenfalls darauf gewartet, gerufen zu werden. Kaspar und er wechselten einen vielsagenden Blick, und Jeremy trat näher.

»Bring dieses *Lignum Crucis* nach Hause«, sagte Kaspar und überreichte ihm den Reliquienschrein. »Pass gut darauf auf.«

»Keine Sorge, Cato«, antwortete der chinesische Riese und nahm das Kästchen voller Ehrfurcht in seine Pranken. »Es wird unbeschadet ankommen. Ihnen, Mr. und Mrs. Simonson, danke für alles«, sagte er und verneigte sich zum Abschied. »Und vielen Dank auch für diese heilige Reliquie.«

Wäre ich Jake Simonson gewesen, hätte ich meinen Kopf mehrmals an die Wand geschlagen. Und der Alte schien tatsächlich drauf und dran zu sein, es zu tun. Becky hingegen war entzückt.

»Pass auf dich auf, Jeremy«, sagte sie herzlich. »Vielen Dank für deine gute Arbeit.«

Der Riese verschwand durch die Tür und hinterließ genau wie Geoffrey undurchdringliches Schweigen im Salon. Zwei Staurophylakes als Maulwürfe im Haus der Simonsons in Toronto! Und wer wusste schon, wie viele es noch gab? Wäre die Situation nicht so peinlich gewesen, hätte ich schallend gelacht.

»Gut, das wäre erledigt«, schloss der Cato. »Nochmals vielen Dank.«

»Wir müssen Sie noch um Hilfe bitten«, murmelte Jake niedergeschmettert. Er hatte die Strategie natürlich verstanden. Ich empfand Mitleid mit ihm. Jake war, abgesehen von einem Menschenfreund, Kunstmäzen und Gründer mehrerer Universitäten und Museen, ein mächtiger Unternehmer in der Öl- und Energieindustrie. Nachdem er ein Leben lang mit gekrönten Häuptern Umgang hatte, musste ihm diese Unterordnung sehr schwerfallen.

»Gut, aber vorher müssen Sie wissen, dass wir keine Verschwiegenheitsklausel und selbstverständlich auch keinerlei Vertrag unterschreiben. Nachdem wir jetzt eine Vertrauensbasis geschaffen haben, brauchen wir doch keine schriftlichen Vereinbarungen mehr.«

»Selbstverständlich, Cato«, stimmte Becky energisch zu, während Jake eine weitere Portion Stolz in bitterer Lösung hinunterschlucken musste. »Entschuldigen Sie unser Misstrauen. Wir sind daran gewöhnt, um uns herum Mauern hochzuziehen, nicht, sie einzureißen.« Sie stützte sich mit beiden Händen auf dem Sofa ab, erhob sich distinguiert – was ich mir merkte, um es zu imitieren – und strich ihr schönes weißes Kleid glatt. »Begleiten Sie mich bitte, wir müssen Ihnen eine ganze Menge Dinge zeigen. Komm, Jake.«

Die beiden Alten gingen uns voraus, als wir den Salon durch eine andere Tür verließen. Dort erwartete uns eine reglose, stumme Gestalt, ebenfalls in schwarzer Uniform.

»Geben Sie bitte Abby Bescheid«, sagte Becky zu dem Bediensteten. »Und sagen Sie ihr, sie soll in die kleine Bibliothek runterkommen.«

Als wäre es das Zeichen, um ein Heer zu mobilisieren, machte der Mann eine dezente Handbewegung, worauf ein weiterer Bediensteter, den wir bislang nicht gesehen hatten, wie aus dem Nichts auftauchte und gleich wieder in einem zweiten Flur verschwand, um die Bitte auszuführen, während ein dritter unversehens zur Stelle war, um uns voranzugehen und die nächste Tür zu öffnen, womit er eine Art von perfekt abgestimmtem Staffellauf initiierte, bei dem von allen Seiten Bedienstete auftauchten und wieder verschwanden, Türen öffneten und wieder schlossen. Wir durchquerten einen riesigen Saal, einen Tanzsaal, mehrere Flure, wir gingen eine breite Treppe hinab, durchquerten eine Art Atrium mit Glaskuppel, durch die das Tageslicht hereinfiel, und gingen an einer langen glatten Wand entlang, hinter der leise ein Swimmingpool-Motor brummte. Als wir noch einen Vorführraum für Kinofilme und einen Fitnessraum hinter uns gelassen hatten, öffnete uns der letzte Staffelläufer die Tür zu einer Bibliothek, die zu unserer großen Überraschung tatsächlich recht klein war, soll heißen, klein im Vergleich zu den Dimensionen dieser Villa, im Vergleich zu denen eines normalen Hauses allerdings ziemlich groß.

Mein Herz klopfte stürmisch, als ich außer der erlesenen Sammlung alter Bücher und Kodizes auch die wunderschöne, eindeutig im ausgehenden 19. Jahrhundert gestaltete Bibliothek erblickte. Die Wände waren überzogen mit meterlangen Mahagoniregalen voller Bücher. Anhand des Materials, der Farbe und der Größe einiger Einbände hätte ich schwören können, dass viele Bücher mehr als tausend Jahre alt waren, weshalb es sich wohl um Manuskripte aus dem Mittelalter handelte, deren künstlerischer und kultureller Wert unschätzbar sein musste, ganz zu schweigen von ihrem Geldwert. Alle Möbel dieser beeindruckenden (laut Becky Simonson kleinen) Bibliothek bestanden aus demselben rötlichen Holz und wiesen dieselben prächtigen und üppigen Floralintarsien auf. Auf einer Seite standen unter hohen Fenstern zwei abgewetzte Sessel, die wie alle Sessel an den (je zwei) Schreibtischen und Sekretären mit schwarzem Samt bezogen waren, und in der Mitte prangte ein kolossaler Bibliothekstisch mit geschwungenen Beinen, auf dessen Platte die Weltkarte als Mosaik aus Perlmutt und Messing prangte. An jeder Ecke stand zudem je ein wunderschöner Globus auf einem hohen, ebenfalls aus Mahagoni gedrechselten Sockel.

Ich, die Bibliotheken ebenso oder noch mehr liebte als Farag (wie man so schön sagt), war auf den ersten Blick und für alle

Ewigkeit in dieses Wunderwerk verliebt. Ich wusste, es war eine unmögliche Liebe, die mir nie gehören würde, aber das war mir egal. Ihr gehörte meine größte Wertschätzung und mein Herz. Genüsslich atmete ich ihre Luft ein, um dieses Aroma aus antiken Büchern, altem Papier, Holz, Stoff, Kalbs- und anderem Leder in mich aufzusaugen, als wäre es ein heiliges Ölgemälde. Mein Tablet könnte mir nie auch nur annähernd einen so intensiven Moment wie diesen vermitteln (so bequem es zum Lesen auch sein mochte). Aber meine sensorische und emotionale Ekstase hielt nur kurz vor.

»Frau Doktor Salina«, rief mich der alte Jake, meinem Eindruck nach in voller Absicht. »Erinnern Sie sich daran, was ich am letzten Freitag beim Abschied zu Ihnen gesagt habe?«

Was? Wovon redete dieser Fremde, und was wollte er eigentlich von mir in diesem Augenblick meiner spirituellen Verschmelzung mit den Büchern und der Schönheit?

»Ich glaube, Sie haben einen Text aus der Bibel erwähnt«, antwortete Farag, als er meine anhaltende Irritation registrierte.

»Genau«, murmelte Jake zufrieden. »Matthäus 9, Vers 29-30: ›Darauf berührte er ihre Augen und sagte: Wie ihr geglaubt habt, so soll es geschehen. Da wurden ihre Augen geöffnet.‹ Erinnern Sie sich, Frau Doktor?«

Mein Gott, was hatte der Mann bloß? Konnte er mich nicht in Ruhe meine Verzückung genießen lassen?

»Ich erinnere mich sehr gut, Mister Simonson.«

»Dann machen Sie sich bereit, damit Ihre Augen geöffnet werden.«

Er ging zu dem großen Tisch – mit der Weltkarte als Mosaik aus Messing und Perlmutt –, und erst da fielen mir die zwei grauen Seidentücher auf, unter denen … was auch immer verborgen war. Jake zog das erste Tuch herunter, und es kam eine dicke Glasscheibe zum Vorschein, unter der zwei Bögen dunklen Papiers mit arabischer Schrift lagen.

Farag ging rasch näher, Kaspar und ich folgten ihm mit einigem Abstand.

»Was ist das?«, fragte mein Mann neugierig.

»Können Sie den Text nicht lesen, Direktor Boswell?«, wunderte sich Jake.

»Doch, natürlich«, erwiderte Farag, beugte sich noch weiter über das Schriftstück unter der Glasscheibe und schob seine Nickelbrille hoch. »Dieser Text stammt aus den 12. oder 13. Jahrhundert. Die Kalligraphie ist gewöhnliches *Naskhi* (das zum Schreiben und nicht zur Ausschmückung benutzt wurde), es ist sehr flüssig und ja, elegant geschrieben. Scheint ein Brief zu sein.«

»In der Tat, das ist ein Brief«, bestätigte Becky zufrieden. »Diesen Brief hat der berühmte Historiker und Chronist Ibn al-Athīr 1192 an seinen jüngeren Bruder Diya ad-Din geschrieben, als er im Heer von Sultan Saladin diente.«

»Becky!«, tadelte Jake seine Frau vorwurfsvoll. »Nun warte doch, bis Abby da ist!«

»Ich bin schon da, Großvater.«

Eine große blonde Frau von ungefähr fünfunddreißig Jahren in einfacher Jeans und weißer Bluse hatte unbemerkt die kleine Bibliothek betreten. Kaum hatten sich hinter ihr die Flügeltüren geschlossen, erfüllte sie den Raum mit mehr Glamour und Eleganz, als es fünfzig Mode- und Einrichtungsmagazine zusammen vermocht hätten. Ich ahnte gleich, dass sie von englischen und französischen Kindermädchen erzogen worden war und anschließend ein exklusives europäisches Internat für Töchter von Aristokraten oder mächtigen Familien besucht hatte, wahrscheinlich in der Schweiz. Nur so ließen sich diese makellose Figur, dieser perfekte Gang, diese formvollendete Haltung sowie ihre Selbstsicherheit und natürliche Eleganz erklären. Es gab nichts Besseres, als in die richtige Familie hineingeboren zu werden, um zur Perfektion zu gelangen (was natürlich nicht mein Fall war, denn meine Familie war eine Katastrophe). Dennoch hatte die verfluchte Genetik dieser ganzen Perfektion eine desaströse Schwachstelle hinzugefügt: Abby Simonson war ziemlich hässlich. Sie konnte noch so gut geschminkt sein – die kleinen Augen, die quadratischen Zähne, die große Adlernase und die fehlenden Lippen ließen sich nicht verstecken, denn dort, wo sich der Mund befinden sollte, war nur ein feiner karminroter Strich zu sehen.

Abby küsste ihre Großeltern zur Begrüßung auf die Wangen und gab uns bei der folgenden Vorstellung die Hand. Eigentlich wollte sie mich als Frau in mediterraner Manier ebenfalls auf die Wangen küssen, aber mein schnelles Zurückweichen hielt sie davon ab. Ich lasse mich von niemandem küssen, den ich nicht mindestens einen Monat kenne, und auch dann muss ich es mir noch gut überlegen. Kaspar warf sie einen interessierten, zutiefst neugierigen Blick zu. Natürlich wusste sie, wer er war.

Becky hängte sich stolz bei ihrer riesigen Enkelin ein, die leider das Pech hatte, nichts von ihrer Schönheit geerbt zu haben.

»Das ist unsere Enkelin Abby, die Tochter von Dan, unserem jüngsten Sohn«, erklärte sie mit einem strahlenden Lächeln. »Wir haben drei Söhne und sieben Enkel, aber Abby ist die einzige Enkelin.«

Bei dieser Erklärung ihrer Großmutter lächelte Abby resigniert, und ich entnahm ihrem Gesichtsausdruck, dass sie das schon Millionen Male gehört hatte.

»Aber du hast doch sechs Urenkelinnen!«, schimpfte Jake.

»Das ist nicht dasselbe«, widersprach Becky. »Abby und ich waren lange Zeit die einzigen Frauen in dieser Familie.«

»Bitte, Abby«, beendete ihr Großvater das Thema gutmütig. »Übernimm du die Einführung, sonst werden wir nie fertig. Ach übrigens, meine Liebe, wir haben Cato Glauser-Röist die Reliquie des Heiligen Kreuzes geschenkt und waren höchst überrascht zu erfahren, dass sowohl Geoffrey als auch Jeremy Staurophylakes sind.«

In Abbys hässlichem Gesicht stand unvermittelt die größte Verblüffung, die sie wohl je in ihrem feinen Leben gezeigt hatte. Sie sah erst ihren Großvater und dann ihre Großmutter an, die mit dem Kopf nickten, und entschied sich nach kurzem Überlegen dafür, nichts darauf zu erwidern. Dann wandte sie sich dem großen Tisch zu und sah, dass ihre Großeltern uns den Brief des arabischen Historikers schon gezeigt hatten, dessen Namen man sich unmöglich merken konnte, weshalb sie sich wieder uns zuwandte, uns mit ihren kleinen Augen prüfend musterte und fragte:

»Erinnern Sie sich an den Inhalt des Briefes des Patriarchen Dositheus I. an den Patriarchen von Konstantinopel Nicetas I.?«

Viel zu gut, dachte ich mit aufkeimendem Misstrauen.

»Natürlich erinnern wir uns daran«, erklärte Kaspar, der die Fotos gar nicht gesehen hatte. »Dositheus war Staurophylax und schickte damals eine Kopie des Briefes an die Bruderschaft.«

SIEBEN

Wenn alle drei Simonsons bei dem bloßen Gedanken an die vielen Verstrickungen erbleichten, die Kaspars Worte andeuteten, wurde ich für alle drei zusammen blass. Erstens verstand ich nicht, warum er am Abend zuvor, als wir ihm von der Geschichte erzählten, nicht erwähnt hatte, dass auf dem Anwesen Staurophylakes eingeschleust waren, und zweitens, warum er das mit Dositheus und seinem verdammten Brief verschwiegen hatte. Er hatte uns in dem Glauben gelassen, nichts von den verfluchten Ossuarien zu wissen, obwohl er höchstwahrscheinlich mehr wusste als die Simonsons selbst. Jetzt hatten wir statt einer zwei Geschichten, und der ganze Schwindel wurde schneller größer als ein Schneeball, der einen Hügel hinunterrollt. Ich musste beten, ich musste raus aus diesem Haus, um allein nachdenken und mit Farag unter vier Augen reden zu können. Kaspar war mir suspekter denn je, und es fiel mir schwer, ihn weiter als Freund zu betrachten. Er war nicht mehr Kaspar oder der Felsen. Er war nur noch Cato (oder Ex-Cato), und zu meinem großen Bedauern wurde mir bewusst, dass ich diese Veränderung akzeptieren musste, so schmerzlich sie auch sein mochte. Außerdem ging hier etwas Seltsames vor, das behagte mir überhaupt nicht. Auf der Suche nach Trost rückte ich näher an Farag heran, der mir einen Arm um die Schultern legte, eine Geste, die mich seine eigene Irritation und Sorge spüren ließ. Wenigstens förderte diese Umarmung die Kommunikation zwischen uns, und das beruhigte mich ein wenig.

»Sie zuerst«, verlangte Kaspar von den Simonsons und brach damit das angespannte Schweigen, das sich in der kleinen Bibliothek ausgebreitet hatte. »Wenn Sie fertig sind, erzähle ich Ihnen alles, was wir wissen.«

Doch wie zu erwarten brachten die Simonsons kein Wort heraus; sie waren wie durch Zauberhand wieder zu Salzsäulen erstarrt.

»Na schön«, fuhr der Cato sichtlich ungeduldig fort. »Dann fange ich an, wenn Ihnen das lieber ist.«

Die drei Simonsons wechselten vielsagende Blicke, und ich konnte fast die Funken zwischen ihren Köpfen hin und her zucken sehen. Dann nickte Jake.

»Bitte, schießen Sie los, Cato«, flüsterte er.

»Danke«, erwiderte Kaspar und setzte zu seiner Erklärung an. »Im Januar 1187 schrieb der orthodoxe Patriarch von Jerusalem, Dositheus, einen Brief an die Bruderschaft und informierte sie über das, was er dem Patriarchen von Konstantinopel über die Entdeckung der alten jüdischen Grabstätte in Nazareth und der neun Ossuarien der Heiligen Familie geschrieben hatte. Doch es waren damals stürmische Zeiten für uns. Erst ein Jahr zuvor, 1186, war die Bruderschaft von den Kreuzrittern in Jerusalem und Konstantinopel grausam niedergemetzelt worden, denn sie hielten uns für exkommunizierte Abtrünnige, weil wir nicht am großen Schisma der Kirche teilgenommen hatten. In jenen schwierigen Zeiten konnte man wenig oder gar nichts unternehmen bezüglich dieser Ossuarien, die der damalige Cato logischerweise als falsche Reliquien einstufte.«

Seine flache Hand glitt über die Tischplatte, es war fast ein Streicheln.

»Dositheus«, fuhr er fort, »schrieb der Bruderschaft im selben Jahr ein zweites Mal und berichtete, dass ein Schiff mit Anweisungen von Papst Urban III., die Ossuarien zu zerstören, in Jerusalem eingelaufen sei. Erstens verfügte der Papst, dass alle, die von der Existenz der Ossuarien wussten, vor dem lateinischen Patriarchen den Schwur leisteten, für immer zu schweigen, und zweitens, dass die Ossuarien von den zwei Großmeistern der militärischen Templer- und Hospitalorden, Gérard de Ridefort und Roger de Moulins, persönlich und augenblicklich zu zerstören seien, weil die Macht des Teufels in diesen Objekten stecke und sie deshalb natürlich nicht von irgendwem zerstört werden dürften. Und zu guter Letzt befahl er Joscio, dem Erzbischof von Tiro, an der Grabstätte eine Zeremonie zur Teufelsaustreibung abzuhalten. Doch es kam nicht zu der Zerstörung, weil Saladin ihnen einen Strich durch die Rechnung machte.«

»Die Rolle Saladins in dieser Geschichte«, unterbrach ihn Abby, »kennen wir aus dem Inhalt des Briefes, den wir Ihnen gezeigt haben, der, den al-Athīr 1192 seinem kleinen Bruder schrieb. Sie werden noch sehen, warum.«

»Ich würde gern die Übersetzung dieses Briefes lesen, wenn Sie eine haben«, erwiderte Kaspar.

»Selbstverständlich«, sagte Abby, »aber erzählen Sie vorher bitte Ihre Geschichte zu Ende.«

Kaspar erzählte weiter, dass laut Dositheus faktisch nicht genug Zeit blieb, um die Ossuarien zu zerstören, auch wenn Papst Urban III. seine Befehle mit einer genuesischen Galeere mit schwarzen Segeln losgeschickt hatte, damit sie so schnell wie möglich in Jerusalem eintraf. Die Sache war die, dass der König von Jerusalem, Guy de Lusignan, der mit dem Prinzen von Galilea, Raimund III. von Tripolis, verfeindet war, dem Prinzen eine Friedensbotschaft senden wollte. Die Großmeister der geistlichen Ritterorden und der Erzbischof von Tiro, die die päpstlichen Befehle ausführen sollten, brachen also mit der Botschaft nach Galilea auf. Aber sie konnten nicht ahnen, dass sich bereits eine Katastrophe anbahnte. In der Nacht vor ihrer Ankunft in Nazareth erfuhren die Großmeister, dass im Morgengrauen Saladins Heer mit ausdrücklicher Erlaubnis von Raimund III. von Tripolis, der einen Waffenstillstand mit Saladin unterzeichnet hatte, das Meer von Galilea überqueren würde. In ihrer Schmach über diese muslimische Präsenz auf heiligem Boden zogen sie in der Nacht aus den nahe liegenden Kreuzritter-Garnisonen

Truppen zusammen, die am nächsten Tag, dem 1. Mai 1187, mit nur fünfhundert Mann die siebentausend Reiter von Saladin angriffen, statt die Ossuarien zu zerstören. Die Schlacht – die nur kurz währte – endete mit dem Tod aller Christen.

Also blieben die Ossuarien in Nazareth unter dem Schutz Letardos, dem lateinischen Erzbischof der Stadt, während sich die Truppen der Kreuzritter, mehrheitlich aus den Templer- und dem Hospitalorden, von der schmählichen Niederlage erholen mussten. Dafür blieb ihnen jedoch keine Zeit, weil Saladin, dem es höchst gelegen kam, dass die Großmeister seinen Waffenstillstand mit Raimund gebrochen hatten, die Gunst der Stunde nutzte und die angestrebte Eroberung des Heiligen Landes in Angriff nahm.

»Das sind die Informationen, die wir haben«, schloss Kaspar. »Zwei Jahre später, 1189, wurde Dositheus zum Patriarchen von Konstantinopel ernannt und verlor nie wieder ein Wort über die Ossuarien. Außerdem waren wir damals, wie ich schon sagte, noch sehr mit dem Überleben beschäftigt.«

Abby strich sich gelassen und mit einer reizenden Geste das Haar aus dem Gesicht und klemmte es hinters Ohr, während ihre Großeltern, die Kaspar ebenso gefesselt zugehört hatten wie sie, des Stehens müde waren und sich in der Annahme, dass sich das Ganze noch länger hinziehen würde, auf zwei der wunderschönen Sessel aus schwarzem Samt niederließen. Wo waren die Bediensteten, die uns die Sessel heranrückten? Ich seufzte resigniert und ging zu einem der Schreibtische, holte mir ebenfalls einen Sessel und trug ihn zu den Simonsons hinüber. Als die anderen das sahen, taten sie es mir gleich, und am Ende saßen wir sechs im Kreis unter einem der hohen Panoramafenster, durch das noch immer Licht hereinfiel. Bei einem Blick auf meine Armbanduhr stellte ich überrascht fest, dass es erst halb sieben war. Es war so viel geschehen und alles derart fesselnd, dass ich überhaupt kein Zeitgefühl mehr hatte. Mir schien, als wären Jahrhunderte vergangen, seit wir im Haus der Simonsons eingetroffen waren.

»Habt ihr die Briefe von Dositheus aufbewahrt?«, fragte Farag Kaspar und beugte sich höchst interessiert nach vorne.

»Selbstverständlich«, antwortete der Ex-Cato. »Wir haben seine beiden Briefe und noch ein paar Dinge mehr.«

»Ich wusste es!«, brummte der alte Jake und schlang seine krummen Finger geschickt ineinander.

»Wenn Sie an diesem Punkt der Geschichte aufhören, werde ich weitererzählen«, sagte Abby. »Ist Ihnen das recht?«

Wir alle nickten, und ihre Großmutter, die neben ihr saß, bedeutete ihr, sie solle beginnen, indem sie ihr liebevoll auf den Arm klopfte.

»Wie Sie schon sagten, Cato, die Großmeister des Templer- und des Hospitalordens erfüllten nicht nur nicht ihren Auftrag, die Ossuarien zu zerstören, sondern sie brachen auch den Waffenstillstand mit Saladin und boten ihm somit die glänzende Gelegenheit, seinen *Dschihad* zu beginnen und sich des Heiligen Landes zu bemächtigen.« Abby hatte natürlich auch eine perfekt modulierte Stimme und kombinierte darüber hinaus verführerisch die musikalischen Noten ihrer Worte. »Während sich die Kreuzritter in der Stadt Seforis sammelten und zum Angriff bereitmachten, rückte Saladin in den Süden vor.«

»Wir kennen diesen Teil der Geschichte sehr gut«, erklärte Kaspar.

»Wir kennen sie?«, fragte ich überrascht und begriff im selben Moment, dass er sich auf die Bruderschaft bezog und nicht auf uns.

»Erinnerst du dich nicht, Ottavia?«, hakte er nach. Also bezog er sich doch auf uns.

»Woran soll ich mich erinnern?«, erwiderte ich verständnislos.

»Am 4. Juli 1187«, erklärte Kaspar, »griffen die Kreuzritter mit König Guy de Lusignan an der Spitze, der das Heilige Kreuz trug, das Godofredo de Bouillon uns bei der Eroberung Jerusalems 1099 gestohlen hatte, Saladins Truppen an; dieser Kampf fand bei einem Berg namens *Hörner von Hattin* statt. Das war die berühmte Schlacht von Hattin, bei der sich der Sieger Saladin das heilige Holz aneignete und es für immer verschwinden ließ.«

»Ja klar, jetzt erinnere ich mich«, rief ich.

Kaspar lächelte und nickte. Das Heilige Kreuz blieb nach der Schlacht von Hattin tatsächlich für immer verschwunden, auch wenn es Jahre später – und ohne dass die Christenheit davon erfuhr – von fünf kräftigen Staurophylakes aus muslimischen Händen gerettet und im irdischen Paradies versteckt wurde.

Abby nickte zufrieden.

»Das stimmt«, sagte sie. »Saladin bemächtigte sich an jenem Tag des Heiligen Kreuzes. Denn als diese erste Schlacht gewonnen war, wurde die restliche Eroberung des Heiligen Landes geradezu ein militärischer Spaziergang. An den Hörnern von Hattin entführte der ayyubidische Sultan Saladin König Guy de Lusignan und andere wichtige Adelige des Königreichs Jerusalem. Es heißt, dass Papst Urban III., als er im Oktober desselben Jahres vom Verlust des Heiligen Kreuzes erfuhr, vor Kummer gestorben sei.«

»Aber nicht nur deshalb«, warf Kaspar ein.

»Nein, nicht nur deshalb«, gab ihm Abby recht. »Tatsächlich starb er im Oktober 1187 in Ferrara, aber nicht vor Kummer, sondern an einem Herzinfarkt.«

»Allerdings erlitt er diesen Infarkt, als man ihm berichtete, dass das Heilige Kreuz in der Schlacht von Hattin verlorengegangen war«, präzisierte der Ex-Cato erneut.

»Stimmt«, räumte sie lächelnd ein. »Aber es wurde ihm noch mehr berichtet: dass Saladin sich der Ossuarien bemächtigt hatte und Jerusalem verloren sei.«

»Klar, wenn du Papst und schon ziemlich alt bist«, sagte Farag in einem Anfall von Mitgefühl, »ist es doch logisch, dass du stirbst, wenn dir all das einfach so an den Kopf geworfen wird!«

Nicht zufällig war er die große Liebe meines Lebens.

»Wie hat sich denn Saladin der Ossuarien bemächtigt?«, wollte der weit weniger sentimentale Kaspar wissen.

»Verantwortlich für den Raub«, erklärte Abby, »war einer seiner Emire, Muzafar al-Din Kukburi, der Nazareth eroberte und plünderte. Bei der Plünderung ließ er alle lateinischen und orthodoxen Kirchen der Stadt schänden, fast alle Bewohner foltern und ermorden und gewährte nur wenigen Männern das Leben, um sie zu versklaven. Erzbischof Letardo gelang kurioserweise die Flucht, niemand weiß, wie. Er brachte die Nachricht nach Jerusalem und schrieb eine Chronik der Ereignisse. Deshalb weiß man, dass Kukburi ›sich aller Kelche, Tabernakel, Gewänder, Hostienkelche, Kruzifixe und Juwelen aus Gold, Silber und Edelsteinen bemächtigte, die er finden konnte, sowie aller heiligen Reliquien und unreinen Werke des Teufels, die sich in meinem Gewahrsam befanden‹«, zitierte sie aus dem Gedächtnis.

»Soll heißen«, schloss ich daraus, »besagter Kukburi hat sich der Ossuarien bemächtigt.«

»Genau«, bestätigte Abby, »und es ist auch ziemlich sicher, dass ihm jemand von ihnen erzählt und alle möglichen Details genannt hat, denn Saladin wusste später ganz genau, wie wichtig sie waren. Wir vermuten, dass es Letardo gewesen ist, der ihm im Austausch für sein Leben und seine Freiheit davon berichtete, aber das ist nur eine Vermutung.«

»Soll heißen, die Ossuarien fielen im selben Jahr, in dem er sich des Heiligen Kreuzes bemächtigte und Jerusalem eroberte, in Saladins Hände«, fasste Farag zusammen. »Donnerwetter, dann verfügte er über sehr mächtige Waffen, um die Christenheit gefügig zu machen.«

»Aber er hat sie nicht gefügig gemacht«, sagte Kaspar finster. »Zumindest das Heilige Kreuz hat Saladin nichts gebracht.«

»Sie irren sich, Cato«, mischte sich Jake ein, erfreut darüber, der ehrenwerten religiösen Autorität endlich einmal widersprechen zu können. »Die Ossuarien waren ihm sehr wohl dienlich, und wie sie ihm dienlich waren!«

Der Ex-Cato zeigte sich überrascht und zog die linke Augenbraue extrem weit nach oben. Ich sah ihn befremdet an, da mir neu war, dass er das konnte.

»Wann?«, fragte er neugierig. »Und wie?«

»Steht alles in al-Athīrs Brief«, sagte Abby, strich sich dabei erneut das Haar hinters Ohr und zeigte mit dem Kinn auf das Schriftstück. Mir schien, dass Kaspar sie auf eine Weise ansah ... Aber nein, das konnte nicht sein.

»Schießen Sie los«, ermunterte Farag sie. »Ich möchte unbedingt erfahren, was drinsteht.«

»Einverstanden, gehen wir also ins Jahr 1187 zurück«, schlug sie vor. »Wie Cato Glauser-Röist schon erwähnte ...«

»Kaspar, bitte.«

»Danke«, antwortete sie höflich mit einem reizenden Lächeln. »Nun, wie Kaspar schon erwähnte, starb Papst Urban III., als er vom schrecklichen Verlust des Heiligen Kreuzes, der Ossuarien und Jerusalems erfuhr. Zu dem Zeitpunkt weilte in der Stadt Tyrus, dem letzten christlichen Zufluchtsort im Heiligen Land, Konrad von Montferrat, ein charismatischer und vortrefflicher Abenteurer, der sich Saladin mutig entgegenstellte und damit die Zuneigung und den Respekt aller Stadtbewohner erlangte.« Sie blickte verträumt zum Fenster hoch, durch das kaum noch Licht fiel, und ich wusste sogleich, dass eine romantische Frau mit weichem Herzen vor uns saß. »Das Problem war, dass sich zwei Jahre später, 1189, der schwache und unfähige König von Jerusalem, Guy de Lusignan, seine Freiheit erkaufte und nach Tyrus zurückkehrte, um die Krone und die Stadt einzufordern.«

Als Abby innehielt, stand ihre Großmutter auf und schaltete das Licht in der kleinen Bibliothek ein. Wir alle blinzelten, für einen Augenblick blind von dem gleißenden Licht aus der Deckenlampe.

»Erzähl weiter, mein Schatz«, sagte sie, als sie sich wieder setzte.

Es war fast sieben Uhr abends, und ich spürte die ersten Anzeichen von Unterzuckerung. Als wir nach Kanada zogen, hatten wir uns daran gewöhnen müssen, um fünf Uhr nachmittags zu Abend zu essen, aber jetzt verköstigte man uns offensichtlich wieder zu europäischen Zeiten.

Abby setzte ihre Erzählung genau an der Stelle fort, wo sie aufgehört hatte: Der mutige und heroische Konrad von Montferrat und der dumme Guy de Lusignan stritten sich um das wenige, was vom Königreich Jerusalem übrig war, und damit waren sie zwei oder drei Jahre lang beschäftigt, bis Richard Löwenherz zum dritten Kreuzzug eintraf. Richard unterstützte als höchster blaublütiger Kriegsherr die Kandidatur von Guy de Lusignan, weil er sein Vasall war, aber schon bald musste er feststellen, dass die überwältigende Mehrheit der Bewohner einschließlich der Adeligen des ziemlich geschrumpften Heiligen Landes Konrad bevorzugte. Schließlich gab er missmutig klein bei und erklärte Konrad endgültig zum König von Jerusalem, obwohl die Krönung verschoben werden musste, weil Richard inzwischen gegen Saladin kämpfte.

Die Sache war die: Kurze Zeit später, in einer Nacht im April 1192, spazierte Konrad sorglos durch Tyrus – er war auf dem Weg zu einem Freund –, als er zwei junge Mönche traf, die er kannte und mit denen er freundlich plauderte. Die Mönche waren zwei junge Burschen aus Tyrus, die in Italien studiert, die Gelübde abgelegt hatten und erst wenige Wochen zuvor zurückgekehrt waren. Die drei plauderten also freundlich miteinander, bis die beiden Mönche plötzlich Kurzschwerter unter der Kutte hervorzogen und so lange auf Konrad einstachen, bis er tot zu Boden sank. Konrads Gefolge konnte zwar einen der Mörder töten, doch der andere konnte fliehen und sich in einer nahe gelegenen Kirche verstecken, wo er kurze Zeit später gestellt und gefangen genommen wurde.«

»Zwei katholische Mönche haben Konrad umgebracht?«, fragte ich verwundert.

»Also, ja und nein«, erwiderte Abby zögerlich.

»Was soll das heißen, ja und nein?«, hakte ich nach. »Wurde er von zwei Mönchen getötet oder nicht?«

»Sie hatten den Befehl zweifelsohne vom Monarchen. Aber in Wirklichkeit waren sie eher Mörder denn Mönche.«

»Das weiß ich schon!«, schnaubte ich.

»Sehen Sie, Frau Doktor Salina ...«

»Ottavia, bitte.« Ich wollte Kaspar in nichts nachstehen.

»Danke, Ottavia«, erwiderte die Erbin. »Also, wenn ich sage, dass sie Mörder waren, meine ich damit nicht nur den Mord an Konrad, sondern auch, dass sie einem Zweig schiitischer Muslime angehörten, die als Sekte der ismailitischen Nizariten bekannt waren, die sogenannten Assassinen, der lateinische Begriff für Mörder. Heutzutage kennt man sie durch das Videospiel *Assassin's Creed*, aber die Mörder von Assassin's Creed haben nichts mit den echten nizaritischen Assassinen des Mittelalters zu tun. Der Gründer der Sekte im Iran des 12. Jahrhunderts war Hasan-i-Sabbah, den man irrtümlicherweise den Alten vom Berge nannte, weil er mit einem anderen Sektenführer aus Syrien verwechselt wurde, Raschid ad-Din Sinan. Sinan war der echte Alte vom Berge, und wie der Mönch, der nach dem Mord an Konrad von Montferrat in der Kirche gefasst wurde, kurz vor seinem Tod gestand, hatte eben besagter Sinan ihm den Auftrag zum Mord erteilt, weil Richard Löwenherz ihn darum gebeten hatte, denn der bevorzugte Guy de Lusignan als König von Jerusalem.«

»Also waren sie keine Mönche?«, fragte ich erleichtert ein weiteres Mal.

»Sie waren Fedajin oder nizaritische Opferbereite«, erklärte mir Abby. »Die Sekte der Assassinen war bekannt für ihre unglaubliche Fähigkeit zur Verkleidung und Täuschung sowie ihre Geduld. Die jungen Fedajin, die Konrad ermordeten, stammten aus Tyrus, beherrschten die Sprache der Franken perfekt, wurden Christen und gingen während ihres Studiums in Italien sogar ins Kloster. Und als sie nach Tyrus zurückkehrten, waren sie bestens ausgebildet, um die Mission ohne ein Zögern auszuführen, auch wenn das ihren Tod zur Folge hatte. Und sie taten das nicht, weil sie Haschisch rauchten, wie im Laufe der Jahrhunderte immer wieder behauptet wurde. Das Haschisch hätte sie höchstens benebelt und wäre ein unkalkulierbares Risiko für die Ausführung der Morde gewesen, die wegen ihrer Perfektion und Schnelligkeit legendär waren. Motiviert wurden sie von ihrem Glauben an Allah, von ihrem religiösen Fanatismus sowie dem blinden Vertrauen in ihren Imam, in dem sie den direkten Nachfahren Mohammeds sahen.«

»Warte bitte mal, Abby!«, stoppte Farag sie, wobei er direkt zum Du überging, um sich das Gewese darum zu ersparen. »Was hat diese ganze Geschichte von Konrad von Montferrat, Richard Löwenherz und dem Alten vom Berge mit den neun Ossuarien von Jesus und der Heiligen Familie zu tun?«

Alle drei Simonsons lächelten amüsiert, und Abby vollführte eine verständnisvolle Handbewegung angesichts seiner Ungeduld.

»Ich werde es dir gleich beantworten«, antwortete sie. »Es war nicht Richard Löwenherz, der trotz seiner guten Beziehungen zu den Assassinen den Alten vom Berge um die Ermordung Konrads von Montferrat durch seine Fedajin gebeten hat. Es war Saladin, der die Nizariten nicht nur mit der Ermordung von Konrad beauftragte, sondern auch mit der von Richard.«

»Und warum wollte Saladin Konrad töten?«, fragte ich überrascht. »Richard zu töten verstehe ich ja, denn er war sein Feind im Kreuzzug, aber warum Konrad?«

»Weil die Leute ihn liebten«, antwortete Abby. »Und hätte seine Krönung zum König von Jerusalem stattgefunden, wäre er ein sehr gefährlicher Feind geworden. Saladin wollte sich beide vom Hals schaffen. Richard *und* Konrad. Und weil er das mit Waffengewalt nicht konnte, griff er auf die Nizariten zurück. Eigentlich wollte Sinan König Richard nicht umbringen, aber der machte Konrad dergestalt ein Ende, dass er dem Monarchen die Schuld an dem Mord anhängte.«

Unvermittelt stand Abby auf und ging zu den Bücherregalen, zog ein Buch aus einer ganzen Reihe von gleicher Dicke und gleichem Einband und schlug es an einer mit einem Papier markierten Stelle auf.

»Der Chronist al-Athīr«, sagte sie und setzte sich wieder, »der damals in Saladins Truppen kämpfte, schreibt in seiner *Vollstän-*

digen Geschichte über den Mord an Konrad: ›Der Grund seines Todes waren Saladins Geschäfte mit Sinan, dem Chef der Ismailiten, mit dem er vereinbarte, dass er einen Mann schicke, um den König von England zu ermorden; wenn er später auch den Markgrafen töten würde, erhielte er zweitausend Dinar.‹ Der Markgraf, von dem er spricht, ist Konrad, Markgraf von Montferrat.«

»Trotzdem«, warf ihr Großvater ein, der unruhig herumrutschte, seit wir über die Sekte der Assassinen sprachen, »auch wenn al-Athīr das in seiner Chronik so schildert, schreibt er in seinem Brief an seinen Bruder Diya ad-Din 1192, also genau zum Zeitpunkt der Ereignisse, etwas ganz anderes.«

»Und damit sind wir endlich am gewünschten Punkt angelangt«, fügte Becky gelassen hinzu.

Na fein, dachte ich resigniert, es hat ja auch nur drei Stunden und mehrere Jahrhunderte gedauert.

»Tatsächlich behauptet der Historiker in seinem Brief an den Bruder« – bei diesen Worten war Abby wieder aufgestanden und entschlossen zum Ende des Tisches gegangen, wo sie umstandslos die Glasscheibe von al-Athirs Brief entfernte, zu unserer Verblüffung und unserem Entsetzen mit bloßen Händen das Schriftstück ergriff und damit zu uns zurückkehrte – »etwas ganz anderes, wie mein Großvater schon sagte. Kannst du den Abschnitt hier bitte vorlesen, Farag?« Mit diesen Worten reichte sie meinem Mann das Blatt, der es ehrfürchtig entgegennahm und vorsichtig hielt, wobei er den Blick auf die Zeilen richtete, die Abby ihm genannt hatte.

»Ja, natürlich«, sagte er und schob seine Nickelbrille hoch. Wenn er das tat, verschmierte er die Gläser immer mit den Wimpern. »›Und Saladin sagte zu Sinan in meinem Beisein, wenn er den König von England und den Markgrafen tötete‹…«, Farag las langsam, denn er musste die arabischen, vor über achthundert Jahren geschriebenen Worte erst übersetzen. »… ›dann würde er ihm zweitausend Dinar bezahlen. Aber der Herr von‹ … Masyaf?«

»Ja, Masyaf«, bestätigte Jake, »die größte Festung der Nizariten in Syrien.«

»›Aber der Herr von Masyaf‹, fuhr Farag fort, ›antwortete ihnen, dass er für zweitausend Dinar weder den einen noch den anderen töten würde. Saladin reagierte empört, weil es ein gutes Angebot war, fragte Sinan jedoch, wie viel Geld er haben wolle, und Sinan sagte ihm, dass er gar kein Geld wolle, für den Mord an einem der Franken wolle er die sterblichen Überreste des Propheten Isa Al-Masïh und seiner Familie und für den Mord an dem König die zweitausend Dinar. Zuerst leugnete Saladin, im Besitz der sterblichen Überreste des Propheten zu sein, aber Sinan wies ihn darauf hin, dass es nicht seine Absicht sei, ihn zu hintergehen, dass seine Fedajin im Gefolge von Emir Kukburi gewesen wären, als er sich ihrer in Nazareth bemächtigte, und anschließend auch dabei waren, als der Emir sie Saladin übergab, womit er den Sultan wissen ließ, dass er von Ismailiten umzingelt war. Daraufhin war Saladin einverstanden‹.«

»Bis hierher, Direktor Boswell«, unterbrach ihn Becky. »Das ist der wichtige Teil und die Übersetzung, um die Sie gebeten hatten, Cato.«

»Der Prophet Isa Al-Masïh ist unser Herr Jesus Christus?«, fragte ich ungläubig. Dass die Muslime Jesus Isa nannten, wusste ich, dass sie ihn als Propheten Allahs und nicht als Sohn Gottes ansahen, wusste ich auch, aber diesen Namen hatte ich noch nie gehört.

»Isa Al-Masïh bedeutet auf Arabisch dasselbe wie Yeshua Ha-Mashiach auf Aramäisch oder Hebräisch«, erklärte mir Farag. »Mit anderen Worten: Jesus der Messias. Masï oder Mashiach ist dasselbe wie Christus auf Griechisch. In allen Sprachen bedeutet es *der Gesalbte*.«

»Nun gut, am Ende hat Saladin bezahlt«, stellte Abby klar. »Das wissen wir jetzt mit absoluter Sicherheit.«

»Mit absoluter Sicherheit?«, wunderte sich Kaspar.

Abby lächelte. Ihre Großeltern, die gegen den Hunger, der mich fast umbrachte, immun schienen, lächelten ebenfalls.

»In diesem Fall, Cato«, flüsterte Becky mit einer Stimme voll verhaltener Freude, »brauchen wir weder zu spekulieren noch nach Beweisen zu suchen. Wir wissen ganz sicher, dass Saladin bezahlt hat. Die Ossuarien gingen am 19. Mai 1192 in den Besitz der Assassinen über, also im Jahr 588 der Hedschra.«

Derartige Genauigkeit und Präzision klangen ziemlich überraschend. Doch Kaspar, der im Kopf lose Fäden zu verknüpfen schien, begann zu nicken, als hätte er alles verstanden.

»Die genauen Einzelheiten der Übergabe«, fügte Jake zufrieden hinzu, »erfuhren wir seinerzeit von unserem alten und lieben Freund Karim, mit dem wir seit über siebzig Jahren in enger Verbindung stehen.«

»Karim Aga Khan«, erklärte Abby Farag und mir rasch, als sie sah, dass Kaspar das schon geahnt hatte. »Seine Königliche Hoheit Aga Khan IV., der aktuelle geistige Führer der ismailitischen Nizariten.«

In der Stille, die auf Abby Simonsons Erklärung folgte, hätte man das Niedersinken einer Feder hören können. Ich brauchte ein paar Sekunden, um zu reagieren, und Farag ging es ebenso, denn der Brief von al-Athīr in seinen Händen begann zu zittern. Wir beide kannten den Aga Khan nur vom Hörensagen. In den Sechziger- und Siebzigerjahren des 20. Jahrhunderts war er ein berühmter Playboy gewesen, der in allen Klatschblättern mit den hübschesten Mannequins und den schönsten Pferden abgebildet wurde. Wir wussten auch, dass er der Anführer einer seltsamen Sekte war, deren Mitglieder ihm zu Geburtstagen oder anderen Gelegenheiten kleine Vermögen schenkten. Was die Simonsons uns gerade eröffnet hatten, bedeutete kurz und bündig, dass Karim Aga Khan IV. der Imam der ismailitischen Nizariten war, demnach der derzeitige religiöse Führer der Hashashīn, der derzeitige religiöse Führer der Assassinen ... Die Sekte der Mörder war nicht mit dem Mittelalter untergegangen. Sie existierte noch!

ACHT

Natürlich existieren die Ismailiten noch!«, lautete Beckys amüsierter Kommentar, als sie Farags und meine Fassungslosigkeit sah. »Wie viele Gläubige hat Karim weltweit, Jake?«

»Ich glaube, ungefähr fünfzehn Millionen,«, sagte er nach kurzem Überlegen.

»Fünfzehn Millionen Mörder weltweit?«, rief ich bestürzt. »Und kein Mensch ahnt etwas davon!«

»Meine Güte, Ottavia, sie sind doch keine Mörder mehr!«, beschwichtigte mich Kaspar. »Sie sind gläubige Ismailiten. Diese Phase ihrer Geschichte war im 13. Jahrhundert zu Ende.«

»Was haltet ihr davon, wenn wir beim Essen weiterreden?«, schlug Abby vor.

Ich brach fast in Tränen aus vor Dankbarkeit. Das bewies immerhin, dass Abby ein Mensch war, der essen musste; ihre Großeltern schienen wohl doch von Außerirdischen abzustammen.

Ich war noch immer schockiert darüber, dass die Mörder-Sekte weiter existierte, als wir die kleine Bibliothek in zwei Grüppchen verließen: die drei Simonsons gingen plaudernd voran, Kaspar, Farag und ich folgten ihnen erschüttert und schweigsam. Farag ergriff meine Hand und drückte sie fest, als wollte er mir Tapferkeit, Standhaftigkeit und Sicherheit übermitteln. Aber unsere Hände kannten sich sehr gut, und die fiebrige Wärme seiner Handfläche erzählte mir, dass durch die Blutbahnen meines Mannes eine ordentliche Portion Adrenalin schoss. Mir war sofort klar, dass er wusste, wie sehr mich alles, was in der Bibliothek zur Sprache gekommen war, betroffen gemacht hatte, und dass er sich über Kaspar ärgerte, weshalb er nicht mit ihm sprach. Er war hin- und hergerissen zwischen der großen Zuneigung für seinen Freund und dem schrecklichen Zweifel, ob dieser Freund noch der alte oder inzwischen ein völlig Fremder war, der uns – dieser Gedanke war mir auch schon gekommen – im eigenen Haus und im Beisein seines spielenden Sohnes belogen hatte. Jetzt drückte ich seine Hand. Ich wollte ihn wissen lassen, dass wir immer wir bleiben würden, was auch geschähe, und dass sich unser Leben und unser Umfeld, das wir beide uns sorgfältig und zum Glück mit sehr viel Liebe aufgebaut hatten, wegen Kaspar nicht ändern oder es gar an ihm zerbrechen würde.

»Seid ihr mir sehr böse?«, fragte der Ex-Cato plötzlich mit einem gewissen Bedauern in der Stimme.

Gar nicht schlecht, dachte ich, wenn er sich nach der ganzen Geheimniskrämerei und den Lügen Sorgen macht, uns verletzt zu haben. Mir war das eigentlich egal, ich hatte ihn schon früher nicht sonderlich sympathisch gefunden und war eher bereit als Farag, Menschen aus meinem Leben zu verbannen, die nichts darin verloren hatten. Die Erfahrung mit meiner Familie, der große Schmerz, den sie mir zugefügt hatte, und der Sicherheitsabstand, den ich zwischen ihr und mir aufbauen musste, um keinen dauerhaften Schaden zu nehmen, hatten mich dazu befähigt, Beziehungen zu angeblichen Freunden einfach zu beenden.

»Du bist ein Riesenarschloch, Kaspar!«, schnaubte Farag wütend.

»Bitte verzeiht mir«, bat er, ohne die Hände aus den Hosentaschen zu nehmen und ohne dass sich ein Muskel in seinem kantigen Gesicht rührte. »Ich habe mich gezwungen gesehen, mich euch gegenüber wie ein Vollidiot zu benehmen. Es tut mir wirklich leid. Wenn ihr wollt, dass ich euer Haus verlasse, werden Linus und ich noch heute Abend gehen.«

»Ja«, erwiderte ich eisig. »Das wollen wir.«

»Das Kind musst du deshalb aber nicht wecken«, beschwichtigte Farag und drückte meine Hand, damit ich ihm nicht widersprach. »Aber morgen geht ihr wirklich.«

Wir folgten den Simonsons durch Flure und Korridore, Zimmer und Säle, ohne im Geringsten darauf zu achten, wohin der Weg führte. Sie wollten uns wohl einen kleinen Freiraum verschaffen, damit wir uns unterhalten konnten. Allerdings konnten sie nicht ahnen, dass wir durch Verschulden ihres bewunderten Catos die Abmachung mit ihnen brachen. Ich fand das großartig, denn ich hatte von Anfang an nichts mit dieser verrückten Geschichte mit den Ossuarien zu tun haben wollen. Es tat mir nur leid für Farag. Er verfügte über keinen so guten Schutzpanzer wie ich und konnte schmerzhafte Gefühle nicht so einfach beiseiteschieben.

»Hört mir bitte zu«, stammelte der Ex-Cato CCLVIII. »Die Bruderschaft wusste, dass uns die Simonsons seit vielen Jahren auf den Fersen waren, wir wussten, dass sie nach dem irdischen Paradies und den Prüfungen für den Zugang suchten, aber wir konnten einfach nicht herausfinden, was genau sie eigentlich wollten. Sie sind nicht sonderlich religiös, aus welchem Grund waren sie dann so besessen von uns? Als sie das *Lignum Crucis* fanden, haben wir das sofort erfahren und blieben höchst wachsam. Obwohl wir jahrelang überall Leute eingeschleust hatten, konnten wir trotzdem nicht herausfinden, was diese mächtigen Leute mit engsten Kontakten zu sämtlichen Machtzentren der Welt eigentlich von uns wollten. Ich kann euch versichern, dass sie so verschlossen und undurchdringlich sind wie Beton. Nicht der kleinste Riss tat sich auf, um herauszufinden, was ihr Ziel sein könnte, und diese absolute Unzugänglichkeit bereitete uns große Sorgen. Wir waren davon überzeugt, dass sie uns gefährlich werden könnten. Als die Nachricht eintraf, dass sie sich mit euch in Verbindung gesetzt hatten, klingelten im irdischen Paradies die Alarmglocken. Linus und ich befanden uns ganz in eurer Nähe, und ich war von meinem Amt als Cato zurückgetreten, wurde aber gleich am Freitagabend, als Becky und Jake bei euch zu Besuch waren, darüber informiert. Wir haben euch sofort unter Bewachung gestellt.«

»Das hat uns gerade noch gefehlt!«, schnaubte ich empört. Wie viele Leute hatten Farag und mich seit Freitag eigentlich ausspioniert? Gab es in der Menschenrechtskonvention etwa keinen Gesetzesartikel zum Schutz der Privatsphäre?

»Ottavia, es war nur zu eurem Schutz!«, verteidigte er sich. »Ich habe darum gebeten. Als du gestern Kardinal Hamilton Bescheid gegeben hast, bin ich in Orlando sofort in das nächste Flugzeug gestiegen. Wenn die Simonsons sich mit euch in Verbindung setzen, musste es sich um etwas Ernstes handeln, doch wir wussten nicht, was. Als ich bei euch aufgetaucht bin, habe ich mich dumm gestellt, um euch nicht unnötig misstrauisch zu machen oder Besorgnis zu wecken.«

»Aber wir haben dir doch erzählt, was sie wollten«, erwiderte Farag voller Bitterkeit. »Und du hast kein Wort darüber verloren, dass du von Donitheus' Brief oder diesen neun Ossuarien wusstest.«

Die Simonsons blieben vor einer hohen zweiflügeligen Eichentür stehen; die Flügel wurden nacheinander geöffnet und boten uns Einlass. Die drei drehten sich um und lächelten uns freundlich an. Sie waren die sympathischsten Menschen, die ich je kennengelernt hatte. Sie lächelten immer.

»Was wir von den Simonsons halten, habe ich euch schon gesagt«, redete Kaspar hastig weiter, weil wir uns bereits der Tür und unseren Gastgebern näherten. »Von allem anderen wusste ich gestern Abend noch nichts. Ehrlich. Ich habe vor dem Schlafengehen verschlüsselte Botschaften verschickt, und heute Morgen, als Linus mit Snoopy spielte, hat mir Phil die nötigen Informationen zukommen lassen.«

Ich spürte, wie sich Farags Hand entspannte und mein Panzer sich in Rauch auflöste, weil er mich nicht mehr schützen musste.

»Treten Sie bitte ein«, sagte der alte Jake. »Direktor Boswell, wären Sie so freundlich und würden mir die Hand Ihrer Frau überlassen?« Aber er wartete nicht, bis Farag mich losließ, sondern ergriff sogleich meine andere Hand und legte sie sich auf den Arm, um mich galant ins Esszimmer zu führen. Die Berührung von Jakes Arm jagte mir einen Schauer über den Rücken. Es fühlte sich an, als bestünde er unter dem dünnen Stoff seines Jacketts nur aus Haut und Knochen. Kaspars Erklärungen hatten mich stärker mitgenommen, als ich dachte.

Am Kopfende des ovalen Esstischs bot mir Jake den Platz neben sich an. Angesichts der Größe des Hauses und der Räume musste das hier das kleine Esszimmer sein (so klein wie die kleine Bibliothek, versteht sich), denn am Tisch fanden nur sechs Personen Platz. Wie gesagt, ich saß rechts von Jake Simonson am Kopfende, neben mir nahm Farag Platz, Becky setzte sich ans andere Ende, zu ihrer Rechten ließ sich Kaspar nieder, und Abby saß mir direkt gegenüber, zwischen Kaspar und ihrem Großvater.

Wir hatten gerade ein paar lobende Bemerkungen über die Einrichtung des Hauses und die kleine Bibliothek von uns gegeben, als ein paar weiß gekleidete Kellner uns Schalen mit etwas Grünem servierten, das sich als Erbsenpüree mit Senf und Essig herausstellte. Farag lobte nicht nur die Vorspeise, sondern im Besonderen den Wein, der dazu gereicht wurde und den er auf Jakes Bitte auch vorkostete. Jake schien vom Faible meines Mannes für alles Kulinarische zu wissen.

»Die fünfzehn Millionen frei herumlaufenden Mörder weltweit haben dir anscheinend nicht den Appetit verdorben, was, Ottavia?«, fragte Kaspar, als er sah, wie ich mir einen großen Löffel Erbsenpüree in den Mund schob.

Ich lachte, so gut ich es mit vollem Mund vermochte, mit zusammengepressten Lippen, dann legte ich den Löffel weg und säuberte mir mit der Serviette den Mund.

»Wenn mir erst richtig klar ist, was das bedeutet, vergeht er mir bestimmt, das kannst du mir glauben«, konterte ich und legte die Serviette wieder auf den Schoß.

»Schwer zu glauben, dass die Sekte der Assassinen noch immer existiert«, kommentierte Farag.

»Nein, Direktor Boswell«, widersprach Jake, der seine Schale rätselhafterweise bereits geleert hatte. »Die Sekte der Assassinen gibt es nicht mehr. Sie ist im 13. Jahrhundert verschwunden, als die Mongolen in Horden über den Orient herfielen und zum Glück nur bis vor die Tore Europas kamen. Was heute noch existiert, ist eine Religion, ein Glaube.«

»Eigentlich ein sehr geheimnisvoller Glaube, Jake«, warf Kaspar ein, während er sein restliches Püree auslöffelte. »Was wir vom muslimisch-ismailitischen Glauben sehen, ist nur ein kleiner Teil dessen, was sich allem Anschein nach dahinter verbirgt.«

»Gewiss, und es würde sich lohnen, mehr davon zu erfahren. Durch den Glauben zur Vernunft zu kommen, das sieht man nicht alle Tage.«

»Die Ismailiten sind sehr diskret«, versicherte Becky. »Sie sind eher untypische Muslime und fallen nicht gerne auf.«

»Wieso?«, fragte mein Mann.

»Sie waren innerhalb des Islam immer in der Minderheit«, erklärte uns Abby. »Eine verletzliche Minderheit, die als heidnisch betrachtet wurde, und deshalb gab es viele, die sie im Laufe der Geschichte vernichten wollten. Hätten sie sich sonst in abgelegenen Festungen wie Alamut verstecken, mit Einzelmorden gegen große Armeen verteidigen oder gar die außergewöhnliche *Taqiyya*-Doktrin entwickeln müssen?«

»Welche Doktrin?«, wollte ich wissen.

»*Taqiyya* bedeutet Vorsicht oder Achtsamkeit«, erklärte mir Farag.

Die Schalen wurden abgeräumt und als Nächstes Blätterteigtaschen mit Salbeikürbisfüllung serviert. Ich muss gestehen, dass nicht nur das Geschirr wunderschön, sondern auch das Essen fabelhaft auf den Tellern angerichtet war. Während Farag den nächsten Wein probierte, erklärte mir Abby, worin die *Taqiyya*-Doktrin bestand.

»Das war ein System, das ihnen zunächst ermöglichte, öffentlich ihrem Glauben abzuschwören, um am Leben zu bleiben. Da sie unter mannigfaltigen Verfolgungen litten und oft fast ausgelöscht wurden, lernten sie, sich zu tarnen, ihren wahren Glauben zu verbergen. Die Imame der Nizariten konnten eine ganz neue Form der Glaubenslehre ausrufen, die das radikale Gegenteil sein konnte, je nachdem, welcher politische oder religiöse Wind gerade wehte. Das half ihnen zu überleben.«

»Und machte sie zu sehr effizienten Mördern«, fügte Kaspar hinzu, während er vorsichtig den Blätterteig schnitt, damit er nicht auseinanderfiel. »Dein alter Freund kann ein getarnter Nizarit sein, der wie ein barmherziger muslimischer Sunnit lebt und erst nach vielen Jahren des geduldigen Wartens mit einem Schwert über den Kalifen herfällt, wenn er an dem Tag ganz unverhofft einen Spaziergang durch die Stadt macht.«

»Heutzutage morden sie wirklich nicht mehr«, fügte Becky hinzu, um ihre Friedfertigkeit zu unterstreichen. »Die ismailitischen Gemeinden sind über die ganze Welt verteilt und widmen sich vor allem dem Studium und der Weiterentwicklung der Länder, in denen sie leben. Sie besitzen große Universitäten und international kooperierende Gesellschaften und sind ernsthaft darum bemüht, die Rolle der Frau in der Gesellschaft zu stärken. Dabei gehen sie allerdings immer noch sehr diskret vor.«

Der Blätterteig war köstlich und so luftig, dass man das Gefühl hatte, eine Wolke mit Kürbisgeschmack im Mund zu haben. Farag genoss das Abendessen sehr, denn seine Augen glänzten regelrecht, als er einen Schluck vom dazu gereichten Wein trank.

»Demzufolge ist der derzeitige Aga Khan also ...«, setzte Kaspar an.

»Karim«, beendete der alte Jake den Satz.

»Genau, Ihr Freund Karim«, bestätigte Kaspar. »Ihr Freund Karim hat Ihnen also erzählt, dass Saladin Sinan für den Mord an Konrad von Montferrat mit den neun Ossuarien bezahlt hat.«

»Sehen Sie, Cato«, sagte Jake und legte sein Besteck auf den leeren Teller. Hatte er die Blätterteigtasche etwa schon aufgegessen? Wann? »Seit Anbeginn ihrer Glaubensgemeinschaft pflegten die Ismailiten die Gewohnheit, nicht allzu viel Schriftliches zu hinterlassen. Teils wegen der ständigen Gefahr, die sie aufgrund ihrer eigentümlichen Interpretation der Korandeutung liefen, und teils wegen der geheimen alten Initiationsrituale, die, wie der Name schon sagt, geheim sind und nicht niedergeschrieben werden dürfen. Natürlich sind ein paar Manuskripte, Chroniken und Briefe erhalten, aber die meisten stammen aus der Zeit nach der Invasion der Mongolen im 13. Jahrhundert, als sie angeblich von der Erdoberfläche verschwunden sind. Als wir Karim nach Sinan und den Ossuarien fragten, musste er erst eine Arbeitsgruppe von handverlesenen Experten zusammenstellen. Anhand der wenigen Unterlagen brachten die Nachforschungen dieser Experten zwei Dinge als Licht. Erstens, dass nach dem Tod des Alten vom Berge 1193 sein Nachfolger an der Spitze der Sekte in Syrien, Nasr al-Ajami, die Ossuarien als Geschenk für den Imam Mohamed II., einen Vorfahren von Karim, auf die Festung Alamut in Persien geschickt hatte. Das war seine Art, sich für die Ernennung zum geistigen Anführer in Syrien zu bedanken. Und zweitens fanden sie heraus, dass die Ossuarien dreiundsiebzig Jahre in Alamut verblieben, von 1193 bis Dezember 1256.«

»Bis die Mongolen einfielen«, wagte sich Farag vor.

Becky, die ihren Blätterteig aufgegessen hatte, löste Jake ab.

»Genau, Direktor Boswell«, bestätigte sie, wobei sie die Anhänger ihrer Goldkette zurechtrückte.

In dem Augenblick räumten die uniformierten Kellner die leeren Teller ab und servierten uns gegrillten Lachs auf einem Bett höchst fein geschnittenen Gemüses. Ich war ziemlich hungrig gewesen, sicher, jetzt aber schon ziemlich satt. Der Sommelier bat Farag, den nächsten Wein zu probieren, denn er war inzwischen zum Starverkoster am Tisch aufgestiegen, während Abby den Lachs zurückgehen ließ und sich mit einem Glas Wasser zufriedengab.

»Fangt bitte schon an«, forderte sie ihre Großeltern auf, als sie das Glas abstellte. »Ich erzähle ihnen inzwischen das Ende der Geschichte.«

Ich probierte ein Stückchen Lachs, der ausgezeichnet schmeckte, und befand, dass ich doch noch etwas essen konnte, während die perfekte Abby uns mit ihrer Geschichte wie ein mittelalterlicher Gaukler die Unterhaltung dazu lieferte.

»Kurz vor seinem Tod 1227 hatte das große mongolische Oberhaupt Dschingis Khan den unbarmherzigen Befehl erteilt, dass man ›keinem ismailitischen Nizariten, nicht einmal einem Baby verzeihen dürfte‹, wie der persische Historiker Dschuwaini in seinem großen Werk *Die Geschichte der Welteroberer* schreibt. Weshalb hasste Dschingis Khan die Nizariten so? Das weiß man nicht genau, aber offensichtlich erließ Dschingis den Befehl mit prophetischer Voraussicht darüber, was in der Zukunft zwischen seinen Nachkommen und der Sekte der Assassinen geschehen würde.

Die Nizariten, die sich der großen Gefahr bewusst waren, welche die Mongolen darstellten, auch wenn sie in Persien und Syrien noch in Sicherheit waren, beschlossen, ihrerseits einen Krieg anzuzetteln, indem sie das Heilmittel zum Einsatz brachten, bevor die unheilbare Krankheit noch zum Ausbruch gekommen war. 1241 starb Ögedei Khan, Dschingis' Erbe, an einer Vergiftung. Tatsächlich wurde er von den Assassinen ermordet, die auch für das Attentat verantwortlich waren, das im selben Jahr dem Leben von Chagatai Khan, Dschingis' zweitem Sohn, ein Ende setzte. Die Nizariten glaubten, dass sie zumindest eine Zeit lang aufatmen konnten. Nach Ögedeis Tod wurde sein Sohn Güyük zum Großkhan ernannt. Die Nizariten schickten ihm eine Botschaft mit einem Friedensangebot, aber Güyük schlug es aus und ließ sie wissen, dass sie bei seinem Angriff keinerlei Barmherzigkeit von ihm zu erwarten hätten.

Wie vorherzusehen war, starb Güyük Khan 1248 an einer Vergiftung, ebenfalls das Werk der Nizariten. Mit all diesen Morden schafften sie nur, das Unvermeidliche hinauszuzögern, und sie wussten das.«

»Und wie wir Ihnen am Freitagabend erzählt haben«, unterbrach der alte Jake, dessen Teller so sauber glänzte wie ein Hostienteller, obwohl wir anderen noch längst nicht aufgegessen hatten, »war es 1248, gleich nach Güyüks Tod, als der Dominikaner André de Longjumeau mit Geschenken von Luis IX. von Frankreich in Karakorum eintraf, um Güyüks angebliche Konvertierung zum Christentum zu feiern. Und unter diesen Geschenken befand sich auch das *Lignum Crucis*, das wir Ihnen heute übergeben haben, Cato.«

Zum Zeichen seiner Dankbarkeit nickte Kaspar höflich. Es war wirklich eine Überraschung zu sehen, welch feine Manieren der schroffe Schweizer plötzlich an den Tag legte.

Nach Güyük, erzählte Abby weiter, ging der Thron des großen mongolischen Imperiums 1251 an Möngke, dem Erstgeborenen von Dschingis' jüngstem Sohn Toluis und dessen Frau Sorghaghtani, einer keraitischen Prinzessin mit nestorianisch-christlichem Glauben.

»Nestorianisch?«, fragte ich mit gerunzelter Stirn. Übertriebene Christologien, dachte ich.

»Die Nestorianer«, erklärte mir mein Mann mit dem Weinglas in der Hand, »tauchten im 5. Jahrhundert auf. Sie glauben, dass Jesus eine göttliche und eine menschliche Natur in sich trug, die geteilt und unvermischt war, weshalb seine Geburt durch eine Frau oder sein Tod am Kreuz nur den Menschen traf und nicht den Gott.«

Abby nickte und berichtete weiter, was mit Dschingis' Enkel Möngke geschah. 1254 gelangte der Franziskanerbruder Jan van Ruysbroek nach Karakorum, der mongolischen Hauptstadt, und berichtete in der Chronik, die er nach seiner Rückkehr schrieb, dass es gleich am Tag nach seiner Ankunft in der Stadt eine große Sicherheitskontrolle gegeben hätte und er und sein Gefolge einem strengen Verhör unterzogen worden wären: »… sie fragten uns, woher wir kommen, weshalb wir hier wären und was unser Geschäft sei. Diese Überprüfungen wurden durchgeführt, weil Möngke Khan davor gewarnt worden sei, dass vierhundert Assassinen in unterschiedlichster Verkleidung ihn töten wollten.«

Die armen Kellner, deren Maître gelegentlich verstohlen hereinschaute, um nachzusehen, ob wir noch aßen, warteten geduldig vor dem Esszimmer, um den Tisch abzuräumen und den Nachtisch zu servieren.

Schließlich gab Becky ihm ein diskretes Zeichen, und im Nu waren die Reste meines Lachses verschwunden und durch eine große Schale Fruchtsalat ersetzt worden: klein geschnittene Pfirsiche, Aprikosen, Melonen und Orangen sowie entkernte Kirschen mit gehackten Pistazien und einem Hauch Rosenwasser darüber. Es war der perfekte Abschluss für ein unvergleichliches Abendessen.

»Im Frühjahr 1253«, erzählte die Simonson-Erbin weiter, als sie sah, dass wir alle einen Löffel in der Hand oder den Mund voll hatten und darauf warteten, wie die Geschichte weiterging, »schickte Möngke Khan seinen Bruder Hülegü los, um Persien, Syrien und Ägypten zu erobern, und genau das hatten die Nizariten befürchtet. Hülegü brach mit einer riesigen Armee gen Westen auf, und zwar mit dem eindeutigen Befehl seines Bruders, alle Assassinen für immer auszulöschen, wie es schon sein Großvater Dschingis vor seinem Tod befohlen hatte. Kaum hatte Hülegü persisches Territorium betreten, machte er sich direkt auf den Weg nach Rudbar, der Region, in der die Festung Alamut stand, und forderte den Imam der Nizariten Rukn al-Din auf, sich zu ergeben und alle Festungen zu schleifen.«

»Und jetzt kommen wir zu dem Teil der Geschichte, der für uns interessant ist«, erklärte Abby nach einer kurzen Atempause. »Wie Dschuwaini, der dabei war, in seiner *Geschichte der Welteroberer* berichtet, mussten die Assassinen mit leeren Händen Alamut verlassen, und die Mongolen bemächtigten sich der Festung und allem, was es darin gab.«

»Soll heißen, sie bemächtigen sich auch der Ossuarien«, präzisierte ich, die zwar zunächst nicht an deren Existenz geglaubt hatte, sie jetzt aber akzeptierte, wenn auch als etwas, das meinem

Glauben eher fernlag. Mit anderen Worten, die neun Ossuarien hätten genauso gut neun Muscheln aus dem Meer oder neun Silberbecher sein können. Mein Gott befand sich nicht darin.

Abby nickte zustimmend.

»Hülegü hat die Festung Alamut nie betreten«, sagte sie. »Um die Festung einzunehmen und das Wichtigste herauszuholen, schickte er den Wesir, seinen Mann des Vertrauens, mit einem Soldatentrupp nach Persien, und dieser Wesir, kein anderer als Dschuwaini selbst, entwendete neben den neun Ossuarien jede Menge Bücher aus der spektakulären Bibliothek von Alamut, die in der gesamten muslimischen Welt berühmt war. Als Dschuwaini seine Plünderung für beendet erklärte, befahl Hülegü, die Festung abzufackeln, und Alamut, seine Bibliothek und die restlichen Wertgegenstände der Nizariten gingen in dem Feuer für immer verloren. Es war das Ende von allem. Kurz nachdem Hülegü Rukn al-Din getötet hatte, rottete er auch noch alle in Persien verbliebenen Nizariten aus, ohne Rücksicht darauf, ob es sich um wehrlose Frauen, Kinder oder Alte handelte. Niemand hat überlebt.«

»Aber wenn die Mongolen den letzten nizaritischen Imam umgebracht und alle Assassinen ausgerottet haben«, warf ich ein, »wie kann dann Ihr Freund Karim von Rukn ad-Din abstammen?«

»Weil Rukn ad-Din einen Sohn hatte, der überlebte«, erklärte mir der alte Jake so zufrieden, als wäre er selbst ein Familienmitglied des Aga Khan. »Sein Name war Shams al-Din, und er wurde heimlich aus Alamut fortgeschafft, bevor Hülegüs Soldaten eintrafen. Er lebte immer in der *Taqiyya*, im Verborgenen.«

»Und Dschuwaini behauptet in seiner Chronik, dass er die neun Ossuarien aus Alamut hat wegbringen lassen?«, fragte mein Mann.

»Nein, nein, Direktor Boswell«, widersprach der alte Jake. »Dschuwaini berichtet nur von den gestohlenen Büchern aus der großen Bibliothek der Nizariten. Die Ossuarien erwähnt er nicht.«

»Dann könnten sie theoretisch«, hakte ich misstrauisch nach, »in dem Feuer, das Hülegü befohlen hat, verbrannt sein.«

»Es gibt einen weiteren Nachweis dafür, dass sie vor dem Brand aus der Festung verschwanden«, verkündete Becky, wobei sie ihre Serviette auf den Tisch legte und sich erhob. Jake tat es ihr gleich, woraufhin Abby und wir ebenfalls unsere Stühle zurückschoben und aufstanden. »Und wenn sie aus der Festung verschwunden sind, wie Sie gleich sehen werden, konnte nur Dschuwaini sie herausgeholt und Hülegü übergeben haben.«

»Demzufolge«, sagte ich nachdenklich, als wir eilig in die kleine Bibliothek zurückkehrten, »hat sich ein Enkel von Dschingis Khan, besagter Hülegü, der Animist oder Buddhist gewesen sein dürfte, der Ossuarien bemächtigt, in denen angeblich die sterblichen Überreste von Jesus von Nazareth und seiner Familie lagen.«

»Genau«, bestätigte Becky und hängte sich bei dem knochigen Jake ein. »Aber in der ganzen Geschichte gibt es noch etwas sehr Wichtiges, das man berücksichtigen muss. Nicht nur Hülegüs Mutter war eine nestorianische Christin, sondern auch seine Hauptfrau, Oroquina, besser bekannt als Doquz Khatun, sowie Tukiti Kathun, eine weitere seiner vier Hauptfrauen. Hülegü war also Sohn einer Christin und Mann zweier Christinnen. Er wusste um den Wert der Ossuarien.«

»Die Mongolen hatten vier Hauptfrauen und jede Menge Konkubinen«, erklärte der alte Jake lachend, als er meine Verwirrung sah. »Wenn es sich um einen Khan oder einen Großkhan handelte, lebten die vier Hauptfrauen in ihren eigenen Jurten, diesen transportablen Zelten, zusammen mit ihrem eigenen Hofstaat aus Damen, Dienerinnen, Söhnen und Töchtern sowie den jungen Konkubinen ihres Mannes, die ihnen zu Diensten standen.«

Wir gingen bereits die Treppe zum Untergeschoss hinunter.

»Dann waren das ja sehr verbundene Familien«, kommentierte Farag ironisch.

»Sehr, *sehr* verbunden«, bestätigte die schöne Becky.

»Ja klar!«, rief Abby spöttisch. »Wenn sie sich nicht gerade wegen territorialer Ansprüche oder Machtkämpfe gegenseitig umbrachten!«

»Nun ja«, beschwichtigte ihr Großvater voller Verständnis. »Sie waren mongolische Krieger.«

»Abby«, erklärte ich der Erbin ernst. »Denk immer an das, was ich dir jetzt sagen werde: Testosteron ist was ganz Schlechtes.«

»Das ist ja ein starkes Stück!«, rief Farag empört. »Und Östrogen ist nicht schlecht?«

»Doch«, räumte ich ein, »aber in anderen Zusammenhängen. Wir Frauen haben gewöhnlich keine vier Hauptmänner und zweihundert männliche Konkubinen, wir steigen auch nicht aufs Pferd und enthaupten Feinde. Obwohl es im Weinberg des Herrn so ziemlich alles gibt, muss ich hinzufügen. Also Abby, vergiss nicht, was ich dir gesagt habe.«

Abby nickte amüsiert und ließ mir breit lächelnd ein komplizenhaftes Zeichen zukommen, das mich auf den Gedanken brachte, dass sie außer perfekt und hässlich vielleicht – und nur vielleicht – auch sympathisch war.

Schließlich traten wir wieder in die kleine Bibliothek, und ich erneuerte ein weiteres Mal meinen Liebesschwur. Ihre Luft zu atmen und die Atmosphäre der Manuskripte zu genießen löste ein starkes Glücksgefühl in mir aus. Und in besagtem Moment überfiel mich der absurde Wunsch, umgeben von Büchern zu sterben, wenn mein Stündlein geschlagen hätte. Warum nicht? Ich meine, ich wollte eigentlich nicht sterben (selbstverständlich nicht vor meinem hundertsten Geburtstag), aber da es sich nicht vermeiden ließ, hoffte ich, Farag an meiner Seite zu haben und von Massen an Büchern umgeben zu sein wie in dieser Bibliothek, wenn es so weit war und ich den Abgang machen sollte.

Die Simonsons gingen, ohne zu zögern, zum zweiten Gegenstand, der neben dem Brief von Ibn al-Athīr auf dem großen Tisch lag und ebenfalls mit einem bunt schimmernden grauen Seidentuch bedeckt war. Becky zog es weg, damit wir sehen konnten, was sich darunter verbarg: Gold, eine dicke Platte aus purem Gold mit einem Relief. Sie war ungefähr dreißig Zentimeter lang und breit sowie zehn Zentimeter hoch, was von beträchtlichem Gewicht und Wert zeugte.

Die alten Simonsons traten zur Seite, damit wir uns das Relief genauer ansehen konnten, nur Abby blieb erwartungsvoll am Tisch stehen.

Eine Bordüre aus gewundenen Zweigen mit runden Früchten, die wie Orangen oder Granatäpfel aussahen, umrahmte eine Szenerie, in der drei menschliche Gestalten und zu meiner Überraschung neun Kisten oder Ossuarien zu sehen waren. Eine dieser Gestalten, die größte ganz links außen, war ein korpulenter Mann mit einem Vollmondgesicht, Mandelaugen (eindeutig asiatisch oder mongolisch), Schnurrbart im chinesischen Stil (fein und lang, der zu beiden Seiten des Mundes herabhing) und einem langen Ziegenbart am Kinn. Neben ihm kniete eine etwas kleinere Frau mit denselben Gesichtszügen (wenn auch ohne Schnurr- und Ziegenbart) in einer langen Tunika auf dem Boden; sie hatte die Hände zum Gebet aneinandergelegt und den Kopf geneigt. Vor diesen beiden Figuren, die eindeutig ein wichtiges Paar darstellten, standen die neun Ossuarien. Eigentlich kniete die Frau vor ihnen. Die Form aller neun Ossuarien war gleich, eine Art längliche Steinkiste mit Satteldach, aber eine stach hervor, weil auf ihren Deckel ein Kreuz gemeißelt war. Auf der rechten Seite stellte eine noch kleinere, stärker stilisierte Figur eindeutig eine Art Priester dar, der einen riesigen Hut in Form einer Kugel auf dem Kopf trug und einen langen Stab in der Hand hielt. Über den Köpfen der drei Figuren stand etwas geschrieben in einer Sprache, die ich nicht lesen konnte.

ܗܕܐ ܡܚܙܝܬܐ ܕܨܘܪ ܚܢܢܝ ܣܘܠܝܩܗ ܢܠܟܡ

»Das ist syrisch«, murmelte Farag vor sich hin, als wäre er allein.
»Stimmt«, bestätigte der alte Jake.
»Syrisch?«, fragte Kaspar verwundert.

»Genauer gesagt Aramäisch«, erläuterte ihm Farag. »Syrisch ist ein Dialekt des Aramäischen, der Sprache, die Jesus von Nazareth sprach. Sie war eine der wichtigsten Sprachen in der Region, die wir heute den Mittleren Osten nennen.«

»Kannst du das lesen?«, feuerte ich ihn an.

»Nicht besonders gut«, sagte er zögerlich.

»Ich sage euch, was die Inschriften bedeuten«, schlug Abby vor, ging näher heran und legte den Finger auf die erste. »Hier steht *Hülegü Ilchan*; Ilchan ist ein Khan, der dem Großkhan unterstellt ist. Bei der zweiten Inschrift der Frau steht: *Doquz Khatun*. Und über dem Priester steht: *Mar Makkikha II.*«

»Wer war denn dieser Mar Makkikha II.?«, fragte ich und dachte, wie lächerlich dieser Name klang.

»Mar Makkikha II.«, erklärte Abby, »war von 1257 bis zu seinem Tod 1265 der ostsyrische Patriarch der Kirche des Ostens, dem dritten Zweig des Christentums. Er wurde Patriarch, als die mächtige mongolische Armee vor den Toren Bagdads stand, gleich nachdem sie Alamut und die Nizariten ausgelöscht hatte.«

»Kannst du Syrisch?« Farags Frage kam wie aus der Pistole geschossen. Ihn schien zu stören, dass Abby die Inschriften lesen konnte.

»Nein, natürlich nicht«, erwiderte sie lachend. »Das hat uns ein guter Freund meiner Großeltern übersetzt, der Archimandrit Manuel Nin. Er ist Professor für Syrische Sprache und Rektor des Päpstlichen Griechischen Kollegs vom heiligen Athanasius in Rom.«

»Wo habt ihr diese Goldplatte her?«, fragte Kaspar ernst und fuhr mit dem Finger über das große Relief.

»Sie ist in Maragha im Nordiran aufgetaucht«, antwortete Becky, die hinter ihrer Enkelin stand. »Der Hauptstadt von Hülegüs Ilchanat. Sie wurde 1985 von einem Bauern gefunden, als er in seinem Garten einen Brunnen aushob, und gelangte in die Hände eines wichtigen iranischen Kinoproduzenten, der vom Wächterrat die Erlaubnis erhielt, sie zu behalten. Wir suchten beim damaligen iranischen Präsidenten Mahmud Qala Reg darum an, sie ihm abzukaufen, was uns 1990 schließlich gewährt wurde.«

In dem Moment schob sich der alte Jake zwischen Kaspar und Abby und warf uns allen einen amüsierten Blick zu.

»Das war unsere Geschichte!«, verkündete er lächelnd. »Mehr haben wir nicht zu erzählen.«

»Mehr nicht?«, fragte ich entsetzt. »Wollen Sie damit sagen, dass Sie nicht wissen, was mit den Ossuarien geschah, seit sie 1256 Hülegü in die Hände fielen?«

Es handelte sich um eine Zeitspanne von fast achthundert Jahren. Wollten sie etwa, dass wir die Suche ab diesem Zeitpunkt aufnehmen sollten, und dies darüber hinaus ohne die geringste Spur?

Becky hängte sich wieder bei ihrem Mann ein.

»Deshalb brauchen wir Sie«, sagte sie gelassen. »Deshalb brauchen wir die Bruderschaft der Staurophylakes.«

»Unmöglich«, behauptete ich rundweg. »Das ist nicht zu machen.«

»Hat unsere Geschichte etwa nicht Ihre Neugier geweckt?«, insistierte Becky. »Sind die sterblichen Überreste von Jesus von Nazareth nicht genug Anreiz für Sie?«

»Verzeihen Sie, Becky«, sprang ich an, als hätte sie mich gestochen. »Kann ja sein, dass wir die Ossuarien finden, aber die sterblichen Überreste von Jesus von Nazareth werden wir nie finden. Unser Herr Jesus Christus ist am dritten Tage auferstanden und mit seiner sterblichen Hülle in den Himmel aufgefahren.«

»Und wozu?«, wollte Farag wissen, der es jedoch sogleich zutiefst bereute, diese Frage gestellt zu haben.

»Wozu was?«, fragte ich drohend zurück.

Aus der Sache kam er nicht mehr heraus.

»Wozu braucht er im Himmel seine sterbliche Hülle?« Das Wissen darüber, was ihn diese Worte kosten würden, stand ihm ins Gesicht geschrieben. »Schatz, ich möchte dich nur daran erinnern, dass ich Kopte bin und es mir deshalb für gewisse katholische Auslegungen an Verständnis fehlt. Ich bin nicht in dem Glauben aufgewachsen, dass Jesus eine sterbliche Hülle hatte. Millionen Christen auf der ganzen Welt glauben das auch nicht, weil sie entweder Monophysiten sind oder wie die Nestorianer Gott vom Tod am Kreuz trennen, denn es widerspricht ihrem Glauben zutiefst, dass Gott sterben könnte.«

»Ketzer!«, stieß ich hervor, und meine Stimme klang wie die meiner Mutter, genau im selben Tonfall, als hätte sie an meiner Stelle gesprochen. Vererbung ist etwas Schreckliches.

»Und wenn es doch so wäre, Ottavia?«

Kaspar starrte mich in Erwartung einer Antwort an. Ich blieb stumm. Für mich war Gott aus Liebe zu uns und um uns von der Sünde zu befreien am Kreuz gestorben, und in den Augen der Kirche, mit deren Lehre ich aufgewachsen bin, war jede andere Version der Geschehnisse absolut falsch, unmoralisch und beleidigend.

»Willst du denn gar nicht wissen, ob es so war?«, insistierte der Ex-Cato. Seine Stimme klang hart, ohne den geringsten Anflug eines Gefühls. »Ich will das schon wissen.«

»Was willst du wissen, Kaspar?«, kanzelte ich ihn ab. »Dass Jesus nicht auferstanden ist von den Toten? Denn sollte er nicht auferstanden sein, weißt du ja, was der heilige Paulus darüber gesagt hat.«

»Ja, dass unser Glaube sonst eine leere Hülle wäre. Ich erinnere mich daran. Aber trotz allem, wenn auch nur die geringste Möglichkeit bestünde, dass es so war, dann will ich es herausfinden. Ich muss dich nicht daran erinnern, dass Paulus Jesus nicht kannte, dass er ihn nie gesehen hat, dass er nicht mit ihm zusammengelebt hat wie die Apostel. Und er war auch nicht dabei, als Jesus starb, weder bei seiner Auferstehung noch als der Heilige Geist zu Pfingsten herabkam. Paulus kam später und riss aus dem Nichts die Macht an sich, weil er römischer Bürger war und Griechisch sprechen konnte.«

»Stellst du etwa den heiligen Paulus infrage?«, erwiderte ich fassungslos.

»Ich stelle alles infrage, Ottavia«, lautete die Antwort. »Und bis jetzt habe ich Gott immer gefunden, trotz meiner Zweifel. Aber du verschanzt dich hinter der Doktrin der katholischen Kirche und hast so große Angst vor der Wahrheit, dass du dir nicht mal die Frage stellst, ob die Wahrheit am Ende vielleicht auf deiner Seite ist. Wovor hast du Angst? Dich geirrt zu haben? Seit wann ist es schlecht festzustellen, dass man sich geirrt hat? Und wenn du recht hast?«

Farag kam näher und ergriff meine Hand. Ich hatte vor langer Zeit einmal geglaubt, dass ich zwischen Gott und ihm wählen müsste, und so darunter gelitten, dass ich die Flucht ergriffen hatte, bis ich nicht mehr konnte. Erst viele Jahre später fand ich heraus, dass ich in Wirklichkeit gar keine Wahl hatte treffen müssen, denn Gott war noch immer bei mir, und Farag war dazugekommen. Ich glaubte, mich für einen von beiden entscheiden zu müssen, aber am Ende hatte ich beide. Ich verlor nichts und gewann viel. Ich hatte mich geirrt und deswegen sehr gelitten. Farag sagte oft, dass die Wahrheit immer vorzuziehen sei, und jetzt sagte mir Kaspar dasselbe. Glaubte ich das etwa nicht auch? Ich hatte Angst, dass es stimmte. Ich hatte große Angst, aber nicht vor der Suche nach der Wahrheit, sondern davor, sie zu finden. Und als ich das begriff, meldete sich sofort der Salina-Ehrgeiz zu Wort: Ich wollte mehr als alle anderen die Wahrheit herausfinden. Ich war die *Basileia* der Wahrheit.

»Suchen wir diese Ossuarien«, lautete meine Antwort.

NEUN

Mit einer Million Zweifel, die es noch aufzulösen galt, sowie einer weiteren Million Fragen im Kopf teilten wir uns am Dienstagmorgen in zwei Gruppen auf: Wer arbeiten musste, verließ relativ früh das Haus, und wer nicht arbeiten musste, stand spät auf und vergnügte sich nach Lust und Laune in Toronto. Ich sage ja immer, das Leben ist ungerecht; nicht dass ich zu dem Zeitpunkt viele Verpflichtungen gehabt hätte, denn das Semester war bereits zu Ende, aber ich fühlte mich im Vergleich benachteiligt. Vielleicht kam mir der Morgen deshalb so endlos und langweilig vor.

Kaum schloss ich gegen Mittag die Haustür auf, vernahm ich ein perfektes Lachen, melodisch und heiter, das nur von Abby Simonson stammen konnte. In meinem Wohnzimmer herrschte reges Treiben, bei dem sich alle einschließlich der Kinder zusammen mit der Erbin amüsierten, die auf meinem Stammplatz saß. Soll heißen, sie hatte meinen Platz eingenommen. Farag kam herbeigelaufen und gab mir einen Kuss.

»Komm rein, Schatz!«, sagte er und zog mich mit glänzenden Augen ins Wohnzimmer. »Komm, setz dich neben Isabella. Wir haben großartige Neuigkeiten.«

»Ist was passiert?«, fragte ich.

»Hallo, Ottavia!«, begrüßte mich Abby und war schon im Begriff aufzustehen, um mich zu küssen. Was für eine Manie! Gehörte sie etwa zur Familie? Konnte ich wissen, wie viele Infektionskrankheiten sie in ihrem Leben schon hatte? Nein, nicht wahr? Sie konnte sich glücklich schätzen, dass ich mich herabließ, ihr auf dem Weg zu meinem Platz freundlich zuzunicken.

»Erzählt mir von den großartigen Neuigkeiten«, bat ich, als ich Isabella auf die Wange geküsst und mich hingesetzt hatte.

»Also, wir haben etwas Unglaubliches entdeckt, das uns einen wichtigen Hinweis auf die Ossuarien geben könnte«, erklärte Kaspar. Linus, der neben ihm saß, strahlte mich zur Begrüßung an. Ich winkte ihn zu mir, damit er mir einen Kuss geben konnte.

»Ach ja?«, sagte ich erstaunt, als ich Linus mit einem liebevollen Klaps auf den Po zu seinem Vater zurückschickte.

»Zweifelst du etwa an unseren Fähigkeiten, das Unmögliche zu schaffen?«, fragte mich mein Mann würdevoll. »Wir werden diese Ossuarien finden, weil wir die Besten sind!«

»Na schön«, räumte ich ein. »Wir sind die Besten. Aber kann mir bitte vorher jemand erklären, warum wir über all das vor Linus und Isabella sprechen?«

»Tante Ottavia!«, rief meine Nichte entrüstet.

»Wir sind ein Team«, erklärte Farag, und bevor ich ein Knurren über so viel Naivität von mir geben konnte, hatte er die Augenbrauen hochgezogen und seinen türkisfarbenen Blick intensiviert. Ich verstand die Botschaft und strich die Segel, obwohl ich überhaupt nicht einverstanden war. Bevor ich etwas Unverzeihliches zum Besten gab, würde ich geduldig abwarten und aufmerksam zuhören. »Kaspar kann Linus nicht allein lassen, er hat hier niemanden für ihn, deshalb haben wir Isabella gebeten, sich diesen Sommer um ihn zu kümmern.«

»Isabella muss nach Palermo und ihre Eltern, Geschwister und die restliche Familie besuchen«, widersprach ich zähneknirschend. Wenn meine manipulative Nichte im August nicht nach Sizilien flöge, würde mir meine Schwester bezahlte Killer auf den Hals hetzen. Ganz zu schweigen von meiner Mutter, die das wirklich tun würde.

»Wenn ich mal einen Sommer nicht heimfliege, ist das auch nicht schlimm!«, behauptete die Betroffene. »Ich fliege zu Weihnachten, versprochen.«

Mir wurde klar, dass wir ein ernstes Problem hatten: Wenn Isabella beschlossen hatte, nicht nach Sizilien zu fliegen, würde sie nicht mal der komplette himmlische Hofstaat im A-capella-Gesang dazu bringen können. Doch ich mochte mich nicht kampflos ergeben.

»Das hast du letztes Weihnachten auch gesagt«, erinnerte ich sie verstimmt. »Und deine Mutter hat sich vierzehn Tage lang die Augen ausgeheult und ständig angerufen. Vermisst du sie denn gar nicht?«

Ich wollte nur die Bestätigung haben, dass Isabella herzlos war.

»Natürlich vermisse ich sie!«, erwiderte sie. »Aber das bedeutet nicht, dass ich immer tun muss, was die Familie verlangt. Ich bin volljährig, und sie müssen begreifen, dass ich meine eigenen Entscheidungen treffe. Für ein paar megalangweilige Wochen in Palermo, wo ich meine Eltern und vor allem das vorwurfsvolle Gesicht von Großmutter Filippa ertragen muss, werde ich nicht auf eine fantastische Reise in die Mongolei verzichten.«

Als ich das mit der Mongolei hörte, setzte mein Verstand für einen Moment aus, weil mich die Erwähnung meiner Mutter wie üblich von allem abzulenken pflegte. Wie sehr ich sie vermisste! Doch sofort drängte sich die Reise in die Mongolei wieder in den Vordergrund. Eine Sache von Sekundenbruchteilen.

»Was soll das heißen, du fliegst in die Mongolei?«, rief ich lautstark auf Italienisch. »Nur über meine Leiche! Wer hat dir die Erlaubnis dafür gegeben?«

»*Basileia* ...«, versuchte Farag mich zu bremsen.

»Bist du verrückt geworden?«, schimpfte ich weiter mit diesem Dummkopf von Nichte. »Das kommt überhaupt nicht infrage! Hast du mich verstanden? Wenn du in die Mongolei fliegst, brauchst du gar nicht mehr in dieses Haus zurückzukommen!«

»In Ordnung«, lautete die gleichmütige Antwort, und als ich mich schon auf sie stürzen und ihr an die Gurgel wollte, fügte sie hinzu: »Denn ich fliege ja mit dir zusammen, also ...«

»*Basileia!*« Ich erstarrte, aber jetzt drang Farags Stimme in mein Bewusstsein durch. »*Basileia*, Liebling, wir fliegen alle in die Mongolei.«

In die Mongolei? Wir fliegen in die Mongolei? Was hatten wir denn in der Mongolei verloren? Als ich mich wieder rühren konnte, drehte ich mich meinem Mann zu und streifte mit dem Blick das hässliche Gesicht der Erbin, die eindeutig in ihrem ganzen Leben – außer vielleicht im Kino – noch keine solche Szene miterlebt hatte, auch wenn sie kein Wort verstanden haben dürfte von dem, was ich meiner Nichte auf Italienisch an den Kopf geworfen hatte. Ihre Bestürzung und Betroffenheit waren nicht zu übersehen.

»Du musst entschuldigen, Abby«, beeilte sich Kaspar zu erklären. »Ottavia hat hin und wieder solche Anfälle. Du wirst dich schon daran gewöhnen. Wie du siehst, gehen wir geflissentlich darüber hinweg.«

Meine Nichte nickte bestätigend und lächelte sie an, was der Erbin zeigte, dass das soeben Geschehene und Gehörte nicht weiter von Belang war. Schließlich lachten alle, und Abby entspannte sich wieder und fiel in unser Lachen ein. Die Einzige, die ernst blieb, war ich. Das passierte mir immer wieder: Ich wurde unvermittelt fuchsteufelswild, weil ich glaubte, alles verstanden zu haben, und dann hatte ich mich geirrt und stand wie eine Idiotin da. Trotzdem war ich nicht bereit, meinen Stolz aufzugeben.

»Hör nicht auf Kaspar, Schatz«, sagte Farag und nahm meine Hand. »Ich gehe nie über dich hinweg.«

Ich bedachte ihn mit einem tödlichen Blick, aber das schien ihm überhaupt nichts auszumachen, also ließ ich meine Hand wie tot in seiner liegen, damit er begriff, dass ich ihm nicht zu antworten gedachte.

»Was soll das heißen, wir fliegen alle in die Mongolei?«, fragte ich eisig und schluckte meinen verletzten Stolz hinunter.

»Das sind die großartigen Neuigkeiten«, erklärte mein Mann. »In zwei Tagen sind wir in Ulan Bator. Die Flugtickets sind schon da. Selbstverständlich erster Klasse! Abflug ist morgen um diese Zeit.«

Das war zu viel Information. Wenn ich noch nicht mal richtig begriffen hatte, dass ich bei mir zu Hause war, wie sollte ich dann begreifen, dass ich in zwei Tagen in Ulan Bator, der Hauptstadt der Mongolei, sein würde?

»Könnte mir mal jemand erklären, was passiert ist?«, bat ich wie erschlagen. »Warum fliegen wir in die Mongolei?«

»Das erzähle ich dir, Ottavia«, erbot sich Abby freundlich. »Kaspar hat heute Morgen von der Bruderschaft erfahren, dass bei der Plünderung, die nach der Irak-Invasion 2003 erfolgte, aus dem Fundus des Archäologischen Nationalmuseums kistenweise Dokumente von Hülegüs Hofstaat gestohlen und an Sammler und Antiquare weiterverkauft wurden, bis sie 2011 schließlich bei Frau Doktor Oyun Shagdar landeten, einem Mitglied der Mongolischen Akademie der Wissenschaften und der Internationalen Vereinigung für Mongolei-Studien. Doktor Shagdar, Historikerin und Anthropologin mit großem Prestige in ihrem Land, arbeitet seit drei Jahren an diesen Dokumenten, obwohl sie mangels Fördergelder nicht weit gekommen ist. Sie ist nicht an Hülegüs Ilchanat interessiert, sondern nur an allgemeinen Informationen über das mongolische Imperium sowie über die drei Großkhans und Enkel von Dschingis: Möngke, Ariq Böke und Kublai Khan.«

»Und was hoffen wir von ihr zu bekommen?«, fragte ich, einen Ellbogen auf die Sofalehne gestützt.

»Also wirklich, *Basileia*«, sagte mein Mann vorwurfsvoll. »Es könnte in den Dokumenten doch Hinweise auf die Ossuarien geben. Schließlich ist auf der Goldplatte Hülegü mit seiner Hauptfrau Doquz Khatun, die vor ihnen kniet, abgebildet.«

»Andererseits«, fügte Kaspar hinzu, »sind die Dokumente aus den irakischen Kisten größtenteils auf Arabisch, Lateinisch und – hör gut zu, meine Liebe – byzantinischem Griechisch abgefasst, Sprachen, die der eine oder andere von uns sehr gut beherrscht. Bestimmt handelt es sich vorrangig um Diplomatenpost zwischen verschiedenen arabischen Sultanen, Rom, den europäischen Königshäusern und dem byzantinischen Reich von Konstantinopel.«

»Sieh mal einer an!«, platzte ich angesichts meiner Überraschung heraus. Die Aussicht, authentische byzantinische Manuskripte aus dem 13. Jahrhundert in die Hände zu bekommen, verursachte mir augenblicklich ein Kribbeln in den Fingerspitzen.

»Doktor Shagdar konnte nur mit den Manuskripten in uighurischer Schrift arbeiten«, erklärte Kaspar weiter. »Die sind am wertvollsten für sie, denn offensichtlich konnten die Mongolen, bis Kublai Khan an die Macht kam, kaum schreiben. Ihr großes Wegenetz zwischen Orient und Okzident wurde täglich von Tausenden Botschaftern bereist, die sich das zu Übermittelnde merken mussten. Wie es scheint, wurden die Kommuniqués des Imperiums in Versform verfasst und auswendig gelernt, um sie besser im Gedächtnis zu behalten.«

Mir war das egal. Ich spürte nur das byzantinische Kribbeln in den Fingern. Doch dann fiel mir noch etwas ein.

»Aber was ist mit der Universität? Und dem Zentrum, Farag?«

Mein Mann lachte.

»Ach, das habe ich ganz vergessen!«, rief er. »Als Direktor des Zentrums für Archäologie wurde ich von Präsident Macalister beauftragt, mich dem Team der Simonson-Stiftung anzuschließen, das mit Doktor Shagdar zusammenarbeiten wird. Du übrigens auch.«

»Ich auch?« Ich mochte es ganz und gar nicht, wenn über meinen Kopf hinweg entschieden wurde.

»Du als Begünstigte des Owen-Alexandre-Stipendiums für wissenschaftliche Forschung, Ottavia«, sagte Abby, als gehöre sie zur Familie, »das von der Simonson-Stiftung finanziert wird, falls du das nicht wusstest, hast ebenso wie Farag den Auftrag erhalten, dich dem Expertenteam anzuschließen. Du bist weltweit die größte Spezialistin für byzantinisches Griechisch, und die UofT hat eine Vereinbarung mit der Stiftung unterzeichnet, dass du dazugehörst.«

Ich konnte kaum glauben, was ich da hörte.

»Und das alles ist heute Morgen geschehen?«, hakte ich nach.

»Technisch gesehen ja«, räumte sie ein und schlang die Finger ineinander. »Obwohl die Vereinbarung schon seit drei Monaten rechtskräftig ist.«

»Heilige Jungfrau!«, entfuhr es mir, denn es brodelte noch etwas in mir. »Und was soll das heißen, dass die Simonson-Stiftung das Owen-Alexandre-Stipendium finanziert? Ich dachte, das wird von der NRC bezahlt, der *National Scientific Association* von Kanada?«

»Ja schon, aber ... nein«, sagte Abby, übers ganze Gesicht strahlend. »Aus Imagegründen leiht hierzulande eine öffentliche Einrichtung den Namen, aber das Geld kommt immer aus dem Privatsektor. Schirmherrin deines Stipendiums ist tatsächlich die *National Scientific Association,* es wird aber von der Simonson-Stiftung bezahlt, die anonym bleibt, weil das eleganter ist, als es öffentlich zu machen.«

Doch in meinem Kopf brodelte es weiter.

»Weißt du was, Abby?«, murmelte ich nachdenklich. »Ich fange langsam an zu argwöhnen, dass wir unsere Stellen an der UofT nicht ganz zufällig bekommen haben, wie wir glaubten. Haben deine Großeltern Macalister vielleicht dazu angehalten, uns einzustellen?«

Abbys makellose Haut färbte sich rot wie eine Tomate.

»Ja, das haben sie«, räumte sie verlegen ein.

Farag stieß einen Überraschungslaut aus. Danach herrschte undurchdringliches Schweigen im Wohnzimmer.

»Mögt ihr Sushi zum Mittagessen?« Isabellas Frage löste es im Handumdrehen auf. »Onkel Farag hat heute nämlich nichts gekocht.«

»Was ist Sushi?«, fragte Linus und blickte seinen Vater an.

»Das ist superlecker!«, erklärte Isabella. »Du wirst es mögen. Das essen die Japaner. Komm mit, wir bestellen das Essen auf Tante Ottavias Computer. Hilfst du mir heute Abend, den Koffer zu packen?«

Ich musste einräumen, dass Isabella als jüngste von drei Geschwistern und fünfundzwanzig Cousins und Cousinen eine außergewöhnliche Fähigkeit besaß, mit kleinen Kindern umzugehen, selbstverständlich neben der ebenfalls außergewöhnlichen Fähigkeit, im richtigen Moment zu verschwinden. Linus und sie hatten sich in Windeseile verdrückt.

»Langsam fühle ich mich wie eine Fliege im Spinnennetz«, sagte mein Mann erbost. »Und die Spinne sind deine Großeltern und du, Abby.«

Sie sah uns beide gequält an. Kaspar starrte auf seine Schuhe.

»Es tut mir leid«, sagte sie schließlich und strich sich nervös das blonde Haar hinters Ohr. »Ich finde es eigentlich gar nicht so schlimm. Diese Dinge geschehen jeden Tag. Die Universitäten wetteifern miteinander um die prestigeträchtigsten Professoren und herausragendsten Wissenschaftler. Wie ihr sehr wohl wisst, kennen meine Großeltern euch schon lange, aber da ihr in Istanbul am Mausoleum von Kaiser Konstantin gearbeitet habt, mussten sie viele Jahre warten, bis sie euch nach Toronto holen konnten. Ich kann nichts Schlechtes daran finden. Macalister war von dem Vorschlag natürlich begeistert.«

»Aber warum musste dann so ein Geheimnis daraus gemacht werden?«

»Es war gar kein Geheimnis!«, widersprach sie mir. »Ihr kanntet uns nicht, und als wir euch von den Ossuarien erzählt haben, hättet ihr denken können, dass wir euch mit den Anstellungen bestechen wollten. Aber es war unmöglich, euch direkt unter Vertrag zu nehmen, weil wir wussten, dass du, Ottavia, das rundweg abgelehnt hättest.«

»Natürlich!«

»Eine Universität war die beste Lösung, euch herzuholen«, argumentierte sie. »Es würde euren akademischen Ruf und das Prestige der Universität vergrößern, und sobald wir das *Lignum Crucis* gefunden hätten, hätten wir versucht, euch zu überreden, wie wir es tatsächlich auch getan haben. Wo ist das Problem?«

»Dass wir manipuliert wurden«, erwiderte Farag mit seinem gefährlichen Gesichtsausdruck eines ägyptischen Pharaos kurz vor der Explosion.

»Also wirklich, so schlimm ist es nun auch wieder nicht!«, rief der Felsen und schlug sich mit den Händen auf die Schenkel. »Hört endlich auf damit. Wie Abby schon sagte, ihr habt keinerlei Schaden genommen, und heute sind wir alle zufrieden mit dem Ergebnis.«

Farag und ich schwiegen verstimmt.

»Weiß Doktor Shagdar, dass wir kommen?«, fragte Kaspar Abby.

»Noch nicht«, räumte sie ein und sah auf ihre Armbanduhr. »Es sind zwölf Stunden Zeitverschiebung zwischen Ulan Bator und Toronto. Wenn wir hier dreizehn Uhr am Dienstag haben, ist es dort ein Uhr in der Nacht zu Mittwoch. Aber vermutlich wird sich die Stiftung noch heute Nachmittag mit ihr in Verbindung setzen und mitteilen, dass man ihr eine beträchtliche Summe für die Weiterführung ihrer Forschungsarbeit gewährt und übermorgen ein Expertenteam eintreffen wird, um die Dokumente zu sichten und auszuwerten.«

»Deine Großeltern scheuen vor keinen Ausgaben zurück, was?«, sagte ich sarkastisch.

»Nein, haben sie nie getan und werden sie auch nie tun«, antwortete Abby entschlossen. »Es ist sehr wichtig für sie.«

»Warum, Abby?«, hakte mein Mann nach, der wegen der Manipulation noch immer verstimmt war. »Warum ist das alles so wichtig für deine Großeltern?«

Sie sah ihn irritiert an. Bildete ich mir das nur ein, oder verschwieg Abby uns etwas?

»Bevor sie sterben, wollen sie Jesus finden«, stammelte sie. »Schon als Kind erzählte mir meine Großmutter von diesen verlorengegangenen Ossuarien, die wir finden müssten. Ich habe sie in ihrer Zuversicht nie wanken sehen. Die sterblichen Überreste von Jesus und seiner Familie zu finden war eine lebenslange Obsession von ihr. Und auch von mir. Letzten Endes ...«, sie seufzte leise und traurig, »ist meine Ehe daran zerbrochen, weil mein Mann ... mein Exmann Hartwig, ebenfalls Archäologe, diesen Wahnsinn, wie er es nannte, nicht länger ertragen konnte.«

»Hartwig?«, wiederholte Farag verwundert. »Doch nicht etwa Hartwig Rau? Der berühmte deutsche Forscher, der in Ägypten im Tal der Könige arbeitet?«

Abby lächelte traurig.

»Ja, das ist ... das war mein Mann«, flüsterte sie. »Wir haben uns vor zwei Jahren scheiden lassen. Zum Glück haben wir keine Kinder, sonst wäre heute alles viel komplizierter. Das Ende war nicht gerade schön, und wir haben keinerlei Kontakt mehr. Hartwig wollte, dass ich aufhöre, von den Ossuarien zu träumen, und mit ihm nach Kairo gehe. Aber ich konnte es nicht. Also ...«

Armer Hartwig, dachte ich. Er dürfte die Ossuarien, die Simonsons und seine Frau am anderen Ende der Welt ziemlich sattgehabt haben. Er tat mir richtig leid.

»Wie lange dauert das denn mit dem Sushi?«, fragte Kaspar plötzlich. »Ich habe seit Ewigkeiten nichts gegessen!«

Noch so einer. Abbys Geschichte musste den Ex-Cato an Khutenptah erinnert haben, weshalb er abrupt das Thema wechselte.

»Isabella hat die Bestellung vor zwanzig Minuten aufgegeben«, antwortete ich. »Wie dem auch sei, Sushi war noch nicht in Mode, als du dich im irdischen Paradies vergraben hast.«

»Ich habe schon früher bei einer Dienstreise nach Japan Sushi gegessen,« erwiderte er aufgeblasen.

In dem Augenblick klingelte es an der Tür, und aus dem oberen Stockwerk erklangen Freudenschreie und schnelle Schritte. Die Kinder hatten offensichtlich auch Hunger.

Am Nachmittag fuhren Farag und ich zu unseren Arbeitsplätzen, um uns zu verabschieden, unsere Sachen abzuholen, Schubladen abzuschließen, Anweisungen zu geben, Anrufe zu tätigen und zu verkünden, dass wir noch vor Semesterbeginn im September wieder zurück wären. Dazu hatte Abby uns geraten. Anschließend fuhren wir wieder nach Hause und packten unsere Koffer. Wir glaubten zunächst, nicht länger als eine Woche weg zu sein, da wir die Dokumente ja nicht übersetzen, sondern auf der Suche nach einer Spur zu den Ossuarien nur querlesen mussten. Aus dem Internet erfuhren wir, dass es in der Mongolei um diese Jahreszeit viel kälter war als in Kanada, weshalb wir Winterklamotten einpackten. Farag holte die Ladegeräte für unsere Smartphones und Tablets, und ich stellte eine Reiseapotheke zusammen. Außerdem beschloss ich, die Röcke zu Hause zu lassen und stattdessen Hosen mitzunehmen, schon wegen der Kälte und weil ich keine Nylonstrümpfe mitnehmen wollte.

Kaspar und Linus machten einen Spaziergang über den Campus, weil sie nicht groß packen mussten (denn seit ihrem Eintreffen hatten sie kaum etwas aus den Koffern genommen, nur die Sachen, die gewaschen werden mussten), und kurz bevor wir ins Bett gingen, war auch Isabella fertig. Ihr kitschiger bunt geblümter Koffer war vollgepackt mit jeder Menge unnötigem Krimskrams. Sie hatte uns gebeten, doch wenigstens das Smartphone wiederzubekommen, aber ihr Onkel hatte mich schließlich dazu überredet, ihr das gesamte Arsenal zurückzugeben. Farag war der Meinung, dass sie ihre Lektion inzwischen gelernt hatte. Der Meinung ihrer leiblichen Tante zufolge hatte Isabella lediglich gelernt, dass sie am Ende doch immer ihren Kopf durchsetzte, aber ich wollte mich nicht streiten. Schließlich gingen wir am nächsten Tag auf eine lange Reise, es lohnte sich einfach nicht.

Als es abends im Haus still wurde, wir uns alle in unsere Zimmer zurückgezogen hatten und die Koffer unten im Flur standen, lasen Farag und ich noch ein wenig, aber ich war so nervös, dass nichts in mein Gehirn vordrang.

»Kannst du endlich die Beine stillhalten?«, maulte er, ohne die Augen von der Lektüre zu heben. Das Zimmer lag im Dunkeln, aber im Schein der beiden Tablets konnte man noch die Umrisse der Möbel und unsere Profile erkennen.

»Ich glaube kaum, dass ich ein Auge zumachen werde«, seufzte ich.

»So was dachte ich mir schon«, erwiderte er und sah mich an. »Versuch dich zu entspannen.«

»Ich konnte mich im ganzen Leben noch nicht entspannen, Farag, also glaube ich nicht, dass mir das ausgerechnet heute Nacht gelingt.«

»Weißt du was? Ich glaube, Kaspar hatte recht.«

»Womit?«

»Als er sagte«, murmelte er, während er sein Tablet ausschaltete und auf den Nachttisch legte, »dass diese Geschichte mit den Ossuarien geradezu darauf zu warten schien, ihn in ihren Bann zu ziehen, sobald er das irdische Paradies verlassen würde.«

»In meinem Magen rumort es, als hätte ich Hunger und zugleich Angst.«

»Mach das Ding aus und komm her.«

Ich gehorchte und kuschelte mich an ihn, den Kopf auf seine Brust gebettet. Er umfing mich mit den Armen, und als ich den Duft seiner Haut einatmete, seufzte ich erleichtert.

»Siehst du, du kannst dich doch entspannen«, flüsterte er.

Ich konnte ihm jedoch nicht mehr antworten, denn vor lauter Nervosität und Erschöpfung war ich augenblicklich eingeschlafen. Unvermittelt steckten wir wieder in einem sonderbaren Abenteuer wie vor fünfzehn Jahren. Wer weiß, wie und wo es enden würde. Und diesmal waren Kinder dabei, ein neunzehnjähriges naives Mäuschen und ein kleiner Junge von knapp fünf Jahren. Ich mochte gar nicht daran denken.

Am nächsten Tag, Mittwoch, den achtundzwanzigsten Mai, saßen wir in einem gigantischen Airbus der *Korean Air*, der exakt Viertel nach zwölf vom Flughafen Toronto abhob und nach dreizehn Stunden und fünfzig Minuten Flug – auf dem Kaspar, Farag und ich ununterbrochen redeten und die arme Abby bei Isabella sitzen ließen – zu einem fünfstündigen Zwischenstopp auf dem *Incheon Airport* im südkoreanischen Seoul landete. Der kleine Linus verschlief den kompletten Flug und merkte nicht einmal, dass wir in ein anderes Flugzeug in Richtung Mongolei umstiegen.

Am Donnerstag, den neunundzwanzigsten Mai, landete der zweite Airbus um zweiundzwanzig Uhr dreißig Ortszeit auf dem International Airport *Chinggis Khaan* von Ulan Bator.

ZEHN

Ein stürmischer Himmel, eiskalte Temperaturen und kräftiger Regen nahmen uns am Freitagmorgen in Empfang, als wir das Kempinski Hotel Khan Palace verließen und uns auf den Weg zu Frau Doktor Shagdar machten. Ich wusste sofort, dass ich bei dieser grässlichen Kälte in der Mongolei krank werden würde.

Isabella nahm Linus an die Hand, der von seinem Vater in einen langen roten Polarmantel mit einer Kapuze gesteckt worden war, die ihm über die Augen hing. Er sah aus wie ein Waldgnom. Isabella trug eine adrette weiße Regenjacke mit Gürtel über einer schwarzen gefütterten Hose und hohe schwarze Stiefel. Mit ihrem bunten Regenschirm sah sie aus wie eine Prinzessin. Der Gnom und die Prinzessin wurden von einem mongolischen Führer namens Sambuu abgeholt, dessen körperlichen Umfang ich nur mit einem großen, breiten Schrank vergleichen kann. Auch er trug einen riesengroßen Schirm sowie kurze Ärmel, und seine Arme waren so dick wie Kaspars Oberschenkel. Dafür gab es natürlich eine Erklärung: Sambuu war internationaler Champion im mongolischen Ringen und wegen des Naadam-Fests am Nationalfeiertag angereist – das wichtigste und traditionsreichste Fest der Mongolei mit Langstrecken-Pferderennen, Bogenschießen und Ringen –, um unseren Kindern ein wenig die Stadt zu zeigen, denn normalerweise verdiente er sich seinen Lebensunterhalt als Touristenführer und Sicherheitsmann. Während wir arbeiteten, würde er sie an interessante Orte führen.

Abby, Kaspar, Farag und ich stiegen in eine Luxuslimousine des Hotels und fuhren inmitten eines gewaltigen Gewitters zu dem hässlichen Gebäude der Internationalen Gesellschaft mongolischer Studien, in dem Doktor Oyun Shagdar ihren Arbeitsplatz hatte. Ich fand Ulan Bator nicht gerade schön; die vielen Jahre in der Sowjetunion hatten eine triste und einheitlich graue Architektur hervorgebracht, die keinerlei Lebensfreude ausstrahlte und gekrönt war von prätentiösen Wolkenkratzern, die von Größenwahn und schlechtem Geschmack zeugten. Vermutlich trugen der Regen und meine Müdigkeit nach der langen Reise auch nicht gerade dazu bei, einen besseren Eindruck von der Stadt zu bekommen. Ich war ziemlich dankbar dafür, dass die Fahrt nicht lange dauerte und wir schon kurz vor neun Uhr vor der Tür zu Doktor Shagdars Arbeitszimmer standen. Ein heftiges Donnern hallte über die Stadt, als Abby an die Tür klopfte.

»Ich glaube, das ist ein schlechtes Zeichen«, flüsterte ich Farag zu.

»Was denn?«

»Das Donnern!«

»Ah, ja klar.«

Eine kleine, etwas rundliche Frau mit geröteten hohen Wangenknochen und schmalen Augen, die fast unter ihren Schlupflidern verschwanden, öffnete uns mit einem freundlichen Lächeln die Tür. Es war Doktor Shagdar persönlich, die keine andere Sprache als Mongolisch beherrschte. Mit Zeichensprache bat sie uns hinein und schloss die Tür hinter uns. Ihr Arbeitszimmer war geräumig und hatte große Fenster zur Straße hin, durch die an sonnigen Tagen (sollte es sie denn geben) viel Licht hereinfallen dürfte, aber jetzt wirkte es düster und deprimierend. Kaltes weißes Neonlicht fiel auf billige Möbel und drei hässliche Regale aus unbearbeitetem Holz. Ihr Schreibtisch war nicht zu übersehen, eine Lampe brannte darauf, und er war überfrachtet mit Papieren und hohen Bücherstapeln. An den Wänden hingen Fotos von hoch dekorierten Männern im Sowjetstil, und mir schien, dass sie auch selbst auf allen abgebildet war. In der Mitte des Raumes stand ein großer Besprechungstisch mit Plastikstühlen.

Sie bat uns, Platz zu nehmen, stellte freundlich ein wunderschönes Kaffeeservice aus chinesischem Porzellan auf den Tisch und schenkte ausnahmslos allen und ohne zu fragen heißen Kaffee ein (was mir recht war, denn ich verspürte leichte Halsschmerzen).

Während das alles in Grabesstille erfolgte, betrachteten wir vier neugierig unsere kleine Gastgeberin. Ihr sehr kurz geschnittenes und in der Mitte gescheiteltes Haar war tiefschwarz und glänzte im Neonlicht, als wäre es pomadisiert. Ihre Augen wurden nicht nur von den schweren Lidern verborgen, sondern auch von der kleinen runden Brille mit Kunststoffgläsern und Metallrahmen, und ihre Lippen waren schreiend rot geschminkt. Alles in allem stachen in dem Gesicht mit eindeutig mongolischen Zügen besonders die roten Apfelbäckchen hervor.

»Ich lasse uns einen Dolmetscher schicken«, sagte Abby nach dem ersten Schluck Kaffee. »So können wir nicht arbeiten.«

Wir drei nickten zustimmend. Da sie uns nicht verstand, blieb der armen Frau Doktor Shagdar nichts anderes übrig, als zu lächeln und uns zum Kaffeetrinken aufzufordern.

Abby holte ihr Smartphone heraus und sprach mit jemandem von der Stiftung in Kanada.

»Der Dolmetscher ist gleich da«, verkündete sie.

Es folgten Seufzer der Erleichterung. Aber ich wollte keine Zeit verlieren. Es war Freitag, zudem standen zwei Feiertage vor der Tür. Ich wollte alles so schnell wie möglich hinter mich bringen, dieses Land verlassen und wieder nach Hause fliegen.

»Doktor Shagdar«, sagte ich und sah ihr dabei in die Augen. »Wo sind die Kisten?«

Doktor Shagdar lächelte mich freundlich an, rührte sich aber nicht von der Stelle.

Ich breitete die Arme aus und zeichnete große Kisten in die Luft.

»Die Kisten, Frau Doktor«, wiederholte ich. »Die Dokumente. Die Unterlagen. Hülegü Khan.«

Das waren die Zauberworte. Als Doktor Shagdar den Namen Hülegü hörte, lächelte sie noch breiter (wobei ihre Augen vollständig verschwanden und nur noch zwei gerade Linien aus Wimperntusche zu sehen waren) und stand sofort auf. Ich konnte das Alter dieser Frau nur schwer schätzen, sie musste um die sechzig sein, vielleicht älter. Sie trug ein schlichtes dunkelviolettes Kleid und einen malvenfarbenen Blazer mit Goldknöpfen darüber. Flugs war sie in einem Raum hinter ihrem Schreibtisch verschwunden, wo wir sie hantieren hörten.

Wie es schien, hatte sie mich verstanden, denn sie kam mit einer mittelgroßen Truhe zurück. Und was für eine Truhe! Bevor wir uns noch von der Überraschung erholen konnten, schleppte sie zwei weitere heran, und dann standen drei identische Truhen auf dem Besprechungstisch. Sie waren wunderschön. Es waren noch großflächig Reste von schwarzem Lack vorhanden, mit dem sie einmal überzogen gewesen waren, und die geometrischen Zeichnungen wiesen Spuren von roter, grüner und goldener Farbe auf. Das Holz wies keinerlei Risse auf, obwohl es ungefähr achthundert Jahre alt sein musste. Man konnte sich kaum vorstellen, dass diese Truhen einst der diplomatischen Gesandtschaft von Hülegü Khans Ilchanat im nordiranischen Maragha gehörten. Und ich hatte naiverweise geglaubt, die iranischen Kisten seien ganz normale Kisten aus billigem Holz mit dem Aufdruck FRAGIL und NICHT STÜRZEN!

Doktor Shagdar öffnete eine der Truhen – indem sie einfach den schönen gewölbten Deckel abnahm – und holte ein vergilbtes Papier heraus, auf dem unter dem mit schwarzer Tinte geschriebenen Text die typischen quadratischen roten Siegel aus China prangten, die mit der Zeit verblichen waren. Doch diese Siegel konnten keine chinesischen sein, denn ihre Zeichnungen erinnerten eher an Gabeln, Käsereiben und Eisenketten als an prächtige chinesische Schriftzeichen. Also mussten es mongolische sein. Der Text war eindeutig auf Arabisch verfasst.

»Das ist Farsi«, bestätigte mein Mann, als er das Schriftstück in den Händen hielt.

»Persisch?«, wunderte sich Abby.

»Genau, es wurde das arabische Alphabet benutzt, aber die Sprache ist Persisch.«

»Dann kannst du es nicht lesen«, bedauerte ich.

»Lesen schon, aber ich verstehe nichts«, räumte er ein.

Ich erklärte Doktor Shagdar in Zeichensprache, dass wir mit dem Dokument nichts anfangen konnten, worauf sie es wieder in die Truhe legte und sie zur Seite schob. Dann holte sie aus der zweiten, deren Deckel sie ebenfalls abnahm, als wäre sie eine Schmuckschatulle, ein weiteres vergilbtes Papier, das dieselben roten mongolischen Siegel trug, dessen Text jedoch in einer wunderschönen, eng stehenden Schrift in elegantem Duktus auf Griechisch verfasst war. Mein Herz schlug schneller, und ich streckte begierig die Hände aus. Die gute Frau Doktor lächelte und reichte es mir so vorsichtig herüber wie das erste.

Ich überflog Worte und Satzteile, ich erkannte, dass es die Kopie einer offiziellen Depesche war, Glückwünsche von Hülegü Khan an den byzantinischen Kaiser Michael VIII. Palaiologos zur Rückgewinnung seines Reiches und zu seiner Krönung. Aufgrund meiner Ergriffenheit spürte ich im Gesicht und an den Ohren Hitze aufsteigen. Bis zu dem Zeitpunkt hatte ich keine Ahnung von diesen frühen Beziehungen zwischen den Mongolen und dem Byzantinischen Kaiserreich von Konstantinopel gehabt, das Michael VIII. Palaiologos nach fast siebzig Jahren als Lateinisches Kaiserreich in der Hand der Venezianer 1261 wieder konstituierte. Wegen dieses einzigartigen Dokuments würden und müssten viele Geschichtsbücher umgeschrieben werden.

»Dein Hände zittern, *Basileia*«, sagte Farag.

»Wenn du wüsstest, was ich gerade lese, würden deine auch zittern«, murmelte ich ergriffen.

»Etwas über die Ossuarien?«, fragte Kaspar interessiert.

»Ossuarien? Welche Ossuarien?«, scherzte ich. »Nein, davon

steht hier nichts. Das hier ist die wahre Geschichte einer faszinierenden und unbekannten Epoche.«

Die europäischen Truppen des vierten Kreuzzuges verfügten nicht über die notwendige Ausrüstung, um ins Heilige Land zu gelangen, weshalb ihnen der Doge von Venedig, Enrico Dandolo, 1202 die venezianische Flotte überließ, wohl wissend, dass sie den vereinbarten Preis nicht würden zahlen können. Als es so weit war, konnten die Kreuzritter tatsächlich nicht zahlen, und der Doge erbot sich, die Schuld zu tilgen, wenn sie stattdessen gewisse Territorien für Venedig eroberten. Die Dinge gestalteten sich immer komplizierter, aber dann überfielen die Kreuzritter 1204 Konstantinopel, plünderten es anstelle von Jerusalem und übergaben das Byzantinische Kaiserreich den Venezianern (die damit freien Zugang auf das Schwarze Meer, den Orient und den Gewürzhandel hatten) und der katholischen Kirche (die mit einem Federstrich die orthodoxe Kirche auslöschte, wie ich geglaubt hatte). Sie nannten es fortan Lateinisches Kaiserreich Konstantinopel und begründeten damit eine düstere, traurige Epoche, von der sich Byzanz nie vollständig erholen sollte. Zum Glück gelang es Michael VIII. Palaiologos 1261, das wenige, was seinerzeit vom schönen Konstantinopel übrig geblieben war, zurückzuerobern, weshalb er anschließend in der Sophienkirche zum Kaiser des wiederhergestellten Byzantinischen Reiches gekrönt wurde. Und zu diesem Anlass beglückwünschte ihn Hülegü Khan, der Enkel von Dschingis Khan und Herrscher von Persien, Syrien und eines Teils des Heiligen Landes. Es war beeindruckend.

Ein Klopfen ließ uns alle aufschauen und zur Tür starren. Doktor Shagdar rief etwas Gutturales, und gleich darauf streckte ein junger Mann um die zwanzig sein orientalisches Gesicht mit runden roten Wangen zur Tür herein.

»Ich heiße Orgio«, sagte er auf Englisch. »Sie haben um einen Dolmetscher gebeten?«

Was für eine Katastrophe! Da schickte man uns ein Kind, das eine Brücke zwischen Doktor Shagdar und uns schlagen sollte.

Wie groß wohl das historische oder wissenschaftliche Vokabular dieses Jungen sein mochte? Na schön, zur Abwechslung war ich mit meinen leichtfertigen Vorurteilen mal wieder im Irrtum, denn Orgio entpuppte sich als sehr guter Dolmetscher, der uns keinerlei Probleme bereitete. Er konnte besser Englisch als ich, und seine Allgemeinbildung reichte in dieser Situation vollkommen aus. Das Übersetzerbüro, für das er arbeitete, hatte genau verstanden, was die Simonson-Stiftung wollte.

Mit Orgios Hilfe konnten wir uns endlich mit Doktor Shagdar verständigen, was eine große Erleichterung war und uns bezüglich der Arbeit einen ordentlichen Schritt weiterbrachte. Sie konnte zwar nicht ahnen, dass wir Hinweise auf merkwürdige jüdische Ossuarien suchten, aber ihr war bewusst, dass von diesen Ausländern (uns) ein beträchtliches Sümmchen abhing, weshalb wir alles nach Lust und Laune durchsehen und überprüfen konnten, sie uns bei der Arbeit nicht störte und auch keine verfänglichen Fragen stellte, sondern sich darauf beschränkte, uns gelegentlich Kaffee nachzuschenken sowie die Dokumente wieder in die Truhen zu legen, wenn wir sie gesichtet hatten. Vor lauter Langeweile begannen Orgio und sie in ihrer Muttersprache zu plaudern, was für uns wie Hintergrundmusik klang.

Farag überprüfte die Unterlagen auf Latein, Kaspar und ich die Papiere auf Griechisch (die offizielle Sprache des irdischen Paradieses war byzantinisches Griechisch, weshalb Kaspar es gelernt hatte), und Abby Simonson fotografierte mit ihrem Smartphone sämtliche Schriftstücke in persischer Sprache und arabischer Schrift.

»Ich schicke sie gleich an die Stiftung weiter«, erklärte sie uns. »Jemand wird sie dann lesen und auswerten.«

Orgio übersetzte Doktor Shagdar, was Abby gesagt hatte; sie nickte zustimmend und erging sich in einem gutturalen Wortschwall. Die gute Frau Doktor Oyun Shagdar musste das Geld wirklich dringend benötigen, wenn sie das, was wir taten, so einfach hinnahm, denn sie war keineswegs dumm.

»Doktor Shagdar meint, dass Sie ihre Arbeit viel besser verstünden, wenn Sie auch die mongolischen Dokumente durchsähen«, übersetzte Orgio. »Sie sagt, was Sie durchlesen, sei für sie nicht zu gebrauchen.«

»Weiß Doktor Shagdar um die Wichtigkeit all dessen, was sie nicht gebrauchen kann?«, fragte ich als erfahrene Paläographin mit Weltruhm.

Der Junge übersetzte, und Frau Doktor ließ sich erneut lang und breit aus.

»Sie sagt Ja, aber sie nützen ihr nichts, weshalb sie sie vor einiger Zeit der Akademie zur Verfügung gestellt hat, damit andere Historiker sie auswerten können. Sie sagt, es seien schon mehrere Kollegen hier gewesen und dass einer von ihnen, Doktor Otgonbayar, sie demnächst abholen wird, was sie gut findet, denn er hat sie der Akademie für Mongolische Studien abgekauft.«

Wir vier tauschten Blicke, und als hätten wir gegenseitig unsere Gedanken lesen können, holten wir alle unsere Smartphones heraus und begannen zu fotografieren. Abby notierte uns auf einem Zettel die Adresse, an die sie ihre Bilder schickte, und wir taten es ihr gleich. Vielleicht würden wir diese Unterlagen nie wiedersehen, und angesichts des hohen Preises, den die Stiftung dafür zahlte, war es nicht verkehrt, über Kopien zu verfügen, anhand derer wir arbeiten konnten, falls wir etwas fänden.

Am Spätvormittag stellten wir erleichtert fest, dass wir die Arbeit noch am selben Tag abschließen konnten, wenn wir uns ein wenig beeilten. Eigentlich waren die Truhen nicht allzu groß, und wir mussten auch keine genauere paläographische Analyse der Schriften anfertigen, sondern sie nur sichten auf der Suche nach dem Wort Ossuarien (auf Griechisch ὀστεοφυλάκια, gesprochen *osteofilakia*, und auf Lateinisch *ossuaria* oder *ossaria*) in irgendeiner seiner Deklinationen.

Zur Essenszeit hatten Kaspar und ich praktisch das gesamte griechische Material erfolglos durchforstet; nur Farag lag noch weit zurück, weil er allein arbeitete. Abby bot ihm ihre Hilfe an, er müsste ihr nur genau aufschreiben, auf was sie achten sollte. Im Restaurant neben der Akademie, in dem wir zu Mittag aßen, griff Farag zu einer Papierserviette, notierte ihr darauf die lateinischen Stämme von ossuar- und ossar- und sagte, wenn sie in irgendeinem Dokument ein Wort entdecken sollte, das mit einem dieser Stämme beginne, sollte sie es ihm sofort weiterreichen. Vermutlich dachten wir in dem Moment alle dasselbe: dass Abby nicht gelernt hatte, mittelalterliche lateinische Schriftstücke in komplizierter Handschrift voller Abkürzungen und Kontraktionen zu entziffern. Aber so war sie wenigstens beschäftigt und musste nicht mit dem Ausdruck einer Märtyrerin zum Fenster hinausstarren.

Nach einem ersten Schluck von meinem zweiten Nachmittagskaffee fand ich es.

Fast hätte ich den Kaffee verschüttet, als ich mit einem überraschten Aufschrei und sehr zum Missfallen von Frau Doktor Shagdar unvermittelt aufsprang. Ich musste Orgio erklären, dass ich etwas Wichtiges entdeckt hätte im Zusammenhang mit einer Sache, an der ich vor vielen Jahren gearbeitet hatte, und dass ich mich riesig darüber freute, meine Hypothese bestätigt zu sehen. Nun ja, ich sagte das Erstbeste, was mir in den Sinn kam. Es war nur eine Ausrede, aber die zuvorkommende Frau Doktor schien ebenso erfreut zu sein wie ich, als der Junge es ihr ins Mongolische übersetzt hatte, und beglückwünschte mich nur herzlich, ohne weitere Fragen zu stellen.

Abby, Farag und Kaspar warfen mir wegen meines Verhaltens vorwurfsvolle Blicke zu und forderten mich zugleich auf, das Schriftstück zu fotografieren. Das Smartphone lag irgendwo unter den Papieren, weshalb ich es in meiner Nervosität nicht gleich fand, doch schließlich entdeckte ich es unter meiner Handtasche. Für den Fall der Fälle machte ich nicht nur ein, sondern sieben Fotos aus verschiedenen Blickwinkeln und Entfernungen, um sicherzugehen, dass ich auch den gesamten Inhalt erfasst hatte. Als ich damit fertig war, reichte ich das Manuskript an Kaspar weiter, der es ohne das geringste Anzeichen von Aufregung analysierte. Auch er schoss mehrere Fotos, legte sein Smartphone gleichgültig wieder auf den Tisch und vertiefte sich seelenruhig in andere Schriftstücke, als wäre nichts geschehen. Ich begriff, dass wir das Spiel aufrechterhalten mussten, weil wir einerseits einen weiteren Hinweis finden könnten und andererseits nach meinem jüngsten Auftritt nicht noch mehr Misstrauen erregen durften.

Um sieben Uhr abends, als Orgio und Frau Doktor Shagdar vor lauter Langeweile schon im Begriff waren, sich aus dem Fenster zu stürzen, machten wir Schluss. Der Dolmetscher übermittelte unseren Dank und übersetzte der armen Oyun Shagdar, dass Abby der Simonson-Stiftung telefonisch den Auftrag erteilen würde, das Geld auf ihr Bankkonto bei der Golomt-Bank anzuweisen. Die Frau erging sich in hocherfreuten und blumigen Dankbarkeitsbezeugungen und erbot sich für eine weitere Zusammenarbeit, sollte es während unseres Aufenthaltes in der Mongolei denn nötig werden. Abby rief im Hotel an und bat darum, uns den Wagen zu schicken.

Kurz darauf verließen wir beschwingt die Akademie und konnten gar nicht schnell genug ins Hotel zurückkehren, weil wir die Kinder sehen, uns ausruhen und vor allem einen Blick auf unsere wunderbare Entdeckung werfen wollten. Kaspar und ich kannten den Inhalt des Papiers bereits, aber Farag und Abby saßen wie auf glühenden Kohlen, und sie zeigte zum ersten Mal, seit ich sie kannte, Symptome, vor lauter Ungeduld ihre elegante und perfekte Haltung zu verlieren. Dennoch stellte sie seltsamerweise keine Fragen.

»Ich glaube, als Erstes sollten wir zusammen mit Linus und Isabella zu Abend essen«, schlug ich vor, als wir endlich im Wagen saßen. »Anschließend treffen wir uns in Abbys Zimmer, das ist das größte, und sprechen über unsere Entdeckung, wenn es euch recht ist.«

Die Erbin, die auf dem Beifahrersitz Platz genommen hatte, drehte sich um.

»Tut mir leid, Ottavia, aber es wird zuerst eine Videokonferenz mit meinen Großeltern geben, wenn wir im Hotel sind.«

»Aber in Kanada muss es doch jetzt ...« Ich sah auf meine Armbanduhr und zog zwölf Stunden ab. »Acht Uhr morgens sein!«

»Die beste Zeit«, kommentierte sie lächelnd. Deshalb hatte sie noch nicht nach dem Inhalt der Schriftstücke gefragt. Sie wollte es zusammen mit ihren Großeltern erfahren.

»Und wann essen wir zu Abend?«, fragte Kaspar, vermutlich aus Sorge um Linus.

»Wir bestellen uns was aufs Zimmer.«

Isabella und Linus waren schon seit Stunden wieder im Hotel und spielten im Zimmer meiner Nichte Videospiele. Linus hatte bereits gegessen, weil Isabella schon befürchtet hatte, dass es bei uns spät werden könnte, und obwohl sie selbst halb verhungert war, hatte sie befunden, dass das Kind eine gewisse Alltagsroutine bräuchte, so anders diese auch sein mochte. Im Grunde war ich immer noch der Meinung, dass es ein Wahnsinn war, Linus auf diese Reise mitzunehmen, aber solange sein Vater es guthieß, blieb der Kleine natürlich bei uns.

Abby hatte die Präsidentensuite im siebten Stock des Kempinski Hotels Khan Palace ganz für sich allein. Nicht dass wir anderen schlecht untergebracht waren, ganz im Gegenteil, aber die Lieblingserbin der Simonsons musste sich selbstverständlich in der Präsidentensuite einquartieren. Augenblicklich bat ich den Herrn um Verzeihung für diese Sünde des Neids. Wenn auch ich ein wunderbares Zimmer hatte, das mir ihre Familie bezahlte, was machte es da schon, wenn Abby über hundert Quadratmeter für sich allein hatte? Es war schließlich so: Diese Suite eignete sich bestens dafür, um zusammen mit den Kindern eine Videokonferenz mit Becky und Jake abzuhalten.

Wir bestellten das Abendessen, und während wir darauf warteten, erzählte uns Linus in allen Einzelheiten, was er tagsüber mit Isabella und Sambuu gesehen hatte. Abby stöpselte ihren Laptop an den großen Flachbildfernseher und erfragte an der Rezeption den Zugangscode für das Internet.

»Aaaaalles ist voller Buddhas!«, erklärte uns Linus mit leuchtenden Augen und ganz überdreht, weil er unser aller Aufmerksamkeit genoss. »Und voller Dschingis Khans. Überall sind riesige Dschingis Khans!«

»Wir sind über den Sukhbaatar-Platz spaziert«, erklärte Isabella. »Und wir waren im buddhistischen Kloster Gandan.«

»Gandan, ja«, bestätigte Linus und nickte eifrig. »Dort steht der größte Buddha der Welt.«

»Einer der größten«, korrigierte ihn Isabella.

»Ja, einer der größten. Und wir haben auch den Totenschädel von einem Elefanten gesehen.«

»Das war im Winterpalast des Bogd Khan, das ist der buddhistische Lama, der im letzten Jahrhundert« – für Isabella war das 20. Jahrhundert die Frühgeschichte der Menschheit – »vor der sowjetischen Besatzung Khan der Mongolei war.«

»Das war sein Lieblingselefant«, erzählte Linus ganz begeistert weiter. »Und als der gestorben ist, haben sie seinen Schädel behalten. Die Hörner ...«

»Stoßzähne.«

»... die Stoßzähne waren sooo lang«, sagte er und streckte die Arme aus.

»Mensch, du hast ja richtig viel erlebt«, sagte Kaspar.

»Aber jetzt musst du wirklich ins Bett, Linus!« Ich spielte mal wieder die Spielverderberin (meine Lieblingsrolle bei Kindern).

»Ja, ich weiß«, räumte er ein. »Aber ich bin noch gar nicht müde.«

»Warum legst du ihn nicht in mein Bett, Kaspar?«, schlug Abby vor, die gerade etwas in ihren Computer tippte. »Wenn wir fertig sind, kannst du ihn mit runternehmen.«

Isabella stand auf. Sie nahm ihre Aufgabe als Kindermädchen sehr ernst. Mein Mann und ich wechselten einen überraschten Blick und lächelten vor uns hin.

»Komm, Linus«, forderte sie den Kleinen auf. »Wir gehen in dein Zimmer, und ich ziehe dir den Schlafanzug an.«

»Ja, aber vorher musst du mich noch baden«, erklärte er, schon auf dem Weg zur Tür.

»Kommt nicht infrage«, sagte meine Nichte, als sie die Tür öffnete. »Heute wirst du wie ein Großer allein duschen.«

»Ja, ich bin schon groß«, war das Letzte, was wir hörten, bevor die Tür ins Schloss fiel.

»Dein Sohn hat noch nicht gelernt, Nein zu sagen, stimmt's?«, fragte ich Kaspar.

In dem Moment wurde der Bildschirm hell, und schon hatten wir Becky und Jake vor uns, als würden sie an der Realityshow irgendeines Privatsenders teilnehmen.

»Guten Tag!«, riefen beide unisono und äußerst zufrieden, als hätten sie das große Los gezogen.

»Guten Abend!«, erwiderte Abby mit einem breiten Lächeln. »Könnt ihr uns gut sehen, ihr beiden? Wir sehen und hören euch gut.«

»Wir sehen und hören dich sehr gut, Abby, aber wo sind die anderen?«

Farag, Kaspar und ich hatten es uns auf dem ledernen Dreiersofa der Suite bequem gemacht, aber die Kamera von Abbys Laptop war nicht darauf gerichtet, weshalb wir aufstanden und uns an den Esstisch setzten, der direkt vor Fernseher und Laptop stand.

»Meine Güte, wie kalt muss es dort sein!«, rief Becky, als sie uns in Winterkleidung sah. »Ihr seid ja richtig eingemummelt. Fühlt ihr euch wohl im Hotel? Soll man euch die Heizung höherstellen?«

»Die Hotelkette Kempinski gehört uns«, erläuterte Abby ganz nebenbei.

Mir fiel die Kinnlade herunter. Ich kannte das unglaubliche Çırağan Palace Kempinski Hotel Istanbul, in dem ich an mehreren Kongressen über Konstantin teilgenommen hatte und das für mich der Gipfel des Luxus war. Aber worüber wunderte ich mich eigentlich? War mir inzwischen nicht klar, dass diese Familie die Welt beherrschte? Jetzt verstand ich auch, warum Abby sich in der Präsidentensuite einquartiert hatte. Sie war schließlich die Besitzerin dieses Prachtbaus.

»Los, erzählt schon«, platzte Jake heraus. »Was habt ihr in den iranischen Kisten entdeckt?«

»Sind die Fotos bei euch angekommen?«, fragte seine Enkelin zurück.

»Ja, sie liegen hier vor uns.« Er zeigte uns den Ausdruck eines Dokuments aus Hülegüs Staatskanzlei. Obwohl ich genau wusste, dass es nicht aus Hülegüs Staatskanzlei stammte, sondern aus der seines Sohnes Abaqa Khan, dessen Hauptstadt nach Täbris, ebenfalls im Iran nahe Maragha, verlegt wurde. In den Truhen lagen, soweit ich das beurteilen konnte, Dokumente von verschiedenen Khans … und Khatuns, ihren Hauptfrauen, die abseits der Politik ebenfalls eifrig diplomatischen Aktivitäten nachgegangen waren.

»Übersetzt du uns das bitte, Ottavia?«, bat mich Becky vom Bildschirm aus.

»Einen Moment noch, ich suche das Foto und schicke es mir aufs Tablet, dann kann ich es besser übersetzen«, sagte ich und stand auf. Doch mein Mann hielt mich zurück.

»Nimm meins«, sagte er und schob mir sein Tablet rüber. »Hier ist es schon.«

Ich überflog kurz den Text und vergrößerte das Bild mit Daumen und Zeigefinger.

»Ich brauche auch meine Lesebrille«, sagte ich entschuldigend und stand wieder auf.

»Hier.« Wieder hielt mich Farag zurück und reichte mir die Brille.

Ich setzte sie auf und mich wieder hin. Dann ergriff ich mit beiden Händen Farags Tablet.

»Bevor ich es übersetze, muss ich euch erklären, was ich heute gelernt habe, dann werdet ihr besser verstehen, was ich gleich vorlesen werde.«

»Schieß los, Ottavia«, bat Jake aus Toronto.

»Hülegü Khan und Michael VIII. Palaiologos wollten, vermutlich aus politischen Gründen, ein Bündnis beider Reiche besiegeln, und was eignete sich dafür besser, als Frauen auszutauschen, ohne deren Meinung einzuholen? Michael offerierte ihm eine seiner beiden illegitimen Töchter, Maria Palaiologina, damit Hülegü Khan sie zu einer seiner Hauptfrauen machte, und der akzeptierte. Maria war fast noch ein Kind und Hülegü zu dem Zeitpunkt um die fünfzig, auch wenn es schon Schlimmeres gegeben hat und geben wird. Wegen der Heirat verließ Maria Konstantinopel, doch als sie in Maragha eintraf, war Hülegü tot.«

»Waren das wieder die Assassinen?«, fragte Farag mit leuchtenden Augen.

»Das weiß ich nicht«, antwortete ich. »Ich habe in keinem Dokument etwas über die Assassinen gelesen.«

»Gut, erzähl weiter«, bat Kaspar.

»Die Sache ist die: Da Hülegü zwar tot, aber Maria nun mal vor Ort war, hat man sie kurzerhand mit seinem Sohn Abaqa, dem neuen Ilchan von Persien, verheiratet. Der war wenigstens jünger. Im selben Jahr von Hülegüs Tod und Marias Hochzeit mit Abaqa starben auch Doquz-Khatun und der Patriarch Makkikha II..«

»Die drei Personen, die auf der Goldplatte abgebildet sind, starben im selben Jahr?«, fragte der alte Jake überrascht.

»Ja, alle drei«, bestätigte ich. »Im Jahr 1256. Einer nach dem anderen.«

»Wie seltsam!«, rief Jake.

»Ja, das ist es in der Tat«, fuhr ich fort. »Ich werde euch jetzt aus dem Schriftstück vorlesen, das ich heute gefunden habe. Es ist ein Brief.«

»Von wem an wen?«, wollte mein Mann wissen.

»Von Maria Palaiologina an ihren Vater, den Kaiser von Byzanz, Michael VIII. Palaiologos.«

Es wurde still, sowohl in der Mongolei als auch in Kanada, damit ich beim Lesen in Ruhe übersetzen konnte. Kaspar, der den Inhalt schon kannte, hatte die Ruhe weg. In den Gesichtern aller anderen stand Hochspannung.

»Dem vortrefflichen und großmütigen Kaiser von Byzanz von Gottes Gnaden, meinem Herrn Vater Michael, von seiner jüngsten Tochter Despina Khatun, geborene Maria Palaiologina, Gesundheit und triumphalen Sieg über die Feinde.«

»Despina?«, fragte Abby erstaunt.

»Deine Großmutter hat uns erzählt, dass Doquz-Khatun, die Hauptfrau von Hülegü, in Wirklichkeit Oroqina hieß. Despina kommt von dem griechischen Wort *despoina* und bedeutet ›Frau‹ oder ›Herrin‹. Die Mongolen werden ihr diesen Namen gegeben haben, als sie hörten, dass ihre griechischen Bediensteten sie so nannten.«

»Abby, lass Ottavia bitte fortfahren!«, mahnte ihre Großmutter.

»Tut mir leid«, entschuldigte sich die Erbin. »Ottavia, lies bitte weiter.«

Ich sah wieder auf den Text und holte Luft. Es war ein feierlicher Moment.

»Mein Herr Vater, ich schreibe Euch, um Euch meine Rückkehr nach Konstantinopel anzukündigen und im Wunsch, dass meine Rückkehr Euch nicht ungelegen kommen möge und Ihr mich wieder als Eure Tochter aufnehmt. Vater, seit dem Tod meines Herrn Gemahls, Abaqa Khan, dem der Herrgott seine vielen Sünden vergeben möge, ist mein Leben in Gefahr. Mein Herr Gemahl starb vor zehn Tagen am ersten April im Jahr des Herrn 1282. Er wurde von einem seiner Brüder, meinem Schwager Tekuder, umgebracht, der schon vor einiger Zeit zum Islam konvertiert ist und sich Sultan Ahmad nennt, denn er hat das Ilchanat in ein Sultanat umgewandelt. Tekuder hat meinen Tod befohlen, denn er weiß, dass ich die Khatun vieler Christen in seinem Reich bin, die er zwingen möchte, zum Islam überzutreten. Wenn sie es nicht tun, wird er sie umbringen.«

Das kam mir ziemlich bekannt vor. Offensichtlich hatte sich seit achthundert Jahren nicht viel verändert. Ich würde die dauerhafte Beziehung von Religion und Tod nie verstehen (und schon gar nicht akzeptieren), so viele gewaltsame Beispiele mir die Geschichte auch liefern mochte.

In dem Moment verstummte ich, weil es an der Tür klopfte.

Abby machte einen Satz und lief rasch hinüber, um zu öffnen. Ein Kellner schob einen großen Wagen voller Speisen unter Warmhalteglocken in die Suite.

»Soll ich es Ihnen auf dem Tisch anrichten?«, fragte er freundlich auf Englisch.

»Nein, vielen Dank«, erwiderte Abby, die noch immer die Tür aufhielt, damit er schnell wieder verschwand. Aber stattdessen kamen Isabella und Linus herein, der jetzt einen Schlafanzug, Hausschuhe und einen kleinen grünen Bademantel trug, auf den der Hotelname in Gold eingestickt war.

Linus lief zu seinem Vater und krabbelte geschickt auf dessen Schoß. In dieser gemütlichen Position sah er unbefangen Becky und Jake an, die amüsiert lächelten. Isabella setzte sich neben mich.

»Hab ich was verpasst?«, fragte sie leise.

»Nicht viel«, antwortete ich und drehte meine Brille in der Luft. »Das Interessanteste kommt jetzt.«

»Genial.«

Abby hatte sich wieder zu uns gesellt und schaute mich erwartungsvoll an, womit sie mich aufforderte, weiter zu übersetzen.

»Machen wir weiter oder essen wir erst?«, fragte ich in der Hoffnung, dass sich alle für Letzteres entscheiden würden. Ich hatte kein Glück.

»Lies weiter!«, befahl der Felsen, während er den Jungen zu dessen großem Vergnügen hin und her schaukelte.

»Der Brief ist gleich zu Ende!«, tönte ich und setzte die Brille wieder auf. »Ich werde so schnell wie möglich nach Konstantinopel aufbrechen, denn jeder Tag, den ich länger in Täbris weile, könnte der Tag sein, um durch Tekuders Hände zu sterben. Ich werde alle Auskünfte, über die ich verfüge, nach Konstantinopel mitbringen. Und sollte Euch die traurige Nachricht erreichen, dass mein Schwager mich umgebracht hat, sucht meinen Körper, mein Herr, und lasst ihn ausgraben, denn in ihm werdet ihr alles Nötige finden, um weiterzumachen. Ich habe diesbezüglich schon Anweisungen gegeben. Bis zum heutigen Tage habe ich nie wieder von den venezianischen Gesandten gehört, die der lateinische Papst geschickt hat. Wenn ihr damit einverstanden seid, mein Vater, flehe ich Euch an, mir eine Leibwache zu schicken, die mich auf der Reise nach Konstantinopel beschützt, denn ich werde nur mit wenigen christlichen Tartar-Soldaten aufbrechen. Segnet mich, Vater, und die Liebe Gottes sei mit Euch.«

Nach sekundenlangem Schweigen begannen Becky und Jake am anderen Ende der Welt nervös in ihren Sesseln herumzurutschen. Auch wir erwachten wie aus einem Traum.

»Was hat Maria in ihrem Körper verborgen?«, fragte Kaspar. »Sie sagt doch eindeutig, dass ihr Vater in ihrem Körper alles Nötige findet, um weiterzumachen.«

»Womit weiterzumachen?«, bohrte ich nach. »Das frage ich mich schon, seit ich den Brief heute Nachmittag gelesen habe. Hier spricht die Khatun von Persien, Hülegüs und Doquz' Schwiegertochter, die Tochter von Michael VIII. Palaiologos, dem Kaiser von Byzanz, und sie erwähnt darüber hinaus den Papst von Rom und geheimnisvolle Gesandte, von denen man nicht weiß, wohin sie geschickt wurden und wozu.«

»Ich finde diese Mixtur aus historischen Figuren merkwürdig«, erklärte Farag. »Doch es steht außer Zweifel, dass die Ossuarien nicht von Doquz Khatun an Despina Khatun weitergegeben wurden. Zwischen dem Tod der Ersteren und der Ankunft Letzterer muss etwas Schwerwiegendes vorgefallen sein, wenn sowohl der Kaiser von Byzanz als seltsamerweise auch der Papst von Rom und nicht der Patriarch von Konstantinopel in die Sache verwickelt sind.«

»Ich glaube, wie sollten zweierlei tun«, schlug Kaspar vor. »Zuerst müssen wir das Leben von Maria Palaiologina als Despina Kathun erforschen.«

»Wird erledigt«, sagte Jake und notierte sich etwas außerhalb unserer Sicht.

»Und als Zweites?«, fragte Farag.

»Müssen wir herausfinden, wo Maria begraben ist«, sagte Kaspar knapp und todernst. »Und ihre Leiche finden.«

ELF

Das Telefon im Hotelzimmer klingelte, aber ich schlief weiter. Dann hörte ich die raue Stimme von Etta James, die mitten in der Nacht aus vollem Halse »I just want to make love to you«, sang – das war Farags Smartphone-Melodie –, aber ich blieb unbeirrbar und schlief weiter. Und zu diesen beiden lästigen Geräuschen gesellte sich das meines eigenen Smartphones, ein klassisches Telefonklingeln. Da konnte ich nicht mehr und wachte auf. Ich war so erschlagen, dass ich nicht einmal wusste, wo ich mich eigentlich befand, doch wo auch immer das sein mochte, ich lag dicht an der Bettkante und belegte nur ein Drittel der Matratze, während Farag den Rest für sich beanspruchte. Und wozu, fragte ich mich erbost, wenn er wie üblich halb auf mir drauf lag?

Die drei Telefone klingelten hartnäckig weiter, aber jetzt fiel in das Konzert auch noch eine Türklingel ein, die bestimmt nicht zu meinem Haus gehörte. Und Klopfen. Jemand klopfte lautstark auf Holz.

Wie betäubt gab ich der Liebe meines Lebens, die mir selig weiter ins Ohr schnarchte, einen Klaps und schob sie mit den Beinen zur Seite, um mich aus ihrer Umarmung zu befreien und aufstehen zu können. Ich musste dieses Geräuschinferno sofort abstellen, wusste allerdings nicht, wie. Mein Gehirn funktionierte noch nicht.

Mit geschlossenen Augen setzte ich mich auf, schlüpfte in meine Hausschuhe, die auch nicht meine eigenen waren, sondern seltsame Frotteelatschen, stand auf und wankte zur Tür. Dabei stieß ich mich am Nachttisch und schrie auf vor Schmerz, wovon mein Held aber natürlich nicht aufwachte. Eines wusste ich ganz genau: Sollte mir etwas passieren, würde ich einsam sterben, denn der neben mir liegende Farag würde es gar nicht bemerken.

Ich gelangte zur Tür und öffnete sie blind. Das Licht aus dem Flur blendete mich.

Mongolei!, schoss es mir plötzlich durch den Kopf. Wir waren in der Mongolei. Und das verschwommene Gesicht, das mich besorgt ansah, gehörte Abby, der Erbin. Die anderen gehörten Kaspar, Isabella und Linus, die ebenfalls wach und angezogen vor meiner Tür standen.

»Was ist los?«, stammelte ich und rieb mir die Augen. Dabei fiel mir ein, dass ich keinen Morgenmantel übergezogen hatte und nur meinen roten Schlafanzug mit den Weihnachtsbärchen trug.

»Und Farag?«, fragte Kaspar, wobei er einen Blick über mich hinweg in das dunkle Zimmer warf.

»Schläft«, erwiderte ich immer noch benommen, aber das pulsierende Adrenalin machte mich schlagartig wach. Das Ganze war merkwürdig und verhieß nichts Gutes.

»Wir müssen abreisen, Tante«, sagte Isabella und schob mich ins Zimmer zurück. »Zieh dich an, ich wecke Onkel Farag.«

»Aber ... verdammt, kann mir mal jemand sagen, was los ist?«, schnaubte ich.

»Meine Großeltern haben angerufen«, erklärte Abby. »Ein Archäologenteam des Vatikans hat sich über das Ökumenische Patriarchat von Konstantinopel an die Istanbuler Behörden gewandt und den Antrag gestellt, in der Kirche der Heiligen Maria von den Mongolen Ausgrabungen durchführen zu dürfen.«

Aufgrund unserer Entdeckung des Mausoleums von Konstantin hatten Farag und ich acht Jahre in Istanbul gelebt, weshalb ich die kleine orthodoxe Kirche der Heiligen Maria von den Mongolen gut kannte, die im Byzantinisch-Griechischen *Theo-*

tokos Mouchliotissa hieß. Sie stand im Stadtteil Phanar neben dem griechisch-orthodoxen Kolleg, nahe dem Ökumenischen Patriarchat von Konstantinopel, und obwohl sie recht klein und unbedeutend war, war ihr die große Ehre zuteilgeworden, nach der türkischen Besetzung 1453 als einzige byzantinische Kirche von ganz Istanbul nicht in eine muslimische Moschee umgewandelt zu werden.

Doch richtig begriffen hatte ich noch nicht, was Abby gesagt hatte. Ein Archäologenteam des Vatikans wollte in der Kirche der Heiligen Maria von den Mongolen Ausgrabungen tätigen? Ja und? Was hatte das mit uns zu tun? Na schön, da gab es das Wort Mongolen, aber …

»Die Kirche der Heiligen Maria von den Mongolen wurde von Maria Palaiologina errichtet, nachdem sie nach Konstantinopel zurückgekehrt war. Sie wurde Nonne und lebte im eigenen Kloster bis zu ihrem Tod. Laut meinen Großeltern wird vermutet, dass sie dort in einer unterirdischen Krypta begraben ist, die noch nicht entdeckt wurde.«

Nicht einmal ein Schlag mit dem Hammer auf meinen Kopf hätte größere Wirkung gezeigt. Woher wusste der Vatikan das? Was suchten sie? War das Zufall, oder hatte man uns ausspioniert? Verflucht noch mal! Was sollte das alles? Der Vatikan? Gottfried Spitteler? Die Ossuarien und der Vatikan?

Unvermittelt ließen mich stechende Kopfschmerzen die Hand auf die Stirn legen.

»Wir sind gleich fertig«, versprach ich Kaspar, Abby und Linus. »Wartet unten auf uns. Vielleicht … Wie spät ist es?«

»Zwanzig nach sechs in der Früh«, antwortete Kaspar.

»Zwanzig nach sechs gestern Nachmittag in Toronto«, fügte Abby hinzu und ergriff Linus' Hand, der von allen der Wachste und Lebhafteste zu sein schien.

»Darf man mal fragen«, murmelte ich meine Schläfen massierend, »warum wir so früh aufstehen müssen bei unserem Schlafmangel?«

»Weil wir nach Istanbul fliegen, Ottavia«, antwortete Kaspar voller Ungeduld und mit eisiger Stimme. »Abbys Großeltern haben uns ein Flugzeug bereitstellen lassen, damit wir sofort in die Türkei fliegen können.«

»Aber wozu denn eigentlich?«, fragte ich verzweifelt. »Ich verstehe einfach nicht, was wir dort tun könnten.«

»Maria Palaiologinas Leiche finden«, erklärte der Ex-Cato inzwischen reichlich genervt ob meiner Begriffsstutzigkeit. »Und ihr beide, Farag und du, müsst die Archäologen des Vatikans aufhalten. Ihr kennt doch in Istanbul alle Welt und könnt verhindern, dass man ihnen den Antrag für die Ausgrabungen genehmigt. Sie müssen um jeden Preis aufgehalten werden.«

»Ich brauche dringend einen Kaffee, oder gleich zwei«, sagte ich schon im Umdrehen. Ich hatte keine Ahnung, wie Farag und ich das Orthodoxe Patriarchat und die katholische Kirche aufhalten sollten.

»Wir warten unten auf euch«, sagte Abby. »Frühstück gibt's im Flugzeug.«

Isabella schoss wie eine Erscheinung an mir vorbei und rannte Kaspar, Abby und Linus hinterher.

»Onkel Farag ist wach und weiß, dass wir nach Istanbul fliegen«, rief sie noch, bevor sie die Tür hinter sich zuschlug.

Abgesehen von den schrecklichen Kopfschmerzen hatte ich das starke Gefühl eines Déjà-vus, das Gefühl, das alles schon einmal erlebt zu haben, dieses Springen von einem Land zum anderen, von einer Stadt zur nächsten, weil wir in einem pausenlosen unsinnigen Wettlauf gegen die Zeit verfolgt wurden oder jemanden verfolgten. Kein Zweifel: Es war ein sehr intensives Déjà-vu. Ich konnte nicht glauben, dass wir das nach all den Jahren noch einmal durchmachen sollten.

Farag war bereits unter der Dusche, und die Kleine hatte ihm die Kleidung aufs Bett gelegt, die er anziehen sollte. Mir hatte sie natürlich nichts hingelegt. Ich konnte ja sehen, wo ich bleibe! Vielleicht hatte Isabella auch einen Geheimplan zur Abrichtung und Erziehung ihrer Tante ausgetüftelt wie diese (also ich) für sie. Wie ich sie kannte, würde mich das nicht wundern. Nun ja, wie ich mich kannte, auch nicht. Obwohl ich selbstverständlich ein viel süßeres, verantwortungsvolleres und gehorsameres Mädchen gewesen war als sie. Mit Abstand.

Ich brauche dringend einen Kaffee, klagte ich auf dem Weg ins Bad. Da ging die gläserne Duschkabine auf, und ein lächelnder Farag, triefend und sehr sexy, streckte einen Arm nach dem Handtuch aus.

»Guten Morgen, mein Schatz.«

Wie schade, dass wir so überstürzt in die Türkei müssen, dachte ich bei seinem Anblick.

»Keine Zeit«, kommentierte er meinen Blick mit der Miene eines Moralapostels.

Meine Güte, wie auch mit diesen Kopfschmerzen! Ich genoss doch nur seinen Anblick. Aber ich wollte ihn nicht enttäuschen.

»Wenn wir in Istanbul sind, kommst du mir nicht so einfach davon«, drohte ich lächelnd und holte mir verstohlen eine Kopfschmerztablette aus der Reiseapotheke.

Während er laut einen Haufen Pläne schmiedete für unseren Aufenthalt in der Stadt, in der wir so lange gelebt hatten (Enver und Beste anrufen, natürlich auch Vahit, unser Lieblingsbrot kaufen …), duschte ich und kleidete mich in aller Eile an und spürte allmählich die Wirkung der Schmerztablette. Doch einen Kaffee benötigte ich immer noch dringend.

Wir schlossen die Koffer, übergaben sie den Trägern, die uns Abby geschickt hatte, damit wir uns wirklich beeilten, und nach einem letzten prüfenden Blick in die Nachttischschubladen und ins Bad, ob wir auch nichts vergessen hatten, eilten wir zum Aufzug.

In weniger als einer halben Stunde standen wir erneut auf dem Internationalen Flughafen Chinggis Khaan von Ulan Bator, mussten aber weder das Gepäck aufgeben noch Bordkarten abholen oder Sicherheitskontrollen durchlaufen. Wir gingen direkt in die VIP-Lounge, wo uns ein Flugkapitän und eine Stewardess erwarteten und zu einem Minibus mit seitlichen Sitzen wie in einer Limousine führten, der uns vor der Gangway eines wunderschönen weißen Falcon absetzte, auf dessen Seiten von der Schnauze bis zu den Turbinen drei blaue Linien entlangliefen. An dem Morgen war es entsetzlich kalt, aber trotz des bedeckten Himmels regnete es nicht. Vielleicht kommen die Kopfschmerzen daher, dachte ich.

Drinnen im Falcon war es viel wärmer als draußen, sodass wir uns mehrerer Kleiderschichten entledigten und nur in Hemd und Bluse dasaßen. Wir Erwachsenen nahmen auf den vier Sitzen um einen großen Tisch Platz, der auf der rechten Seite des Flugzeugs stand, und die Kinder an einem kleineren auf der linken Seite. Die Tür wurde geschlossen, gleich darauf dröhnten die Motoren, und wir rollten die Piste entlang. Es war zehn nach acht Uhr morgens, und wir hatten sechs Flugstunden bis Moskau vor uns, wo wir einen Zwischenstopp zum Auftanken machen würden.

»Ich brauche dringend einen Kaffee«, jammerte ich wieder untröstlich. Doch diesmal wurde mein Flehen erhört. Die Stewardess kam und fragte uns, was wir zum Frühstück wünschten. Wir ließen die Arme ordentlich schuften, denn wir hatten einen Bärenhunger, und der Schlafmangel tat ein Übriges. In aller Stille verließen wir die Mongolei und verfolgten, wie das Flugzeug abhob und die dichte graue Wolkendecke durchstieß, wobei wir zu Isabellas Pech ein wenig durchgeschüttelt wurden. Meine Nichte flog nicht besonders gern, denn ihr wurde leicht schlecht, wenn es auf dem Flug Turbulenzen gab. Doch es war schnell vorüber, und strahlender Sonnenschein fiel in die Kabine. Es wirkte, als wären wir urplötzlich in einem anderen Universum. In dem Moment wurde das Frühstück serviert, was uns auf der Stelle zufriedener und gesprächiger machte.

»Wie haben deine Großeltern von den Archäologen aus dem Vatikan erfahren?«, fragte ich Abby.

Sie blickte mich an, und ich begriff, wie erschöpft sie war. Unter ihren kleinen blauen Augen hatten sich grauenhafte dunkle Ringe gebildet. Wer weiß, vielleicht gewöhnte ich mich an ihren Anblick, oder vielleicht war sie nicht so hässlich, wie ich glaubte, jedenfalls fand ich sie plötzlich gar nicht mehr unansehnlich. Es stimmte schon, sie hatte eine leichte Hakennase. Am schlimmsten waren jedoch die quadratischen Zähne und die fehlenden Lippen, was sie mit Lippenstift kaschierte, weshalb ich mit viel Nachsicht sagen konnte, dass nur ihre Zähne hässlich waren. Wie war es möglich, fragte ich mich, dass eine millionenschwere Erbin nicht einen guten Zahnarzt konsultierte, um diesen kleinen Makel beseitigen zu lassen? Vielleicht hatte ihre Mutter sich zu wenig um sie gekümmert oder versäumt, mit ihr zum Zahnarzt zu gehen, aber ihre Großmutter? Becky wirkte nicht wie eine Frau, die sich nicht um ihre Kinder und Enkel kümmerte, und da sie selbst ausgesprochen schön war, fand ich es noch seltsamer, dass sie Abbys Mutter oder Abby selbst nicht gedrängt hatte, Abhilfe zu schaffen. Wie dem auch sei, an dem Morgen wirkte die arme Erbin jedenfalls ausgesprochen erschöpft.

»Meine Großeltern erfahren immer, was sie wissen wollen«, sagte sie mit einem müden Lächeln. »Nur mit der Bruderschaft hat das nicht funktioniert.« Dabei sah sie Kaspar an, der stolz lächelte. »Aber glaubt mir, abgesehen davon entgeht ihnen nur wenig. Habt ihr etwa noch nicht bemerkt, dass es immer jemanden gibt, der daran interessiert ist, sich gut mit ihnen zu stellen oder für sie zu arbeiten?«

»Darüber habe ich auch schon nachgedacht«, kommentierte Kaspar, während er mit seiner leeren Kaffeetasse spielte. »Und ich glaube nicht, dass es ein Zufall ist, dass der Vatikan ausgerechnet gestern darum ansuchte, in der Kirche der Heiligen Maria von den Mongolen Ausgrabungen durchzuführen.«

»Heute«, korrigierte Abby ihn. »Wir bewegen uns jetzt in der Zeit zurück, weil wir in dieselbe Richtung fliegen wie die Sonne. Wir kehren in die europäische Zeitzone zurück.«

»Stimmt«, räumte Kaspar ein. »Aber ich wiederhole: Das ist kein Zufall. Ich habe den Vatikan vor vielen Jahren verlassen, aber ich weiß, wie man dort vorgeht, und kann mir genau vorstellen, welche Möglichkeiten die neuen Technologien ihm heutzutage eröffnen.«

Intuitiv und gedankenlos bezweifelte ich sehr, dass man im Vatikan schon von den neuen Technologien gehört hatte.

»Mach nicht so ein Gesicht, Ottavia«, sagte Kaspar vorwurfsvoll. »Hast du etwa vergessen, dass der Vatikan schon in unseren Computern herumspionierte, als ein Handy noch so groß war wie ein Ziegelstein? Ihr habt in Alexandria gelebt, und Rom hat sämtliche Internetaktivitäten einschließlich eures E-Mail-Verkehrs verfolgt.«

Das stimmte. Jetzt konnte ich mir durchaus vorstellen, dass die Kirche in den letzten Jahren moderner geworden war und gewiss über eine große Abteilung im Vatikan verfügte, in der sich junge Priester (und hoffentlich auch junge Nonnen, auch wenn ich das nicht wirklich glaubte) als Informatikexperten jeden Tag bemühten, die Computer der katholischen Kirche zu schützen und nicht gerade legalen Aktivitäten nachzugehen. Schließlich handelte es sich um eine von Menschen gemachte Organisation, wenn auch auf Basis des göttlichen Geistes, und es war nicht zu leugnen, dass ihre Hierarchie an einem Übermaß an Testosteron litt.

»Ich glaube, sie hören unsere Telefonate ab und lesen unsere E-Mails«, behauptete Kaspar und stellte seine Tasse ab. »Und ich glaube, sie wissen auch, dass ich hier bin.«

Farag fuhr hoch, und mir zog sich der Magen zusammen.

»Da kann ich euch helfen«, sagte meine Nichte.

Isabella sah gelassen zu uns herüber, wobei sie Linus ein Schokoladencroissant aus der Hand nahm. Der Junge hatte einen braunen Schnurrbart.

»Und wie?«, fragte Abby.

»Es gibt Programme, die dir anzeigen, wenn jemand in deinen Computer eindringt und wer es ist. Und sie können die Zugänge für die Hacker schließen.«

»Kannst du auch sehen, ob sie uns schon ausspioniert haben?«, fragte die Erbin beim Öffnen ihres Laptops.

»Na klar«, sagte seine Nichte.

Abby reichte ihr den Computer. »Finde es bitte heraus.«

»Kümmert ihr euch so lange um Linus? Er hat schon alles aufgegessen, was es zum Frühstück gab, auch meinen Teil.«

»Linus!« Kaspars dröhnende Stimme konnte den Kleinen nicht schrecken, er grinste seinen Vater nur verschmitzt an.

»Komm zu mir, Linus«, sagte Abby und streckte die Hand aus. »Lass Isabella arbeiten.«

Meine Nichte schob die Reste des Frühstücks beiseite, stellte den Laptop auf den Tisch, klappte ihn auf und begann zu tippen.

»Wusstet ihr, dass ich fünfundzwanzig Nichten und Neffen habe?«, fragte ich fröhlich.

Farag und Kaspar nickten lächelnd. Abby verzog entsetzt das Gesicht.

»Und von den fünfundzwanzig haben vierzehn Informatik studiert, ist doch seltsam, oder?«

»Seltsam ist nur, dass du die Tante von den vierzehn bist, *Basileia*«, spottete Farag lachend.

»Aha! Da haben wir's!«, rief Isabella triumphierend und ließ uns alle hochschrecken. »Ja, schaut mal hier!« Sie zeigte mit dem Finger auf eine Liste von etwas, das wir von unseren Plätzen aus nicht erkennen konnten. »Der Computer ist gehackt. Es gab nicht nur wiederholt unerlaubte Zugriffe auf das System, sondern es wurde auch eine Software installiert, die dem Vatikan alles meldet, was geschickt wird und auf dem Monitor zu sehen ist.«

»Bist du sicher, dass es der Vatikan ist?«, fragte Kaspar.

»Absolut sicher«, bestätigte sie und sah uns an. »Es ist eindeutig seine IP.«

»Seine IP?« Ich bereute die Frage sofort.

»Ottavia, Schatz, selbst ich weiß, was eine IP ist.«

»Ich nicht!«, schnaubte ich verärgert. Wenn Farag etwas wusste, das mit Computern zu tun hatte, gab er gerne damit an.

»Eine IP ist wie das Nummernschild eines Autos, Tante«, klärte Isabella mich auf. »Jeder Computer oder Drucker, jedes Tablet oder Smartphone hat seine eigene IP, die es an jeglichem Ort der Welt identifiziert und lokalisiert. Und diese IP gehört dem Vatikanstaat. Es gibt noch eine andere.«

»Eine andere IP?«, fragte ich im Tonfall der Expertin.

»Ja, eine andere IP, die nichts anderes tut, als in den Computer einzudringen. So wie gerade jetzt. Von London aus.«

»Weißt du, wer das ist?«, fragte Abby.

»Ich kann ein *Whois* machen«, antwortete meine Nichte.

»Stell bloß keine Fragen mehr …«, warnte mich Farag.

»Also, das bringt mich auch nicht weiter …«, murmelte Isabella. »Weiß jemand, wer oder was AKDN ist? Diese AKDN hackt gerade von Kensington Court in London aus Abbys Computer.«

»Isabella, blockiere bitte sofort meinen Computer«, flehte eine sichtlich verstörte Abby. »Lass niemanden mehr rein.«

Ich war mir ganz sicher, dass die Erbin wusste, wer oder was AKDN war.

»Keine Sorge, Abby«, versicherte ihr Isabella entschlossen. »Aber bei dem hohen Sicherheitsbedürfnis deiner Großeltern kann ich nur hoffen, dass ihre Informationssysteme besser geschützt sind, denn sonst …«

»Das ist mein persönlicher Laptop, und ich hätte nie gedacht, dass mir das passieren könnte. Ich bin immer bemüht, neben der Familie so etwas wie eine Privatsphäre zu haben. Aber ich sehe schon, dass das in diesem Fall keine gute Idee war.«

»Isabella, warte mal!«, rief ich, getrieben von einer spontanen Eingebung.

Isabella hielt abrupt inne und sah mich an. Alle blickten mich einigermaßen überrascht an.

»Abby, schick deinen Großeltern eine Mail mit irgendeiner falschen Information. Wir werden den Vatikan hinters Licht führen.«

Farag und Kaspar brachen in schallendes Gelächter aus.

»Und was soll ich schreiben?«, fragte Abby, die sich ebenfalls ein Lachen verkneifen musste.

»Keine Ahnung, was dir gerade einfällt. Etwas, das sie von Istanbul fernhält.«

»Das ist nicht mehr möglich«, behauptete mein Mann.

»Dann was anderes. Schreib ihnen, dass wir zweihundert Millionen kanadische Dollar für diese Arbeit verlangt haben!«

»Ottavia!«, rief Farag empört. Die anderen lachten noch lauter.

»Nehmen wir dreihundert Millionen«, scherzte Abby und begann, eifrig in ihren Computer zu tippen. »Meine Großeltern werden das ernst nehmen. Ich werde etwas hinzufügen, das ihnen zu verstehen gibt, dass es eine Falle für Spione ist. Ich weiß schon, was …« Sie lachte. »Ich schreibe ihnen, sie sollen nicht vergessen, den Tisch in der kleinen Bibliothek lackieren zu lassen.«

»Meine Güte!«, entfuhr es mir entsetzt. Das ging nun wirklich zu weit.

»Hier, Isabella«, sagte die Erbin und gab ihr den Laptop zurück. »Jetzt kannst du alles schließen.«

Doch es gab noch etwas, das ungeklärt in der Luft hing, etwas, das wir beinahe vergessen hätten und das ich wissen wollte.

»Du kennst diese Hacker in London, stimmt's Abby? Diese AKDN?«

Sie sah mich besorgt an.

»AKDN ist keine Person«, erklärte sie. »AKDN ist eine Entwicklungshilfeorganisation, das Aga Khan Development Network. Sie gehört Prinz Karim, dem Freund meiner Großeltern. Das AKDN tut gute und wichtige Werke auf der ganzen Welt, es baut Krankenhäuser, Universitäten, Museen … Aber Karim würde weder mich noch meine Großeltern ausspionieren. Sie sind befreundet und sehen sich häufig. Außerdem arbeitet das AKDN mit der Simonson-Stiftung zusammen. Und Karim hält sich im Augenblick nicht in London auf.«

»Willst du damit sagen, dass es einen oder mehrere ismailitische Nizariten gibt, die wissen, was wir tun, und noch mehr wissen wollen?«, fragte ich.

»Ja.«

Ich hatte sie ismailitische Nizariten und nicht Mörder genannt, was schlimmer geklungen hätte.

ZWÖLF

Nach sechs Stunden ruhigen Fluges landeten wir in Moskau, und trotz unseres Abflugs in Ulan Bator um acht Uhr morgens war es in Moskau erst neun Uhr. Wie Abby schon sagte, bewegten wir uns in der Zeit zurück, weil wir in dieselbe Richtung flogen wie die Sonne. Keiner wollte von Bord gehen, einige von uns schliefen, und die anderen waren zu erschöpft. Um halb elf hoben wir wieder ab. Diesmal würde der Flug nur viereinhalb Stunden dauern, die uns ziemlich kurz vorkamen, weil wir alle, einschließlich Linus, in einen komatösen Schlaf fielen. Wir benutzten nicht einmal die Bordtoilette.

Geweckt wurde ich von der Stimme des Flugkapitäns, als er verkündete, dass wir uns im Anflug auf den Internationalen Airport Atatürk befanden und die Ortszeit halb zwei Uhr betrug. Halb zwei war in der Türkei die Zeit zum Mittagessen. Nachdem wir unsere Rückenlehne aufrecht gestellt hatten, machten wir uns ein wenig frisch und legten den Sicherheitsgurt an, wobei ich dachte, dass wir fast zwölf Stunden geflogen, es aber nach der Uhr nur fünfeinhalb Stunden gewesen waren. Schon Einstein behauptete, dass alles relativ sei, insbesondere die Zeit, auch wenn er sich auf etwas anderes bezogen haben dürfte.

Wir verließen das Flugzeug und stiegen in einen weiteren Kleinbus, der uns zur VIP-Lounge brachte. Ich konnte gar nicht mehr zählen, wie oft ich schon auf dem Flughafen Atatürk gewesen war, doch so aufmerksam ich mich auch umsah, ich erkannte nichts wieder. Farag und ich hatten uns nie in diesem exklusiven und luxuriösen VIP-Bereich bewegt. Istanbul war so etwas wie unsere Heimat, doch vom Gipfel der wirtschaftlichen Macht aus war der Blickwinkel ein ganz anderer. Und wie ich bereits vermutet hatte, erwartete uns ein Wagen, auf dessen Türen das Logo des Çırağan-Palace prangte, das Luxushotel von Istanbul schlechthin, wie ich wusste, und ebenfalls im Besitz der Simonsons.

Das Herz klopfte mir bis zum Hals, als wir über die Autobahn E-5 ins Stadtzentrum chauffiert wurden, in den Kreisverkehr von Topkapi einbogen und durch bekannte Straßen und Alleen des alten Konstantinopel fuhren. Es fühlte sich wie Heimkehr an. Ich konnte meinen Blick nicht vom Fenster abwenden. Istanbul gehörte auf besonders innige Weise zu meinem Leben. Wir fuhren unter dem Valens-Aquädukt hindurch und nahmen die Atatürk-Brücke über den Bosporus in den asiatischen Teil der Stadt. Wären wir beim Verlassen der Brücke gleich nach links abgebogen, wäre das der Weg gewesen, den wir früher zu unserem Haus im Viertel Nişantaşı genommen hatten. Aber wir bogen nach rechts ab und umfuhren das Karaköi-Viertel (Galata), um schließlich in die Prachtstraße Beşiktaş einzubiegen, die zu dem imposanten Hotel Çırağan führte.

In diesem Fall mussten wir uns nicht einmal anmelden. Alles war für unsere Ankunft vorbereitet. Man führte uns zu den Zimmern, übergab uns die Schlüssel, und schon standen wir alle etwas steif in einem riesigen Raum mit Sofas, Teppichen und drei wunderschönen großen Panoramafenstern zum Bosporus, durch die gleißender Sonnenschein hereinfiel. Zu unserer Linken war ein großer Esstisch gedeckt, damit wir uns sogleich hinsetzen konnten. Es war Abbys Suite, die Sultan-Suite, die über einen eigenen Majordomus und Servicepersonal verfügte. Ein Plasmafernseher von was weiß ich wie viel Zoll (ich konnte so etwas noch nie einschätzen) nahm fast die ganze Wand ein.

Die Erbin bewegte sich in der Suite wie ein Fisch im Wasser, legte ihre Sachen auf einen Sessel, entließ den Majordomus und die Pagen, ging ins Badezimmer ... Aber wir anderen, die wir zu der im Aussterben befindlichen Mittelschicht gehörten und an andere Hotels und Unterkünfte gewöhnt waren, fanden nicht aus unserer Verblüffung heraus. Auch nicht aus unserer Erstarrung. Kaspar und Linus reagierten als Erste, vielleicht, weil sie an das gigantische Höhlensystem des irdischen Paradieses gewöhnt waren. Linus ließ die Hand seines Vaters los und rannte zu den großen Fenstern.

»So viele Schiffe!«, rief er begeistert.

»Hör mal, Farag«, sagte ich, als ich endlich die Sprache wiedergefunden hatte. »Das kann nicht gut gehen. Was ist, wenn wir wieder in unser kleines Haus mit unseren Möbeln, unserer winzigen Küche und unserem gewohnten Einkommen zurückkehren?«

»Was soll sein?«, erwiderte er lachend und ergriff meine Hand. »Wir werden uns arm fühlen! Aber auch sehr glücklich.«

Isabella lachte amüsiert auf, als sie das hörte, und ich musste ebenfalls lachen. Es war nicht schlecht, solchen Luxus kennenzulernen, um zu wissen, dass es ihn gibt, aber in Wirklichkeit brauchten wir ihn nicht.

Als Abby zurückkam, setzten wir uns endlich zu Tisch. Es war fast drei Uhr. Drei Uhr nachmittags war in der Türkei die schlechteste Essenszeit. Ich wusste nicht mehr, ob ich hungrig oder müde war oder beides, aber für den Fall der Fälle aß ich doch etwas. Das Leben hatte mich gelehrt, dass du dich nicht einmal darauf verlassen kannst, was in den nächsten fünfzehn Minuten geschieht.

Die Erbin, die seit unserer Landung das Smartphone nicht aus der Hand gelegt hatte, stellte es schließlich aus und griff zur Fernbedienung, allerdings nicht, um uns die Mahlzeit mit einer türkischen Telenovela zu versüßen, wie ich zunächst unterstellte, sondern damit ihre Großeltern uns von dem riesigen Bildschirm aus Gesellschaft leisten konnten.

»Guten Morgen!«, riefen die alten Simonsons wieder unisono, als irgendeine versteckte Kamera auf uns gerichtet wurde.

»In Toronto ist es jetzt acht Uhr morgens«, informierte uns Abby, die auf der Fahrt ins Hotel eine ganze Weile mit ihren Großeltern telefoniert hatte. Standen diese fast hundertjährigen Multimillionäre etwa nie spät auf? Sie wirkten immer frisch und munter wie zwei Jungspunde. Und Jakes Essverhalten war unglaublich, wie ich mich erinnern konnte. Seltsam waren die beiden wirklich.

»Zu eurer Beruhigung«, erklärte Becky, die an dem Tag eine wunderschöne australische Perlenkette trug, »haben wir eine Generalüberprüfung sämtlicher Betriebssysteme und Computer unserer Firmen und der Simonson-Stiftung weltweit in Auftrag gegeben, sie wurden nicht gehackt. Wie es aussieht, gab es viele Versuche einzudringen, aber keiner war erfolgreich. Wir haben auch veranlasst, dass unsere Sicherheitsexperten eure Mobiltelefone überprüfen. Aber esst doch bitte, esst! Wir können auch reden, während ihr euch erholt. Das Essen ist äußerst schmackhaft, nicht wahr? Wir waren vor zwei Monaten in Istanbul und haben es sehr genossen.«

»Und was haben sie herausgefunden?«, fragte Kaspar.

»Die Techniker sagen«, verkündete Jake, »dass eure Telefone angezapft sind. Nur Abbys nicht, weil wir es inzwischen abhörsicher haben machen lassen, aber eure sind löchrig wie Siebe. Ich glaube, euch kann die halbe Welt zuhören.«

»Mit anderen Worten, sie wissen, dass wir hier sind«, knurrte Kaspar und ließ verstimmt das Besteck auf den Teller fallen.

»Tut mir leid, Cato«, sagte Becky seufzend.

»Wir haben eine diskrete Wache vor eurem Haus auf dem Campus postiert«, verkündete Jake Farag und mir. »Ich hoffe, das stört euch nicht. Falls jemand auf die Idee kommen sollte einzudringen.«

Wie immer, wenn Farag etwas zutiefst störte, er sich aber nicht sicher war, ob er sich ärgern sollte, verlor sich sein Blick im Nirgendwo. Ich lachte laut auf. Das war das Letzte! Denn es wäre uns eher seltsam erschienen, wenn unser Haus nicht bewacht würde!

»Kein Problem, danke, Jake«, sagte ich. »Dann bin ich ja beruhigt.«

»Und du, Abby«, fuhr Jake fort, »wählst dich bitte immer über das Netz der Stiftung ins Internet ein, das ist sicherer.«

»Keine Sorge, Großvater«, erwiderte sie. »Isabella hat die verdächtigen Dateien in meinem Laptop bereits gelöscht und sämtliche Zugänge geschlossen.«

»Ich habe noch einiges mehr gemacht«, mischte sich Isabella stolz ein. »Abbys Laptop ist jetzt absolut sicher.«

»Danke, junges Fräulein«, sagte Becky lächelnd. »Du wirst sehen, unsere Enkelin ist ziemlich starrsinnig und lässt uns nicht an ihrem Leben teilhaben oder eingreifen, selbst wenn es zum Guten für sie ist. Wir würden uns gern mehr um sie kümmern, aber ...«

»Großmutter«, unterbrach Abby sie sanft. »Ein andermal.«

Was reichte, damit Becky Simonson sofort den Mund hielt.

Ich hatte meinen Teller mit Tarama aus Fischrogen nicht leeressen können, aber ich hatte mein ganzes Cacık und ein wenig Kuru Fasulye, einen Eintopf aus weißen Bohnen und Fleisch, gegessen, wenn auch eher mit Appetit denn aus Hunger. Aber ich war satt, ich wollte nur noch in ein gutes Bett sinken, obwohl mir völlig klar war, dass das erst in einem anderen Jahr oder einem anderen Land möglich sein würde. Trotzdem fielen mir die Augen zu.

»Tante Ottavia?«, vernahm ich ein schüchternes Stimmchen, das natürlich nicht Isabellas war.

Verschlafen blickte ich Linus an.

»Schlaf nicht ein, Tante Ottavia«, flüsterte er mir scheu ins Ohr.

Er hatte Glück, dass ich schon satt war, sonst hätte ich ihn augenblicklich vernascht. Kinder musste man vernaschen, wenn sie noch klein waren, später wollen sie das nicht mehr und werden unerträgliche Teenager. Man muss die Gelegenheit nutzen, solange sie noch niedlich und drollig sind und sich gegen Schmusereien nicht wehren können. Und Linus hatte eine liebevolle Umarmung wahrlich verdient. Ich bedauerte sehr, dass dies im Augenblick nicht möglich war.

»Was meinst du, Ottavia?«, fragte Abby gerade.

»Wozu?«, schreckte ich hoch, ohne den blassesten Schimmer, wovon gerade die Rede war.

Alle sahen mich befremdet an.

»Könnt ihr beide verhindern, dass diese Archäologen die offizielle Genehmigung für Ausgrabungen erhalten?«, fragte der alte Jake voller Sorge.

»Hm, vermutlich könnten wir etwas tun«, flüsterte ich.

»Wir können die Sache hinauszögern«, erklärte Farag. »Dafür sorgen, dass sich die Bearbeitung monatelang hinzieht. Doch da der Antrag vom Patriarchat *und* vom Vatikan gestellt wurde, fürchte ich sehr, dass unsere Freunde die Genehmigung nicht verhindern können.«

»Könntet ihr zur Kirche der Heiligen Maria von den Mongolen fahren und den Körper von Despina Khatun suchen?«, wollte Becky wissen.

»Nein«, beschied ich ihr rundweg. Es wäre reiner Wahnsinn, ohne die Genehmigung des Archäologischen Fachbereichs irgendeiner Universität oder Abteilung für Denkmaltopografie des Kultusministeriums irgendwo in Istanbul Ausgrabungen vorzunehmen. Wir würden ganz bestimmt im Gefängnis landen, selbst als die Entdecker von Konstantins Mausoleum.

»Wir könnten wie der Vatikan um eine Genehmigung ansuchen«, fügte Farag hinzu, um mein stoisches Nein etwas abzumildern. »Aber die Erlaubnis zur Erforschung und Ausgrabung werden wir nur unter der Bedingung erhalten, dass wir nichts entwenden und alles so hinterlassen, wie wir es vorgefunden haben. Wahrscheinlich dürften wir auch nur in Begleitung von Inspektoren des Kultusministeriums die Kirche betreten, die überwachen, dass wir nichts an der Struktur der Kirche oder des Grabes verändern, sollten wir es denn finden, was heißen würde, dass die Untersuchung des Körpers von Maria Palaiologina eine vergebliche Mission wäre … zumindest kurzfristig«, präzisierte er. »Für das Patriarchat von Konstantinopel und den Vatikan von Rom wird das jedoch kein Problem sein. Sie werden die Genehmigung bestimmt noch diese Woche erhalten, es sei denn, wir können sie irgendwie aufhalten. Wir bräuchten trotz unserer Bekanntheit und unserer Kontakte Jahre dafür.«

»Das wird kein Problem sein«, verkündete der alte Jake mit einem maliziösen Lächeln. »Mit diesem kleinen Hindernis haben wir schon gerechnet.«

»Kleines Hindernis« nannte er das. Jake hatte keine Ahnung davon, was für verheerende und katastrophale Auswirkungen die türkische Bürokratie auf das Gehirn haben konnte. Sein Tonfall ließ zudem erahnen, dass er gleich noch etwas viel Witzigeres sagen würde.

»Wir haben für euch ein Team aus Tauchern und urbanen Höhlenforschern zusammengestellt, das euch durch die unterirdischen Tunnel, verborgenen Kanäle, Zisternen und Geheimgänge der Stadt zur Kirche der Heiligen Maria von den Mongolen führen wird. Sie kennen die unterirdische Welt sehr gut, denn sie sind Hobbyforscher, die sich ohne offizielle Erlaubnis in die Eingeweide der Stadt begeben und sich ausgezeichnet in der byzantinischen Unterwelt auskennen.«

»Kommt gar nicht infrage!«, rief ich fuchsteufelswild. »Da unten ist es ekelhaft, und es wimmelt nur so vor widerlichen Viechern!«

»Sie haben uns versichert, dass es absolut sicher ist«, sagte Becky einigermaßen überrascht.

»Ja klar, sicher und dreckig!«, rief ich. »Wer weiß, was für Krankheiten wir uns da unten einfangen! Nein danke! Ich habe in meinem Leben schon genug von der byzantinischen Unterwelt dieser Stadt gesehen!«

»*Basileia* ...«

»Nein, Farag! Du weißt doch ganz genau, wie es dort unten aussieht! Dreck und noch mehr Dreck!«

»Aber Ottavia«, protestierte der alte Jake. »Glaubst du ernsthaft, wir würden unsere Enkelin einer solchen Gefahr aussetzen? Abby wird euch begleiten, weil wir in die Sicherheit des Projekts und des Teams, das euch führen wird, absolutes Vertrauen haben.«

»Hör mal, Jake, du hast keine Ahnung, wie es da unten stinkt!«, konterte ich ohne Rücksicht auf sein Alter oder seine Position. »Die Luft ist nicht zu atmen, und es liegt jahrhundertealter Müll herum, mal abgesehen von den menschlichen Fäkalien aktueller Herkunft! Geh doch selbst runter, wenn du willst!«

»*Basileia* ...«

»Farag! Kaspar! Seid doch bitte vernünftig!«

»Ich werde runtergehen, Dottoressa«, erwiderte der Ex-Cato, um mich zu ärgern.

»Und ich würde es auch gern«, fügte der Dummkopf von meinem Mann hinzu. »Hör doch, *Basileia*, du musst nicht mitkommen, wenn du nicht willst, aber wenn die Höhlenforscher behaupten, dass es absolut sicher ist, glaube ich ihnen. Du kennst doch diese Leute. Sie dringen gern in die städtische Unterwelt ein und durchforsten ihre antiken Ruinen. Sie stellen sogar Videos davon ins Internet. Und wen konsultiert die Stadtverwaltung, wenn es Probleme mit Abwasserkanälen oder Bauunternehmen gibt, die das Fundament für neue Gebäude gießen müssen, hey? Selbst unser Nachbar Feza hat das gemacht!«

»Ja, aber Feza hat anstelle eines Magens einen Panzer, und es ist ihm egal, wenn er über eine Ratte oder über einen Kadaver stolpert oder ob er eine Abwasserdusche nehmen muss. Entschuldige, aber so hartgesotten wie Feza bin ich nicht.«

»Gibt es wirklich Ratten und Kadaver unter der Stadt?«, fragte Isabella erstaunt.

»Und noch vieles mehr!«, rief ich angeekelt. »Ich hatte jedenfalls genug davon.«

»Also, wenn du nicht willst, Tante, dann kannst du dich doch um Linus kümmern, und ich gehe mit?«, schlug sie aufgeregt vor.

Meine Nichte war ein Dummkopf und würde es bis zum letzten Tag ihres Lebens bleiben. Hatte sie denn nicht verstanden, was ich über den Müll, die Ratten, die Kadaver und alles andere gesagt hatte?

»Nein, Isabella, du wirst nicht mitkommen«, sagte ihr Onkel bestimmt. »Deine Tante wird maulen und murren, bis wir in der Kirche der Heiligen Maria von den Mongolen sind, aber sie kann nicht zurückbleiben, wenn Kaspar und ich mitgehen. Schau, ich werde es dir beweisen.«

Warum sollte ich die beiden Dummköpfe eigentlich ernst nehmen?, dachte ich und sah die beiden verächtlich an.

»Ottavia, ich weiß, dass du nicht mitkommen willst, aber Abby wird es tun, und sogar Isabella ist bereit, uns zu begleiten. Willst du wirklich hierbleiben? Wozu? Um dich schwarzzuärgern, bis wir zurück sind? Willst du, dass wir dir erzählen, wie wir den Körper von Maria Palaiologina gefunden haben und Kaspar aus dem Griechischen übersetzt hat, was wir in ihrem Körper gefunden haben?«

Ah, er wusste ganz genau, wo er den Hebel ansetzen musste!

»Schau mal, Liebling, auch wenn es dir ekelhaft vorkommen mag, aber vielleicht entdeckst du Aspekte deines geliebten Konstantinopels, die kein Forscher in hundert oder tausend Jahren je gesehen hat? Und noch was: Würdest du mich allein gehen lassen? Was ist, wenn mir was zustößt?«

»Komm mir nicht auf die Tour, Farag!«

»Ich meine doch nur, dass wir anderen den größten paläographischen Fund von Byzanz übersehen könnten, du aber mit ein wenig Glück etwas finden würdest, womit du einen dritten Getty-Preis einheimsen könntest.«

Also wirklich, das war die Höhe!

»Ist ja gut«, knurrte ich verärgert. »Ich komme mit. Aber ich werde euch keines der Viecher, ob Schlange, Ratte, Kadaver, Skelett oder tote Kuh, über das ich stolpere, je verzeihen. Niemals.«

Farag wandte sich mit vielsagendem Blick an Isabella: Siehst du, es geht doch!

»Sehr gut«, rief der alte Jake zufrieden vom Bildschirm. »Das ist auch erledigt! Wir geben jetzt Nuran Bescheid, er ist der Chef des Teams. Er wird gleich bei euch in der Suite sein, denn er ist ein Hotelangestellter.«

Na wunderbar! Der steht also gleich vor der Tür!

»Jake, kannst du uns abhörsichere Smartphones besorgen?«, fragte Kaspar den Multimillionär. »Was passiert ist, lässt sich nicht ändern. Aber sie müssen ja nicht weiterhin alles erfahren.«

Jake und Becky nickten.

»Sie liegen schon bereit, Cato«, antwortete Becky. »Wir wollten euch sowieso bitten, sie auszutauschen. Nuran bringt sie euch mit.«

»Noch was«, warf ich ein. »Wer kümmert sich um die Kinder, wenn uns etwas passieren sollte?«

»Mein Sohn ist meine Angelegenheit«, ließ Kaspar eisig verlauten, und niemand wagte zu widersprechen. Irgendwann müssten wir beide, er und ich, mal über seinen Tonfall und seine Umgangsformen reden.

»Keine Sorge, Ottavia«, beruhigte mich Becky. »Erstens wird euch nichts passieren, und zweitens wird Isabella im Fall der Fälle absolut sicher sein. Linus natürlich auch.«

»Eine letzte Sache noch«, schloss ich. »Ich fände es besser, wenn ihr überprüfen lasst, wer Abbys Computer von London aus gehackt hat. Redet mit eurem Freund dem Prinzen und findet heraus, wer von der AKDN uns ausspioniert hat und warum.«

»Wenn der richtige Zeitpunkt gekommen ist, Karim anzurufen, werden wir ihn darum bitten«, versicherte mir Jake.

»Guten Abstieg!«, wünschte uns Becky winkend.

»Wiedersehen, ihr beiden!«, sagte Abby und schaltete den Fernseher aus.

Ich unterstellte, dass dieser Nuran schneller eintreffen würde, als zivilisierte Menschen es für angemessen hielten, weshalb ich schnell das stille Örtchen der Suite aufsuchte, während Abby dem Kellner Bescheid gab, dass er abräumen könne. Ich hatte wirklich überhaupt keine Lust, wieder ins unterirdische Istanbul einzutauchen. Ich hatte es schon unzählige Male getan, und es war mir überaus zuwider. Bestimmt würde ich es noch sehr bereuen, eingewilligt zu haben.

Ich hörte das Klingeln an der Tür und die Räder des Servierwagens, der herein- und dann voller schmutziger Teller und Gläser wieder hinausgeschoben wurde. Ich mochte die Toilette gar nicht mehr verlassen. Mit den Händen aufs Waschbecken gestützt betrachtete ich mich im Spiegel und fragte mich, was zum Teufel ich schon wieder in der Türkei verloren hatte. Ich erinnerte mich kaum noch an die Bagatelle, die wir angeblich suchten. Ich wollte nur nach Hause, zusammen mit Farag und Isabella, und mich mit einem Buch aufs Sofa legen. Ein erneutes Klingeln ließ mich ahnen, dass es diesmal dieser Nuran war. Mit einem tiefen Seufzer starrte ich voller Selbstmitleid mein Spiegelbild an und kehrte in den Salon zurück.

Ein dunkelhaariger Mann von mittlerer Statur in Kellnerkleidung drückte Farag und Kaspar die Hand und verbeugte sich leicht vor Isabella. Er war ungefähr um die vierzig.

»Ottavia«, sagte Abby. »Darf ich dir Nuran Arslan vorstellen, er ist der Chef des wichtigsten Höhlenforscherteams von Istanbul.«

»Sehr erfreut«, sagte ich zu dem Türken.

»Ganz meinerseits«, erwiderte er lächelnd. Er sah wirklich gut aus und hatte sehr schöne Augen, wenn auch nicht ganz so schöne wie Farag. »Ottavia? Sie sind doch nicht etwa Frau Doktor Ottavia Salina, die Entdeckerin des Mausoleums von Konstantinopel?«

»So was in der Art«, räumte ich ein.

»Dann sind Sie Professor Farag Boswell!«, entfuhr es ihm am Rande eines Herzinfarkts, als er sich zu meinem Mann umdrehte.

»Freut mich, Sie kennenzulernen«, lautete Farags Antwort.

Der arme Nuran wusste weder, wie er sich verhalten noch wo er hinschauen sollte, ob er gehen oder bleiben sollte. Unsere

Anwesenheit hatte offensichtlich eine Art Hirnlähmung bei ihm verursacht.

»Die Entdecker des Mausoleums von Konstantinopel! Professor Farag Boswell und Frau Doktor Ottavia Salina!«

Man musste ihn augenblicklich aus seiner Verzückung erlösen, weshalb ich Abby ein Zeichen gab.

»Nuran, setzen Sie sich bitte«, forderte sie ihn auf und wies auf das Sofa am Fenster, vor dem ein Tisch mit einem Blumenstrauß und vier bequemen Sesseln standen.

Nuran gehorchte, konnte aber den Blick nicht von Farag und mir abwenden. Abby setzte sich ostentativ neben ihn, und wir nahmen gegenüber Platz.

»Nuran«, sagte die Erbin und nötigte ihn, sie anzusehen. »Erklären Sie uns, was wir vorhaben. Lassen Sie uns überlegen, wie wir zur Kirche der Heiligen Maria von den Mongolen kommen.«

Der Türke sah wieder zu uns herüber.

»Mein Team und ich kennen den Weg«, sagte er zu Farag und mir. »Wir waren zwar noch nie bei der Kirche, weil sie abseits der üblichen Routen liegt, aber wir sind schon oft in ihrer Nähe gewesen, machen Sie sich keine Sorgen. Ich muss nur wissen, wie viele wir insgesamt sein werden und welche Kleider- und Schuhgrößen Sie tragen.«

Ich wollte schon den Mund aufmachen, hielt mich aber zurück.

»Wir vier«, sagte Kaspar trocken.

»Wozu brauchen Sie unsere Kleidergrößen?«, fragte Abby.

Nuran sah wieder Farag und mich an.

»Für die Neoprenanzüge natürlich«.«

Ich schmeckte Blut, so heftig biss ich mir auf die Zunge. Neopren?

»Werden wir tauchen müssen?«, fragte Abby weiter, doch es gelang ihr nicht, Nurans Aufmerksamkeit auf sich zu lenken.

»Nein, tauchen nicht«, antwortete er uns. »Aber da unten ist es sehr kalt und feucht. Und je nach Wasserstand müssen wir vielleicht auch schwimmen. Dafür sind Neoprenanzüge bestens geeignet, und Sie brauchen auch das richtige Schuhwerk. Mein Team verfügt über ausreichend Material; wenn Sie mir also Ihre Größen auf einem Zettel notieren, werden wir Ihnen heute Abend alles vorbeibringen.«

Ich konnte keine Sekunde länger schweigen.

»Heute Abend!«, rief ich. »Schon heute Abend?«

Nuran lächelte mich voller Bewunderung an.

»Es ist egal, ob es Tag oder Nacht ist, Frau Doktor Salina. Da unten ist es sowieso stockdunkel. Wir werden starke Taschenlampen brauchen. Und bei Nacht laufen wir weniger Gefahr, von der Polizei erwischt zu werden. Aber keine Sorge, Frau Doktor. Sie werden uns nicht erwischen. Mein Team und ich werden nicht zulassen, dass Sie und Ihr Mann in eine verfängliche Situation mit den Behörden geraten.«

Das beruhigte mich einigermaßen.

»Wann geht's los?«, wollte Kaspar wissen.

»Ist eins in Ordnung?«, schlug der Türke vor. »Ich treffe mich mit meinem Team hier im Hotel, und wir bereiten alles vor. Punkt zwölf kommen wir dann in die Suite und helfen Ihnen, sich umzuziehen. Anschließend fahren wir mit einem Lieferwagen an den Ort des Abstiegs.«

»Und wo ist der Ort des Abstiegs?«, fragte mein Mann.

Nuran lachte.

»Das alte Haus meiner Mutter! Wir benutzen den Brunnen im Hinterhof. Alle unsere Expeditionen beginnen dort, denn er befindet sich genau über einer alten Zisterne, die offiziell nicht erfasst ist. Diese Zisterne führt zum unterirdischen Tunnel- und Kanalsystem, das Istanbul von Nord nach Süd und von West nach Ost durchzieht. Wir brauchen nur ein oder zwei Stunden, je nachdem, wie schnell wir den Weg finden. Manchmal sind die Wege von Abfällen versperrt, wissen Sie? Sie sind Archäologe, nicht wahr, Doktor Boswell? Übernehmen Sie die Leitung ab dem Zutritt zur Kirche? Die Herrschaften Simonson haben uns aufgetragen, Werkzeug mitzunehmen, falls wir graben müssen. Wir werden tun, was uns gesagt wird. Wir sind insgesamt fünf

Freunde seit der Kindheit. Wir haben den Zugang durch den Brunnen schon als Kinder entdeckt.«

Er lachte wieder gut gelaunt, als würde ihm das alles großen Spaß machen. Und das tat es zweifelsohne. Er genoss das Ganze sehr, besonders, als er mit einem Schneidermaßband aus seiner Hosentasche unseren Schädelumfang maß.

Gleich darauf war Nuran Arslan verschwunden, und kaum war er zur Tür raus, stand ich entschlossen auf und tat es ihm gleich.

»Wo willst du hin?«, fragte Farag überrascht.

»In unser Zimmer, schlafen. Ich habe einen schrecklichen Jetlag, und wenn ich heute Nacht im schmutzigen Untergrund der Stadt mein Leben aufs Spiel setzen muss, möchte ich imstande sein, gut zu sterben oder zumindest zu wissen, wo ich den Fuß hinsetze, was mir in meinem augenblicklichen Zustand unmöglich scheint.«

Ich hörte zustimmendes Gemurmel hinter mir, blieb aber nicht stehen.

Kurz darauf im Bett spürte ich, wie Farag sich neben mich legte. Er robbte näher, kuschelte sich an mich und legte seinen Arm über meinen Bauch. So schliefen wir tief und fest.

DREIZEHN

Als urbane Höhlenforscher verkleidet, mit Neoprenanzügen unter den Polarjacken verließen wir das Hotel durch den Personaleingang und stiegen in zwei Lieferwagen, in denen es nach Fisch stank. Das fing ja gut an. Insgesamt waren wir neun Personen, wir vier und die fünf Türken mit Nuran an der Spitze. Die Kinder schliefen bereits im zweiten Schlafzimmer von Abbys Suite, als wir uns dort zum Umziehen getroffen und ein paar Sicherheitshinweise erhalten hatten, die wir im Tunnelsystem befolgen mussten.

Die beiden Lieferwagen fuhren durch die Stadtteile Beşiktaş, Dolmabahçe und Meclis-i Mebusan auf die europäische Seite. Wir überquerten die Galata-Brücke und gelangten nach Fatih, ins alte Istanbul. Der Straßenverkehr war hier immer ein Wahnsinn und auch nachts ausgesprochen rege, obwohl er deutlich nachließ, als wir in das Viertel Balat einbogen. Die Lieferwagen hielten vor einem dreistöckigen Haus mit gelb-orange gestrichener Fassade, und nachdem Nuran eine alte Holztür geöffnet hatte, luden wir die großen Taschen mit der Ausrüstung aus und betraten das Gebäude. Entweder schlief Nurans Mutter tief und fest, oder das Haus war nicht mehr bewohnt, ganz klar war mir das nicht, jedenfalls hatte das Team es plötzlich eilig, und wir machten uns rasch auf den Weg in den Hinterhof, in dessen Mitte sich ein alter Brunnen befand, der notdürftig mit ein paar Holzlatten abgedeckt war.

Obwohl es dunkel war wie in einer Wolfshöhle, machten sie

weder Lichter noch Taschenlampen an. Im Finstern verteilten sie die Helme, die sich hart anfühlten, aber ganz leicht waren, und mehrere Rollen Seil, die auch so gut wie nichts wogen und die wir uns an das Geschirr am Gürtel hängten. Einer von Nurans Männern öffnete die größte Tasche und zog eine wie ein Pergament zusammengerollte Leichtmetallleiter heraus.

»Gib ihr fünf Meter mehr«, sagte eine Stimme auf Türkisch. »Frau Doktor Salina kann nicht runterspringen wie wir.«

Das war mir mehr als recht. Der Mann hantierte mit der Leiter herum und ließ sie in den Brunnen hinabrollen. Mir schien, dass es ziemlich lange dauerte, bis sie unten ankam.

»Wie tief ist die Zisterne?«, fragte ich.

»Zwölf oder dreizehn Meter«, antwortete Nuran. »Aber keine Sorge, es ist nicht gefährlich.«

Sollte ich etwa zwölf oder dreizehn Meter auf einer schwankenden Metallleiter in die Tiefe steigen …? Ich befand, dass es noch zu früh war zum Schreien, und beherrschte mich, verspürte jedoch den großen, wirklich starken Drang wegzulaufen. Ich klebte an Farag wie eine Schnecke und bat Gott, er möge mir die Kraft geben, mein Leben aufs Spiel zu setzen.

»Zitterst du?«, flüsterte er und küsste mich auf die Nase, damit unsere Helme nicht zusammenstießen.

»Ach was! Mich drücken nur die Schuhe.«

»Im Ernst? Du hättest größere verlangen sollen!«

Zwei Männer stiegen auf den Brunnenrand und verschwanden hintereinander in dem Loch.

»Jetzt Sie, Frau Doktor«, sagte Nuran.

»Ich? Warum ich? Kaspar soll als Erster gehen, der wiegt viel mehr. Dann werden wir ja sehen, ob das Leiterchen hält.«

»Natürlich wird sie halten!«, erwiderte der Türke überrascht.

»Egal. Erst Kaspar und dann ich.«

Ich hörte den Ex-Cato schnaufen wie einen Büffel, doch er sagte nichts, und gleich darauf war seine Silhouette vom Brunnenrand verschwunden. Die Metallleiter hielt sein Tonnengewicht problemlos, weshalb mir nichts anderes übrig blieb, als ihm zu folgen. Ich zog die PVC-Handschuhe an, die man mir gegeben hatte, und stieg in den Brunnen. Mir zitterten die Knie, und obwohl ich mit einem Seil gesichert war, brach mir beim bloßen Gedanken daran, mir könnte ein Fuß oder eine Hand versagen, der kalte Schweiß aus. Ich war nicht zum Star des *Cirque du Soleil* geboren.

Ganz unten zuckten die Lichtkegel der Taschenlampen, als die Männer sie auf mich richteten und mir zuschauten, wie ich diese lächerliche Leiter hinunterstieg. Von fern war ein Wasserplätschern zu hören, doch erst, als ich ganz unten ankam, erkannte ich, dass wir auf aufblasbaren Flößen standen, denn dieser Brunnen führte tatsächlich in eine gigantische Zisterne voller Wasser.

Im Altertum war das Wasser, das Konstantinopel benötigte, zwanzig Kilometer von der Stadt entfernt, weshalb die Byzantiner den Valens-Aquädukt bauten, um es in die Stadt zu leiten, aber davor sammelten sie es wie auch in Alexandria in riesigen Zisternen, damit sich die Sedimente ablagern konnten sowie für den Fall eines Krieges, damit ihnen nicht das Wasser abgeschnitten war, wenn die Stadt umzingelt wurde. Das alte Konstantinopel verfügte über Hunderte von Zisternen, großen und kleinen, durch die das Wasser zu den öffentlichen Brunnen und Gärten fließen konnte. Das moderne Istanbul nutzte diese alten Zisternen offensichtlich nicht mehr, aber das Wasser floss weiter durch das alte Tunnelsystem, von dem man heute nur noch einen kleinen Teil kannte. Und an einer dieser unbekannten Stellen befanden wir uns gerade.

Nach mir stieg Abby hinunter und bewies dabei eine große sportliche Wendigkeit, als würde sie das jeden Tag und natürlich perfekt wie immer machen, und dann folgte Farag, der zwar keine athletische Grazie, aber immerhin die professionelle Würde des berühmten Archäologen an den Tag legte – jetzt war es nämlich ich, die mit der starken Taschenlampe nach oben leuchtete und zuschauen konnte. Schließlich befanden sich alle neun in der Zisterne.

»Die Ruder«, sagte Nuran und reichte jedem von uns eins mit kurzem Griff. »Knien Sie sich in die Flöße und rudern Sie.«

Abgesehen von den kleinen Stirnlampen unserer Helme herrschte absolute Finsternis um uns herum. Die Zisterne war wirklich kolossal, wenn auch nicht so groß wie die in Alexandria, durch die wir – das Wasser bis zum Hals – hatten waten müssen und aus der wir … Besser keinen unangenehmen Erinnerungen nachhängen, schon gar nicht, wenn man sich wieder in einer Zisterne befand. Wer wusste schon, was in diesen dunklen Wassern herumschwamm? Der Gestank hielt sich noch in Grenzen, aber ich wusste aus Erfahrung, dass die Luft kaum noch zu atmen wäre, je weiter wir uns vom Eingang entfernten.

Wir fuhren durch einen Tunnel aus festem Mauerwerk, das stellenweise von fettigem und glitschigem Moder überzogen war, und kamen schweigend und rhythmisch rudernd voran. Bei jedem Ruderschlag drang schwaches Quieken und Rascheln in mein feines Gehör, so fein wie mein Geruchssinn, was mir die Haare zu Berge stehen ließ. Der Tunnel war unendlich lang, und mir schliefen langsam die Beine ein. Ich war nicht daran gewöhnt, auf meinen Fersen zu sitzen, weshalb das Blut nicht zirkulieren konnte und ein grässliches Kribbeln verursachte, was ich nur durch ein wenig Bewegung lindern konnte. Das Quieken und Rascheln verfolgte uns.

Das Tunnelsystem war beeindruckend. Der Kanal gabelte und verzweigte sich immer wieder. Wir fuhren durch Höhlen und Kammern mit großen Wandnischen. Eine davon war übersät mit Hunderten Küchenschaben, Skorpionen, Käfern, Würmern, Spinnen … wer weiß was noch. Um nicht auszuflippen und wie das Mädchen in *Der Exorzist* den Kopf wie einen Kreisel zu drehen, schaute ich besser nicht genau hin. Dem Mann vor mir im Floß fiel etwas auf den Helm. Er schlug es lachend herunter und sagte scherzend, wer hier wohl wen auffressen würde, sollten wir in diesem Tunnel stecken bleiben. Ich fand das nicht witzig und lachte auch nicht.

Schließlich gelangten wir in eine weitere Zisterne. Diese war noch größer als die erste, und das Echo war erschreckend. Von der Wasseroberfläche bis zur Kuppel mussten es mehr als zwanzig Meter sein.

»Vorsicht mit den Rudern!«, rief Nuran und ließ uns alle zusammenzucken.

Im Wasser trieb ein Körper mit dem Gesicht nach unten. Es war kein Byzantiner von früher oder dergleichen. Seine Jeans und die weiße Jacke erzählten von moderneren Zeiten.

Kaspar, Nuran und einer der Männer drückten die Leiche mit den Rudern von den Gummiflößen weg. Zu meinem Pech trieb sie rechts an mir vorbei. Sie hatte im Nacken ein Riesenloch mit ausgefransten grünlichen Rändern (wegen des Aufquellens im Wasser).

»Der ist erschossen worden!«, sagte der Witzbold, der die Viecher essen wollte, auf Türkisch. Ich weiß nicht, was mir größere Sorgen bereitete, die im Wasser treibende Leiche oder der Soziopath in meinem Floß. Ich betete für den Toten, wer auch immer er sein mochte, und noch inbrünstiger betete ich dafür, dass wir in diesen schwarzen Wassern nicht wie er enden mochten.

Wir umschifften die dicken, meterhohen Säulen der Zisterne und ruderten quer zum gegenüberliegenden Ende, wo wir eine Steintreppe entdeckten.

»Hier ist das Wasser zu Ende«, verkündete Nuran.

Wir sprangen auf die Steinstufen, zogen die Flöße aus dem Wasser, leerten sie aus und legten sie zusammen, um sie mitnehmen zu können. Wenn ich auf dem Wasser Angst und Beklemmung empfunden hatte, verspürte ich beim Klettern über diese Trümmer größten Ekel. Wir gingen über einen Teppich aus Viechern, die an unseren Neoprenanzügen hochkrabbelten und knackten wie Nussschalen, wenn wir auf sie traten. Die Decke war so niedrig, dass ich fast mit dem Helm anstieß, weshalb Farag und Kaspar, die Armen, stark gebeugt gehen mussten, ebenso wie Abby, die fast so groß war wie die beiden Männer. Die Türken, die in etwa meine Größe hatten, neigten nur ein wenig den Kopf. Um uns herum kreischten die Ratten, und sie waren noch viel deutlicher zu hören, wenn wir an einer der vielen dunklen Höhlen vorbeikamen, die womöglich in Gänge und Tunnel führten, die wer weiß wo endeten (wenn sie denn endeten). Das machte mir Angst. In einer dieser Höhlen waren Ketten und Eisenringe befestigt. Die armen Körper, die einmal an ihnen gehangen hatten, waren jetzt Staub auf dem Boden, auf den wir traten, und hatten gewiss mehrere Generationen dieser widerlichen Kreaturen des Herrn ernährt, die um unsere Füße herumwimmelten. Der Gestank nach Fäkalien und Verwesung war ekelerregend. Mein Magen rebellierte, und mehrmals wurde mir richtig schlecht.

Endlich gelangten wir ans Ende des Weges, der in leichter Neigung wieder ins Wasser führte.

»Es lohnt sich nicht, die Flöße aufzupumpen«, ließ sich Nuran vernehmen. »Das ist nur schlammiges Wasser, da können wir durchwaten. Es reicht nur bis zu den Knien.«

Farag und Kaspar blendeten mich plötzlich mit ihren Taschenlampen.

»Wagst du es, da reinzugehen?«, fragte mein Mann besorgt.

Ich überlegte kurz, denn meine spontane Antwort hätte Nein gelautet. Wie sollte ich bis zu den Knien durch byzantinischen Schlamm waten, wenn ich schon beim bloßen Gedanken daran und diesem Gestank sterben wollte?

»Wie lange brauchen wir durch den Schlamm?«, fragte ich Nuran.

»Höchstens zehn Minuten.«

»Fein, dann kannst du, Farag, mich fünf Minuten tragen und du, Kaspar, die anderen fünf Minuten.«

»Ich soll dich tragen?«, fragte der Ex-Cato perplex. »Wie denn? Auf dem Rücken?«

»Natürlich!«

»Oh nein, kommt nicht infrage!«, empörte er sich. »Ich werde dich auf keinen Fall tragen. Das kann dein Mann übernehmen.«

»Schatz, du solltest wie alle anderen selbst gehen«, sagte auch Farag ablehnend. »Es wird dir nichts passieren.«

»Durch den Schlamm waten?«, erwiderte ich angeekelt. »Du willst, dass ich durch den Schlamm wate?«

»*Basileia*, ich werde dich nicht auf den Rücken nehmen! Du gehst direkt vor mir, los!«

»Aber Farag …!«

»Nichts aber Farag! Mach schon, los jetzt!«, befahl er mir.

Ich weiß nicht, warum ich gehorchte. Das Ganze war das Ekelhafteste, was ich in meinem ganzen Leben getan hatte. Ich steckte einen Fuß in diese klumpige, stinkende Brühe und watete langsam in die Richtung, wo die Türken auf uns warteten. Ich spürte am ganzen Körper Gänsehaut. Warum musste das immer mir passieren? Ich hatte doch noch nie große Abenteuerlust verspürt! Ich war zur Forscherin und Wissenschaftlerin geboren und dazu, ein geruhsames häusliches Leben in einem gemütlichen hübschen Arbeitszimmer, umgeben von byzantinischen Codizes, zu verbringen.

»Weiter, Dottoressa!«, knurrte Kaspar, als er mich mit großen Schritten überholte.

»So wirst du nur ausrutschen und bis zu den Ohren im Schlamm landen«, erwiderte ich freundlich.

Farag ging neben mir, und Abby folgte Kaspar.

»Komm, wir gehen zusammen«, sagte mein Held.

Er legte mir den Arm um die Schultern und ließ mich so schnell gehen, wie es der glitschige Boden zuließ. Dabei redete er über Isabella, wie erwachsen sie in diesem letzten Jahr geworden sei und dass wir sie ermuntern sollten, bei uns auszuziehen und sich eine Studenten-WG zu suchen.

Und natürlich tappte ich in die Falle. Der Salina-Charakter ließ mich einen schrecklichen Streit vom Zaun brechen darüber, dass Isabella mit uns unter einem Dach zu leben hatte, bis sie mindestens fünfzig war. Farag widersprach mir hartnäckig und beharrte auf der verdammten Studenten-WG, weshalb wir, ohne dass ich es gewahr wurde, den Schlamm bald hinter uns ließen und mein Mann zufrieden grinste über den Erfolg seines Tricks. Klar, wenn er die Flöte anstimmte, kam ich aus meinem Korb und tanzte zu seiner Melodie.

»Hast du die Schlangen gesehen, die um uns herumgeschwänzelt sind?«, fragte mich der Ex-Cato boshaft.

»Warum verziehst du dich nicht ein Weilchen ins irdische Paradies?«, lautete meine giftige Antwort.

Nach weiteren fünfzehn oder zwanzig Metern blieben wir vor einer Wand stehen, die aus antiken byzantinischen Ziegeln bestand. Aufgrund ihrer Größe und Bauart sowie des benutzten Mörtels stammte diese Wand aus dem 12. oder 13. Jahrhundert und war überzogen von dichten, schmutzigen Spinnweben.

»Wir sind da«, sagte Nuran zufrieden. »Wir befinden uns genau unter *Kanlı Kilise*.«

»Unter was?«, fragte Kaspar überrascht, wobei er die linke Augenbraue weit in die Höhe zog, was mich, obgleich ich schon zuvor Zeugin dieser Fähigkeit geworden war, aufs Neue überraschte.

»Die Türken nennen die Kirche der Heiligen Maria von den Mongolen *Kanlı Kilise*«, erklärte ich ihm. »Es bedeutet ›Blutkirche‹, wegen der Kämpfe, die bei der Eroberung Konstantinopels in diesem Teil der Stadt zwischen Griechen und Türken stattgefunden haben.«

»Schön und gut«, erwiderte der Ex-Cato ungeduldig. »Aber wir sind am richtigen Ort, oder?«

»Kommen Sie mal her«, sagte Nuran, der einen Plan aus der Hosentasche gezogen hatte und ihn gerade ausbreitete. Wir stellten uns im Kreis um unseren Anführer auf, und bevor er zum Sprechen ansetzte, war es sekundenlang so still, dass wir ganz deutlich sich nähernde Stimmen und Schritte hören konnten. Wir starrten uns erschrocken an.

»Versteckt euch!«, flüsterte Kaspar.

In Windeseile verteilten wir uns und verschanzten uns hinter Schutthaufen und in den eingestürzten Tunneln dieses schmutzigen, ekelhaften Labyrinths. Ich landete zusammen mit Farag zwischen einem Haufen Schutt und der Ziegelwand der *Theotokos Mouchliotissa* rechts vom Tunnel. Auf der linken Seite drückten sich Kaspar und Abby in eine kleine Mauernische. Nuran und seine Männer waren nirgendwo zu sehen. Wir knipsten unsere Helmlichter aus, es wurde dunkel und still.

Die Situation war keineswegs lustig. Bestimmt waren diejenigen, die sich uns näherten, ebenfalls urbane Höhlenforscher, die in dieser Nacht rein zufällig denselben Weg genommen hatten. Obwohl es sich auch um die Mörder des Mannes, der in der Zisterne trieb, handeln konnte, sagte ich mir und spürte das Adrenalin durch meine Adern rauschen. Farag legte mir den Arm um die Schulter und zog mich an sich. Ich hatte gar nicht bemerkt, dass ich vor Angst regelrecht gelähmt war.

Die Stimmen kamen langsam näher, und soweit ich hören konnte, sprachen sie nicht Türkisch. Der Druck von Farags Arm gebot absolute Stille. Die Stimmen sprachen auch nicht Englisch. Eine von ihnen kam mir bekannt vor. Und dann, als sie weniger als zehn Meter von uns entfernt waren und ihre Lichtkegel schon an der Wand der Kirche der Heiligen Maria von den Mongolen entlangzuckten, fragte eine von ihnen auf Italienisch:

»Hauptmann, weiß dieser Kerl wirklich, wo er uns hinführt?«

»Hey, Herr Professor!«, rief auf Deutsch der unvergessliche und unverwechselbare Gottfried Spitteler, Hauptmann der Schweizergarde des Vatikans, den wir so liebten.

»Lassen Sie mich in Ruhe, Herr Spitteler!«, knurrte jemand ziemlich gereizt zurück.

Eine flüchtige Bewegung zu unserer Linken ließ mich den Kopf drehen. Im schwachen Lichtschein aus dem Tunnel konnte ich Abbys verzerrtes Gesicht erkennen. Kaspars Hände lagen auf ihren Schultern. Mit fragendem Blick drehte ich mich zu Farag um, aber der starrte auf die Lichtkegel im Tunnel. Auch er sah nicht normal aus, in seinem Gesicht stand große Wut. Er hatte die Stimme unseres Freundes ebenfalls erkannt. Ich spürte erste Anzeichen, dass sich meine Glottis schließen wollte. Die Angst ließ mich fast explodieren. Es war der schlechteste aller unpassenden Momente: der näher kommende Gottfried Spitteler an einem der gottverlassensten Orte des Planeten und ich ohne einen Gefrierschrank in der Nähe, in den ich meinen Kopf stecken könnte. In meinen Ohren rauschte das Blut.

Wir konnten sie nicht genau erkennen, weil ihre Lampen uns blendeten. Sie waren nur knapp zwei oder drei Meter von uns entfernt. Und plötzlich stürzten sich schwindelerregend schnell mehrere Schatten auf sie. Schreie, Schläge, Flüche ... Die Helmlichter zuckten über den Boden und erloschen, und wir waren wieder in tiefste Finsternis gehüllt. Es fiel ein Schuss, und ich sah Funken aufblitzen. Dann noch ein Schuss und noch einer, es folgten Schläge und Verwünschungen in sämtlichen mir bekannten Sprachen. Farag und ich wagten nicht, uns zu rühren, und ich rang in aller Stille nach Luft, doch kurioserweise kam Abhilfe durch den nächsten Schuss und eine Kugel, die direkt neben mir in den Boden einschlug. Ich erschrak so heftig, dass sich meine Kehle schlagartig öffnete und die Luft wieder in meine Lunge dringen konnte. Wunderbar, jetzt gab es schon zwei Hilfsmittel: Gefrierschränke und Kugeln. Farag drückte mich noch fester an sich, um mich vom Rand des Schutthaufens fernzuhalten. Ich ahnte, dass auch er sich zu Tode erschrocken hatte.

Kurz darauf wurden die Kampfgeräusche leiser und verstummten dann gänzlich. Die LED-Helmlichter der Sieger gingen an, aber wem gehörten sie? Wer hatte gegen wen gekämpft? Und vor allem das Wichtigste: Wer hatte gewonnen?

Vier oder fünf Männer lagen bewusstlos auf dem ekelhaften Tunnelboden. Zum Glück war es keiner von uns, und doch erkannte ich einen sofort: Gottfried Spitteler höchstpersönlich. Sein Gesicht mit der ausgesprochen weißen Haut voller roter Flecken hatte mich jahrelang in meinen Alpträumen verfolgt, und offensichtlich hatte er sich nicht verändert – vertikale Kerben in den Wangen vom Typ harter Kerl, kleiner dunkler Fleck an der Unterlippe, blonde, an den Enden leicht nach oben ragende Augenbrauen und die jetzt geschlossenen Augen von einem derart hellen Grau, dass sie wie aus Glas wirkten.

»Doktor Salina?«, erklang Nurans Stimme hinter dem blendenden Lichtkegel. »Professor Boswell? Sind Sie in Ordnung?«

»Was war los, Nuran?«, fragte mein Mann, als er sich aufrichtete.

»Die Herrschaften Simonson haben befürchtet, dass so was passieren könnte«, sagte der Türke und schaltete noch eine Taschenlampe ein. »Deshalb haben sie uns angewiesen, Sie zu beschützen.«

»Sie haben befürchtet, dass so was passieren könnte?«, fragte ich, als ich auf den bewusstlosen Gottfried Spitteler zuging, der wie ein Lumpenbündel auf dem Boden lag.

»Ja, und wir sollten Sie beschützen.« Das Licht der Taschenlampe fiel auf die fünf reglosen Männer am Boden.

Abby Simonson ging langsam an mir vorbei auf einen der bewusstlosen Schergen Spittelers zu. Ganz vorsichtig kniete sie sich neben den Körper und strich ihm das schmutzige Haar aus dem Gesicht.

»Hartwig«, flüsterte sie. »Hartwig, was machst du denn hier?«

Hartwig ...? Der Archäologe Hartwig Rau, ihr Exmann? Natürlich konnte Hartwig ihr nicht antworten, aber es war zweifellos eine gute Frage: Was machte er hier? Arbeitete er etwa nicht in Ägypten im Tal der Könige? Zumindest hatte das Farag behauptet. Was hatte Hartwig Rau mit Gottfried Spitteler in der byzantinischen Unterwelt von Istanbul vor den Fundamenten der Kirche der Heiligen Maria von den Mongolen verloren? Und warum hatten Abbys Großeltern geahnt, dass so etwas passieren könnte, und uns urbane Höhlenforscher zur Seite gestellt, die zu unserem Glück auch noch brutale türkische Killer waren?

Der angebliche Angestellte des Çırağan-Palace-Hotels, der uns bisher unter dem Namen Nuran Arslan bekannt war, stellte sich nun wirklich vor.

»Sie können mich weiter Nuran nennen, obwohl es nicht mein richtiger Name ist. Das sind meine Kollegen Yakut, Mehmet, Kemal und Basar. Wir arbeiten für einen Sicherheitsdienst mit Personenschutz für ein Unternehmen der Simonsons. Früher waren wir bei den Sondereinsatzkräften des türkischen Heers. Und noch was, in unserer Freizeit sind wir wirklich urbane Höhlenforscher«, schloss er lachend.

Yakut, Mehmet, Kemal und Basar, die die fünf Männer von Gottfried inzwischen schnell und effizient gefesselt und geknebelt hatten, sagten nichts und lachten auch nicht. All das gefällt mir überhaupt nicht, dachte ich. Abby beobachtete das Ganze im Stehen, nur ein paar Schritte vom Körper ihres Exmannes entfernt, der jetzt mit den Kabelbindern an Händen und Füßen, verbundenen Augen und einem Klebeband auf dem Mund wie eine arme, wehrlose Geisel dieser Dschihadisten wirkte, die in letzter Zeit bedauerlicherweise ständig in den Nachrichten zu sehen waren.

Die fünf türkischen Exsoldaten hatten alle Gefangenen gefesselt und sie an die Tunnelwand gelehnt, oder besser: gelegt. Von irgendwoher hatten sie einen Haufen Waffen geholt: Messer mit langen Sägeklingen, Pistolen und Automatikgewehre, die mir die Haare zu Berge stehen ließen.

»Ist das wirklich dein Exmann?«, fragte Kaspar Abby und zeigte dabei mit dem Finger auf den Riesen, der bewusstlos an Gottfried Spittelers Schulter lehnte.

»Ja, das ist Hartwig«, flüsterte Abby mit einem Knoten im Hals, der sie kaum sprechen ließ. Sie ging langsam in die Hocke, hob die kaputte Brille vom Boden auf und steckte sie ihm in die zerfetzte Polarjacke. »Ich weiß nicht, was er hier verloren hat.« Ihre Stimme klang noch erstickter. »Und ich weiß auch nicht, ob ich es wissen will.«

»Offensichtlich gehört er zu den Männern aus dem Vatikan«, schnaubte Farag stocksauer. »Also ist die einzig mögliche Erklärung, dass der ehrenwerte Professor Rau bis zum Hals in der Sache mit den Ossuarien drinsteckt. Und unser alter Freund hier«, er ging in die Hocke, um mit Spittelers Kopf auf Augenhöhe zu sein, »konnte die Genehmigung für die Ausgrabungen einfach nicht abwarten. Er wollte bestimmt verhindern, dass wir ihm zuvorkommen und uns das aneignen, was auch immer im Körper von Maria Palaiologina verborgen ist. Um die Genehmigung haben sie wahrscheinlich nur angesucht, um für den Fall der Fälle den Schein zu wahren. Schließlich sind sie der Vatikan und können nicht alles einfach so aufs Spiel setzen.«

»Wenn Hartwig in die Sache mit den Ossuarien verwickelt ist«, flüsterte Abby, wobei ihr stille Tränen über die Wangen liefen, »hat der Vatikan dieselben Informationen wie wir. Hartwig wusste von allem, behauptete aber, das sei reiner Wahnsinn, eine Spinnerei, dass er es satthätte … Deshalb haben wir uns scheiden lassen. Ich verstehe nicht … Ich verstehe einfach nicht, warum er jetzt ausgerechnet dem Vatikan bei der Suche nach den Ossuarien hilft.«

Ich ging zu ihr und legte ihr die Hand auf die Schulter. Es tat mir unendlich leid, sie weinen zu sehen. Sie war so perfekt, dass Tränen einfach nicht zu ihr passten, und trotzdem war nicht zu übersehen, dass sie diesen bescheuerten Glücksjäger noch immer liebte.

Nuran trat zu uns.

»Wir dürfen keine Zeit verlieren«, flüsterte er mit Blick auf die ohnmächtigen Männer. »Wir müssen jetzt hinein.«

Kaspar ging zu Abby und reichte ihr unwirsch ein Taschentuch. Es war eine kleine Geste, aber mein außergewöhnlicher sechster Sinn sagte mir, dass die Tränen der Erbin den Ex-Cato nicht kalt ließen. Ein gemeiner, hinterhältiger Gedanke, meiner absolut unwürdig, schoss mir durch den Kopf, und ich benötigte einen Augenblick, um einen Masterplan zu entwerfen. Er war perfekt, sagte ich mir und verkniff mir ein maliziöses Lächeln.

Während Yakut mit dem verdammten Gewehr die Gefangenen bewachte, holten wir die Archäologenkellen, sogenannte Truffeln, aus der Tasche und begannen, den Mörtel aus dem unterirdischen Fundament der Kirche der Heiligen Maria von den Mongolen zu kratzen. Wir wussten nicht, was uns hinter der Mauer erwartete, und um ihren Einsturz zu vermeiden, durften wir nur ungefähr ein Quadrat von siebzig Zentimetern von der unteren Ziegelreihe nach oben entfernen. Wegen der jahrhundertealten Feuchtigkeit und der sich zersetzenden Bestandteile zerbröselte der Mörtel wie Mehl, und wir konnten die Ziegelsteine vorsichtig herausziehen, um sie nicht zu beschädigen, als wäre das, was wir taten, ein gigantisches historisches Verbrechen (was es ja auch war). Kurze Zeit später hatten wir unseren Zugang zur Kirche der Heiligen Maria von den Mongolen freigelegt.

Nuran legte sich auf den Boden und steckte seinen Kopf samt Taschenlampe durch die Öffnung. Ein vielsagender Pfiff hallte im Innern wider.

»Wir sind direkt in der Krypta gelandet«, rief er überrascht. Er ahnte gar nicht, was das für uns bedeutete. Das war die beste Nachricht überhaupt.

»Gibt es einen Sarg oder Erdhügel?«, fragte ich neugierig.

»Es gibt einen Sarkophag«, erklärte er. »Und nach seinem Aussehen zu urteilen ist er aus Porphyr gemacht.«

Nuran zog seinen Kopf wieder heraus und stand auf, wobei er sich den Staub von den Kleidern klopfte. Als Nächster kroch Farag durch die Öffnung und verschwand aus unserem Blickfeld. Ich wurde unruhig.

»*Basileia*, komm!«, rief er. Ich überlegte nicht zweimal – besser mit ihm zusammen sterben als allein.

Als ich mich in der Krypta aufrichtete, sah ich, dass sie die Form eines halben Kreuzgewölbes hatte, das der Länge nach von der Mauer begrenzt wurde, durch die wir hineingekrochen waren. Gegenüber der Öffnung, wo das Gewölbe auf den Boden traf, befand sich ein Steinsockel mit einem langen Sarkophag, der tatsächlich aus glänzendem roten Porphyr bestand und dessen Deckel mit einer wunderschönen, unverkennbar byzantinischen Mosaikarbeit verziert war. Das Motiv stellte eine junge, offensichtlich schlafende Frau in einer langen schwarzen Tunika dar, deren Haar unter einer ebenfalls schwarzen Haube steckte, die am Hals zugebunden war. In den Händen hielt sie ein Kreuz. Es handelte sich um ein schlichtes, nicht sonderlich herausragendes Mosaik, wären da nicht zwei Dinge gewesen: Es zeigte eindeutig eine Nonne (wenn auch viel jünger, als Maria zum

Zeitpunkt ihres Todes gewesen sein dürfte) und darüber den rot-goldenen Doppeladler des kaiserlichen Familienwappens der *Palaiologoi*, der Palaiologos, in dessen Mitte das Stammbaum-Monogramm prangte. Die Tatsache, dass der Sarkophag aus Porphyr bestand, war ebenfalls nicht unbedeutend, denn dieses Material war wie die rote Farbe den byzantinischen Kaiserfamilien vorbehalten. Wir hatten sehr großes Glück, direkt auf die verloren geglaubte kleine Krypta gestoßen zu sein, in der vor achthundert Jahren die Leiche der Hauptfrau eines mongolischen Khans und zugleich Tochter des Kaisers von Konstantinopel beerdigt worden war, die Adelige Maria Palaiologina.

»Schau mal da.« Mein Mann leuchtete auf die Höhlenwand. »Das ist reiner Naturstein. Diese Krypta hat keinerlei Verbindung zu dem darüberstehenden Gebäude.«

Das stimmte. Dieser Ort war eine Höhle, die in den Felsen geschlagen worden war und keinen anderen Zugang hatte als die Öffnung in der Wand, aus der wir die Ziegel entfernt hatten. Das erklärte, warum sie achthundert Jahre lang nicht entdeckt worden war.

»Aber sie müssen Maria ja irgendwie hier runtergeschafft haben«, sagte ich.

»Ja. Genau so, wie wir hergekommen sind, durch die Zisternen. Und dann haben sie die Höhle zugemauert, und die Jahrhunderte vergingen.«

»Aber warum?«, wunderte ich mich. »Als Gründerin der Kirche der Heiligen Maria von den Mongolen wäre es doch logischer gewesen, sie unter dem Kirchenboden oder zumindest an einem zugänglichen Ort zu begraben, damit die Nonnen des Klosters und die Gläubigen sie anbeten konnten. Mein Gott, sie war eine Kaisertochter!«

»Vielleicht wollte Maria selbst es so.«

Kaspars dröhnende Stimme ließ mich hochschrecken. Ich hatte nicht bemerkt, dass er in die Höhle gekommen war. Auch Abby stand gerade auf und klopfte sich den Staub vom Neoprenanzug.

»Sie wollte, dass man sie an einem so schrecklichen Ort begräbt?«, stammelte ich. »Dann hatte sie entweder Angst, dass ihr Grab von den türkischen Horden geschändet werden könnte, die dreihundert Jahre später hier einfielen, oder sie hatte etwas zu verbergen.«

»Sie hatte etwas zu verbergen«, stimmte mir Abby zu. »Etwas, das sie buchstäblich mit ins Grab genommen hat.«

»In dieses Grab«, präzisierte Farag und zeigte auf den Sarkophag aus rotem Porphyr. »Machen wir es auf?«

Mir drehte sich der Magen um, aber ich wusste, dass es unvermeidlich war. Deshalb waren wir schließlich hergekommen.

»Na los«, animierte ich die beiden. Ich wusste aus Erfahrung, wie schwer Porphyr ist, und dieser Deckel enthielt zudem ein wunderschönes Mosaik, das zwar klein sein mochte, aber das Gewicht unweigerlich vergrößerte. Das war eindeutig Männerarbeit.

»Abby, heb du den Deckel an der linken Ecke vom Kopfende«, sagte Kaspar. »Ich hebe die rechte. Farag, ihr beide übernehmt die Ecken am Fußende, aber du, Ottavia, stell dich mir gegenüber auf die rechte Seite. So können Farag und ich diagonal mehr Kraft aufwenden.«

»Da draußen steht ein ganzer Haufen Kraftprotze, die können das übernehmen!«, protestierte ich. »Warum rufen wir sie nicht herein?«

Kaspar warf mir einen furiosen Blick zu, aber Farag, sein zarteres Alter Ego, antwortete:

»Schatz, wir können sie nicht hereinbitten und das hier sehen lassen, begreifst du das nicht? Das müssen wir selbst machen, und zwar schnell.«

Er hatte natürlich recht. Also stellte ich mich an den Platz, der mir zugewiesen war, und auf drei bemühten wir uns alle zusammen, den schweren Sargdeckel anzuheben. Es war nicht leicht. Der Porphyr wog schwer wie ein Toter und war härter und resistenter als Granit. Außerdem musste Maria für ihre Zeit eine große Frau gewesen sein, denn ihr Sarkophag war lang.

Wir versuchten es noch ein zweites und drittes Mal, schafften es aber nicht. Schließlich rief Kaspar nach Nuran und bat ihn, mit seinem stärksten Mann in die Krypta zu kommen. Nuran kam mit Basar, dem Insektenfresser.

Zu sechst gelang es uns, keine Ahnung wie, den Porphyrdeckel ein wenig anzuheben, jedenfalls genug, um ihn vom inneren Teil des Sarkophags zu lösen, an dem er solide befestigt war. In einem zweiten gewaltigen Kraftakt konnten wir ihn noch etwas weiterbewegen und drehen, weshalb wir schon Marias Füße und die Haube auf ihrem Kopf erkennen konnten. Am Ende schafften wir es, den Sargdeckel quer über den Sarkophag zu schieben. Natürlich war es völlig ausgeschlossen, ihn herunterzuheben und auf den Boden zu legen, also schoben wir ihn mit unserer restlichen Kraft bis nach unten zu ihren Füßen. Zum Glück war Maria Palaiologina doch kleiner gewesen als ihr Sarg und lag jetzt – oder das, was von ihr noch übrig war – vor uns.

Obwohl Abby seit dem Wiedersehen mit ihrem Exmann irgendwie abwesend und verloren wirkte und eher nicht in der Krypta zu sein schien, befahl sie, als wir den Deckel gehoben hatten, Nuran herrisch:

»Jetzt gehen Sie beide wieder hinaus. Sie haben nichts gesehen.«

Zur Abwechslung sah Nuran wieder nur Farag und mich an und antwortete:

»Keine Sorge. Wir waren nie an diesem Ort.«

Der Anblick des Sarges war schlicht haarsträubend. Auf den armseligen Knochen war natürlich kein Fitzelchen Fleisch mehr, eigentlich ganz logisch, und mit Knochen meine ich den Schädel, denn alles andere war mit einer unheimlichen schwarzen Tunika bedeckt, die seinerzeit gewiss von guter Qualität und Anfertigung war, die jetzt aber in ihre Einzelteile zu zerfallen schien, wenn wir die Luft noch stärker in Bewegung brächten. Im Lichtschein der Helmleuchten wirkte Marias Schädel erschreckend, er war kaum bedeckt von ein paar Fetzen der

Haube, die nach hinten gerutscht war und das Stirnbein und die Hälfte des Scheitelbeins freiließ. Der Kiefer hatte sich gelöst und war zur Seite gerutscht, und weder am Ober- noch am Unterkiefer saß noch ein einziger Zahn, nur deren Löcher. Es sah so aus, als hätte man ihre Augenhöhlen mit Stoffresten ausgestopft, die löchrig und schmutzig wirkten, aber tatsächlich waren es die trockenen Reste ihrer Augäpfel.

»Das ist ja grauenhaft«, flüsterte Abby und verschränkte schützend die Arme vor der Brust, als würde Maria gleich aufstehen und ihr einen Pflock ins Herz rammen.

»Wir sind gleich fertig«, versicherte ihr Kaspar im Versuch, sie aufmuntern.

»Wir müssen die Tunika wegnehmen«, sagte mein Mann und zog sein kleines beiges Etui aus der Jackentasche. Ich kannte seine superfeinen Instrumente für stratigraphische Arbeiten gut, sie gehörten zu seinen wertvollsten Berufsschätzen, die er nicht wie Diamanten im Bankschließfach aufbewahren durfte, weil ich mich strikt geweigert hatte.

Die Tunikafetzen zu entfernen war heikel, weil Maria die Hände, in denen ein wunderschönes Kruzifix aus Gold und Edelsteinen steckte, auf der Brust gefaltet hatte. Auch von den Händen war nichts weiter übrig als Knochen, und diese waren ineinander verschlungen. Aber mein Held zögerte nicht lange und trennte mit einer feinen Pinzette und winzigen Meißeln einen nach dem anderen die brüchigen Fingerknochen voneinander und entnahm das schöne Goldkreuz, das er behutsam neben Marias Schädel legte. Anschließend suchte er unter unseren aufmerksamen Blicken eine Naht in der schwarzen Tunika, dem Totenhemd dieser echten *Basileia* von Byzanz, die sehr viele Geheimnisse in sich zu bergen schien und zu Lebzeiten so viel erlebt hatte. Leider waren auf der Tunika keine Nähte zu finden, weshalb Farag sie äußerst vorsichtig von unten nach oben aufschnitt.

Kaspar, Abby und ich hielten den Atem an, als sich mein Mann wie ein seelenloser Archäologe an der Leiche einer Nonne zu schaffen machte. Deshalb konnten wir in der absoluten Stille den einen oder anderen trockenen Schlag und erstickten Aufschrei von draußen hören, und Abby zuckte jedes Mal zusammen, weil sie wusste, dass einer der Gefangenen, vielleicht ihr geliebter Hartwig, aufgewacht war und Yakut ihm die erforderlichen Hiebe mit dem Gewehrkolben verpasste, um ihn wieder in die Bewusstlosigkeit zurückzubefördern.

Schließlich hatte Farag das Totenhemd aufgeschnitten. Wir atmeten aus und entspannten uns, obwohl wir wussten, dass uns das Schlimmste noch bevorstand. Mein Mann zog die beiden Stoffteile mit Pinzetten auseinander, worauf das ganze Skelett der Tochter des Kaisers Michael VIII. Palaiologos zum Vorschein kam. Zu Lebzeiten musste ihr Körper gut proportioniert und schön gewesen sein. In ihrem Brustkorb, in einer Vertiefung zwischen den Rippen – die sorgfältig herausgetrennt und in den Brustkorb gelegt worden waren – steckte ein wunderschönes Kästchen aus purem Gold, das kaum von den längst getrockneten Körperflüssigkeiten während des Verwesungsprozesses angegriffen war. Kaspar, der PVC-Handschuhe übergezogen hatte, nahm es aus Marias Brustkorb heraus.

»Jemand hat ihr nach ihrem Tod die Rippen herausgesägt, um dieses Schmuckkästchen im Thorax zu verstecken«, sagte Farag, als er seine geliebten Instrumente wieder in das Etui steckte.

»Das hat sie bestimmt alles selbst veranlasst«, behauptete ich und beobachtete, wie Kaspar herauszufinden versuchte, wie das Kästchen zu öffnen sei. »Sie hat die Kirche und das kleine Kloster bauen lassen, also hat sie mit Sicherheit auch angeordnet, dass ihr diese geheime Krypta errichtet und sie mit diesem Goldkästchen im Brustkorb beerdigt wird. Maria wusste, dass die Verwesung organisches Material zersetzen, aber Gold nichts anhaben kann, es korrodiert nicht.«

Der Ex-Cato kämpfte weiter erfolglos mit dem Goldkästchen. Ungeduldig nahm ich es ihm aus der Hand. Es wies keinerlei Schmuck auf, weder Gravuren noch Symbole. Es war schlicht und glatt.

»Ihr Geheimnis war wichtig«, erklärte ich und drückte auf einen verborgenen Verschluss, der von den Juwelieren der reichen byzantinischen Damen häufig benutzt wurde. Im Innern des Kästchens wurde ein antiker Mechanismus ausgelöst, und der Deckel sprang auf. Ich setzte mich im Schneidersitz auf den Boden und platzte fast vor Neugier darauf, was ich vorfinden würde. Die anderen umringten mich, knieten sich hin oder beugten sich vor, um besser sehen zu können.

Im Innern des Kästchens lagen antike Schriftstücke unterschiedlicher Tönungen und Materialien, doch drei davon waren überraschend weiß, etwas völlig Ungewöhnliches bei Funden dieser Art. Alle waren sorgfältig und sehr klein zusammengefaltet. Wäre ich nicht Paläographin, hätte ich Angst gehabt, sie anzufassen und zu zerstören, aber ich wusste antike Schriftstücke zu behandeln, und da es byzantinische waren, kam es mir vor, als gehörten sie mir. War ich etwa nicht die weltweit bekannteste Expertin in genau dieser Materie?

Mit endloser Geduld nahm ich so sachte wie möglich das erste dieser unerklärlich weißen Papiere mit feiner Textur heraus und faltete es vorsichtig auseinander. An den Knicken waren keinerlei Abnutzungsspuren zu erkennen. Es war unglaublich flexibel und hatte rätselhafterweise einen wunderschönen satinierten Glanz. Ein solches Papier hatte ich noch nie gesehen, und so seltsam es auch klingen mochte – mein erster Gedanke war, dass das Papier in China hergestellt worden sein musste, denn das war die einzige plausible Erklärung, wenn es achthundert Jahre alt war.

Als ich es auseinandergefaltet und den Text vor Augen hatte, war ich noch irritierter, denn er war in elegantem Griechisch verfasst und zweifellos mit dem Pinsel und nicht mit einer Vogelfeder oder einem Rohr geschrieben, weshalb er einen originellen, seltenen orientalischen Schreibstil aufwies. Da ich meine Lesebrille nicht zur Hand hatte und das Licht sehr schlecht war, huschten meine Augen über die winzige Kurrentschrift auf der Suche nach den Großbuchstaben und blieben an der Unterschrift des Briefes hängen, die zu meiner noch größeren Verblüffung auf Lateinisch geschrieben war.

Kaum zu glauben, was ich da las. Oder vielleicht doch. Jedenfalls benötigte ich einen Moment, weil ich meinen Augen nicht traute. Plötzlich tönte Kaspar:

»Markus Paulus Venetus …?«

»Kennst du ihn etwa nicht, Hauptmann?« fragte ich und versuchte, nicht vorhandenen Speichel in meinem ausgedörrten Mund zu schlucken.

»Das kann nicht sein!«, platzte mein Mann heraus, als bei ihm der Groschen fiel. »Unmöglich!«

»Wer ist das?«, fragte Abby naiv.

»Marco Polo[2], der Venezianer«, antwortete ich.

---

2 Im venezianischen Dialekt ist der Name Polo eine Ableitung vom lateinischen Paulus.

VIERZEHN

Mit dem goldenen Schmuckkästchen zwischen meinem Neopren und der Polarjacke (besser nicht daran denken, wo sich das verdammte Kästchen in den letzten achthundert Jahren befunden hatte) ruderte ich zusammen mit Abby und Nuran auf einem der aufblasbaren Flöße zum Ausgang zurück, um ins Hotel zurückzukehren. Kaspar, Farag und die vier Kraftpakete aus dem türkischen Team waren bei den Gefangenen geblieben, die sie, sobald wir weit genug entfernt wären, einem reizenden Verhör unterziehen wollten. So wie ich Kaspar kannte – mal abgesehen von seiner spirituellen Würde, die seit dem Tod seiner Frau doch ziemlich gelitten hatte –, sah ich Gottfried Spitteler und Hartwig Rau schon mit Kastratenstimmen im Duett *La Traviata* singen. Kaspar fackelte nicht lange, da hatte der Vatikan ganze Arbeit geleistet. Ganz zu schweigen von den vier Türken der Sondereinsatzkräfte (Yakut, Mehmet, Kemal und Basar), denen ich nicht mal eine Streichholzschachtel anvertrauen würde, weil sie damit die Welt in Brand stecken könnten.

Meine Sorge galt einzig Farag, der als eher zarter Archäologe, Gelehrter und Akademiker physiognomisch überhaupt nicht zu diesem Killertrupp in solcherart brisanter Lage passte. Denn Farag war zurückgeblieben, um die Ziegelmauer zu der geheimen Krypta der Heiligen Maria von den Mongolen wieder zu verschließen, weil er das als Einziger bewerkstelligen konnte, ohne sichtbare Spuren von unserem Eindringen zu hinterlassen. So viel Respekt verdiente Maria Palaiologina an ihrer letzten Ruhestätte.

Abby und ich fuhren mit Nuran ins Hotel zurück, um das Schmuckkästchen in Sicherheit zu bringen und Jake und Becky die darin enthaltenen Dokumente nach Toronto zu übermitteln. Zwar gab es keine Eile mehr, die Genehmigung für Ausgrabungen des Vatikans hinauszuzögern, weil wir sie mit unserer Aktion schlicht und ergreifend ausgehebelt hatten, doch aus Sicherheitsgründen musste sofort eine Kopie der Papiere zu den Simonsons geschickt werden. Wer konnte schon wissen, ob inzwischen nicht ein weiteres Kommando des Vatikans unterwegs war und sie uns stehlen wollte?

Wir trafen im Çırağan Palace ein, als die Sonne den Bosporus in goldenes Licht tauchte. Nuran verabschiedete sich am selben Personaleingang, durch den wir Stunden zuvor das Hotel verlassen hatten, mit der Beteuerung, dass wir im Hotel absolut sicher seien, weil seine Männer auf sämtlichen Etagen postiert wären. Schweigend betraten Abby und ich den Fahrstuhl und fuhren hinauf in die Sultan-Suite, in der Isabella und Linus schliefen.

Kaum hatten wir leise die Tür hinter uns geschlossen, spürte ich eine derartige körperliche Erschöpfung, dass ich beinahe zu Boden gesunken wäre. Maria Palaiologinas verdammtes Goldkästchen wog schwer wie Blei, und ich war hundemüde, weshalb ich es rasch hervorholte und irgendwo hinstellte, um nach den schlafenden Kindern zu sehen. Bevor ich in einen komatösen Schlaf sank, musste ich mich vergewissern, dass es Isabella und Linus gut ging.

Vorsichtig öffnete ich die Tür des zweiten (und unglaublich prachtvollen) Schlafzimmers der Suite und sah die beiden in dem gigantischen Doppelbett seelenruhig schlummern, eingehüllt in das goldene Sonnenlicht, das durch die großen Fenster hereinfiel. Erleichtert schloss ich die Tür wieder.

»Schlafen sie?«, fragte Abby leise.

Ich nickte.

»Möchtest du dich auch hinlegen, Ottavia? Du siehst nicht gut aus.«

Beinahe hätte ich ihr geantwortet, dass sie nie gut aussehe, hielt mich aber zurück. Schließlich trug die Arme keine Schuld daran, und sie war wirklich ein guter Mensch. Hier war ich die Hexe.

»Nein danke, Abby. Ich werde mich erst hinlegen, wenn Farag zurück ist.«

»Möchtest du dann vielleicht duschen und frühstücken? Diese Neoprenanzüge stinken und kleben regelrecht am Körper. Es gibt zwei Badezimmer.«

»Das Angebot nehme ich gern an«, erwiderte ich im Versuch, meine Stimmung zu heben. Da wir uns am Abend in Abbys Suite umgezogen hatten, war meine Kleidung zur Hand, weshalb ich mich in aller Ruhe duschen und ankleiden konnte, solange wir auf Farag warteten. Ich war eigentlich todmüde, wusste jedoch genau, dass ich kein Auge zumachen könnte, bis er gesund und munter aus den Zisternen zurückkehrte, denn ich besaß die wunderbare Fähigkeit, mir dreihundert schreckliche Dinge auszumalen, die ihm zustoßen könnten.

Also schleppte ich mich unter die Dusche, während Abby telefonisch ein schlichtes Frühstück bestellte, das zwanzig Minuten später geliefert wurde. Nach dem Duschen fühlte ich mich tatsächlich frischer.

»Farag und du, ihr seid ein wunderbares Paar«, sagte Abby, als ich wieder in den großen Salon mit Blick auf den Bosporus trat.

»Da kann ich dir nicht widersprechen«, sagte ich stolz und setzte mich.

Erst da wurde mir bewusst, wie schrecklich Abby sich fühlen musste. Sie hatte herausgefunden, dass sich ihr Exmann auf die Seite der Bösen geschlagen hatte und sich dabei alles, was er über sie und ihre Familie wusste, zunutze gemacht hatte. Ich mochte mir gar nicht vorstellen, wie hart das für sie sein musste.

»Liebst du Hartwig noch?«

Ihr Blick war unergründlich.

»Wohl eher nicht«, sagte sie schließlich und setzte sich zu mir aufs Sofa. »Nein. Ich glaube, ich liebe ihn nicht mehr. Hättest du mich das heute Nacht gefragt, hätte ich wahrscheinlich nicht gewusst, was ich dir antworten soll. Aber nach allem, was passiert ist, scheint etwas in mir für immer zerbrochen zu sein. Ich habe geglaubt, er sei ein wunderbarer Mann, das ist er aber nicht.«

»Weißt du, wer wirklich ein ganz wunderbarer Mann ist?«

»Farag?«, fragte sie mit einem verschmitzten Lächeln.

»Klar! Aber der ist nicht auf dem Markt, der gehört mir. Nein, ich rede von einem anderen wunderbaren Mann, der zwar ziemlich ungehobelt sein kann und unangenehme Persönlichkeitsfacetten hat, allerdings auch einen gewissen Reiz.«

»Kaspar«, sagte sie im Brustton der Überzeugung.

»Genau, Kaspar. Hast du ihn dir schon mal genauer angesehen? Ich frage das, weil ich den Eindruck habe, dass du ihm gefällst.«

In ihrem hässlichen Gesicht stand größte Verblüffung.

»Meinst du das ernst?«, stammelte sie. »Aber ... er ist doch Cato.«

»Ich kenne ihn seit fünfzehn Jahren«, setzte ich melodramatisch an und legte mir die Hand aufs Herz, um die romantische Abby zu beeindrucken. »Und er ist der zuverlässigste und anständigste Mensch, den man sich vorstellen kann. Er hat eine fragwürdige und finstere Vergangenheit, an der man besser nicht rührt, aber er wurde nicht zufällig zum Cato gewählt, denn er kann auch ein liebevoller und reizender Mann sein, auch wenn man das nicht mal mit dem Fernglas gleich erkennt, weil er es hinter mehreren Tonnen Stahlbeton verbirgt.«

Na schön, vielleicht zeichnete ich ihn etwas zu rosig, aber schließlich wollte ich ein Produkt verkaufen, und da konnte ich der potenziellen Käuferin ja nicht die vielen Fehler und Mängel besagten Produktes aufzählen.

»Und weil ich ihn kenne, bin ich davon überzeugt, dass du ihm gefällst.«

Da mich Abby mit offenem Mund noch immer verdutzt anstarrte, nahm ich das Frühstück entgegen.

Das Essen und der Kaffee weckten unsere Lebensgeister, und

ich fühlte mich ausreichend gestärkt, um mich bis zu Farags und Kaspars Rückkehr mit den Schriftstücken von Maria Palaiologina zu beschäftigen. Es war kein richtiges Arbeiten, denn es handelte sich lediglich um sechs Blätter, drei davon schneeweiß, und außerdem sah ich mich außerstande, auch nur einen einzigen Buchstaben zu lesen. Es ging schlicht darum, die Schriftstücke aus dem Schmuckkästchen zu fotografieren und nach Toronto zu schicken. Dazu benötigte ich meine Brille und saubere Baumwollhandschuhe, die mir unverzüglich aus der Wäscheabteilung gebracht wurden, und schon bildeten die Erbin und ich eine ziemlich effiziente Arbeitsgruppe. Papier und Tinte waren in dem Goldkästchen bestens vor Feuchtigkeit, Motten und Licht geschützt gewesen. Unglaublich, in welch gutem Zustand sie sich befanden.

Abby und ich konnten nicht umhin, besonders ausführlich die Briefe zu studieren, die mit *Marcus Paulus Venetus* oder manchmal mit *Marko Polo to Benetiko*, gesprochen *Marko Polo to Venetico*, unterzeichnet waren. Es gab noch drei weitere Schriftstücke, doch Marco Polos Briefe an Maria Palaiologina hatten die Wirkung eines Magneten auf unsere müden Augen. Sie waren unglaublich schön und zudem einzigartig auf der Welt: Noch nie war eine Originalhandschrift des Venezianers gefunden worden, nicht einmal sein Testament trug eine Unterschrift.

Als gute Italienerin, die eine anständige katholische Klosterschule besucht hatte, musste ich nicht nur schreckliche Unterrichtsstunden über Dante Alighieris *Göttliche Komödie* (die für Kaspar, Farag und mich später so wichtig sein sollte) über mich ergehen lassen, sondern natürlich auch solche über das Buch *Die Wunder der Welt* von Marco Polo und Rustichello da Pisa, den der Venezianer nach seiner Reise im Gefängnis kennengelernt und mit dem zusammen er das Werk verfasst hatte. Das Buch von den Wundern war zweifellos erträglicher als die *Göttliche Komödie*, aber alles in allem war es im Alter von zehn bis achtzehn Jahren gähnend langweilig. Später gewissermaßen auch noch, aber mit dem Älterwerden ist man stolz darauf, dass Dante und Marco Polo große italienische Universalgelehrte waren. Und natürlich hinterlassen sie Spuren, wenn man sie in Kindheit und Jugend studieren musste. Aber jetzt in Istanbul hatte ich mich schon etliche Male gefragt, was ich Schlimmes im Leben verbrochen hatte, wenn mich die italienische Literatur des 13. und 14. Jahrhunderts derart hartnäckig verfolgte und drangsalierte. Irgendeine Erklärung, so absurd sie auch sein mochte, musste es für diesen Fluch doch geben.

Als wir fertig waren, klingelte das Telefon. Abby lauschte schweigend in den Hörer. Dann legte sie, ohne mich anzusehen, wieder auf.

»Ottavia«, sagte sie mit ernster Miene. »Das war Nuran. Es ist was passiert.«

Unter meinen Füßen tat sich der Boden auf. Alles kam zum Stillstand, und mir stockte der Atem. Farag.

»Wir müssen ins Özel Istanbul Hospital«, erklärte sie. »Farag und Kaspar wurden gerade dort eingeliefert.«

Ich begann wie Espenlaub zu zittern. Aber das war egal, denn ich spürte rein gar nichts. Abby kam zu mir und ergriff meine Hände.

»Es geht ihnen gut, es geht ihnen gut ...«, wiederholte sie beschwichtigend und versuchte, meinen wirren Blick einzufangen.

»Was ...?«, flüsterte ich.

»... passiert ist?«, beendete sie meine Frage. »Sie wurden angeschossen. Zwei von Nurans Männern sind tot. Der dritte konnte Alarm schlagen. Kaspar hat eine Wunde am Bein und Farag eine an der Schulter. Sie werden gerade in den OP gefahren.«

»Sie ...?«

»Ja, sie müssen operiert werden, aber die Verletzungen sind nicht schwer. Mach dir keine Sorgen, sie werden es überstehen. Alle beide. Farag geht's viel besser als Kaspar. Gottfried Spittelers Schergen sind geflohen, auch Hartwig.«

»Wie?«

»Spitteler konnte die Kabelbinder lösen und eine Waffe ziehen.«

Gottfried Spitteler. Ein bisher unbekanntes Feuer wurde in meiner Brust entfacht. Etwas Derartiges hatte ich noch nie gespürt, wusste jedoch, was es bedeutete: Es waren Rachegelüste und der Wunsch, Spitteler umzubringen. Bevor dieses Abenteuer zu Ende war, würde Gottfried Spitteler dafür bezahlen, dass er auf Farag geschossen hatte, dass er versucht hatte, ihn zu töten. Er hatte eine Linie überschritten. Und damit bewirkt, dass auch ich eine überschreiten würde.

Ich weiß, ich war nicht bei klarem Verstand. Ich konnte keinen vernünftigen Gedanken fassen und erinnere mich kaum noch an die Fahrt ins Krankenhaus in einem Wagen, den Nuran lenkte. Was für ein Glück, dass die Kinder noch schliefen, als wir forteilten. Es musste acht oder neun Uhr morgens gewesen sein. Mein Mann Farag, meine andere Hälfte, war verletzt und hätte sterben können, ich hätte ihn wegen Gottfried Spitteler für immer verlieren können. An dem Punkt steckte ich fest. Immer wieder diesen einzigen Gedanken. Wieder und wieder und wieder. Farag hätte sterben können. Farag war verletzt. Natürlich machte ich mir auch Sorgen um Kaspar, aber für ihn blieb in dem Moment nicht viel Platz. Ich wollte nur Farag sehen, wollte wissen, dass es ihm gut ging, dass er lebte, dass er atmete.

»Ottavia, wir sind da.«

Ich kannte das Özel Hospital; ich war schon einmal dort gewesen, als Beste ihren kleinen Hüseyin zur Welt brachte. Es befand sich ganz in der Nähe der Marmara-Universität.

»Komm, Ottavia, wir gehen zusammen rein.«

Die Erbin ergriff schüchtern meinen Arm und schob mich eine Rampe hoch; wir folgten Nuran, vor dem sich automatisch zwei Türen öffneten. Notaufnahme. Wir betraten das Krankenhaus durch die Notaufnahme.

Als wir vor der Tür ankamen, war Nuran schon wieder zurück.

»Sie wurden gerade in den OP gebracht. Wir müssen in der Chirurgie warten. Dort wird man uns Bescheid geben.«

Wir gingen in die Chirurgie, setzten uns auf die roten Stühle, und ich starrte zu Boden, ohne etwas zu sehen. Ich erinnere mich daran, dass ich dachte, ich müsste vielleicht Isabella anrufen, verwarf den Gedanken jedoch gleich wieder, es war noch zu früh, später, wenn ihr Onkel aus dem OP käme und wir wüssten, wie es ihm ging. Ich weiß noch, dass Abby lange mit ihren Großeltern telefonierte, und zwar nicht nur einmal. Nuran brachte mir irgendwann ein Glas Wasser, und ich stellte es gleichgültig auf den Boden neben dem roten Stuhl. Dort blieb es stehen. Ich weiß auch noch, dass Nuran uns berichtete, was genau bei der Kirche der Heiligen Maria von den Mongolen passiert war. Mehmet war der einzige seiner Männer, der überlebt hatte.

»Der Soldat aus dem Vatikan konnte die Handfesseln lösen«, berichtete er Abby und mir, »und er hatte irgendwo eine Pistole versteckt, die wir nicht entdeckt haben, als wir ihn fesselten. Er hat Yakut und Kemal mit aufgesetzten Schüssen eiskalt abgeknallt. Dann schoss er auf Ihren Freund Kaspar, der sich auf ihn stürzen wollte, erwischte ihn aber nur am Bein. Anschließend hat er mit einem Messer die Fesseln der anderen aufgeschnitten, und als alle befreit waren, hatten Mehmet und Basar keine Chance mehr. Professor Boswell wurde auch verletzt, konnte sich aber in die Krypta flüchten, die er schon fast wieder zugemauert hatte. Der Deutsche, den Sie Hartwig nannten, ist geflohen, er ist einfach weggelaufen«, sagte er zu Abby. »Und dann hat einer von den Typen vom Vatikan Basar getötet. Mehmet war gestürzt und dabei mit dem Kopf aufgeschlagen, er lag bewusstlos am Boden. Zum Glück hielten sie ihn für tot. So konnte er Professor Boswell und Ihrem Freund Kaspar helfen, den es schlimmer erwischt hat. Er suchte dann nach einer Stelle, an der das Smartphone wieder Empfang hatte, und rief Hilfe.«

Ich hörte Nurans Stimme und konnte mir alles bildlich vorstellen, brachte jedoch kein Wort heraus. Außer Farag war mir alles andere egal. Ich wollte ihn sehen, ich wollte, dass er endlich aus diesem verdammten Operationssaal herauskäme. Ich wollte ihn umarmen. Ich wollte in unser altes Leben zurück, unser ruhiges, glückliches Leben, und ich wollte, dass die Simonsons samt all ihrem Wahnsinn für immer daraus verschwänden und uns in Frieden ließen.

»Ottavia ...«

Lästige, nervtötende Abby Simonson! Warum verschwand sie nicht einfach ans andere Ende der Welt?

»Hier, nimm das«, sagte sie und hielt mir ein Papiertaschentuch hin.

»Brauche ich nicht, danke«, murmelte ich verärgert.

»Aber mit irgendwas musst du dir die Tränen trocken. Dein Gesicht ist ganz nass.«

Ich hatte es nicht bemerkt. Mir war nicht einmal bewusst gewesen, dass ich weinte. Ich hatte so lange nicht mehr geweint, dass ich mich kaum noch daran erinnern konnte. Also nahm ich das Taschentuch und trocknete mir Augen und Wangen.

Es verging viel Zeit. Stunden. Am späten Vormittag kam ein Arzt im grünen OP-Kittel (er hatte nicht einmal Haube oder Fußschutz abgenommen, und der Mundschutz hing an einem Ohr) aus dem Operationssaal und blickte sich um.

»Familienangehörige von Farag Boswell?«

Ich sprang von dem verdammten roten Stuhl auf und stand in weniger als einem Herzschlag vor ihm.

»Ich bin seine Frau«, sagte ich demütig auf Türkisch. Dieser Arzt hatte meinen Mann, er wusste, wie es meinem Mann ging, er konnte mir meinen Mann zurückgeben. Dieser Arzt war in dem Moment ein Gott für mich.

»Ah, Frau Doktor Salina!«, sagte er lächelnd. »Es ist mir ein Vergnügen, Sie kennenzulernen. Ich bin Doktor Akoğlu. Machen Sie sich keine Sorgen um Professor Boswell, es geht ihm gut. Die Kugel hat die linke Schulter durchschlagen, genau zwischen Schlüsselbein und Schulterblatt, aber keinen großen Schaden angerichtet. Wir mussten nur ein wenig nähen. In ein paar Tagen ist er wieder wie neu.«

Ich seufzte so laut vor lauter Erleichterung, dass der Chirurg auflachte. Ich lachte mit. Plötzlich hatte das Leben wieder einen Sinn und die Dinge wieder Farbe. Es roch nach Krankenhaus und war sehr warm. Davon hatte ich bisher nichts wahrgenommen. Die Zeit lief weiter.

»Und Kaspar Jensen?«, fragte ich, absichtlich den falschen Namen des Felsens benutzend.

»Er ist ein Freund von Ihnen, nicht wahr? Ihr Mann hat auch schon nach ihm gefragt. Nun ja, Herrn Jensen geht es schlechter. Die Kugel hat war keine Arterie verletzt, doch er hat viel Blut verloren und bei der OP zwei Herzstillstände erlitten. Wir mussten ihm mehrere Transfusionen verabreichen. Zum Glück konnten wir ihn am Ende stabilisieren. Er wird es überstehen, auch wenn die Genesung etwas länger dauern wird als bei Professor Boswell. Er ist ein starker Mann. Ansonsten wäre er tot.«

»Kann ich meinen Mann sehen?«

»Er wird gleich in dem Fahrstuhl dort hochgebracht«, sagte er und zeigte auf die Metalltüren am anderen Ende des Flurs. »Wir haben ihn gerade erst aus der Narkose geholt.«

»Und Kaspar Jensen?«, fragte Abby, die neben mir stand.

»Mit ihm sind wir noch beschäftigt«, antwortete der Chirurg mit Bedauern, der Englisch sprach und sie verstanden hatte. »Aber in ungefähr einer halben Stunde sind wir fertig. Der linke Oberschenkel muss noch genäht werden. Ich muss zurück in den OP. Es war mir ein Vergnügen, Sie kennengelernt zu haben, Frau Doktor Salina.«

Als der Arzt verschwunden war, drehte ich mich langsam zu Abby um.

»Wir fliegen nach Hause«, verkündete ich und sah ihr kalt in die Augen. »Sag deinen Großeltern, dass dieses bescheuerte Abenteuer zu Ende ist. Sobald Farag und Kaspar wieder genesen sind, kehren wir nach Kanada zurück, und ich möchte nicht, dass ihr ihnen weiterhin fantastische Geschichten in den Kopf setzt. Ich will nicht, dass ihr sie noch einmal in Gefahr bringt. Hast du mich verstanden?«

Abby nickte.

»Mach dir keine Sorgen, Ottavia«, sagte sie bekümmert. »Es ist alles vorbereitet. Sobald Kaspar aus dem OP kommt, fliegen wir nach Kanada zurück. Meine Großeltern haben ein Flugzeug mit medizinischem Personal gechartert, das bringt uns direkt nach Toronto.«

Ich war einigermaßen überrascht, sagte aber nichts. Ich wollte nur nach Hause. Mit Farag und Isabella.

»Die Kinder«, flüsterte ich.

»Ich fahre gleich ins Hotel, hole sie und unsere Sachen und fahre dann direkt zum Flughafen. Wir werden wahrscheinlich schon da sein, wenn ihr mit den Krankenwagen ankommt. Nuran bleibt bei dir und kümmert sich um alles.«

»Danke«, sagte ich schroff. Ich war ausgesprochen sauer auf sie und ihre Großeltern.

Abby verschwand durch den Krankenhausflur. Ihre gepflegte blonde Mähne, ihre elegante Art zu gehen und dieser Glamour, der sie umgab, verkündeten in alle Himmelsrichtungen, dass sie die auserkorene Erbin einer mächtigen Familie war. Sie konnte es nicht verhehlen, selbst wenn sie es gewollt hätte.

Ich blieb, wo ich war, und starrte auf die Metalltür, durch die Farag kommen sollte. Nuran ließ mich in Ruhe. Er stellte sich neben die Stühle und blieb regungslos stehen. Fünf Minuten später öffneten sich die Fahrstuhltüren. Ein Krankenpfleger mühte sich ab, das Bett herauszuschieben, während ein anderer die Tür aufhielt. Und mittendrin strahlte mein Held wie ein Prinz bei seiner Krönung, als wäre er der einzige Stern am Firmament, der einzige Mensch auf der Welt. Ich lief los und war bei ihm, als das Bett gerade aus dem Fahrstuhl geschoben wurde.

»Gehen Sie bitte zur Seite«, sagte der türkische Pfleger. »Sehen Sie nicht, dass wir gerade versuchen, ihn rauszufahren?«

Ich umarmte Farag, und er legte mir einen Arm um die Schultern. Da waren wieder sein Geruch und seine Wärme, sein Körper und seine Stimme, als er rief:

»*Basileia*, du tust mir weh!«

»Ich tue dir weh?«, erwiderte ich lachend und ließ ihn los. »Ich werde dich umbringen, wenn du mir das noch einmal antust.«

»Hast du um mich geweint?«, fragte er begeistert und glücklich.

Das Bett wurde durch den Flur geschoben, und ich wechselte die Seite.

»Um dich weinen …? Das könnte dir so passen!«

»Aber du hast geweint?«, wiederholte er hartnäckig und ergriff meine Hand mit seiner freien, denn die andere Hand steckte in einem dicken Verband.

Trotz seiner braunen Haut eines ägyptischen Mestizen wirkte er blass, und sein Haar war strubbelig. Ohne im Gehen innezuhalten, durchkämmte ich mit den Fingern sein schmutziges Haar.

»Natürlich habe ich um dich geweint, und zwar Rotz und Wasser!«

Er lachte glücklich wie ein kleiner Junge über ein Geschenk.

»Ich konnte nur an dich denken, als ich angeschossen wurde. Ich dachte, wenn ich sterbe, würde ich dich nie wiedersehen. Allerdings fand ich das absurd, denn mir war vollkommen klar, dass ich immer bei dir sein würde, selbst wenn ich sterben sollte. Merkwürdig, oder nicht?«

Ich beugte mich vor und küsste ihn auf den Mund. Ich hatte es ihm nie gesagt, aber seit ich mich vor langer Zeit in ihn verliebte, hatte ich – wenn ich ihn unbemerkt betrachtete – oft gedacht, dass ich nie genügend Zeit haben würde, um mit ihm zusammen zu sein, selbst wenn mir mehr als ein Leben geschenkt würde. Und ich hatte es ihm deshalb nie gesagt, weil er ziemlich eingebildet und eitel war und mich ständig bitten würde, es zu wiederholen. Aber er wusste es ganz genau. Und wie er es wusste. Wie auch ich wusste, dass er, vom Glauben abgewandt und so gottlos er auch sein mochte, von einem gemeinsamen Leben im Jenseits träumte, von einer gemeinsamen Ewigkeit, die so unmöglich wie schön war.

»Was für ein origineller Atheist du doch bist«, erwiderte ich und drückte seine Hand. »Natürlich werden wir zusammenbleiben, wenn wir sterben! Aber erst in sechzig oder siebzig Jahren, hörst du? Wir haben noch viel Leben vor uns.«

FÜNFZEHN

Der Direktflug nach Toronto dauerte knapp elf Stunden. Ohne Sitze wirkte die Kabine wie ein Feldlazarett in Kriegszeiten. Abby, die Kinder und ich saßen im vorderen Teil, wo sich in einem normalen Flugzeug die erste Klasse befand. Dem armen Linus ging es ziemlich schlecht. Er war richtig erschrocken, als er seinen bewusstlosen Vater mit eingefallenem Gesicht und voller Schläuche erblickte. Wir hatten ihn erst kurz vor dem Abflug zu ihm gelassen, trotzdem weinte er während des Fluges viel, und weil er sich weder von Isabella noch von Abby oder mir trösten ließ, nahm ich ihn einfach in die Arme und wiegte ihn wie ein Baby, auch wenn er schon ein großer Junge war. Das funktionierte zum Glück. Er schlief auf meinem Schoß ein, und als er gut zwei Stunden später aufwachte, wirkte er ruhiger, wenngleich ich damit, wie ich vermutete, zu einem sicheren Hafen für ihn geworden war, in dem er Zuflucht finden konnte. Er sah mich fortwährend an, um sich zu vergewissern, dass ich bis zur Landung in Toronto meinen Platz nicht verließ, und auch später blieb er immer in meiner Nähe, um sicherzugehen, dass ich nicht verschwand. Es brach mir fast das Herz, ihn so schutzlos zu sehen ohne seinen Vater.

Die Ärzte im Flugzeug machten sich um den einarmigen Farag, dem es bestens ging, und um Kaspar, dem es schlechter ging, der aber außer Lebensgefahr war, keine Sorgen. Abby sah mehrmals nach den Verletzten, obwohl ich davon überzeugt bin, dass sie es nicht wegen Farag tat, den wir öfter protestieren hörten (das erste Mal über Budapest und das letzte Mal im kanadischen Luftraum), weil sie ihn nicht aufstehen und zu uns in die erste Klasse kommen ließen. Doch es nützte ihm natürlich nichts.

Beide Männer wurden ins Mount Sinai Hospital am Hospital Row eingeliefert, so heißt der Krankenhauskomplex an der University Avenue. Um ehrlich zu sein, konnten wir den Simonsons wirklich keine Vorwürfe machen, ganz im Gegenteil, denn sie verhielten sich unglaublich hilfsbereit. Wären sie wegen ihrer verrückten Suche nach den verdammten Ossuarien nicht unmittelbar verantwortlich für die Ereignisse, hätte es nicht genug Dankesworte geben können für das, was sie für uns taten. Und sie taten es, weil sie sich offensichtlich für die Geschehnisse verantwortlich fühlten. Unschuldig waren sie jedenfalls nicht, aber auch keine schlechten Menschen. Und selbstverständlich schlau, sehr schlau.

Sie warteten geduldig, bis Isabella, Linus und ich nach Hause zurückkehrten und in einen gewissen Alltag zurückfanden. Farag wurde am vierten Juni entlassen. Ich glaube, er wurde ihnen irgendwann unerträglich, denn abgesehen von seiner Schulterverletzung ging es ihm richtig gut. Er klagte nicht viel, nutzte aber seinen Zustand des Genesenden weidlich aus, um alle wie Sterne um einen Königsplaneten um ihn herumschwirren zu lassen. Linus beruhigte es sichtlich, als Farag wieder nach Hause kam. In der ersten Nacht schlief er besser und wachte nicht so oft auf. Dennoch war das Wichtigste am Tag der Besuch seines Vaters im Krankenhaus, der sich ebenfalls sehenden Auges erholte. Kaspar war kräftig wie ein Stier, und seinem unerschütterlichen Naturell konnte auch ein zerfetzter Oberschenkel nichts anhaben. Die Simonsons mit Abby an der Spitze besuchten ihn zweimal, obwohl wir uns nicht trafen. Kaspar wirkte gelassen und, wie ich behaupten würde, sogar glücklich. Die Wunden der beiden Männer wurden täglich versorgt, und wie uns einer der behandelnden Ärzte erklärte, heilten sie sehr gut.

Doch kaum hatten wir eine Woche später in unseren gewohnten Lebensrhythmus zurückgefunden, klingelte das Telefon in unserem Haus in Toronto.

»Das wird deine Mutter sein«, versicherte ich Isabella, als ich den Hörer abnahm.

»Glaube ich nicht«, erwiderte sie seelenruhig. »Ich habe gestern Abend mit ihr geskypt.«

»Ottavia?« Abbys Stimme am anderen Ende der Leitung verdarb mir schlagartig die Laune.

»Hallo, Abby.«

»Also ... Ich will nicht stören, weißt du? Aber meine Großeltern würden sich freuen, wenn ihr heute Nachmittag zu uns kommt, wenn du nichts dagegen hast.«

»Abby, wir haben mit der Geschichte der Ossuarien abgeschlossen, verstehst du? Wir werden nicht weitermachen, und deshalb gibt es auch nichts mehr zu bereden.«

Farag sprang mit einem Satz auf, als er das hörte. Stimmt schon, ich hatte ihm nichts von der Entscheidung, die ich ohne ihn getroffen hatte, gesagt und entnahm seinem wütenden Gestikulieren, dass er nicht einverstanden war. Aber ich reagierte nicht auf seinen Protest.

»Erinnerst du dich an die Briefe von Marco Polo?«

Wie ich sie hasste.

»Flüchtig«, stammelte ich. Farag, der jetzt vor mir stand, fuchtelte mit seinem gesunden Arm vor meiner Nase herum und gab mir damit zu verstehen, dass er in dieser Angelegenheit auch ein Wörtchen mitzureden hatte.

»Meine Großeltern haben alle Schriftstücke übersetzen lassen, sowohl die, die wir ihnen aus der Mongolei geschickt haben, als auch die aus dem Goldkästchen von Maria Palaiologina, und sie sind der Ansicht, mit den Texten von Marco Polo solltest besser du dich beschäftigen. Sie meinen, wegen ihres großen historischen und paläographischen Wertes sollte sie niemand anderes als du in die Hände bekommen.«

»Ja ...« flüsterte ich. Farag sah mich weiterhin böse an und machte jetzt mit seinem einen Arm Drohgebärden.

»Marco Polo, Ottavia«, insistierte Abby. »Der wichtigste Handelsreisende der Welt. Der Autor vom *Buch der Wunder*. Der Mann, der Kublai Khan kannte.«

»Ich weiß, wer Marco Polo war.«

»Marco Polo hat drei Briefe in griechischer Sprache an Maria Palaiologina geschrieben, und wir wollen, dass du und nur du sie übersetzt.«

Ich dachte nach und wusste plötzlich ganz genau, was ich als Entlohnung für diese Geschichte mit den Ossuarien verlangen würde: Marco Polos Briefe. Ich musste sie haben. Mit ihnen würde ich bestimmt einen weiteren Getty-Preis gewinnen, der letzte lag gut zwanzig Jahre zurück. Als 1995 die zweite Auszeichnung kam, schwebte ich noch immer auf der Wolke meines ersten Erfolges aus dem Jahr 1992. Der erste war viel spektakulärer. Kurz nachdem ich als erste Frau zur Leiterin des Labors für Restaurierung und Paläographie des Vatikanischen Geheimarchivs ernannt worden war, hatte ich 1992 das große Glück, eine Sammlung verschollen geglaubter und nicht katalogisierter byzantinischer Schriftstücke vom fünften bis zum fünfzehnten Jahrhundert zu entdecken. Dank meiner sorgfältigen paläographischen Aufarbeitung wurde der Welt die reiche und wunderschöne Astrologie- und Tierkreiszeichen-Symbolik des orientalischen Christentums zurückgegeben, das mit dem Fall Konstantinopels im Jahr 1453 definitiv untergegangen war. Wenn ich mich jetzt daran erinnerte, brannte mir die Möglichkeit, für die einzigen erhaltenen Originalbriefe des berühmten Weltreisenden Marco Polo, zudem ausgerechnet Briefe an die Tochter des byzantinischen Kaisers Michael VIII., einen dritten Getty-Preis zu erhalten (was es noch nie gegeben hatte), regelrecht auf den Nägeln.

»Wir haben in der kleinen Bibliothek alles vorbereitet, damit du dort arbeiten kannst, wenn dir das recht ist.«

Schachmatt. Die Simonsons hatten gewonnen. Nichts Geringeres als Marco Polo und die kleine Bibliothek. Sie hatten ein Gespür für die Schwachpunkte des Gegners und verpassten ihm im richtigen Moment den Gnadenschuss. Sie waren nicht ohne Grund, wer sie waren. Aber um der Versuchung nicht allzu leicht zu erliegen, klammerte ich mich noch an einen letzten Strohhalm:

»Aber heute Nachmittag kann ich … können wir nicht. Wir müssen Kaspar vom Krankenhaus abholen. Er wird heute entlassen.«

»Schön …«, sagte Abby zögerlich, »darüber wollte ich auch mit dir reden. Wir haben Kaspar angeboten, sich bei uns im Haus auszukurieren. Wir haben genügend Platz und außerdem einen Fitnessraum für seine Krankengymnastik.«

Ich spürte wieder Zorn in mir aufsteigen. Sie wollten uns Kaspar einfach so wegnehmen! Kaspar und Linus!

»Kommt nicht infrage, Abby!«, rief ich ungehalten. Ich machte Farag ein deutliches Zeichen, damit er endlich aufhörte, sich wie ein Schwachkopf zu benehmen, und mir zuhörte. »Kaspar kommt zu uns nach Hause! Linus ist auch hier, und wir können uns bestens um beide kümmern.«

»Selbstverständlich, Ottavia! Das habe ich auch nicht bezweifelt«, erwiderte die Erbin. »Aber kannst du dich daran erinnern, was du in Istanbul im Hotel zu mir gesagt hast, als wir aus den Zisternen zurückkehrten …?«

Verdammte Abby! Jetzt richtete sie die Waffe gegen mich, die ich ihr in die Hand gedrückt hatte.

»Ich habe Kaspar vor Kurzem besucht …«, fügte sie schüchtern hinzu.

»Wir auch, und er hat uns nichts gesagt.«

»Er findet es eine großartige Idee, nach seiner Entlassung zu uns zu kommen. Solltest du das Angebot mit Marco Polos Briefen annehmen und hier bei uns in der kleinen Bibliothek arbeiten, könnte Kaspar dir helfen, und Linus wäre auch da, hier hat er ganz viel Platz zum Spielen.«

Wer will schon einen Keil zwischen zwei Narren treiben, die sich anziehen? Kaspar würde natürlich was von mir zu hören kriegen. Und ob! Gleich in mehreren Sprachen und einer toten dazu. Wenn er glaubte, dass er Linus wie einen Straßenköter von einem Ort zum nächsten schleppen konnte, war er ein schlechter Vater. Das wusste sogar ich, obwohl ich nur Tante war.

Kurz und gut, am Nachmittag machten wir uns mit dem Auto auf den Weg zum Anwesen der Simonsons, ich mit waidwunder Seele und Farag, Isabella und Linus in heller Freude. Linus' kleiner Koffer lag auf dem Boden unter dem Fahrersitz, denn ich fuhr. Ersatzonkel und Adoptivneffe alberten und scherzten lebhaft herum, und Linus' glückliches Lachen bohrte sich wie ein Dolch in mein Herz, weil er jetzt gewissermaßen aus meinen Händen in Abbys überging. Ich war eigentlich nie sonderlich besitzergreifend gewesen, eher im normalen Maß, aber dieser schmerzhafte Stich konnte nichts anderes als Eifersucht bedeuten. Das hatte Farag mich wissen lassen, als ich ihm nach dem Telefonat mit Abby erzählte, was ich darüber dachte. Er meinte, wir sollten Kaspar tun lassen, wonach ihm der Sinn stand, und war davon überzeugt, dass Linus den Ortswechsel gut verkraften würde, solange er nur mit seinem Vater zusammen war. Aber ich empfand diesen Stich der Eifersucht. Es überraschte mich allerdings, dass ich es mir eingestehen und akzeptieren konnte. Nichts verhilft zu mehr Reife als ein Wechselbad der Gefühle.

Es dürfte gegen vier Uhr nachmittags gewesen sein, als wir in die Stratford Crescent einbogen und die steile Straße hinauffuhren, die direkt zum automatischen Metalltor der Residenz der Simonsons führte. Ich brauchte nicht einmal anhalten, denn das verdammte Tor öffnete sich von selbst. Da bei dieser Gelegenheit ich am Steuer saß, konnte ich durch die Windschutzscheibe die vielen Sicherheitskameras erkennen, die auf die Straße und die Mauer um das Anwesen gerichtet waren. Das erinnerte mich an mein Elternhaus in Palermo (na ja, eigentlich das Haus meiner Mutter), die kolossale, betagte Villa Salina, die mein Urgroßvater Guiseppe Ende des neunzehnten Jahrhunderts hatte bauen lassen.

»Wie mich dieses Haus an das von Großmutter Filippa erinnert!«, entfuhr es Isabella in dem Augenblick.

Als ich klein war, war das Haus in Palermo noch von keinen Steinmauern oder Schiebetoren umgeben, es gab weder Kontrollpunkte noch Überwachungskameras auf dem gesamten Grundstück. Heutzutage (oder zumindest bei meinem letzten Besuch vor über zehn Jahren) war es eine Art Festung, unangreifbar wegen der unzähligen Sicherheitsvorkehrungen und Alarmanlagen, allerdings nicht, um eher unwahrscheinliche Polizeibesuche abzuwehren, sondern um andere Mafiosi mit Ambitionen auf eine Machtübernahme fernzuhalten.

Durch den wunderschönen Wald aus Tannen, Zypressen und Kiefern gelangten wir zum Haupteingang. Vor der Haustür erwarteten uns überraschenderweise alle drei Simonsons, als wären wir alte Freunde. Da irrten sie natürlich gewaltig, denn dieses Gefühl wurde nicht geteilt. Und zwischen ihnen stand wie ein weiteres Mitglied dieser ach so wichtigen Familie Kaspar Glauser-Röist, der Ex-Cato, der sich auf Krücken stützte. Diese aktuellen Veränderungen behagten mir überhaupt nicht, und ich wusste zu allem Unglück, dass ich mit meinem Missfallen an Veränderungen wie meine Mutter wirkte.

»Herzlich willkommen!«, rief Becky liebenswürdig und kam die Treppe herunter, um Farag zu begrüßen, der schon ausgestiegen war, weil ihm ein Bediensteter die Tür geöffnet hatte. Kaum hatte Isabella Linus' Sicherheitsgurt geöffnet, sprang der Kleine buchstäblich aus dem Wagen und rannte zu seinem Vater, als wären die beiden tausend Jahre getrennt gewesen. Es beruhigte ihn sichtlich, den Vater außerhalb des Krankenhauses zu sehen. Inzwischen hatte ein anderer Bediensteter meine Wagentür geöffnet. Ich ließ den Schlüssel stecken, damit er das Auto wegfahren konnte, und als ich mich umdrehte, bot mir Jake Simonson freundlich seine arthritische Hand, um mir beim Aussteigen zu helfen. Ich ergriff sie mit einem gewissen Misstrauen (wozu es leugnen).

»Ottavia, wie gut du aussiehst. Du bist wunderschön. Du hast dich von den Strapazen der Reise in nur einer Woche vollständig erholt.«

Was hatte er denn erwartet? Glaubte er etwa, ich wäre ebenfalls achtzig oder neunzig Jahre alt? Wie schon gesagt, für die Simonsons waren wir inzwischen enge Freunde.

Zusammen traten wir in das riesige Vestibül des Hauses, und nachdem Kaspar seine Krücken einem Dienstmädchen ausgehändigt hatte, sank er in einen pompösen Rollstuhl.

»Mit Gängen oder Automatik?«, fragte Farag, als er ihn bewundernd inspizierte.

»Automatik«, antwortete Dummkopf Nummer zwei zufrieden lächelnd. Luxuskarossen waren schon immer Kaspars Leidenschaft gewesen.

Linus, der ein Meister darin war, seinem Vater auf den Schoß zu klettern, wollte eben dies sofort tun, doch Abby hielt ihn zurück.

»Tut mir leid, Linus«, sagte sie bedauernd, »aber dein Papa ist am Bein verletzt und kann dich nicht halten.«

»Wenn du mir versprichst, ruhig zu sitzen, nehme ich dich auf das gesunde Bein«, schlug ihm sein Vater lächelnd vor.

Was Linus in Windeseile versprochen hatte. Schon saß er auf Papas Bein. Kaspar setzte den Rollstuhl in Bewegung und beschleunigte im Flur, damit der Junge sehen konnte, wie er funktionierte.

»Wie schön, sie wieder zusammen zu sehen«, rief Becky mit einem zufriedenen Lächeln in ihrem schönen Gesicht.

Mit anderen Worten, sie war mit der sich anbahnenden Romanze ihrer Enkelin mit dem Ex-Cato einverstanden.

»Wollt ihr in den Salon?«, fragte Abby. »Oder lieber gleich in die kleine Bibliothek?«

»Besser in die kleine Bibliothek«, antwortete ich vorschnell.

Die drei Simonsons hießen meine Antwort offensichtlich gut. Vielleicht, weil sie wussten, dass ich diese Bibliothek liebte, oder sie waren einfach stolz auf sie. Oder beides.

Isabella, die das erste Mal auf dem Anwesen war, schien dort aufgewachsen zu sein; sie verhielt sich locker und selbstbewusst, und nichts schien sie zu überraschen. Das Haus meiner Mutter war in etwa genauso groß oder größer, aber es war nicht annähernd so luxuriös und durchkomponiert eingerichtet, was jedoch meine Nichte nicht im Geringsten beeindruckte. Sie sah sich aufmerksam um, vermutlich auf der Suche nach Computern oder WLAN-Routern.

Farag und ich gingen zusammen mit Becky und Jake denselben Weg wie beim ersten Mal: die Treppe hinunter durch das helle Atrium mit der Glaskuppel und dann vorbei an Fitnessraum und Kinosaal. Kaspar und Abby brachten zunächst Isabella und Linus auf den Spielplatz im Garten und folgten uns anschließend mit dem Fahrstuhl, weil Kaspar ja keine Treppen steigen konnte.

Kaum hatten wir die wunderbare Bibliothek betreten, wurde ich augenblicklich in ein Universum der Sinne, Gefühle und Eindrücke katapultiert. Es war nicht zu leugnen, dass ein Teil von mir die Jahre im Vatikanischen Geheimarchiv vermisste, doch wegen meiner Liebe zu Farag war ich aus dem Paradies vertrieben worden und konnte nie wieder zurück. Wenigstens bleibt mir diese Bibliothek, dachte ich, und deshalb sollte ich weniger ungnädig mit den Simonsons umspringen.

Als Kaspar und Abby sich zu uns gesellt hatten, bat uns die in einem neuen Glanz strahlende Erbin, auf den schwarzen Samtsesseln und Stühlen Platz zu nehmen, die unter dem hohen Fenster im Kreis um den Kaffeetisch aufgestellt waren. Alles war sorgfältig vorbereitet, selbst an eine Lücke für Kaspars automatischen Rollstuhl war gedacht worden.

Als meine anfängliche sensorische und emotionale Verzückung nachließ, fiel mein Blick auf den eigens für mich vorbereiteten Arbeitsplatz am großen Tisch. Auf den drei nebeneinander aufgereihten Buchständern lagen unter dicken Glasscheiben die Briefe, die Marco Polo an Maria Palaiologina geschrieben hatte. Unter dem Glas waren die Briefe bestens zu erkennen. Auf der anderen Seite des Tisches erwartete mich ein bequemer ergonomischer Stuhl für lange Arbeitsstunden, und auf der Tischplatte waren wunderschöne paläographische Pinzetten,

Spachteln und Skalpelle aufgereiht, die im Sonnenlicht aus den hohen Fenstern wie ein Regenbogen funkelten. Dazu gab es eine Schachtel Latexhandschuhe, einen Stapel neuer Ordner, einen Halter mit neuen Kugelschreibern und Bleistiften, Notizblöcke, weißes Papier, Seidenpapier sowie eine Lampe mit kaltem LED-Licht, und mittendrin stach eine antike Lupe aus Silber ins Auge, die man ausziehen und schwenken konnte und die wahrhaftig wunderschön war. Selbstverständlich gab es auch einen Computer mit großem Monitor, einen Drucker und etwas, das wie ein Zahnarztgerät aussah, sich jedoch als Elektronenmikroskop entpuppte, das an den Computer angeschlossen war.

»Wie findest du es, Ottavia?«, wollte Becky wissen, als sie neben mich trat. »Fehlt etwas?«

Sie wusste ganz genau, dass das nicht der Fall war, denn alles wirkte wie von Expertenhand vorbereitet, wahrscheinlich einem Paläographen (natürlich nicht mit meiner Erfahrung und meinem Niveau, aber eben einem Fachmann).

»Es ist perfekt, Becky«, erwiderte ich freundlich. »Ich könnte mir keinen besseren Ort zum Arbeiten vorstellen.«

»Danke«, sagte sie und ergriff meinen Arm. »Wir möchten, dass du dich wohl fühlst. Und wir verstehen sehr gut, dass du dich über die Ereignisse in Istanbul so aufgeregt hast.«

»Setzen wir uns?«, fragte Abby, die besitzergreifend eine Hand auf die Lehne des Sessels stützte, der neben der Lücke für Kaspar stand.

»Gleich wird der Tee serviert«, freute sich Jake. Vermutlich gab es zum Tee etwas, das der genusssüchtige Alte besonders gern mochte.

Und tatsächlich – kaum hatte er das gesagt, öffnete sich geräuschlos die Tür, und zwei Bedienstete schoben einen kleinen Servierwagen herein, auf dem ein wunderschönes Teeservice und mehrere Teller mit Süßigkeiten, Keksen und Kuchen standen. Bei Jake wusste man immer, woran man war.

Kurz darauf tranken wir alle einen feinen Darjeeling, der ein außergewöhnliches Aroma entfaltete, und einige von uns, allen voran natürlich Jake, verschlangen schwindelerregend schnell Kuchen und Kekse. Becky, Abby und ich waren die Einzigen, die aus Gründen der Figur nur Tee tranken und sich vernünftig unterhalten konnten, während die anderen vor sich hin mampften.

»Wir haben die Dokumente des Ilchanats von Persien, die ihr aus der Mongolei geschickt habt, übersetzen lassen«, erklärte Becky, als sie ihre Tasse auf den Tisch stellte. »Und auch die Schriftstücke aus Maria Palaiologinas Schmuckkästchen, außer den Briefen von Marco Polo. Wir hatten großes Glück, denn es fanden sich darin sehr nützliche Informationen.«

»Wir wissen aus Marias Briefen an ihren Vater und dem, was Ottavia uns in der Mongolei übersetzt hat, dass die Ossuarien im April 1282 verlorengingen«, rekapitulierte Abby und strich sich das blonde Haar aus dem Gesicht. »Sie gingen nicht von Hülegü Khan an seinen Sohn Abaqa Khan über. Maria spricht nur von ›verlorenen Ossuarien‹ und erwähnt ein paar geheimnisvolle venezianische Gesandte vom lateinischen Papst, von denen sie nichts mehr gehört habe.«

»Dann wäre der Gedanke logisch, dass diese drei geheimnisvollen Gesandten die drei Polos waren: Marcos Vater Niccolò, sein Onkel Maffeo und Marco selbst«, sprach ich den Gedanken aus, der mir durch den Kopf schoss. »Die drei Venezianer, die die berühmteste Reise der Geschichte unternommen haben.«

»Vollkommen richtig«, bestätigte die schöne alte Becky energisch. »Die Gesandten des Papstes waren die Polos, und sie reisten unter anderem auf der Suche nach den Ossuarien nach China.«

Zu diesem Zeitpunkt konnte ich mir schon den größten Unsinn anhören, ohne aus der Rolle zu fallen. Doch Farags und Kaspars Hände mit dem Gebäck hielten auf halbem Weg zum Mund inne, und der unerschütterliche Jake stopfte unverdrossen weiter Süßes in sich hinein.

»Gehen wir schrittweise vor, Großmutter. Erstens fanden wir in den Schriftstücken aus der Mongolei jede Menge Bezüge zu einem historischen Ereignis im Jahr 1261. Damals lieferten sich

Hülegüs jüngere Brüder Kublai und Arik Boke einen brutalen Krieg, um zu entscheiden, wer von beiden Großkhan werden sollte. Der Thron war vakant, weil der ältere Bruder Mongke Khan 1259 gestorben war.«

»Wurde er auch von den Assassinen ermordet?«, fragte mein krankhaft neugieriger Farag.

»Einige Historiker behaupten das«, bestätigte Abby. »Aber nicht alle.«

»Ich wette, es waren die Assassinen«, sagte ich im Brustton der Überzeugung. »Wenn sie alle Großkhane seit Dschingis ermordet haben, warum sollten sie es dann nicht auch mit Mongke tun, besonders, nachdem Hülegü sie in Persien fast ausgerottet hatte? Die Assassinen waren dazu imstande und zu noch viel mehr.«

»Wir tippen auch auf die Assassinen!«, rief Jake und lachte maliziös. Der Multimillionär wusste etwas, mit dem er nicht herausrücken wollte.

»Die Sache ist doch die«, mischte sich Becky plötzlich ein, um das Thema zu wechseln, »dass Kublai und sein kleiner Bruder Arik Boke 1261 um den Thron gekämpft haben und Kublai gewann und Großkhan des mongolischen Imperiums wurde, das größte, das es in der Geschichte je gab.«

»Wir haben einen Brief von Hülegüs Sekretär gefunden«, fügte Abby hinzu, »in dem er dem Patriarchen Makkikha II., der in Bagdad residierte, den Auftrag erteilte – und ich zitiere wörtlich –, ›die heiligen Schatullen nach Maragha‹ zu schicken, weil Hülegü Khan sie seinem Bruder Kublai für dessen Sieg und die Thronbesteigung schenken wollte.«

»Und warum sollte Kublai Khan die angeblichen sterblichen Überreste von Jesus Christus und der Heiligen Familie haben wollen?«, fragte ich verwundert. Ich konnte mich nicht daran erinnern, etwas davon in den Unterlagen von Frau Doktor Oyun Shagdar in der Mongolischen Akademie der Wissenschaften in Ulan Bator gelesen zu haben. Zwar war mein Blick in aller Eile über die antiken Texte geflogen und nur auf der Suche nach dem

Wort ›Ossuarien‹ gewesen, weshalb es durchaus möglich war, dass ich die ›heiligen Schatullen‹ einfach übersehen hatte. Kaspar dürfte es ebenso ergangen sein, da er byzantinisches Griechisch nicht so gut beherrschte, wie er gern behauptete.

»Es handelte sich um ein Geschenk, Ottavia«, erklärte mir Becky geduldig. »Ein wichtiges Geschenk zu einem wichtigen Anlass. Die Mongolen respektierten die christliche Religion sehr und glaubten wie die Muslime, dass Jesus ein herausragender Prophet gewesen sei. Sie sahen in ihm zwar nicht Gott, aber er galt als eine der religiösen Säulen, auf denen sie ihr Imperium errichteten. Die sterblichen Überreste von Jesus und seiner Familie wären ein würdiges Geschenk für einen Großkhan gewesen.«

»Wieso wären gewesen? Waren sie es denn nicht?«, fragte Kaspar, nachdem er seine Tasse abgestellt hatte.

»Das ging doch nicht«, antwortete ich ihm, überrascht von seiner Blindheit.

»Warum nicht?«, wunderte er sich.

»Weil Maria Palaiologina in dem Brief an ihren Vater 1282 von verschwundenen Ossuarien berichtet. Hätte Hülegü sie Kublai Khan geschenkt, wären sie nicht als verschwunden deklariert worden.«

»Aber warum fuhren die Polos dann nach China?«, hakte mein Mann mit einem Keks in der Hand nach.

»Und wie war es möglich, dass Makkikha II. einen direkten Befehl von Hülegü nicht ausführte?«, fragte der für militärische Dinge immer sehr empfängliche Kaspar.

»Er wollte ihn ja ausführen«, erklärte ihm Abby mit einem höchst verführerischen Lächeln. »Patriarch Makkikha II. hat die Ossuarien nach Maragha geschickt, damit Hülegü sie seinem Bruder Kublai schenken kann, aber dort sind sie nie angekommen. Wir haben zwei weitere Schreiben gefunden, die kurz nach Hülegüs Bitte datiert sind und in denen von einem Überfall auf die Karawane die Rede ist, die mit wichtigen Dingen vom Patriarchen Makkikha für Hülegü Khan von Bagdad nach Maragha unterwegs war. Die Dinge werden nicht genau benannt, doch in der Gesandtschaft herrschte größte Sorge. In einem der Schreiben stand auch, dass eine genaue Untersuchung angeordnet wurde. Es ist eindeutig, dass die sterblichen Überreste von Jesus und seiner Familie auf dem Weg von Bagdad nach Maragha 1261 gestohlen wurden.«

»Von wem?«, fragte ich neugierig.

»Das wissen wir nicht«, antwortete die reizende Becky voller Bedauern. »In den Dokumenten haben wir keinen weiteren Hinweis auf die Ossuarien oder über ihren Verbleib gefunden. Anscheinend sind wir mal wieder an einem toten Punkt angelangt.«

»Aber etwas haben wir noch«, fügte Abby hinzu, wobei sie elegant die Beine übereinanderschlug und sich mit beiden Händen auf den Sessellehnen abstützte, um sich ein wenig vorzubeugen. »Zum einen sind das Maria Palaiologinas Papiere.«

»Stimmt!«, bestätigte Jake und schenkte uns Tee nach.

»Zum anderen haben wir Marco Polos Briefe, die Ottavia übersetzen muss. Noch ist nicht alles verloren.«

»Von welchen Papieren Marias sprichst du eigentlich?«, fragte Kaspar die Erbin. Bildete ich es mir nur ein, oder tauschten die beiden lächelnd vielsagende Blicke? Nein, es war keine Einbildung. Sie flirteten tatsächlich.

»In dem goldenen Schmuckkästchen, das wir in Marias Thorax gefunden haben, lagen außer Marcos Polos Briefen noch drei weitere Briefe.« Abby war sehr um natürliches Verhalten bemüht und berichtete weiter. »Einer davon enthält eine Botschaft des orthodoxen Patriarchen von Konstantinopel, Joseph I. Galesiotes; er hat Maria im April 1267 geschrieben und sie gebeten, bei den Mongolen, deren Khatun sie zu dem Zeitpunkt noch war, Informationen über die Ossuarien einzuholen.«

»Soll heißen«, schloss mein Mann daraus, »dass die orthodoxen Griechen 1267 nicht wussten, dass die Ossuarien schon 1261 gestohlen wurden, vier Jahre, bevor Maria Khatun wurde.«

»Nein, sie wussten es nicht«, räumte Abby ein. »Und der

Patriarch erklärt Maria außerdem, warum sie sich bemühen muss, sie zu finden, und warum sie so gefährlich seien: Denn auch wenn sie eine klare Fälschung sein sollten, würden sie eine ernsthafte Gefahr für den Glauben darstellen, denn sie verstießen gegen die glorreiche Wiederauferstehung von Jesus Christus, sein Auffahren in den Himmel, gegen die immerwährende Jungfräulichkeit der Heiligen Maria und ihr Auffahren in den Himmel mit Körper und Seele. Mit anderen Worten, sie wären eine Bedrohung für die Fundamente des christlichen Glaubens.«

»Das habe ich doch von Anfang an gesagt«, warf ich ungerührt ein.

»Ich habe immer geglaubt, die Fundamente des christlichen Glaubens seien das Wort Jesu und seine Botschaft zur Nächstenliebe, Toleranz, Barmherzigkeit und so weiter ...«, sagte Farag.

»Ja, das natürlich auch«, räumte ich ein.

»Nein, *das auch* stimmt nicht«, dröhnte Kaspar kalt. »Sie sind die Grundlage. Die Auffahrt in den Himmel, die immerwährende Jungfräulichkeit Marias und all diese seltsamen Dinge waren vielleicht für den Glauben der ersten Christen wesentlich, sind aber heute völlig unnötig. Was besagt es schon, ob Jesus mit seinem Körper in den Himmel aufgefahren ist oder Maria Jungfrau war? Mir ist das vollkommen egal. Ich respektiere diejenigen, die das glauben wollen, aber meinen Glauben beeinflusst das nicht.«

Ich spürte Zorn in mir aufsteigen, sagte mir jedoch, dass es nur Zeitverschwendung wäre, Farag und Kaspar zu widersprechen. Ich war es leid, immer wieder dieselbe Diskussion zu führen. War es so schwer, das zu akzeptieren, was die Kirche als Dogma auswies? Jesus hatte die Kirche begründet. Die Kirche sagte den Gläubigen, was sie zu glauben hatten. Punkt.

»Der zweite Brief in Maria Palaiologinas Kästchen enthält eine weitere Botschaft«, fuhr Abby fort, als sie meinen gefährlich säuerlichen Gesichtsausdruck sah. »Er stammt aus Viterbo, damals die Stadt der Päpste der katholischen Kirche. Er wurde 1268 von Tedaldo Visconti de Piacenza, dem damaligen Erzdiakon der Lambertus-Kathedrale von Lüttich, verfasst. Soweit wir in Erfahrung bringen konnten, war besagter Erzdiakon ein großer Gelehrter, der in Italien und Paris kanonisches Recht studiert hat. Er war zwar kein Priester, aber ein Mann mit herausragendem religiösen und akademischen Wissen. Offensichtlich hat Papst Clemens IV. ihn nach Viterbo berufen, um ihn unter höchster Geheimhaltung mit dem Problem der Ossuarien zu betrauen. Er sollte sie finden und zerstören. Jedenfalls kam Tedaldo zum selben Schluss wie der Patriarch von Konstantinopel: Die Kathun der Mongolen, die byzantinische und christliche Frau von Abaqa Khan, war in der vortrefflichen Lage, den Aufenthaltsort der Ossuarien aufzuspüren, derer sich Hülegü in Alamut bemächtigt hatte.«

»Wie ihr sicher bemerkt habt«, wurde sie von ihrem Großvater unterbrochen, »lässt der Brief dieses Erzdiakons von Lüttich keinen Zweifel daran aufkommen, dass die katholische Kirche die Odyssee der Ossuarien ganz genau verfolgt hat, seit sie in Nazareth aus Saladins Besitz verschwanden. Tedaldo Visconti bittet Maria Palaiologina um dasselbe wie der Patriarch von Konstantinopel: Sie soll herausfinden, was mit ihnen geschehen ist. Was beweist, wie sehr sie sich von den Ossuarien bedroht fühlten und warum sie sie unbedingt zerstören wollten.«

»Und er lässt auch keinen Zweifel daran«, fügte Farag hinzu, »dass 1268 die Katholiken selbst nicht wussten, dass die Ossuarien im Jahr 1261 gestohlen wurden. Deshalb kann der Diebstahl weder von den Katholiken noch den Orthodoxen begangen worden sein. So bleibt uns nur die Kirche des Ostens.«

»Und warum sollte Makkikha II. sie stehlen?« Kaspar runzelte die Stirn bei dieser Frage, als gäbe es keine Antwort darauf.

»Vielleicht weil derselbe, der sie in Bagdad seiner Obhut anvertraute, nämlich Hülegü, sie zurückverlangte, um sie ungehörigerweise zu verschenken«, warf ich ein.

»Und täuschte dafür einen Diebstahl vor?« Für Farag klang das unlogisch.

»Warum nicht?«, widersprach ich.

»Weil er mit Hülegü Khan sein Leben riskierte«, erklärte mir Abby. »Der Patriarch war nämlich kein mutiger Mann und pflegte weder eine hohe Moral noch hehre Prinzipien. Makkikha war ziemlich korrupt und hielt sich nur dank Hülegü Khan und Dokuz Kathun an der Macht. Wenn der allmächtige Khan von Persien die Ossuarien von ihm zurückverlangt hat, kannst du sicher sein, dass der Patriarch sie sofort auf den Weg brachte und bestimmt nicht das Risiko einging, wegen eines vorgetäuschten Diebstahls sein Leben oder sein Amt zu verlieren.«

»Dann waren es auch nicht die Christen des Ostens«, schloss Farag daraus.

»Zumindest haben sie die Ossuarien nicht zerstört«, erläuterte der alte Jake. »Sie befanden sich drei Jahre in Makkikhas Obhut, und er passte gut auf sie auf.«

»Vielleicht, weil die nestorianischen Christen Dyophysiten sind«, brachte uns Kaspar in Erinnerung. »Sie glauben an eine doppelte Natur von Jesus Christus, einer göttlichen und menschlichen, beide absolut getrennt voneinander. Maria ist nur die Mutter des menschlichen Jesus, nicht die Mutter Gottes, denn Gott kann keine Mutter haben. Deshalb stellten die Ossuarien für die Nestorianer von damals keinerlei theologische Gefahr dar.«

Manchmal fiel es mir etwas schwer, den Gedankengängen der Häretiker zu folgen. Für Katholiken wie mich und für die Orthodoxen war Jesus Gott und Mensch in einer Person, untrennbar miteinander verschmolzen, doch für Monophysiten wie Farag war Jesus nur Gott ohne irdischen Körper, und für die Dyophysiten war er Gott und Mensch, aber vollkommen getrennt. Und welche Überraschung, sie alle waren lupenreine Christen! Unglaublich.

»Der dritte und letzte Brief aus Marias Kästchen wurde im November 1271 von ebendiesem Tedaldo Visconti geschrieben,« ließ sich Abby wieder vernehmen, womit sie zum eigentlichen Thema zurückkehrte. »Tedaldo bittet die Khatun von Persien, an ihrem Hof in Täbris Gesandte vom Papst zu empfangen, die im darauffolgenden Jahr 1272 eintreffen würden. Es handelte sich, wie er schreibt, um eine venezianische Händlerfamilie, die Polos, die aus geschäftlichen Gründen zum Hof von Kublai Khan reisten, die aber auch auf der Suche nach den verschwundenen Ossuarien seien. Sogar dem frisch gewählten Papst waren Gerüchte zu Ohren gekommen darüber, dass Hülegü Khan die Ossuarien seinem Bruder Kublai geschenkt hatte. Die Polos, die schon Jahre zuvor am Hofe Kublais waren …«

»Diese erste Reise haben nur die Brüder Niccolò und Maffeo Polo unternommen«, stellte ich richtig. »Marco ist erst kurz nach ihrer Abreise geboren worden.«

»Das stimmt«, räumte Abby ein. »Nur die älteren Polo-Brüder kannten Kublai. Der junge Marco Polo wurde 1254 geboren, er war knapp siebzehn, als sie sich auf die zweite Reise machten.«

»Dann war er«, rechnete mein Mann laut, »achtzehn Jahre alt, als er 1272 Maria Palaiologina kennenlernte.«

»Genau.«

»Andererseits«, fügte Abby hinzu, »muss man darauf hinweisen, dass der neue Papst, von dem Tedaldo Visconti spricht, er selbst ist, denn während er als päpstlicher Legat im Heiligen Land unterwegs war, um die Sache mit den Ossuarien zu untersuchen, wählte das Konklave ihn zum Papst.«

»Er wurde zum Papst gewählt, ohne Priester zu sein?«, fragte ich verblüfft.

»Ja, als Gregor X.«, bestätigte Abby. »Aber keine Sorge, bevor er Papst wurde, hat man ihm in Rom noch die Priesterweihen verliehen. Zu dem Zeitpunkt müssten unsere Reisenden, die Polos, bereits bei der Khatun in Täbris gewesen sein. Aber abgesehen von der Tatsache, dass Tedaldo Papst wurde, derselbe Mann, den Papst Clemens IV. mit dem Finden und Zerstören der Ossuarien beauftragt hatte, gibt es da noch den Umstand, dass er eng mit Niccolò und Maffeo Polo befreundet war, die er in Acre kennengelernt hatte, als sie von ihrer ersten Reise zum Hof Kublais zurückkehrten. Das alles ist in den ersten vierzehn Kapiteln in Marco Polos Buch *Die Wunder der Welt* genauestens dokumentiert. Tedaldo Visconti wusste, dass sie den Großkhan persönlich kannten und ihm versprochen hatten wiederzukommen. Und er hatte selbst herausgefunden, dass Hülegü die Ossuarien seinem Bruder geschenkt hatte, wir wissen nicht wie, doch da er sich ziemlich lange im Heiligen Land aufhielt, hatte er wahrscheinlich von den Gerüchten gehört. Welche Spione wären zu jener Zeit besser geeignet gewesen, um sie nach China zu schicken? Wie viele Menschen reisten im 13. Jahrhundert überhaupt nach China? Die Reise der Polos hat wirklich stattgefunden, und ganz nebenbei haben sie als gute und fromme Christen den Auftrag ihres Freundes Gregor x. angenommen.«

»Farag hat vorhin gefragt, wozu die Polos nach China reisten«, fügte Becky hinzu. »Jetzt hast du deine Antwort, Farag.«

»Doch als sie 1272 in Täbris eintrafen«, warf ich ein, »musste ihnen die Khatun mitteilen, dass man die Ossuarien Kublai nicht schenken konnte, weil sie 1261 von Unbekannten gestohlen wurden.«

»Seltsam ist«, warf der alte Jake geheimnisvoll ein, »dass Maria den Erzdiakon Visconti nicht über den Raub informiert hat, als er ihr 1268 schrieb und sie bat, Informationen über die Ossuarien einzuholen. Hätte sie es getan, hätte Visconti nicht die Polos schicken müssen.«

»Und warum schrieb Marco Polo aus China drei Briefe an Maria?«, bohrte Farag nach.

»Das muss Ottavia noch herausfinden«, erwiderte Becky.

Fünf Augenpaare waren auf mich gerichtet.

SECHZEHN

Kaspar war nicht der Einzige, der sich auf dem Anwesen der Simonsons einnistete. Aus den unterschiedlichsten Gründen verbrachten wir alle den ganzen Tag dort und fuhren zum Schlafen nur nach Hause, weil ich darauf bestand: Ich würde nicht zulassen, dass sich diese verruchten Multimillionäre meine Familie einverleibten und sie mit ihrer verführerischen Zuwendung und Freundlichkeit sowie ihrem Vermögen vereinnahmten. Farag, Isabella und ich hatten unser eigenes Zuhause, und auch wenn ich mich genötigt sah, jeden Morgen zum Arbeiten in die kleine Bibliothek zu fahren und Isabella ihrer Aufgabe nachkommen musste, sich in den Sommerferien um Linus zu kümmern, bedeutete das nicht, dass diese Boa Constrictor namens Simonson uns verschlingen und unserem gewohnten und gewählten Leben ein Ende machen konnte. Natürlich übten Swimmingpool (sowie ein Schwimmbad im Haus), Garten und Spielplatz, Essen und Bedienstete, Sauna und Fitnessraum und was weiß ich noch alles einen unwiderstehlichen Reiz auf Willensschwache aus, weshalb ich bei meiner Arbeit in der Bibliothek immer wieder das fröhliche Kreischen von Linus und Isabella sowie das laute Lachen von Farag und Kaspar hörte, die sich zusammen mit Abby auf ihren Liegestühlen wie Eidechsen in der Sonne aalten, und gelegentlich auch die Stimmen von Becky und Jake, die sich schon bald an die seltsamen Kreuze und griechischen Buchstaben auf den Körpern der beiden Männer gewöhnt hatten. Isabella brauchte ein wenig länger; nachdem sie die Schmucknarben ihres Onkels tagelang argwöhnisch beäugt hatte, gehörten sie auch für sie irgendwann dazu.

Doch all das geriet in den Hintergrund, wenn Marco Polos Stimme, seine echte Stimme, für mich ganz allein in meinem Kopf erklang. Es waren fast achthundert Jahre vergangen, seit der Venezianer mit einem chinesischen Pinsel die griechischen Buchstaben und Wörter niederschrieb, als wären es Piktogramme, die ich jetzt lesen konnte und verstand. Richtig sympathisch war er nicht gewesen, wenn ich ehrlich sein soll. Er war auch kein großartiger Schriftsteller (vermutlich hatte er es deshalb Rustichello da Pisa überlassen, *Das Buch der Wunder der Welt* zu schreiben). Aber er konnte gut beobachten und war methodisch und detailversessen gegangen.

Die Interpretation der Briefe bedeutete weit mehr Arbeit als die reine Übersetzung. Für die historische Überprüfung benötigte ich einen Assistenten. Das, was Marco Polo Maria Palaiologina schrieb, musste einem Ort und einer Zeit zugeordnet werden, weshalb ich diese Arbeit (zu meiner größten Genugtuung, wie ich gestehen muss) meinem Mann übertrug, der Badehose und Handtuch ablegen und mit mir zusammen in der kleinen Bibliothek arbeiten musste. Er war doch Archäologe, oder etwa nicht? Dann sollte er den Schulterschluss mit mir üben. Später stellte sich heraus, dass ich einen zweiten Assistenten brauchte, der die Informationen aus den Briefen exzerpierte und mit denen im Buch abglich, weshalb ich hinterhältig und mit größtem Vergnügen auch Kaspar vom Swimmingpool loseiste, damit er sich zusammen mit Farag und mir an den Texten des Buches von Rustichello und Polo abrackerte. Er hatte doch an der Universität von Rom italienische Literatur studiert, oder etwa nicht? Na also. Und für den technischen Teil meiner Arbeit, den Einsatz des Computers und des Elektronenmikroskops, um undeutliche Buchstaben, unvollständige Wörter oder schwer leserliche Fragmente zu vergrößern, wollte ich Isabella einspannen, die – schlau wie sie war – zwar nicht protestierte wie die anderen beiden, mich aber darauf aufmerksam machte, dass sie schon einen Job hätte, weshalb sie uns Abby schickte – der sie rasch die Handhabung der Geräte und Programme erklärt hatte – und sich abschließend erbot auszuhelfen, wenn es nötig sein sollte. Abby war die Einzige, die sich in keiner Weise beschwerte, weil sie dadurch schließlich in der Nähe ihres geliebten Cato war.

So plantschten Isabella und Linus weiter im Swimmingpool, tobten auf dem Spielplatz herum und schauten im Kinosaal Filme zusammen mit Jake und Becky und anderen Mitgliedern der großen Simonson-Sippe, die gelegentlich zu Besuch kamen, während wir vier in der Bibliothek arbeiteten.

In diesen Tagen erreichte uns zudem eine Nachricht, die uns erschütterte: Der vor Kurzem auf der Bildfläche erschienene terroristische IS oder Islamische Staat, der Teile Iraks und Syriens besetzt hielt, hatte in Mossul ohne Sinn und Verstand das Grab von Ibn-al-Athīr zerstört, dem großen arabischen Historiker des 12. Jahrhunderts, der *al-Kāmil fī 't-tarīch – Die vollständige Geschichte* verfasst hatte, in der er von Saladins Verhandlungen mit Sinan, dem Alten vom Berge, über die Ermordung von Konrad von Montferrat und Richard Löwenherz berichtet. Die brutale Zerstörungswut der Dschihad-Terroristen traf nicht nur die Lebenden, sondern auch Kultur und Geschichte. Manchmal verschanzen sich Dummheit, Unwissen und Wahnsinn hinter der Religion und kreieren Monster.

Wir brauchten zwei Wochen intensiver Arbeit für die Übersetzung und die Antwort auf die Frage, welche Rolle Marco Polo in der Geschichte der Ossuarien gespielt hatte, aber schließlich konnten wir uns ein Bild machen, und das barg eine Überraschung. Jake und Becky, die ihre Ungeduld kaum bezwingen konnten, suchten uns jeden Abend vor dem Abendessen auf und wollten hören, wie weit wir am jeweiligen Tag gekommen waren; so ging das während unserer fieberhaften Arbeit in der kleinen Bibliothek zwei Wochen lang. Ich muss einräumen, dass ich das von meinen scharfsichtigen Forschungskollegen gelieferte Material mit einem Schielen auf einen neuerlichen Getty-Preis erschöpfend nutzte und aufbereitete.

An einem Dienstagnachmittag kamen Becky und Jake früher in die Bibliothek als üblich, und zwar überraschenderweise nicht lächelnd. Ganz im Gegenteil. Jake wirkte regelrecht verärgert. Farag, Kaspar, Abby und ich unterbrachen unsere Arbeit und gingen zu ihnen. Abby ergriff ihre Großmutter liebevoll am Arm und führte sie zu einem Sessel, während Jake kurz vor dem Ausbruch einer thermonuklearen Explosion zu stehen schien.

»Jake, setz dich bitte hin und atme tief durch«, bat ich ihn angesichts seines Zustands.

»Denk an deinen Blutdruck, Jake!«, ermahnte ihn seine Frau.

»Was ist passiert?«, fragte Abby alarmiert. »Ist jemand aus der Familie ...«

Becky schüttelte den Kopf.

»Nein, meine Liebe«, sagte sie. »Der Familie geht's gut. Es ist nichts passiert.«

»Wie, es ist nichts passiert?«, explodierte der alte Jake, und seine Augen sprühten Funken. »Natürlich ist was passiert! Dieser Idiot von Tournier ist passiert!«

Kaspar und ich zuckten zusammen und blickten uns an. Tournier ...? Monsignore François Tournier? Handelte es sich um *den* Tournier? Kaspar hatte jahrelang unter seinem Befehl gestanden, und ich war in der Vergangenheit mehr als einmal mit ihm aneinandergeraten. Bei Farag fiel erst der Groschen, als er unsere verblüfften Gesichter sah. Dann riss er die Augen auf, als wäre er einem Gespenst begegnet.

»Entschuldige, Jake«, fragte Kaspar zögerlich. »Redest du von dem früheren Erzbischof und Sekretär der zweiten Sektion des Vatikans?«

»Klar rede ich von diesem eingebildeten Königspfau! Kennst du noch einen anderen Vollidioten namens Tournier?«

»Jake!«, schalt ihn Becky.

Einen Moment lang versetzte ich mich in Gedanken in das riesige und wunderschöne Arbeitszimmer mit den Raffael-Fresken der mächtigen Zweiten Sektion des Heiligen Stuhls in Rom zurück, der Sektion, die sich um die diplomatischen Beziehungen mit anderen Staaten kümmert. In diesem Arbeitszimmer lernte ich den damals stattlichen und fürstlichen Monsignore Tournier kennen, Prälat der harten Sorte bei seiner Heiligkeit Johannes Paul II., der mich angesichts der Tatsache, eine Frau zu sein, als Mensch zweiter Klasse betrachtet und deshalb als unfähig erachtet hatte, an den Nachforschungen teilzunehmen, die Farag, Kaspar und ich damals mit den *Ligna Crucis* anstellten. Desgleichen gefiel ihm nicht, dass ich als Nonne kein Ordenskleid trug, sondern weltlich gekleidet war, für ihn ein Zeichen des tiefgreifenden Zerfalls und der Dekadenz, unter denen die Kirche seit dem Zweiten Vatikanischen Konzil litt, das er zutiefst verabscheute.

»Was hat denn Monsignore Tournier mit euch zu tun?«, fragte ich einigermaßen sprachlos.

»Tournier hat Gottfried Spitteler geschickt«, erklärte Becky kurz, wobei ihre fast durchsichtige Haut im Abendlicht noch blasser wirkte.

»Tournier hat Spitteler geschickt?«, stammelte Kaspar, der offensichtlich an momentanem Gehirnversagen litt. Er verstand gar nichts mehr.

»Diese eingebildete arrogante Witzfigur!«, schimpfte Jake. »Dieser eitle Egozentriker ist hinter den Ossuarien her!«

»Einen Moment«, rief Farag dazwischen. »Können wir uns erst mal beruhigen?«

Wir alle verstummten, beruhigten uns aber nicht. Es war unseren Gesichtern abzulesen. Der noch immer wütende Jake schluckte, strich sich das Hemd glatt, sank schließlich in einen Sessel und schlug die Beine übereinander.

»Leider kennen wir Tournier schon seit über dreißig Jahren«, setzte der Multimillionär an. »Früher hatten wir ein gutes Verhältnis zu ihm.«

Kaspar schnaubte lautstark. Er stand noch immer unter dem Eindruck des Überraschungseffekts.

»Er war eure Quelle bezüglich der *Ligna Crucis* und der Staurophylakes?«, mutmaßte ich.

»Eine von mehreren«, räumte Becky ein. »Wir kennen viele Leute im Vatikan. Damals unterhielten wir eine richtige Freundschaft mit Monsignore Tournier. Als Johannes Paul II. starb, kühlte die Beziehung ziemlich ab, weil er sich radikalisierte und ein intoleranter Katholik wurde.«

»Er war schon immer ein intoleranter Katholik«, kommentierte Farag.

»Ja, aber unter Benedikt XVI. wurde er noch intoleranter«, erzählte Becky weiter. »Benedikt wollte wegen ihrer vielen Skandale den Einfluss der Radikalen schmälern, doch die waren stärker als er und haben das Machtspiel gewonnen. Deshalb ist er abgetreten. Benedikt wagte keine direkte Konfrontation mit ihnen. Sie waren ... Sie sind innerhalb der Kirche einfach zu mächtig. Jetzt drängt Papst Franziskus sie in die Enge und entzieht ihnen Autorität und Macht. Sie sind zutiefst erzürnt. So erzürnt, dass sie sehr gefährlich werden könnten.«

Ich verstand und verstand zugleich nicht, was Becky sagte. Es stimmte, seit dem Pontifikat von Johannes Paul II. gibt es einen laizistischen, konservativen und extrem mächtigen Zweig in der Kirche, und offensichtlich schien dieser Zweig seit Franziskus' Wahl auf den Heiligen Stuhl in Windeseile an Autorität zu verlieren, aber wer genau aus diesem Zweig war so erzürnt? Wer konnte so gefährlich werden? Tournier?

»Tournier konnte nie verwinden, dass ihn Benedikt XVI. nicht nur aus der innervatikanischen Diplomatie entfernt hat, sondern ihm damit auch jegliche Möglichkeit genommen war, Kardinal und in der Konsequenz seinerseits Papst zu werden«, fuhr Jake fort. »Seine Absicht, in der Kirchenhierarchie aufzusteigen, war somit zunichtegemacht. Deshalb rückte er immer stärker an die radikalen Katholiken heran, die sehr viel Geld, Macht und Einfluss haben. Er wurde zu einer Art Verbindungsglied all jener konservativen Organisationen, die unter dem schützenden Mantel von Johannes Paul II. gediehen. Er agiert weiter als Diplomat, aber jetzt, um die Elite dieser radikalen Gruppierungen zusammenzuführen.«

»Und wenn du von radikalen Gruppierungen sprichst, Jake, meinst du …«

»Ich meine, liebe Frau Doktor, die Legionäre Christi, Opus Dei, Schönstatt, Kommunion und Befreiung, die Fokolar-Bewegung, das Neokatechumenat, die Gemeinschaft Sant'Egidio und so fort. Es gibt viele davon, und sie haben Zigtausende Anhänger auf der ganzen Welt. In größerem und kleinerem Maße sind sie immer wieder skandalumwittert, aber im Grunde bleiben sie sich jenseits aller Vernunft und Logik immer treu. Es handelt sich um fanatische katholische Strömungen bezüglich der Doktrin und Formwahrung, ihrer Rituale und ihrer gigantischen öffentlichen Auftritte, also in allem, was die Leute anzieht. Für die Kirche sind sie unverzichtbar, weil sie große Mengen an Geld, Massen von Berufenen und, wenn nötig, Demonstranten beisteuern und mobilisieren.«

»Solange sie niemandem damit schaden, sollen sie doch glauben, was sie wollen«, sagte Farag nachdenklich.

Sollte es jemanden auf dieser Welt geben, der wirklich an Freiheit und Respekt auf allen Ebenen glaubte, dann war das mein Mann. Doch bei diesem Kommentar schwollen Jakes Adern an Hals und Stirn erneut an.

»Natürlich können sie glauben, was sie wollen!«, rief er aufgebracht. »Aber sie gewähren anderen nicht dasselbe Recht! Sie wollen ihre Ideologie der Gesellschaft aufzwingen, ob die es will oder nicht, denn sie glauben sich im Besitz der einzigen Wahrheit. Mit Hilfe ihrer Kommunikationsnetze nehmen sie Einfluss auf Regierungen, Gesetzgebung und die öffentliche Meinung. Sie sind im Besitz von Schulen, Universitäten, Stiftungen, Priesterseminaren, NGO, politischen Parteien, Banken … Und in der Kirche üben sie großen Einfluss aus auf die Ernennung von Bischöfen, Erzbischöfen und manchmal sogar von Kardinälen. Das war der Grund, warum sich Tournier auf sie zubewegt hat und bei ihren Anführern immer mehr an Prestige und Einfluss gewann. Diese Organisationen sind sehr vielschichtig und erfüllen ganz unterschiedliche Aufgaben innerhalb der Kirche.

Sie sind die Land-, Luft- und Seestreitkräfte des Vatikans. Und Tournier hat darin den Posten des Oberkommandeurs inne. Und ausgerechnet jetzt entzieht ihnen Papst Franziskus häppchenweise die Macht, die ihnen Papst Wojtyla seinerzeit eingeräumt hatte.«

»Franziskus will keine Streitkräfte«, sagte ich nachdenklich.

»Nein«, bestätigte Jake. »Er will die Kirche wieder näher an die Botschaft Jesu, an das Wort des Evangeliums, an die Gemeinde und die Armen heranführen.«

»Mir gefällt dieser Papst«, sagte Abby. »Wenn man ihn lässt, wird er Großes vollbringen.«

»Wenn man ihn lässt, du sagst es, meine Liebe«, unterstrich ihre Großmutter.

»Also, mal abgesehen davon, ob uns dieser Papst gefällt oder nicht«, beendete Kaspar, der sich von seinem Schock erholt zu haben schien, das Thema. »Was weiß Tournier über die Ossuarien? Handelt er im Namen des Vatikans oder dieser radikalen Gruppierungen?«

»Alles, er weiß alles«, sagte Jake schneidend. »Und nicht nur, weil er uns ausspioniert hat. Er weiß alles, denn abgesehen davon, dass er sich Gottfried Spittelers bedient, bekommt er seine Informationen von diesem Idioten Hartwig, Abbys Exmann. Mir war der Junge immer suspekt. Seine Gier stand ihm ins Gesicht geschrieben, und nicht gerade nach gutem Essen.«

»Jake!«, rief seine Frau zum wiederholten Male, aber Jake war außer sich.

»Tournier ist so mächtig wie alle diese konservativen katholischen Gruppierungen zusammen, weil sie geschlossen hinter ihm stehen«, schloss der Multimillionär. »Natürlich dürfen diese Organisationen nicht zulassen, dass die Ossuarien mit den sterblichen Überresten von Jesus von Nazareth, seinen Eltern und Geschwistern auftauchen, denn sie würden, wie der Patriarch von Konstantinopel 1267 es so treffend formulierte, viele und ausgesprochen wichtige Dogmen der Kirche infrage stellen: die Auferstehung, die Himmelfahrt, Marias Jungfräulichkeit ...«

»Offen gesagt«, unterbrach Kaspar ihn empört, »interessiert mich die Doktrin überhaupt nicht. Sie dient lediglich dazu, die wahre Botschaft von Jesus nicht erfüllen zu müssen.«

»Viele Menschen verwechseln die Doktrin mit dem Wort Gottes«, warf Farag ein. »Und das ist nicht dasselbe. Die Doktrin ist die äußerliche Form der Religion, die Dogmen hat die Kirche hinzugefügt. Die Grundlage aber ist das Evangelium, das Wort von Jesus Christus, und der hat nichts dergleichen gesagt, was die Kirche behauptet.«

»Ohne die Doktrin wäre unser Glauben leer«, fügte ich mit der Geduld Hiobs hinzu.

»Das ist es, was die Kirche dich glauben lässt.« Mein Mann wuchs bei dieser ganzen Sache mit den Ossuarien regelrecht über sich hinaus. »Die Kirche etabliert die Doktrin und sagt dir, dass ohne sie dein Glaube an Gott nichts wert ist, aber das ist völlig falsch.«

»Der heilige Paulus hat es in der Apostelgeschichte gesagt«, dozierte ich im Bemühen, mein Latina-Temperament zu zügeln. Obwohl ich langsam abhärtete, konnte ich bei Sakrileg und Entweihung nicht an mich halten. Für mich stand fest, dass die Kirche immer vom Heiligen Geist geleitet wurde, deshalb war alles, was sie in ihrer Doktrin behauptete, wahr. Die schlichte und reine Wahrheit.

»Stimmt, das hat der heilige Paulus gesagt,« bestätigte Becky verständnisvoll lächelnd. »Aber der heilige Paulus war auch der Gründer von Kirche und Doktrin.«

»Nein«, widersprach ich. »Die Kirche wurde von Jesus gegründet.«

»Also wirklich, Ottavia!«, entfuhr es Abby, die bisher geschwiegen hatte. »Jesus sagte, Gottes Reich und das Ende aller Zeiten kämen in weniger als einer Generation, und behauptete, dass die Apostel das noch erleben würden. Er hatte nicht die Absicht, langfristig zu planen, denn die Welt war im Begriff unterzugehen, und das Reich würde kommen. Am Ende des 11. Jahrhunderts gab es zahlreiche christliche Gruppierungen im ganzen Römischen Reich, aber keine Spur von dem, was wir heute Kirche, Papst und Patriarchen nennen. Du weißt doch, dass die wahren Verfasser der Evangelien unbekannt sind und ihnen in den folgenden Jahren eine Menge hinzugefügt wurde und dass es desgleichen Hunderte von Evangelien gab, die etwas ganz anderes berichteten und die nach dem Konzil von Nicäa im Jahr 326 vernichtet wurden.«

»Und zwar auf Befehl von Kaiser Konstantin, meine Liebe«, sagte Becky mit einem vielsagenden Blick, der mir bedeuten sollte, dass es sich um eben diesen Konstantin handelte, dessen Mausoleum Farag und ich in Istanbul entdeckt hatten. »Er brauchte eine Religion, die das, was vom zerfallenden Römischen Reich im 6. Jahrhundert übrig war, untermauerte.«

Zur Bestätigung ließ ich nur ein Knurren vernehmen.

»Schön, dann wissen wir jetzt, wer hinter Hartwig und Spitteler steckt«, versuchte Farag das Thema zu wechseln, um mir eine Verschnaufpause zu verschaffen. »Und wir wissen auch, mit wem wir es zu tun haben.«

»Und das ist nicht gerade ein kleiner Feind«, versuchte der alte Jake zu scherzen, allerdings vergebens. »Sie werden nicht zulassen, dass wir die Ossuarien finden.«

»Oder sie wollen sie vor uns finden«, warf Becky ein. »Was uns gewissermaßen nötigt, schnell zu handeln.«

»Keine Sorge, Großmutter«, versuchte Abby sie aufzuheitern und ergriff ihre Hände. »Wir haben Marco Polos Briefe, und Hartwig kann uns keine weiteren Informationen stehlen. Und wenn Hartwig das nicht kann, kann es Tournier auch nicht.«

»Außerdem wissen wir, Becky«, fügte ich hinzu, »wer die Ossuarien Hülegü und Makkikha II. 1261 gestohlen und was er danach mit ihnen gemacht hat.«

Ich lächelte breit, als ich die Verblüffung in ihren Gesichtern sah. Nun ja, ich hatte es gerade erst herausgefunden, als Becky und Jake in der kleinen Bibliothek auftauchten. Ich hatte es auch nicht absichtlich verschwiegen, sondern einfach noch keine Gelegenheit gefunden, davon zu berichten.

»Du weißt, wer die Ossuarien gestohlen, warum er sie gestohlen und wo er sie versteckt hat?«

Jakes Stimme zitterte vor Aufregung. Wenn er an dem Tag noch keinen Herzinfarkt erlitten hatte, dann war das, was er in der Brust trug, eine von Außerirdischen fabrizierte futuristische Herzklappe. Dass ein Achtzigjähriger oder Neunzigjähriger diese Achterbahn der Gefühle aushielt (natürlich aß er auch wie ein Elefant), konnte nur bedeuten, das sich sein Organismus bestens an irdische Verhältnisse angepasst hatte.

In dem Augenblick hörten wir, wie sich jemand im Laufschritt der Bibliothek näherte. Wir alle sahen einigermaßen überrascht und neugierig, wer gleich auftauchen würde, zur Tür. Der Bronzetürgriff wurde hinuntergedrückt, und dann tauchte Isabella im Türrahmen auf, die mit seltsam verzerrten Zügen nach mir suchte. Als sie mich entdeckte, verzog sie das Gesicht noch heftiger und begann zu weinen.

»Tante …«, stammelte sie. »Tante … Großmutter Filippa …«

SIEBZEHN

Meine Mutter lag im Sterben. Offensichtlich war es diesmal wirklich ernst und nicht wie früher, als es zunächst danach ausgesehen, sie sich aber wieder erholt hatte. Vor Jahren hatte man ihr einen Herzschrittmacher verpasst und wegen einer Femurkopfnekrose zwei künstliche Hüften aus Titan eingesetzt; sie war mehrfach gestürzt, wobei sie sich vom Handgelenkknochen bis zu einem Fuß alles Mögliche gebrochen hatte. Ich hatte von alldem jedoch nichts gewusst. Meine Familie hatte es mir verschwiegen. Isabella auch. Ich hatte keine Ahnung von dieser Familienfeme im eigenen Elternhaus. In der Familie Salina galt die *omertà*, die Schweigepflicht der Mafia, wie ein heiliges Gelübde, und niemand entkam der *vendetta*, der Blutrache, wenn er die Regeln missachtete wie ich mit meiner Gehorsamsverweigerung. So funktionierte ich einfach nicht. Ich hatte nie so funktioniert.

Als ich mit meiner Schwester Agatha telefonierte, erzählte sie mir, was meiner Mutter inzwischen alles passiert war. Ich konnte es nicht fassen. Was ich nicht fassen konnte, war allerdings nicht, dass eine neunundachtzigjährige Frau Unfälle oder Krankheiten erlitt, was eigentlich normal war, sondern dass meine eigene Mutter meinen Geschwistern und deren Kindern verboten hatte, mir davon zu erzählen. Sie wollte mich nie wiedersehen, so einfach war das. Für sie war ich gestorben, und das würde so bleiben, was auch immer geschehen mochte. Das war es, was mich fassungslos machte, was mir die Sprache verschlug und jegliche Reaktion verunmöglichte. Agatha erzählte es mir mit tränenerstickter Stimme, als wollte sie mich stellvertretend für unsere Mutter um Verzeihung bitten, und sie nahm natürlich Isabella in Schutz, weil sie mir verschwiegen hatte, dass die eigene Großmutter ihr die *omertà* auferlegt hatte, bevor sie zu uns ziehen durfte.

Wie soll eine Tochter einen derartigen Dolchstoß ins Herz verkraften? Meine Mutter, die für mich auf einem Sockel gestanden hatte, bis ich dahinterkam, was für Geschäfte meine Familie machte, woher der Reichtum stammte und welche Rolle sie in allem spielte, diese Mutter wollte nicht nur nichts mehr von mir wissen, sondern auch unbedingt verhindern, dass ich etwas über sie erfuhr. Tat eine Mutter so etwas? Konnte eine Mutter wirklich jahrelang ohne Lebenszeichen von ihrer Tochter leben und unerbittlich bleiben, weil diese Tochter eigene Entscheidungen traf und den Vatikan verließ, den Habit ablegte und einen Ägypter mit einer anderen Religion heiratete? Konnte eine Mutter so weit gehen? Das wollte mir einfach nicht in den Kopf. Das war es, was mich innerlich auffraß: Ich verstand es nicht.

Wenn es für meine Schwester Agatha lebenswichtig war, mindestens einmal wöchentlich mit ihrer Tochter Isabella zu telefonieren, wie konnte mich meine Mutter dann vollständig aus ihrem Leben verbannen, als hätte es mich nie gegeben? War mein Verbrechen wirklich unverzeihlich? Oder hing die Liebe einer Mutter vom Gehorsam der Tochter und ihrer Macht über deren Leben ab? Ich wusste um meine Verbannung, hätte mir aber nie vorstellen können, dass meine Mutter so weit gehen würde. Ich hatte immer geglaubt, dass ich angerufen würde, wenn eines Tages etwas Ernstes passieren sollte, und dass ich ganz normal willkommen geheißen würde. Aber nein. Agatha gab mir unmissverständlich zu verstehen, dass ich nicht nach Palermo kommen, besser nicht auftauchen sollte, und sollte ich doch die Absicht haben, dann auf gar keinen Fall mit Farag. Mein Mann war in der Villa Salina unter keinen Umständen erwünscht. Er hätte der Familie schon genug Leid zugefügt.

Das war alles wahnwitzig und, hätte es nicht so wehgetan, auch lächerlich. Aber ich war eine Salina, und daran konnte auch meine Mutter nichts ändern. Die stolze Filippa Zafferano wollte mich nicht sehen? Na schön, bestens, dann sollte sie sich doch schwarzärgern, denn ich wollte sie sehr wohl sehen.

»Hör zu, Ottavia«, flehte Agatha mich an. »Komm bitte nicht. Dann werden sie erfahren, dass du es von mir weißt, und das verzeiht mir Giacoma nie!«

»Und was interessiert es dich, was Giacoma verzeiht oder nicht?«, fragte ich meine kleine Schwester verächtlich.

»Giacoma ist jetzt das Familienoberhaupt!«, rief sie voller Angst. »Und sie hat gesagt, dass du es bedauern wirst, wenn du hier auftauchen solltest!«

Von den neun Salina-Geschwistern (wie mein Name schon sagt, war ich das achte Kind und Agatha das neunte, die Kleine) waren nur noch acht am Leben. Giuseppe, der Älteste und Vater von vier Kindern, starb 2000 bei einem Attentat, bei dem auch unser Vater Giuseppe Salina sein Leben verlor. Sie wurden von einem feindlichen Mafiaclan, den Sciarras aus Catania, ermordet, indem sie einen selbst verschuldeten Autounfall vortäuschten. Giacoma war die Zweitgeborene und die herrschsüchtigste und schlimmste große Schwester, die man sich vorstellen kann. Sie war gerade achtundsechzig Jahre alt geworden und seit ihrem sechzehnten Lebensjahr mit Domenico verheiratet, mit dem sie fünf Kinder bekam und später einen Haufen Enkel, die ich alle nicht kannte, weil sie in den letzten vierzehn Jahren geboren wurden. Giacoma hatte meine Heirat mit Farag ganz schlecht aufgenommen, vermutlich aus Solidarität mit unserer Mutter. Nach Giacoma kam Cesare, sechsundsechzig Jahre alt, Vater von vier erwachsenen Kindern, die ihn ebenfalls zum Großvater gemacht hatten. Der vierte war Pierantonio, der eine Zeit lang der hochangesehene Kustos im Heiligen Land war und jetzt als einfacher Franziskanermönch im Kloster Sant'Antonio da Padova in Palermo lebte. Der fünfte, Pierluigi, war mit Livia verheiratet, die beiden hatten mir fünf wunderschöne und intelligente Nichten und Neffen geschenkt, und wenn ich nicht falsch informiert war, wurde er zum dritten Mal Großvater. Die sechste war Lucia, die seit über zwanzig Jahren als Dominikanernonne in London lebte. Und der siebte war Salvatore, nur drei Jahre älter als ich und der brutalste von meinen Brüdern. Wenn wir miteinander spielten, war ich hinterher immer verletzt und voller blauer Flecken. Er war Vater von vier Kindern und hatte noch keine Enkel.

Außer Pierantonio, Lucia und ich, für die unsere Mutter ein religiöses Leben bestimmt hatte, arbeiteten alle meine Geschwister im Familienunternehmen. Desgleichen fast alle meine Nichten und Neffen; nur fünf oder sechs, darunter Isabella, hatten es vorgezogen, sich nicht die Hände schmutzig zu machen, und waren weggegangen. Meine Mutter hatte das bei keinem von ihnen gutgeheißen, aber meiner Mutter erklären zu wollen, dass die Cosa Nostra ein Verbrechen und eine Sünde ist, wäre, wie mit einem Stein zu reden. Unsere Familia hatte immer zur Cosa Nostra gehört und die Einwohner von Palermo und die Sizilianer jahrhundertelang beschützt, verteidigt und unterstützt. Und genau aus diesem Grund hatte meine Mutter drei ihrer Kinder (später waren es nur noch zwei) dem Herrn anvertraut, damit sie sich für meinen Vater und für sie verwendeten. Deshalb war mein Vergehen so unverzeihlich – die Rettung ihrer Seelen hing von der Hingabe dieser drei Kinder an die Kirche ab. Sie hatte alles sorgfältig geplant, und als ich diese Pläne durchkreuzte, hatte ich Verrat an ihr geübt.

»Bitte, Ottavia, komm nicht!«

»Sie ist auch meine Mutter, Agatha! Wann wird der Katheter gelegt?«

»Am frühen Nachmittag. Hier ist es jetzt mitten in der Nacht.«

»Wir sehen uns zu Hause.«

»Nein, Ottavia!«, rief meine Schwester noch, als ich auflegte.

Meine Mutter litt an einer Angina pectoris, die wegen des Herzschrittmachers zehn Tage unbemerkt geblieben war. Der erste Hinweis darauf, dass sie den Verstand verlor, war, dass sie delirierte, dummes Zeug über Außerirdische von sich gab und wie eine kaputte Schallplatte immer wieder ihr Geburtsdatum und ihr Alter aufsagte. Als schließlich alle möglichen Untersuchungen im Krankenhaus durchgeführt wurden, entdeckte man eher zufällig die verdammte Angina pectoris, die verhinderte, dass ihr Gehirn durchblutet wurde. Der Schrittmacher hatte sie umgebracht. Und die Wahrscheinlichkeit, dass der Herzkatheter helfen würde, tendierte praktisch gegen null, vor allem, weil sie fast neunzig Jahre alt war.

In meinem tiefsten Innern wusste ich, dass ich nicht rechtzeitig eintreffen und meine Mutter nicht mehr lebend sehen würde, aber diese Vorstellung trieb mich erst recht an, das nächste Flugzeug nach Palermo zu nehmen. Ich musste nach Hause. Ich sollte zu Hause sein.

Als ich wieder zu mir kam, spürte ich, dass ich mein Gesicht an Farags Brust drückte und ganz fest von ihm umarmt wurde. Das wunderte mich, weil ich mich nicht daran erinnern konnte, wie ich in seine Arme gelangt war, bis ich bitterliches Weinen und ängstliches Wimmern vernahm und mir klar wurde, dass es von mir stammte, dass ich verzweifelt schluchzte. Ich presste mich an Farag, und er umarmte mich noch fester. Ich wollte mich beruhigen und ihn nicht auch noch leiden lassen, aber es gelang mir nicht. Wie durch Watte hörte ich Stimmen und Gesprächsfetzen. Auch Farag sprach mit jemandem. Derjenige verstand nichts und noch weniger, wie ich derartig um eine Mutter weinen konnte, die mich nicht liebte und die meine Liebe nicht verdiente.

Ganz in der Nähe weinte noch jemand. Isabella.

Ich wollte mich von Farag lösen und zu meiner Nichte gehen, aber Farag ließ es nicht zu.

»Weine nicht, *Basileia*«, flüsterte er und küsste mich, wobei ich ihn mit meinen Tränen benetzte. »Weine doch bitte nicht. Ich kann dich nicht so leiden sehen. Was soll ich denn tun?«

»Ich muss nach Hause, Farag.«

»Wir gehen sofort nach Hause, mein Schatz. Beruhige dich.«

Da wurde mir klar, dass Farag glauben musste, ich wollte in unser Haus, weil ich das Haus meiner Mutter Zuhause genannt hatte. Nein, Villa Salina war nicht mein Zuhause. Das war sie schon seit vielen Jahren nicht mehr. Mein Zuhause war Farag. Wo er war, war mein Zuhause.

»Wir müssen nach Palermo«, korrigierte ich mich und streckte die Hand nach Isabella aus, damit sie zu uns kam.

Ich löste mich von Farag und umarmte meine Nichte, die sich an mich schmiegte wie ein kleines Mädchen. Nun ja, mit dem kleinen Unterschied, dass sie jetzt einen Kopf größer war als ich.

»Wir fliegen nach Palermo?«, fragte sie schluchzend.

»Ihr fliegt gleich jetzt«, erklärte Becky Simonson gebieterisch. »Unser Flugzeug wird euch nach Palermo bringen.«

»Nein danke, das ist wirklich nicht nötig«, lehnte ich vielleicht etwas zu forsch ab.

»Wenn ihr unser Flugzeug nicht nehmt, werdet ihr es nicht rechtzeitig schaffen«, argumentierte sie.

»Ich weiß, Becky, aber …«

»Sei doch nicht so dickköpfig, Dottoressa!« Kaspars Granitgesicht tauchte hinter Isabella auf. »Sie ist deine Mutter. Du wirst es dir nie verzeihen, wenn du nicht rechtzeitig eintriffst.«

»Oh doch, das werde ich mir sehr wohl verzeihen, Hauptmann!«, widersprach ich. »Denn meine Mutter will mich gar nicht sehen.«

»Blödsinn!«, rief Becky. »Wie kommst du denn auf diese absurde Idee? Sie ist deine Mutter, Ottavia! Natürlich will sie dich sehen! Genug geredet. Jake gibt gerade Bescheid, das Flugzeug startklar zu machen. Du brauchst dich um nichts zu kümmern.«

»In zehn Stunden seid ihr in Palermo«, rief der alte Jake, der gerade in die kleine Bibliothek zurückkehrte. Ich hatte gar nicht bemerkt, dass er hinausgeeilt war. »Schnell! Der Wagen wartet, er wird euch zum Flughafen bringen!«

»Zehn Stunden?«, fragte ich verwundert.

»Direktflug«, erwiderte Jake lächelnd. »Los, in den Wagen!«

Ich schätzte es nicht, anderen einen Gefallen zu schulden,

aber diesmal wollte ich das Angebot nicht noch einmal ablehnen. Kaspar hatte recht; würde ich nicht rechtzeitig ankommen, um mich von meiner Mutter zu verabschieden, würde ich mir das nie verzeihen.

Wir verbrachten die ganze Nacht in dem riesigen *Gulfstream* der Simonsons. Er war ein fliegender Palast, so luxuriös wie die Suite im Çiragan Palace Hotel in Istanbul, allerdings mit mehr Flugbegleitern als in Passagierflugzeugen. Wir waren nur zu dritt: Farag, Isabella und ich.

Isabella schlief fünf oder sechs Stunden, aber Farag und ich machten kein Auge zu. Wir sorgten uns um den Empfang in Palermo. Als wir das letzte Mal dort waren, hatte uns niemand Auf Wiedersehen gesagt oder gar zum Flughafen gebracht. Auch jetzt erwarteten wir nicht, vom Flughafen abgeholt zu werden, nicht einmal von meiner Schwester Agatha. Isabella und ich würden mit dem Taxi in das Krankenhaus fahren, in dem ihre Großmutter lag.

Vorausschauend wie immer fragte Farag den Steward nach Hotels in Palermo, doch da stellte sich heraus, dass man uns bereits im Grand Hotel, einem der zentralsten und schönsten Hotels der Stadt, ein Zimmer reserviert hatte. Ich würde den Simonsons gar nicht genug danken können für das, was sie für uns taten. Wir werden diese verdammten Ossuarien für sie finden, versicherte ich Farag todernst, selbst wenn sie gefälscht wären und so sehr mir die ganze Sache auch widerstrebte. Ich stand in ihrer Schuld, und da ich nicht gern in jemandes Schuld stand, würde ich dafür bezahlen.

Wir duschten und frühstückten im Flugzeug. Zwar hatten wir keine frische Kleidung dabei, aber das war in dem Moment das geringste Problem. Um elf Uhr Ortszeit verkündete uns der Flugkapitän, dass wir uns im Anflug auf Punta Raisi befänden, den Flughafen von Palermo, der eigentlich Falcone-Borsellino Airport hieß (zur Erinnerung an die berühmten Richter und Mafiajäger Giovanni Falcone und Paolo Borsellino, die 1992 von der Cosa Nostra ermordet wurden), den aber alle Welt wegen des Kaps Punta Raisi nannte. Der Flugkapitän berichtete außerdem, dass es in Palermo sechsundzwanzig Grad warm und keine einzige Wolke am Himmel zu sehen sei. Ein wunderschöner Junitag am Mittelmeer.

Isabella und ich verabschiedeten uns von Farag und stiegen in ein Taxi, das uns ins *Ospedale Civico* bringen sollte. Er selbst würde ins Hotel fahren und dort auf uns warten. Innerlich schäumte ich vor Wut, weil ich mich von meinem Mann trennen musste, obwohl meine Brüder und Schwestern bestimmt mit ihren jeweiligen Gattinnen und Gatten samt den dazugehörenden Kindern und Kindeskindern anwesend sein würden. Aber ich durfte Farag natürlich nicht mitbringen, es sei denn, ich wollte ihn mit einem Genickschuss in einem Straßengraben wiederfinden. Als eine Salina nach Palermo zurückzukehren bedeutete, in einen gefährlichen und aberwitzigen Kosmos einzutauchen, der sich meinem Verständnis entzog und von dem Isabella und ich uns für immer hatten fernhalten wollen.

Als wir mit dem Fahrstuhl in die Kardiologie hochfuhren, zitterten mir die Knie. Diese neuerliche Konfrontation mit meinen Geschwistern ließ mich Blut und Wasser schwitzen. Ich sandte ein Stoßgebet zum Himmel mit der Bitte um Kraft und Mut. Und ich betete für meine Mutter. Dann öffneten sich die großen Fahrstuhltüren. Der Flur war vollbesetzt. Es passte niemand mehr hinein, auch keine Salina. Es waren schlicht und ergreifend alle da, und das waren natürlich sehr viele. Plötzlich wurde es still, und alle Köpfe drehten sich uns zu.

»Los, Tante«, flüsterte Isabella und hängte sich bei mir ein. »Wir gehen jetzt zu ihnen.«

Sie musste mich regelrecht an ihren zahlreichen Cousins und Cousinen vorbeizerren, die in absolutem Schweigen verharrten. Nein, es war weder Schmerz noch Kummer, was in ihren jungen verblüfften Gesichtern zu lesen war. Es war Empörung über mein Auftauchen. Auch sie hatte man bereits einer Gehirnwäsche unterzogen. Sie alle waren meine Nichten und Neffen mit ihren jeweiligen Frauen und Männern. Ich hatte gesehen, wie sie geboren wurden und aufwuchsen, ich war ihre Tante, aber niemand von ihnen grüßte mich. Jetzt waren sie erwachsen und hielten sich streng an den Familienkodex.

Am Ende des Flurs standen die Älteren, meine Geschwister. Ich erkannte Pierantonio an seiner Franziskanerkutte. Alle starrten uns sprachlos an, als wir entschlossen auf sie zugingen. Nein, Angst verspürte ich nicht, ich spürte gar nichts. Nur Wut. Wie Giacoma, die bei meinem Anblick die Augen zusammenkniff wie ein Raubtier, das eine Beute wittert. Zorn flackerte in ihren Augen. Sie trat einen Schritt vor. Vermutlich wollte sie uns aufhalten, doch Pierantonio hielt sie zurück.

Ich hätte beinahe aufgelacht, als ich erkannte, dass Giacoma in ihrem Alter und mit dieser Leibesfülle das lange rabenschwarz gefärbte Haar offen wie ein junges Mädchen und gut zwei Kilo Schminke (oder mehr) im Gesicht trug. Ihr Anblick war abstoßend, und gleichermaßen abstoßend musste es jetzt auch in ihrem Innern aussehen. Ich hatte meine große Schwester sehr geliebt, doch auch wenn ständig wiederholt wurde, dass die Familie für immer und ewig sei, wusste ich ganz genau, dass ich sie nicht mehr liebte. Und sie mich auch nicht. Sie war eine vertraute Feindin, weiter nichts.

Pierantonio zu sehen berührte mich mehr. Mein Bruder war ein großartiger Mensch, ein guter Priester und ein echter Franziskaner, auch wenn Farag und Kaspar sich nur daran erinnerten, dass er auf dem Schwarzmarkt archäologische Kunstobjekte verkauft hatte. Pierantonio hatte es getan, um Krankenhäuser, Schulen und Suppenküchen für die Armen im Heiligen Land zu finanzieren. Wenn das schlecht war, sollte mir mal jemand erklären, warum. In meinen Augen gab es nichts Gottesfürchtigeres, was ein Mensch tun konnte. Außerdem ähnelten Pierantonio und ich uns im Charakter; ich kannte ihn gut, und wir sahen uns ziemlich ähnlich, abgesehen davon, dass er inzwischen ziemlich kahl auf dem Kopf war und einen ordentlichen Bauch angesetzt hatte. Es war traurig, zu sehen, dass er zwanzig Jahre älter wirkte, aber das Leben hatte ihn auch nicht gut behandelt.

Pierantonio kam auf Isabella und mich zu. Wir gingen ebenfalls ein paar Schritte weiter und blieben dann stehen. Er spielte die Brustwehr für die beiden gegnerischen Lager. Agatha, Isabellas Mutter, und Lucia, meine Schwester, die Dominikanernonne, hatten verquollene Gesichter und weinten still. Pierantonio küsste Isabella auf die Wange und bedeutete ihr, zu ihrer Mutter zu gehen. Dann sah er mich lange stumm an. Wenn er glaubte, dass mich das einschüchterte, hatte er sich getäuscht. Dann sah ich plötzlich ein rebellisches Lächeln um seine Lippen spielen, was er sich offensichtlich hatte verkneifen wollen. Aber zu meiner Freude wurde das Lächeln breiter und gewann die Schlacht.

Ich sah zu Boden und lachte auch.

»Ich dachte schon, du wirst mich auch ignorieren, Pierantonio«, flüsterte ich.

Jetzt konnte er seine Freude, mich zu sehen, nicht mehr verbergen, auch nicht das Leuchten in seinen Augen.

»Ottavia, kleine Ottavia!«, rief er und umarmte mich. »Ich freue mich so, dass du gekommen bist! Ich habe dich so vermisst!«

»Du hättest mich in Istanbul besuchen können«, erwiderte ich vorwurfsvoll, ohne mich aus der Umarmung zu lösen.

»Ihr habt mich nie eingeladen«, parierte er, hörbar zufrieden mit seiner Antwort.

Schließlich ließen wir einander los. Uns umgab undurchdringliches Schweigen. Und das, obwohl nicht mal mehr eine Stecknadel in diesen Krankenhausflur gepasst hätte.

»Und Mama?«

Sein Lächeln gefror.

»Sie wurde gerade geholt«, sagte er zögerlich. Er war angesichts des nahenden Todes unserer Mutter ebenso betroffen wie ich. »Ich habe ihr vor zwei Tagen die letzte Ölung erteilt. Sie ist in den Händen des Herrn.«

Nein, ich würde meine Mutter nicht mehr lebend wiedersehen.

»Was soll ich tun? Soll ich die anderen begrüßen oder nicht?«, fragte ich ihn leise, damit mich so wenige wie möglich hören konnten.

In seinem Blick stand ein kurzes Zögern.

»Besser nicht, Ottavia!«, stammelte er.

»Aber sie stehen kaum zwei Meter von uns entfernt, Pierantonio«, protestierte ich. »Dann wäre es doch schlicht lächerlich, hergekommen zu sein, hier her!« Ich zeigte auf den Boden. »Und einfach wieder zu gehen und so zu tun, als wäre ich gar nicht hier gewesen.«

»Ottavia«, stieß er hervor. »Giacoma hat jetzt das Sagen und die Familie angewiesen, dir den Rücken zuzudrehen und dich zu ignorieren, wenn du kommen solltest. Verstehst du?«

»Nein, das verstehe ich nicht, Pierantonio«, flüsterte ich und spürte das Blut in meinen Schläfen pochen. »Bin ich etwa nicht eure Schwester? Liegt nicht *unsere* Mutter im Sterben, die Mutter von uns allen? Ich habe das gleiche Recht wie sie, hier zu sein!«

»Sie können dir nicht verzeihen, dass du unserer Mutter solches Leid zugefügt hast. Sie werden es dir nie verzeihen.«

Leid?, dachte ich, welches Leid? Weil ich mich verliebt hatte? Weil ich ihr nicht gehorchte?

»Diese große Familie«, erklärte mein Bruder leise, obwohl uns mehr als einer verstehen konnte und es hinterher weitererzählen würde, »kreist um unsere Mutter, das weißt du. Mama ist der Mittelpunkt von allem, der Mittelpunkt aller. Und du hast ihr schrecklichen Schmerz zugefügt, als du dich von uns abgewendet hast, du hast uns alle Mafiosi genannt und erklärt, dass du unser Leben niemals akzeptieren würdest.«

»Warum redest du in der ersten Person Plural, Pierantonio? Du bist nicht wie sie. Lucia auch nicht. Uns drei hat Mama bewusst anders erzogen.«

»Stimmt, ich bin nicht wie sie«, räumte er ein. »Aber um sie nicht zu verlieren, um Mama nicht zu verlieren, akzeptiere ich, wie sie sind und was sie tun. Genau wie Lucia. Du nicht. Du hast dich mit der Familie überworfen. Und nicht genug damit, du hast die Kirche und den Vatikan verlassen, obwohl Mama so stolz auf dich war. Und zu allem Überfluss hast du einen Moslem geheiratet.«

»Farag ist kein Moslem! Er ist christlicher Kopte!« In Wahrheit war er Atheist, aber das gehörte nicht hierher. »Du kennst ihn und weißt das!«

Farag und Pierantonio hatten sich in Jerusalem kennengelernt, als wir den Räubern der *Ligna Crucis* auf den Fersen waren. Mein Bruder schüttelte bekümmert den Kopf.

»Das ist egal, Ottavia! Kaum zu glauben, dass du deine Mutter nicht besser kennst, dass du nicht weißt, wie sie ist und wie sie denkt! Sie beurteilt die Welt nach ihren eigenen Maßstäben.«

»Mama ist irrational«, bestätigte ich.

»Irrational, mag sein, aber sie ist immer noch deine Mutter. Und es hat dir nichts ausgemacht, ihr Schmerz zuzufügen. Das kann dir die Familie nicht verzeihen.«

»Mein Gott, wir leben im 21. Jahrhundert!«, platzte ich heraus und konnte meine Tränen nicht mehr zurückhalten.

»Die Salinas nicht, Ottavia. Die Salinas werden nie im 21. Jahrhundert ankommen, wenn es nach unseren Geschwistern geht. Komm«, er ergriff meinen Arm und führte mich zum Fahrstuhl. »Wir reden draußen weiter.«

Ich blieb hartnäckig stehen und weigerte mich, auch nur einen Schritt zu machen.

»Ich werde nicht von hier weggehen, Pierantonio. Ich bin gekommen, um meine Mutter zu sehen, und Giacoma wird mich nicht daran hindern können.«

»Ich verspreche dir, dass du Mama später sehen kannst«, sagte er gedehnt und zog wieder an mir. »Aber jetzt kommst du mit.«

»Nein!«

»Ottavia!«

»Ich habe Nein gesagt, Pierantonio!«

In der Familie wuchs die Unruhe; sie wussten nicht, was

sie tun sollten. Viele meiner erwachsenen Nichten und Neffen drehten mir den Rücken zu, wie Giacoma ihnen befohlen hatte.

»In Ordnung.« Mein Bruder gab sich geschlagen und ließ mich endlich los. »Und wenn ich dir sage, dass ich eine Nachricht von Monsignore Tournier für dich habe, kommst du dann mit?«

Verflucht noch mal!, dachte ich. Tournier hier, in diesem Moment, und mein Bruder als Bote?

Ich musste ein ziemlich perplexes Gesicht gezogen haben oder so was Ähnliches, denn Pierantonio lächelte und machte sich mit dieser fürstlichen Haltung, die ihn schon vor fünfzehn Jahren als Kustos im Heiligen Land ausgezeichnet hatte, auf den Weg zum Fahrstuhl.

Und ich stand schutzlos inmitten der Meute, die mir stumm die Zähne zeigte. Was für Feiglinge meine Geschwister doch waren, und wie erbärmlich meine Nichten und Neffen. Ich war einmal so stolz auf sie gewesen! Ich trat einen Schritt vor, einen einzigen Schritt, um Pierantonio zu folgen, blieb aber wieder stehen.

»Verzeih mir bitte, Giacoma«, sagte ich laut, damit alle mich verstehen konnten. »Und auch ihr anderen, verzeiht mir. Es tut mir leid, wenn ich euch in einem so traurigen Augenblick mit meiner Anwesenheit belästigt habe. Ich gehe schon. Ich hoffe, dass ihr mir verzeihen könnt.«

Mein Tonfall klang demütig und reuevoll. Meine Entschuldigung war sogar aufrichtig. Meine Absicht nicht. Meine Absicht war pervers und verrückt. Das war das Letzte, was sie von mir erwartet hatten. Sie waren auf Konfrontation und Kampf eingestellt, aber nicht darauf, eine unterwürfige Bitte um Vergebung zu hören. Ich kannte sie gut. Ich hatte sie besiegt. Schließlich war auch ich eine Salina, und dementsprechend heiligte auch für mich der Zweck die Mittel.

Während mich alle irritiert anstarrten und ich mir den fassungslosen und verblüfften Gesichtsausdruck von Giacoma, Cesare, Pierluigi, Salvatore und den anderen vorstellte, schritt ich wie eine Königin mit derselben fürstlichen Haltung wie mein Bruder zum Fahrstuhl, wo er auf mich wartete.

»Hat dir schon mal jemand gesagt, dass du teuflisch schlau bist?«, flüsterte Pierantonio, als sich die Fahrstuhltüren hinter uns schlossen.

»Farag sagt mir das oft«, erwiderte ich mit einem Pokerface. »Aber er liebt mich, also zählt das nicht.«

»Dann zählt auch nicht, was ich dir jetzt sage«, erwiderte mein Bruder, wobei er mir den Arm um die Schultern legte und mich an sich zog.

Als der Aufzug sich endlich in Bewegung setzte, mussten wir beide plötzlich schallend lachen. Die zwei oder drei Mitfahrer in dieser Metallkiste rückten ein wenig von uns ab, als hätten sie Angst vor uns. Und das, obwohl Pierantonio wie ein armer Franziskaner aussah mit seinem braunen Ordenskleid und den abgetragenen schwarzen Schuhen.

»Wir haben uns viel zu erzählen, kleine Ottavia!«, sagte er und drückte auf den Knopf zum dritten Stock. »Aber jetzt werden wir uns erst einmal von Mama verabschieden.«

Mir schnürte es die Kehle zu. Pierantonio brachte mich direkt zu unserer Mutter. Er war der Beichtvater von Doktor Agostino Martelli, dem Chef der Kardiologie; die beiden hatten alles vorbereitet, denn mein Bruder war sich ganz sicher gewesen, dass ich im Krankenhaus auftauchen würde.

»Ich kenne dich, kleine Ottavia!«, wiederholte er, als er mich durch die Flure und Wartezimmer voller Menschen führte. Viele, sehr viele von ihnen senkten respektvoll den Kopf, als er im Ordenskleid an ihnen vorbeiging. Sizilien würde immer Sizilien bleiben. Und ich kam von einem anderen Stern, daran gab es keinen Zweifel.

Schließlich gelangten wir zu einer großen Tür mit einem Schild, auf dem stand, dass der Zugang nur für Krankenhauspersonal erlaubt sei, doch mein Bruder blieb nicht stehen. Als wir eintraten, lächelte uns eine Gruppe Chirurgen in grüner OP-Kleidung an.

»Das ist meine Schwester Ottavia.«

Die Ärzte begrüßten mich freundlich und voller Sympathie, und einer sagte:

»Die Entdeckerin von Konstantins Mausoleum!«

Wenn Isabella dabei gewesen wäre, hätte sie verächtlich geschnaubt, ich aber nickte geschmeichelt.

»Sie möchten Ihre Mutter sehen, nicht wahr?«, fragte mich ein anderer Arzt mit bedauernder Miene.

»Ja, sehr gern«, erwiderte ich.

»Mach dir keine Sorgen, Agostino«, sagte mein Bruder. »Sie weiß, in welchem Zustand sie ist. Sie wird sich nicht erschrecken.«

Aber ich erschrak doch. Meine Mutter lag auf einer Bahre vor dem Operationssaal. Sie schien nicht bei Bewusstsein zu sein. Und war es tatsächlich nicht. Sie war bereits in Narkose. Mein Bruder Pierantonio ergriff ihre weiße Hand und küsste sie.

»Mama, Ottavia ist gekommen, um dich zu sehen«, sagte er und winkte mich näher. Meine Beine mochten mich kaum tragen. Da lag meine Mutter. Nein. Da lag der Körper meiner Mutter, der klägliche Rest, der von ihr übrig war. Meine Mutter, die stolze, hochmütige und starke Frau, an die ich mich erinnerte, gab es nicht mehr. Unter dem Laken zeichnete sich ein extrem dürrer und verbrauchter Körper ab. Meine Mutter war immer groß, perfekt, mächtig gewesen ... und war es selbst mit diesem ausgezehrten Gesicht noch. Schlafend und verwelkt, aber mit den vertrauten schönen Zügen.

»Sie wird nicht mehr aufwachen, oder, Pierantonio?«, fragte ich meinen Bruder, als ich um die Bahre herumging und die andere Hand meiner Mutter ergriff.

»Nein, Ottavia«, bestätigte er. »Sie wird nicht mehr aufwachen. Agostino hat sie in eine sehr tiefe Narkose versetzt. Verstehst du, was ich damit sagen will? Infolge der langen Unterversorgung mit Blut ist der Gehirnschaden irreversibel, und ihr Herz wird den Katheter nicht mehr aushalten. Sie tun das nur, um die Familie zum Schweigen zu bringen und sich Ärger zu ersparen. Aber Mama ist nicht mehr bei uns. Beten wir gemeinsam für sie.«

Aber ich betete nicht.

»Mama«, sagte ich und drückte ihre kalte Hand. »Mama!«

»Ottavia, sie hört dich nicht.«

»Mama, ich bin's, Ottavia«, sagte ich weinend. »Mama, bitte verzeih mir. Ich wollte dir nie wehtun, das schwöre ich dir. Ich liebe dich, Mama. Verlass mich bitte nicht, geh nicht!«

»Ottavia«, schimpfte mein Bruder.

»Verzeih mir, Mama«, wiederholte ich weinend. »Verzeih mir.«

»Ottavia, schau Mama an!« Pierantonios gebieterischer Tonfall ließ mich hochschrecken. »Schau sie an!«

Natürlich gehorchte ich. Meine Mutter hatte die Augen aufgeschlagen und blickte mich an. Sie blickte mich wirklich an, so unwahrscheinlich es klingen mag, und ich schenkte ihr ein schüchternes Lächeln. Sie erwiderte es. Es war ein Lächeln des Wiedererkennens. Sie wusste, dass ich da war, und sie wusste, wer ich war, selbst wenn mir tausend Ärzte bescheinigt hätten, dass das unmöglich sei. Mir war das egal. Ich weiß, was geschah. Meine Mutter erkannte mich wieder, sie lächelte mich an und verabschiedete sich von mir. Dann schloss sie die Augen, um sie nie wieder zu öffnen.

Kurz darauf spürte ich Pierantonios Hand auf meiner Schulter.

»Es freut mich, dass ihr euren Frieden miteinander gemacht habt«, sagte er mit gebrochener Stimme.

»Du hast es gesehen, nicht wahr, Pierantonio?«

»Ich habe es gesehen, kleine Ottavia, ich habe es gesehen. Mama konnte diese Welt nicht verlassen, ohne die Sache mit dir ins Reine zu bringen. Darin war sie immer sehr eigen. Und sehr dickköpfig.«

Ich beugte mich über sie und küsste sie auf die Stirn.

»Auf Wiedersehen, Mama«, flüsterte ich. »Danke für mein Leben.«

Ich legte ihre Hand auf das Laken, und Pierantonio tat es mir gleich. Dann küsste er sie ebenfalls.

»Grüße Gott von uns, Mama«, scherzte er.

»Oh bitte, Pierantonio!«, tadelte ich ihn. »Wann wirst du endlich erwachsen?«

»Morgen vielleicht«, sagte er, nahm meinen Arm und führte mich zur Tür. »Ja morgen, so um fünf oder sechs Uhr nachmittags.«

ACHTZEHN

Leider verstarb meine Mutter, als man ihr den Katheter legte. Zu dem Zeitpunkt saß ich weinend in einem Taxi auf dem Weg ins Hotel, weshalb der arme Taxifahrer andauernd besorgt in den Rückspiegel schaute. Vielleicht hätte ich meinen Mann anrufen sollen, dachte ich später, aber auf die Idee bin ich gar nicht gekommen. Ich vergaß meistens, dass ich ein Mobiltelefon habe, außer wenn es klingelte.

Farag und ich aßen in einer kleinen, gemütlichen Trattoria in der Nähe des Hotels, und während ich ihm weinend die schmerzlichen Einzelheiten des Treffens mit meinen Geschwistern erzählte, piepte Farags Smartphone unablässig. Immer, wenn eine WhatsApp eintraf, war ein Trillern und Trällern zu hören.

»Das ist Isabella«, sagte er immer wieder.

Unsere Nichte hielt uns auf dem Laufenden über das familiäre Getratsche. Sie hatte Farag über den Tod ihrer Großmutter im Operationssaal informiert. Sie war die eingeschmuggelte Berichterstatterin, die eigentlich nur weglaufen wollte, es aber nicht konnte und sich damit tröstete, uns Nachrichten zu schicken.

Auch die Simonsons hatten angerufen, um sich nach unserem Befinden zu erkundigen, und Kaspar schickte desgleichen mehrere WhatsApp-Nachrichten mit der Frage, wie es mir ginge, bis Farag ihm mitteilte, dass ich unversehrt zurückgekommen sei. Was er ihm nicht schrieb, weil er es noch gar nicht wusste, war, dass wir am Nachmittag eine Verabredung mit meinem Bruder Pierantonio hatten, der uns die mysteriöse Botschaft des abscheulichen Monsignore Tournier übermitteln sollte. Als ich es Farag erzählte, verzog er fassungslos das Gesicht.

»Woher wusste Tournier vom Zustand deiner Mutter, und wie konnte er sich sicher sein, dass du kommst?«, knurrte er nachdenklich. »Und in welcher Beziehung steht er zu deinem Bruder? Ich glaube, wir sollten sofort nach Toronto zurück. Das Ganze gefällt mir überhaupt nicht.«

Das Ganze war eine Ausrede. In Wirklichkeit hatte Farag keine Lust, Pierantonio wiederzusehen, allerdings nicht, weil er ein Salina war oder wegen seiner kriminellen Geschäfte mit archäologischen Kunstobjekten, sondern weil er Tournier und Pierantonio fälschlicherweise in denselben Sack steckte, ohne zu wissen, wie unterschiedlich die beiden waren.

»Es ist bestimmt wichtig«, entgegnete ich und trocknete mir die Tränen. »Und außerdem können wir nicht ohne Isabella abreisen.«

»Noch ein Problem! Ich fürchte, deine Schwester Agatha wird es uns ziemlich schwermachen.«

»Ja, das fürchte ich auch. Agatha wird nicht wollen, dass Isabella bei uns bleibt.«

»Bei den Göttern, was für eine Familie!«, stöhnte er bei der Vorstellung, auf seine geliebte Nichte verzichten zu müssen.

»Keine Gotteslästerungen!«

»Weil ich mich über deine Familie beklage?«

»Nein. Weil du Götter sagst, klingt es nach weltlichen Göttern.«

»Und genau die weltlichen Götter meine ich auch.«

»Sag ich doch, Gotteslästerung.«

Ich versuchte Normalität vorzutäuschen und zu scherzen, doch innerlich empfand ich so tiefe und schwarze Trauer, dass sich mein Herz wie eine dieser alten Zisternen von Konstantinopel anfühlte. Der Verlust meiner Mutter war zu frisch, und ich war mir nicht wirklich sicher, ob Gott ihr die vielen schweren Sünden vergeben würde. Ich vertraute auf Seine göttliche Barmherzigkeit. Ich vertraute auf Gottes Liebe. Ich vertraute darauf, dass meine Mutter trotz allem im letzten Moment all das Schreckliche bereute, das sie in ihrem Leben getan hatte. Sollte Jesus sie nur halb so lieben, wie ich sie geliebt hatte, dann hatte er ihr bereits vergeben, also sollte ich mich beruhigen, denn ich war davon überzeugt, dass Jesus sie viel mehr geliebt hatte. Zum Glück hatte die Kirche erklärt, dass die Hölle nicht existierte, denn sonst hätte ich mein restliches Leben lang nicht mehr ruhig schlafen können.

»Liebling, hörst du mir zu?«

»Was?«

»Du hast an deine Mutter gedacht, stimmt's?«

»Ja, tut mir leid.«

»Das muss es nicht, das ist normal. Bist du dir sicher, dass du Tourniers Nachricht wirklich hören willst? Unser Desinteresse würde ihn am meisten ärgern.«

»Hatte ich dir nicht gesagt, dass ich die Ossuarien für die Simonsons finden werde, was auch immer es kostet?«

Farag lächelte. Er hatte soeben einen weiteren Knopf auf meiner Kontrollleiste entdeckt.

»In Ordnung. Dann rufe ich jetzt Kaspar an und informiere ihn über das Treffen mit Tournier und Pierantonio.«

Wenn Farag meinen Bruder nicht mochte, verachtete Kaspar ihn zutiefst, und Pierantonio verachtete Kaspar seinerseits weit mehr, als es einem Priester angemessen war. Eigentlich fürchtete er ihn. Als Kaspar noch die Drecksarbeit für den Vatikan erledigte, hatte er die finanziellen Betrügereien meines Bruders aufgedeckt, um sich das Geld zu beschaffen, das die Kirche ihm nicht geben wollte, und Kaspar hatte sich von seiner besten Seite gezeigt und seine eiserne Keule der Macht auf den armen Pierantonio niedersausen lassen.

»Ganz ruhig ...«, sagte mein Mann ins Telefon, während ich, die keinen Hunger hatte, mühsam meinen Teller leerte. »Verdammt noch mal, Kaspar, hör auf zu brüllen!«

»Brüll du nicht«, flüsterte ich ihm zu. Das ganze Restaurant starrte uns an.

»Ja, Mann, ja!« Farag deutete mir an, dass der Ex-Cato gerade sämtliche Wände und Dächer hochging. »Sag ihnen, dass es uns gut geht. Ja, sicher. Uns geht's gut. Nein, auf keinen Fall. Ja. Sobald Isabella kommt, steigen wir ins Flugzeug. Im Ernst. Nein, das werde ich meinem Schwager nicht sagen. In Ordnung. Genau, gute Idee, wartet und lasst das Telefon an. Ja. Wir rufen euch später an.«

»Sie werden nicht warten und auf das Telefon starren«, sagte ich lächelnd zu Farag, als er aufgelegt hatte.

»Du kannst darauf wetten, dass sie das tun werden«, erwiderte er verärgert mit starkem arabischen Akzent. »Du kannst darauf wetten, dass die Hälfte der Gäste in diesem Restaurant für die Simonsons arbeitet.«

»Oder für Gottfried Spitteler und Monsignore Tournier.«

»Bei allen weltlichen Göttern!«

»Farag!«

Mein Bruder Pierantonio erschien am Nachmittag im Hotel mit ernstem und gerötetem Gesicht wie jemand, der geweint hatte. Sein prominenter Bauch hinderte uns nicht daran, uns mitten in der Cafeteria traurig und innig zu umarmen. Der Tod unserer Mutter, wenn auch logisch und zu erwarten in dem Alter, war kaum ein paar Stunden her. In einem anderen Leben hätten Pierantonio und ich in dem Moment mit allen Geschwistern, Nichten und Neffen und der restlichen Verwandtschaft am Totenbett unserer Mutter gewacht. Aber das Leben ist nicht immer einfach. Eigentlich ist es in Wirklichkeit ziemlich kompliziert.

Farag und Pierantonio begrüßten sich mit einem höflichen Handschlag. Mein Bruder mochte meinen Mann, wie man eben einen stacheligen Kaktus mögen kann, denn das waren für ihn alle Freunde von Kaspar. Mein Mann hingegen mochte meinen Bruder nicht, weil er archäologische Funde gestohlen und veräußert hatte. Doch sie gaben sich die Hand, und wir setzten uns. Im Hintergrund lief leise Musik.

»Wir haben Cappuccino bestellt«, sagte Farag. »Was möchtest du?«

»Espresso bitte.«

»Los, erzähl schon«, forderte ich meinen Bruder auf, während Farag den Kellner rief.

»Womit soll ich anfangen?«, fragte er mit einem traurigen Lächeln. »Mit Tournier oder mit Isabella?«

Farag und ich zuckten zusammen.

»Mit Isabella!«, tönten wir unisono.

»Giacoma hat ihr verboten, mit euch zurückzukehren. Es gab einen Riesenkrach im Thanatorium.«

Farag griff sofort zu seinem Smartphone, das auf dem Tisch lag, und schrieb eine WhatsApp-Nachricht.

»Was schreibst du ihr?«, fragte ich ängstlich.

»Ich beruhige sie«, erwiderte er, mühsam die Wut bezwingend, die in seinen Augen funkelte. »Noch mehr Druck kann sie jetzt nicht gebrauchen.«

»Sag ihr, dass wir auf sie warten«, flüsterte ich. Ich fühlte einen stechenden Schmerz im Magen, denn Tränen hatte ich keine mehr. »Sie soll sich keine Sorgen machen und nicht auf ihre bescheuerte Tante Giacoma hören. Sie soll ihr aus dem Weg gehen, dann wird die sie schon vergessen.«

»Giacoma vergisst nie etwas«, erklärte mein Bruder und raffte sein Ordenskleid, um bequemer zu sitzen. »Sie verzeiht auch nicht.«

»Ich weiß«, räumte ich ein. »Aber das werden wir dem Mädchen nicht sagen. Man muss ihr ja keine Angst machen.«

»Isabella ist weder dumm, noch hat sie schnell Angst«, murmelte mein Mann, ohne beim Tippen mit beiden Daumen innezuhalten.

Ich konnte nicht mehr. Der Tag war anstrengend, deprimierend und schmerzlich gewesen. Der Kellner brachte den dampfenden Espresso für Pierantonio, der ihn ohne Zucker oder Rücksicht darauf, dass er sich die Zunge verbrennen könnte, hinunterschüttete. Das Koffein schien ihn zu beleben.

»Pierantonio, erzähl uns bitte endlich von Tournier«, sagte Farag, als er das Smartphone wieder auf den Tisch legte.

Mein Bruder schnaubte.

»Also, ich war gestern in der neuen Suppenküche, die wir für die vielen Tausend Armen dieser verdammten Wirtschaftskrise eröffnet haben«, begann er zu erzählen, »da klingelte mein Telefon. Es handelte sich um eine unbekannte Nummer, und ich hatte sehr viel zu tun, also nahm ich nicht ab. Aber es klingelte noch zweimal, also ging ich doch ran. Meine Güte, wie affektiert und dämlich doch manche Leute sind!«

»Komm zum Punkt, Pierantonio«, ermahnte ich ihn. Mir war nicht nach Albernheiten zumute.

»Also, es war Monsignore Tournier *höchstpersönlich*, wie er es ausdrückte. Er bat mich, euch eine Nachricht zu übermitteln«, seufzte mein Bruder. »Er sagte, dass ihr kommen würdet, um Mama zu sehen, er aber keine Möglichkeit sähe, mit euch in Verbindung zu treten, also wäre er mir sehr dankbar ...«

»Zum Punkt!«, knurrte ich.

Pierantonio warf mir einen resignierten Blick zu und faltete die Hände über dem Bauch.

»Na schön, ihr solltet euch zu eurem Besten von den Simonsons fernhalten, denn sie seien nicht, was sie zu sein scheinen. Ich nehme an, dass es sich nicht um *die* berühmten und mächtigen Simonsons handelt, sondern um andere, normale Simonsons; wie dem auch sei, Tournier bittet euch im Namen und bei der Liebe Gottes, aufzuhören mit der Suche nach dem, was ihr für die Simonsons sucht, und es stattdessen für die Kirche und für ihn zu tun. Im Gegenzug bietet er euch dreihundertfünfzig Millionen kanadische Dollars, also fast zweihundertfünfzig Millionen Euro, und ich brauche euch nicht zu sagen, wie beschämend und obszön mir diese Summe vorkommt bei so viel Hunger in diesen Zeiten der barbarischen Wirtschaftskrise.«

Ich benötigte einen Moment, um zu begreifen, doch Farag brach in schallendes Gelächter aus. Das bekam Pierantonio natürlich in den falschen Hals.

»Wenn du die Not der anderen so erheiternd findest ...« sagte er schneidend und kalt, was mir bekannt vorkam. Ich vergaß ständig, wie sehr wir uns ähnelten.

»Nein, nein, Pierantonio«, stammelte ich und konnte mir das Lachen auch kaum verkneifen. »Farag lacht nicht über die Armut anderer. Es gibt vieles, was du nicht weißt. Die Millionen, die Tournier anbietet, sind das Ergebnis einer Falle, die wir ihm vor ungefähr einem Monat gestellt haben, als wir merkten, dass wir ausspioniert werden.«

Mein Bruder entspannte sich.

»Soll heißen, ihr habt Tournier ausgetrickst.«

»Genau!«, bestätigte ich und fiel endlich in Farags Lachen ein, der einfach nicht aufhören konnte.

Pierantonio sah uns mit einem arglistigen Lächeln an.

»Dieses Geld der Kirche«, erklärte er verschmitzt, »käme uns gut gelegen für die Menschen, die jüngst ihre Häuser verloren und nichts zu essen haben.«

»Es ist kein Geld der Kirche«, sagte Farag, der sich endlich wieder beruhigte. »Theoretisch hat Tournier keinen Zugriff auf das Geld der Kirche. Diese Millionen, die er so großzügig anbietet, stammen von weltlichen Organisationen.«

»Opus Dei?«, fragte mein Bruder keineswegs überrascht.

»Ja, das ist die bekannteste«, bestätigte ich. »Aber auch Schönstatt, Kommunion und Befreiung, die Legionäre Christi usw. Soweit wir wissen, hat Tournier die Macht über sie an sich gerissen und setzt sie nach Gutdünken ein.«

Farag sah verstohlen auf seine Uhr.

»Und was sucht ihr für diese Simonsons, die nicht sind, was sie zu sein scheinen?«, fragte Pierantonio neugierig und Naivität vortäuschend.

»Spiel nicht das Klatschmaul!«, warnte ich ihn.

»Klatschmaul?«, empörte er sich. »Wenn jemand zweihundertfünfzig Millionen Euro dafür bezahlen will, dass ihr aufhört, etwas für die einen zu suchen, um es für ihn zu suchen, dann musst du zugeben, dass die klügste Frage lautet, *was* du suchst und nicht, *wie viel* dir die einen bezahlen und warum dir die anderen so viel dafür bezahlen wollen.«

»Ich habe dir doch gesagt, dass wir ihm eine Falle gestellt haben«, wiederholte ich vorgebeugt, damit die Botschaft auch direkt in seinen Dickschädel vordrang. »Niemand bezahlt uns etwas.«

»Zum jetzigen Zeitpunkt«, fügte Farag mit verlorenem Blick hinzu.

»Zum jetzigen Zeitpunkt«, bestätigte ich. »Vielleicht wollen wir gar kein Geld. Es gibt Wichtigeres.«

Mein Bruder bekreuzigte sich entsetzt.

»Wichtigeres als zweihundertfünfzig Millionen Euro?«, entfuhr es ihm mit schriller Stimme. »Viel Wichtigeres? Wie wichtig? Wie viel wichtiger?«

»Also wirklich, Pierantonio, hör endlich auf!«, empörte ich mich. »Wir werden dir nichts erzählen.«

Da er ein Salina war, ergab dieser Satz für ihn keinerlei Sinn. Bestimmt hatte er es folgendermaßen verstanden: »Wenn du noch ein wenig länger bohrst, erzählen wir dir alles.« Denn in der Folge brachte er alle möglichen Ausflüchte, Umschweife, Gleichnisse, Mahnungen und Spitzfindigkeiten vor und bedrängte uns mit dem Erstbesten, was ihm einfiel. Aber Farag, der solche Schlachten von zu Hause kannte, war unerschütterlich wie ein Grab und ich aus Solidarität – und Lust – ebenfalls.

Plötzlich sprang Farag mitten in der Hitze des Gefechts von seinem Stuhl auf.

»Isabella!«, rief er. »Los, Ottavia, schnell! Zum Flughafen!«

Meine Nichte war mit geschwollenen und geröteten Augen vom vielen Weinen wie eine Erscheinung in der Cafeteria aufgetaucht. Sie blickte sich suchend nach uns um, doch wir flitzten bereits auf sie zu.

»Hast du ihr geschrieben, dass sie abhauen soll, Farag?« Ich befürchtete das Schlimmste.

»Na klar!«

Isabella fiel mir um den Hals. Ihr Onkel war etwas langsamer

geworden, um mir den Vortritt zu lassen. Als ich sie fest umarmte, stellte ich überrascht fest, welche Angst sie hatte. Sie zitterte. Ich versuchte sie zu trösten und gab ihr sogar einen Kuss. Als ich sie wieder losließ, fragte mich mein Bruder:
»Was soll ich Tournier sagen, wenn er wieder anruft?«
Ach ja, logisch, dass Tournier auf eine Antwort wartete.
Wortlos umarmte ich jetzt den kräftigen Pierantonio. Es schmerzte mich sehr, mich schon wieder von meinem Bruder zu verabschieden. Wer wusste schon, wann ich ihn wiedersah? Mein Leben bestand aus Verlusten, Abschieden und Trennungen. Vielleicht machte ich etwas falsch.
»Sag Tournier, dass wir unter tausend Millionen keinen Finger krumm machen.«
Pierantonio lachte leise.
»Pass auf dich auf, kleine Ottavia«, flüsterte er und drückte mich fest. »Du fehlst mir jetzt schon.«
Am Abend würde Pierantonio eine schwere Auseinandersetzung mit Giacoma haben.

NEUNZEHN

Isabella und ich stiegen derart erschlagen ins Flugzeug, dass wir beim Start schon tief und fest schliefen. Ich träumte von meiner Mutter, meinem Vater und meinen Geschwistern, als wir noch klein waren. Ich träumte von einer Zeit, die zwar kurz gewesen war, aber meine Kindheit ausmachte. Als ich von der Hexe Giacoma und ihrem Anblick am Vortag träumte, weckte mich zum Glück ein Kuss von Farag, der mir verkündete, dass wir in Toronto eingetroffen seien. Ich hatte zehn Stunden geschlafen, ohne ein einziges Mal aufzuwachen, und fühlte mich gut, wirklich richtig erholt. Gewiss, meine Mutter war gerade gestorben, aber sie gehörte schon so lange nicht mehr zu meinem Leben, dass bei meiner Heimkehr auch wieder Ruhe und Frieden einkehrten. Außerdem gehörte dieser letzte Moment, als sie mich erkannte und anlächelte, für immer mir ganz allein und ließ auch eine schmerzliche Wunde heilen, nämlich die, dass meine Mutter mich nicht genug geliebt hatte. Das war nun Geschichte, und alles Vorangegangene war ausgelöscht. Deshalb fühlte ich mich so gut.

Der Wagen der Simonsons wartete am Ende der Landepiste – eine weitere freundliche Geste – und brachte uns direkt zum Haus, zu unserem Haus auf dem Campus der UofT. Laut seufzend vor Erleichterung traten wir ein. Als wir uns hörten, mussten wir lachen. Farag legte mir den Arm um die Schultern und drückte mich, wir setzten uns ins Wohnzimmer, atmeten den vertrauten Geruch ein und entspannten uns; so ergriffen wir wieder Besitz von unserem Raum und Ort auf der Welt. Sizilien war ein Alptraum gewesen, aber dieser Alptraum hatte siebentausend Kilometer entfernt in einer Zeitkapsel von vierzig Stunden stattgefunden.

Farag hatte nach den Telefonaten mit Kaspar und den Simonsons im Flugzeug ebenfalls ein wenig schlafen können, sodass wir duschten, frische Kleidung anzogen und frühstückten (heimischer Kaffee, wenn auch aus diesen grässlichen Kapseln). Und nachdem wir noch eine Zeit lang wie erbärmliche Faulpelze auf den Sofas herumgelümmelt hatten, waren wir bereit, einen normalen Tag in einem normalen Leben zu beginnen. Aber was war denn schon unser normales Leben? Die Suche nach den sterblichen Überresten von Jesus von Nazareth und seiner Familie im Auftrag von Multimillionären, die nicht die waren, die sie zu sein schienen? Und wenn wir den Wagen nehmen und einen Ausflug zu den Niagarafällen machen?, lautete mein Vorschlag. Dort könnten wir dann unseren Tod vortäuschen, einfach verschwinden und ein neues Leben bei einem afrikanischen Stamm beginnen. Nein, nicht bei einem afrikanischen, denn in Afrika war eine böse Ebola-Epidemie ausgebrochen. Besser bei einem Aborigines-Stamm in Australien.

»Aber mit WLAN«, verlangte Isabella.

»Dort gibt es aber einen Haufen Viecher und Schlangen«, fügte Farag hinzu.

»War ja nur eine Idee«, räumte ich enttäuscht ein, aber zum Glück hatte ich schon eine andere. »Isabella, schau mal ins Internet, ob du was Merkwürdiges über die Simonsons findest.«

»Was Merkwürdiges?«, fragte sie. »Wie merkwürdig?«

»Keine Ahnung. Als Monsignore Tournier mit deinem Onkel Pierantonio gesprochen hat, behauptete er, sie seien nicht vertrauenswürdig, wir sollten uns von ihnen fernhalten, weil sie nicht sind, was sie zu sein vorgeben.«

»Wir wissen doch schon, dass sie Außerirdische sind, das nützt jetzt auch nichts mehr«, frotzelte Farag, ohne von seinem Tablet aufzublicken.

»Natürlich nicht!«, protestierte ich. »Es muss etwas mit ihrem Reichtum zu tun haben.«

»Vielleicht sind sie arm«, schlug Farag vor. »Vielleicht tun sie nur so, als wären sie reich.«

Isabella krümmte sich vor Lachen.

»Irgendwas, das mit ihrem Reichtum, ihrer Religion oder ihrer Familie zu tun hat!«, rief ich ungehalten. »Tournier hat das bestimmt nicht ohne Grund gesagt!«

»Genau!«, bestätigte mein Mann und sah mich mit seinen wunderschönen blauen Augen an, dass mir die Beine zitterten. »Du sollst dir Sorgen machen, er will dich erschrecken, er will deinen Argwohn und dein Misstrauen wecken, um einen Keil zwischen uns und die Simonsons zu treiben. Tournier kennt dich ziemlich gut und weiß genau, dass du gern in diese Art Fallen tappst.«

»So wie er in die mit den zweihundertfünfzigtausend Millionen Euro?«

Isabella lachte sich noch immer schlapp.

»Du hast es erfasst«, sagte Farag lächelnd.

»Schön, ist gut jetzt«, schloss ich. »Tu einfach, worum ich dich gebeten habe, Isabella. Dann bin ich beruhigt.«

Die Türklingel ließ uns zusammenzucken. Wir erwarteten doch niemand, oder? Farag ging öffnen, und gleich darauf stürmte ein hübscher, ordentlich gekämmter und frisch duftender Blondschopf auf mich zu. Linus war so glücklich, mich wiederzusehen, dass ich regelrecht gerührt war. Ich erinnerte mich an die vorwurfsvollen und rachsüchtigen Gesichter meiner eigenen Neffen und Nichten am Vortag und dachte, dass ich mir vielleicht eine Ersatzfamilie zulegen sollte, dass die Zuneigung, die der arme kleine Linus mir entgegenbrachte, um ein Vielfaches größer war als die meiner blutsverwandten erwachsenen Nichten und Neffen (ausgenommen Isabella natürlich). Und plötzlich ertappte ich mich dabei, wie ich ihn drückte und abküsste.

»Aber hallo!«, stichelte Isabella. »Wie herzlich du auf einmal sein kannst, Tante!«

Überrascht ließ ich Linus los, der sogleich zu ihr lief, und sah meine Nichte an. Hatte ich da etwa Eifersucht herausgehört? Ich seufzte. Ich sollte Isabella öfter herzen und drücken, auch wenn ich nicht wusste, wie ich das anstellen sollte. Ich nahm mir vor, es nicht zu vergessen.

Kaspar und Farag kamen ins Wohnzimmer.

»Willkommen daheim!«, rief der Ex-Cato, der noch immer an Krücken ging und mit ihnen ständig und überall andockte. »Wie geht es dir, Dottoressa?«

»Mir ginge es besser, wenn du nicht alle meine Möbel demolieren würdest«, sagte ich mit Blick auf seine Metallstützen.

Erst da fiel es ihm auf.

»Dieses Haus ist einfach zu klein«, rechtfertigte er sich.

»Natürlich ist es nicht das luxuriöse Anwesen der Simonsons«, spottete ich.

Hinter Kaspar tauchte Abbys hässliches Gesicht auf. Sie hatte meinen Kommentar bestimmt gehört.

»Donnerwetter, Abby«, rief ich übertrieben erfreut. »Ich habe dich gar nicht reinkommen sehen.«

Die Erbin lächelte, und weil sie ebenso schlau war wie ihre Großeltern, nutzte sie die Gunst der Stunde und eilte auf mich zu, um mir einen lauten Kuss auf die Wange zu schmatzen. Mein Gott! Was hatte denn plötzlich alle Welt mit dem Küssen?

»Wie geht es dir, Ottavia?«, fragte sie arglos, wobei ihr die Zufriedenheit über ihren Triumph deutlich im Gesicht stand.

»Gut«, antwortete ich und gab mich geschlagen. »Ziemlich gut.«

Zu dem Zeitpunkt wusste ich schon, dass Abby keine ansteckende Krankheit hatte. Andernfalls hätte ich sie schon irgendwelche Medikamente nehmen sehen an den vielen Tagen, die wir zusammenarbeiteten oder unterwegs waren. Was mich am meisten ärgerte, war, dass sie gewonnen hatte. Ich war eine schlechte Verliererin.

»Wir kommen euch abholen«, verkündete der Ex-Cato unumwunden. »Der Wagen wartet draußen.«

»Wir bleiben heute lieber zu Hause, wenn es euch nichts ausmacht«, sagte ich und kuschelte mich ins Sofa. Ich würde mich nicht von der Stelle rühren, selbst wenn die Welt unterginge.

»Hast du nicht gerade gesagt, dass es dir gut geht?«, fragte Kaspar überrascht.

»Ja, es geht mir gut«, versicherte ich lächelnd. »Aber die Reise war anstrengend.«

»Wir haben nichts im Kühlschrank, *Basileia*«, argumentierte Farag.

»Wir bestellen uns was.«

»Wir haben keine Zeit, Dottoressa«, knurrte der Ex-Cato angriffslustig. »Glaubst du, dass sich seit eurer Abreise was geändert hat? Tourniers Angebot muss dir doch vor Augen geführt haben, wie ernst die Lage ist.«

»Kaspar hat recht, Ottavia«, sagte mein Mann und stand auf. »Wenn wir nicht fünf Minuten, nachdem er und Spitteler mit den Ossuarien verschwunden sind, in dem Versteck ankommen wollen, dürfen wir keine Zeit verlieren. Und ich möchte dich daran erinnern, dass auch noch Marco Polos Briefe warten. Jake und Becky werden bestimmt langsam ungeduldig.«

»Das sind sie schon«, bestätigte die Erbin lächelnd. »Mein armer Großvater ist gestern ständig zur kleinen Bibliothek hinuntergegangen und wieder heraufgekommen. Er wirkte wie ein Tiger im Käfig.«

»Dein Großvater hat zu viel Energie«, erwiderte ich und begann mich mit dem Gedanken anzufreunden, auf das Anwesen der Simonsons zurückzukehren.

Aber bevor mir das gelungen war, trafen wir auch schon dort ein, und alle waren begeistert außer mir. Warum musste ich gefühlsmäßig immer gegen den Strom schwimmen? Entweder lag es daran, oder die anderen waren die Spinner, was mir sehr viel einleuchtender erschien. Als ich wieder die kleine Bibliothek betrat, veränderte sich meine Stimmung schlagartig, und wie schon bei früheren Gelegenheiten durchströmte mich ein großes Glücksgefühl.

Jake und Becky begrüßten uns herzlich und bekundeten mir ihr Beileid zum Tod meiner Mutter (nein, der Tod schien ihnen nicht im Entferntesten Angst zu machen). Als wir uns für alles, was sie getan hatten, bedanken wollten, mochten sie nichts davon hören und wechselten zu einem Thema, das sie viel mehr interessierte: Tournier hatte herausgefunden, dass sie Außerirdische waren. Sie amüsierten sich köstlich darüber, und ich fragte mich, ob sie eigentlich wussten, dass es auf der ganzen Welt tatsächlich eine Menge Bücher und Artikel zu dem Thema gab. Gewiss, sie waren nicht unbedingt eine empfehlenswerte Lektüre, aber alles in allem hätte ich mir an ihrer Stelle schon Sorgen gemacht, wenn die Leute so hartnäckig daran festhielten. Außerdem hatte Tournier nicht behauptet, sie seien Außerirdische, sondern dass sie nicht diejenigen seien, die sie zu sein schienen, und dass sie wie Außerirdische wirkten, dürfte er wohl nicht gemeint haben. Meine Nichte würde es herausfinden, beruhigte ich mich, und im Unterschied zu denen, die solchen Blödsinn verbreiteten, kannte sie die Simonsons persönlich und wusste, wonach sie suchen musste.

Isabella und Linus gingen in den Garten, denn es war ein wunderschöner Tag, und es schien fast, als hätte die sonst schwächliche Sonne Kanadas mit der wunderbar kräftigen Sonne des Mittelmeerraums getauscht, die ich so mochte. Vier kleine Urenkel von Jake und Becky waren für ein paar Tage zu Besuch, und da sie ungefähr in Linus' Alter waren, erschallte von allen Seiten Lachen und Rufen. Wir Erwachsenen zogen uns zum Arbeiten in meine perfekte kleine Bibliothek im Untergeschoss zurück. Niemand hatte etwas angerührt. Meine Unterlagen und meine Notizen lagen an genau der Stelle, wo ich sie vor zwei Tagen liegen gelassen hatte, auch wenn mir diese wie eine Ewigkeit vorkamen.

Jake und Becky warteten tatsächlich ungeduldig darauf zu erfahren, was Marco Polo über die Ossuarien zu berichten hatte. Kaspar und Abby waren so rücksichtsvoll gewesen, ihnen in unserer Abwesenheit nichts zu erzählen, und es war auch sehr rücksichtsvoll, dass die Multimillionäre nicht in der Bibliothek herumgeschnüffelt hatten. Ich hätte mich ohne zu zögern auf die Briefe gestürzt und mir dann irgendeine Ausrede einfallen lassen.

Meine drei Forschungskollegen – und Unterstützer für meinen dritten Getty-Preis – kehrten ebenfalls an ihre Arbeitsplätze am großen Tisch der Bibliothek zurück, wo Farag und Kaspar rasch ihre Papiere und Notizen durchgingen. Die innere Unruhe der alten Simonsons, die kaum still auf ihren Sesseln sitzen konnten und nervös miteinander tuschelten, während sie uns keinen Moment aus den Augen ließen, störte mich ein wenig, obwohl ich sie auch verstehen konnte. Denn tatsächlich wurde mir beim Durchlesen meiner Übersetzungen bewusst, dass wir eine geschichtliche Bombe und selbstverständlich auch eine religiöse Bombe in Händen hielten, auch wenn Letzteres noch zu beweisen war.

Plötzlich hatte ich das Gefühl, dass die beiden Tage seit meiner Abreise nicht wirklich vergangen waren. Ja, meine Mutter war gestorben, daran bestand kein Zweifel, und das gab meinen Eindrücken eine andere Färbung, aber das Leben setzte sich durch, und Marco Polos Briefe halfen mir dabei, meine Bindungen an Sizilien, wo mir nichts geblieben war, zu kappen.

Wenn ich aber verhindern wollte, dass die Klappe mit Turboantrieb, die Jake anstelle eines Herzens in der Brust trug, explodierte und Kanada von der Weltkarte löschte, musste ich mich schleunigst an die Arbeit machen.

»Also gut, dann wollen wir mal«, begann ich und nahm meine Brille ab, um besser in die Ferne schauen zu können. »In den drei Briefen von Marco Polo haben wir die Antworten gefunden, die wir suchen: Wer Hülegü und Makkikha II. im Jahr 1261 die Ossuarien gestohlen hat, warum sie gestohlen und wo sie dann versteckt wurden.«

»Vielleicht sollten wir sie vorher ins Bild setzen, Ottavia«, schlug Abby vor.

»Mach du das gern, wenn du willst.«

»Klar«, erwiderte sie zufrieden und setzte sich neben Kaspar.
»Also, liebe Großeltern, ihr müsst euch noch einmal ins 13. Jahrhundert versetzen und vorstellen, wie Marco Polo mit Vater und Onkel in Täbris eintraf und mit Maria Palaiologina sprach, die zu dem Zeitpunkt noch Despina Khatun, eine der Hauptfrauen von Abaqa Khan war.«

»Einverstanden«, sagte Becky.

»Maria hat sie erwartet, weil Tedaldo Visconti, inzwischen Papst Gregor x., ihr in einem Brief das Eintreffen der Polos angekündigt hatte. Sie waren venezianische Handelsreisende, die an den Hof von Kublai Khan in Catai, also in China, zurückkehren sollten, aber sie waren auch geheime Gesandte Gregors x., um die Ossuarien zu finden, von denen er glaubte, dass Hülegü sie Jahre zuvor seinem Bruder Kublai geschenkt hatte.«

»Genau«, bestätigte Jake.

»Marias Treffen mit den Polos verlief sehr gut«, berichtete Abby weiter. »Niccolò und Maffeo hatten sieben Jahre im byzantinischen Konstantinopel gelebt, wo ein weiterer Polo-Bruder eine Dependance des Familiengeschäfts führte, weshalb sie perfekt Griechisch sprachen. Marco, Niccolòs jüngster Sohn, sprach es ebenfalls fließend, denn er sollte wie der Vater Händler werden, und zu jener Zeit führten alle Wege in den Orient unweigerlich durch Konstantinopel. Deshalb brauchten sie bei Maria in ihrem luxuriösen *ordo* in Täbris keinen Dolmetscher und konnten vertraulich miteinander reden.«

»Aber Maria hat ihnen doch vom Raub der Ossuarien 1261 erzählt, oder?«, fragte Jake ungeduldig.

»Ja«, antwortete diesmal ich. »Ja, das hat sie. Sie erzählte es den Polos, als sie in Täbris waren, aber nicht dem orthodoxen Patriarchen von Konstantinopel, Joseph i. Galesiotes, als der ihr 1268 aus diesem Grund schrieb, auch nicht dem zukünftigen Papst Tedaldo Visconti, der sie 1268 ebenfalls deswegen anschrieb: Sie sollte herausfinden, wo die Ossuarien waren. Leider schildert Marco Polo das nicht in allen Einzelheiten, aber Marias mündlicher Bericht dürfte viel ausführlicher gewesen sein.

Marco setzt voraus, dass Maria und er Bescheid wussten, erklärt es aber nicht näher.«

»Aber warum hat Maria es nicht den anderen erzählt?«, fragte die schöne Becky verblüfft. »Einer von ihnen war ihr Patriarch von Konstantinopel.«

»Uns fehlen noch viele Informationen, Becky«, lautete meine Antwort. »Wir arbeiten an Dingen, die vor achthundert Jahren geschahen und für die es nur wenige Belege gibt. Vielleicht finden wir es heraus, vielleicht auch nicht, wer weiß. Vielleicht konnte oder sollte Maria auch einfach nichts Schriftliches über den Raub hinterlassen.«

»Na schön«, räumte sie ein. »Du hast recht, Ottavia. Erzählt bitte weiter.«

»Marco Polos erster Brief an Maria«, sagte ich mit Blick auf meine Übersetzung, »trägt das Datum vom Oktober 1282 aus der Stadt Yangiu, zehn Jahre nach dem Treffen in Täbris.«

»Zehn Jahre!«, entfuhr es Becky. »Warum so lange?«

»Weißt du, wie lange im 13. Jahrhundert eine Reise von Konstantinopel nach China dauerte, Großmutter?«

»Keine Ahnung.«

»Anhand der Daten, die wir haben«, mischte sich Farag ein, »und den Büchern anderer Handelsreisender dauerte die Reise mit Kamelen, Karren und Zugtieren ungefähr zehn Monate. Die Polos, die vermutlich mit *Paizas*, Gold- oder Silbertäfelchen, oder mit Passierscheinen unterwegs waren, die sie vom Großkhan Kublai für die Reise erhielten, brauchten ungefähr drei bis dreieinhalb Jahre bis zur Ankunft. Niemand weiß, warum.«

»Niemand wusste, warum«, korrigierte ich ihn.

»Stimmt«, sagte Farag lächelnd. »Denn wir wissen es. Die unerklärlich lange Reisedauer war der Suche nach den Ossuarien geschuldet.«

»So berichtet es zumindest Marco Polo Maria«, fügte ich hinzu, »als er aus einer Stadt schrieb, die er Yangiu nennt, die aber in Wirklichkeit Yangzhou hieß und in der Provinz Jiangsu

Central, am Nordufer des Jangtsekiang-Flusses liegt. Marco schreibt in seinem *Buch der Wunder*, dass er drei Jahre lang Gouverneur dieser Stadt war, und obwohl es keinerlei Beweis dafür gibt und auch kein Dokument gefunden wurde, das diese Behauptung bestätigt, stimmt immerhin, dass er dort 1282 seinen ersten Brief an Maria geschrieben hat.«

»Aber er schreibt nicht, dass er Gouverneur war«, stellte Abby klar.

»Nein, das schreibt er nicht«, mischte sich Kaspar zum ersten Mal ein. »Er schreibt, dass er für den Großkhan als Eintreiber für die Salzsteuer arbeitete. Die traurige Wahrheit ist doch, dass in dem Buch der Wunder jede Menge Lügen stehen. Deshalb konzentrieren wir uns besser auf die Briefe, die wirken ehrlicher.«

»Wie Farag schon sagte«, führte Abby zum Thema zurück, »brauchten die Polos unerklärlicherweise dreieinhalb Jahre für eine Reise, die nur zehn Monate dauerte. Marco Polo schreibt Maria 1282, dass sie auf dem Weg intensive Nachforschungen angestellt hätten, durch unzählige Städte gekommen und viele Male wegen falscher Fährten vom Weg abgekommen seien.«

»Was auch erklärt«, fuhr Kaspar fort, der sich jetzt mit Abby abwechselte, »warum die Reiseroute der Polos von Venedig nach Peking, das sie Canbaluc nennen, anderen Abenteurern und Forschern, die das Buch *Die Wunder der Welt* als Reiseführer benutzten, nicht besonders dienlich war.«

»Sind sie denn nicht der Route der Seidenstraße gefolgt?«, wunderte sich Jake. »Ich habe immer geglaubt, Marco Polo hat die berühmte Seidenstraße entdeckt.«

»Es existierte keine Route der Seidenstraße«, sagte Farag mit Blick in seine Papiere auf dem Tisch. »Damals gab es mehrere Wege zwischen Asien und Europa, sie wurden von den Mongolen für die Handelsreisenden angelegt. Alle diese Wege wurden im 19. Jahrhundert von dem deutschen Geographen Ferdinand von Richthofen als ›Route der Seidenstraße‹ zusammengefasst.«

»Donnerwetter!«, rief der alte Jake enttäuscht. »Mir hat der Begriff *Route der Seidenstraße* immer gefallen. Er klingt nach Romantik und Abenteuer.«

Jetzt wussten wir also, nach wem Abby kam.

»Es gibt noch einen anderen Hinweis, den wir nicht außer Acht lassen sollten«, murmelte Kaspar nachdenklich. »Bei dieser dreieinhalbjährigen Reise nach Catai verweilten sie lange in Rudbar auf persischem Territorium, heute Iran, wo sich die verkohlten Reste der Festung Alamut befanden, die Festung der Assassinen. Tatsächlich war Marco Polo der Erste im Okzident, der sie erwähnte. In Europa kannte niemand die Assassinen, bis das Buch *Die Wunder der Welt* sie zu Rockstars machte.«

»Schön, aber damals waren sie offiziell schon von den Mongolen ausgelöscht worden«, warf Becky ein.

»Ja, die Legende entstand erst mit ihrem Verschwinden«, bestätigte Kaspar.

»Darf ich euch daran erinnern«, knurrte ich, »dass sie *nicht* verschwunden sind?«

Alle sahen mich an, als hätte ich was Dummes gesagt.

»Mit anderen Worten, die Polos hielten sich einige Zeit in Alamut auf«, wiederholte Jake besorgt.

»Ja, genau«, bestätigte Kaspar. »Sie suchten nach den Ossuarien, wie Marco Polo in seinem Brief behauptet.«

»Glaubten sie denn, die Assassinen hätten etwas mit dem Raub der Ossuarien zu tun?«, fragte Becky verwundert. »Sie hatten nichts damit zu tun, davon sind wir überzeugt.«

»Ein verzeihlicher Fehler«, murmelte ich, denn ich kannte schließlich die ganze Wahrheit.

»Wir werden den Kommentar meiner Frau im Augenblick ignorieren«, sagte Farag bestimmt. »Machen wir weiter. Bitte Abby, fahr fort.«

»Alles in allem«, erklärte die blonde Abby, »ist Marco Polos erster Brief eine Beschreibung seiner Reise nach China, was heißt, dass er vergeblich nach Hinweisen suchte. Er berichtet auch von seiner Ankunft in Shangdu, Kublai Khans Sommerresidenz, im Okzident besser bekannt als Xanadu wegen des berühmten Gedichts von Coleridge[3], und über seine Ankunft in Canbaluc, das war 1275 die Hauptstadt von Catai.«

»Und wohin hat Marco diesen Brief geschickt?«, wollte Jake wissen. »Denn wenn er ihn im Oktober 1282 geschrieben hat, war doch Maria schon im April desselben Jahres, also sechs Monate vorher, nach Konstantinopel geflohen, wenn ich mich nicht irre.«

»Es gibt keinen Hinweis darauf, Jake«, antwortete ich ihm. »Marco nennt sie Εὐγενής μου κυρία *(Evgenis mou kyria), Meine Dame* oder *Meine ehrenwerte Dame*, erwähnt aber nicht, wo Maria inzwischen lebt, auch nicht, ob sie für ihn noch die Frau von Abaqa ist oder ob er glaubt, sie sei noch in Täbris. Wenn Marco den Brief mit der mongolischen Post nach Täbris geschickt hat, die für ihre Zeit sehr fortschrittlich und effizient sowie ausgesprochen schnell war, dürften die Boten ihn jedenfalls problemlos nach Konstantinopel befördert haben.«

»Willst du damit sagen, das ist, wie eine E-Mail an die falsche Adresse zu schicken?«, scherzte Jake.

Die Vorstellung von Marco Polo, wie er vor einem Computer sitzt und eine E-Mail an die Tochter des byzantinischen Kaisers Michael VIII. Palaiologos schreibt, brachte mich aus dem Konzept.

»Nein, Großvater, das war nicht wie das Verschicken einer E-Mail«, erwiderte Abby lachend und legte dabei ihre Hand auf Kaspars Arm.

»Wie dem auch sei«, fuhr ich fort, ohne den Blick von der Hand auf diesem Arm abzuwenden. »Maria hat Marco einen Antwortbrief geschrieben, den wir nicht haben, denn in Polos zweitem Brief weiß er bereits, dass Maria Witwe ist, sich in Konstantinopel aufhält und in *Theotokos Mouchliotissa*, der Kirche der Heiligen Maria von den Mongolen lebt.«

---

3 *Kubla Khan*, aus der Schauerballade Christabel, Gedicht von Samuel Taylor Coleridge, 1816.

»Zweiter Brief!« Jake leckte sich die Lippen, als handle es sich um ein Stück Torte.

»Erzählst du weiter, Abby?«, fragte ich und forderte sie mit dem Blick auf, sich nicht lächerlich zu machen und ihre Hand von Kaspars Arm zu nehmen.

»Ja klar«, erwiderte sie etwas beschämt, doch das hatte sie sich selbst eingebrockt. »In seinem zweiten Brief mit Datum vom November 1287, fünf Jahre nach dem ersten, schreibt Marco aus Canbaluc, Hauptstadt von Catai.«

»Oder auch Peking, Hauptstadt von China«, warf Becky ein.

»Genau«, bestätigte ihre Enkelin. »Er kam gerade von einer langen Reise auf die entlegene Insel Seilan, das heutige Sri Lanka, im Golf von Bengalen zurück, wohin er als Gesandter des Großkhans Kublai gereist war, um dem König von Seilan einen außergewöhnlichen und großen Rubin abzukaufen.«

»König von Seilan«, erläuterte Farag, ganz Gelehrter, »war von 1277 bis 1301 Parakramabahu IV., der Sohn von Bhuvanaikabahu II.«

»Marco Polo berichtet Maria«, fuhr Abby fort, »dass Kublai Khan außer dem Rubin noch andere Objekte begehrte, die der König von Seilan besaß: die Zähne von Sergamoni Borcham, wie die Mongolen den Buddha nannten, sowie seinen Essnapf, und der König von Seilan war bereit, sie ihm zu schenken. Kublai schickte alle seine Untertanen vor die Stadtmauern von Canbaluc, um die Reliquien mit großem Pomp und Trara in Empfang zu nehmen.«

»Siehst du jetzt, Ottavia, dass für Hülegü Khan die sterblichen Überreste von Jesus und seiner Familie ein wunderbares Geschenk für seinen Bruder Kublai waren?«, stichelte Becky.

»Ja, deshalb wurden sie ja gestohlen«, erwiderte ich. »Und ich weiß auch, von wem.«

Alle rutschten unruhig auf ihren Sitzplätzen herum, aber meine Lippen blieben zunächst verschlossen, denn ich wollte mich ein wenig wichtigmachen.

»Lasst uns auch jetzt ignorieren, was meine Frau gesagt hat.«

Farag versaute mir immer die besten Auftritte. »Machen wir weiter.«

Abby zeigte sich von Farags Vorschlag begeistert, wahrscheinlich, um mir das mit dem Blick auf ihre Hand heimzuzahlen.

»Das Wichtigste in diesem zweiten Brief von Marco an Maria«, fuhr sie fort, wobei sie sich das Haar mit dieser ach so reizenden Geste aus dem Gesicht strich und hinters Ohr klemmte (und der Dummkopf von Kaspar ließ sich blenden), »die wirklich wichtige Nachricht ist, dass er auf Seilan von den Ossuarien gehört hat.«

Die beiden Neunzigjährigen stießen einen Schrei der Überraschung aus.

»Ich glaube, du solltest Jake und Becky jetzt deine Übersetzung vorlesen«, ermunterte mich Farag.

»Es handelt sich um einen außergewöhnlichen Abschnitt«, bestätigte ich und schlug mein Notizbuch auf. »Hört zu: Ihr müsst wissen, meine Dame, dass sich auf Seilan ein großer Berg erhebt, der so steil und steinig ist, dass die Menschen nicht hinaufgelangen, weshalb von den Felswänden dicke Eisenketten herabhängen, womit sie den Gipfel erklimmen. Dort oben gibt es ein Heiligtum, ein Grabmal, in dem laut der Sarazenen und der Juden die sterblichen Überreste unseres Urvaters Adam ruhen; die Buddhisten, besser genannt Götzendiener, weil sie Götzen anbeten, behaupten hingegen, es seien die sterblichen Überreste von Sergamoni Borcham. Einer meiner Reisebegleiter, der Türke Zuficar, der meiner Meinung nach ein weiser Mann und absolut glaubwürdig ist, war zu dem Heiligtum aufgestiegen, das man Adamsgipfel nennt, und sprach dort mit Juden und Pfefferhändlern, die aus der Stadt Kodungallur, in der Provinz Maabar im Süden von Großindien, kamen. Diese Juden erzählten, dass es in Kodungallur eine große Nazarener-Gemeinde gäbe, und als Zuficar sie nach ihnen fragte, erklärten sie nur widerwillig, dass der heilige Apostel Thomas wenige Jahre nach dem Tod dessen, den sie Yeshua nannten, in Kodungallur eingetroffen sei und im Reich Maabar siebeneinhalb Kirchen gegründet hätte, deren erste und wichtigste die von Kodungallur sei. Zuficar fragte, was sie mit siebeneinhalb Kirchen meinten, aber mehr mochten die Juden nicht sagen, weil es nichts mit ihrer Religion zu tun hatte. Immerhin erzählten sie Zuficar noch, dass die sterblichen Überreste von Yeshua und seiner Familie in Kodungallur lange Zeit in der Obhut der Nazarener waren, inzwischen jedoch nicht mehr, den Grund dafür wüssten sie aber nicht. Ich werde in das Reich Maabar reisen, sobald ich von meinem Herrn dem Großkhan die Erlaubnis erhalte, der schon sehr alt und nicht bei bester Gesundheit ist.«

»Kodungallur!«, rief Jake mit fiebrigem Blick vor lauter Aufregung. »Wie heißt das heute?«

»Cranganore«, antwortete Farag. »Das ist der englische Name.«

Becky sah ihre Enkelin mit unverhohlener Rührung an.

»So nah dran waren wir noch nie«, stammelte sie.

Ihre Ergriffenheit war deutlich spürbar. Abby erwiderte ihr Lächeln.

»Ich habe die Angaben mit Marco Polos Texten überprüft«, fuhr mein Mann fort. »Sie sind alle korrekt: Namen, Orte, Zeitpunkte ... Den Adamsgipfel gibt es in Sri Lanka tatsächlich, aber die Touristen, die ihn besteigen wollen, müssen zum Glück keine Eisenketten mehr benutzen. Andererseits lebte an der Küste von Kerala in Indien, früher die Provinz Maabar, seit ewigen Zeiten eine große jüdische Gemeinde in der Diaspora, die hauptsächlich Gewürzhandel betrieb. Es gibt auch immer noch die sogenannten Thomaschristen, die heute in verschiedenen östlichen Kirchen Aufnahme gefunden haben, und natürlich ist die Legende der siebeneinhalb Kirchen, die der heilige Apostel Thomas bei seiner Ankunft in Indien vermutlich um das Jahr 52 unserer Zeitrechnung errichten ließ, immer noch sehr populär und ebenfalls in zahlreichen Dokumenten zu finden. Dort in Kerala werden sie *Ezhara Pallikal* genannt.«

»Gibt es die halbe Kirche wirklich?«, fragte Jake ungläubig auflachend.

»Es existiert keine der siebeneinhalb Originalkirchen mehr, wenn es sie denn je gab«, erklärte Farag, der Atheist. »Aber die Erinnerung an die Orte, an denen sie standen. Die halbe Kirche war eigentlich die achte und völlig normal, wenn auch sehr klein. In der Legende heißt es, der heilige Apostel Thomas hätte sie im Jahr 63 unserer Zeitrechnung in einem kleinen Dorf namens …«, mein Mann konsultierte seine Notizen, »Thiruvithamcode in Kerala bauen lassen. Dort gibt es immer noch eine kleine christliche Kirche.«

»Rekapitulieren wir«, verkündete ich autoritär, um die Aufmerksamkeit aller zu bündeln. »Marco Polo berichtet Maria Palaiologina in seinem zweiten Brief, dass die 1261 in Persien gestohlenen Ossuarien von den Dieben nach Indien geschafft wurden und lange Zeit in Kerala unter dem Schutz der Thomaschristen standen. Später sind die Ossuarien erneut verschwunden, wie besagte jüdische Händler behaupten. Ist das richtig?«

Beckys Gesicht drückte jetzt Trauer aus.

»Ich dachte, Kodungallur sei eine endgültige Spur«, flüsterte sie mit erstickter Stimme.

»Keine Sorge, Becky«, tröstete ich sie. »Die endgültige Spur findet sich in Marco Polos drittem Brief.«

Jake, der auch bekümmert dreinblickte, sprang mit dieser unerschöpflichen Vitalität eines Neunzigjährigen von seinem Sessel auf.

»Worauf warten wir noch?«, fragte er mit ansteckendem Lächeln. »Auf zum nächsten!«

»Auf zu wem?«, fragte ich irritiert von diesem Ausbund an Energie.

»Auf zum dritten Brief von Marco Polo, Dottoressa!«, brummte der Ex-Cato.

Wer ihn nicht kannte, mochte Kaspars Verhalten ungehobelt und befremdlich finden. Für mich hingegen war er nach all den Jahren wie ein offenes Buch, weshalb ich nicht darauf einging.

»Der dritte Brief von Marco Polo«, begann ich und blätterte

in meiner Übersetzung und meinen Notizen«, »ist auf März 1294 in Täbris datiert.«

»Schon wieder in Täbris? In Marias Stadt?«, wunderte sich Becky.

»Nun ja, das war nicht mehr Marias Stadt«, erklärte ihr mein Mann. »Jetzt war es die Stadt von Gaichatu Ilchan, Enkel von Hülegü und Sohn von Abaqa, samt Hofstaat und einer seiner Hauptfrauen.«

»Und was war mit Tekuder«, wollte Jake wissen, »Marias muslimischem Schwager, der sie töten wollte und seinen Bruder Abaqa ermordete, um an die Macht zu gelangen?«

»Er wurde seinerseits von einem seiner Neffen umgebracht, Gaichatus' Bruder Arghun«, sagte Farag. »Er war der vierte Ilchan von Persien. Gaichatu war der fünfte.«

»Und Arghun und Gaichatu waren Söhne von Maria?«, fragte Becky.

»Nein«, antwortete ich. »Anscheinend hatte Maria keine Kinder. Aber Abaqa hatte welche mit anderen Frauen, seinen Konkubinen, auch wenn die mütterliche Linie in der mongolischen Erbfolge keine Rolle spielte.«

»Schön und gut«, klagte Kaspar diesmal zu Recht. »Wir waren bei Marco Polos drittem Brief.«

»Stimmt«, bestätigte Farag. »Man muss bedenken, dass die Polos nicht auf dem Landweg nach Hause zurückkehrten, sondern über die Route der Gewürze, einem anderen Handelsweg, der von Hormoz, heute Hormus, in Persien an den Küsten von Indien, Malaysia, Sumatra, Borneo und Vietnam vorbei nach China führte. Offensichtlich nahmen sie die Route in die andere Richtung, also von China nach Persien, und schlossen sich auf dieser Reise dem Begleitzug einer jungen Tatarenprinzessin an, die Arghun heiraten sollte, den Mörder Tekuders.«

»Im Buch von den Wundern der Welt gibt Marco Polo viel mehr Auskunft über die Route der Gewürze als über die Route der Seidenstraße«, präzisierte Kaspar. »Die kannte er viel besser, und er wusste auch weit mehr über Schiffe, Navigation und den maritimen Handel als über die Geschäfte an Land, auch wenn das nicht weiter auffällt. Die Sache ist die, dass die Polos Catai verlassen mussten, bevor Kublai Khan starb, sonst wären sie nach seinem Tod wegen seiner großen Gewogenheit dem Neid seines Hofstaats ausgesetzt gewesen.«

»Eine Gewogenheit, die laut historischen Quellen gar nicht existierte«, fügte Farag hinzu.

»Ja«, räumte Kaspar ein. »Aber das interessiert uns nicht weiter bei der Suche nach den Ossuarien.«

»Wie es scheint, traf der Begleitzug der Tatarenprinzessin Kökechin im März 1294 in Hormus ein«, fuhr mein Mann fort. »Da war Arghun bereits tot, also verheiratete man Kökechin mit Arghuns Sohn Ghazan.«

»Die Polos begleiteten die Prinzessin bis nach Chorasan«, stellte Kaspar klar. »Und nachdem sie Kökechin bei Ghazan abgeliefert hatten, zogen sie weiter nach Täbris, wo sie sich neun Monate ausruhten. 1295 machten sie sich auf den Weg nach Venedig, kamen aber vorher durch Konstantinopel.«

»Und dort trafen sie Maria Palaiologina?«, wollte Becky wissen, deren Neugier offensichtlich eher Klatschblättern als historischem Interesse geschuldet war.

»Genau davon ist im dritten Brief die Rede«, sagte ich und erzählte die Geschichte zu Ende. »Marco kündigt Maria an, dass er und seine Verwandten sie im Jahr 1295 in der *Theotokos Mouchliotissa*, der Kirche der Heiligen Maria von den Mongolen, aufsuchen werden. Bedenkt, dass er den Brief 1294 in Täbris geschrieben hat. Als ich dieses Fragment übersetzte, ist mir das Blut in den Adern gefroren in der Befürchtung, dass Marco Polo wahrscheinlich nichts im Brief erwähnt, wenn er persönlich mit ihr reden wollte.«

Die Multimillionäre hielten entsetzt den Atem an.

»Zum Glück habe ich mich geirrt«, schloss ich mit breitem Lächeln.

»Ihr müsst wissen, meine Dame«, begann ich zu lesen, nachdem ich meine Brille aufgesetzt hatte, »dass im Mai 1293 die

Schiffe des Gefolges von Prinzessin Kökechin im Hafen der Stadt Kodungallur in der Provinz Maabar Anker warfen, hundertfünfzig Meilen westlich vom Kap Komorin. Wir verfügten deshalb über zwei ganze Tage, bevor die Schiffe wieder in See stachen und wir uns erneut auf den Weg über das große Meer von Indien machten, weshalb mein Herr Vater, Messer Niccolò, mein Herr Onkel, Messer Maffeo, und ich selbst, Messer Marco, uns auf die Suche nach den Nazarenern des heiligen Apostels Thomas machten und sie zusammen mit ihrem Bischof Mar Sahda antrafen, den wir nach dem heiligen Körper unseres Herrn Jesus Christus fragten. Weil die Nazarener aufrichtige Christen sind, denn sie lügen nie, erzählten sie uns, dass sich die zehn Ossuarien mit den heiligen Überresten von Jesus und seiner Familie zwanzig Jahre in ihrer Obhut befanden, weil andere Christen mit dem Namen *Ebioniten* sie darum gebeten hatten. Diese *Ebioniten* versicherten, aus Bagdad zu kommen, aber von einem Ort namens Susya in Judäa zu stammen, und baten wegen des Krieges um Schutz für die zehn Ossuarien. Der Bischof der Nazarener, Mar Sahda, der mit den Ebioniten sprach, erzählte uns, dass sie von muslimischen Soldaten eskortiert wurden, die sich *Sufat*, die Reinen, nannten, aber Sarazenen waren und nicht dem Gesetz Mohammeds, sondern dem des Alten vom Berg folgten. Die Ebioniten reisten ab mit dem Versprechen, dass sie wiederkommen und die Ossuarien abholen würden, sobald sie einen sicheren Ort gefunden hätten, wo sie für immer aufbewahrt werden könnten, und das taten sie vor zwölf Jahren im Jahr 1282, wieder in Begleitung der *Sufat*-Soldaten.«

Hier hörte ich auf, denn der restliche Brief war nicht weiter von Belang. Lastendes Schweigen und absolute Regungslosigkeit herrschten in der kleinen Bibliothek. Niemand atmete, niemand rührte sich, niemand sprach. Gewiss, der Absatz, den ich gerade vorgelesen hatte, warf viele Fragen auf und führte zu zahlreichen und problematischen Nachforschungen, aber er hatte meiner Meinung nach nicht die magische Kraft, um die Zuhörer geradezu erstarren zu lassen, und hier waren alle erstarrt. Der alte Jake war der Erste, der von den Toten auferstand, und er tat es, um wie der heilige Thomas den Finger in die Wunde zu legen, wie ich glaube:

»Die Nazarener sprachen von zehn Ossuarien ...?«, stammelte er. »Aber es waren doch neun? Wer liegt in dem zehnten?«

ZWANZIG

Uns blieb keine Zeit, mehr herauszufinden. Die Ereignisse überschlugen sich, und als das Höllenspektakel vorbei war, hatte sich alles vollkommen verändert. Monsignore Tournier und seine mächtigen Verbündeten hatten anscheinend unsere Ablehnung, für sie zu arbeiten, die Unauffindbarkeit der Ossuarien und das Fehlen neuer Spuren, um auf eigene Faust weiterzumachen, schlicht für unzumutbar befunden. Offenbar waren wir eine zu große Gefahr für die Kirche, den Glauben oder ihre eigenen Interessen, denn am nächsten Tag wurden Jake und Becky, die mit ihrer Limousine auf dem Weg zum Essen mit Freunden nach Hampstead waren, an einer Straßengabelung kurz vor der Autobahnauffahrt von einem großen, von der Landstraße kommenden Holztransporter angefahren. Bei dem brutalen Zusammenstoß löste sich der Anhänger und prallte auf das Heck des Lincoln, woraufhin die riesigen Baumstämme abrutschten und auf den Wagen schlugen, was die Simonsons zerquetscht hätte wie Fliegen, wäre der Lincoln nicht gepanzert gewesen. Spitteler und seinen Schergen war offensichtlich keine Zeit geblieben, sich vorab über die Ausstattung des Wagens zu informieren – die Jake, Becky und ihrem Chauffeur das Leben rettete –, weil sie viel zu beschäftigt waren mit ihrer infamen Operation, die sie im ganz großen Stil und zeitgleich an verschiedenen Orten der Welt durchführen ließen.

Die Simonsons wurden vom Notfall-Hubschrauber nach Toronto auf die Intensivstation des Mount Sinai Hospital gebracht, dasselbe, in dem Farag und Kaspar gelegen hatten, als wir aus Istanbul zurückkehrten. Der Aufprall des Holztransporters war derart heftig gewesen, dass die alten Leute trotz der Panzerung in Lebensgefahr schwebten.

Abby fuhr zusammen mit einigen Verwandten sofort ins Krankenhaus, aber wir hätten nur gestört. So blieben wir in der Villa der Simonsons, weil Abby uns darum gebeten und versprochen hatte, uns so bald wie möglich telefonisch über den Zustand ihrer Großeltern zu informieren. Sie war am Boden zerstört und wirkte wie ein Zombie, der ein zweites Mal sterben sollte. Sie stand unter Schock und war wie benommen. Das Ganze war so schrecklich, dass wir alle bestürzt, fassungslos, ängstlich oder alles zugleich waren. Die dank ihres Alters viel spontanere Isabella kämpfte mit den Tränen, als sie Linus im Swimmingpool abzulenken versuchte, was jedoch nicht heißen soll, dass nicht auch wir alle einen Knoten im Hals hatten, der uns fast die Luft abschnürte. Kaspar und ich beteten schweigend für Becky und Jake, obwohl ich nach dem Tod meiner Mutter meine Zweifel daran hatte, dass sehr alte Menschen so etwas überlebten.

Als Abby nach ein paar Stunden aus dem Krankenhaus zurückkehrte, wurden außergewöhnliche Schutzmaßnahmen eingeleitet. Ihre Großeltern wurden noch operiert, und ihr Zustand war sehr ernst. Die Erbin, deren ausgezehrtes Gesicht wie die traurige Maske einer japanischen *Kabuki*-Darstellerin wirkte, bat uns alle zusammen mit einer Gruppe Geschäftsführer und Anwälte in den Salon, wo Letztere uns über die Ereignisse ins Bild setzten. Nichts durfte an die Presse durchsickern. Die Sicherheit des gesamten Simonson-Imperiums stand auf dem Spiel, und Stillschweigen war das oberste Gebot. Die Medien würden zu gegebenem Zeitpunkt informiert werden. Natürlich sei das, was ihren Großeltern passiert sei, fügte Abby unter Tränen (und zum Missfallen der anwesenden Geschäftsführer) hinzu, keineswegs ein Unfall gewesen, sondern eindeutig ein Mordanschlag, dafür spräche die viel zu hohe Geschwindigkeit sowie die Route des Transporters, aber vor allem die Tatsache, dass der Fahrer vom Unfallort verschwunden war, ohne irgendwelche Spuren im Führerhaus zu hinterlassen.

Zu dem Zeitpunkt ahnten wir noch nicht, dass Tournier hinter alldem steckte. Die Simonsons waren eine der mächtigsten Familien der Welt, und alles schien möglich zu sein. Doch an diesem Tag folgte ein Unglück auf das andere, und die Familie sowie ihre zahlreichen großen Anwaltskanzleien und der Krisenstab aus Geschäftsführern riefen die höchste Alarmstufe aus. Kurz nach dem brutalen Zusammenstoß des Holztransporters mit dem Lincoln der Simonsons erfuhren wir, dass Nathan Simonson, Jakes und Beckys ältester Sohn, bei einem Skiunfall in Mount Hutt in South Island, Neuseeland, am anderen Ende der Welt, ums Leben gekommen war. Der fünfundsechzig Jahre alte Nat war ein erfahrener Skifahrer gewesen und hatte die Pisten einer eigenen Station ausprobiert, die am selben Tag die Saison in der südlichen Hemisphäre eröffnen sollte (in Neuseeland war es der Samstagmorgen des 28. Juni, auch wenn bei uns noch Freitag war). Ein Wartungsmonteur zog gerade ein drei Millimeter starkes Stahlseil hoch, um einen Wimpel neben der Piste aufzustellen, als Nat die Abfahrt heruntergeschossen kam, ohne den Monteur oder das Drahtseil zu sehen, das ihm sauber den Kopf abtrennte. Wie der Fahrer des Holztransporters war auch der Monteur verschwunden, ohne Spuren oder Hinweise auf seine Identität zu hinterlassen. Sie hatten sich einfach in Luft aufgelöst. Unter Aufsicht eines Heeres von Privatermittlern der Simonsons arbeitete die Polizei von Ontario und Christchurch unter Hochdruck und höchster Geheimhaltung und stufte natürlich beide Unfälle als Mordversuche beziehungsweise Mord ein, und das gleich zu Beginn der Ermittlungen.

Aber es kam noch viel schlimmer. Die nächste schlechte Nachricht erreichte uns, als wir noch wegen der ersten beiden unter Schock standen. Auf dem Anwesen der Simonsons wimmelte es nur so von Unbekannten, darunter Familienmitglieder und Angestellte jeglicher Couleur. Zu Abbys und seinem eigenen Bedauern entschied Kaspar am Abend, mit Linus wieder zu uns zu ziehen, denn eigentlich waren sie keine Hilfe und störten nur, ebenso wie Farag, Isabella und ich, weshalb wir am Spätnachmittag nach Hause fahren und auf Abbys Informationen warten wollten. Wir hatten die Villa noch nicht verlassen, als jemand aus dem Arbeitszimmer gelaufen kam und rief, dass es bei mehreren Ölbrunnen und Erdölplattformen der Simonsons an verschiedenen Orten auf der Welt Explosionen gegeben hätte und sie jetzt unkontrolliert ausbrannten. Flammen und schwarzer Qualm würden in der Nordsee, im Golf von Mexiko, in Alaska, Russland und an verschiedenen Orten der USA den Himmel verdunkeln.

Das blieb von der Presse natürlich nicht unbemerkt und schon gar nicht von den sozialen Netzwerken. Krisenstäbe nahmen am Abend die Arbeit auf; aus den Abendnachrichten, die wir auf dem Sofa unseres kleinen Wohnzimmers sahen, erfuhren wir, dass sich eine unbekannte Gruppe syrischer Terroristen, die Al-Quaida und dem neu gegründeten Islamischen Staat nahestanden, zu den Anschlägen auf die Ölvorkommen bekannt hätten, aber es wurde mit keinem Wort erwähnt, dass sie den Simonsons gehörten. Wir hatten keine Ahnung, ob das stimmte oder nicht, auch wenn der angeführte Grund dafür, den Ölpreis in die Höhe zu treiben, weil sich diese Dschihad-Gruppierungen vom Rohöl finanzierten, überzeugend klang. Es konnte allerdings auch nur ein Vorwand sein, den die Krisenstäbe in die Welt gesetzt hatten, um zu verhindern, dass die Aktienkurse der Ölkonzerne der Familie Simonson an den Weltbörsen einbrachen. Wir wussten nicht, was wir glauben sollten. Der Generalsekretär und Sprecher der OPEC, der Organisation der ölexportierenden Länder, meldete sich aus Wien mit dem Versprechen, dass die Terroristen ihre Ziele nie erreichen würden und alle Länder über genügend Rohölreserven verfügten, um die Marktpreise stabil zu halten. Über den Tod des berühmten Erben Nat Simonson in Neuseeland wurde in keiner Nachrichtensendung keines Senders, durch die wir uns zappten, auch nur ein Sterbenswörtchen verloren, nicht einmal über Beckys und Jakes Unfall und Einlieferung in das Mount Sinai Hospital. Die Familie Simonson war der Presse, den Netzwerken und Bloggern glücklicherweise um Haaresbreite entgangen, meinte Isabella.

An besagtem Abend gingen wir mit dem schrecklichen Gefühl ins Bett, dass die Familie Simonson in großen Schwierigkeiten steckte und die verschwundenen Ossuarien im Augenblick eher in den Hintergrund gerückt waren. Ich erinnere mich, dass ich Farag, als ich in seinen Armen gerade dabei war einzuschlafen, noch sagen hörte, dass Tournier und Gottfried Spitteler hinter alldem stecken könnten. Ich fuhr ihm mit der Hand über das stachelige Kinn und legte sie ihm auf den Mund, zum Zeichen dafür, dass jetzt Zeit zum Schlafen und nicht zum Grübeln sei, erst recht nicht über solchen Blödsinn. Ich hätte mir nicht im Traum vorstellen können, dass Farags Verdacht nicht nur zutreffen sollte, sondern uns auch das Leben rettete. Denn Farag konnte nicht schlafen und grübelte weiter darüber nach, ob die vielen Unglücksfälle an diesem einen Tag das Werk von Tournier und seinen Kumpanen sein könnten, um die Suche nach den Ossuarien für immer zu unterbinden. Er konnte nicht aufhören, an die arme Becky und den armen Jake zu denken, die in den letzten Stunden mehrfach operiert worden waren. Jake hatte neben mehreren Brüchen auch eine schwere Brustverletzung davongetragen und wurde künstlich beatmet. Es war ein Wunder, dass er noch lebte, denn er war achtundachtzig Jahre alt, wie Abby uns verraten hatte. Die sechsundachtzigjährige Becky hatte ebenfalls mehrere Brüche und eine Gehirnerschütterung erlitten. Bis die Entzündung im Gehirn abklang, hatte man sie in ein künstliches Koma versetzt. Die Ärzte waren eher pessimistisch, wie sie der Familie und den aus Nachbarländern angereisten Verwandten erklärten. Das entscheidende Problem war ihr hohes Alter, die Fragilität ihrer Knochen und Organe; wären sie jünger, wäre ihr Zustand weder so ernst noch so hoffnungslos.

Abends um zehn Uhr hatte Abby aus dem Krankenhaus Kaspar angerufen, und der hatte sein Smartphone laut gestellt, damit wir mithören konnten. Vielleicht war der Kopf meines Mannes deshalb außerstande, Schlaf zu finden, und drehte sich stattdessen wie ein Kreisel um die Vorstellung, dass Tournier mit alldem unsere Suche nach den Ossuarien endgültig und radikal beenden wollte, indem er auf solch schmutzige Methoden zurückgriff, die er vor sich und seinen Verbündeten gewiss als Gotteswerk und dem Schutze der Kirche dienende Notwendigkeit rechtfertigte. Und weil Farag wach lag und grübelte, während ich neben ihm schlief und Isabella, Kaspar und Linus im oberen Stockwerk ebenfalls tief und fest schlummerten, bemerkte er den Rauch sofort, der unter unserer Schlafzimmertür hereindrang.

Gott sei Dank reagierte Farag schnell. Er weckte mich und rief die 911, die Notfallnummer in Kanada, die wiederum sofort die TFS, die *Toronto Fire Services*, benachrichtigte und ihm die wichtigsten Hinweise durchgab, wie wir uns verhalten müssten, bis die Feuerwehr eintraf, denn leider verschlangen die Flammen unser Haus mit unglaublicher Geschwindigkeit, und die Luft war wegen der starken Rauchentwicklung kaum noch zu atmen.

Weil die vom Notruf uns dringend geraten hatten, die Schlafzimmertür nicht zu öffnen, da das angeblich wer weiß welche Reaktion des Feuers zur Folge hätte, die Farag und mich im Nu versengen oder ersticken könnte, und weil sich der Brandherd offensichtlich im Wohnzimmer befand (direkt neben unserem Schlafzimmer, weshalb uns der Fluchtweg zur Haustür versperrt war), ließ mich Farag Isabella anrufen, während er Kaspar weckte. Beide schliefen und hatten noch nichts von den Flammen bemerkt, die bereits bis zu ihren Zimmertüren hochloderten.

Kaspar brauchte keine Hilfe, um sich und seinen Sohn zu schützen. Er wusste ganz genau, was zu tun war. Doch Isabella wurde wie ihre Tante panisch, und ihr Onkel musste ihr telefonisch jeden Schritt erklären, den sie tun sollte. Im oberen Stockwerk wurde es immer heißer, und wir alle waren schon ein wenig benommen von dem Qualm, sogar der kleine Linus.

Ich erzähle das alles, als hätte ich es ganz gelassen erlebt und wäre nur eine unbeteiligte Zuschauerin gewesen; in Wirklichkeit erlitt ich hinterher einen Nervenzusammenbruch und hatte Angstzustände, die ich nicht zu schildern gedenke. Jeder hat schließlich seine Würde und ein Gesicht, das es zu wahren gilt. Ich gebe nur zu, dass ich fast erstickt wäre, aber nicht am Qualm, sondern an den Schuldgefühlen, als mir klar wurde, dass wir uns nicht einmal durchs Fenster retten konnten. Weil das Schlafzimmer zur Straße lag, hatte ich mit meinem übertriebenen Sicherheitsbedürfnis Gitter vor dem Fenster anbringen lassen, damit kein Dieb oder Junkie einsteigen und uns im Schlaf massakrieren könnte. Jetzt machte dieses verfluchte Gitter unser brennendes Haus zu einer tödlichen Falle.

Farag weichte große Handtücher in der Badewanne ein, von denen ich mir eines um den Körper wickelte und mich bäuchlings wie ein Stoffballen auf den Boden legte; er bat Isabella, das Wasser aus der Blumenvase auf ihrem Nachttisch auf ihre Bluse zu schütten (Isabellas Zimmer hatte kein eigenes Badezimmer), sie sich vor Nase und Mund zu halten und sich mit dem Gesicht nach unten vor dem Fenster auf den Boden zu legen. Ich spürte, wie sich Farag ebenfalls in ein nasses Handtuch gewickelt neben mich legte und meine Hand ergriff, wobei er weiter beruhigend auf unsere Nichte einsprach.

Ich weiß nicht, wie viel Zeit verging. Ich erinnere mich noch an das Ächzen des Hauses und das Fauchen und Knistern der Flammen hinter der Holztür, die uns vor dem Inferno schützte. Farags Hand und seine leise Stimme wirkten auf mich wie der Rettungsring für eine Ertrinkende. Farag vermittelte mir Hoffnung und Schutz. Seine feuchte und zitternde Hand drückte meine, um mich wissen zu lassen, dass wir hier rauskämen, dass wir leben würden, dass er mir das garantiere. Und ich glaube alles, was Farag mir sagt.

Die Feuerwehr war schnell da. Wir hörten, wie uns die Männer von draußen durch Megaphone mitteilten, dass sie wussten, wie viele wir waren und wo wir uns aufhielten, und sie uns gleich rausholen würden. Die einen zersägten das Gitter vor unserem Schlafzimmerfenster, während andere das Haus mit Wasser und Schaum löschten. Sie holten Linus durch das Fenster heraus und trugen ihn über die Drehleiter auf den Rasen. Anschließend kletterte Kaspar etwas mühsam mit seinem verletzten Bein selbst hinunter, und Isabella, die eine ihrer schönsten Blusen wie ein Gangster vor Nase und Mund gebunden hatte, kam zu mir gelaufen und drückte mich halbtot vor Angst. Zum Glück erinnerte ich mich daran, dass ich sie öfter küssen wollte, und küsste ihr Gesicht (das überzogen war mit einer Mischung aus Ruß und Tränen). Die verkohlten Überreste des Hauses sahen aus wie ein gigantischer rauchender Grill mit einer weißen Schaumkrone. Hätte Farag nicht wach gelegen, wären wir alle im Schlaf gestorben. Das versicherte uns der Feuerwehrchef, der uns auch jede Menge Fragen über die elektrischen Leitungen des Hauses, die Gastherme und bezüglich unserer Aktivitäten vor dem Schlafengehen stellte. Aber besonders interessierte er sich für das Versagen der Rauchmelder. Wir konnten ihm nur mitteilen, dass der Techniker vom Campus die Rauchmelder kaum einen Monat zuvor überprüft hatte und sie in Ordnung gewesen seien, weshalb wir nicht wussten, warum sie nicht funktioniert hatten.

Eigentlich wussten wir es schon, natürlich wussten wir es. Als wir in der Nacht barfuß und mit Decken über dem Pyjama auf der Straße standen, umringt von Feuerwehrmännern und den mitleidigen Blicken der Nachbarn ausgesetzt, wurde uns klar, dass das, was der Familie Simonson passiert war, direkt mit dem Brand unseres Hauses zu tun haben musste. Und wenn alles zusammenhing, konnte nur einer dafür verantwortlich sein: Monsignore François Tournier.

Ein silberner Lieferwagen bahnte sich einen Weg durch unsere Straße bis zur Absperrung der Feuerwehr. Dort hielt er, und ein kleiner Mann in einem blauen Arbeitsoverall stieg aus. Er ging in aller Ruhe zu Kaspar und überreichte ihm nach einem freundlichen Gruß ein Smartphone, das sich der Ex-Cato ans Ohr hielt, lauschte und es nach einem zustimmenden Brummen dem Mann im Overall zurückgab.

»Gehen wir«, sagte er und nahm Linus auf den Arm, der sich mit verschlafenen grauen Augen verwirrt umschaute. »Wir werden erwartet.«

Dann hinkte er zu dem Lieferwagen.

In einem anderen Moment hätte ich hartnäckig nachgefragt, wohin wir führen und wer uns erwartete, aber in jener Nacht waren wir kraftlos und viel zu ängstlich, um so etwas wie einen zweifelhaften Befehl von Kaspar Glauser-Röist infrage zu stellen. Der Feuerwehrchef ließ uns bereitwillig gehen. Offensichtlich hatte der Präsident der UofT, Stewart Macalister, ihn persönlich angerufen und ihm mitgeteilt, dass sich die Universität um alles kümmere, dass er sich um uns keine Sorgen machen brauche, dass wir Professoren der Universität wären und alles in Ordnung sei. Ich hätte zwar nicht gesagt, dass alles in Ordnung war, denn wir hatten bei dem Brand alles verloren: unsere Kleidung, unsere persönlichen Gegenstände, die Computer, die Erinnerungsstücke ... Alles außer den Smartphones, die uns das Leben gerettet hatten (nun ja, meins war als einziges verbrannt, aber ich vermisste es nicht). Wir fühlten uns wie hilflose Kreaturen, die gerade erst geboren worden waren, allerdings in Pyjamas und Feuerwehrdecken gehüllt. Das Feuer hatte unser ganzes Leben ausgelöscht, und das war in dieser einen Nacht nicht so leicht zu verdauen. Es musste erst mal sacken.

Im Lieferwagen erwarteten uns besorgt und ungeduldig Seine Eminenz Kardinal Peter Hamilton, als *Clergyman* gekleidet (aber selbstverständlich mit seinem großen Goldkreuz um den Hals und wie gewohnt mit seinen riesigen abgelatschten schwarzen Schuhen), eine Frau um die fünfzig, die fast so blond war wie Kaspar und Linus, sich als Diane vorstellte und ansonsten nicht viel mehr sagte, sowie Abby, die sich, statt bei ihren Großeltern im Krankenhaus zu bleiben, dieser Patrouille der Staurophylakes angeschlossen hatte, um uns abzuholen und zu beruhigen.

»Eminenz!«, rief ich überrascht beim Anblick von Kardinal Hamilton.

»Steigen Sie schon ein, Frau Doktor«, erwiderte er und hielt mir eine Hand hin.

Abby streckte die Arme aus, um Linus zu übernehmen, und Kaspar ließ sich beim Einsteigen von Farag helfen. Isabella sprang buchstäblich wie ein Känguru in den Wagen. Im Innern war auf den engen Seitensitzen nur wenig Platz, und es gab nur spärliches Licht, weil das Fahrzeug keine Fenster hatte.

Der Kardinal klopfte an die Abtrennung zum Fahrer, dem Mann mit dem blauen Overall, und der Lieferwagen wurde angelassen und setzte zurück.

»Wohin fahren wir?«, wollte mein Mann wissen.

»Zum Flughafen«, erwiderte Kaspar schneidend.

»Und woher weißt du das?«, fragte ich und drehte mich um.

»Weil wir das alles gestern vorbereitet haben«, sagte er und massierte seinen schmerzenden Schenkel.

Kardinal Hamilton, ein rechtschaffener Staurophylax, lächelte freundlich.

»Wir haben befürchtet, dass so was passieren könnte, Frau Doktor Salina«, erklärte er. »Aufgrund der gestrigen Unglücksfälle in der Familie Simonson hat sich der Cato mit uns ...«

»Ich bin nicht mehr Cato«, knurrte Mister Sympathisch.

Seine Eminenz überhörte den Einwand angelegentlich.

»... in Verbindung gesetzt, und wir dachten, dass es für den Fall der Fälle besser wäre, Vorsichtsmaßnahmen zu treffen. Deshalb war alles vorbereitet, als wir die Eilnachricht vom Cato erhielten. Sie haben Flugtickets und neue Papiere, und es sind zwei Zwischenstopps in verschiedenen Ländern geplant, um eine mögliche Verfolgung seitens Gottfried Spitteler zu erschweren. Diane wird Sie begleiten«, die Genannte nickte flüchtig, »um Ihnen bei allem behilflich zu sein und Probleme zu vermeiden. Morgen Abend werden Sie im irdischen Paradies eintreffen.«

Farag und ich wechselten überraschte Blicke.

»Wir verstecken uns im irdischen Paradies?«, stammelte mein Mann. »Aber ... aber unsere Nichte Isabella darf dort nicht rein.«

»Nein, das darf sie eigentlich nicht«, bestätigte Kardinal Hamilton. »Doch in diesem Fall machen wir eine Ausnahme, weil Monsignore Tournier kein Problem mit dem fünften Gebot zu haben scheint, wo es heißt: Du sollst nicht töten.«

Der Lieferwagen kam auf den Straßen Torontos, auf denen es um diese Uhrzeit wenig Verkehr gab, schnell voran. Abgesehen von Seiner Eminenz und der schweigsamen Diane (die natürlich auch eine Staurophylax war) gaben wir anderen ein kläglisches Bild ab in dem engen Lieferwagen: Abby befand sich am Rande ihre physischen und psychischen Kräfte, und wir fünf waren ebenfalls in einem bedauerlichen Zustand. Obwohl das nicht ganz richtig ist. Es waren nur vier in bedauerlichem Zustand. Denn es gab eine Neunzehnjährige, die plötzlich regelrecht strotzte vor Energie, Tatendrang und Vitalität. Die Augen meiner Nichte funkelten wie Sterne, und auf ihren schönen, wenn auch rußgefärbten Lippen lag ein strahlendes Lächeln, das sie sich nicht verkneifen konnte. Plötzlich begriff ich, dass es die Aussicht war, das irdische Paradies der Staurophylakes kennenzulernen, was ihr einen derartigen, aus allen Poren dringenden Adrenalinkick versetzte. Was soll's, dachte ich, wird ihr bestimmt ganz guttun, eine gewisse Zeit an einem eigenwilligen Ort mit seltsamen Sitten und Gebräuchen zu verbringen. Sie könnte viel lernen, obwohl es ihr anfangs schwerfallen würde, die Leute zu verstehen, weil sie kein byzantinisches Griechisch beherrschte. Doch dabei würde ihr bestimmt Linus helfen, als ihr fahrender Ritter sozusagen. Farag und ich konnten uns ein Weilchen ausruhen, was wir auch dringend nötig hatten. Und Kaspar konnte sein Bein richtig auskurieren, denn er brauchte nur noch Reha und Training, und welcher Ort würde sich dazu besser eignen als das irdische Paradies mit seinen Flüssen, Gärten, Rennpferden und vor allem seiner Weiterentwicklung der menschlichen fünf Sinne nach dem Modell Leonardo da Vincis?

Es war der geeignete Ort, um vor Tournier in Sicherheit zu sein und zur Ruhe zu kommen.

»Nein, bitte geht nicht weg«, flüsterte Abby plötzlich mit deutlicher Angst in der Stimme, was uns überraschte.

Kaspar starrte sie wortlos an.

»Warum nicht?«, fragte Isabella alarmiert, die sogleich befürchtete, doch nicht ins irdische Paradies zu gelangen.

Mit zutiefst erschöpftem Gesichtsausdruck holte Abby tief Luft.

»Wegen meiner Großeltern«, erwiderte sie. »Als mich Seine Eminenz angerufen hat …«

»Der Cato hat mich darum gebeten«, rechtfertigte sich Kardinal Hamilton.

»… um mir zu sagen, dass euer Haus in Flammen steht, habe ich schon geahnt, dass die Bruderschaft euch sofort aus Kanada wegschaffen und in Sicherheit bringen wird. Deshalb wollte ich unbedingt herkommen.«

»Ich versichere Ihnen, Cato, dass ich alles versucht habe, um sie daran zu hindern.«

»Ich sagte bereits«, wiederholte der Felsen drohend, »dass ich nicht mehr Cato bin.«

»Das ist jetzt unwichtig, Kaspar«, beruhigte ihn Farag.

»Ich glaube, dass Linus und Isabella tatsächlich ins irdische Paradies fliegen sollten«, sagte Abby, strich sich das schöne Haar aus dem Gesicht und klemmte es hinter die Ohren. »Sie müssen unbedingt in Sicherheit gebracht werden, daran besteht gar kein Zweifel. Aber wir vier müssen die Ossuarien suchen. Ich bitte euch darum, für meine Großeltern, die ihr ganzes Leben lang nach ihnen gesucht haben und sie vielleicht nicht mehr sehen werden. Ich schulde es ihnen, aber ohne euch schaffe ich es nicht. Außerdem können wir nicht zulassen, dass Tournier gewinnt, schon gar nicht nach all dem Leid, das er uns zugefügt hat. Bitte, geht nicht.«

»Kommt nicht infrage, Miss Simonson!«, verkündete Seine Eminenz empört. »Wenn ich von Ihren Absichten gewusst hätte,

hätte ich Ihnen keinesfalls erlaubt, uns zu begleiten! Wir müssen den Cato noch heute Nacht von hier wegbringen.«

Kaspar öffnete den Mund, aber noch bevor er sich wie ein Papagei wiederholen konnte – wie wir wussten –, fuhr Farag dazwischen:

»Die Kinder ins irdische Paradies zu schicken steht außer Frage. Das andere müssen wir besprechen.«

»Stimmen wir ab«, schlug Kaspar vor.

»Abstimmen?«, fragte ich überrascht und erinnerte mich an die Szene in unserer Küche in jener Nacht, als Kaspar und Linus bei uns eingetroffen waren. »Schon wieder? Ich weigere mich abzustimmen!«

»Und wie erfahren wir dann, was du willst?«, fragte mich Farag lächelnd und ergriff meine Hand.

»Indem ich es laut sagen werde: Ich möchte ins irdische Paradies.«

Farag ließ meine Hand los und streckte den Arm in die Höhe.

»Ich möchte weiter die Ossuarien suchen«, erklärte dieser Judas. »Wir können jetzt nicht alles hinwerfen.«

Kaspar zog nach.

»Ich auch«, sagte der Felsen, ohne eine Miene zu verziehen. »Zwei gegen eine. Wir bleiben.«

»Das ist ungerecht«, rief ich enttäuscht.

»Das nennt sich Demokratie, Tante«, erklärte die Schlaumeierin Isabella.

»Stimmt nicht!«, schimpfte ich wütend. »Das nennt sich Ochlokratie, die Herrschaft des ungebildeten Pöbels, weil er ungerechterweise in der Mehrheit ist. Das wussten die Griechen schon vor Jahrhunderten.«

EINUNDZWANZIG

Die Kinder nahmen um fünf Uhr morgens ein Flugzeug der British Airways Richtung London. Vorher hatte Abby ihnen und uns in den Duty-free-Läden des Flughafens Kleidung und Schuhe gekauft. Wie durch Zauberhand war eine reizende Frau vom Bodenpersonal aufgetaucht, die Abby als persönliche Assistentin beim schnellen Einkauf unterstützte und uns diskret in einen Raum führte, in dem wir uns nicht nur waschen und umziehen, sondern auch ausruhen und Linus auf die Reise vorbereiten konnten. Der Junge musste sich einprägen, dass er jetzt einen anderen Namen trug, Andreas Hoch, und keinesfalls die Hand seiner *Schwester* loslassen durfte, nämlich Isabella, die sich jetzt ebenfalls einen neuen Namen merken musste, Gudrun Hoch, und dass sich beide keinen Meter von ihrer *Mutter* Diane, die jetzt Hanni Hoch hieß, entfernen durften. Alle drei Hochs waren laut ihren falschen Reisepässen Bürger des Fürstentums Liechtenstein in Europa, die vor sechs Tagen in Kanada eingereist waren, um Urlaub zu machen.

Vor dem Abflug umarmte Kaspar Linus, als würde er ihn nie wiedersehen (im Grunde war er wirklich sentimental, wie Abby schon in Istanbul behauptet hatte), und Isabella-Gudrun versuchte ihren Onkel und ihre Tante mit liebevollen Worten zu beruhigen. Anlässlich der Reise ins irdische Paradies war sie derart aufgekratzt und überdreht, dass wir Zurückbleibenden ihr wie arme Pechvögel vorkamen. Sie versprach ihrem Onkel, bei jedem Zwischenstopp eine WhatsApp-Nachricht zu schicken, damit wir wussten, dass alles in Ordnung sei. Farag und ich erwiderten natürlich nichts darauf. Sie konnte nicht wissen, dass ihr auf dem Flug jemand (wahrscheinlich Diane) unbemerkt eine dieser Drogen verabreichen würde, mit denen man uns damals nach jeder bestandenen Prüfung von Dantes Kreisen eingeschläfert hatte. Höchstwahrscheinlich würden sie nur dieses eine Flugzeug nach London nehmen. Später ... nun ja, es führten tausend Wege ins irdische Paradies, die außer den Staurophylakes aber niemand kannte. Wahrscheinlich würde man sie erst wecken, wenn sie schon in Stauros war, der Hauptstadt dieser wunderschönen Welt in einem kolossalen unterirdischen Höhlensystem, wo sie ganz bestimmt kein Netz für Smartphone oder WLAN hatte. Und ich müsste mir eine gute Ausrede einfallen lassen, sollte meine Schwester Agatha eines Tages anrufen und nach ihrer Tochter fragen. Einzig wichtig war im Augenblick Isabellas Schutz. Wir wollten, dass sie sicher und ihr Leben nicht in Gefahr war und sie ebenso glücklich zu uns zurückkehrte, wie sie abreiste.

Als Diane und die Kinder den Raum verlassen hatten, um an Bord zu gehen, wurden Seine Eminenz und wir vier von dieser schrecklichen Woche, der tragischen Nacht und dem traurigen Abschiedsmorgen angeschlagenen Überlebenden durch Gänge und Türen des Flughafens, die nur vom Flugpersonal benutzt werden durften, zu einem Taxi geführt, das mit laufendem Motor auf uns wartete. Kardinal Hamilton stieg bei der erstbesten katholischen Kirche aus, an der wir auf dieser Irrfahrt durch die Stadt vorbeikamen, und fünf Häuserblocks weiter stieg die glamouröseste (wenn auch nicht die hübscheste) der vier Überlebenden in ihren eigenen (gepanzerten) Wagen um, der an einer Kreuzung stand, um sie ins Mount Sinai Hospital zu bringen. Wir drei Übrigen fuhren schweigend weiter zum Anwesen der Simonsons, wo man uns bereits erwartete.

Kaum hatte sich das Tor hinter uns geschlossen und wir vor der Haustür angehalten, ließ der Majordomus Kaspar, der kaum noch laufen konnte, von zwei kräftigen Bediensteten in das Zimmer bringen, in welchem er schon die letzten Tage einquartiert gewesen war, während er selbst Farag und mich in das Gästezimmer führte, in dem wir unsererseits schon mehrmals übernachtet hatten. Wie ich bereits bei anderer Gelegenheit erwähnte, hatte mich das Leben mittels Schicksalsschlägen gelehrt, dass ich nicht wissen konnte, was in den nächsten fünfzehn Minuten passieren wird, weshalb ich mich vollständig angezogen (falls wir bald wieder aufbrechen müssten) auf das breite Bett fallen ließ und, ohne ein einziges Wort mit meinem Mann zu wechseln, der es mir gleichtat, augenblicklich ins Koma fiel. Ich schlief so tief und fest, dass ich beim Aufwachen am Mittag in genau derselben Haltung dalag wie beim Einschlafen. Selbst die Schuhe hatte ich noch an.

Ich war noch nie in meinem Leben betrunken gewesen, weshalb ich die Auswirkungen eines Katers nicht aus eigener Anschauung kannte, aber ich hatte genug darüber gehört, um stark anzunehmen, dass diese Referenz ausgezeichnet dazu taugte zu beschreiben, wie ich mich beim Aufwachen fühlte, wie ich mich in Zeit und Raum zu orientieren versuchte und nach dem neben mir liegenden Farag tastete. Zuerst erwischte ich seine Brille und etwas weiter unten sein stoppeliges Kinn, das lautstark nach einer Rasur verlangte. Doch solange er da war, war alles gut, existierte die Welt noch, ging das Leben weiter.

Ich fühlte mich wie ein Fakir-Lehrling, der von seinem Nagelbrett aufsteht. Es gab in meinem Körper keinen Nerv, keinen Muskel oder Knochen, keine Sehne oder Hautfläche, die nicht in Mitleidenschaft gezogen waren. Und als die große Liebe meines Lebens sich im Bett streckte und gähnte, bestätigten mir das folgende Klagen und Jammern, dass auch ihm alles wehtat.

Aber im Haus der Simonsons funktionierten die Dinge selbstverständlich nicht nach normalen Maßstäben. Zunächst wurde uns ein üppiges Mittagessen im Zimmer serviert, als säßen wir im Restaurant des Hotel Ritz in Paris. Als wir uns gestärkt hatten, brachte man uns in die Sauna und zum Masseur. Nach einer kalt-warmen Dusche und eingemummelt in Handtücher und Bademäntel, die man nie wieder ausziehen möchte, wurden wir wieder in unser Zimmer geführt, wo wir entdeckten, dass es zwei Ankleidezimmer gab, eines für mich und eines für Farag. Eine freundliche junge Frau, an deren Aufgabe ich mich nicht erinnere, half mir, die Kleidung auszusuchen, als sie sah, wie schwer mir die Wahl fiel (denn alles, was es in diesem Ankleidezimmer gab, hatte wunderbarerweise meine Kleider- und Schuhgröße). Sie suchte mir eine schöne und bequeme Kombination aus schwarzer Hose und Bluse mit beigen Schuhen aus, die mich entzückten. Mein Mann wählte ein jugendliches weißes Poloshirt zu Jeans, was ihm göttlich stand und ihn wie einen attraktiven Hollywood-Playboy aussehen ließ. Wie viel besser er aussah ohne diese grässliche Fliege, die er so liebend gern trug!

Schließlich wurden wir feinen Pinkel in die kleine Bibliothek geführt, wo uns ein weiterer feiner – wenn auch vierschrötiger – Pinkel in Gesellschaft von Abby erwartete, die schon viel besser aussah. Beide, der vierschrötige feine Pinkel und die Erbin, schienen sich in meiner Bibliothek ausgesprochen wohlzufühlen, so wie sie miteinander tuschelten und lachten. Als wir auftauchten, trat Abby schnell einen Schritt zur Seite.

»Stören wir?«, fragte ich hinterhältig.

»Die Kinder sind gut in London angekommen«, verkündete der Ex-Cato ungerührt.

»Ah, was ein Glück!«, erwiderte mein Mann und griff sich unwillkürlich an die Gesäßtasche. »Ich war schon ein wenig besorgt, weil wir keine WhatsApp von Isabella bekommen haben.«

Kaspar lächelte.

»Hast du das wirklich erwartet?«, fragte er in Anspielung darauf, dass unsere Nichte auf dem Weg ins irdische Paradies schon eine ganze Weile in Morpheus' Armen ruhen dürfte.

»Ich nicht«, verkündete ich gleichmütig und ging auf die beiden zu. »Wie geht es deinen Großeltern, Abby?«

»Sie halten durch, Ottavia«, murmelte sie kummervoll. »Und das ist schon viel.«

»Ich werde für sie beten«, versprach ich.

»Ich weiß. Und ich bin dir dankbar dafür. Es ist wirklich ein gutes Zeichen, dass sie stabil sind.«

Mein Mann ging auf die Erbin zu und legte ihr die Hand auf die Schulter.

»Deine Großeltern sind stark«, sagte er aufmunternd. »Sie werden es überstehen.«

Abby lächelte.

»Du weißt ja, dass wir Außerirdische sind. Auf diesem Planeten gibt es nichts, das uns umbringen könnte.«

Dummkopf Nummer eins und Dummkopf Nummer zwei lachten laut auf, doch ich blieb ernst und dachte daran, dass Isabella keine Zeit geblieben war, Nachforschungen über die Familie Simonson anzustellen und es jetzt auch nicht mehr tun könnte. Das beunruhigte mich. Gut möglich, dass Tournier nur beabsichtigt hatte, mir Angst einzujagen, wie Farag behauptete, aber es hätte mich wirklich beruhigt, wenn Isabella etwas herausgefunden hätte.

»Also gut«, sagte Abby. »Da wir alle vier hier versammelt sind, würde ich euch gern jemanden vorstellen. Entschuldigt mich bitte einen Augenblick. Ich bin gleich zurück.«

Mit beschwingtem Gang und in tadelloser Haltung schritt Abby zur Tür und verließ die Bibliothek.

Farag und ich nahmen Platz auf den Sesseln, die noch immer kreisförmig unter dem hohen Panoramafenster standen und uns sehr an Becky und Jake erinnerten. Kaspar gesellte sich dazu. Er ging jetzt besser und ohne Hilfe von Krücken. Wir hätten reden können, taten es aber nicht. Wir fühlten uns wohl im Schweigen. Ich reichte Farag meine Hand, und er ergriff sie. Und so verharrten wir drei, bis Abby zurückkehrte. Ich glaube, ich fühlte mich nach diesen drei oder vier friedlichen Minuten besser und erholter als nach sieben oder acht Stunden Schlaf.

Die Tür der kleinen Bibliothek ging auf, und die Erbin erschien in Begleitung eines sehr eleganten alten Mannes, der etwas kleiner und natürlich viel dicker war als sie. Wie es mir schon mit den Simonsons ergangen war, als sie zum ersten Mal bei uns auftauchten, kam mir das Gesicht dieses Mannes ebenfalls bekannt vor, ich wusste aber nicht, woher.

Den beiden folgten weitere Personen: zwei hochgewachsene Herren fortgeschrittenen Alters – die wie echte englische Lords aussahen –, zwei kräftige Bodyguards – die Kopfhörer mit Mikrofonen im Ohr trugen und sich martialisch zu beiden Seiten der Tür aufbauten –, und zwei junge Burschen mit gepflegtem langen Haar und ebenfalls im Anzug, die allerdings den Anschein erweckten, als hätte man sie gezwungen, ihre normalen Klamotten gegen dieses Anzüge einzutauschen, die nicht für sie gemacht zu sein schienen.

Kaspar, Farag und ich standen auf, als Abby mit ihren seltsamen Begleitern näher kam. Plötzlich trat Kaspar einen Schritt vor und neigte respektvoll den Kopf.

»Eure Hoheit ...«, murmelte er.

Der dicke alte Mann, der abgesehen von dem Streifen aus grauem Haar, das von beiden Seiten des weißen Backenbarts seinen Hinterkopf umkränzte, eine Glatze hatte, verneigte sich ebenfalls vor Kaspar und sagte:

»Es ist mit eine Ehre, Sie kennenzulernen, Cato.«

»Ich bin nicht mehr der Cato der Staurophylakes, Eure Hoheit.«

»Sie werden es immer bleiben, Cato«, erwiderte der andere pietätvoll und reichte ihm die Hand. »So wie ich immer der Imam der Ismailiten sein werde.«

Mir gefror das Blut in den Adern. Der Imam der Ismailiten ...? Der ismailitischen Nizariten ...? Meine Augen bohrten sich wie Pfeile in das Gesicht dieses Mannes.

»Ottavia, Farag ...«, erklang Abbys Stimme ausgesprochen zufrieden. »Darf ich euch Seine Königliche Hoheit Prinz Karim al-Husseini, Aga Khan IV. und Imam der muslimischen Ismailiten vorstellen? Karim, das sind Frau Doktor Ottavia Salina und Professor Farag Boswell.«

»Die Entdecker des Mausoleums von Konstantinopel?«, rief

der Prinz und drückte uns erfreut die Hände. Er wirkte sehr leutselig.

Farag begrüßte ihn voller Sympathie, und ich gab ihm wie gelähmt die Hand, wobei ich spürte, wie mir das Leben aus den Fingern entwich. Das war der Alte vom Berg des 21. Jahrhunderts, der geistige Anführer der Assassinen-Sekte im Internetzeitalter.

»Alles in Ordnung, Frau Doktor Salina?«, fragte mich Prinz Karim und blickte mich mit seinen tiefschwarzen Augen befremdet an, was mich noch mehr lähmte.

Meinem Mann genügte ein Blick, um blitzschnell zu erfassen, was mit mir los war, weshalb er mir sogleich auf den Rücken klopfte, um mich zu einer Reaktion zu bewegen.

»Bestens«, stieß ich hervor. »Es ist mir ein Vergnügen.«

»Danke«, erwiderte er zufrieden. »Mir auch, das kann ich Ihnen versichern. Erlauben Sie mir, Ihnen meine Begleiter vorzustellen.«

Die beiden englischen Gentlemen mit hellen Augen und schneeweißer Haut waren ein Spanier namens Luis Monreal, Generaldirektor der Aga-Khan-Stiftung für Kultur, und Prinz Amin Mohammed, Prinz Karims Bruder und Präsident des Geschäftsführenden Ausschusses des Aga-Khan-Fonds für wirtschaftliche Entwicklung. Offensichtlich wollten sie im September in Toronto sowohl ein ismailitisches Kulturzentrum als auch ein superwichtiges Museum für islamische Kunst, das Aga-Khan-Museum, einweihen, weshalb sich die beiden angeblichen Lords schon seit Wochen in Toronto aufhielten. Prinz Karim hingegen war aus ganz anderen Gründen mit seinem Privatflugzeug nach Kanada gejettet. Der erste Grund war der Zustand seiner Freunde Becky und Jake (er war einer der wenigen Menschen, der von den Vorfällen wusste), und der zweite waren anscheinend diese beiden langhaarigen Burschen, die abwesend und reglos in einiger Entfernung standen.

Abby setzte sich auf den Sessel, auf dem sonst ihre Großmutter Becky Platz nahm, und gewährte Jakes Sessel dem dicken

Anführer der Mördersekte. Jedes Mal, wenn ich meinen Blick auf ihn richtete, lief mir ein Schauer über den Rücken, obwohl sein Anblick keineswegs unangenehm war und er sich sogar wie ein ganz normaler Mensch benahm, nämlich ausgesprochen höflich und friedlich. Wo er wohl sein Schwert versteckt hatte?, fragte ich mich beim Inspizieren der Falten, die sein Jackett um den Bauch warf.

Wir anderen setzten uns dazu, und da ein Sessel fehlte, brachte ihn ein Bodyguard. Die jungen Burschen rührten sich nicht vom Fleck.

»Schön, nun sind wir hier«, begann der Aga Khan mit freundlichem Lächeln. »Wir haben nicht viel Zeit, also kommen wir direkt zur Sache. Jake und Becky haben mich wissen lassen, dass einer der Server des AKND in London dazu benutzt wurde, Abby und Sie alle auszuspionieren. Sie wissen ja, dass wir von Anfang an über Ihre Nachforschungen im Bilde waren, also hat uns das nicht überrascht. Bei den entsprechenden Überprüfungen stellten wir fest, dass es sich bei den Spionen um diese zwei Studenten der Universität Aga Khan aus dem Fachbereich Geschichte der muslimischen Zivilisationen handelt. Die beiden haben mit drei weiteren Kommilitonen in den Büchern eine alte Häresie entdeckt aus den Zeiten, als man uns noch für eine haschischrauchende Mördersekte hielt.« Der Aga Khan lächelte amüsiert und seufzte dann. »Nun ja, wir alle haben eine Vergangenheit. Erlauben Sie mir also«, sagte er und zeigte auf die Langhaarigen, »Ihnen die selbst ernannten neuen Sufat vorzustellen: die Reinen.«

Daraufhin brach der Aga Khan in lautes Gelächter aus, das mein Verstand ausblendete, um der mächtigen Stimme Marco Polos zu lauschen:

Der Bischof der Nazarener, Mar Sahda, der mit den Ebioniten sprach, erzählte uns, dass sie von muslimischen Soldaten eskortiert wurden, die sich Sufat, die Reinen, nannten, aber Sarazenen waren und nicht dem Gesetz Mohammeds, sondern dem des Alten vom Berg folgten. Die Ebioniten reisten ab mit dem Verspre-

chen, dass sie wiederkommen und die Ossuarien abholen würden, sobald sie einen sicheren Ort gefunden hätten, wo sie für immer aufbewahrt werden könnten, und das taten sie vor zwölf Jahren im Jahr 1282, wieder in Begleitung der Sufat-Soldaten.

Vollkommen irritiert blickte ich zu den beiden eingeschüchterten jungen Männern hinüber, die nur unwesentlich älter als Isabella waren, und versuchte in ihren Gesichtern Hinweise auf jene Soldaten zu erkennen, auf diese Sufat-Krieger, die im 13. Jahrhundert auf ihrer Reise von Bagdad nach Indien die Ossuarien bewachten sowie bei deren Rückführung nach ... wo auch immer die Ebioniten sie versteckt hatten, aber ich sah nur zwei junge Männer, die von der Präsenz und den Worten ihres Imams eingeschüchtert wirkten. Wenn man sie nur deshalb aus London hergeschleppt hatte, war es durchaus verständlich, dass sie Schiss hatten.

»Und warum haben mich diese neuen Sufat ausspioniert?«, wollte Abby stirnrunzelnd wissen.

»Redet«, forderte der Imam die Burschen auf.

»Kommt doch erst mal näher und stellt euch vor«, mischte sich plötzlich Prinz Amin ein.

Die jungen Männer kamen mit Blick auf ihren Imam ein paar Schritte näher, um sich anschließend gegenseitig anzublicken, bis einer von ihnen, der mit der dunkleren Haut und einem Spitzbart im schmalen Gesicht, sich entschloss, das Wort zu ergreifen.

»Mein Name ist Hussein Kasem, mein Kommilitone heißt Malek Zanjani.« Er sprach perfektes britisches Englisch mit klarer und tiefer Stimme, der man die aufsteigende Panik anhörte. »Wir sind ismailitische Sufat.«

Prinz Karim lachte erneut, wenn auch etwas leiser, und entschuldigte sich dann mit einer Handbewegung, damit der junge Mann weitersprechen konnte.

»Beim Überprüfen antiker Schriftstücke«, erklärte Hussein weiter, »haben wir Beweise dafür gefunden, dass die Mongolen die sterblichen Überreste unseres Meisters Hasan-i-Sabah nicht zerstört haben, als sie 1256 das Mausoleum in den Bergen von Alamut überfielen. Der Wesir des Eroberers Hülegü Khan, Abdallāh al-Dschuwainī, legte seine Gebeine in ein Ossuarium und übergab es zusammen mit den neun Ossuarien mit den sterblichen Überresten des Propheten Al-Masïh Isa und seiner Familie Hülegü als Kriegsbeute.«

»Im zehnten Ossuarium liegt Hasan-i-Sabah!«, rief Farag beeindruckt.

»Es geht darum«, warf Prinz Karim Aga Khan ein, »dass wir dank dieser neuen Sufat jetzt wissen, dass die sterblichen Überreste unseres Meisters nicht vernichtet wurden und sie sich bei den neun Ossuarien befinden könnten, die Sie suchen. Sie werden verstehen, wie wichtig das für uns Ismailiten ist.«

»So wichtig wie die sterblichen Überreste von Jesus und seiner Familie für uns Christen«, ergänzte Kaspar.

Die Langhaarigen traten unruhig von einem Fuß auf den anderen.

»Wie habt ihr das herausgefunden?«, fragte ich.

»Reiner Zufall«, sagte Hussein und starrte zu Boden. »Im Intranet der Universität haben wir einen Ordner mit alten Studien unseres Professors entdeckt. Darin wird nachvollzogen, welche Rolle wir Ismailiten in der Geschichte von den christlichen Ossuarien des Propheten Isa Al-Masïh und seiner Familie spielten.«

Hussein hielt inne und räusperte sich.

»Diese Studien wurden alle im Auftrag der Familie Simonson angefertigt, und das hat uns stutzig gemacht. Wir beschlossen, Nachforschungen anzustellen und … nun ja …« Er hob den Kopf und sah Abby beschämt an. »Dabei haben wir entdeckt, dass Ihr Computer nicht geschützt war.«

»Meine Schuld«, räumte die Erbin ein und runzelte die Stirn noch etwas mehr. Das war nicht die Abby, die wir kannten. Jetzt hatte ihr Gesicht einen harten, entschlossenen Ausdruck, den ich noch nie an ihr gesehen hatte.

»Erzähl weiter, Hussein«, sagte Prinz Amin, als er sah, dass der Junge hoffte, vom Erdboden verschluckt zu werden.

»Vor einem Monat, am 31. Mai«, flüsterte Hussein, »waren die Zugänge, die wir benutzt hatten, plötzlich geschlossen.«

Ja, dachte ich stolz, Isabella hatte auf dem Flug von Ulan Bator nach Istanbul die Software der Spione von Abbys Computer entfernt und ihn dann abgesichert.

»Also mussten wir woanders weitersuchen«, gestand der Junge. »Wir wollten nur mehr erfahren, uns aber nichts aneignen oder jemandem schaden, und wir hatten auch keine Ahnung, was wir finden könnten. Uns standen lediglich die Geschichtsarchive der Aga-Khan-Stiftung für Kultur zur Verfügung. Zum Glück war gerade eine Privatsammlung von ismailitischen Schriftstücken in der Stiftung eingetroffen, die noch niemand gesichtet hatte.«

»Manchmal tauchen solche Schätze auf«, warf der Generaldirektor der Stiftung, Luis Monreal, höchst zufrieden ein. »Unsere wissenschaftliche Dokumentation ist nicht sehr umfangreich.«

Husseins Blick verlor sich zum Fenster hinaus, als wollte er gleich davonfliegen.

»Das Schriftstück, das wir fanden«, fuhr er fort, »war ein Brief, den ein jüdischer Rabbiner namens Eliyahu 1260 auf Farsi dem letzten legitimen Sufat-Führer Farhad Zakkar geschrieben hatte. Eliyahu berichtet Zakkar, dass sich die Ossuarien mit den sterblichen Überresten unseres Meisters Hasan-i-Sabah und des Propheten Isa Al-Masïh und seiner Familie in Bagdad befänden, weil Hülegü Khan sie 1256 vor der Zerstörung von Alamut geraubt hatte. Er schlug ihm vor, sie wiederzubeschaffen und in Sicherheit zu bringen, weil er glaubte, dass sich die Mongolen die gesamte Region aneignen würden und ihre Macht ewig währen würde. So erfuhren wir, dass die sterblichen Überreste unseres Meisters bei denen des Propheten Isa Al-Masïh waren, und als wäre das nicht genug, entdeckten wir auch, dass es ein Sufat-Credo gab, von dem wir noch nie gehört hatten. Wir studieren es jetzt gründlich, wir lesen alles, was wir darüber finden können, und wir glauben, dass der Moment gekommen ist, um diese antike Interpretation der Korandeutung wiederzubeleben.«

»Das alles geschah in den letzten zwei Wochen«, unterstrich Prinz Karim Aga Khan ernst. »Ich möchte diesen Umstand deutlich hervorheben.«

»Haben Sie das Schriftstück mitgebracht?«, fragte ich.

Der moderne geistliche Führer der Mördersekte gab einem der Bodyguards ein Zeichen, und dieser zog einen Plastikordner aus seiner Jacke und reichte sie dem Imam.

»Das ist natürlich nicht das Original«, erklärte Prinz Karim, als er den Ordner seinem Bruder weiterreichte und dieser ihn mir aushändigte. »Aber es ist eine sehr gute Kopie. Das Original liegt in einem Tresorfach in London. Können Sie Farsi lesen, Frau Doktor?«.

»Nein«, erwiderte ich, während ich das wunderschöne Foto betrachtete. »Wie Sie bestimmt wissen, ist mein Fachgebiet byzantinisches Griechisch.«

»Gut, das dachten wir uns schon. Wie Sie sehen, gibt es auf dem nächsten Blatt eine Übersetzung.«

Ich reichte das Foto an Farag weiter und suchte im Ordner die Übersetzung. Es handelte sich um einen Text von knapp einer halben Seite, in dem, wie uns Hussein schon erläutert hatte, ein gewisser Eliyahu ben Shimeon, Rabbiner von Susya in Judäa, den geistigen Führer der Sufat, Farhad Zakkar, über die Existenz der sterblichen Überreste von Hasan-i-Sabah im Besitz von Hülegü Khan informierte und seine Mitarbeit anbot, um sie zurückzubekommen, wenn seinerseits Zakkar ihm helfen würde, die sterblichen Überreste von Jeschua Ha-Nozri und seiner Familie zurückzuerhalten, die sich ebenfalls im Besitz Hülegüs befänden.

»Jeschua Ha-Nozri?«, fragte ich, ohne den Blick zu heben.

»Jesus von Nazareth auf Hebräisch«, erklärte mein Mann.

Der Brief war tatsächlich auf den 5. Mai 1260 datiert, aber nicht nach unserem gregorianischen Kalender, sondern nach dem jüdischen (16 *Iyar* 1520) und dem islamischen Kalender

(15 *Dschumada l-ula* 658). Das gregorianische Datum war vom Übersetzer als Fußnote hinzugefügt worden. Offensichtlich glaubte Eliyahu, dass die Sufat als letzte Ismailiten die Ausrottung durch die Mongolen überlebt hatten, weil sie von der Assassinen-Sekte als Ketzer verbannt wurden und sich über ein Jahrhundert lang in den syrischen Bergen versteckt hielten, weshalb sie auch dem Massaker entkommen waren. Eliyahu fürchtete die Mongolenherrschaft wirklich sehr und prophezeite Zakkar eine lange Zeit des Schmerzes und Todes, des Blutes und Feuers für die Menschheit. Deshalb sei es unerlässlich, meinte Eliyahu, dass die syrischen Sufat und sie, die Ebioniten von Judäa, sich so schnell wie möglich verbündeten, um einen Weg zu finden, die von Hülegü gestohlenen Ossuarien zurückzubekommen, damit sie am Ende nicht aus Fahrlässigkeit zerstört würden. Er schlug ihm ein Geheimtreffen in Damaskus im Monat des *Dhū l-Hiddscha* (*Kislev* für sie und Dezember für uns) vor und erwartete seine Entscheidung sowie genaue Angaben für das Treffen.

Aufgebracht wie selten in meinem Leben (ist natürlich nur so dahingesagt) rief ich erbost:

»Wer zum Teufel sind denn diese jüdischen Ebioniten, die sich in Indien als Christen ausgaben und darüber hinaus wie besessen die sterblichen Überreste von Jesus von Nazareth vor den Mongolen beschützen wollten?«

»Ketzer, Frau Doktor«, antwortete mir der neuzeitliche Alte vom Berge. »Aber in diesem Fall Ihre Ketzer, nicht unsere.«

»Ketzer?«, wiederholte ich überrascht.

»Christliche Ketzer«, präzisierte er im Glauben, dass ich ihn nicht richtig verstanden hätte.

Doch das hatte ich und fand es eine große Geschmacklosigkeit. Die Trennung von Juden und Christen war schon sehr früh erfolgt. Schon knapp zehn oder zwölf Jahre nach Jesus' Tod, also um das Jahr 40, predigte der heilige Paulus den Heiden, soll heißen Nicht-Juden, als er nach seiner Bekehrung auf dem Weg nach Damaskus war (wo er übrigens von keinem Pferd stürzte, was auch immer behauptet werden mochte). Und schon im Jahr 50 hatte er eine ernste Auseinandersetzung mit der Kirche von Jerusalem, haarklein erzählt in der Apostelgeschichte, Kapitel 15, denn die erwachsenen Römer und Griechen wollten unter keinen Umständen mehr zum Christentum konvertieren, als sie erfuhren, dass sie sich dafür beschneiden lassen müssten, wie es das jüdische Gesetz vorschrieb und die noch lebenden Apostel es verlangten. Deshalb stritt er mit den Aposteln und setzte sich durch, womit er Männern, die Jesus folgen wollten (Frauen mussten nur in Meerwasser getauft werden), die Beschneidung ersparte und darüber hinaus eine breite Öffnung der Gotteskirche ermöglichte, die ihr neues Zentrum im Herzen des Römischen Reiches haben sollte.

Seit dieser frühen Epoche waren Judentum und Christenheit ganz unterschiedliche Wege gegangen, und die einzigen bekannten christlichen Ketzereien, zumindest soweit mir bekannt war, hatte es im 2. Jahrhundert gegeben, aus denen die koptischen Christen wie Farag und die Christen des heiligen Thomas (auch Thomaschristen), die Nestorianer, die Griechisch-Orthodoxen sowie die Katharer und Protestanten hervorgingen. Aber es war vollkommen inakzeptabel, von Christen zu reden, die zugleich Juden waren, oder mit anderen Worten – es hatte niemals christliche Rabbiner wie den, von dem in diesem Brief die Rede war, gegeben.

»Wenn Sie noch mal einen Blick in den Ordner werfen wollen«, fuhr der Aga Khan fort, »werden Sie ein Blatt finden mit dem Text eines der sogenannten Kirchenväter des 2. Jahrhunderts, dem heiligen Irenäus von Lyon, in dem er erklärt, wer diese Ebioniten sind. *Ebionim* ist der hebräische Name und bedeutet ›die Armen‹.«

»Die existierten schon im 2. Jahrhundert?«, fragte ich verblüfft und suchte nach dem Text.

»Soweit wir bisher herausfinden konnten«, erklärte Prinz Karim geheimnisvoll, »existierten sie schon ein bisschen früher.«

Nichts Geringeres als elf Jahrhunderte überlebt! Diese *Ebio-*

nim oder Ebioniten müssen ziemlich schlau gewesen sein, um der Verfolgung durch die Kirche so lange zu entkommen, denn wenn die alten Römer – meine Vorfahren – anfangs die Christen verfolgten und sie zu Märtyrern machten, waren es später wir Christen selbst, die erbarmungslos die Ketzer verfolgten und sie zu Scheiterhaufen und Hölle verdammten.

Ich fand das Blatt mit dem Text des heiligen Irenäus von Lyon, von dem der Aga Khan gesprochen hatte. Ich kannte Irenäus' Werk nur sehr oberflächlich und konnte mich deshalb natürlich nicht daran erinnern, dass er von den Ebioniten sprach. Sein Hauptwerk, *Adversus haereses* (oder *Fünf Bücher gegen die Häresie*), gilt als erstes geschichtliches Traktat über die theologischen Diskrepanzen, die im 2. Jahrhundert im Schoße der Kirche ausgefochten wurden. Der Text war ein Fragment aus Kapitel 26 des ersten Buches dieses Werkes, und da hieß es:

»Diejenigen, die Ebioniten genannt werden, behaupten, dass die Welt vom wahren Gott geschaffen wurde, bekunden aber bezüglich des Herrn dieselben Meinungen wie Kerinth oder Karpokrates. Sie nutzen ausschließlich das Matthäus-Evangelium und lehnen den Apostel Paulus ab, dem sie Abtrünnigkeit von den Geboten des Herrn vorwerfen. Sie kommentieren die Prophezeiungen mit exzessiver Spitzfindigkeit. Sie praktizieren die Beschneidung und halten sich an die vorgeschriebenen Sitten und Gebräuche sowie die jüdischen Praktiken, was so weit geht, dass sie Jerusalem als Haus Gottes verehren.«

Ich konnte alles verstehen, müsste es jedoch später noch analysieren, um mir eine genaue Vorstellung davon zu verschaffen, wer diese verflixten *Ebionim* waren, aber da ich Kerinth und Karpokrates nicht studiert hatte, konnte ich die Grundidee, die Meinung der *Ebionim* über den Herrn, also über Jesus, den sie so schützten, nicht nachvollziehen.

»Die Information über Kerinth und Karpokrates finden Sie …«, sagte der Aga Khan gerade.

»Ja, ich weiß«, unterbrach ich ihn. »Auf einem weiteren Blatt im Ordner.«

»Ganz genau«, erwiderte er stolz.

Nachdem ich auch dieses Blatt überflogen hatte, gab ich es Farag, der es Kaspar und Abby weiterreichte, sodass wir alle vier über die Sache im Bilde waren.

Offensichtlich sahen laut Irenäus von Lyon auch die Gnostiker Kerinth und Karpokrates – einer lebte Ende des 1. Jahrhunderts, der andere Anfang des 2. Jahrhunderts – in Jesus nichts als einen Menschen. Natürlich wurde er nicht von einer Jungfrau geboren, sondern war der Sohn von Maria und Josef und wurde empfangen wie alle Menschen, obwohl er ihnen wegen seines Gerechtigkeitssinns, seiner Klugheit und Weisheit überlegen war.

Ich spürte, wie von meinen Beinen über den Rücken bis in die Fingerspitzen Kälte aufstieg. Es war nicht die Art von Kälte, die das Kennenlernen des derzeitigen geistigen Anführers der Mördersekte verursacht hatte, die hatte eher mit Angst zu tun. Es war eine innere Kälte, die nach außen drang. Die Kälte steckte in mir und fühlte sich an wie Krankwerden. Vielleicht hatte das unablässige Wiederholen, dass diese verdammten Ossuarien mit den sterblichen Überresten von Jesus von Nazareth und seiner Familie wirklich existierten, die Grundfesten meines tiefen Glaubens derart erschüttert, dass die Vorstellung, Jesus könnte nur ein gerechter, kluger und weiser Mensch gewesen sein, empfangen wie alle Menschen, Sohn von Maria und Josef und nicht der Sohn Gottes, empfangen von der Heiligen Jungfrau Maria durch den Heiligen Geist, ein leises Echo, eine subtile Resonanz in mir hervorrief. Daher die grässliche Kälte. Ich durfte meinen Gott nicht verlieren. Mein Gott war für mich wie die Luft zum Atmen, ich brauchte ihn zum Leben, ich liebte ihn so sehr, dass ich ihm dreizehn Jahre meines Lebens, meine Jahre der christlichen Berufung geopfert hatte, bevor ich mich in Farag verliebte.

Ich musste mich von alldem fernhalten. Ich musste meinen Glauben retten, ihn schützen.

»Wir haben noch mehr Informationen über die Ebioniten«,

sagte der Aga Khan gerade, als ich in die Wirklichkeit zurückkehrte. »Wenn Sie wollen, können wir sie Ihnen zukommen lassen.«

»Ja, gern, danke, Karim«, hörte ich Abby entschlossen antworten.

»Hätten Sie etwas dagegen einzuwenden«, fragte Luis Monreal, »wenn sich einer unserer besten Archäologen an der Suche nach den Ossuarien beteiligt?«

»Keine Einwände«, erwiderte der Ex-Cato kategorisch. »Er wird uns von großem Nutzen sein.«

»Wunderbar!«, rief der Aga Khan hochzufrieden. »Was werden Sie als Nächstes tun?«

Ich werde emigrieren und mit Farag ans andere Ende der Welt verschwinden, weit weg von diesen gefährlichen Irren, die Leben und Glauben zerstörten.

»Zum jetzigen Zeitpunkt«, hörte ich meinen Mann erklären, »ist es unumgänglich, nach Israel, nach Susya, zur Wiege der *Ebionim* zu fahren. Wir haben keine Ahnung, wohin sie die Ossuarien gebracht haben, als sie aus Indien zurückkehrten, aber wir wissen mit Sicherheit, dass vor dem Raub der Ossuarien ihre Heimat in Susya in Judäa war. Von dort stammten sie und dort lebten sie, dort waren ihre Familien und dorthin müssen sie zurückgekehrt sein, nachdem sie sie versteckt hatten. Also müssen wir zuerst die Stadt Susya finden, sollte sie denn noch existieren oder so heißen, und dort eine Spur oder was auch immer finden, die uns verrät, was sie mit den Ossuarien angestellt haben.«

Da begriff ich es endlich. Jetzt wusste ich, was mit mir los war. Mein Glaube stand auf dem Prüfstand. Gott stellte mich auf die Probe, er konfrontierte mich schonungslos mit Logik und Vernunft, um zu sehen, ob ich standhielt, ob mein Glaube an *Ihn* stark genug sei, um derlei Herausforderungen zu meistern. Ich betete im Stillen. Ich weiß nicht, wie das Gespräch weiterging, weil ich im stillen Gebet verharrte.

Und ich würde nach Susya gehen.

ZWEIUNDZWANZIG

»Mögest du in interessanten Zeiten leben«, murmelte Kaspar, der durch das Fenster ins Morgengrauen starrte. Wir waren allein in diesem fliegenden Luxuspalast.

»Was hast du gesagt?«, fragte ich und blickte von meinem Tablet auf.

»Ich habe einen alten chinesischen Fluch zitiert: Mögest du in interessanten Zeiten leben.«

»Ich dachte, das sei eine Erfindung von Terry Pratchett, dem Autor der *Scheibenwelt*-Saga«, sagte ich überrascht.

»Nein«, erwiderte er, ohne sich umzudrehen. »Das ist tatsächlich ein alter chinesischer Fluch, und wir drei, Farag, du und ich, haben das große Glück, mit diesem Satz verflucht worden zu sein. Schau uns doch an, Dottoressa. Schau dir an, was wir alles tun. Schau dir an, was wir getan haben und was wir gewesen sind. Denk daran, was wir tun und sein werden. Wir führen ein seltsames und kompliziertes Leben, weil wir immer in interessanten Zeiten leben.«

»Ehrlich gesagt wären mir langweilige Zeiten lieber«, behauptete ich unumwunden.

»Dann also langweilige Zeiten für dich«, sagte er und lachte auf seine typische Weise, was eigentlich weder Lachen noch sonst etwas war. »Und für uns die interessanten Zeiten.«

Wir waren seit sieben Stunden auf dem Weg nach Tel Aviv, und Abby und Farag waren völlig übermüdet eingeschlafen. Für uns in der kanadischen Zeitzone war es elf Uhr nachts, doch schon bald würden wir in Israel landen, wo es Montagfrüh, der 30. Juni wäre. Diese aberwitzigen Zeitenwechsel setzten mir langsam zu, doch da sich der verfluchte Ex-Cato nicht hatte hinlegen wollen, saß ich nun neben ihm, statt zu schlafen und zusammen mit Farag den *Mile High Club* zu gründen, denn es war der geeignete Zeitpunkt, mit ihm allein über Abby und das, was zwischen ihnen lief, zu reden. Eigentlich wollte ich ihm nur eine gute Freundin sein und die Möglichkeit geben, sich zu erklären.

Das Flugzeug, in dem wir saßen, war Eigentum von Prinz Karim. Es war mit allen vorstellbaren Sicherheitssystemen ausgestattet und sendete als Handelsflugzeug mit Passagieren sogar falsche Flugsignale an die internationalen Radar- und Kontrollzentren. Aber es war vor allem wie die Privatmaschine der Simonsons ein fliegender Palast, in diesem besonderen Fall ein Palast aus Tausendundeiner Nacht. Der mächtige Simonson-Apparat arbeitete vorbildlich und hatte festgestellt, dass der Privatjet des Aga Khan der sicherste auf der ganzen Welt war. Deshalb wurden wir mit ihm transportiert. Darüber hinaus verfügten wir über falsche Identitäten als Handelsattachés mit diplomatischer Immunität, weshalb wir jetzt offiziell belgische Staatsbürger waren. Dabei wurden wir rund um die Uhr auf alle möglichen Arten und Weisen beschützt, von denen ich jedoch nichts wissen wollte, um nicht nervös zu werden.

Also gab ich vor, auf meinem Tablet die Dokumente über die Ebioniten zu lesen, die uns die Ismailiten geschickt hatten, während ich in Wirklichkeit auf den geeigneten Moment lauerte, um mich in Kaspars Halsschlagader zu verbeißen und ihn zu zwingen, mir von seiner Geschichte mit Abby zu erzählen.

»Wo wir gerade von interessanten Dingen sprechen …«, setzte ich an.

»Stopp!«, unterbrach er mich kopfschüttelnd. »Fang gar nicht erst damit an.«

»Was meinst du denn?«, erwiderte ich und spielte die Überraschte. Ich verfügte über großes schauspielerisches Talent und hätte Karriere machen können, wenn ich in der Schule weiter Theater gespielt hätte.

»Von Abby«, erklärte er im Tonfall des distanzierten Catos.

»Ich wollte nicht über Abby mit dir reden!«, log ich und tat empört.

Der Ex-Cato zog seine linke Augenbraue weit in die Höhe. Klar, er glaubte mir kein Wort. Ich musste mir schnell etwas ausdenken, um dieser peinlichen Situation zu entkommen. An Themen mangelte es mir eigentlich nie.

»Findest du es normal, wie die Simonsons sich verhalten?«

»Worauf willst du hinaus?«

»Jake und Becky liegen schwer verletzt im Krankenhaus. Ihr ältester Sohn Nat wurde ermordet. Es wurden so viele ihrer Ölvorkommen zerstört, dass die Weltbörsen fast einbrachen. Und uns wurde das Haus abgefackelt, und wir mussten unsere Kinder ans andere Ende der Welt schicken.«

»Und …?«, animierte er mich zum Weiterreden.

»Und … wo sind wir jetzt?«, fragte ich kryptisch und kniff die Augen zusammen, um meinen Blick zu schärfen.

»In einem Flugzeug?«, wagte er einen unsicheren Vorstoß.

»Genau!«, rief ich, legte mein Tablet auf Farags Sitz und beugte mich zu ihm vor. »In einem Flugzeug! Im Flugzeug eines ihrer besten Freunde, zusammen mit ihrer Lieblingsenkelin! Außerdem suchen wir noch immer die verschwundenen Ossuarien!«

»Ich verstehe dich nicht«, räumte er irritiert ein. »Was willst du damit sagen?«

»Angesichts einer Reihe von Unglücksfällen wie diesen wäre es doch einleuchtender aufzuhören, oder? Die Suche hätte abgebrochen oder wenigstens in den Stand-by-Modus versetzt werden müssen. Zumindest bis wir wissen, was mit Jake und Becky wird.«

»Abby hat gesagt, dass wir für ihre Großeltern weitersuchen müssten, sie hätten es so gewollt. Außerdem ist eine Kapitulation genau das, was Tournier erreichen will. Aufzuhören bedeutet, ihn gewinnen zu lassen.«

»Ich habe nicht gesagt, dass wir aufhören sollten, ich habe gesagt, dass wir uns zumindest eine Verschnaufpause von ein paar ... oder wenigstens einem Tag gönnen sollten. Hast du etwa eine Sekunde des Zögerns, des Innehaltens bemerkt? Ich sage dir, heute ist Sonntag, all diese Dinge sind erst vorgestern passiert, und wir fliegen mit dem Flugzeug des Anführers der Mördersekte nach Tel Aviv.«

»Tatsächlich ist heute Montag«, erwiderte er nachdenklich. »Aber du hast recht.«

»Sag ich doch!«, rief ich und lehnte mich zufrieden zurück.

»Ich nehme an, dass die Sache aus irgendeinem Grund noch wichtiger geworden ist«, murmelte er.

»Welchen Grund könnte es dafür geben, dass Abby jetzt nicht bei ihren Großeltern im Krankenhaus ist?«

»Vielleicht den, dass wir vor Tournier, Spitteler und ihrem Ex Hartwig Rau die Ossuarien finden müssen.«

»Die wissen doch gar nichts!«, schnaubte ich verächtlich. »Sie sind so weit zurückgefallen, dass sie uns nie mehr einholen können, selbst wenn sie es wollten. Vielleicht sind sie sogar davon überzeugt, uns besiegt, uns gestoppt zu haben.«

»Du vergisst da was«, stellte er klar.

Ich lächelte ungläubig und selbstgefällig von meinem hohen Ross herunter.

»Das Vatikanische Geheimarchiv«, sagte er.

Getroffen. Ich sackte in mich zusammen wie ein Luftballon, den man angestochen hat. Ich hatte es begriffen, bevor er noch zu Ende gesprochen hatte. Schließlich kannte ich das Archiv in- und auswendig.

»Sie könnten den Originalbrief haben, den Heraclius von Caesarea, der lateinische Patriarch von Jerusalem, mit der Übersetzung der Inschriften auf den neun Ossuarien in Nazareth 1187 an Papst Urban III. schickte«, begann er aufzuzählen. »Sie könnten eine Kopie des Briefes haben, den Urban III. mit den Anweisungen zur Zerstörung der Ossuarien nach Jerusalem schickte. Sie könnten Briefe vom Templerorden und vom Hospitalorden haben, in denen vom Scheitern der Mission und vom Zusammenstoß mit Saladins Reitern berichtet wird. Sie könnten sogar«, er übersprang mal eben ein Jahrhundert, »Briefe von Marco Polo haben, mit denselben Informationen über Kodungallur, Susya, die Ebioniten und die Sufat, über die wir verfügen. Schließlich waren die Polos päpstliche Gesandte. Es wäre doch ziemlich merkwürdig, wenn sie dem Papst nichts von ihren Entdeckungen mitgeteilt hätten.«

»Letzteres ist unmöglich«, widersprach ich ihm.

»Wieso?«

»Weil Spitteler und Hartwig dann nicht in Maria Palaiologinas Krypta eingedrungen wären und uns angegriffen und dich und Farag verletzt hätten. Hätten sie die Informationen gehabt, wozu hätten sie dann diese Nummer abziehen sollen?«

»Weil sie die Ossuarien nicht nur suchen, Dottoressa«, knurrte er mir ins Gesicht. »Weil sie sie auch zerstören wollen. Sie wollen dieses Kapitel der Kirchengeschichte endgültig abschließen, die Beweise vernichten und alles aus dem Weg räumen, damit keinerlei Spuren zurückbleiben, um die Sache erneut ans Licht zu bringen.«

»Und wenn es stimmt, dass in einem dieser Ossuarien die sterblichen Überreste von Jesus von Nazareth liegen? Wie könnten sie es dann wagen, ihn zu zerstören? Das wäre doch Wahnsinn!«

Hatte ich das eben gesagt, oder war da noch jemand außer uns? War das meine Stimme gewesen, die diese rhetorischen Fragen gestellt hatte? War ich denn verrückt geworden?

»Du glaubst es langsam auch, was?«, murmelte er.

Ich sah ihn durch einen Tränenschleier an.

»Vor vielen Jahren und in einer ähnlichen Situation wie dieser«, erklärte er mit angedeutetem Lächeln und einem Tonfall, der mich trösten sollte, »habe ich dir einmal etwas gesagt, das ich über das Leben weiß, erinnerst du dich?«

Ich schüttelte den Kopf.

»Ich sagte, dass alles relativ, alles vorübergehend und alles veränderlich sei. Und dass wir immer, wirklich immer, die Möglichkeit haben, etwas zu ändern. Wir beide sind ein gutes Beispiel dafür.«

»Aber ich will meinen Glauben nicht ändern«, flüsterte ich erstickt. Ich war verzweifelt und empfand schreckliche Schuldgefühle wegen meiner Zweifel.

»Auch wenn du dich nicht mehr daran erinnerst, hast du mich damals gefragt: Warum glauben wir, unser Leben zu leben, wenn es doch unser Leben ist, das uns lebt? Es gibt Dinge, über die wir keine Kontrolle haben, Dottoressa. Auch wenn wir es unbedingt wollen. Wenn Jesus, wie die Ebioniten sagen, nur ein Mensch war, ein Mensch, der allerdings wegen seiner Gerechtigkeit, seiner Klugheit und seiner Weisheit herausragte, dann wahrscheinlich auch wegen seiner mutigen Interpretation von Moses' Gesetz als Jude: Wie könnte das unserem Glauben an Gott schaden? Nicht an Jesus als Gott, sondern an Gott.«

»Das ist kompliziert, Hauptmann.« Bei den seltenen Gelegenheiten, in denen Kaspar und ich uns allein unterhielten, nannten wir uns gegenseitig immer Dottoressa und Hauptmann, vielleicht, weil diese Titel jetzt unsere Zuneigung zum Ausdruck brachten. »Ich habe immer geglaubt, dass Jesus Gott sei. Dass er Gott ist. Ein aus Liebe fleischgewordener Gott, der uns vor unseren Sünden bewahrt. Ich habe an die Dreifaltigkeit aus Vater, Sohn und Heiligem Geist geglaubt. Und jetzt soll ich denken, dass das alles nicht stimmt? Für mich würde eine Welt zusammenbrechen.«

»Nein, das ist nicht richtig, Dottoressa«, widersprach er kategorisch. »Deine Welt würde nicht zusammenbrechen. Du würdest vielleicht zusammenbrechen, aber deine Welt nicht. Hör mir zu. Jesus war nie Christ, weil das Christentum zu seinen Lebzeiten noch gar nicht existierte. Jesus war ein jüdischer Rabbiner, der eine Neuinterpretation von Moses' Gesetz anfertigte. Jesus beging den Sabbat, die obligatorische Ruhepause am Samstag, den die Juden heute noch begehen, Jesus war beschnitten, wie es das jüdische Gesetz vorschreibt, Jesus hielt sich an die koschere

Ernährungsweise des Levitikon und feierte das jüdische Osterfest, wie es das jüdische Volk seit Jahrtausenden feiert. Jesus kannte die Evangelien nicht, weder Paulus und seine Briefe noch die Apostelgeschichte, die eher die Paulusgeschichte ist, weil die echten Apostel einfach übergangen wurden. Jesus war ein Rabbiner, der den Tanach, die hebräische Bibel, studierte, die wir Altes Testament nennen. Und als Rabbiner fertigte er eine Neuinterpretation des Gesetzes aus dem Tanach an: Er lehnte die jüdische Tradition, die Gottes Botschaft hinzugefügt worden war, ab und konzentrierte sich auf das Wesentliche, das Wichtige, und hat sich vermutlich deshalb dem Sanhedrin, dem Hohen Rat widersetzt, dessen Autorität seinerzeit, wie heute die der katholischen Kirche, auf Traditionen und Doktrinen basierte, die der Grundbotschaft hinzugefügt wurden.«

Auch wenn es stimmte, erschien mir das alles doch ziemlich fremd, vor allem, dass Jesus nie Christ gewesen sein sollte.

»Jesus von Nazareth«, fuhr Kaspar vollkommen ungerührt vom perversen Gehalt seiner Worte fort, »war vor allem ein guter Jude, der ein noch besserer Jude werden wollte und dafür folgenden Weg beschritt: zuerst das Wichtige, zuerst das Wesentliche, lassen wir das mit den Liturgien und anderem Blödsinn. Das war der historische Jesus, und wenn er nur ein Mensch war und kein Gott, wie der heilige Paulus das als Erster behauptete, was macht das schon? Jesus brachte uns Gott näher, er erlaubte uns, direkt mit ihm zu kommunizieren und eine persönliche Beziehung zu ihm herzustellen, was für das Judentum seiner Zeit undenkbar war. Was hat er falsch gemacht? Nicht von den Toten auferstanden und tatsächlich der Sohn von Maria und Josef gewesen zu sein? Beruhige dich, Dottoressa, und versuche dir klarzumachen, dass das Finden eines antiken hebräischen Ossuariums aus dem 1. Jahrhundert mit den sterblichen Überresten von Jesus von Nazareth eher eine Riesenfreude wäre als ein Unglück. Vielleicht wäre es ein Unglück für die katholische Kirche, für alle christlichen Kirchen, doch wenn dein Glaube an Gott stark genug ist, müsste das Auffinden des Ossuariums des Messias' doch zu deiner größten Zufriedenheit sein. Möglich, dass Paulus von Tarsus gesiegt hat, weil er die Geschichte aufgeschrieben hat, aber vielleicht hat er nicht die Wahrheit geschrieben.«

Ich war absolut nicht damit einverstanden. Ich war von der katholischen Kirche geprägt, die immer klar und deutlich formulierte, wie mein Glaube zu sein hatte und was ich glauben sollte, und mir zudem die Sprache an die Hand gegeben hatte, um mich Gott verständlich zu machen und mit ihm in Verbindung zu treten; dieser Gott war für mich eher Jesus als … nun ja, Gott.

»Es gibt eine Erzählung des indischen Jesuitenpaters Anthony de Mello«, fügte er hinzu. »Sie trägt den Titel *Die Katze des Gurus*. Darin heißt es: Jeden Abend, wenn der Guru sich zur Andacht niederließ, pflegte die Ashram-Katze herumzustreunen und die Betenden abzulenken. Also ließ er die Katze während des Abendgottesdienstes anbinden. Noch lange nach dem Tod des Gurus wurde die Katze während des Abendgottesdienstes stets angebunden. Und als die Katze schließlich starb, wurde eine andere Katze in den Ashram geholt, sodass man sie während des Abendgottesdienstes anbinden konnte. Jahrhunderte später schrieben die Schüler des Gurus gelehrte Abhandlungen über die wichtige Rolle, die eine Katze in jedem ordentlichen Gottesdienst spiele.«

Kaspar lachte auf seine ganz eigene Weise trocken auf.

»Übrigens, die Inquisition oder Kongregation für die Glaubensdoktrin, wie man sie heute nennt, hat im Auftrag von Kardinal Ratzinger, also Benedikt XVI., die Erzählungen von Anthony de Mello als unvereinbar mit dem katholischen Glauben eingestuft. Ich habe dir also eine ketzerische Geschichte erzählt.«

Und er lachte erneut.

Na schön, der engstirnige Blickwinkel der katholischen Kirche war hinlänglich bekannt. Was für eine Neuigkeit. Aber das bedeutete noch lange nicht, dass sie in allem irrte. Wenn die katholische Kirche hingegen auf einem Fundament von falschen Prämissen beruhte, war das natürlich etwas ganz anderes.

»Warum benutzten die Ebioniten nur das Evangelium nach Matthäus?«, fragte ich, weil ich mich plötzlich an diese seltsame Tatsache erinnerte. »Warum zogen sie es allen anderen vor? Im 2. Jahrhundert, als Irenäus von Lyon seine Bücher *gegen die Häresien* schrieb, gab es Hunderte von Evangelien.«

»Das ist die einzige Frage, die in dieser Geschichte leicht zu beantworten ist«, erwiderte er. »Das Evangelium nach Matthäus war der jüdischen Tradition am nächsten.«

»Was meinst du damit? War es etwa ein jüdisches Evangelium?«

Nichts konnte absurder oder lächerlicher klingen für mich.

»Wie du sehr wohl weißt«, erklärte er und fasste sich in Geduld, »waren die ersten Texte des Neuen Testaments die Briefe des heiligen Paulus; sie wurden ungefähr im Jahr 50 unserer Zeitrechnung auf Griechisch verfasst. Anschließend wurden die vier kanonischen Evangelien geschrieben, die auf Paulus' Ideen und mündlichen Überlieferungen basierten; zunächst das Evangelium nach Markus im Jahr 70, dann das nach Matthäus im Jahr 80, dann das nach Lukas im Jahr 90 und abschließend das nach Johannes in den Jahren 90 bis 100 unserer Zeitrechnung. Alle sind ursprünglich auf Griechisch verfasst und wurden später ins Lateinische übersetzt. Das ist die heutige offizielle Version.«

»Das weiß ich doch alles«, räumte ich missmutig ein.

»Ja, aber wie ich sehe, weißt du nicht, dass Matthäus laut unterschiedlichen Belegen aus den ersten Jahrhunderten als Einziger sein Evangelium auf Hebräisch schrieb«, fügte er hinzu, um böses Blut zu machen. »Eusebius von Caesarea behauptete sogar, Matthäus hätte das Evangelium in seiner Muttersprache geschrieben, also auf Aramäisch, der Sprache von Jesus und seiner Apostel. Und besagter hebräischer oder aramäischer Text dürfte ganz anders lauten als der heutige, denn selbst Irenäus von Lyon – der übrigens auch von den Ebioniten spricht – erwähnt einen gravierenden Unterschied zwischen diesem Text und den anderen Evangelien.«

Moment mal, sagte ich mir. Seit wann verfügte Kaspar über solche Kenntnisse, auch wenn er jahrelang Cato einer Sekte gewesen war?

»Woher weißt du das alles?«, fragte ich zutiefst misstrauisch.

Sein kantiges Gesicht bekam einen Ausdruck von Arglosigkeit.

»Weil ich im Unterschied zu dir die Unterlagen der Ismailiten ganz gelesen haben. Was ich dir gerade erzähle, steht alles auf deinem Tablet.«

Ich hasste es, wenn er so etwas tat. Ich hätte ihm am liebsten die Augen ausgekratzt.

»Na schön, dann erzähl zu Ende«, sagte ich, lehnte den Kopf an die Nackenstütze und starrte an die Kabinendecke. Wenn ich an der Reihe war, konnte er was erleben.

»Bleibt nur noch eine Kleinigkeit über die Jungfräulichkeit von Maria.« Ich fuhr hoch. »Das ist hochinteressant.«

»Was haben die Ebioniten und der heilige Matthäus damit zu tun?«, protestierte ich.

»Das wollte ich dir gerade erzählen«, erwiderte er gelassen. »Kennst du die Septuaginta?«

Ich erwürgte ihn nicht mit meinen eigenen Händen, weil meine Finger nicht um diesen säulendicken Hals herumpassten, hätte es aber gern getan. Er fragte mich, eine internationale Expertin für Griechisch, allen Ernstes, ob ich die Septuaginta kannte!

»Meinst du vielleicht«, sagte ich gedehnt, »die Übersetzung des Alten Testaments, der hebräischen Bibel oder Tanach, wie auch immer du es nennen willst, vom Hebräischen und Aramäischen ins Griechische, die zwei oder drei Jahrhunderte vor Jesus Christus im ägyptischen Alexandria angefertigt wurde?«

»Genau die«, räumte er ein. »Das Griechische war damals wie das Englische heute die gemeinsame Sprache für alle Welt.«

»Im Ernst …? Das wusste ich gar nicht.«

»Aber ja doch«, besaß er die Frechheit zu antworten. »Tatsächlich ist die Septuaginta die Übersetzung, die in allen Texten des Neuen Testaments benutzt wird. Will heißen, während sich der heilige Paulus oder die Evangelisten, die auf Griechisch schrieben, auf antike Schriften bezogen, wurde das Zitat der griechischen Übersetzung nicht den jüdischen Originaltexten, die große Unterschiede aufweisen, sondern der Septuaginta entnommen, einer Übersetzung, die trotz der vielen Fehler und Irrtümer von allen Schreibern des Neuen Testaments benutzt wurde außer …«

»Außer von Matthäus«, schloss ich.

»Genau, außer vom Evangelisten Matthäus. Die Zitate aus dem Alten Testament, die Matthäus einfügte, wurden den Originaltexten auf Hebräisch oder Aramäisch entnommen und nicht der griechischen Übersetzung. Das ist ein weiterer wichtiger Grund, weshalb die Ebioniten ihm den Vorzug gaben. Wenn man also in den kanonischen Evangelien liest, dass Jesus vom Heiligen Geist gezeugt wurde, damit Jesajas Prophezeiung sich erfüllt: *Seht, die Jungfrau wird ein Kind empfangen, sie wird einen Sohn gebären*, wird deutlich, dass dies ein späterer Anhänger von Paulus geschrieben hat, denn der Prophet Jesaja sagt im hebräischen Text wörtlich: *Siehe, eine junge Frau wird schwanger und wird einen Sohn gebären*. Eine junge Frau, hast du verstanden, nicht eine Jungfrau. Und wo findet sich dieser Übersetzungsfehler?«

»In der Septuaginta.«

»Genau. Die schlechten Übersetzer der Septuaginta, auf der das Neue Testament basiert, haben bei der Übertragung des Propheten Jesaja ins Griechische das hebräische Wort *almah*, was junge Frau heißt, mit *betula*, Jungfrau, verwechselt und haben es demzufolge mit *parthenos* übersetzt, und als die Schreiber der Paulus-Linie (die offensichtlich weder Hebräisch noch Aramäisch konnten) die neuen Texte des Evangeliums schrieben und Jesus alle Prophezeiungen des Alten Testaments über den Messias von Israel zuschreiben wollten, stellten sie fest, dass laut dem Buch Jesaja in der Septuaginta seine Mutter Jungfrau gewesen sein musste. Daher kommt das alles.«

Was ein Glück, dass ich in meinen langen Jahren als Nonne

nie dem Marienkult gefrönt hatte, denn Kaspar und diese verdammten *Ebionim* machten mir langsam die Jungfräulichkeit Marias zunichte. Auch wenn ich andererseits mit der Vorstellung, dass Jesus Brüder und Schwestern gehabt haben sollte, durchaus leben konnte. Einverstanden, ein weiterer Punkt für die verfluchten Ossuarien.

»Dann kann die Version des Matthäus-Evangeliums, die die Ebioniten benutzten, zweifellos nicht die griechische Version sein, die wir heute kennen und als Originalfassung betrachten«, fügte ich hinzu, während meine Gedanken masochistisch um diese Vorstellung kreisten.

»Das ist klar. Die Ebioniten benutzten ein älteres, mit der Wirklichkeit eher kohärentes Matthäus-Evangelium, das auf Hebräisch oder Aramäisch und ohne Zusätze oder Korrekturen abgefasst war. War ja auch sinnvoll, denn sie lehnten Paulus als Verräter ab. Sie sahen in ihm den Urheber der Fälschung von Jesus' Originalbotschaft oder den Erfinder von etwas vollkommen Neuem und völlig anderem, als Jesus gesagt hatte.«

Und Maria war, wenn sie damals als Frau überhaupt eine Bedeutung für die Ebioniten hatte, nur Maria von Nazareth, die Mutter von Jesus und nicht die Mutter Gottes. Mir erschien das alles sehr seltsam, irgendwie fremd! Wie sollte ich das akzeptieren können, wenn ich mein Leben lang geglaubt hatte, diese Figuren hätten wirklich göttlichen Charakter? Es fühlte sich an, als würde der stete Wassertropfen ein Loch in den Stein meißeln, wenn er nur lange genug darauf tropfte. Mein Glaube hatte bereits einen Riss. Ich konnte das nicht ignorieren und einfach so weitermachen. Es war eine große Wunde, die vernarben musste.

»Aber das Beste weißt du noch gar nicht«, sagte Kaspar, während er seine ordentlich gebügelten Hosenbeine glatt strich.

»Nein, bitte nicht«, flehte ich ernst. »Quäle mich nicht noch mehr!«

»Ich weiß, das ist schwierig, aber du musst das wissen. Dann entscheidest du selbst.«

Ich stieß einen tiefen Seufzer aus und fühlte mich leer wie ein Schlauch.

»Als Christin und Katholikin«, behauptete er überzeugt, »hast du immer geglaubt, Ketzereien gab es erst a posteriori als eine Art Abtrünnigkeit oder falsche Interpretation der wahren Botschaft von Jesus, stimmt's?«

»Ja, so ist es«, räumte ich ein, inzwischen vollkommen entwaffnet.

»Doch wenn du das, was wir bisher herausgefunden haben, analysierst, wird dir bestimmt eine wichtige Kleinigkeit auffallen. Wie wir wissen, behauptet Paulus beim Apostelkonzil in Jerusalem im Jahr 50 vor den Aposteln, denen Jakob – der Bruder des Herrn – vorsaß, dass man nicht notwendigerweise erst zum Judentum konvertieren muss und demzufolge auch keine Beschneidung nötig ist, um Christ zu sein, denn das war das Hauptproblem mit den Heiden.«

»Stimmt«, flüsterte ich.

»Doch wenn du Paulus aus dem Gleichnis streichst, bleibt nur noch, dass die Apostel mit Jakob an der Spitze, dem Bruder des Herrn, behaupten, dass man erst Jude gewesen sein oder zum Judentum konvertiert und beschnitten oder im Falle der Frauen getauft sein muss, um Christ zu sein. Das steht in der Apostelgeschichte, Kapitel 15. Du kannst es nachlesen.«

Die Sache wurde langsam brenzlig.

»Die Apostel und Jakob, der Bruder des Herrn, waren mit Jesus zusammen gewesen, sie hatten mit ihm geredet, mit ihm zusammengelebt und seine Botschaft gehört. Paulus hat Jesus nie persönlich kennengelernt, aber nach seinem wunderbaren Damaskuserlebnis ein Leben lang auf seine Position als Apostel beharrt. Du kannst deine eigenen Schlüsse daraus ziehen.«

Ich wollte keine Schlüsse ziehen. Und ich wollte es deshalb nicht, weil die Ansichten der Apostel sehr, wirklich sehr, der Überzeugung der Ebioniten ähnelten.

»Kurz nach dem Apostelkonzil in Jerusalem, bei dem man nur mit Mühe einen minimalen Konsens erzielte, beschließt

Paulus, das alles zu ignorieren und sich abzuwenden, und gibt im Jahr 54 mit dem Galaterbrief eine Erklärung ab, die nicht zu verachten ist. Er schwört den Ansichten von Jakob, dem Bruder des Herrn, und der Apostel vollständig ab, aber weil er sie nicht offen kritisieren kann, weil sie eben sind, wer sie sind, gibt er ihnen einfach andere Namen: Einmal nennt er sie Judaisten, Anhänger des jüdischen Glaubens, ein andermal die Armen.«

»Die Armen ...?« Daher wehte der Wind.

»Genau, die Armen von Jerusalem, genau genommen die Menschen der Gemeinde Jerusalem, die die jüdischen Gesetze achteten und weiter allem, was Jesus gesagt und getan hatte, tief verbunden blieben. Doch er nennt sie die Armen, weil er auf Griechisch schreibt. Hätte er Hebräisch geschrieben, hätte er sie *Ebionim*, die Ebioniten, genannt.«

»Warte mal«, unterbrach ich ihn.

Ich wollte nur, dass er den Mund hielt, dass er nicht weiterspräche. Aber er tat es doch.

»Jakob, der Bruder des Herrn, ist zweifelsohne der *Ya'aqôv bar Yôsef achûy da Yeschûa* der Ossuarien, denn der Name Jakob, mit dem er im Neuen Testament auftaucht, ist die Ableitung von *Sancti Iacob*, heiliger Jakob auf Lateinisch. Dieser Jakob starb laut dem jüdischen Historiker Flavius Josephus im Jahr 62, und ihm folgte an die Spitze der Kirche von Jerusalem ein weiterer Verwandter des Herrn, Simon, von dem Eusebius von Caesarea drei Jahrhunderte später sagt, er sei ein Vetter des Erlösers, aber es kann sich auch gut um den *Shimeon bar Yôsef achûy da Yeschûa* der Ossuarien handeln, denn in Paulus' griechischer Version wurden sie als Vettern bezeichnet, weil Jesus als Sohn Gottes und einer Frau, die immer Jungfrau blieb, keine Geschwister haben durfte. Aber wenn du in der offiziellen Liste der Päpste der katholischen Kirche nachschaust, wirst du entdecken, dass keiner von ihnen auftaucht: Außer Petrus sind die Vettern alles Schüler von Paulus. So weit wurde die Geschichte verändert, verfälscht und verleugnet.«

Inzwischen hatte ich starke Kopfschmerzen. Ich wollte nichts mehr hören und nichts mehr wissen. Ich würde mithelfen, die Ossuarien zu suchen, weil ich mich dazu verpflichtet hatte, war jedoch keineswegs bereit, dabei mein Leben oder meinen Glauben zu verlieren, der dieses Leben bestimmte.

»Schön und gut«, sagte ich erbost, um ihm zu verdeutlichen, wie gefährlich dieser Moment war. »Was zum Teufel läuft da mit Abby? Seid ihr zusammen oder was?«

Die Stimme des Flugkapitäns brachte mich um die Antwort. Wo sie mich doch so viel gekostet hatte! Praktisch eine ganz neue Geschichte des Christentums! Der Idiot verkündete, dass wir uns im Anflug auf den Ben-Gurion-Flughafen von Tel Aviv befänden und das Wetter sehr schön sei.

»Antworte mir!«, verlangte ich vom Felsen, wobei ich beide Hände auf die Armlehnen drückte und mich bedrohlich nach vorn beugte.

Der Ex-Cato lächelte (oder so was in der Art) und strich sich die Aufschläge seines Jacketts glatt.

»Es ist so«, setzte er an, als mir schon fast der Geduldsfaden riss. »Abby investiert mein Geld aus der Zeit, als ich noch nicht Cato war. Du weißt schon, das Familienerbe aus der Schweiz, meine Konten, meine Wohnung in Rom ...«

Hätte man mich gestochen, es wäre kein Tropfen Blut herausgekommen.

»Abby investiert dein Geld?«, rief ich mit weit aufgerissenen Augen und hörte schon die Geräusche von den anderen, die aufgewacht waren.

»Wieso sollte ich mein Vermögen nicht von der Präsidentin der SFG, der Simonson Finance Group, zu der mehr als dreißig Investmentbanken auf der ganzen Welt gehören, betreuen lassen? Ich wäre ein Idiot, wenn ich das nicht täte, findest du nicht auch?«

DREIUNDZWANZIG

Wir hätten in keinem schlechteren Moment in Israel eintreffen können. Na ja, vielleicht doch, denn man wusste ja, welche Zustände dort herrschten, aber dieser Zeitpunkt war denkbar ungünstig. Kurz nach dem Essen (im Hilton Tel Aviv, wo wir einquartiert waren, denn die Simonsons besaßen dort kein eigenes Hotel) hatte man die Leichen von drei jungen Israelis, die achtzehn Tage zuvor im Westjordanland entführt worden waren, im Nordwesten der Stadt Hebron unter einem Steinhaufen gefunden. Die israelische Regierung behauptete, für die Entführung und Ermordung sei die Terrororganisation Hamas, die islamische Widerstandsbewegung, verantwortlich, weshalb Israel kurz vor einem weiteren Krieg stand und es praktisch unmöglich war, das Haus zu verlassen oder gar auf die Straße zu gehen, und das, obwohl wir uns nicht in Jerusalem befanden, sondern in Tel Aviv, wo es zumeist viel ruhiger und sicherer war. Folglich mussten wir im Hotel bleiben und die Feldforschung auf den nächsten Tag verschieben, wobei wir nicht wussten, ob wir sie überhaupt durchführen könnten.

Im Hilton hatte sich, ebenfalls unter falschem Namen, der Archäologe der Aga-Khan-Stiftung für Kultur einquartiert, der uns bei der Suche nach den Ossuarien helfen sollte. Nur dass es kein Archäologe, sondern eine Archäologin war, Sabira Tamir, eine Frau Mitte dreißig, schlank, nicht sehr groß, mit langem kastanienbraunen Haar, dunkler Haut und im Gegensatz zu der armen Abby ziemlich hübsch. Sie trug ein winziges Brillantpiercing im linken Nasenflügel, die gezupften Augenbrauen bildeten einen schönen langen Bogen über ihren schwarzen Augen, und die leicht geschminkten Lippen umrahmten ihre makellosen weißen Zähne. Darüber hinaus stammte Sabira aus der Türkei, war allerdings kurdischen Ursprungs, geboren in Diyarbakır, einer Stadt in Ostanatolien. Und natürlich war sie eine Mörderin, soll heißen ... Nun ja, sie war eine ismailitische Nizaritin. Ich habe keine Ahnung, warum die Nizariten derart meine Neugier anstachelten und mein Gemüt erregten, wusste ich doch, dass sie nichts mit ihren mittelalterlichen Vorfahren gemein hatten. Sabira war reizend, und als im Salon von Abbys Suite das Gespräch auf die Sache mit den Ossuarien kam, bewies sie zudem einen höchst wachen Verstand. Kaspar, Farag und die Sicherheitsleute, die an uns klebten wie Nacktschnecken, konnten zu meinem Hohn und Abbys Erniedrigung keine Sekunde den Blick von ihr abwenden. Farag handelte sich damit verständlicherweise ein paar Rippenstöße ein. Natürlich nicht aus Eifersucht, sondern schlicht um der Gerechtigkeit willen.

Am selben Abend traf – auch für ihn hatte die Simonson-Stiftung ein Zimmer im Hilton reserviert – ein gewisser Gilad Abrabanel ein, seines Zeichens Archäologe und Akademiker, stellvertretender Direktor des Instituts für Archäologie der hebräischen Universität Jerusalem, früher Student und jetzt Mitarbeiter der berühmten Archäologen Israel Finkelstein und Neil Asher Silberman. Er war von der Stiftung beauftragt worden, mit uns zusammenzuarbeiten, denn auf der Suche nach einem Experten für biblische Archäologie hatte man herausgefunden, dass Gilad mehrere Arbeiten über antike jüdische Ansiedlungen in Israel und Palästina veröffentlicht hatte, darunter einen aufschlussreichen Aufsatz über die Besiedelung von Susya in den letzten dreitausend Jahren. Und eben dieses Susya suchten wir.

Gilad war groß und athletisch und musste direkt von irgendwelchen Ausgrabungen kommen, denn seine helle Haut im Gesicht und an den Armen war verbrannt. Und wenn ich verbrannt sage, meine ich nicht gebräunt, sondern wortwörtlich verbrannt, nämlich krebsrot. Bestimmt produzierte sein Körper nicht genügend Melanin, um braun zu werden, was abgesehen von seiner jüdischen Nase, dem kurzen rötlichen Kraushaar und den sehr dunklen Augen genetisch auf europäische Vorfahren schließen ließ. Er war ebenfalls sehr sympathisch, weshalb wir alle erleichtert feststellten, dass unser Team mit diesen beiden Unbekannten gut zusammenarbeiten würde.

»Das Wichtigste ist jetzt«, sagte Abby am Abend, während draußen Demonstranten gegen die Ermordung der jungen Männer im Westjordanland skandierten, »dass wir unsere jeweiligen Informationen zusammentragen und einen Arbeitsplan erstellen.«

Mit Natürlichkeit und Eleganz schlüpfte Abby in die Rolle der Projektleiterin des Forschungsteams. Seit dem schrecklichen Attentat auf ihre Großeltern hatte sie sich sehr verändert: Aus der anständigen, romantischen und reizenden Abby, die wir auf dem Anwesen der Simonsons kennengelernt hatten, war eine energische und resolute Managerin geworden, die sie in Wirklichkeit auch immer gewesen sein dürfte, denn Kaspar hatte ja gesagt, dass sie Präsidentin der Simonson Finance Group sei, was bedeutete, dass sie einen Haufen Banken auf der ganzen Welt leitete, auch wenn ich mir die sensible Abby nicht in dieser Rolle vorstellen konnte, die energische Abby, die wir jetzt vor uns hatten, allerdings schon. Ich war mir immer noch nicht ganz sicher, ob zwischen Kaspar und ihr etwas lief, weil der verdammte Ex-Cato mir bei der Landung wie Sand durch die Finger geronnen war.

»Ich glaube, ihr solltet Sabira und mir vorher den Grund dieser Nachforschungen erklären«, schlug Gilad vor, der abgewetzte Jeans und ein graues T-Shirt trug, das seinen muskulösen Oberkörper zur Geltung brachte.

»Sabira kennt ihn schon«, erklärte Abby. »Fehlst also nur noch du. Bevor wir loslegen, muss ich die anderen darüber informieren, dass du in deinem Vertrag eine Verschwiegenheitsklausel stehen und unterschrieben hast, damit wir alle offen miteinander reden können.«

Gilad lächelte und sah Sabira betrübt darüber an, nicht mit ihr die Position des Neulings zu teilen. Sie gefiel ihm offensichtlich, obwohl er natürlich nicht wissen konnte, dass sie eine Mörderin war, aber Sabira schien sich nur für ihre Notizen zu interessieren.

»Eine Zusammenarbeit mit den Entdeckern des Mausoleums von Konstantin ist ein Angebot, das man nicht ablehnen kann, ebenso wenig wie die Arbeit für die Simonson-Stiftung,« sagte der israelische Archäologe geschmeichelt.

Viel Lobhudelei für Mausoleum und Stiftung, doch als er erfuhr, um was es sich handelte, als er von den Ossuarien hörte, funkelten seine Augen vor Begeisterung wie Onyx-Steine, und er strahlte übers ganze Gesicht. Natürlich wurde er nicht in alles eingeweiht. So wurden ihm Details wie Marco Polo (den ich in Beschlag genommen hatte), die Sekte der Assassinen und auch die restliche Geschichte vorenthalten. Abby sagte ihm nicht einmal, dass Sabira Ismailitin war und sich Hasan-i-Sabahs sterbliche Überreste bei denen von Jesus befanden. Stattdessen informierte sie ihn lediglich über die Entdeckung bei einer Ausgrabung der Stiftung in Kerala und über ein antikes Buch mit einer noch älteren Legende, in der es heiße, dass die Ossuarien von einer seltsamen jüdischen Sekte in Susya versteckt worden seien. Da verdüsterte sich sein Gesicht.

»In Susya sind sie nicht, das kann ich Ihnen versichern«, erklärte er ohne Umschweife.

Keiner sagte etwas. Wir alle waren überrascht, aber vor allem besorgt.

»Warum bist du dir da so sicher?«, fragte der Ex-Cato trocken.

Gilad zuckte leicht zusammen.

»Ich kenne Susya wie meine Westentasche«, erwiderte er. »Als wir in der alten Synagoge Ausgrabungen vornahmen, habe ich dort gewohnt. Ich kenne jedes Fleckchen Land, die alten Ba-

dehäuser, die Höhlen ... Ich habe nichts dergleichen gesehen, und da es zum jetzigen Zeitpunkt unmöglich ist, nach Susya ...«
»Wie bitte?«, rief ich.
»Zum jetzigen Zeitpunkt können wir nicht nach Susya, Frau Doktor Salina. Wissen Sie denn nicht, dass Susya im Süden von Hebron liegt, mitten im Westjordanland?«
Wir alle starrten Abby an, begierig darauf, zu erfahren, was sie dazu meinte.
Doch sie zeigte, ebenso wie Kaspar, keinerlei Regung.
»Macht euch keine Sorgen«, sagte sie, wobei sie allerdings nur mich ansah. »Es ist alles vorbereitet. Wir fahren morgen früh.«
»Abby, um Gottes willen«, flehte ich sie an, um nicht vor Fremden laut zu werden. »Du willst uns ins Kriegsgebiet schicken, mitten in die gefährlichsten Auseinandersetzungen zwischen Israelis und Palästinensern? Lass uns ein paar Tage warten. Das wäre wirklich klüger.«
Sie lächelte, weil sie genau wusste, dass ich mich sehr zusammenriss, um nicht den Ton anzugeben.
»Im Westjordanland herrscht kein Krieg, auch wenn die Entführungen und Ermordungen dort stattgefunden haben«, erklärte sie mir. »Der Krieg findet im Gazastreifen statt, und der befindet sich unter Kontrolle der Hamas. Das sind zwei verschiedene Landstriche. Das Westjordanland ist in den Händen der palästinensischen Autonomiebehörde, das ist keine terroristische Gruppierung wie die Hamas. Laut den Informationen des israelischen Verteidigungsministers Mosche Jaalon plant Israel, Gaza und nicht das Westjordanland anzugreifen, außerdem hat das israelische Militär in den letzten Wochen, bis die Leichen der Männer gefunden wurden, mit Hilfe von Antiterror- und Eliteeinheiten das Westjordanland von Hamas-Anhängern gesäubert. Der Minister hat uns persönlich größtmöglichen Schutz zugesichert.«
Die Simonsons waren hundertfünfzigprozentig allmächtig, dachte ich ernsthaft erschrocken. Es war eine Sache, mehr oder weniger frivole Berichte über sie zu lesen oder ihre Mitglieder

auf internationalen Weltkonferenzen zu sehen, und eine ganz andere, sie persönlich zu kennen und hautnah zu erleben, wie groß ihr Einfluss war, nämlich schlicht immens.

Als wir in jener Nacht im Bett lagen und mein Kopf auf Farags Brust ruhte, der mit einem Arm hinter dem Kopf an die Decke starrte, ließ ich meiner Angst endlich freien Lauf.

»Wir werden sterben«, behauptete ich ängstlich.

»Wir werden nicht sterben, *Basileia*«, beruhigte er mich.

»Wenn wir sterben, wie kommt dann Isabella wieder aus dem irdischen Paradies heraus? Sie darf keine Staurophylax werden!«

»Du siehst Gespenster«, erwiderte er und drückte mich an sich. »Red doch keinen Unsinn.«

»Aber Farag, eine dieser Raketen, die Israelis und Palästinenser aufeinander abfeuern, kann zufällig auch uns treffen. Hast du die Bilder im Fernsehen nicht gesehen? Sie sind schrecklich.«

»Also, wenn wir morgen sterben sollten«, flüsterte er mir unnötigerweise ins Ohr, »dann sollten wir unsere letzte Nacht nutzen, was meinst du?«

»Einverstanden«, räumte ich ein, hob den Kopf und offerierte ihm meine Lippen. »Mehr noch, ich finde, das ist eine ausgezeichnete Idee. Mir fällt nichts Besseres ein, um mich vom Leben zu verabschieden.«

Tatsächlich hatten wir schon länger, praktisch seit Beginn dieser Geschichte, nicht mehr miteinander geschlafen. Deshalb war es ... wie soll ich es ausdrücken, um niemanden zu beschämen oder traurige Vergleiche anzustellen ...? Nun denn, es war fabelhaft, überwältigend, unübertrefflich. Wenn in langjährigen Beziehungen das Neue und Überraschende mit der Zeit nachlässt, erlangen das gegenseitige Kennen und die Liebe eine ähnliche Magie ... zumindest manchmal. Und dies war einer dieser Momente. Mehr lieben und begehren konnte ich Farag nicht, auch nicht diesen Körper genießen, der schon so lange ausschließlich nur mir gehörte. Also, ich verabschiedete mich genussvoll, ausgesprochen genussvoll vom Leben, obwohl wir am nächsten Tag nicht starben und auch in den folgenden Tagen nicht, obwohl wegen der verdammten Ebioniten mehr als einmal nicht viel gefehlt hätte. Ich muss gestehen, dieser Abschied war es wert.

Am ersten Juli bestiegen wir um fünf Uhr früh auf dem Flughafen von Tel Aviv einen großen Helikopter, der wie ein Militärhubschrauber aussah, aber als ziviler getarnt und identisch mit sieben oder acht anderen war, die zeitgleich abhoben und uns zur ebionitischen Stadt Susya eskortierten. Während des Fluges durch einen tiefblauen Himmel, an dem träge längliche Wolkenfetzen hingen, erinnerte ich mich an das, was Gilad am vergangenen Abend mit einer gewissen Empörung gesagt hatte: Sollte es stimmen, dass in der wichtigen Synagoge von Susya, einer der ältesten der Welt, auf dem Boden ein Mosaik mit einem aramäischen Text existierte, in dem vom »Märtyrer Jeshua« die Rede war, dann wäre das reiner Zufall und bedeutete noch lange nicht, dass die Synagoge eine christliche Kirche gewesen ist, sondern ganz im Gegenteil zweifelsfrei die jüdische (und nur die jüdische) Präsenz in diesem Gebiet im 3. Jahrhundert bewies. Es handelte sich schließlich um eine Synagoge, oder etwa nicht? Besagter Jeshua in dem Mosaik konnte auf gar keinen Fall Jesus von Nazareth sein, denn die wichtigsten jüdischen Archäologen, die seit 1937, als die Synagoge entdeckt wurde, das Mosaik erforschten, hatten nichts Christliches darin entdecken können.

Ein aramäischer Text in der Synagoge von Susya, in dem von Jesus die Rede sein sollte …? Wir waren einen Augenblick verwirrt. Das war unsere Spur! Was steht in dem Text?, fragten wir Gilad neugierig. Aber Gilad erinnerte sich nicht mehr genau daran, es sei nichts Wichtiges gewesen, irgendetwas darüber, dass besagter Jeshua ein Märtyrer gewesen wäre oder mit seinem Leben Zeugnis abgelegt hätte. Nun gut, wir würden es am nächsten Tag mit eigenen Augen sehen, also beruhigten wir uns wieder. Es würde sich uns leicht erschließen.

So waren wir also mit dem Hubschrauber auf dem Weg ins antike Susya und überflogen Gebiete, die ununterbrochen dem bewaffneten Konflikt zwischen Israelis und Palästinensern ausgesetzt waren. Besser weder an den Tod noch an Tote oder tödliche Auseinandersetzungen denken, solange mein Leben von einem Flugkörper abhing, der in kürzerer Zeit, als man ein Amen ausgesprochen hatte, von einer Fliegerabwehrrakete vom Himmel geschossen werden konnte. Ja, wir befanden uns im Heiligen Land, und jedes Mal, wenn ich hier war, überraschte mich die Vorstellung, dass ausgerechnet an einem für drei Religionen so heiligen Ort derart viel Blut vergossen wurde und solcher Hass und Groll herrschte. Ich konnte noch so oft darüber nachgrübeln, ich verstand es einfach nicht. Wenn Religion und Politik aufeinandertrafen, hatte das immer Tod und Schmerz zur Folge, wie hier in Israel oder beispielsweise in Tibet. Besser, man hielt beides so weit wie möglich voneinander fern.

Wegen des höllischen Lärms der Hubschrauberrotoren konnten wir während des Fluges nicht miteinander reden, weshalb nur Kaspar, der im Cockpit saß, durch das Mikrofon an seinem Helm angeregt mit dem Piloten plauderte. Irgendwann drehte Kaspar sich um und zeigte nach unten, wobei er uns eine kleine Tafel hinhielt, auf der »Hebron, das Grab der Patriarchen« stand. Wir überflogen das frühere Reich von Judäa, auch wenn wir beim Hinabschauen lediglich eine ganz gewöhnliche Stadt erkennen konnten. Das war sie allerdings nicht, denn da unten befanden sich, wie Kaspar ganz richtig geschrieben hatte, die von Historikern und Archäologen nachgewiesenen Gräber von Abraham und Sara, Isaak und Rebecca, Jakob und Lea. Keine Geringeren als die drei Patriarchen von Israel mitsamt ihrer Frauen. Im Alten Testament wird in allen Einzelheiten geschildert, wie Abraham einem Hetiter namens Efron in Hebron ein Feld nebst einer Höhle abkaufte, die er als Familienmausoleum nutzen wollte. Der Ort war genau lokalisiert, weil die Hinweise in der Bibel sehr präzise sind, weshalb sich dort unten ohne jeden Zweifel die berühmten Gräber von Abraham, Isaak und Jakob befanden, ein Ort, den Christen im Gegensatz zu Juden und Muslimen eher selten aufsuchten.

Und aus Hebron und Umgebung stammten auch die drei jungen Israelis, die von der Hamas ermordet worden waren und an diesem Dienstag, dem 1. Juli, zu Grabe getragen werden sollten. Doch das Traurigste daran war, dass am nächsten Tag in Jerusalem aus Rache ein junger Palästinenser ermordet wurde. Auge um Auge, Zahn um Zahn. Wie absurd! Das war nicht richtig. Das würde es nie sein, denn auf diese Weise ließ sich der tödlichen Spirale nie Einhalt gebieten. Irgendwer musste als Erster den Finger vom Abzug nehmen, damit das Leid so vieler Menschen und der Hass beendet wurden. Mit dem Argument, auf das irdische Leben würde ein besseres folgen, wurde Ersterem nie der nötige Respekt und die Sorgfalt zuteil, die es verdiente. Und das Leben ist heilig, mein Gott!

Endlich setzte die uns eskortierende Hubschrauberflotte unter ohrenbetäubendem Lärm zum Sinkflug an und wirbelte dabei Unmengen Staub auf, bis die Kufen innerhalb des eingezäunten Areals aufsetzten, in dem rund um die Synagoge die archäologischen Ausgrabungen durchgeführt wurden. Ganz in der Nähe befand sich das moderne Susya, ein kürzlich errichtetes Dorf, das aufgrund seines Aussehens aus der Luft (eine dieser großen Ansiedlungen mit identischen Einzelhäusern, die sich zu beiden Seiten einer Serpentinenstraße entlangzogen) nur eine jüdische Siedlung sein konnte.

Wir spürten einen Ruck, als unser Helikopter aufsetzte, und hörten die Motoren leiser werden, aber da man nichts sehen konnte, blieben wir fünf – Farag, Abby, Sabira, Gilad und ich – reglos und mit dümmlichem Ausdruck einfach in der Kabine sitzen, bis jemand plötzlich – und nicht sehr schlau, weil die Rotoren noch kreisten – die Tür aufriss und wir einem Wirbelsturm aus Staub und Steinchen ausgesetzt wurden. Dazu schlug uns brütende Hitze entgegen.

»Kaspar!«, heulte ich auf, als ich den Übeltäter erkannte.

»Oh, das tut mir leid!«, rief er und reichte Abby die Hand, damit sie als Erste aussteigen konnte. Das sollte wohl bedeuten, dass Damen mittleren Alters kein Anrecht mehr auf gewisse Höflichkeiten hatten. Entweder das, oder Abby verwaltete

Kaspars Vermögen ausgesprochen gewinnbringend, dachte ich miesepetrig.

Endlich legte sich die Staubwolke, und ich konnte mich umsehen, ohne vom Steinhagel gefoltert zu werden. Viel zu sehen gab es eigentlich nicht, denn dieser Ort ähnelte wie ein Sandkorn dem anderen dem Planeten Tatooine, der Wüste aus *Krieg der Sterne*. Mit anderen Worten, sengende Hitze lastete auf ausgedörrter Erde voller verbrannter archäologischer Überreste, alles in derselben Farbe, in diesem hellen Dünen-Beige, dessen bloßer Anblick die Schleimhäute austrocknen lässt. Das war also Susya. Jetzt hatte ich es gesehen und wünschte nichts sehnlicher, als wieder in den Hubschrauber zu steigen, ins Hilton Tel Aviv zurückzukehren und nur noch zu trinken, einschließlich das Wasser aus den Blumenvasen.

»Wie kann eine Stadt hier jahrhundertelang gedeihen?«, fragte ich mit staubtrockenem Mund und hielt mir die Hand vor die Augen. »Diese Hitze hält doch kein Mensch aus!«

Es herrschte Grabesstille, die nur vom Gesang der Grillen und unseren Stimmen gebrochen wurde. Aus den anderen Hubschraubern stieg niemand aus; auch unser Pilot war im Cockpit sitzen geblieben und beobachtete uns durch eine dunkle Sonnenbrille. Sie waren bestimmt Soldaten. Kein Zweifel bei solcher Disziplin. Wahrscheinlich waren sie bis an die Zähne bewaffnet.

Plötzlich schob sich eine Gestalt vor das gleißende Licht und setzte mir eine Sonnenbrille auf die Nase.

»Schussel«, sagte mein Mann, der mit seinen wunderschönen blauen Augen ohne Sonnenbrille blind wie ein Maulwurf war.

Mal ganz ehrlich: Farag genoss es, mir vor Augen zu führen, wie schauderhaft und trübsinnig mein Leben ohne ihn wäre. Und weil das stimmte, spielte ich öfter mal die Zerstreute.

Ich rückte mir gerade die schöne, elegante Sonnenbrille zurecht, als Gilad, der auf einen Platz mit eigenwillig angeordneten Steinbänken zusteuerte, über den eine große schwarze Plane gespannt war, uns zurief:

»Nach Schätzungen belief sich die durchschnittliche Einwohnerzahl von Susya um die dreitausend. Sie lebten in Steinhäusern, unter denen sich kühle unterirdische Höhlen befanden, die als Lagerräume, Schlafzimmer und für rituelle Bäder genutzt wurden.«

Plötzlich stand mir das Bild von einem Swimmingpool voller kaltem blauen Wasser wie der dringlichste Wunsch meines Lebens vor Augen. Aber unter dieser gnadenlosen Sonne gab es nur Felsbrocken und unermüdlich singende Grillen.

Je näher wir dem Platz mit den Steinbänken kamen, desto besser ließen sie sich erkennen. Es handelte sich natürlich um die Überreste der ach so wichtigen Synagoge von Susya. Am auffälligsten daran war die moderne schwarze Plane, die sie vor der Sonne schützte. Wir mussten so schnell wie möglich unter diese Plane, sonst bekämen wir alle einen gewaltigen Sonnenstich. Ich beschleunigte meinen Schritt. Die Reihe aus Steinbänken war an einer Stelle offen, und dahinter befand sich auf der linken Seite ein großer runder Stein, größer als ein Mensch, aufgestellt wie ein Rad und mit einem seltsamen Loch in der Mitte.

»Was ist das für ein Stein?«, fragte mein Mann.

»Die Tür«, antwortete Gilad, ohne stehen zu bleiben. »Das ist eine Doppelwand, und bei Gefahr drehte sich der Stein nach innen und verschloss sie. Dieses System findet sich nicht nur in Synagogen, sondern auch in Gräbern und Lagerräumen. Um sie zu bewegen, wurde ein Stock in das Loch gesteckt. Wie ihr sehen könnt, ist das eine äußerst sichere Methode, das Wichtigste zu schützen.«

»Laut den Evangelien hatte Jesus' Grab eine solche Tür«, fügte Abby hinzu.

Ich sah nach dem Sonnenstand und dann auf meine Armbanduhr und wurde gewahr, dass die Synagoge nach Osten, in den Orient ausgerichtet war wie die christlichen Kirchen, die diese Tradition vom Judentum übernommen hatten. Wir gingen durch die Öffnung in der Mauer und stiegen ein paar moderne Holzstufen hoch (der arme Kaspar tat sich etwas schwer), kamen unter einem perfekt erhaltenen Halbbogen hindurch – es gab zwei weitere, die an Säulen lehnten und ebenfalls in gutem Zustand waren –, doch als der ersehnte Schatten unter der Plane schon für mich und meinen glühenden Kopf zum Greifen nah war, sprang Gilad fünf weitere Steinstufen nach oben und bog nach rechts ab in das, was seinerzeit wohl das Atrium der Synagoge gewesen war. Dort sank er vor dem Bodenmosaik auf die Knie, das einen Zierrand aus spiralförmig angelegten roten Blättern an schwarzen Stielen aufwies.

»Hier«, er zeigte mit dem Finger auf eine bestimmte Stelle. »Hier wird besagter Jeshua erwähnt.«

Wir fünf stürzten, jegliche Beschwerlichkeiten ignorierend, zu Gilad und dem Mosaik und gingen ebenfalls auf die Knie oder in die Hocke. Am oberen Zierrand aus herzförmigen roten Blättern waren in einem schmalen Saum eng stehende Buchstaben zu erkennen, die aus dem hebräischen Alphabet zu stammen schienen. Es war jedoch Aramäisch, die Sprache, die Jesus gesprochen hatte. Und gleich darauf hörte ich sie zum ersten Mal in meinem Leben gesprochen.

»*Dachiram latav*«, begann Gilad vorzulesen, »*menechama Yeshua sahada, u'menechama shim*… Das letzte, nur halb vorhandene Wort ist höchstwahrscheinlich Shimeon.«

»Was heißt das?« Die Ungeduld in Abbys Stimme ließ mich den Kopf drehen und sie anstarren. So nervös hatte ich sie noch nie erlebt. Sabira notierte etwas in ihrem Buch, als könnte sie Aramäisch schreiben oder hätte verstanden, was Gilad vorgelesen hatte.

»Im Guten erinnert sei der Tröster Jeshua«, übersetzte Gilad, »der starb wie ein Märtyrer, und der Tröster Simeon … Wie ihr hört, ist hier nicht von Jesus von Nazareth die Rede, sondern von zwei Tröstern, Jeshua und Simeon, zwei Juden aus der Gemeinde Susya, möglicherweise zwei große Rabbiner.«

»Das ist reine Spekulation«, unterbrach Sabira ihn schneidend und stand auf, um das Mosaik zu fotografieren. »Das letzte halbe Wort kann alles Mögliche auf Aramäisch heißen. Es gibt keine Großbuchstaben oder Ähnliches, was darauf verweist, dass es sich um einen Eigennamen handelt. Der Text könnte im Weiteren von Jeshua gehandelt haben.«

Gilad, von der attraktiven Sabira völlig geblendet, war einen Augenblick hin- und hergerissen zwischen seinem Nationalstolz und seinem unbändigen Wunsch, der Mörder-Archäologin zu gefallen. Natürlich gewann die Archäologin.

»Ja, kann sein«, sagte er zögerlich und stand ebenfalls auf. »Das kann jedes Wort sein. In Wirklichkeit werden wir es nie erfahren. Wir Archäologen pflegen in ein paar Keramikscherben immer ein ganzes Gefäß zu sehen.«

»Stimmt«, pflichtete Farag ihm bei. »Aber das hilft uns nicht, die Ossuarien zu finden.«

»Wir wissen noch nicht, wo sie sind«, knurrte der Felsen.

Während die anderen plauderten, betrachtete ich den wunderschönen Zierrand mit den Blättern und dem aramäischen Text. Ich wusste nicht, aus welcher Zeit das Mosaik stammte, aber trotzdem erzählte es uns, die wir von der Existenz der Ebioniten wussten, dass diese Synagoge der Tempel einer jüdischen Gemeinde gewesen war, die an Jesus glaubte, die glaubte, Jesus sei der Messias, der *Tröster* mit seiner gerechten Botschaft und seinem beispielhaften Tod (in dem Mosaik wurde ihm keinerlei göttliche Bedeutung beigemessen, und es war auch nicht von Auferstehung die Rede). Klar, es handelte sich auch nicht um eine Kirche, aber hier hatten jahrhundertelang Judenchristen gebetet, selbst wenn sie für das heutige Israel nur Juden waren und für die katholische Kirche schlicht nicht existierten, weil man sie aus der Geschichte verbannt und vergessen hatte. Judenchristen, die sowohl von Juden als auch von Christen verachtet wurden. Das hatte man vom Anderssein, wenn man nicht im Strom der Mehrheit mitschwamm und nicht dem einzig wahren Denken anhing, das sich immer durchsetzte.

»Denk nach, Gilad«, verlangte Abby gerade, als ich wieder aufstand und mich zu dem Grüppchen gesellte, das noch immer in der prallen Sonne auf den heißen Steinen stand, was anscheinend keinem etwas auszumachen schien.

»Natürlich gibt es Malereien in den Höhlen!«, rechtfertigte er sich. »Aber sie ergeben keinerlei Sinn. Die Juden, die hier lebten, waren schlichte Bauern. Was hast du erwartet? Eine Bibliothek? Nur die Rabbiner konnten lesen und schreiben.«

»Ich will diese Malereien sehen«, brummelte Kaspar und hinkte zu den Stufen.

»Das sind nur Kritzeleien!«, protestierte Gilad, auf dessen T-Shirt sich immer größere Schweißflecken bildeten. Wir anderen schwitzten genauso, trugen aber keine eng anliegenden Shirts, um den Waschbrettbauch zu betonen. »Außerdem sind sie ziemlich weit entfernt. Wir müssten warten, bis die Sonne untergeht.«

»Wir haben keine Zeit«, murmelte Abby und zog das Smartphone aus der Tasche ihrer Jeans, die sich wie ein Handschuh um die Hüfte und die makellosen Beine schmiegte.

»Aber wir haben die Synagoge noch gar nicht von innen gesehen«, protestierte Sabira und drückte ihr Notizbuch an die Brust.

»Dann gehen wir«, sagte Kaspar und trat endlich unter die Plane.

Wenn das eine Synagoge gewesen war, hatte ich schon viel größere Trümmerhaufen gesehen. Eine so kleine Gemeinde wie die von Susya benötigte natürlich auch keine größere. Es handelte sich um eine rechteckige Plattform von ungefähr zehn mal fünfzehn Metern, aber die *Bimah* (der Ort für das Lesen aus der Tora) befand sich nicht in der Mitte, sondern rechts an der Nordseite des Gebäudes, und die Steinsitze zogen sich stufenförmig an den Wänden entlang. Auf dem Boden gab es mehrere ziemlich kaputte oder lückenhafte Mosaiken, auf denen die Menora, der siebenarmige jüdische Leuchter, Hirsche, Schafböcke, wunderschöne Tierkreiszeichen und etliche Blumen- und Obstmotive abgebildet waren.

Wir sahen uns im Schatten der Plane noch immer in der Synagoge um, als auf dem holprigen Weg dröhnend zwei Militärfahrzeuge heranpreschten und dabei große Staubwolken aufwirbelten. Sie hielten vor dem Eingang, und kurz darauf stieg ein israelischer Soldat aus, der ein auf den Boden gerichtetes Schnellfeuergewehr in der Hand hielt und eine prall gefüllte Munitionsweste trug, aus der Antennen und Mikrofone herausragten, als wäre er ein Astronaut.

Abby sprach mit ihm, und nachdem der Soldat ihr aufmerksam zugehört und genickt hatte, kehrte er zu seinem Fahrzeug zurück, das aus der Nähe betrachtet ein gepanzerter Geländewagen mit Artilleriegeschütz war. Abby machte uns Zeichen, dass wir alle außer Gilad in den zweiten Wagen steigen sollten. Der Archäologe und sie fuhren mit dem ersten. Jetzt lernten wir also die Präsidentin kennen, die ihre Autorität perfekt einzusetzen wusste. Sie befehligte sogar das israelische Militär. Obwohl mich das ganze Waffenarsenal regelrecht krankmachte.

Nach kurzer Fahrt über verwaiste Wege hatten wir die archäologische Ausgrabungsstätte hinter uns gelassen, passierten ein großes Eisentor und fuhren über Feldwege, die von Äckern für Futtermittelanbau und Olivenbäumen gesäumt waren. Wo zum Teufel kam das Wasser für dieses frische Grün her, das meinen Augen so wohltat? Vermutlich aus unterirdischen Wasservorkommen, denn von irgendwoher musste ja auch das Wasser für die rituellen Waschungen in die unterirdischen Höhlen von Susya gelangt sein.

Kurz darauf bremsten die gepanzerten Fahrzeuge abrupt, weshalb wir wie Säcke nach vorn flogen. Farag hielt mich an den Schultern fest, damit ich nicht umfiel. Hier war die Fahrt zu Ende. Wir stiegen aus und marschierten unter Geleitschutz der Soldaten und angeführt von Gilad in ein Wäldchen mit jungen Kiefern, deren Kronen die Form von Pfeilen hatten. Der israelische Archäologe schritt energisch voraus; er schien die Gegend sehr gut zu kennen.

Ungefähr zweihundert Meter weiter gelangten wir auf eine Lichtung. Der Boden wirkte nicht sehr vertrauenserweckend, weil er aus riesigen Steinplatten bestand, zwischen denen die Zugänge zu mehreren dunklen Höhlen zu erkennen waren.

»Ich denke nicht daran, da reinzugehen«, flüsterte ich Farag zu und klammerte mich an seine Hand.

Gilad und Abby, gefolgt von zwei Soldaten mit großen Taschenlampen, bückten sich und verschwanden unter einer der Steinplatten, der größten und dicksten. Kaspar überlegte auch nicht lange und folgte ihnen, ebenfalls in Begleitung eines Soldaten, der sich in alle Richtungen umschaute, als könnten wir jeden Moment angegriffen werden. Sabira war die Nächste, sie umklammerte ihr Notizbuch und wurde von einem weiteren Soldaten begleitet, der sich darüber zu freuen schien, wen er beschützen sollte. Wenn du wüsstest, dass sie eine Mörderin ist!, dachte ich. Und plötzlich zerrte Farag mich zu der Höhle – kalt erwischt.

»Nein, Farag!«, rief ich, wobei ich mich mit aller Kraft widersetzte. »Ich gehe da nicht rein! Da wimmelt es sicher nur so von Viechern.«

»Möglich«, sagte mein Mann, legte mir die andere Hand in den Nacken und drückte meinen Kopf hinunter, damit ich eintreten konnte. Ich wand mich und zappelte herum, doch es war unmöglich, Farags Griff zu entkommen. Allerdings war der nicht sehr fest, und ich wehrte mich auch nicht sonderlich, wie ich einräumen muss. Wir waren eben ein eingespieltes Team.

In der Höhle stank es, und es war grauenhaft schmutzig, zudem finster und insgesamt schrecklich.

»Wir glauben, dass es eine zweite Synagoge geben könnte«, erklärte Gilad. »Die sie benutzten, wenn sie in Gefahr waren und sich in den Höhlen verstecken mussten. Im Laufe der Jahrhunderte wurde diese Gegend von Römern, Byzantinern, Kreuzzüglern und Muslimen überrannt. Wir wissen es nicht hundertprozentig, denn in der jüdischen Literatur findet sich keinerlei Hinweis auf Susya und auch keinerlei Verweis in anderen nichtjüdischen Texten. Was wir wissen, stammt von den Ausgrabungen und den historischen Quellen der umliegenden Dörfer.«

Die Decke war überzogen mit gruseligen schwarzen Flecken,

die sowohl Pilzkolonien als auch Flecken von rußenden Fackeln sein konnten. Es war mir egal, ich ekelte mich so oder so. Und der Boden bestand aus einer Mischung von Erde, Ästen, trockenen Blättern, Tierexkrementen, Kiefernadeln und Steinen. An den Wänden hingen Spinnweben in der Größe von Bettlaken, und das, obwohl diese runde Höhle viel größer anmutete als die Synagoge der Ausgrabungen und es kalt und feucht, extrem feucht war. Ich fühlte mich sofort schmierig und klebrig, und das nicht etwa wegen meines Schweißes, sondern wegen der übel riechenden Feuchtigkeit.

»Wo sind jetzt die Wandmalereien?«, fragte Kaspar trocken.

»Dort drüben.« Gilad zeigte ans andere Ende der Höhle. »An der Nordwand.«

Was ein Glück, dass die großen Taschenlampen der Soldaten die Kraft von Suchscheinwerfern hatten und mir festzustellen halfen, dass keine wirkliche Gefahr drohte und ich meinem Mann zu den Wandmalereien folgen konnte.

Ja, sie waren gut sichtbar an den Felswänden, aber keine Kritzeleien, wie Gilad behauptet hatte. Trotz gewisser Mängel handelte es sich um wunderschöne und ziemlich gut ausgeführte Zeichnungen. Obwohl sie wie die hebräische Schrift von rechts nach links angeordnet waren, konnte ich ihnen auf den ersten Blick Geschichte und Abfolge der Ereignisse entnehmen, denn wenn man Marco Polo gelesen hatte und wusste, was er über die Ebioniten sagt, löste sich das Rätsel praktisch von selbst. Für israelische Archäologen, die sich darauf versteiften, die jüdische Präsenz in Israel seit Urzeiten belegen zu können, war es natürlich nicht dasselbe. Für sie ergab das keinen Sinn. Für uns schon. Ich trat näher an die Wand, und ohne einen Gedanken an den Ekel, den Schmutz oder die Angst, mich zu stechen oder zu schneiden oder mir irgendeine Krankheit einzufangen, zeichnete ich mit dem Finger die Argumentationslinie der Zeichnungen nach. Hinter mir erklangen Ausrufe der Überraschung, als meine Begleiter begriffen, was ich ihnen zeigen wollte.

Und was ich ihnen zu erklären versuchte, war eine Zeichnung

von acht kleinen Rechtecken, die um ein etwas größeres Rechteck, das in der Mitte hervorstach, einen Kreis bildeten, und auch, dass die Ebioniten von Susya im indischen Kerala gewesen waren, wie man der nächsten Zeichnung entnehmen konnte, auf der ein Elefant mit Rüssel, nach innen gewölbten Stoßzähnen und langem Schwanz abgebildet war. Von Kerala aus mussten sie eine lange Reise übers Meer gemacht und sich großen Gefahren ausgesetzt haben, wie das Bild eines Schiffes mit Mast, Segel und Anker erzählte, das fast vertikal auf sehr hohen Wellen saß. Anschließend hatten sie in einer langen Karawane auf Kamelen eine Wüste durchquert, die Tiere waren an ihren Höckern und hundeähnlichen Köpfen zu erkennen und zu einer langen Reihe aneinandergebunden. Und schließlich endete die Reise an einem sehr merkwürdigen Ort, so merkwürdig, dass das Bild tatsächlich wie hingekritzelt wirkte, für eine Wandmalerei allerdings ausgesprochen groß in seinen Proportionen war. Es handelte sich um sanft auslaufende Meereswellen, die sich an den Enden nach außen krümmten wie Fliegenbeine. Und zwei Beinchen trugen wieder einen Kreis aus acht kleinen Rechtecken um ein etwas größeres Rechteck herum. Mit anderen Worten: Eine monströse Fliege hatte sich die Ossuarien einverleibt. Doch es gab noch etwas Sonderbares. Am Ende des rechten, nach unten zeigenden Beinchens war eine Art Iglu zu erkennen. Na schön, das war bestimmt kein Iglu, sah aber genauso aus, nämlich ein horizontal abgeschnittener Halbkreis mit einem winzigen Quadrat als Tür. Das schien der Zugang zu den Ossuarien zu sein.

»Was ist das, Gilad?«, fragte ich und zeigte auf die Zeichnung.

»Was das ist?«, wiederholte er perplex. »Ich habe euch doch gesagt, dass hier nichts Sinnvolles zu finden ist.«

»Alles ist sinnvoll«, widersprach ich geduldig. »Und das hier ist wirklich wichtig. Erkennst du die Form? Ist es irgendein jüdisches Symbol?«

Gilad betrachtete die Zeichnung genauer, wobei er fieberhaft seine mentale Festplatte nach ähnlichen Symbolen durchsuchte.

»Ich weiß, was das ist«, flüsterte jemand hinter uns auf Englisch.

Es war einer der israelischen Soldaten unserer Eskorte. Wir alle drehten uns um, auch wenn wir ihn nicht sehen konnten, weil die Taschenlampen uns blendeten.

»Das ist Har Meron«, sagte die Stimme. »Der höchste Berg Israels. Er steht im Norden in Hochgaliläa. Sehen Sie den gewellten Gipfel? Und das Kleine dort unten rechts ist das Grab von Hillel dem Alten, dem Weisen, der die Mischna und den Talmud gestaltete. Der Eingang zu seinem Grab sieht genauso aus. Ich bin aus Safed, einem Dorf in der Nähe von Meron, und kenne diesen Berg und dieses Grab gut.«

Es dauerte einen Moment, bis ich begriff: Die Ossuarien mit den sterblichen Überresten von Jesus von Nazareth und seiner Familie befanden sich im Innern eines Berges?

VIERUNDZWANZIG

Im Salon der Suite schwatzte Farag mit Isabella, während ich trotz ihres Lachens und Plapperns zu schlafen versuchte. Am Tag zuvor waren wir spät aus Susya zurückgekehrt, hatten in der Hotelbar hastig ein Sandwich gegessen und uns dann alle in unsere Zimmer zurückgezogen, in der Hoffnung, richtig ausschlafen zu können, um die verlorengegangenen Stunden seit Toronto auszugleichen, damit wir unsere Nachforschungen im Berg Meron angemessen beginnen konnten, denn sie würden sich bestimmt kompliziert gestalten. Möglicherweise bräuchten wir Unterstützung von Höhlenforschern oder Bergsteigern, das war unmöglich vorherzusehen, und deshalb mussten wir den Ort zuerst inspizieren. Wie dem auch sein mochte, wir mussten uns ausruhen, also stellten wir uns keinen Wecker. Wozu auch? An nächsten Tag hatten wir endlich mal keine Eile.

Warum lachten Farag und Isabella nebenan so laut? Ich hätte die beiden umbringen können. Ich wollte nur schlafen, und diese beiden Idioten rissen mich brutal aus der süßen Umarmung des Schlafes. Überhaupt, was machte Isabella hier?

Ich schlug blitzartig die Augen auf.

Isabella? Farag redete mit Isabella? Wie denn …? Und ich im Bett?

Der Raum lag im Dunkeln, und unter der Tür war ein schmaler Lichtstreifen zu erkennen. Ich sprang aus dem Bett und sah auf die Uhr. Neun Uhr morgens in Israel. Barfuß lief ich in den Nachbarraum.

»Na so was!«, rief Farag, als er mich erblickte. »Deine Tante ist aufgewacht!«

Letzteres sagte er zu seinem Tablet, das hochkant an ein volles Glas Wasser gelehnt auf dem Tisch stand.

»Tante!«, rief das Tablet.

»Isabella?«, stotterte ich bereits auf dem Weg zum Sofa, auf dem Farag saß und mit ihr redete. Aber unsere Nichte war doch im irdischen Paradies, ich weiß nicht wie viele Meter unter der Erde im größten Höhlensystem der Welt. Eine Videokonferenz per Internet war unmöglich. Im Paradies gab es kein WLAN.

»Setz dich doch endlich, Tante, ich kann dich nicht sehen!«, maulte meine Nichte aus Farags Tablet.

Wie hübsch sie war! Sie hatte das schönste Lächeln der Welt. Mein Gott, wie ich sie vermisste! Bei dieser ganzen Hetzerei durch die Welt war mir das bis jetzt gar nicht aufgefallen. Hätte ich sie persönlich vor mir gehabt, hätte ich sie abgeküsst. Aber es war besser, wenn sie das nicht wusste.

»Wo bist du, Isabella?«, fragte ich misstrauisch.

»Wo soll ich schon sein, Tante?«, erwiderte sie strahlend. »In Stauros natürlich! In der Hauptstadt vom irdischen Paradies! Siehst du denn nicht, wie ich angezogen bin?« Sie zupfte am *Himation*, der weißen Tunika, die an den Schultern mit Fibeln befestigt war.

»Und seit wann gibt es im Paradies WLAN?«, bohrte ich mit noch größerem Argwohn nach. Nicht einmal im betrunkenen Zustand hätte man mir weismachen können, dass die Staurophylakes Internetzugang hatten.

»Kaspar hat es vor einem Jahr eingerichtet«, erklärte mir Farag aufgeräumt. »Als sie endlich gut ausgebildete und vertrauenswürdige Leute dafür hatten. Sie verfügen über WLAN-Repeater und Antennen in Privathäusern am Nil entlang.«

»Und WLAN-Amplifier«, präzisierte Isabella, »um so tief unter der Erde eine gute Verbindung zu haben.«

»Und ich habe geglaubt, dort könntest du deine Gadgets nicht benutzen!«, entfuhr es mir empört.

»Na ja, die Kommunikation mit der Außenwelt wird natürlich überwacht«, erklärte sie mir und strich sich mit beiden Händen das Haar aus dem Gesicht, eine sehr vertraute Geste, die mir einen Stich der Sehnsucht versetzte. »Aus Sicherheitsgründen, um nicht entdeckt zu werden. Aber da wir schon vor drei Tagen angekommen ...«

»Vier«, korrigierte Farag sie und stellte das Tablet so hin, dass wir beide gut zu sehen waren.

»Und Linus?«, fragte ich.

»Na, der ist natürlich hier zu Hause!« Isabella lachte. »Er wohnt hier mit mir zusammen im *Basileion*, im Palast des Catos, wo er immer gelebt hat. Er geht wieder zur Schule und spielt mit seinen Freunden.«

»Hilft er dir beim Griechischlernen?« Plötzlich hatte ich Sorge, dass sich Isabella allein und isoliert fühlen könnte in dieser Gesellschaft religiöser Fanatiker. »Wie verstehst du dich mit den Leuten?«

»Tante ...«, sagte sie abwinkend. »Hier reden fast alle Englisch.«

»Als wir dort waren, sprachen alle byzantinisches Griechisch!«, rief ich empört.

»Und das tun sie untereinander immer noch«, bestätigte Isabella. »Aber mit mir sprechen sie Englisch.«

»Das hat Kaspar auch eingeführt«, merkte Farag an.

»Und wer kümmert sich um dich?« Na schön, ich war wirklich ziemlich besorgt.

»O, viele Leute.«

»Viele Leute? Wer denn?« Ich wollte Namen hören.

Meine Nichte richtete ihre Augen gen Himmel und bat um Geduld angesichts der unbegreiflichen plötzlichen Demenz ihrer Tante.

Sie wurde gleich wieder ernst. »Haidé lässt euch Grüße ausrichten. Und auch Ufa, der versprochen hat, mir das Reiten beizubringen. Ach, Candace und Ahmose auch! Und ich darf keinesfalls vergessen, euch von Gete und Mirsgana zu grüßen, die es sich übrigens in den Kopf gesetzt haben, dass ich das Rudern lernen muss, und ich weiß nicht, wie ich ihnen beibringen soll, dass ich überhaupt keine Lust dazu habe.«

»Da wirst du nicht drum herum kommen«, versicherte ich ihr. »Wenn Mirsgana sich etwas vorgenommen hat, erreicht sie das auch. Außerdem rudern im Paradies alle zum Zeitvertreib. Das ist wie ein Nationalsport.«

»Das haben sie mir schon erklärt«, klagte sie. »Aber ich habe wirklich, wirklich, wirklich keine Lust darauf.«

Wenn sie dreimal wirklich gesagt hatte, war der Krieg zwischen Mirsgana und Isabella bereits erklärt. Wie schade, dass ich das nicht erleben konnte! Obwohl ich selbstverständlich im Voraus wusste, wer gewinnen würde.

»Es gibt hier einen Jungen«, sagte sie plötzlich, »der mir versprochen hat, mir zu helfen, um mich vor dem Rudern zu drücken.«

Was sah ich da in ihrem Gesicht, was hörte ich aus ihren Worten heraus, dass alle meine Alarmglocken anschlugen?

»Ein Junge?«, wiederholte ich mit so neutraler Stimme wie möglich. »Wie heißt er?«

Wenn sie uns seinen Namen nannte, war es nichts Ernstes. Wenn sie es nicht tat, dann gefiel er ihr.

»Warum willst du wissen, wie er heißt, du kennst ihn doch gar nicht?«, lautete die Gegenfrage.

Er gefiel ihr.

»Reine Neugier!«, rief ich empört. »Kennen wir seine Eltern?«

»Nein.«

»Wie heißt er, sagtest du noch?«

»Ich habe nichts gesagt.«

»Warum?«

»Weil es egal ist.«

»Wie, es ist egal? Wenn es ein Freund ...«

»Er ist ein Freund.«

»Es reicht!«, rief Farag. »Es ist mir schnurz, wie er heißt! Was ist denn das für eine Unterhaltung? Wir haben so wenig Zeit, miteinander zu reden, und ihr streitet euch über den Namen eines Jungen!«

Sobald die Videokonferenz beendet war, würde Farag was erleben, und die Kleine auch, sobald sie nach Hause kam, und zwar bombensicher.

»Wie heißt dein Freund?« Ich runzelte die Stirn und ließ nicht locker.

»Onkel Farag!«, flehte das undankbare Kind.

»*Basileia!*«, schimpfte mein Mann und kniff mich in den Oberschenkel, was sie allerdings nicht sehen konnte. »Hör nicht auf deine Tante«, sagte er zu Isabella. »Sprich mit mir.«

Über Isabellas Gesicht huschte ein Siegerlächeln.

»Sonst gibt's nichts weiter, mir geht es bestens, und es gefällt mir hier sehr«, schloss sie und schob eine der Fibeln ihrer Tunika hoch, die heruntergerutscht war. Man hatte ihr anscheinend noch keine eigene Kleidung genäht. »Das Essen ist ausgezeichnet. Ach übrigens, hier glauben alle, dass Kaspar zurückkehrt.«

»Vielleicht, um seinen Sohn abzuholen«, sagte ich.

»Nein. Dass er zurückkehrt und wieder Cato ist«, sagte sie ungeduldig. »Sie glauben tatsächlich, dass er nur ein wenig Zeit braucht. Es scheint ihnen nicht so wichtig zu sein, sie suchen auch keinen anderen für das Amt.«

»Verdammt! Das könnte wirklich problematisch werden«, sagte Farag mit Bedauern.

»Vielleicht kehrt er ja wirklich zurück«, warf ich ein, wenn auch nicht sehr überzeugt.

»Aber nein, Ottavia. Kaspar wird nicht zurückkehren, davon bin ich überzeugt.«

»Isabella, sag ihnen, sie sollen besser nach einem neuen Cato suchen«, schlug ich vor.

»Hat meine Mutter angerufen?«, platzte meine Nichte plötzlich heraus, als könne sie die Antwort kaum erwarten.

Farag und ich blieben stumm.

»Nein, mein Schatz, sie hat nicht angerufen«, antwortete ihr Onkel schließlich bekümmert.

»Mein Smartphone funktioniert hier nämlich nicht, deshalb frage ich.«

Isabella war untröstlich über das Schweigen ihrer Mutter. Und das, obwohl sie nicht gerade anhänglich war. Ich verspürte das dringende Bedürfnis, meine Nichte zu umarmen und zu trösten. Hätte ich meine Schwester Agatha in dem Moment umbringen können, ich hätte es getan. So ein Feigling! Ihre Angst vor Giacoma war größer als ihre Mutterliebe.

»Macht nichts«, flüsterte sie, was eindeutig gelogen war, und schob wieder die Tunika hoch. »Wenn sie anrufen sollte, sagt ihr es mir doch, oder?«

»Natürlich.«

Zum Glück lenkte mich die rutschende Tunika von meinen traurigen Gedanken ab, und ich konzentrierte mich auf das wirkliche Problem.

»Um noch mal auf deinen Freund zurückzukommen, der, von dem du uns nichts erzählen willst«, sagte ich. »Wie alt ist er?«

»Ottavia!«, schimpfte Farag.

»Ich muss mich jetzt verabschieden«, rief das Mädchen empört und suchte den Ausschaltknopf unter der Kamera. »Tante Ottavia ist mal wieder im zwangsbesessenen Modus.«

»Pass auf dich auf, Isabella«, sagte ihr Onkel. »Und genieß deinen Aufenthalt im irdischen Paradies. Und wenn du nicht rudern magst, dann lässt du es eben sein. Lass dich von Mirsgana nicht gängeln.«

»Pass auf, was du tust, Isabella!«, sagte ich drohend und zeigte mit dem Salina-Zeigefinger auf sie. »Ich erfahre alles, hast du mich verstanden?«

»Das weiß ich«, lautete die Antwort. »Und deshalb werde ich alles im Geheimen tun.«

»Isabella!«, rief ich.

»Ciao, Isabella.«

»Ciao, Onkel. Seid vorsichtig im Berg Meron. Und ruft mich wieder an, ja? Kaspar hat auf seinem Smartphone die erlaubte Nummer.«

»Isabella!«, rief ich erneut, aber sie hatte schon ausgeschaltet. Mein Mann sah mich vorwurfsvoll an.

»Ottavia, sie ist neunzehn Jahre alt! Wenn sie mit jemandem schlafen will, wird sie das tun. Sie ist doch schließlich im irdischen Paradies, wo sie von allen neugierig beobachtet wird.«

»Ja klar, ein wahrer Ort der Reinheit! Erinnerst du dich, wo wir zum ersten Mal miteinander geschlafen haben?«

»Natürlich«, sagte er grinsend. »Dort.«

»Genau, dort!«, rief ich. »Sie ist neunzehn Jahre alt und dort!«

»Isabella hat wirklich recht«, sagte Farag und umarmte mich. »Du bist im zwangsbesessenen Modus. Du musst wieder runterkommen, du steckst fest.«

»Ich will nicht runterkommen! Ich will, dass meine Nichte das Paradies verlässt und sofort nach Hause kommt.«

»Aber wir haben kein Zuhause mehr, Schatz. Und außerdem sind wir in Israel.«

In dem Moment wurde laut an die Tür geklopft, was uns zu Tode erschreckte, mich aber schlagartig aus meinem obsessiven Zustand holte. Wie beim Schluckauf.

»Das ist Kaspar«, flüsterte ich, so lautes Klopfen konnte von keinem anderen stammen. »Mach nicht auf.«

Er küsste mich traurig. Wir beide wussten auch ohne Worte, dass etwas passiert sein musste.

»Wenn ich nicht aufmache, wird er die Tür einschlagen und gewaltsam eindringen.«

Er hatte recht. Leider hatte er recht. Und so wie das Klopfen klang, fehlte wirklich nicht mehr viel.

Farag stand auf und ging zur Tür. Ich fand, dies sei der ideale Moment, um zu verschwinden, und eilte ins Badezimmer. Etwas sagte mir, dass es besser wäre, so schnell wie möglich zu duschen, denn wer wusste schon, was in den nächsten fünfzehn Minuten geschah. Als ich den Pyjama auszog, hörte ich Kaspars und Farags Stimmen, verstand jedoch nicht, was sie sagten, und als ich unter der Dusche stand, hörte ich nichts mehr. Kurz darauf ging die Tür auf, und mein Mann kam herein. Trotz seines verstörten Gesichts lächelte er mich durch die Glaswand an und sagte laut, damit ich ihn verstehen konnte:

»Gottfried Spitteler und Hartwig Rau sind in Meron, am Fuße des Berges! Sie sind gerade eingetroffen und haben sich zusammen mit einem Killertrupp irgendwo privat einquartiert. Ich lasse uns das Frühstück aufs Zimmer bringen! Wir müssen sofort los!«

Das war nicht mein Tag, dachte ich mit einem mulmigen Gefühl im Bauch. Meiner Nichte gefiel ein Staurophylax, und Tourniers Schergen waren vor uns am Berg Meron. Ich hatte Tournier, Spitteler und Rau langsam wirklich satt. Und sollte Isabella so weit gehen, mit einem Staurophylax zu schlafen, würde Troja noch einmal brennen, und ich würde persönlich die Fackel ansetzen. Zum Glück stand ich unter der Dusche, denn ich spürte bereits eine gefährliche Hitze in mir aufsteigen.

Obwohl mein Mann mit mir am Tisch saß, frühstückte ich quasi allein, weil Farag die ganze Zeit mit Kaspar telefonierte, während ich kaute und wie der steinerne Gast wirkte, der schweigend lauschte und die schrecklichsten Vorahnungen hatte.

Meine schlechte Laune erreichte ihren Gipfel, als mein Mann nach dem Gespräch sagte:

»Wir müssen Bergsteigerkleidung anziehen und alles mitnehmen. Wir werden nicht mehr ins Hotel zurückkommen. Jetzt müssen wir Koffer packen.«

»Was? Wieso?«, rief ich mit aufgerissenen Augen.

»Weil Kaspar sagt, dass wir vorbereitet sein müssen und Zeit sparen, wenn wir uns in einem Hotel beim Berg Meron in Safed einquartieren, weil wir noch nicht wissen, wie wir zu den Ossuarien kommen und was uns dort erwartet.«

»Und was ist mit Spitteler und Rau? Die werden uns finden.«

»Wir sind mit falschen Pässen unterwegs, und sie werden seit ihrer Einreise von Schin Bet, dem israelischen Inlandsgeheimdienst, überwacht. Sie sind mit Vatikanpässen eingereist, auch die Schergen in ihrer Begleitung; einige von ihnen sind Spezialisten für Radaranlagen, also können wir davon ausgehen, dass sie noch keine Ahnung haben, wie sie in den Berg reinkommen.«

»Na gut«, erwiderte ich verdrossen. »Aber woher wissen sie das von dem Berg? Wir haben es erst gestern durch die Wandmalereien in der Höhle von Susya herausgefunden. Warum wussten die es schon einen Tag früher und bevor sie ins Flugzeug stiegen?«

»Ich weiß es nicht«, seufzte Farag kopfschüttelnd und säuberte sich den Mund mit der zerknitterten Serviette. »Kaspar und Abby wissen es auch nicht. Es werden sämtliche Gespräche von Spitteler und Rau abgehört, aber bisher haben sie noch nichts gesagt, was uns diesbezüglich einen Hinweis geben könnte.«

»Könnte Marco Polo etwas über den Berg Meron gewusst und es Maria Palaiologina in seinen Briefen nicht verraten haben?«

»Vielleicht, aber warum sollte er es Maria verschweigen und dem Papst erzählen?«

»Wie Kaspar mir so treffend in Erinnerung brachte, waren die Polos päpstliche Gesandte, zudem fromme lateinische Christen, also Katholiken. Und Maria war bloß eine orthodoxe Ketzerin, eine mongolische Kathun, die der griechischen Schismakirche angehörte.«

Farag stand auf und schien über meine Worte nachzudenken.

»Gut möglich, aber wir werden es nicht erfahren«, sagte er, als er sich zu mir herunterbeugte, um mir einen Kuss auf den Mund zu geben. »Komm, *Basileia*. Wir müssen packen.«

»Ich will nicht weg.«

»Ich weiß«, sagte er und zog mich vom Stuhl hoch.

Wir hatten zwar nicht gerade viel Gepäck, weil alle unsere Sachen mitsamt dem Haus in Toronto verbrannt waren, aber die Simonsons hatten uns das Nötigste besorgt, bevor wir nach Israel flogen, weshalb wir immerhin einen gemeinsamen Koffer packen konnten. Da ich schon geduscht hatte, durfte ich das übernehmen (natürlich erst, nachdem ich mich als kriegerische Bergsteigerin mit den dazugehörigen Stiefeln verkleidet hatte), obwohl Farag viel besser Koffer packen konnte. Er legte alles ordentlich zusammen und verteilte es faltenfrei bis in die unwahrscheinlichsten Ecken. Ich warf alles einfach rein, bis schon bald nichts mehr hineinpasste, und musste dann Farag um Hilfe bitten, was auch an jenem Tag nicht anders war.

Wir bestiegen drei Wagen der Schin Bet und wurden von drei weiteren eskortiert. Im ersten saßen Abby und Kaspar, im zweiten Farag und ich und im dritten Sabira und Gilad (wir hatten kein Problem damit, eine Muslima und einen Juden zusammenzusetzen, die sich voneinander angezogen fühlten). Bis Safed fuhren wir zwei Stunden über eine wunderbare Autobahn, deren Mautstellen wir rasend schnell passierten, weil unsere Fahrer die Barrieren mit einer Fernbedienung öffneten. Es war unglaublich. Auf der Fahrt stritten Farag und ich heftig darüber, in welchem Alter unsere Nichte die sexuelle Reife erlangt hätte, konnten uns jedoch nicht einigen, denn er spielte den modernen Fortschrittlichen, den liberalen Nachsichtigen, der glaubte, dass das, was nicht geschehen sollte, unweigerlich geschehen würde, und als wir gerade an der Ausfahrt nach Nazareth vorbeirasten, wettete er sogar darauf, dass es bereits geschehen war. Ich hätte ihn an Ort und Stelle erwürgen können. Isabella war Sizilianerin wie ich, katholisch wie ich und eine Salina wie ich. Die Vorstellung war nicht nur inakzeptabel, sondern absolut unangemessen. Farag nannte mich engstirnig, altmodisch, rückschrittlich, verklemmt und weltfremd und riet mir abschließend, mich besser an die Vorstellung zu gewöhnen, denn sollte Isabella es noch nicht getan haben, würde das schon bald geschehen, und außerdem würde uns das nichts angehen, weswegen wir uns auch nicht einmischen sollten.

Was ein Glück, dass wir in Safed eintrafen. Das ist mein voller Ernst. Wirklich ein Glück, sonst wäre der Streit ausgeufert. Bevor ich ausstieg, versuchte ich zu beten, aber ich schien in einer Identitätskrise zu stecken, wenn auch nicht meiner Identität. Ohne es mir eingestehen zu wollen, suchte ich nach einer neuen Beziehung zu Gott, direkt zu Gott, dem einzigen Gott, nicht zu einem Mitglied der Dreifaltigkeit. Und das fiel mir extrem schwer. »Hilf mir, Mama«, betete ich. Sie war jetzt bei Ihm und kannte die Wahrheit. Mit ihrem Tod hatte meine Mutter gewonnen, denn nun war sie die Mutter, die ich gerne gehabt hätte. Alles Schlechte, das jetzt Giacoma verkörperte, hatte ich verdrängt, und es blieb nur das makellos schöne Bild der Mutter, die ich so liebte.

Die Stadt Safed lag hoch oben auf einem Berg. Tatsächlich waren wir in den Golanhöhen, dem israelischen Gebirge im sogenannten Hochgaliläa. Die Straßen waren entsprechend schmal, steil und labyrinthisch. Wir mussten ganz langsam fahren, denn die Außenspiegel berührten fast die Türen von alten Synagogen, Steinhäusern mit türkis gestrichenen Türen, Kunstgalerien, Künstlerwerkstätten, Restaurants, Konzertlokalen, Cafés ... An diesem zweiten Julitag war die Stadt voller Touristen. Safed war offensichtlich so etwas wie das Weltzentrum der Künstlerboheme und der Kabbala, einem seltsamen Zweig des jüdischen Mystizismus. Gilad erzählte uns später stolz, dass seine Vorfahren ebenfalls aus Safed stammten. Safed war schon immer eine wichtige Stadt gewesen, die sich im 15. und 16. Jahrhundert mit jüdischen Sepharden füllte, nachdem sie 1492, im Jahr der Entdeckung Amerikas, aus Spanien vertrieben worden waren. Wie es schien, gab es unter diesen vertriebenen Sepharden einige der wichtigsten Kabbalisten jener Zeit, die besagte Glaubensströmung nach Safed gebracht hatten. Gilad behauptete, direkt von einem gewissen Isaak Abrabanel abzustammen, einem sephardischen Theologen, der Schatzmeister der Katholischen Könige von Spanien gewesen war und für Christoph Kolumbus' Entdeckungsreisen das Geld ausgehandelt hatte.

Wir blieben nicht lange im Hotel. Abby bestand darauf, so schnell wie möglich zum Berg Meron zu fahren, den wir in seiner stattlichen Größe schon sehen konnten, also verstauten wir unser Gepäck im Hotel, aßen eine Kleinigkeit und stiegen wieder in die Wagen.

Wir umfuhren das Dorf Meron, wo sich Spittler und Rau mit ihren Begleitern einquartiert hatten, nicht. Im Gegenteil, wir fuhren hinter dem Wagen von Abby und Kaspar direkt darauf zu. Beide Orte lagen kaum zwanzig Kilometer voneinander entfernt, und ich schwitzte auf der Fahrt Blut und Wasser, und das, obwohl die Klimaanlage eingeschaltet war. Die Vorstellung, diesen Mördern von Angesicht zu Angesicht zu begegnen, machte mich ganz krank. Farag beruhigte mich – unsere hitzigen Meinungsverschiedenheiten wegen Isabella waren längst passé – und versicherte mir, dass sie rund um die Uhr von Schin Bet überwacht und sogar ihre Telefongespräche abgehört würden. Abby musste sich ganz sicher sein, dass wir keinerlei Gefahr liefen, wenn wir einfach so nach Meron fuhren.

Die Wagen hielten am Ende der Landstraße, gleich hinter dem früher wichtigsten Ort im Dorf Meron: das Grab des Rabbiners Schimon ben Jochai vom Ende des 1. Jahrhunderts. Zum Fest *Lag baOmer* strömten einmal im Jahr Tausende orthodoxe Juden – mit schwarzen Hüten, langen Mänteln und Schläfenlocken – aus ganz Israel an den Ort und versammelten sich um das Grab, um Fackeln anzuzünden, Bogenschießen zu veranstalten und zu beten. Zum Glück fällt *Lag baOmer* in das Frühjahr, denn jetzt wirkte das Dorf Meron, eine Agrarkooperative, regelrecht ausgestorben. Als wir ausstiegen, war keine Menschenseele zu sehen; die wenigen Häuser waren verriegelt und verrammelt und wirkten irgendwie verlassen.

Ich war noch in die Betrachtung dieser stillen Landschaft versunken, als eine Hand mir grob ein tonnenschweres Gewicht auf die Schultern lud.

»Hey!«, beschwerte ich mich. »Was zum Teufel ist das?«

»Dein Rucksack«, erklärte Kaspar.

»Wozu brauche ich einen Rucksack?«, fragte ich mit den Fingern unter den Riemen. »Und wieso ist der voller Steine?«

Aber Kaspar reichte bereits Farag, Sabira und Gilad die ihren. Es waren große Rucksäcke, die weit über unsere Köpfe hinausragten und mindestens alle Steine des römischen Kolosseums enthalten mussten. Abby hatte ihren schon aufgesetzt und schloss den Bauchriemen, als würde sie das täglich machen.

»Ich will keinen Rucksack«, bockte ich weiter und wollte ihn Kaspar schon zurückgeben. »Ich bin ein Stadtmensch und mag weder Ausflüge noch Bergsteigen.«

»Ist mir egal«, erwiderte er rücksichtslos. »Du wirst ihn tragen, weil wir nicht wissen, was uns beim Grab von Hillel erwartet. Hast du etwa vergessen, wie du um ein Stückchen von meinem Sandwich gebettelt hast, als wir in den Prüfungen von Dantes Kreisen steckten?«

»Das ist nicht wahr!«, rief ich empört; unglaublich, wie Menschen die Geschichte nach eigenem Gutdünken verdrehen. »Ich habe noch nie um etwas gebettelt! Und schon gar nicht um so einen Schlangenfraß mit Salami und Käse!«

Mein Gott, danach hatte ich nie wieder ein Stück Salami essen können! Ich hatte sie für immer satt. Aber mehr noch störte mich das komplizenhafte Lächeln, das Farag und Kaspar tauschten. Sie brüteten etwas aus. Ich war noch immer verstimmt mit Farag, also sollte er besser vorsichtig sein.

Mit Rucksäcken und Schirmmützen, die unseren Kopf vor der Sonne schützten – irgendjemand schien ein wenig Werbung für die Simonson-Stiftung auf dem Schirm für eine gute Idee gehalten zu haben –, machten wir uns auf den Weg, mit Gilad Abrabanel an der Spitze, der uns auf einen Feldweg einbiegen ließ, der vom Hügel des Dorfes Meron hinunterführte. Nach weniger als zehn Minuten waren wir unten, nach dem Überqueren eines breiten Feldweges ging es wieder bergauf, und schon standen wir vor dem Eingang zur Grabstelle von Hillel dem Alten, dem hässlichen Iglu auf der Wandmalerei in der Höhle von Susya, das tatsächlich, wie der Soldat gesagt hatte, mit der Zeichnung übereinstimmte: ein Halbkreis, der an der Flanke des Felsens einen dunklen quadratischen Zugang aufwies. Natürlich war inzwischen einiges verändert worden, seit die Ebioniten ihn vor achthundert Jahren angelegt hatten. Über dem Halbkreis im Felsen gab es jetzt ein merkwürdiges längliches Rechteck – wie eine umgedrehte Pfeife –, das auf der rechten Seite überstand und den Eingang wie eine Art Kneipentresen aussehen ließ.

Desgleichen war ein Gerüst aus Eisen und Maschendraht aufgestellt worden, an dem Eternitplatten befestigt waren, die als Türen dienten. Der Anblick war ehrlich gesagt ziemlich pathetisch.

»Und das ist«, murmelte Gilad mit Blick auf das rostige Eisen und den verwitterten Eternit bekümmert, »das Grab des großen Rabbiners, der sagte: *Was dir verhasst ist, das tue deinem Nächsten nicht an.* Das stammt aus der Tora.«

»Hat das nicht Jesus gesagt?«, entfuhr es mir, aber sogleich fiel mir auf, dass der Wortlaut nicht ganz derselbe war. Jesus sagt im Evangelium nach Matthäus, 7, 12: *Alles, was ihr also von anderen erwartet, das tut auch ihnen! Darin besteht das Gesetz und die Propheten.* Die Übereinstimmung war jedoch verblüffend.

»Nun ja«, sagte Gilad zögerlich. »Ich weiß nicht, was euer Jesus gesagt hat, bei uns hat es Hillel gesagt, der große jüdische Rabbiner und Schriftgelehrte zu Beginn des 1. Jahrhunderts, der die Nächstenliebe als Goldene Regel der Tora eingeführt hat, die seither für das Judentum gültig ist.«

»Anfang des 1. Jahrhunderts«, stammelte Kaspar, der bereits Rückschlüsse zog. »Nächstenliebe. Und was hat dieser Hillel noch gesagt?«

»Dafür ist jetzt nicht der richtige Zeitpunkt«, erwiderte ich trocken. »Wir müssen da rein, auch wenn ich keine große Lust dazu habe.«

Abby lächelte.

»Du ahnst ja nicht, wie gut ich dich verstehe, Ottavia«, versicherte sie mir und steckte ihre Daumen unter die Rucksackträger. »Es wäre einfacher, wenn es kein Grab wäre.«

Ich erwartete, dass Kaspar die Eternitplatten wie ein Büffel eindrücken würde, aber zu meiner Überraschung rüttelte er nur ein wenig an ihnen, und sie gaben nach wie ein paar Blätter Papier.

»Gut gesichert ist das ja nicht gerade«, sagte Farag überrascht.

»Los, kommt schon, lasst uns reingehen«, rief Abby. »Holt die Taschenlampen aus den Rucksäcken.«

Mein Mann trat hinter mich, holte die Taschenlampe aus

dem Rucksack und gab sie mir. Er fühlte sich wegen unseres Streits ebenso unbehaglich wie ich. Das Problem war nur, dass zu viele Menschen anwesend waren, um angemessen Frieden zu schließen. Als er mir die Taschenlampe gab, küsste er mich auf die Wange. Nach einer schnellen Kopfbewegung küsste ich ihn auf den Mund. Wir mussten uns wieder vertragen, sonst wäre ich ausgeflippt. Schweigend blickten und lächelten wir uns an und folgten dann dem Trupp, der die Grabstätte schon betreten hatte. Selbst ich musste mich in der Tür bücken.

Hillels Grab war auch das Grab vieler seiner Schüler, wie uns Gilad erklärte, die gewünscht hatten, bei ihrem Meister beerdigt zu werden. Und so musste es sein, denn der Raum bestand aus einer länglichen Hauptkammer, die wie ein Tunnel in den Felsen gehauen war, auf dessen Boden Rechtecke in der Größe von Menschen und einer Breite von zwanzig oder gar dreißig Zentimeter zu sehen waren. Von den Wänden blätterte weiße Farbe oder Kalk, der bis ins Innere der ersten Rechtecke gelaufen war. Wir gingen im Gänsemarsch an diesen Gräbern entlang, bis wir ans Ende der Höhle gelangten, wo sich auf der rechten Seite ein tiefer Hohlraum auftat, eine Grabnische, auf deren Boden in einem weiteren Rechteck im Boden Hillel lag. In den Mauernischen gab es Reste von dicken, halb abgebrannten Kerzen, dazwischen überall Spuren von getrocknetem Wachs, dennoch war deutlich zu erkennen, dass schon lange keine Kerze mehr gebrannt hatte. Es war schrecklich feucht und der Gestank nach Schimmel und Fäulnis so intensiv, dass mir schlecht wurde und ich nach Luft schnappte. Durch die kleine Eingangstür wurde der Ort nicht ausreichend belüftet.

Unsere sechs starken Taschenlampen leuchteten Hillels Nische aus, doch abgesehen von den seitlichen Mauernischen voller Kerzen und dem Rechteck im Boden war es nichts anderes als ein weiterer Hohlraum, der in den Felsen des Berges Meron geschlagen worden war. Sollte sich hier der Zugang zum Herzen des Berges befinden, war er natürlich nirgendwo zu entdecken.

»Hm«, murmelte Farag enttäuscht. »Und was jetzt?«

FÜNFUNDZWANZIG

»Hier muss es doch irgendwo eine Tür geben!«, dröhnte der Felsen und schwenkte den Lichtkegel seiner Taschenlampe wie verrückt hin und her.

Farag, Kaspar, Abby und ich waren geschlagene fünfzehn Minuten lang um Hillels Grabstätte herumgewandert, wir hatten die drei Nischenwände Zentimeter für Zentimeter von oben nach unten abgetastet und alle schmutzigen Kerzen samt Wachsresten aus den Mauernischen entfernt, um zu sehen, ob sich dahinter etwas verbarg. Aber leider bestanden die Wände aus solidem Felsgestein, und in den Mauernischen häufte sich nur der Schmutz. Wir mussten irgendetwas übersehen haben.

Gilad mussten wir hinausschicken, denn als Kaspar anfing, mit seinen großen Stiefeln Hillels Grab in der Nische abzulaufen, bekam der jüdische Archäologe fast einen Herzinfarkt oder Schlimmeres, weshalb Abby Sabira etwas ins Ohr flüsterte, diese ihren Charme einsetzte und mit Gilad unter dem Vorwand, ihr sei wegen des Gestanks schlecht und sie fühle sich nicht wohl, die Höhle verließ, um sich von ihm versorgen zu lassen. Gilad war alles andere als dumm und durchschaute den Trick natürlich, nahm den Vorschlag jedoch erfreut an. So blieben wir zu viert in der Grabstätte zurück und begingen das schreckliche Sakrileg, das Grab eines illustren Rabbiners der Geschichte Israels zu schänden. Allerdings hatten sich die Juden auch nicht wirklich um diesen verlassenen Ort gekümmert. Wir waren natürlich bemüht, das Rechteck mit den sterblichen Überresten Hillels zu schonen, aber außen herum war nicht viel Platz, kaum drei oder vier Handbreit bis zur Wand, weshalb wir uns nur schwerfällig bewegen konnten, obwohl wir die Rucksäcke draußen bei den Schülern des Rabbiners gelassen hatten.

»Aua!«, rief die Erbin, als sie von Kaspar einen heftigen Schlag ins Gesicht bekam.

»Abby!«, erwiderte der erschrocken und drehte sich besorgt zu ihr um.

Die beiden standen auf einer Seite der Nische und Farag und ich auf der anderen, und als Kaspar sich zu Abby umdrehte, verlor er auf der erhöhten Kante der Grabstätte das Gleichgewicht. Um nicht zu stürzen, trat er mit seinem Schuh der Größe achtundvierzig in die feuchte Erde auf Hillels Grab.

»Kaspar!«, rief Farag entsetzt und streckte die Hand nach ihm aus.

Abby und ich waren wie gelähmt vor Schreck. Das war ein großer religiöser Frevel und wahrscheinlich sogar ein Verbrechen höheren Grades (gegen das nationale, archäologische, geschichtliche Erbe). Und damit nicht genug – als der Felsen seinen Fuß wieder hob, zeichnete sich sein Schuhabdruck auf dem Grab deutlich ab. Nun ja, ich würde eher behaupten, dass es wie der Aufschlag eines Hydraulikhammers aussah.

Wir blickten uns schweigend an und überlegten, wie wir das Missgeschick beseitigen könnten, damit es nicht so deutlich sichtbar war. Die Delle aufzufüllen war keine Lösung, denn die Erde war im trockenen Zustand heller als in den feuchten Schichten weiter unten. Deshalb war sie auch so nachgiebig.

Doch als Kaspar in die Grabstätte trat, hätte ich schwören können – wenn ich nicht vor Schreck verrückt geworden war –, ein lang gezogenes Knirschen wie das Reiben von Stein an Stein gehört zu haben. Aber ich hätte nicht sagen können, woher das Geräusch gekommen war, sollte ich es denn wirklich gehört haben. Deshalb hielt ich lieber meinen Mund.

Zur großen Verblüffung meiner Begleiter und weil wir eigentlich nichts mehr zu verlieren hatten, sprang ich vom Sockel in das Grab und begann, die Erde glatt zu treten (auch um zu hören, ob sich das Geräusch wiederholte). Aber ich hörte nichts und bewirkte mit meiner Aktion nur, dass meinen Begleitern fast das Herz stehen blieb und sie unmittelbar davorstanden, vom Schlag getroffen darnieder zu sinken.

»*Basileia!*«, stammelte mein Mann mit tonloser Stimme. »Was machst du da?«

»Das Einzige, was wir tun können: die Erde auf dem Grab glatt treten. Oder wollt ihr lieber Kaspars Fußabdruck zurücklassen? Ich glaube nicht, dass Hillel der Alte sich von uns gestört fühlt, denn eigentlich müsste er wissen, dass wir großen Respekt vor ihm haben, etwas, das den ultraorthodoxen Juden, die einmal im Jahr zu *Lag baOmer* hierherströmen, wohl eher abgeht. Im nächsten Frühjahr wird nichts mehr davon zu sehen sein. Wenn wir den Abdruck so lassen, aber schon.«

Sie wussten, dass ich recht hatte, also traten die drei ebenfalls in das Grab und halfen mir, die Oberfläche glatt zu treten. Und plötzlich hörte ich nicht nur das Knirschen wieder. Das Dach der Grabnische öffnete sich wie eine von einem Kran angehobene Steinplatte. Unser Gewicht auf Hillels Grab hatte den Mechanismus ausgelöst. Ich war nicht schwer genug, weshalb bei mir nichts geschehen war, unter Kaspars Gewicht hingegen schon. Und als wir alle vier auf einmal auf dem Grab herumtrampelten, hatte sich die Vorrichtung offensichtlich in Gang gesetzt.

Verblüfft hielten wir inne und blickten nach oben, um zuzusehen, wie die Dachplatte langsam in der Dunkelheit verschwand. Natürlich regnete es Schimmel, Spinnweben und Erde auf unsere Gesichter und sauberen Haare, denn in dem Moment trugen wir unsere Mützen nicht. Abby fiel sogar etwas in den offenen Mund, sie begann zu husten und angewidert auszuspucken. Wie ein Vater seiner Tochter, die auf dem Spielplatz Erde gegessen hatte, säuberte Kaspar ihr mit einem Taschentuch Mund und Kinn. Oder wie es ein Kerl tat, der verrückt nach ihr war und jegliches Gespür für Lächerlichkeit verloren hatte; das passte meiner Meinung nach besser.

Das war der Eingang. Die Ebioniten hatten uns nicht getäuscht. Auch wenn sie es uns natürlich nicht leichtgemacht hatten.

»Ich frage mich,«, murmelte Farag, »ob es wirklich ihre Absicht war, uns zu zwingen, Hillels Grab zu betreten. Vielleicht bedeutete es für sie eine Art der Erniedrigung oder Frevel.«

»Und ich frage mich«, erwiderte Kaspar, »wie wir da hochkommen sollen. Wir brauchen eine Leiter.«

So hoch war es nun auch wieder nicht, dachte ich. Die Höhe belief sich auf etwas mehr als zwei Meter. Kaspar, Abby und Farag konnten sogar die Hand in die Öffnung stecken. Die Einzige, die Probleme haben würde, war ich, weil ich die Kleinste war, aber wozu waren Männer eigentlich da? Deshalb hatte die Natur ihnen doch mehr Körperkraft verliehen. Sollten sie mich eben hochheben. Allerdings war ich nicht bereit, als Erste den Kopf in das Loch zu stecken.

Abby ging nach draußen, um Gilad mit großem Feingefühl zu erklären, was geschehen war. Doch trotz seines tiefen Glaubens war Gilad ein praktischer Mann, und wenn er die Wahl zwischen zwei Möglichkeiten hatte, dann wählte er die wissenschaftliche (siehe Sabiras Unwohlsein). Deshalb stellte er seine religiösen Vorbehalte hintenan, kehrte ins Innere des Grabes zurück und war sogar bereit, die Erde zu betreten, die die sterblichen Überreste des großen Rabbiners bedeckte.

Logischerweise sollte der Felsen der Erste sein, der mit Farags Hilfe hochkletterte, auch wenn sein Bein ihn noch etwas behinderte, doch zu meiner Überraschung stellte Abby entschlossen einen Fuß in Kaspars ineinander verschränkte Hände und zog sich in das Loch in der Decke hoch. Mit dieser Entschlossenheit gewann Abby nicht nur an Charakterstärke, sondern tatsächlich auch an Attraktivität. Nicht dass sie plötzlich eine Schönheit gewesen wäre, das nun gerade nicht, aber mit Hilfe einer geheimnisvollen Metamorphose, die sich schon seit einer Weile vollzog und jetzt in diese Wesensveränderung mündete, war sie nicht mehr hässlich. Hatte sie nicht zu kleine Augen, viel zu große Zähne, eine Adlernase und einen Strich anstelle von Lippen? Nein. In Wirklichkeit hatte sie sehr wohl Lippen, keine vollen und sinnlichen, aber normale Lippen; die Nase war immer noch eine Adlernase, aber die verlieh ihr Eleganz und Vornehmheit (als hätten ihr die gefehlt!); die Zähne waren immer noch groß und quadratisch, aber keine Pferdezähne, wie ich befunden hatte; und die blauen Augen waren zwar nicht groß, aber auch nicht zu klein.

»Farag«, flüsterte ich und zupfte ihn am Arm. »Findest du nicht auch, dass Abby jetzt nicht mehr so hässlich ist wie vorher?«

»Nicht mehr so hässlich?«, flüsterte er mir verwundert ins Ohr. »Abby war doch nie hässlich!«

»Wie bitte?«, erwiderte ich empört. »Hast du mal genau hingeschaut?«

»Schatz, auf diese Dinge achtet ein Mann immer. Abby ist natürlich nicht so hübsch wie du, aber sie ist sehr attraktiv. Ich verstehe, dass sie Kaspar gefällt.«

»Aber sie war hässlich!«, zischte ich meinem Mann noch einmal ins Ohr.

Er lachte nur.

»Los, rauf mit dir!«, sagte er und schob mich zu Kaspar, der mit ineinandergeschlungenen Fingern und einer nicht gerade freundlichen Miene auf mich wartete.

Ich hätte über all das nachdenken müssen, hatte aber keine Zeit. Die Decke hatte sich für uns geöffnet und lud dazu ein, einzutreten, und Abby war bereits oben und streckte mir die Hand entgegen, um mir zu helfen. Kaspar hievte mich hoch, und die Erbin nahm mich in Empfang, sodass es mir nicht schwerfiel, in die Nische zu gelangen, die von Abbys Taschenlampe erleuchtet wurde. Während die anderen uns die Rucksäcke hochreichten und folgten, sah ich mich um. Es handelte sich um einen quadratischen Raum, eigentlich einen perfekten Kubus, und da wir uns im Innern eines Berges befanden, war er ebenfalls in den Felsen geschlagen. Hier oben war die Feuchtigkeit geringer, der Gestank allerdings nicht, ich fand ihn sogar intensiver, es roch nach Tod oder verfaulten Eiern.

Oben angekommen entdeckten wir zu unserer Überraschung, aber zur noch größeren Überraschung von Gilad in einer Ecke ein weiteres Grab mit den echten sterblichen Überresten von Hillel dem Alten. Sein Name war auf Hebräisch und Aramäisch in die Wand gemeißelt.

»Siehst du, Farag?«, sagte ich und zeigte auf die Grabstelle. »Die Ebioniten wollten nicht, dass das Grab betreten wird. Sie haben den Mechanismus an dem einzigen Ort versteckt, den nie jemand schänden würde.«

Farag nickte zustimmend, aber Kaspar schien verärgert.

»Und die Ossuarien?«, fragte er, während er sich nach allen Seiten einschließlich nach oben umsah.

Hier waren sie offensichtlich nicht. In dieser Kammer gab es nur Hillels Grab, die Steinplatte, die einen halben Meter über der Öffnung hing, und neben dem Grab eine rechteckige Öffnung, eine Art Tür, die zu einer dunklen Treppe führte, deren Ende sich im Erdinnern verlor. Auf der rechten Seite des Felsens entdeckten wir eine riesige Spirale, die aus kleinen hebräischen Schriftzeichen bestand.

»Was steht da, Gilad?«, fragte Sabira, die schon eifrig fotografierte.

Farag sah mich an. Er hätte die hebräische Inschrift lesen können, doch er lächelte mich nur verschwörerisch an, zum Zeichen, dass ich auf das Verhalten der Mörder-Archäologin gegenüber dem jüdischen Archäologen achten sollte.

Gilad bat um mehr Licht, und wir alle richteten unsere Taschenlampen darauf. Der einzige Schatten auf dem Bild war sein eigener, und er trat zur Seite, um den Text studieren zu können.

»Selig die Armen«, begann er zu übersetzen und fuhr mit dem Finger an den Worten entlang, die man von innen nach außen lesen musste. »Denn ihnen gehört das Reich. Selig diejenigen, die weinen, denn sie werden getröstet.«

»Die Seligpreisungen ...?«, fragte ich verwundert.

Kaspar und Farag nickten ebenso verdattert wie ich.

»Was sind die Seligpreisungen?«, fragte Gilad.

Die Unkenntnis der Juden bezüglich christlicher Schriften war genauso empörend wie die der Christen bezüglich jüdischer Schriften. Als ich das sagte, sprang Gilad an, als wäre er von einem Skorpion gebissen worden.

»Weißt du, dass Jesus von Nazareth bei uns als Feind Israels gilt?«, rief er aufgebracht. »Weißt du, wie wir ihn nennen? Nicht Jeshua, nein, sondern Jeschu?«

Das Gesicht meines Mannes verfinsterte sich. Wir anderen hatten nicht verstanden, was Gilad damit sagen wollte, er schon.

»Wusstest du«, dozierte der muskulöse Archäologe weiter, »dass im Hebräischen Akronyme, also Worte, die aus den Anfangsbuchstaben mehrerer Wörter gebildet werden, immer gängige Praxis und eine jahrhundertealte Sitte sind? Und weißt du, warum wir Jesus Jeschu nennen? Es ist nämlich das Akronym des Satzes: ›Möge sein Name und sein Gedächtnis ausgelöscht werden‹. Kein Jude liest euer Neues Testament, weil es vor Lügen nur so strotzt. Kein Jude glaubt, dass Jeschu Gott war, was für ein Wahnsinn! Und schon gar nicht, dass er der Messias war, der Retter des Volkes Israel. Und weißt du, warum? Weil er gestorben ist, weil er niemanden gerettet hat, weil er nicht so war, wie eure Bibel, der Tanach, die Figur des Erlösers oder des Messias' beschreibt; für uns ist ein toter Messias schlichtweg ein gescheiterter Messias. Deshalb habt ihr Christen euch die Auferstehung ausgedacht. Und weißt du, warum wir ihn so verachten?« Seine Stimme triefte vor Hass, klang aber zugleich schmerzerfüllt. »Weil die christliche Welt im Namen von Jeschu – einem von insgesamt vierundzwanzig Anwärtern auf den Messias-Posten, die laut dem Historiker Flavius Josephus im 1. Jahrhundert von Rom gekreuzigt wurden – das jüdische Volk über zweitausend Jahre lang verfolgte, ausgrenzte, misshandelte und ermordete. Hast du nie den schönen Satz gehört: ›Die Juden haben Jesus ermordet‹?«

Klar hatte ich diesen Satz schon gehört. Vor allem, als ich klein war. Aus dem Mund meiner Mutter und dem der Nonnen in der Klosterschule. Aber schon seit Jahren behauptete das niemand mehr, denn heutzutage ging man respektvoller damit um, und die Tatsache, dass Jesus Jude gewesen war, wurde inzwischen mehr oder weniger akzeptiert, nachdem sie vom Christentum jahrhundertelang totgeschwiegen wurde. Jesus war Gott gewesen, und die Juden hatten ihn getötet. Bei genauerer Betrachtung war es natürlich unmöglich, Gott zu töten.

»Und ich frage mich«, fuhr Gilad fort, »warum nie jemand die Römer des Mordes an Jeschu angeklagt hat, denn sie haben ihn doch gekreuzigt. Und was ist zum Beispiel mit der Inquisition, ist denen nie aufgefallen, dass die Italiener ebenso schuldig waren wie die Juden?«

Ich hielt besser den Mund. Gilad war zu erregt, und ich war Italienerin. Außerdem konnte ich seine Empörung verstehen. Das jüdische Volk hatte tatsächlich jahrhundertelang Unbeschreibliches erlitten aufgrund der sinnlosen Vorurteile, die wahrscheinlich vom Christentum selbst gestreut wurden, um diese unüberbrückbare Mauer zu errichten, die es vom Judentum trennte. Aber warum? Welche Gefahr barg das Judentum für das Christentum? Warum hatte das Christentum solche Angst vor dem Judentum?

»Deshalb kenne ich eure Seligpreisungen nicht, Ottavia«, schloss Gilad mit völlig verändertem Tonfall, als würde er bedauern, so heftig geworden zu sein. »Ich habe noch nie von ihnen gehört, aber ich kenne den Stil, denn sowohl in den *tehillim*, die ihr Psalmen nennt, wie in den *nebiim*, den Propheten, beginnen viele Gebete mit *esher*, selig oder glückselig. Kannst du mir das bitte erklären?«

Ich brauchte ein paar Sekunden, um mich wieder zu fangen und zum Thema zurückzufinden, ein paar Sekunden, in denen absolute Stille herrschte in dieser stillen Grabkammer. Ich hatte nie über den jüdischen Blickwinkel nachgedacht, und Gilads Worte hatten mich ebenso überrascht wie alles, was ich entdeckt hatte, seit Präsident Macalister mit Becky und Jake in unserem Haus in Toronto aufgetaucht waren. Aber auch jetzt blieb mir keine Zeit zum Beten oder Meditieren. Was waren die Seligpreisungen noch mal?, fragte ich mich tief durchatmend.

»Die Seligpreisungen«, kam mir mein Mann zuvor, »waren die Hauptargumente im Wahlprogramm von Jesus von Nazareth.«

»Im Wahlprogramm?«, rief ich entrüstet. »Als wäre Jesus eine politische Partei gewesen!«

Wie üblich ignorierte Farag meinen Einwand.

»Als Jesus sein öffentliches Leben begann«, erklärte er, »stieg er auf einen Berg und verkündete in seiner Predigt die Seligpreisungen, eine Zusammenfassung dessen, was seine spätere Botschaft sein sollte: Gott würde bald kommen, um die Welt von Armut, Schmerz, Hunger und Ungerechtigkeit zu befreien, und die Menschen sollten vorbereitet sein. Deshalb fand ich den Begriff Wahlprogramm so passend, denn wie jedes Wahlprogramm hat es sich nicht nur nicht erfüllt, sondern es wird sich offensichtlich nie erfüllen.«

»Um Himmels willen, Farag!«, rief ich entsetzt. »Wie redest du denn!«

Kaspar lächelte amüsiert. Abby, Sabira und Gilad sahen mich an, als wäre ich verrückt geworden.

»Ich würde gerne noch etwas hinzufügen«, sagte der Felsen. »Nämlich, dass die Seligpreisungen nur im Matthäus-Evangelium stehen.«

»Das ist nicht wahr«, widersprach ich. »Lukas erwähnt sie auch.«

»Nimm es mir nicht übel, Ottavia«, parierte der Ex-Cato, »aber Lukas erwähnt nur drei der acht Seligpreisungen und das zusammen mit drei Verwünschungen, die bei Matthäus nicht zu finden sind. Außerdem behauptet er, dass die Bergpredigt auf einer Lichtung gesprochen wurde, einer Ebene am Fuße des Berges. Du kannst es nachlesen. Von den anderen Evangelisten werden sie erst gar nicht erwähnt. Deshalb tauchen die Seligpreisungen oder das, was wir unter diesem Begriff verstehen, als solche nur im Evangelium nach Matthäus auf.«

»Das einzige, das die Ebioniten benutzten«, unterstrich Abby.

»Genau.«

»Und um sein Wahlprogramm vorzustellen«, fügte Gilad mit einem Seitenblick auf mich hinzu, »greift er auf das literarische jüdische Wort *esher* zurück, selig oder glückselig.«

»Wenn du uns weiter übersetzt, was in der Spirale steht«, forderte ich ihn grob auf, »erfahren wir schon, wie die Seligpreisungen nach Matthäus lauteten, die die Ebioniten gelesen haben, denn das, was du vorhin übersetzt hast, ist nicht der genaue Wortlaut des Neuen Testaments.«

»Auch Matthäus und Lukas haben nicht denselben Wortlaut«, behauptete Kaspar stur, der eine kleine Bibel aus seinem Rucksack gezogen hatte und darin blätterte. Er hatte eine Bibel dabei?

Gilad ging zu dem Bild zurück, und außer Kaspar hielten alle ihre Taschenlampen auf die Spirale.

»Selig die Armen«, wiederholte er, als er wieder in der Mitte zu lesen begann, »denn ihnen gehört das Reich. Selig diejenigen, die weinen, denn sie werden getröstet«.

»Lukas sagt: Selig, die ihr jetzt weint, denn ihr werdet lachen«, unterbrach Kaspar ihn mit seinem Bibelzitat.

»Lukas interessiert uns jetzt nicht, Kaspar«, kanzelte Farag ihn ab. »Besser, wir bringen nichts durcheinander.«

Als Gilad weiterübersetzte, steckte Kaspar lammfromm seine Bibel ein.

»Selig die Demütigen, denn sie werden die Erde besitzen.«

»Die dritte Seligpreisung?«, wunderte ich mich. »Hieß es da nicht ›Selig, die keine Gewalt anwenden‹? Steht da wirklich die Demütigen, Gilad? Farag, was meinst du?«

Beide Archäologen, der muskulöse Jude und der attraktive Ägypter, überprüften nochmals die Inschrift, und als sie sich umdrehten, kniffen sie geblendet von unseren Taschenlampen die Augen zusammen, vor allem Farag.

»Der Mizmor 37«, sagte Gilad und hielt plötzlich inne, um sich dann zu korrigieren. »Ich meine den Psalm 37, der bestätigt, dass die Demütigen die Erde besitzen werden. Vielleicht haben die Ebioniten eine Matthäus-Version benutzt, die auf unserer hebräischen Bibel basierte.«

Wir würden jetzt und schon gar nicht ihm gegenüber zugeben, dass das Matthäus-Evangelium das jüdischste und originalste der vier kanonischen Evangelien war und sie alle sehr viele Übersetzungsfehler sowie bewusste Verfälschungen und Ergänzungen aufwiesen. Es wäre, wie Öl ins Feuer zu gießen. Oder Benzin, um es moderner auszudrücken.

»Mach mit der vierten Seligpreisung weiter«, bat Kaspar.

»Selig die Hungrigen, denn sie werden satt.«

Selig die hungern und dürsten nach Gerechtigkeit, murmelte ich vor mich hin, eine weitere Abweichung. Offensichtlich hatte Jesus konkret von den Armen, den Leidtragenden, den Demütigen und den wirklich Hungrigen gesprochen und es nicht symbolisch gemeint, also handelte es sich vermutlich um eine weitere Schönfärberei der ersten Kirchenväter.

»Selig die Barmherzigen, sie werden Barmherzigkeit erfahren«, übersetzte Gilad flüssig weiter, jetzt nicht mehr so zögerlich wie zu Beginn. »Selig die Reinen im Herzen, denn sie werden Gott schauen. Selig die Friedfertigen, denn sie werden Kinder Gottes sein. Und: Selig die Gerechten, die verfolgt werden, denn ihnen gehört das Reich.«

Gilad war am Ende der Spirale angekommen. Als er sich umdrehte, senkten wir die Taschenlampen.

»Ich wusste nicht, dass Jeschu das gesagt hat«, murmelte er. »Das alles ist Judentum im Reinzustand. Hundertprozentig Tora. Und natürlich auf der Linie von Hillels Interpretation der Nächstenliebe.«

Ich war drauf und dran, ihm zu erklären, dass das keineswegs das Judentum war, sondern das grundlegende Wesen des Christentums, die Botschaft der Liebe und des Erbarmens von Jesus von Nazareth, aber etwas hielt mich zurück. Vielleicht gab es gar keinen so großen Unterschied zwischen beiden Glaubensrichtungen. Vielleicht hatte man uns das nur glauben lassen. Ich zog es vor, zu schweigen und diese Frage in meine Liste der Dinge aufzunehmen, über die ich nachdenken und denen ich gegebenenfalls nachforschen musste, wenn ich die Zeit dazu fand.

»Sehr schön«, sagte Kaspar und hob seinen Rucksack auf. »Die Seligpreisungen oder Glückseligkeiten oder Glücksverheißungen des Originalevangeliums nach Matthäus haben wir jetzt gelesen. Jetzt gehen wir diese Treppe hinunter, mal sehen, wo sie uns hinführt.«

»Moment mal!«, widersprach ich und hob die Hand. »Es ist viel zu spät, um ins Innere eines Berges einzudringen. Lasst uns besser ins Hotel zurückkehren, duschen, etwas essen und ausschlafen. Und morgen machen wir weiter.«

Alle sahen mich an, als hätte ich nicht alle Tassen im Schrank.

»Wieso?«, fragte Abby überrascht. »Vielleicht befinden sich die Ossuarien ja am anderen Ende dieser Treppe.«

Kaspar marschierte ohne ein weiteres Wort los, und die anderen folgten ihm. Farag kam zu mir.

»Komm schon, Liebling, halt noch ein bisschen durch. Es ist noch früh. Wir überprüfen, wohin die Treppe führt, und wenn da unten nichts ist, gehen wir ins Hotel zurück und suchen morgen weiter, einverstanden?«

Ich willigte ein, weil er mich darum bat, obwohl ich nicht wirklich überzeugt war. Mein angeborenes Misstrauen ließ mich ahnen, dass hier etwas faul war. Hatten die Ebioniten etwa nicht verdammte zwanzig lange Jahre damit zugebracht, dieses Versteck im Berg Meron vorzubereiten? Und alles, was sie zustande gebracht hatten, war eine Kammer, um Hillel den Alten neben der Zeichnung einer Spirale der Seligpreisungen zu beerdigen? Nein, hier gab es viel mehr, als auf den ersten Blick zu erkennen war, aber da die anderen an galoppierender Dummheit zu leiden schienen (besonders Kaspar), merkten sie nicht, dass wir uns arglos wie eine Herde entzückender Lämmer in die Höhle des Löwen begaben.

Als ich Farag das sagte, lächelte er mich geduldig an und verbuchte es unter meinen Ängsten und Manien.

»Komm schon, *Basileia*«, erwiderte er, schnappte sich unsere Rucksäcke, die letzten noch verbliebenen, und ergriff meine Hand. »Auch wenn stimmen sollte, was du sagst, findest du nicht auch, dass es eine reizvolle Erfahrung ist?«

»Nein.«

Widerwillig und in der Befürchtung, dass gleich eine scharfe Klinge herabfallen und mich in der Mitte durchtrennen würde, setzte ich einen Fuß auf die erste Stufe. Ich starrte auf den Boden, ob es Blutspuren von den anderen gab, aber nein, es gab keine. Stattdessen sah man weiter unten Licht. Also waren sie noch am Leben und stiegen weiter in die Tiefe hinab. Wie schön, dachte ich. Vielleicht hatten sie recht, und die Ossuarien standen am Ende dieser steilen und gewundenen Steintreppe unter einem gewölbten Dach. Gleich werde ich Kaspars Freudenschrei (oder erstickten Todesschrei) hören, dachte ich, weil er was gefunden hatte.

Doch ich hörte nur ein metallisches Rattern hinter der Wand

zu meiner Linken, wie das Abrollen oder Aufrollen einer Kette von einer Winde, sowie das Rieseln von großen Mengen Sand. Dann warnte uns Kaspars tiefe Stimme aus vollem Halse:

»Vorsicht! Unter der letzten Stufe ist ein Hebel!«

Es gab weder einen Übergang noch eine Pause. Kaum hatte er das gerufen, hörte ich erneut das lang gezogene Knirschen von an Stein scheuerndem Stein. Blitzschnell drehte ich mich um und prallte mit der Nase an den Rücken meines Mannes, der sich ebenfalls umgedreht hatte. Ich beugte mich zur Seite und sah nach oben. Der Lichtkegel seiner Taschenlampe war auf die Stelle gerichtet, wo die Nische gewesen war, die die Treppe mit der Kammer der Spirale verbunden hatte. Aber es war keine Nische mehr zu sehen. Eine große Steinplatte wie die, die wir in der Mauer der Synagoge von Susya gesehen hatten, hatte sich davorgeschoben. Als Kaspar die letzte Stufe betrat, hatte er irgendeinen Mechanismus aktiviert, der die Platte in Bewegung setzte und damit die Öffnung verschloss. Sie zu bewegen war unmöglich, sie wog bestimmt mehr als eine Tonne.

Mein Mann wandte sich um und sah mich an, wobei er die Taschenlampe auf den Boden richtete.

»Da oben alles in Ordnung?«, rief der Ex-Cato. Seine Stimme wurde begleitet von einem Echo.

»Wir sind eingeschlossen!«, rief Farag zurück, ohne den Blick von mir abzuwenden.

»Was hast du gesagt?«, schrie Kaspar.

»Dass die Tür zu der Kammer verschlossen ist!«, rief mein Mann lauter. »Wir sitzen in der Falle!«

Als wir die hastigen Schritte der Gruppe auf der Treppe hörten, streichelte mir Farag über die Wange.

»Du hattest recht«, sagte er betrübt. »Da ist was faul.«

»Ja«, bestätigte ich. »Unsere Schuld.«

SECHSUNDZWANZIG

Habt Ihr ein Netz?«, fragte Kaspar mit irritiertem Blick auf sein Smartphone.
Alle schüttelten den Kopf. Wir waren abgeschnitten von der Außenwelt, wir konnten weder um Hilfe rufen noch jemanden über unsere Lage informieren. Dass Smartphones im Innern eines Berges nicht funktionierten, hatten die Ebioniten vor achthundert Jahren nicht voraussehen können, aber es wirkte, als hätte sich der Berg mit ihnen verschworen, und half ihnen, ihr Geheimnis zu wahren. Für den Fall der Fälle und um Energie zu sparen beschlossen wir, sämtliche Smartphones außer einem auszuschalten, falls sich auf der steilen langen Treppe oder in den vielen Nischen dieser Höhle, auf deren Ostseite eine weitere Steinplatte seit Jahrhunderten den Zugang versperrte, doch ein Netz finden sollte.

Wir befanden uns ziemlich weit unter der Erdoberfläche. Als wir die offizielle Grabstätte von Hillel und seinen Schülern hinter uns ließen, waren wir ungefähr fünfundzwanzig Meter weit nach unten gegangen, wie Kaspar und Sabira behaupteten, die so etwas gut einschätzen konnten, und schließlich in eine ziemlich große Höhle gelangt, die offensichtlich von Menschenhand ausgehoben worden war und deren Boden seltsame Wasserlöcher aufwies. Wir hatten keine Ahnung, wofür sie den Ebioniten gedient haben könnten, aber sie verströmten nicht gerade einen guten Geruch, weshalb wir uns in gewisser Entfernung auf unsere Rucksäcke niederließen. Dann schalteten wir mehrere

Taschenlampen aus, um nicht sinnlos Energie zu verbrauchen, auch wenn LED-Lampen sehr sparsam sind. Daraufhin saßen wir in der ungefähr vier Meter hohen Höhle unvermittelt im Dunkeln, und als wäre das nicht genug, drang uns die feuchte Kälte bis in die Knochen. Während unseres Abstiegs war die Temperatur drastisch gesunken, sie konnte inzwischen nur noch bei höchstens acht oder zehn Grad liegen, weshalb wir alle mehr Kleidung und Handschuhe aus PVC übergezogen hatten. Zum Glück hatten Kaspar und Abby die Rucksäcke gepackt, denn sie hatten wirklich an alles gedacht, auch an Thermokleidung.

»Wie spät ist es?«, fragte Sabira, die keine Armbanduhr trug und ihr Smartphone nicht konsultieren konnte.

»Sieben«, antwortete Gilad. »Wir sollten was essen.«

Der Ex-Cato wandte mir sein Granitgesicht zu und lächelte schadenfroh.

»Hast du ein Problem?«, fragte ich ihn herausfordernd.

»Das fragst du mich?«, erwiderte er Überraschung vortäuschend, was ihm aber nur schlecht gelang. Er taugte nicht mal zum mittelmäßigen Schauspieler.

»Vergiss es«, erwiderte ich und griff zu der durchsichtigen Plastikbox, die mir Farag zusammen mit ein paar Servietten hinhielt. Die anderen waren ebenfalls damit beschäftigt, ihren Proviant auszupacken. Als ich das letzte Papier um dieses … was auch immer abgewickelt hatte, entfuhr mir einen Entsetzensschrei.

»Was zum Teufel ist das denn?«, knurrte ich.

»Pita mit koscherem Hamburger«, erklärte Kaspar höchst amüsiert und schob sich zufrieden die Hälfte dieses eingerollten Fladens in den Mund.

»Ich will hier raus!«, rief ich beim Gedanken an das fantastische Hotel in Tel Aviv. »Solche Schweinereien esse ich nicht!«

Ein leichtes Zwicken ließ mich zusammenzucken. Kleiner Hinweis von Farag, wie sinnlos mein Protest war. Als ich ihn anblickte, zog er eine Unschuldsmiene und schien es zu genießen, dieses grässliche, mit trockenem Fleisch gefüllte Ding zu essen.

In den Rucksäcken hatten wir auch Aluminiumflaschen mit Wasser, fiel mir ein, weil ich Durst hatte, obwohl das Trinken den Hunger erst richtig anregte. Doch ich weigerte mich, die verdammte Pita mit diesem seltsamen Fleisch und diesem undefinierbaren weißen Brei, der an den Seiten herausquoll und wie Zahnpasta aussah, zu essen. Ich ertrug schon den Geruch nicht.

»Gibt es nichts anderes zu essen?«, fragte ich Farag leise, während die anderen miteinander plauderten.

»Hör endlich auf, dich zu beklagen, und iss jetzt diesen Hamburger!«, warnte er mich ernst. »Du bist ja schlimmer als die pubertäre Isabella. Schlimmer als eine ganze Schule ungezogener Kinder. Schlimmer als ...«

»Ich hab's ja kapiert«, unterbrach ich ihn. »Ist ja gut, ich bin die Schlimmste.«

»Iss!«, knurrte er.

»Ja doch! Du musst mich nicht gleich anschreien!«

»Ich schreie dich leise an«, flüsterte er.

»Ja, aber du schreist«, beschwerte ich mich und biss in das verdammte Brot. So schlecht schmeckte es gar nicht, nur anders, sehr trocken und stark gewürzt. Da sie nach den koscheren Vorgaben das Tier ausbluten lassen mussten, wurde das Fleisch etwas zäh. Und der weiße Brei, der oben aus dem zur Tüte gerollten Brot herausquoll, war ein ziemlich salziger, kräftiger Käse von klebriger Konsistenz. Weil ich zu allem Überfluss ziemlichen Hunger hatte, sah ich mich gezwungen, auch das Pitabrot zu essen, noch dazu unter dem spöttischen Blick des Felsens, der sich bestens zu amüsieren schien. Keine Ahnung, warum mich das Leben immer dazu verdammt, mich mit den schlimmsten Leuten abgeben zu müssen, aber das musste ich wohl akzeptieren.

»Wie viele Löcher es wohl sind?«, hörte ich Abby zwischen zwei Bissen fragen. Sie meinte natürlich die Löcher im Boden.

»Ich werde sie zählen«, erbot sich Gilad, sprang behände auf und schnappte sich seine Taschenlampe. Sabira und er hatten schon aufgegessen und kommentiert, dass die Hamburger aus dem Hotel Safer sehr gut schmeckten. Später erfuhr ich, dass Muslime ganz ähnliche Ernährungsvorgaben haben wie Juden. Obwohl sie merkwürdigerweise Abby, einer blonden Kanadierin mit erlesenem Geschmack, ebenfalls zu schmecken schienen. Ich konnte diesbezüglich leider keine banale Bemerkung von mir geben, denn Farag hinderte mich mit einem gewohnten Kneifen daran und kam mir wieder einmal zuvor.

Wir beobachteten Gilad, wie er mit auf den Boden gerichtetem Lichtkegel die Höhle abschritt. Es war, als würden wir vor dem Fernseher essen, wenn auch in schäbiger Umgebung.

»Ich glaube, es sind zwölf«, rief er aus der Dunkelheit.

»Was sie wohl zu bedeuten haben?«, fragte Farag. »Irgendeinen Nutzen müssen sie doch haben, denn wie es aussieht, wurden sie bewusst angelegt.«

Die zwölf Löcher im Boden waren alle identisch: vollkommen rund, mit einem Durchmesser von ungefähr dreißig Zentimetern und randvoll mit schwarzem stinkenden Wasser. Wenn man nicht aufpasste, konnte man in sie hineintreten, und wer wusste schon, wie der Fuß hinterher aussah.

»Nehmen wir mal an, dass das Wasser sauber war, als sie diese Höhle anlegten«, überlegte der Ex-Cato. »Vielleicht dienten sie den Arbeitern zum Trinken oder Waschen? Oder vielleicht für ein religiöses Ritual?«

»Ich kenne kein christliches Ritual, für das Löcher im Boden benötigt werden«, erwiderte ich und wischte mir den Mund ab.

»Ein jüdisches kann es auch nicht sein, soweit ich weiß«, sagte Gilad.

»Ein muslimisches auch nicht«, ergänzte Sabira.

Gilads weißes Gesicht rötete sich, als hätte er Fieber. Er hatte soeben erfahren, dass diese hübsche junge Frau eine Muslima war. Natürlich wusste er noch nicht, dass sie auch eine Mörderin war.

»Dann werden sie das Wasser zum Trinken und Waschen benutzt haben«, behauptete Kaspar.

»Vielleicht sind die Ossuarien da unten versteckt?«, warf Farag ein.

»Sie passen da nicht rein«, widersprach Sabira energisch und entsetzt von dieser Vorstellung.

»Wir wissen doch gar nicht, wie groß sie überhaupt sind«, hielt mein Mann dagegen.

»Alle jüdischen Ossuarien des 1. Jahrhunderts«, stammelte Gilad, der sich noch von dem Schock erholen musste, »hatten die Form eines Quaders oder Rechteckprismas und waren zwischen fünfzig und sechzig Zentimeter lang und zwanzig bis dreißig breit und hoch.«

Daraus schloss ich, dass ein Quader oder Rechteckprisma eine Art länglicher Kasten war (ich war Fachfrau für byzantinisches Griechisch), wie die Ossuarien auf der dicken Goldplatte der Simonsons, auf der Hülegü Khan, Dokuz Khatun und Makkikha II. die Rechteckprismen mit den sterblichen Überresten von Jesus und seiner Familie anbeteten.

»Nein, wenn sie so groß sind, passen sie nicht in die Löcher«, räumte mein Mann ein. »Es sei denn vertikal, dann müssten die Löcher einen Meter tief sein.«

Gilad, immer noch sichtlich mitgenommen von der Tatsache, dass Sabira Muslima war (was anscheinend eine unsichtbare Trennlinie zwischen ihnen bildete), setzte sich erneut in Bewegung und leuchtete in die Löcher hinein, im Versuch, in dem schwarzen Wasser etwas zu erkennen. Was ein Glück, dass unsere modernen Taschenlampen wasserdicht waren, denn er berührte mehrmals die Wasseroberfläche.

»Und wenn wir hier drinnen sterben?«, fragte ich Farag ganz leise und starrte auf das riesige Steinrad mit der klumpigen Erde, das uns den einzigen Ausgang aus der Höhle versperrte. »Wir können keine Hilfe rufen.«

»Sei unbesorgt, *Basileia*«, sagte er gelassen. »Wenn sie ein paar Tage lang nichts von uns hören, werden sie uns suchen. Das israelische Militär ist sehr effektiv, ganz zu schweigen von der mächtigen Simonson-Stiftung.«

Ich sah ihn misstrauisch an, doch er lächelte vor sich hin und nahm einen Schluck aus seiner Wasserflasche, also stand ich auf und gesellte mich zu Gilad. Ich wollte mir die Löcher im Boden genauer anschauen. Irgendetwas musste ich ja tun, um gegen meine Angst anzukämpfen, oder? Man muss sich der Angst immer stellen, sonst lähmt sie einen. Und weil das Glück stets die Mutigen begünstigt, was ich gern ein weiteres Mal unter Beweis stellen wollte, entdeckte ich im ersten Loch, über das ich mich beugte, etwas Seltsames.

Das Wasser stank nach Fäulnis oder Abwasserkanal, doch obwohl es ziemlich trüb und schmutzig war, blitzte im Schein der Taschenlampe etwas auf dem Grund des Lochs auf. Bestimmt ein Tier. Irgendein Wasserwurm oder Fisch, der sich aufgrund irgendeines giftigen Bestandteils im Wasser genetisch verändert hatte und reflektierte. Trotz meiner Furcht beugte ich mich über das Loch und leuchtete mit der Taschenlampe direkt hinein.

»Was machst du da, Ottavia?«, fragte mein Mann verwundert.

»Ich habe etwas gesehen«, murmelte ich hinter vorgehaltener Hand, weil der Gestank mir Übelkeit verursachte.

Während ich noch forschend in das trübe Wasser starrte, hörte ich Schritte näher kommen.

»Du hast was gesehen?«, erklang Kaspars tiefe Stimme hinter mir.

»Ich bin mir nicht sicher«, murmelte ich. »Es hat etwas geschimmert, aber nur einmal. Vielleicht war es nichts.«

»Lass mich mal!«

»Sind deine Augen und deine Taschenlampe etwa besser als meine?«, murmelte ich.

»Meine Taschenlampe nicht, aber meine Sicht schon«, erwiderte er und kniete sich neben mich. »Ich brauche keine Brille wie du.«

Und als wir zusammen ins Wasser leuchteten, blitzte es wieder. Es schimmerte ein paar Sekunden intensiv und war sogleich wieder erloschen.

»Farag, komm mal her!«, rief Kaspar. »Da unten ist was! Abby, Sabira, Gilad, bringt einen langen Stock mit!«

Als die anderen mit einer Zeltstange aus Kaspars Rucksack in dem Schlammloch herumstocherten, kämpfte ich noch immer mit meinem rebellierenden Magen. Und ich fragte mich verwundert, ob diese Rucksäcke nicht etwa Mary Poppins' Wundertasche waren, aus der sie sogar einen Kleiderständer gezogen hatte. Ich erinnere mich noch lebhaft daran, weil mich die Szene sehr beeindruckt hatte, als ich den Film als Kind in Palermo sah.

»Wir brauchen etwas, um es herauszuholen!«, brüllte der Felsen im Aufstehen. »Es ist etwa einen halben Meter tief.«

»Was ist es?«, fragte ich.

»Keine Ahnung«, erwiderte er. »Durch das morastige Wasser ist es nicht zu erkennen, aber was auch immer es sein mag, es ist locker, denn es glitscht immer weg, wenn wir es berühren.«

»Wie wär's, wenn wir einen Löffel an der Stange befestigen?«, schlug Abby vor.

Und dann folgte die seltsamste Szene, der ich je im Leben beigewohnt habe (einschließlich der mit dem Kleiderständer von Mary Poppins): Kaspar lächelte, ergriff Abby um die Taille, hob sie hoch und gab ihr einen innigen Kuss auf die Lippen. Soweit ich es erkennen konnte, erwiderte Abby den Kuss leidenschaftlich und schlang ihre Arme um Kaspars Hals. Also wirklich, hätte das noch etwas länger gedauert, hätte ich sie gebeten, sich eine dunkle Nische zu suchen (Zimmer gab es ja nicht).

»Liebling, mach den Mund zu«, flüsterte Farag.

Aber ich konnte es nicht, ich war wie versteinert. Auch konnte ich nicht aufhören, sie mit hervorquellenden Augen anzustarren oder meinen beschleunigten Herzschlag zu besänftigen.

»*Basileia* ...«, mahnte er. »Starr sie doch bitte nicht so an.«

Ich sollte sie nicht so anstarren? Sollte ich etwa den historischen Moment verpassen, wenn der Ex-Cato, der unerschütterliche Felsen, der unangenehmste und unzugänglichste Kerl der Welt, die Erbin einer Familie von Außerirdischen, die die Welt beherrschte, lang und liebevoll küsste? Also wirklich! Sollte jemand anderes darauf verzichten, ich bestimmt nicht!

Und plötzlich konnte ich mich nicht mehr beherrschen. Ich brach in schallendes Gelächter aus, das in der Höhle unheimlich widerhallte, aber eher vergnügt klang. Der Tölpel Kaspar hatte sich auf dem Flug nach Israel rundweg geweigert, mir etwas zu erzählen, und jetzt lüftete er in einem törischen und unkontrollierten Anfall von stürmischer Begeisterung selbst das Geheimnis. Ich konnte nicht aufhören zu lachen, sosehr mich Farag auch zwickte und knuffte. Ich lachte Tränen, ich schwöre es. Das war das Beste, was ich seit Langem gesehen hatte: Kaspar und Abby! Um Himmels willen! Mir tat der Bauch weh vom vielen Lachen, und die Tränen kullerten mir nur so über die Wangen, obwohl ich sie mir wiederholt mit dem Ärmel abwischte. Mein Plan war aufgegangen, dachte ich halb erstickt.

Ich hatte Glück, denn wie Farag immer sagt, ist mein Lachen ansteckend, und kurz darauf fielen die anderen in mein Gelächter ein, worauf Abby peinlich berührt und Kaspar wütend reagierte und, nachdem er sie abgesetzt hatte, wie ein Bulldozer auf mich zurollte. Aber ich hatte keine Angst, ich fand ihn so drollig mit seinen kitschigen und romantischen Gefühlen für Abby, dass ich noch mehr lachen musste. Als er vor mir stand, hatte sich sein Gesichtsausdruck verändert.

»Ist ja gut«, sagte er zerknirscht. »Du kannst wieder aufhören. Jetzt weißt du endlich, was zwischen Abby und mir ist.«

Ich konnte nicht mehr, ich lehnte mich an Farags Brust, weil ich dachte, ich müsste sterben. Ich hätte ihm gern geantwortet, konnte es aber nicht. Selbst mein Mann lachte, ich spürte seine Brust vibrieren. Inzwischen lachten alle aus vollem Halse.

Als ich mich ein wenig beruhigen konnte und den Kopf hob, sah ich Abby und Kaspar Hand in Hand dastehen und lächeln. Mein Gott, dachte ich, das bringt mich um! Und ich musste mein Gesicht schnell wieder an Farags Brust drücken, um nicht erneut loszuprusten. Isabella nannte so etwas ein Highlight. Unvergesslich!

Kaspar und Abby, die Armen, warteten stoisch, bis wir uns wieder beruhigten. Mir fiel es am schwersten, wieder Haltung anzunehmen, weil ich es gar nicht wollte. Ich genoss die Situation und hielt mich dabei schadlos für vieles andere.

Schließlich schob mich Farag beiseite und reichte Kaspar die Hand.

»Ich freue mich sehr für euch«, sagte er, während ich mir die Tränen trocknete.

»Wir haben nichts gesagt«, erwiderte der Felsen, »weil wir wussten, dass Ottavia so einen Auftritt hinlegen würde.«

»Früher oder später wäre es sowieso passiert«, stammelte ich erstickt. »Und früher ist immer besser.«

»Du bist manchmal schrecklich, Ottavia!«, warf er mir verstimmt vor.

»Das hältst du schon aus!«, erwiderte ich. »Niemand hat je behauptet, das Leben sei ein Fest. Aber ehrlich, Kaspar, ich freue mich für euch beide. Auch wenn ich nicht weiß, ob Abby weiß, worauf sie sich einlässt.«

Sabira kam näher und beglückwünschte Abby mit einem Kuss, und Gilad wartete, bis sie beiseitetrat, um ihnen ebenfalls seine Glückwünsche auszusprechen. Seit er wusste, dass Sabira Muslima war, verhielt er sich distanziert. Zum Teufel mit ihm und seinen verdammten Vorurteilen. Ich hätte schwören können, dass sein anfängliches Interesse die Mörderin keineswegs gestört hatte.

»Befestigen wir endlich den Löffel an der Zeltstange«, schlug Abby vor. »Vielleicht können wird das da unten rausholen.«

Um uns Spöttern endlich zu entkommen, war Kaspar wie der Blitz bei seinem Rucksack, und Farag und ich lächelten uns zufrieden über den glücklichen Ex-Cato an. Wir hatten uns wegen seiner langen Trauer Sorgen gemacht und freuten uns deshalb für ihn.

»Ich verstehe nicht, warum wir das glänzende Ding aus dem Wasser herausholen müssen«, sagte Sabira, als sie sich neben mich stellte. »Es wird ein Glas- oder Metallsplitter sein. Wird uns das nützen, um die Ossuarien zu finden oder hier rauszukommen?«

Mein Mann sah sie mit der typischen Herablassung des Experten gegenüber Anfängern an.

»Hör zu, Sabira«, sagte er, während Kaspar in Windeseile einen Draht um den Plastiklöffel und die Zeltstange wickelte. »Vielleicht gibt es keinen logischen Grund, das zu tun, aber wir wissen aus Erfahrung, dass jemand, der etwas verstecken oder beschützen will, es nicht für immer verschwinden lassen kann. Er muss sich ein Hintertürchen offenlassen, denn es könnte ja sein, dass er dringend zurückkehren muss.«

»Früher haben sich Könige und Adlige«, fügte ich hinzu, »auch nicht in unscheinbaren Gräbern an geheimen Orten begraben lassen, um mit der Zeit vergessen zu werden und ihre Namen aus der Geschichte zu löschen. In ihrem Größenwahn schützten sie ihre protzigen Mausoleen gegen Grabräuber mit allen möglichen Fallen, von denen nur Familienmitglieder und Männer ihres Vertrauens wussten.«

»Für den Fall, dass etwas passiert, gibt es immer versteckte Schlüssel«, schloss Farag. »Und da wir nicht wissen, welchen Schlüssel die Ebioniten hinterlassen haben, müssen wir alles ausprobieren, so absurd es auch scheinen mag.«

»Lasst es uns versuchen!«, sagte der hyperaktive Kaspar, der wie ein Pinball durch die Höhle schoss und Gefahr lief, wie beim echten Spiel in eines der Löcher zu treten.

Er sank auf die Knie, und wir alle knieten uns im Kreis um das Loch, das von Abby und Farag angeleuchtet wurde. Kaspar rührte in dem morastigen Wasser auf der Suche nach dem glänzenden Ding, das immer wieder wegglitschte, als wäre es lebendig, bis es schließlich zwischen dem Löffel und der Wand eingeklemmt war. Kaspar zog den Löffel langsam hoch, damit es nicht wieder runterfiel, und als er ihn heraushob, lag darauf eine glatte Kugel von der Größe eines Golfballs, die unter der lehmigen Schicht rot wie Blut leuchtete.

Aber es war keine normale Kugel. Als Kaspar sie in die Hand

nahm und Gilad ein bisschen Wasser darüber schüttete, verwandelte sich die rote Kugel in einen wunderschönen Edelstein, einen geschliffenen blutroten Rubin ohne jegliche Fassung, so glatt, dass er stark funkelte und schimmerte.

»Das ist ein Cabochon«, flüsterte Sabira. »Ein unfassetierter Rubin. Der muss ein Vermögen wert sein.«

»Was ist ein Cabochon?«, fragte ich.

»Der Name steht für die Form«, erklärte sie mir. »Oder besser noch, die Nicht-Form, weil man bei rund geschliffenen und polierten Edelsteinen sagt, sie hätten die Form eines Cabochons, eines Nagelkopfes.«

»Was für eine hässliche Bezeichnung für etwas so Schönes!«, platzte ich heraus und berührte ihn ganz sachte, als könnte er mir den Zeigefinger verbrennen. »Aber er muss wirklich ein Vermögen wert sein.«

»Ganz bestimmt«, bestätigte Abby, der die Irritation deutlich anzusehen war. »Ob in den anderen Löchern noch mehr liegen?«

»Lasst uns nachsehen«, antwortete Kaspar schon im Aufstehen und reichte ihr den Rubin.

Im Entenmarsch gingen wir zum nächsten Loch und wiederholten das schwierige Angelprozedere. Und wir fischten tatsächlich wieder eine Art Golfball heraus, diesmal jedoch einen wirklich spektakulären: Nachdem wir ihn abgewaschen hatten, funkelte der durchsichtige Edelstein im weißen LED-Licht wie ein Regenbogen, das Funkeln schien aus seinem Inneren zu kommen und sich über die geschliffene Oberfläche zu ergießen.

»Das ist der schönste Diamant, den ich je gesehen habe!«, rief Sabira verblüfft.

»Warum schenkst du mir eigentlich nie Schmuck, Farag?«, fragte ich meinen Mann wie beiläufig, ohne den Blick von diesem Juwel abzuwenden.

»Weil du keinen trägst«, antwortete er. »Ich habe dir vor vielen Jahren eine Perlenkette geschenkt, die hast du nicht einmal aus ihrem Etui genommen.«

Das stimmte und lag daran, dass mir Schmuck nie wichtig gewesen war; ich hatte nie das Bedürfnis gehabt, welchen zu besitzen oder gar zu tragen, aber als ich sah, dass sich Sabira und Abby in Sachen Edelsteinen und deren Wert so gut auskannten, bekam ich Komplexe. Es tat mir in der Seele weh um diese Perlenkette, die bei dem Brand in unserem Haus in Toronto verlorengegangen war, denn ich konnte mich noch gut an Farags Freude erinnern, als er sie mir zu unserem ersten Jahrestag schenkte, und leider auch daran, wie wenig – oder gar keine – Begeisterung ich dafür gezeigt hatte.

Wir fischten unter erheblichen Mühen gute zwei Stunden Golfbälle in den unterschiedlichsten Farben aus den zwölf Löchern im Boden. Am Ende lag eine unvergleichliche Sammlung von höchst wertvollen Edelsteinen vor uns, obwohl einige von ihnen weder Abby noch Sabira zuordnen konnte, und das, obwohl sich beide Frauen eindeutig sehr gut mit Edelsteinen auskannten. Wenn wir sie aus dem Wasser gefischt hatten, steckten wir sie in eine Plastiktüte, weil es immer mehr und sie immer schwerer wurden und wir sie nicht herumschleppen konnten, wenn wir uns an das nächste Loch machten.

Als wir uns davon überzeugt hatten, dass nichts mehr in den Löchern versteckt war, kehrten wir zu unserem improvisierten Rucksackcamp zurück und setzten uns in absoluter Stille in einen Kreis. Was sollten wir auch sagen? Wir hatten zwölf Edelsteine von unschätzbarem Wert gefunden und wussten weder, was sie dort verloren hatten, noch, was wir damit anfangen sollten, außer sie in unsere Mitte zu legen, damit alle sie betrachten konnten.

»Sabira«, sagte Farag plötzlich. »Hast du nicht gesagt, dass du nicht verstehst, warum wir das, was im Wasser funkelt, herausholen sollten?«

Sabira lächelte, denn sie ahnte, worauf Farag hinauswollte.

»Die Steine sind der Schlüssel zum Öffnen der Tür?«, fragte sie zurück.

»Ich würde mein Leben darauf wetten«, bestätigte Farag.

»Verwette lieber nicht, was dir nicht gehört«, erwiderte ich schlagfertig. Vermutlich glaubten Kaspar und die anderen, dass ich meinte, alles Leben gehöre Gott (was zweifellos auch stimmte), aber Farags Lächeln bestätigte mir, dass er ganz genau verstanden hatte: Sein Leben gehörte mir wie das meine ihm, und er konnte etwas, das mir gehörte, nicht bei einer Wette einsetzen, ohne mich vorher wenigstens zu fragen.

Ich nahm die Kugel aus violettem Amethyst in die Hand und sah sie mir auf der Suche nach einem Merkmal oder Hinweis, der uns weiterhelfen könnte, genauer an. Aber sie war makellos geschliffen wie die anderen, so exquisit und formvollendet, dass es kaum zu glauben war.

Soweit wir wussten, befanden sich unter diesen Edelsteinen ein roter Rubin, ein durchsichtiger Diamant, ein senffarbener Achat, ein violetter Amethyst, ein leuchtend grüner Smaragd, ein dunkelblauer Saphir, ein roter Jaspis, ein schwarzer Onyx, ein gelber Topas und ein meergrüner Beryll. Aber wir hatten noch zwei weitere Kugeln, die wir nicht genau zuordnen konnten: einen grünen Stein, wahrscheinlich ein Malachit, und einen anderen in einem kräftigen, wenn auch undurchsichtigen Rot, der ein Opal hätte sein können (oder auch nicht, laut den Experten). In einem fernen, dunklen Winkel meines Gehirns regte sich schwach eine Erinnerung, aber sie war so flüchtig, dass ich nicht weiter darauf achtete.

»Was machen wir jetzt damit?«, fragte der Felsen, als er die Steine wieder in die Mitte schob. »Was zum Teufel haben sie zu bedeuten? Warum waren sie in Wasserlöchern versteckt?«

»Hör mal, Kaspar«, erwiderte ich bestimmt. »Wenn du das Rätsel auf die Schnelle lösen willst, kannst du dich gleich verabschieden. Jetzt werden wir es nicht herausfinden. Es ist schon spät, und wir sind erschöpft.«

»Da fällt mir ein ...«, setzte Abby an. »Aber nein. Ich bin mir nicht sicher.«

»Sag es einfach«, animierte der Ex-Cato sie zärtlich und mit liebevollem Blick.

»Meine Güte!«, rief ich. »Ich ertrage das nicht! Reißt euch doch ein bisschen zusammen!«

»*Basileia*, lass sie in Ruhe!«, warnte mich Farag aufgebracht.

»Aber sie stören doch! Siehst du das nicht?«, verteidigte ich mich.

Abby beendete den Wortwechsel, indem sie aussprach, was ihr durch den Kopf ging.

»Und wenn es die Steine aus dem *Choschen Mischpat* des *Kohen Gadol* sind?«

Noch bevor sie jemand bitten konnte, nicht auf Klingonisch, der Sprache aus *Star Trek*, zu reden, rief Gilad Abrabanel begeistert:

»Ja, klar! Das *Choschen Mischpat*! Wieso ist mir das nicht gleich aufgefallen? Aber die Steine des *Choschen Mischpat* sind quadratisch oder rechteckig. Ich habe sie noch nie rund gesehen.«

»Was ist ein *Choschen Mischpat*?«, fragten Sabira und ich wie aus einem Munde.

Doch niemand beachtete uns. Alle schienen davon überzeugt, dass diese Worte auf Klingonisch die enthüllende Wahrheit enthielt. In Wirklichkeit dürften es hebräische Begriffe sein, denn Gilad und Farag verstanden sie. Dass Abby Hebräisch konnte, war höchst seltsam, aber dass der Felsen auch zu wissen schien, wovon die Rede war, war noch viel seltsamer.

Farag hatte bemerkt, dass Sabira und ich vom Gespräch ausgeschlossen waren, und kam uns sogleich zu Hilfe.

»*Choschen Mischpat* ist die jüdische Bezeichnung für die Brustplatte des Gerichts, die der *Kohen Gadol*, der Hohepriester des Tabernakels, über seinen Messgewändern trägt.«

»Das zweite Buch der Tora, das *Schemot*, steht das in eurem Alten Testament?«, fragte Gilad nervös.

»Nein«, erwiderte ich. Die Bücher des Alten Testaments entsprachen nicht genau denen der hebräischen Bibel, nur einige stimmten überein, aber das Wort *Schemot* hatte ich noch nie gehört.

»Doch, das tut es«, widersprach mir Abby, die, als hätte sie sich nicht schon genug verändert, anscheinend auch noch zu einer Expertin in Hebräisch und der heiligen Schrift mutiert war. »Aber dort heißt es das Buch des *Exodus*.«

»Ah, wunderbar!«, rief der Archäologe erleichtert. »Kaspar, gibst du mir bitte mal deine Bibel?«

Wortlos zog Kaspar die Bibel aus dem Rucksack und reichte sie Gilad, der sie mit zittrigen Händen entgegennahm.

»Das Buch des Exodus, nicht wahr, Abby?«, vergewisserte er sich, als er es im Inhaltsverzeichnis suchte.

»Ich weiß, was du suchst«, antwortete sie lächelnd. »Und die Aufteilung der Kapitel ist genau dieselbe, schau mal in das Buch Exodus 28, Vers 15. Soll ich dir helfen?«

Gilad lachte auf.

»Wenn ich bis zu meinem Neunzehnten die Talmudschule überlebt habe«, sagte er, »komme ich wohl auch mit einer christlichen Bibel zurecht, selbst wenn ich zum ersten Mal im Leben eine in Händen halte. Was ein Glück, dass mich meine Eltern nicht sehen können!«

Und er lachte wieder verschmitzt, wenn auch nicht ganz sorglos.

»Ich hoffe, der Text wurde nicht allzu stark verändert«, murmelte er beim energischen Umblättern.

»Im Alten Testament waren Veränderungen in der Regel selten«, beruhigte ihn Abby. »Kam darauf an, was zu der aufkeimenden christlichen Theologie passte oder nicht. Nichts, was uns heute interessiert.«

Ich sah sie mit ganz anderen Augen, denn ich erkannte die Abby, die ich vor mir hatte, nicht wieder. Und ich glaube, Farag ging es genauso, denn er gab mir verstohlen ein Zeichen, um meine Aufmerksamkeit zu erregen. Kaspar hingegen war vollkommen konzentriert auf die Sache nach dem Exodus-*Schemot* und den Brustplatte-*Choschem*.

»Ich hab's gefunden«, rief Gilad und klopfte mit der flachen Hand auf die aufgeschlagene Bibelseite. »›Mach eine Lostasche für den Schiedsspruch; als Kunstweberarbeit wie das Efod sollst du sie herstellen; aus Gold, violettem und rotem Purpur, Karmesin und gezwirntem Byssus sollst du sie herstellen. Sie soll quadratisch sein, zusammengefaltet, eine Spanne lang und eine Spanne breit. Besetze sie mit gefassten Edelsteinen in vier Reihen: die erste Reihe mit Rubin, Topas und Smaragd; die zweite Reihe mit Malachit, Saphir und Diamant; die dritte Reihe mit Opal, Achat und Amethyst, die vierte Reihe mit Chrysolith, Onyx und Jaspis; sie sollen in Gold gefasst und eingesetzt sein.‹«

Vor lauter Müdigkeit fielen mir die Augen zu. Warum konnten wir das alles nicht auf den nächsten Tag verschieben? Wir waren alle müde, und ein wenig Schlaf würde uns guttun.

»Was ist das *Efod*?«, fragte Sabira.

»Das ärmellose liturgische Gewand des Hohepriesters, das über der Tunika getragen wird«, erklärte Gilad, der zum ersten Mal wieder mit ihr sprach. »Es wird mit einem breiten Gürtel aus demselben Stoff zusammengebunden. Über dem *Efod* trägt er die Brustplatte mit den zwölf Edelsteinen, die für die zwölf Stämme Israels stehen. Ich bin mir jedoch nicht sicher, ob die Steine, die in der christlichen Bibel genannt werden, dieselben sind wie im Buch *Schemot*.«

»Wenn wir Empfang hätten«, meinte Kaspar, »könnten wir den *Schemot* der Tora im Internet konsultieren.«

Abby sah ihn liebevoll an, und Farag legte mir rasch die Hand auf den Mund. Ich schenkte ihm einen tödlichen Blick, doch er blieb ungerührt. Als er seine Hand endlich wieder wegnahm und Sabira verstohlen gähnte, konnte ich zwar nicht sagen, was ich gern gesagt hätte, aber immerhin das, was mir zu der Sache durch den Kopf gegangen war.

»Solltet ihr recht haben mit den Steinen«, sagte ich leise, »wo ist dann diese verdammte Brustplatte aus Gold, Purpur und gezwirntem Byssus, in die wir sie einsetzen sollen? Ich habe hier nichts dergleichen gesehen.«

SIEBENUNDZWANZIG

»Ich sehe tote Menschen«, sagt der kleine Junge in dem Film *The Sixth Sense*. Und ich sollte mir manchmal die Zunge herausschneiden und die Lippen zunähen, und das bezieht sich nicht nur auf meine Kommentare über Kaspar und Abby.

Als ich sagte, dass ich nirgendwo eine Brustplatte aus Gold und Purpur gesehen hätte, wirkte das – abgesehen von mir – irgendwie elektrisierend auf die Gruppe; sie schien plötzlich an einer Art Fieberwahn zu leiden, was dazu führte, dass alle nach vorheriger Absprache in sämtliche Winkel der Höhle ausschwärmten. Überall musste überprüft, gesäubert, abgekratzt, abgeklopft, gedrückt und gerieben werden, um die verdammte Brustplatte zu finden.

Sosehr ich auch protestierte und an ihre Vernunft und die späte Stunde appellierte, niemand hörte auf mich, sodass ich mich schließlich gegen meinen Willen und mitten in der Nacht mit einem Schweizer Taschenmesser, einer Rolle Klopapier und einer Wasserflasche bewaffnet im südöstlichen Quadranten auf den Knien wiederfand und auf dem Boden herumkratzte und wischte. Das war das Dämlichste, was ich seit Langem getan hatte, und während der Adrenalinkick die anderen wachhielt, war ich vor lauter Müdigkeit und Erschöpfung fix und fertig.

Aber im Himmel gibt es noch Gerechtigkeit – wenn schon nicht auf Erden –, denn gegen zwei Uhr nachts gab Sabira auf. Die Nächste war Abby. Ihnen folgten Farag und Gilad. Als Letzter warf ein erschlagener Kaspar das Handtuch und kroch in seinen Schlafsack, den er von nun an mit der Erbin teilte (weil sie ihre beiden Schlafsäcke mittels der Reißverschlüsse zu einem großen umfunktioniert hatten). Ich hörte als Letzte auf, womit ich alle anderen bezüglich Ausdauer und Produktivität übertrumpft hatte. Ich zog Stiefel und Socken aus, bevor ich in unseren gemeinsamen Schlafsack schlüpfte, kuschelte mich an den schon leise schnarchenden Farag und schlief mit einem angenehmen Gefühl des Triumpfes ein. Mein Quadrant glänzte wie Gold, aber ich hatte keine Brustplatte gefunden. Die anderen müssten am nächsten Tag weitermachen.

Ich wurde von Flüstern und den Geräuschen menschlicher Bewegungen geweckt. Richtig munter machte mich allerdings der Geruch nach frischem Kaffee sowie die Tatsache, dass Farag nicht mehr neben mir lag. Nichts hatte sich verändert, seit ich die Augen geschlossen hatte und eingeschlafen war: dasselbe Taschenlampenlicht, derselbe chaotische Haufen aus Rucksäcken … Dort unten gab es weder Nacht noch Tag, nichts, was der Orientierung half.

»Aufstehen, Schlafmütze!«, sagte mein Mann, der sich mit einer Tasse Kaffee in der Hand zu mir herunterbeugte und mir einen flüchtigen Kuss gab. »Es ist schon neun, und wir müssen weitermachen.«

»Ich bin heute Nacht fertig geworden«, antwortete ich und trank einen Schluck heißen Kaffee. Es fehlte der Zucker, aber mit dem mussten wir für den Fall der Fälle sparsam umgehen. Ich traute der Rettung durch das israelische Militär und der Simonson-Stiftung nicht ganz.

»Du hast deinen ganzen Bereich gesäubert?«, fragte Farag überrascht.

»Natürlich«, erwiderte ich. »Wenn ich etwas anfange, dann mache ich es auch zu Ende, nicht wie die anderen.«

»Die Wände hast du vergessen«, knurrte der frischgebackene Romeo vom Kocher aus.

»Du auch«, parierte ich. »Außerdem hast du nur eine Wand. Da mir die Ecke zufiel, habe ich auch das verdammte Steinrad.«

»Wer zuerst fertig ist, wird dir helfen«, erklärte der selbst ernannte Oberste Befehlshaber der Forschungskräfte der Rechteck-Prisma-Quader (deren Akronym gemäß der jüdischen Tradition FKRPQ lautete).

Wir tranken Kaffee und aßen gesunde Getreidekekse mit Honig, die gut zu den kulinarischen Vorlieben der Gruppe passten, und machten uns dann wieder an die Arbeit. Das erste Problem des Tages war die Erkenntnis, dass wir die vier Meter hohen Höhlenwände nicht vollständig säubern konnten. Wir beschlossen, die Lösung auf später zu verschieben und erst mal so weit zu putzen, wie eben jeder reichte. Das zweite Problem war die Beleuchtung, denn um die Wände zu überprüfen, konnten wir die Taschenlampen nicht wie in der Nacht zuvor auf den Boden legen, aber wir hatten auch keine Helmlampen. Kaspar kam auf die Idee, uns die Taschenlampen mit unseren Schnürsenkeln um den Kopf zu binden. Als wir diese unter dem Kinn zugeknotet hatten, sahen wir wie stark leuchtende Shintoist-Mönche aus Japan aus.

Da Kratzen und Wischen eine langweilige und schmutzige Aufgabe war, lenkte ich mich damit ab, über die drei ernsten Angelegenheiten nachzudenken, die ich aus Mangel an Zeit verschoben hatte. Erstens: eine neue Beziehung zu Gott herzustellen, von dem ich nicht wusste, wie ich ihn ansprechen sollte, denn einfach nur Gott zu sagen, klang mir zu kalt, so anders als früher, als ich Jesus noch mit Namen ansprechen konnte, weil er mir nahestand und eine lebendige, vertraute Person mit einer Botschaft war. Aber was wusste ich schon von Gott? Trotzdem hatte ich das Gefühl, dass *Er* mich sehr wohl kannte, dass wir aber in unserer neuen Beziehung zueinander noch einen weiten Weg vor uns hatten. Die anderen beiden Angelegenheiten waren genauso einfach: zu meiner Mutter zu beten und mir Sorgen über das Sexualleben meiner Nichte Isabella zu machen. Damit war ich beschäftigt, als ich die Wand meines Bereichs vom Boden bis zu meinem ausgestreckten Arm säuberte.

Aber das Glück begünstigt immer die Mutigen, wie ich nie

müde werde zu wiederholen, denn als ich am oberen Rand des Steinrads, das uns den Ausgang verwehrte, zu kratzen begann, fiel mir ein Brocken trockener Lehm auf die Wange, und ich konnte eine wunderschöne runde Vertiefung in der richtigen Größe für einen halben Tennisball erkennen. Oder für einen sündhaft teuren Edelstein.

»Ich hab sie gefunden!«, schrie ich und riss die Arme hoch, um sie sogleich zum Zeichen meines Triumpfes hin und her zu schwenken. »Ich habe die Brustplatte gefunden!«

Sofort wurde ich von allen umringt, und sie brachen in Begeisterungsstürme aus.

»Jetzt fehlt nur noch der Rest«, konstatierte der Felsen, als er die Vertiefung mit Wasser benetzte und weiterkratzte. Da war sie! Sie war viereckig, hatte zwölf runde Vertiefungen für die Steine und …

»Das ist kein *Choschem Mischpat*«, rief Gilad plötzlich enttäuscht.

»Wieso nicht?«, fragte ich gereizt.

»Nein, Ottavia, das ist keins«, bestätigte mir Abby und fuhr mit der Hand über die Oberfläche der Vertiefung. »Erinnerst du dich nicht daran, was wir gestern gelesen haben? Die Brustplatte muss mit vier Reihen und je drei Steinen geschmückt sein. Willst du etwa behaupten, dass das hier«, sie klopfte mit der flachen Hand auf den Stein, »dieser Beschreibung entspricht?«

Nein, tatsächlich nicht. Es gab keine vier Reihen mit jeweils drei Vertiefungen im Stil von Eierkartons für zwölf Stück. In der Mitte war die Form eines vertikalen Rechtecks zu erkennen, darin ein weiteres kleineres Rechteck; auf der rechten Seite des größeren Rechtecks gab es drei halbrunde, wiederum von kleinen Quadraten eingerahmte Vertiefungen: drei links, drei oben und drei unten, zusammen bildeten sie einen Rahmen. Ein seltsames Bild. Außer Zweifel stand, dass die runden Vertiefungen für die zwölf Edelsteine in der Plastiktüte gedacht waren, aber in welcher Reihenfolge? Oder war das unwichtig?

»Beschäftigen wir uns noch einmal mit den Edelsteinen«, befahl der Oberste Befehlshaber der FKRPQ ziemlich verstimmt. Arme Abby, dachte ich. Sie mochte ja einen Haufen Banken auf der ganzen Welt leiten, aber den Felsen zu ertragen würde ihr in spätestens zwei Tagen den Rest geben.

Wir setzten uns geduldig auf die Isoliermatten, die wir unter den Schlafsäcken benutzten, und starrten auf die zwölf Golfbälle aus verschiedenen Materialien, Farben und Werten in der offenen Tüte.

»Legen wir sie mal in die Reihenfolge, wie sie in der christlichen Bibel steht«, schlug Gilad vor.

»Warte mal«, stoppte Sabira ihn. »Lasst uns die Plastikschachteln vom gestrigen Essen nehmen. Wir brauchen vier, eine für jede Reihe.«

Wir holten vier Schachteln aus der Mülltüte und legten sie in die Mitte.

»Also, Kaspar ...« setzte Farag an.

»Nenn ihn doch besser Romeo«, murmelte ich.

Der Felsen machte Anstalten, aufzuspringen und auf mich loszugehen, aber Abby hielt ihn mit kaum verhohlenem Grinsen zurück, und Farag kniff mich in den Oberschenkel, was trotz des Hosenstoffs ziemlich wehtat.

»Es reicht, Ottavia!«, schimpfte er. »Lass endlich Kaspar in Ruhe!«

»Ist ja gut, ich sag ja gar nichts mehr«, log ich.

»Du musst mich nicht vor deiner Frau beschützen!«, schnauzte der Felsen ihn an. »Das kann ich allein!«

Farag lachte.

»Das glaubst aber auch nur du!«, erwiderte er und fügte dann mit Blick auf Abby seufzend hinzu: »Es wird uns beiden noch viel Mühe kosten, diese beiden auseinanderzuhalten.«

»Ich weiß«, bestätigte Abby und verkniff sich ein Lachen, wobei ihre Finger die Pranke des Felsens streichelten. »Aber wir werden zu verhindern wissen, dass sie sich gegenseitig an die Gurgel springen, mach dir keine Sorgen.«

»Bitte, Kaspar«, flehte Sabira im Versuch, das Raubtier zu

zähmen. »Kannst du uns noch mal den Text aus dem Exodus vorlesen?«

Schnaubend wie Sauron, der schwarze Herr von Mordor, schnappte sich der Ex-Cato seine kleine Bibel und suchte die Seite mit dem Zitat über die Brustplatte.

»›Besetze sie mit gefassten Edelsteinen in vier Reihen: die erste Reihe mit Rubin, Topas und Smaragd; die zweite Reihe mit Malachit, Saphir und Diamant; die dritte Reihe mit Opal, Achat und Amethyst, die vierte Reihe mit Chrysolith, Onyx und Jaspis‹.«

»Also gut.« Sabira griff in die Plastiktüte mit den Steinen. »Hier haben wir den roten Rubin.« Sie legte ihn in eine der Plastikschachteln der sagenhaften koscheren Hamburger. »Und hier einen gelben Topas und einen grünen Smaragd.«

»Malachit, Saphir und Diamant in die zweite Reihe«, las Kaspar vor.

»Perfekt«, sagte Sabira und nahm die nächste Schachtel. »Dann legen wir hier den grünen Malachit, den dunkelblauen Saphir und den wunderschönen Diamanten hinein.«

»Einen Opal, einen Achat und einen Amethyst in die dritte.«

Sabira nahm die nächste Schachtel.

»Hier sind der rötliche Opal, der senffarbene Achat und der violette Amethyst.«

»Und einen Chrysolith, einen Onyx und einen Jaspis in die vierte.«

Sabira wiederholte den Vorgang und nahm die restlichen drei Steine aus der Tüte.

»Ein Chrysolith ist ein wasserblauer Beryll«, erklärte Abby, die Sabiras Tun aufmerksam verfolgte.

»Und zum Abschluss fügen wir einen schwarzen Onyx und einen roten Jaspis hinzu.«

Farag stellte die vier Schachteln in die Reihenfolge, wie Jahwe sie Mose in der Wüste vorgeschrieben hatte. Die Edelsteine spiegelten sich in seinen Brillengläsern und ließen sie irisierend funkeln.

»Es lässt sich immer noch keine Verbindung zu der Anordnung auf dem Steinrad herstellen«, sagte er und zeigte auf die Schachteln. »Es muss eine Verbindung geben, etwas, das jeden dieser Steine der richtigen Öffnung zuordnet.«

»Vielleicht ist das gar nicht so wichtig«, schaltete ich mich ein. »Lasst sie uns einfach hineinlegen, mal sehen, was passiert.«

»Und wo fangen wir an?«, fragte Gilad ironisch. »Mit den Löchern oben, unten, rechts oder links im inneren Rechteck?«

»Du hast heute Nacht etwas gesagt, dass mich stutzig gemacht hat«, erwiderte ich. »Du hast ganz nebenbei fallen lassen, dass die zwölf Steine in der Brustplatte die zwölf Stämme Israels repräsentieren.«

»Ja, stimmt«, räumte er ein. »Aber das ist ein heilloses Durcheinander. Wenn du dich erinnerst, wurde in dem Teil des *Schemot*, den wir gelesen haben, überhaupt nicht erwähnt, welcher Stein welchen Stamm repräsentiert. Mehr noch, tu mir den Gefallen, Kaspar, und lese ein Stück weiter, dann werdet ihr verstehen, was ich meine.«

Kaspar schaute wieder in seine aufgeschlagene Bibel und las: »›Die Steine sollen auf die Namen der Söhne Israels lauten, zwölf Steine auf ihren Namen – in Siegelgravierung. Jeder laute auf einen Namen der zwölf Stämme‹.«

»Genau«, rief Gilad. »Sie konnten sich nicht einigen, welcher Stein zu welchem Stamm gehört. So einfach ist das.«

»Diese Steine haben keine Gravur«, fügte Sabira hinzu.

»Deshalb glaube ich«, erwiderte Gilad lebhaft und den israelisch-arabischen Beziehungen offensichtlich wieder zugeneigt, »dass sie nichts mit den zwölf Stämmen von Israel zu tun haben.«

»Aber was haben wir denn zu verlieren, wenn wir es einmal versuchen?«, sagte ich störrisch. »Was anderes haben wir nicht.«

»Glaub mir, Ottavia«, erwiderte der Archäologe dickköpfig, »es gibt keine Möglichkeit, eine Verbindung zu knüpfen. Du machst dir keine Vorstellung, wie viele tiefsinnige und kluge Traktate von weisen Rabbinern sich im Laufe der Jahrhunderte zu diesem Thema angesammelt haben, und allesamt haben nichts erbracht.«

»Also noch mal.« Eine wahre Salina ließ sich nicht so schnell überzeugen. »Die Söhne Israels, also die zwölf Söhne Jakobs, die später die Patriarchen der zwölf Stämme Israels wurden, mussten in einer bestimmten Reihenfolge geboren worden sein.«

»Ja, aber sie stammten von verschiedenen Müttern«, erklärte er mir geduldig. »Einige wurden fast zur selben Zeit geboren, andere können Zwillinge oder gar Drillinge gewesen sein, und dann haben wir noch den Fall von Joseph, dem vorletzten, den seine Brüder als Sklaven an die Ägypter verkauften und der in den zwölf Stämmen repräsentiert wird von zweien seiner Söhne, Ephraim und Manasse. Und den Stamm von Levi muss man weglassen, wahrscheinlich der dritte Sohn Jakobs, weil dieser Stamm, die Leviten, nicht an der Verteilung der Ländereien beteiligt war und auch nicht andere Völker bekämpfte in den vierzig Jahren, in denen sie auf dem Weg ins Gelobte Land durch die Wüste irrten. Die Leviten waren die Priester, sie beschützten ...«

Zu unser aller Überraschung verstummte Gilad plötzlich.

»Was beschützten die Leviten, Gilad?«, hakte Sabira nach, die wiederaufgenommenen Beziehungen nutzend.

»Sie beschützten das Tabernakel«, beantwortete stattdessen Abby die Frage, die regelrecht gerührt wirkte. »Das war der Tempel, in dem die Heilige Lade, das Haus Gottes, durch die Wüste transportiert wurde.«

»Der *Kohen Gadol*«, fügte mein Mann hinzu, »der Hohepriester des Tabernakels, der das *Choschen Mischpat*, die Brustplatte des Gerichts, trägt, war immer ein Levit, ein Nachfahre von Levi.«

Gilad war aufgesprungen und wankte wie ein Zombie zu dem Steinrad. Verständnislos, aber getrieben von Neugier folgten wir ihm, bis er vor dem Bild stehen blieb und mit dem Finger über das große Rechteck fuhr, in dem sich ein weiteres Rechteck befand.

»Der *Mischkan*«, murmelte er. »Das Tabernakel.«

»Das ist das Tabernakel?«, fragte ich.

Mein Mann legte mir seinen Arm auf die Schultern, weniger als zärtliche Geste denn um sich abzustützen.

»Das Tabernakel war eine Art rechteckiges Zelt«, setzte plötzlich Abby zu einer Erklärung an. »Über ein Gerüst aus Akazienholz wurden feine Leinendecken gespannt, auf die wiederum edle Tierfelle gelegt wurden, und in diesem Zelt befanden sich sowohl das Heilige mit den geweihten Objekten sowie ganz hinten das Allerheiligste, abgeschirmt von einem Vorhang, damit es immer im Dunkeln blieb, denn es war die Wohnstatt Gottes, von Adonai, in der auch die Bundeslade stand. Das war der *Mischkan*, das Tabernakel, und das da ist seine Form«, schloss sie und zeigte auf die beiden ineinandergefügten Rechtecke auf dem Steinrad.

»Und deshalb«, fügte Gilad zufrieden und beeindruckt von Abbys Kenntnissen hinzu, »wissen wir jetzt, was die beiden Rechtecke bedeuten und wofür diese halbrunden Öffnungen sind, stimmt's, Abby?«

Abby, die Gilad ebenfalls zufrieden anlächelte, nickte.

»Na schön«, kommentierte Kaspar verstimmt (oder eifersüchtig). »Wir anderen wissen auch, wozu diese Öffnungen gedacht sind. Wir müssen die zwölf Steine hineinlegen.«

»Ja, Schatz, genau«, bestätigte Abby, als sie zu ihm ging und seine Hand ergriff. »Aber es gibt noch eine weitere Besonderheit: Diese Abbildung zeigt in Wirklichkeit den Aufbau des Zeltlagers sowie den Vormarsch und die Angriffe der zwölf Stämme von Israel zum Schutz des Tabernakels auf ihrer vierzigjährigen Wanderung durch die Wüste. So fand das Volk Israels ins Gelobte Land, das Land Kanaan. Es handelte sich nicht um eine Gruppe verirrter Sklaven. Es war eine ganze Nation von Hunderttausenden Menschen, die ordentlich strukturiert und immer in derselben Anordnung unterwegs war.« Sie legte die Hand auf das Bild. »Diese Anordnung war von Jahwe vorgeschrieben.«

»Und wir kennen den Platz, den jeder Stamm in dieser Anordnung innehatte«, fügte Gilad hinzu. »Jedes Kind in Israel kennt ihn. Wir lernen das schon in der Grundschule.«

»Aber auch wenn wir den Platz eines jeden Stammes kennen«, warf Farag ein, »haben wir noch immer keine Ahnung, welcher Stein welchen Stamm repräsentiert. Wir wissen genauso wenig wie vorher.«

»Nicht ganz«, widersprach Abby ihm mit Genugtuung. »Die eine Hälfte des Rätsels haben wir schon gelöst. Fehlt nur noch die zweite Hälfte, nämlich das, was du erwähnt hast. Dennoch wird es einfacher sein, die Kombinationen nach einer bekannten Vorlage auszuprobieren, statt nach einer, über die wir nichts wissen, wie Ottavia vorgeschlagen hatte.«

Meine Güte! Jetzt bekam ich den Schwarzen Peter zugeschoben. Das hatte ich nun von meinem guten Gedächtnis und den vielen Jahren als Nonne im Orden der Glückseligen Jungfrau Maria.

»Da hast du was missverstanden, Abby«, erwiderte ich. »Das habe ich nicht vorgeschlagen. Meine Idee war eigentlich, das Fragment aus der Genesis zu benutzen, in dem sich Jakob kurz vor seinem Tod von seinen Kindern verabschiedet. Wenn ich mich richtig erinnere, hat er alle in der Reihenfolge ihrer Geburt benannt, beginnend mit dem ältesten.«

Farag küsste mich begeistert aufs Haar.

»Versteht ihr jetzt, warum ich sie einfach lieben muss?«, fragte er scherzend in die Runde. »Sie findet immer einen Weg, um gut dazustehen und das letzte Wort zu haben.«

»Jakobs Segen steht am Ende des ersten Buches der Tora«, kommentierte Gilad. »Im *Bereschit*.«

»Das bedeutet ›Am Anfang‹«, übersetzte mir Farag.

»Das ist das Buch der Genesis«, bestätigte ich, »und auch das erste Buch im Alten Testament. Das griechische Wort γένεσις *(Genesis)* bedeutet Schöpfung, Geburt.«

»Und da der *Bereschit* mit dem Tod Jakobs endet, müsste der Segen ganz am Ende stehen.« Gilad interessierten die christlichen Namensänderungen in der Heiligen Schrift nicht.

»Ich werde das Bild fotografieren, bevor wir die Edelsteine reinlegen«, sagte Sabira, was typisch für sie war. Sie befand sich aus einem ganz bestimmten Grund hier, und die Arbeit war das einzig Wichtige, es sei denn, Gilad ließ sie ihre Meinung ändern (was eher unwahrscheinlich war).

Kaspar nahm wieder die Bibel zur Hand und blätterte ein Weilchen darin, bis er schließlich rief:

»Ich habe den Segen gefunden.«

»Könntest du ihn bitte vorlesen?«, bat Abby ihn.

»Nein, nein, kommt nicht infrage!«, rief Farag, worauf wir alle zusammenzuckten. »Wir müssen uns organisieren.«

»Uns organisieren?«, fragte ich überrascht und glaubte schon, er sei verrückt geworden.

»Wir müssen die Schachteln mit den Steinen und die Bibel mitnehmen«, erklärte er, »und den Text vor der Abbildung hören, vielleicht fällt uns etwas dazu ein. Wir nehmen besser unsere Sachen und gehen alle zu der Tür.«

Also packten wir wie das durch die Wüste – in unserem Fall durch die Höhlen – irrende Volk Israels alles zusammen und stapelten unsere Rucksäcke vor dem riesigen Steinrad, das den Ausgang versperrte. Diesmal bildeten wir einen Halbkreis, und außer Sabira und Farag setzten sich alle auf den Boden und starrten auf das Rad; Sabira blieb stehen, weil sie fotografieren wollte, und Farag, weil er die Steine in die Öffnungen legen und die Gruppe anleiten wollte, was nichts anderes bedeutete, als dass er sich kurzerhand den Chefposten des Obersten Befehlshabers der FKRPQ unter den Nagel gerissen hatte.

»Fang an, Kaspar«, sagte der frischgebackene Chef, strich sich das schöne grau melierte Haar aus der Stirn und nahm eine ziemlich attraktive Haltung an.

»›Darauf rief Jakob seine Söhne und sprach: Versammelt euch, dann sage ich euch an, was euch begegnet in künftigen Tagen. Kommt zusammen, ihr Söhne Jakobs, und hört auf Israel, hört auf euren Vater. *Ruben*, mein Erster, du meine Stärke, meiner Zeugungskraft Erstling, übermütig an Stolz, übermütig an Kraft, brodelnd wie Wasser: Der Erste sollst du nicht bleiben; du bestiegst ja das Bett deines Vaters; geschändet hast du damals mein Lager.‹«

»Er hat mit seiner Mutter geschlafen?«, rief ich entsetzt, bevor mir auffiel, wie dumm diese Frage war.

»Mit einer Konkubine des Vaters«, erklärte mir Gilad. »Sie waren polygam und hatten Konkubinen.«

»Also gut, Ruben, der Erstgeborene«, sagte mein Mann und wandte sich dem Bild zu, »verlor seinen Anspruch aus Dummheit, weil er sich nicht mit seinem eigenen Harem zufriedengab.«

»Das wollte ich euch gerade erzählen«, fiel Gilad ein. »In der Anordnung der zwölf Stämme um das Tabernakel herum entsprach die erste Reihe nicht dem Lager von *Reuben*. Jede der vier Reihen trug den Namen des Hauptbruders. Da der Eingang zum Tabernakel nach Osten gerichtet war wie die Synagogen …«

»Und die christlichen Kirchen«, warf ich ein.

»… lag das Hauptlager«, fuhr Gilad ungerührt fort, »im Osten, Richtung Orient, und das entsprach *Jehuda*, dem vierten Bruder.«

»Wo befanden sich dann die drei Stämme von Rubens Lager?«, fragte Abby.

»Im Süden, das wäre die Reihe dort rechts.«

»Und welcher Edelstein würde zu Ruben passen?«, murmelte Sabira nachdenklich. »Wie sein Vater sagt, war Ruben kräftig und stolz und brodelnd wie Wasser. Vielleicht der blaue Saphir, oder der grüne Malachit?«

»Smaragd und Chrysolith sind auch grün«, wandte Abby ein.

»Ich hab's euch ja gesagt, es gibt keine Lösung«, schimpfte Gilad. »Niemand kennt sie. Die neuesten Rekonstruktionen der Brustplatten basieren auf reinen Spekulationen und stimmen nicht überein.«

»Aber die Ebioniten wussten es«, behauptete ich starrsinnig, damit niemand vergaß, wo wir uns befanden und warum.

»Rekapitulieren wir«, bestimmte der Felsen. »Auf der einen

Seite haben wir die zwölf Söhne Jakobs, die die zwölf Stämme Israels anführten. Auf der anderen Seite haben wir die Anordnung der zwölf Stämme um das Tabernakel herum bei ihrem Zug durch die Wüste. Und zu guter Letzt haben wir zwölf Edelsteine, die wahrscheinlich für die zwölf Söhne Jakobs stehen. Der Schwachpunkt besteht darin, dass wir zwar die Anordnung der Stämme um das Tabernakel kennen, aber nicht wissen, welcher Edelstein welchem Sohn entspricht. Aber die Ebioniten, unsere Gastgeber in diesem Berg, gute Juden und gläubige Christen, wussten sehr wohl, welcher Stein zu welchem Stamm gehörte. Warum?«

In der Höhle wurde es still. Alle dachten über die Worte des Ex-Catos nach.

Und da fiel es mir wie Schuppen von den Augen. Plötzlich wusste ich die Lösung. Die Spur waren sie selbst, die Ebioniten. Warum hatte ich das nicht früher erkannt?

»Wegen der zwölf Apostel, Kaspar«, beantwortete ich seine Frage. »Die Lösung sind die zwölf Apostel von Jesus.«

ACHTUNDZWANZIG

Mir blieb keine Zeit, meine wundervolle Erkenntnis zu erläutern, weil Kaspars Smartphone, das als einziges eingeschaltet war, plötzlich einen anhaltend schrillen Ton von sich gab, der uns in Sekundenschnelle vom Planeten Saturn auf die Erde zurückkatapultierte und vollkommen aus dem Konzept brachte.

»Was zum Teufel ...!«, brüllte der Felsen und steckte die Hand in die Tasche seiner schwarzblauen Windjacke.

Als er sein Smartphone herauszog, leuchtete das Display, und beim Lesen der SMS wurden seine Augen tellerrund.

»Macht eure Smartphones an!«, befahl er. »Schnell!«

»Aber Kaspar, wir haben doch kein Netz ...«, setzte Abby an.

»Es muss eines geben, sein Smartphone funktioniert ja auch«, widersprach Farag und leistete der Aufforderung des Ex-Catos Folge. »Aber ich verstehe nicht, wie das möglich ist.«

»Deine Nichte«, murmelte der Felsen mit Blick auf unsere Smartphones, die nacheinander aufleuchteten.

»Meine Nichte?«, riefen Farag und ich unisono. Wo war das Mädchen denn bloß? Und wie zum Teufel hatte sie durch die Tonnen von Gestein im Berg Meron Kontakt zu uns aufnehmen können?

»Die Nachricht ist von Isabella«, erklärte Kaspar. »Ist das nicht eure Nichte?«

Ich verstand gar nichts mehr, aber meine technischen Kenntnisse waren natürlich auch eher bescheiden. Dennoch erkannte ich ganz genau, dass keiner der drei kleinen Balken, die das Netz anzeigen, auf dem Display zu sehen waren. Kein einziger. Auch kein Internet. Für die Welt war mein Smartphone tot, und ich konnte mich mit der Außenwelt ebenfalls nicht in Verbindung setzen.

»Hallo Tante«, stand plötzlich auf dem Display, und ich erschrak fast zu Tode.

»Es ist Isabella!«, rief ich irritiert.

»Hab ich doch gesagt«, dröhnte der Ex-Cato.

»Wie ist das möglich?«, murmelte Gilad mehrmals, seinerseits vollkommen überrascht.

»Ich frage sie mal«, erwiderte der Felsen und begann, mit seinen Riesendaumen auf das kleine Display zu tippen. Noch so ein Mysterium: Wie schaffte er es, korrekt zu schreiben, ohne fünf Buchstaben auf einmal zu drücken?

Ich entsperrte mein Display, und schon tauchte auf dem Screen eine WhatsApp-Nachricht auf. Die hatte ich schon gelesen. Dann klingelten unsere Smartphones alle gleichzeitig, und alle starrten auf ihre Displays. Ein Wahnsinn. Mein Gott, wir hatten doch kein Netz!

Die Nachricht, die wir alle erhielten, lieferte die Erklärung dafür. Ich las sie wie alle anderen, verstand aber kein Wort. Und ich war nicht die Einzige.

»Was soll das heißen: Protokoll dezentralisiert?«, fragte Sabira.

»Und was sind Netzwerkknoten?«, fragte ich.

»Und vermaschtes Netz?«, wollte Gilad wissen.

Kaspar tippte erneut. Offensichtlich stellte er die richtigen Fragen, denn Isabella antwortete postwendend.

»Also, seid mal ruhig«, sagte Kaspar, der schon immer ein großer Computerfan war – und außerdem als erster Cato im irdischen Paradies das Internet eingeführt hatte. »Isabella und unsere Techniker benutzen ein System, das weder WLAN noch Telefonnetze braucht. Sie nutzen die eingeschalteten Smartphones von dort ... und hier, um daraus ein eigenes Bluetooth-

Netz mit einer Stärke von tausend Kilohertz zu generieren, das ist der reine Wahnsinn. Und absolut sicher, weil die Knoten, also die Smartphones, mittels derer die Nachrichten verschickt werden, deren Besitzer nicht informieren. Es braucht nur viele eingeschaltete Smartphones, damit das Signal eine maximale Reichweite hat und sich schnell fortbewegen kann. Man nennt das Ad-hoc-Netzwerk.«

»So stark, um den Felsen dieses Berges zu durchdringen?«, fragte die Tante der Cyberkriminellen. Denn Isabella betrog Tausende von Menschen um ihr Netz, ohne dass sie es merkten oder ihre Erlaubnis erteilt hätten. Jetzt machte ich mir nicht nur Sorgen um das Sexualleben meiner Nichte, sondern auch um ihre Zukunft. So schlau, wie dieses Mädchen war – würde sie etwa zur Kaiserin des Bösen aufsteigen und am Ende gar die Welt beherrschen wie die Simonsons?

Kaspar tippte eine weitere Frage.

Und die Antwort erreichte wieder uns alle. »Ja, es kann den Felsen durchdringen, solange es genügend Smartphones außerhalb und innerhalb des Berges gibt, deshalb solltet ihr eure eingeschaltet lassen.«

»Sie hat bestimmt die Telefone des israelischen Militärs angezapft«, flüsterte ich erschüttert. Schließlich war sie meine Nichte und beging gerade ein internationales Verbrechen.

»Das ist noch nicht mal das Schlimmste«, flüsterte mein Mann mit entstelltem Gesicht. »Sie benutzt bestimmt auch die Smartphones von Spitteler, Rau und ihrem Team.«

Heilige Mutter Gottes!

»Aber Bluetooth hat nur ein schwaches Signal«, meinte Gilad, »und eine maximale Reichweite wie die Fernbedienung eines Fernsehers.«

»Hast du das mit dem vermaschten Netz, den Knoten und den tausend Kilohertz der Funknetzwerke nicht verstanden?«, blaffte der Ex-Cato mit einem Seitenblick, als wäre Gilad völlig verblödet. Der Angeblaffte schluckte und schwieg. Wir anderen taten es ihm gleich. Besser war besser.

»Wie dem auch sei«, sagte Farag resigniert seufzend, »Diese Verbindung zur Außenwelt kommt uns wie gerufen. Kaspar, erkläre Isabella, dass wir unsere Smartphones nicht anlassen können, sonst sind die Akkus zu schnell leer. Sag ihr, dass wir sie nur einschalten, wenn wir etwas brauchen.«

Kaspar begann zu tippen, hielt dann aber unvermittelt inne.

»Hey, sag es ihr doch selbst!«, protestierte er. »Wir stehen alle in Verbindung mit ihr.«

Farag lächelte.

»Stimmt.« Dann schrieb er Isabella die SMS.

Das war der Grund, warum ein so unangenehmer Zeitgenosse wie Kaspar Glauser-Röist einen Freund hatte, der ihn schätzte und nicht einfach zum Teufel jagte: Während meine Antwort seinem Tonfall in nichts nachgestanden hätte, war Farag intelligent genug und wusste um das mangelnde Sozialverhalten sowie das große Defizit an Diplomatie des Ex-Catos. Vielleicht war Abby so schlau wie Farag, dachte ich. Wir würden ja sehen.

»Machen wir bitte mit den zwölf Aposteln weiter«, bat Sabira und setzte sich wieder.

»Warte kurz!«, erwiderte ich. »Ich will mich noch von meiner Nichte verabschieden.«

Und ich schrieb: »Wenn du mit dem Jungen, dessen Namen du mir nicht sagen willst, schläfst, kannst du was erleben. Kuss.« Ihre Antwort erfolgte augenblicklich: »Kann ich dann mit einem anderen schlafen?« Und ich tippte in Windeseile: »Nein, mit keinem!« Und sie: »Und mit einem Mädchen?« Ich stand am Rande eines Herzinfarkts und weiß bis heute nicht, wie ich es schaffte, die richtigen Buchstaben zu tippen: »MIT NIEMAND!« Dann machte ich das Telefon aus, um zu signalisieren, dass der Schlagabtausch für mich beendet war.

Farags Smartphone trällerte wie eine ganze Vogelschar.

»Isabella schreibt, ich soll dir sagen, sie wird nach jemandem Ausschau halten, der Niemand heißt.«

»Sag ihr ... Sag ihr, dass ich sie umbringe! Ich meine es ernst! Ich bin eine Salina!«

»Was ist denn mit ihr los?«, fragte Abby Kaspar leise und wies dabei mit dem Kinn auf mich.

»Nichts weiter«, erwiderte er gelassen. »Isabella weiß, wie sie ihre Tante provozieren kann, und das tut sie gern. Die beiden sind vom gleichen Schlag. Jetzt wird sie sich kaputtlachen.«

Vielleicht lachte sie sich kaputt, aber ich war so wütend, dass ich sofort aus dieser Höhle rausmusste, oder ich würde explodieren, also bückte ich mich, griff mir die Plastiktüte mit den verdammten Edelsteinen der Stämme Israels und ging zu dem Wandbild. Ich würde sie an ihren Platz legen, damit sich dieses dämliche Steinrad, das wie eine Schallplatte ein Loch in der Mitte hatte, endlich drehte und uns hinausließ. Ich hatte es so satt.

»Ottavia! Was machst du da?«, schrie Abby.

»Dieser ganzen Geschichte endlich ein Ende, damit wir nach Hause können!«, erwiderte ich und wühlte in der Tüte.

»Warte!«, rief sie stur. »Du musst uns das erst erklären!«

Alle umringten mich besorgt, und mein Mann riss mir gnadenlos die Plastiktüte aus der Hand.

»Beruhige dich, *Basileia*«, sagte er mit sanfter Stimme. »Ich verstehe deinen Ärger über Isabella, aber ich bitte dich, komm wieder runter und entspann dich, das hat doch keinen Sinn.«

»Was hat keinen Sinn?«, explodierte ich.

»Willst du das hier vor allen anderen ausdiskutieren, damit sie dir genau das Gleiche sagen?«

Ich bezwang meine flackernde Wut und beruhigte mich.

»Gut, so ist es gut«, sagte Farag mit der Stimme eines Löwenbändigers, der den Käfig betritt. »Jetzt setz dich hin!« Wie gesagt, Löwenbändiger.

»Ich sitze«, erwiderte ich, als ich mich im Schneidersitz auf der Matte niedergelassen hatte.

Die anderen setzten sich ebenfalls, und Farag gab mir die Tüte mit den runden Edelsteinen zurück.

»Hier. Kehren wir zu dem Moment zurück, als Kaspars Telefon klingelte.«

»Ja«, rief die Mörderin begeistert, »als du gesagt hast, dass es die zwölf Apostel waren!«

Ich stieß einen lauten Seufzer aus.

»Erinnert ihr euch an das Mosaik auf dem Boden der Synagoge in Susya?«, begann ich. »Und an sein Motiv?«

Alle nickten und sprachen von Hanukkah-Leuchtern, Blumenmotiven, Vögelchen, Hirschen ... Bis Kaspar sagte: »Sternkreiszeichen.«

»Genau«, antwortete ich und sah ihn grimmig an. »In der Synagoge von Susya gab es verschiedene Tierkreiszeichen.«

»Sie waren ziemlich stark beschädigt«, warf Abby ein.

»Wir haben bei der Restaurierung getan, was wir konnten«, erwiderte Gilad entschuldigend.

»Es geht nur darum, dass es Tierkreiszeichen gab.« Nervensägen! Konnten sie mich nicht einmal ausreden lassen? »Tierkreiszeichen mit ihren zwölf Symbolen. Ich erinnere mich nicht, ob sie die Monate, die Jahreszeiten oder die Sternkonstellationen darstellten. Aber es waren Tierkreiszeichen.«

»Ja, die *Mazzaroth*«, bestätigte Gilad. »Sie waren in der jüdischen Kultur weit verbreitet, wahrscheinlich ein Erbe aus Assyrien und Babylon. Tatsächlich tauchen sie sogar im Buch Hiob auf. Wir waren keineswegs überrascht, sie in einer der ältesten Synagogen der Welt zu entdecken. Sie sind ein typisch jüdisches Schmuckmotiv.«

»Auch ein typisch christliches, Gilad«, ergänzte ich. »Im Mittelalter haben die römischen und gotischen Künstler diese Tradition aufgegriffen, deshalb finden sich in Kathedralen, Kirchen und Klöstern unzählige Abbildungen von Tierkreiszeichen. Im Allgemeinen wurden Zeichen bevorzugt, die mit der Landwirtschaft zu tun hatten, aber es gab von allem etwas: griechische und römische Mythologie, Schwerter und Wappen, Kriegs- und Jagdszenen und so weiter. Und es gab, wenn auch in kleinerem Maße, eine Tierkreiszeichensymbolik mit den zwölf Aposteln.«

Ich hielt einen Moment inne, um Luft zu holen. »Meinen ersten Getty-Preis für Paläographie habe ich für byzantinische Schriftstücke erhalten, in denen von der christlichen Astrologie und den Tierkreiszeichen im alten Konstantinopel die Rede ist, und diese Astrologie könnte uns jetzt helfen, die eigenwillige Version der Ebioniten zu verstehen, die Judentum und Christenheit konstant vermischen.«

»Demzufolge haben die Ebioniten Tierkreiszeichen verwendet«, versuchte Kaspar das Gehörte einzuordnen, »Genial. Und wie kommen wir auf die zwölf Stämme Israels und die zwölf Edelsteine in der Brustplatte der Hohepriester des Tabernakels?«

»Wegen der Entsprechungen, Kaspar«, erwiderte ich. Ich hatte mich beruhigt und war imstande, einen kohärenten Vortrag zu halten, also würde ich dem Felsen keine Ablenkungen gestatten. »Wir können die christlichen und jüdischen Bibeln, die Genesis und den Exodus getrost vergessen. Es geht vor allem um die Entsprechungen, also darum, wofür die Tierkreiszeichen oder *Mazzaroth* stehen.«

Ich holte die zwölf runden Edelsteine aus der Tüte und reihte sie ordentlich vor mir auf.

»Wenn mich mein Gedächtnis nicht trügt«, sagte ich im Wissen, dass es mich nie trog, »und ich habe ein sehr gutes Gedächtnis, basieren die Tierkreiszeichen, wie wir sie kennen, auf den griechischen Konstellationen: Widder, Stier, Zwillinge, Krebs, Löwe, Jungfrau, Waage, Skorpion, Schütze, Steinbock, Wassermann und Fische.«

Ich kannte sie auf Griechisch, also musste ich sie beim Aufzählen mental übersetzen.

»Diese griechischen Konstellationen der Tierkreiszeichen werden manchmal, wie ich schon sagte, von der Landwirtschaft, von mythologischen Göttern oder manchmal auch von den Aposteln ersetzt. In Konstantinopel wurden die Tierkreiszeichen in vielen Kirchen – heute Moscheen, aus denen die Ikonografie entfernt wurde – mit Apostelfiguren dargestellt.«

»Aber die Apostel sind doch nicht in allen Evangelien gleich«, warf der Felsen ein.

»Stimmt, aber das sind nur Namensänderungen«, erwiderte

ich herablassend. »Wenn ich mich nicht irre, handelt es sich darum, dass jeder Apostel wegen seiner besonderen Beziehung zu ihr für eine Konstellation steht, entweder weil er zu dem Zeitpunkt gemartert wurde, oder weil sein Name ähnlich klang oder aus einem anderen Grund. Auf diese Weise hat sich irgendwann etabliert, dass Widder für Simon Kananäus, Stier für Thaddäus, Zwillinge für Matthäus den Steuerpächter, Krebs für Philippus, Löwe für Jakobus oder Jakobus dem Älteren und so weiter stehen. Somit besetzten alle zwölf Apostel ein Tierkreiszeichen. Und vor Isabellas Nachricht habe ich mich daran erinnert, dass jedes Tierkreiszeichen auch einem Edelstein entsprach oder zugeordnet war: Widder entsprach dem Rubin, Stier dem Topas, Zwillinge dem Smaragd, Krebs dem …«

»Kommt jetzt Malachit?«, fragte Kaspar verblüfft.

»Ja«, antwortete ich lächelnd. »Das Tierkreiszeichen Krebs, repräsentiert vom Apostel Philippus, entsprach dem Malachit.«

»Dieselben Steine, die die Stämme von Israel repräsentieren?« Gilad konnte kaum glauben, was er hörte, doch der besondere Glanz in seinen Augen verriet mir, dass unser beider Verstand zusammenarbeitete und das, was ich über die christliche Darstellung von Tierkreiszeichen und Edelsteinen gesagt hatte, genau zu dem passte, was er in langen Jahren des Talmudstudiums gelernt und bei seiner Arbeit als Archäologe über die ersten jüdischen Ansiedlungen der frühen Jahrhunderte vorgefunden hatte.

»Dieselben Steine und dieselbe Anordnung wie in den Konstellationen«, bestätigte ich und übergab damit an ihn.

»In den jüdischen Mazzaroth«, erklärte er, »wurden die Konstellationen ebenfalls häufig durch die zwölf Stämme Israels ersetzt. Das ist üblich, auch heute noch. Wenn wir eine Verbindung herstellen könnten zwischen den Konstellationen wie den Tierkreiszeichen, den zwölf Stämmen Israels und den zwölf Aposteln von Jeschu…«

»Ich wäre dir sehr dankbar, Gilad, wenn du ihn nicht so nennen würdest«, bat ich ihn freundlich. »Nenn ihn Jeschua oder

Jesus, aber da ich jetzt weiß, dass Jeschu ein beleidigendes Akronym ist, stört es mich ein wenig, es aus deinem Mund zu hören.«

Gilad lächelte. Wenn er lächelte, bekam sein Gesicht etwas Kindliches, etwas von einem kleinen Jungen.

»Entschuldige«, sagte er. »Ich werde es nicht mehr sagen. Im Gegenzug wäre ich euch sehr dankbar, wenn ihr in meinem Beisein nicht mehr den Namen des Schöpfers aussprecht. Im Judentum gilt ein striktes Verbot, den wahren Namen Gottes auszusprechen, nämlich das Tetragramm aus vier Buchstaben, das ihr so fröhlich in euren christlichen Kirchen zur Schau stellt.«

»Der Name von Jah…«, wollte ich mich vergewissern, aber ein Blick in Gilads Gesicht ließ mich sofort verstummen.

»Genau«, bestätigte er. »Das ist der heilige Name, den man nicht aussprechen darf. Wenn ihr es trotzdem tun wollt, sagt einfach Adonai.«

»Zusammengefasst heißt das …«« Wer, wenn nicht der ungeduldige Kaspar, musste mal wieder zusammenfassen? »Die Ebioniten verschmolzen ihren jüdischen und christlichen Traditionen zufolge die zwölf Stämme Israels mit den zwölf Aposteln.«

»Aber das taten nicht nur sie«, warf Abby ein. »Im Evangelium nach Matthäus machte das auch Jesus.«

»Steht das wirklich im Matthäus-Evangelium?«, scherzte Farag. »Nicht doch in irgendeinem anderen?«

Über Abbys Gesicht huschte blitzschnell ein Schatten der Beklommenheit. Oder fand das nur ich? Es musste Einbildung gewesen sein, denn als ich sie wieder ansah, lachte sie herzlich.

»Ganz sicher!«, sagte sie zu Farag. »Meine Großeltern haben mich für die Suche nach den Ossuarien ausgesprochen gewissenhaft instruiert.«

Becky und Jake. Warum hatte Abby Isabella nicht nach dem Zustand ihrer Großeltern gefragt? Warum hatten Becky und Jake ihre Enkelin für die Suche nach den Ossuarien so gewissenhaft instruiert? Ich schüttelte den Kopf, um diese merkwürdigen

Gedanken zu verscheuchen. Ich wurde langsam paranoid. Mein großes Misstrauen brachte mich manchmal auf die abwegigsten Gedanken.

»Was sagte denn Jesus im Matthäus-Evangelium?«, fragte Sabira, die bisher, vielleicht wegen ihres höchst geheimnisvollen ismailitischen Glaubens, an keinem der Gespräche über religiöse Themen beteiligt war, seit wir uns in Tel Aviv kennengelernt hatten.

»Jesus sagte«, erklärte Abby und nahm eine noch perfektere und elegantere Haltung an, »dass die Apostel auf zwölf Thronen sitzen werden, um die zwölf Stämme Israels zu richten.«

»Lass uns ein Modell anfertigen, Ottavia«, schlug Gilad vor, dem Jesus' Satz gar nicht nicht gefallen hatte.

Sabira gab uns aus ihrer geheimnisvollen Schreibmappe ein Blatt Papier, und wir zogen mit ihrem schönen goldenen Druckbleistift, den sie für ihre Notizen und Zeichnungen benutzte, zwölf horizontale Linien und teilten diese in vier Spalten. In die erste Spalte schrieben wir die Namen der zwölf Tierkreiszeichen, in die zweite die Namen der zwölf Apostel, in die dritte die Namen der Edelsteine, die den Tierkreiszeichen entsprachen und die mit denen in der Brustplatte des Hohepriesters übereinstimmten, und in die vierte und letzte, die nur Gilad ausfüllen konnte, die Namen der zwölf Söhne Jakobs in der Reihenfolge der Tierkreiszeichen, die nach den jüdischen *Mazzaroth* einem jeden entsprachen. Gilad hatte schon viele Tierkreiszeichen in Synagogen gesehen und anhand der *Mazzaroth* mehrere Aufsätze darüber veröffentlicht, sodass er nach einigem Zweifeln und Zögern die Liste tatsächlich vervollständigte.

»Sehr schön. Meine Damen und Herren«, sagte ich und hielt das Blatt hoch. »Hier haben wir unseren Schlüssel für den Ausgang.«

»Was du immer mit dem Ausgang hast!«, knurrte der Felsen. »Wir wollen die Ossuarien finden! Mit ein bisschen Glück befinden sie sich hinter dem Steinrad.«

»Los, *Basileia*«, ermunterte mich Farag. »Probier's mal mit dieser seltsamen Kombination. Wollen wir doch mal sehen, ob Gilad und du auch so verrückt seid wie die Ebioniten.«

Der muskulöse Archäologe, der in dem Moment eher wie ein schüchterner Junge auf seinem Bar-Mitzwa-Fest wirkte, zog mich hoch, und wir gingen mit dem Blatt Papier und der Tüte mit den Edelsteinen zu der Abbildung und ihren zwölf runden Vertiefungen.

»Beginnen wir mit der obersten Reihe, die für den Orient steht«, schlug er vor.

»Also los«, willigte ich ein. »Sag mir den Stamm, und ich gebe dir den Edelstein.«

»Stamm Juda.«

»Rubin.«

Er nahm ihn und legte ihn in das erste Loch oben links.

»Stamm Issachar.«

»Gelber Topas.«

Er legte ihn rechts neben den von Juda.

»Stamm Sebulon.«

»Sebulon?«

»Ja.«

»Smaragd.«

Und er legte ihn rechts neben Issachar.

»Jetzt haben wir das Lager des Orients, das Lager von Juda«, verkündete er. »Machen wir weiter mit dem Süden, auf der rechten Seite des Tabernakels.« Er wirkte ergriffen, entzückt, ja sogar glücklich. »Stamm Ruben.«

»Ruben, der Malachit.«

Und Gilad legte die Kugel in das obere rechte Loch.

»Stamm Simeon.«

»Simeon, der blaue Saphir.«

»Stamm Gad.«

»Diamant.«

»Das Lager von *Reuven* im Süden ist vollständig«, sagte er. »Beginnen wir jetzt mit dem Lager im Westen, das der linken unteren Reihe des Tabernakels.«

»Los geht's«, animierte ich ihn.
»Stamm Ephraim.«
»Opal.«
»Stamm Manasse.«
»Achat.«
»Stamm Benjamin.«
»Amethyst.«
»Das Lager von Ephraim ist vollständig. Fehlt nur noch eines, das Lager von Dan im Norden des echten Tabernakels und auf der linken Seite von diesem«, sagte er einigermaßen überrascht, als könnte er nicht glauben, was wir taten oder dass wir es fast geschafft hatten.
»Mach schon«, drängte ich ihn nervös. Und wenn wir uns geirrt hatten?
Die anderen vier verharrten in atemloser Stille. Ich hatte fast vergessen, dass sie hinter uns auf dem Boden hockten, uns zusahen und zuhörten.
»Stamm Dan«, sagte Gilad.
»Meergrüner Beryll oder Chrysolith.«
Der Archäologe legte ihn in das untere Loch der linken Säule.
»Stamm Ascher.«
»Onyx.«
»Und als Letzten«, schloss er seufzend, »Stamm Naftali.«
Ich hatte noch einen Stein in der Tüte. Gilad sah mich an.
»Ottavia?«
»Ja?«
»Gibst du mir bitte den letzten Stein?«
»Oh ja klar, natürlich! Der Jaspis.«
Doch als ich mich nicht rührte, nahm er ihn mir lächelnd aus der Hand und legte ihn in das oberste Loch der Säule. Geschafft. Jetzt waren alle Steine an ihrem Platz.
Zunächst geschah nichts, oder zumindest schien es so, denn in Wirklichkeit geschah doch etwas, obwohl wir nichts davon bemerkten, weil wir alle in unsere Gedanken vertieft waren. Es begann mit einem Rascheln, wie ein fernes Rieseln.

»Sand!«, rief ich, als es deutlich zu hören war.

Natürlich funktionierten die alten Mechanismen dieses Berges aus Gewichten, Rollen, Ketten, Winden und beweglichen Hebeln nur durch das Gewicht von etwas leicht Beweglichem und in großen Mengen Vorhandenem wie Sand, der zwischen den Doppelwänden hinabrieselte. Die Ebioniten mussten Fanatiker gewesen sein, anders ließ sich kaum erklären, dass sie einen Berg aufgebohrt und einen Teil der Wüste in sein Inneres transportiert hatten.

Das Geräusch des rieselnden Sandes wurde lauter, und kurz darauf war auch das metallische Rattern von Ketten über Winden zu hören; vielleicht lösten sie sich auch nur rasend schnell von Achsen oder Holmen. Gleich darauf sahen wir, wie sich das gewaltige Steinrad schwerfällig und langsam nach rechts drehte, begleitet von diesem schrecklichen Geräusch, das entsteht, wenn Stein an Stein reibt. Unser Tabernakel mit den Edelsteinen drehte sich ebenfalls im Uhrzeigersinn, bis es kopfüber zum Stillstand kam, um sich dann langsam nach links oben zu drehen, während das tonnenschwere Steinrad in der Wand verschwand und unter einem gewölbten Dach eine weitere schmale und steile Treppe zum Vorschein kam, die in die Finsternis hinabführte.

»Wie ist das möglich?«, dröhnte Romeo. »Wir sind in einem Berg und steigen immer weiter ins Erdinnere hinab?«

Der Arme, blind vor Liebe, konnte nicht verstehen, dass es gleichgültig war, wo wir uns befanden, denn der Masterplan der Ebioniten aus dem 13. Jahrhundert entsprach in etwa einem Mechanismus der modernen Nanotechnologie, und da wir ihnen bereits in die Falle getappt waren, konnten sie mit uns machen, was sie wollten, und uns führen, wohin sie wollten.

NEUNUNDZWANZIG

Magenknurren erinnerte uns daran, dass wir lange nichts gegessen hatten. Wir waren den halben Tag diese verfluchte Treppe hinuntergestiegen, die kein Ende nehmen wollte. Da wir im Schein der Taschenlampen und mit den großen Rucksäcken hintereinandergehen mussten, wobei wir ständig Spinnweben von der Größe und Stärke von Bettlaken abrissen, bedeutete jede Verengung und Unregelmäßigkeit der Stufen dieser fast vertikalen Abwärtsspirale ein tödliches Risiko, sosehr wir uns gegenseitig auch halfen und mit den Händen an den Felswänden abstützten.

Weil diesmal Farag und ich vorausgingen, hatte uns Kaspar darauf hingewiesen, die letzte Stufe vorsichtig zu betreten, denn es könnte wieder ein Hebel aktiviert werden wie der, der das Steinrad des Tabernakels in Bewegung gesetzt hatte, und uns einschließen. Nach fünf Stunden des Hinabsteigens hatte sich der Hinweis erledigt, denn es war egal, ob sich etwas schloss oder nicht – aus dieser Tiefe würde es sich wirklich nicht lohnen, in die Höhle mit den Edelsteinen zurückzukehren. Als Farag schließlich den Fuß auf eine der letzten Stufen setzte und diese mit einem leisen Knacken nachgab, war unschwer zu erkennen, dass wir erneut in die Falle getappt waren. Der Hebel befand sich eindeutig nicht immer unter der letzten Stufe, und das war natürlich Absicht.

Diesmal mündete die Treppe, die nach Kaspars und Sabiras Einschätzung ungefähr fünfhundert Meter in die Tiefe führte, nicht in eine geräumige Höhle, sondern in einen schmalen Gang – so schmal wie die Treppe oder schmaler –, auf dessen Boden fünfzig Zentimeter hoch eiskaltes Wasser stand. Zu behaupten, dort wäre es kalt gewesen, war noch untertrieben. Wir holten sämtliche Klamotten sowie warme Thermokleidung aus unseren Rucksäcken und zogen ein Teil über das andere. Das Problem war nur, dass unsere Stiefel, Socken und Hosen trotzdem nass werden würden – denn nur die Hosentaschen waren wasserdicht, um Telefone und Essen zu schützen –, doch mit nackten Füßen und Beinen durch das trübe Wasser zu waten wäre Wahnsinn gewesen, weil es eine Temperatur nahe dem Gefrierpunkt hatte, höchstens ein paar Grad darüber.

Deshalb aßen wir eingepackt wie Polarbären auf den trockenen Stufen sitzend (die einzige Mahlzeit des Tages), und zwar, oh Wunder aller Wunder, Pita mit koscherem Hamburger, dazu Zahnpasta mit salzigem Käsegeschmack.

Es war so kalt, dass aus unseren Mündern beim Sprechen oder Atmen dichte Schwaden entwichen. Das war der Nordpol unter einem Berg im heißen Israel. Wie sollten wir bloß durch das Wasser kommen? Unsere Füße würden ganz bestimmt erfrieren. Es gab nur eine Möglichkeit, befanden wir, und die war, so schnell wie möglich und ohne nachzudenken durch den Gang zu waten, denn auf den Stufen der gewundenen Steintreppe zu übernachten war unmöglich, es sei denn, wir wollten am nächsten Morgen steif und unterkühlt aufwachen. Die Entscheidung war keineswegs leicht, denn wir hatten nur zwei Möglichkeiten: entweder zu laufen oder zu sterben. Also war es natürlich besser zu laufen, weil uns das zumindest warm halten würde.

Das zu tun war eindeutig verrückt, aber das konnten wir in dem Moment nicht wissen. Jedenfalls waren die Folgen unserer Entscheidung die bestmöglichen, das musste man zugeben. Mit anderen Worten: Wir taten, was die Ebioniten wollten. Und das war nicht wenig.

Satt, dick angezogen und beladen mit unseren jetzt etwas leichteren Rucksäcken begaben wir uns einer nach dem anderen ins Wasser. Diesmal ging Kaspar voraus und gab die Geschwindigkeit vor, die zu Beginn recht flott war, trotz des Widerstands des Wassers, das uns sofort in die Stiefel lief, die Socken durchnässte und starke Krämpfe in Füßen und Waden hervorrief. Ich spürte die eiskalten Nadelstiche auf der Haut und ein Ziehen in den Knochen, als würde mir das Knochenmark gefrieren. Die Augen tränten sowohl aufgrund der Kälte als auch wegen des unerträglichen Schmerzes. Am schlimmsten war zweifelsohne der Schmerz, dieser anhaltende innerliche Schmerz, bis ich vor lauter Kälte erst die Zehen und dann die Füße nicht mehr spürte.

Ein Schritt, noch einer, noch einer ... Wir sprachen kein Wort und gingen im schwachen Schein der Taschenlampen einfach immer nur weiter. Ich sah, wie sich Kaspar, Abby und Farag, die vor mir wateten, wiederholt mit den Ärmeln über die Augen wischten. Auch ihnen trieb die Kälte die Tränen in die Augen. Oder der Schmerz, wie bei mir. Nach zehn Kilometern, für die wir drei Stunden brauchten und die uns an die Grenze der körperlichen Belastbarkeit brachten, veränderte sich das Wasser. Zu unserer Überraschung änderte es allmählich Farbe und Temperatur. Das Gehen wurde angenehmer, das anfänglich ockerfarbene Wasser färbte sich kupferfarben und wurde langsam wärmer, was das Gefühl in die Füße zurückkehren ließ, begleitet von einem weiteren stechenden Schmerz, weil sie wieder durchblutet wurden.

»Warum hat das Wasser so eine merkwürdige Farbe?«, hörte ich Sabira hinter mir fragen. Nach den langen Stunden des Schweigens ließ uns ihre Stimme alle zusammenzucken.

»Das bedeutet nichts weiter«, antwortete Gilad gelassen, der uns als Letzter in der Reihe mit der zweiten Taschenlampe leuchtete. »Dieses Wasser stammt aus unterirdischen Wasservorkommen mit einem sehr hohen Eisengehalt. Wir sind bei vielen Ausgrabungen darauf gestoßen, denn ihr wisst ja, dass Israel direkt auf der tektonischen Nahtstelle liegt, wo die arabische und die afrikanische Platte aufeinandertreffen. Das Eisen entstammt alter Vulkanasche und rostet, wenn es mit dem Sauerstoff der Luft und den Mineralsalzen des Wassers in Berührung kommt. Das ist ein ganz natürliches Phänomen.«

»Ist es das, was bei der ersten biblischen Plage mit dem Nil geschah?«, fragte ich spöttisch.

»Wer weiß das schon«, erwiderte er zweideutig.

Ich fühlte mich ziemlich geschwächt, und mir war schwindelig, was ich jedoch der Erschöpfung zuschrieb. Ich sagte nichts, und wir gingen weiter. Doch obwohl das Wasser immer wärmer und dessen orange Farbe immer kräftiger wurde, ließ unsere Geschwindigkeit gefährlich nach. Wir bewegten uns inzwischen wie gebrechliche Greise. Die letzten Kräfte mobilisieren, sagte ich mir. Doch das Merkwürdigste stand uns noch bevor, denn ein paar Kilometer weiter entdeckten wir überrascht, wie sich das orangefarbene Wasser plötzlich in ein leuchtendes Scharlachrot verwandelte und sehr heiß wurde, wie Thermalwasser. Das Stechen an den Fußsohlen war schrecklich. Hätte ich mich nicht so schlecht gefühlt, hätte ich schwören können, dass wir durch einen Fluss aus Blut wateten.

Nach diesem aufregenden Gedanken sausten mir die Ohren, ich hörte schrille und unharmonische Töne, mein Blick trübte sich, und ich verlor das Gleichgewicht. Ich hörte noch, dass Sabira kreischte, und spürte, dass Farag mich stützte, denn ich erkannte ihn an Geruch und Stimme, die ganz fern klang, obwohl er mir ins Ohr brüllte, und dann verlor ich das Bewusstsein.

Ich weiß nicht, wie viel Zeit verging. Anscheinend nicht viel. Doch als ich aufwachte und die Augen aufschlug, glaubte ich, über meinem Körper zu schweben, weil ich wie betäubt war. Ich lag auf einer harten, trockenen Fläche, woraus ich erleichtert schloss, dass wir dem Wasser entkommen waren. Ich hörte nichts. Niemand sprach. Wo war Farag? Alle meine Alarmglocken schrillten. Auf der Suche nach ihm drehte ich den Kopf und bekam den Schreck meines Lebens: Mein Mann und alle anderen lagen ebenso wie ich bewusstlos auf diesem trockenen Stein; nur ich war wieder zu Bewusstsein gelangt. Das Adrenalin pulsierte durch meine Adern, und ich richtete mich unwillkürlich auf ... um jaulend vor Schmerz wieder auf den Boden zurückzusinken.

»Mein Gott!«, kreischte ich und fasste an meine Füße. Es musste etwas Grässliches sein, ich konnte es aber nicht erkennen.

Eine der Taschenlampen lag eingeschaltet zwischen Kaspar und Abby, als wäre sie Kaspar aus den Händen geglitten, als er zusammenbrach. Sie entsandte einen starken Lichtkegel, aber die Finsternis verschluckte das Licht, weshalb ich mich anstrengte und mühsam zu der Taschenlampe robbte, den Arm ausstreckte und sie zu fassen kriegte. Mit einer allerletzten Kraftanstrengung richtete ich mich auf und leuchtete Farag an. Er lag auf dem Bauch, leblos, wie tot. Ich konnte keine Atmung erkennen. Ein schmerzhafter Knoten begann mir die Kehle zuzuschnüren.

»Nein!«, rief ich laut und entschlossen. »Nicht jetzt!«

Ich robbte näher und fühlte seinen Puls. Er lebte. Tränen stürzten mir aus den Augen, ich konnte nichts dagegen tun, aber es waren Tränen der Freude, Tränen des Trostes. Ich beugte mich über ihn und küsste ihn auf die Stirn, die Augen, die Lippen und sogar auf die stacheligen Wangen. Aber er wachte nicht auf. In dem Moment fiel der Lichtschein auf meine Füße. Entsetzt schrie ich auf.

Was einmal robuste Bergsteigerstiefel mit verstärkten Kappen und dicken, widerstandsfähigen Gummisohlen mit Zapfen gewesen waren, hing jetzt nur noch in lächerlichen Lederstreifen an den Schnürsenkeln um meine Fesseln; von den einst dicken verstärkten Wollsocken waren nur noch ein paar vereinzelte Fäden übrig; und das, was einmal meine hübschen zierlichen Füße mit makellos gefeilten Nägeln gewesen waren ... Nun ja, meine Füße waren jetzt aufgequollene schwarzblaue Schläuche, Sohlen und Fersen voller Schnittwunden, aus denen ich stark geblutet haben musste, bevor sich diese schwarzen Grinde gebildet hatten. Tatsächlich war das raue Felsgestein, auf dem wir lagen, übersät mit schwarzen Flecken getrockneten Blutes.

Ich richtete die Taschenlampe auf die Füße der anderen und betrachtete sie prüfend. Alle Füße sahen aus wie meine. Das war das Wasser, dachte ich. Aber wie? Wie konnte erst eiskaltes und dann heißes Wasser stabile Stiefel zerstören und uns derart tiefe und stark blutende Schnittwunden zufügen? Ich verstand es nicht, war aber auch egal. Ich hatte jetzt Besseres zu tun.

Auf Händen und Knien schleppte ich mich zu den Rucksäcken und holte die Wasserflaschen heraus. Als Erster erhielt mein Farag erbarmungslos Schläge ins Gesicht, schließlich war er das Wichtigste in meinem Leben. Wenn ihm etwas passierte, würde ich ... ich mochte gar nicht daran denken. Mein Gott, gib ihn mir bitte zurück! Nimm ihn nicht zu dir, flehte ich insgeheim. Voller Angst und Verzweiflung im Herzen gab ich ihm zwei Ohrfeigen und rief laut seinen Namen. Ich schlug nicht sonderlich fest zu, denn ich fühlte mich eher schwach in jenem Moment. Dann öffnete er endlich die Augen. Es war schrecklich, ihn so hinfällig zu sehen. Selbst sein sprießender blonder Bart wirkte dunkler, so blass war er. Über seine Lippen huschte ein vages Lächeln.

»*Basileia*«, flüsterte er.

Ich schob einen Arm unter seinen Kopf und hob ihn ein wenig an, dann setzte ich ihm die Wasserflasche an den Mund.

»Bitte trink, Liebling«, flehte ich vor lauter Angst, er könnte wieder das Bewusstsein verlieren. »Trink, Farag.«

Mühsam begann er in kleinen Schlucken das Wasser zu trinken. Er war noch benommen, wie leblos.

»Trink, Farag, bitte trink. Trink weiter, mein Schatz.«

Bei so großem Blutverlust musste er viel Flüssigkeit zu sich nehmen, oder er würde einen hämorrhagischen Schock erleiden. Hatten Kaspar und Abby außer Wasser auch isotonische Getränke eingepackt? Ich legte Farags Kopf behutsam auf den Boden und wühlte, selbst fast einer Ohnmacht nahe, wie eine Verrückte im nächstliegenden Rucksack. Ja, da waren sie, ganz unten! Nicht dass ich die Marke gekannt hätte oder den hebräischen Namen hätte lesen können, aber es stand deutlich *Isotonic*

Drink auf dem Etikett. Mit zittrigen, kraftlosen Händen versuchte ich, eine Flasche zu öffnen, schaffte es aber nicht.

»Trink auch was«, flüsterte Farag, der mein Problem selbst mit geschlossenen Augen zu erkennen schien. »Trink auch was, sonst kannst du mir nicht helfen.«

Seine Stimme gab mir Kraft, und ich bat auch Gott von ganzem Herzen darum. Ich drehte an dem verdammten Verschluss, als würde ich mit dem Tod kämpfen, und bekam die Flasche endlich auf. Beim ersten Schluck fühlte ich mich geradezu schuldig, aber Farag hatte recht: Wenn ich mich nicht erholte, sondern wieder bewusstlos wurde, waren wir geliefert. Nachdem ich die Hälfte der Flasche ausgetrunken hatte, fühlte ich mich schon viel besser. Der Schwindel ließ nach, und meine Augen fokussierten besser, also kroch ich mit dem isotonischen Getränk zurück zu Farag. Ich hielt ihm wieder den Kopf und nötigte ihn mit unendlicher Geduld, in kleinen Schlucken zu trinken, damit er sich nicht verschluckte. Dieses Getränk vollbrachte wahre Wunder. Kurz darauf schlug mein Mann seine schönen Augen auf und lächelte mich mit schon weniger weißen Lippen an.

»Ich glaube, ich kann jetzt aufstehen«, flüsterte er und wollte es schon tun.

»Kommt gar nicht infrage!«, widersprach ich und legte ihm eine Hand auf die Brust. »Deine Füße können nicht laufen.«

Er sah mich verwundert an.

»Trink noch etwas«, sagte er. »Du bist noch zu schwach.«

»Trink lieber du noch was, und ich erkläre dir, was passiert ist.«

Seine Füße sahen genauso oder schlimmer aus als meine. Komischerweise begannen sie ihm erst wehzutun, als er sie sah. Bis zu dem Moment hatte er nichts gespürt. Ich verspürte nur ein leichtes Brennen, wenn ich versehentlich mit der Fußsohle den Boden berührte.

Wir tranken die Flasche leer und danach noch ein wenig Wasser aus den Feldflaschen, bevor wir uns um die anderen kümmerten. Es war Schwerstarbeit. Irgendwann machte sich meine schreckliche Unterzuckerung bemerkbar, und ich musste innehalten, um ein wenig von der ekelhaften Pita zu essen, die in diesem Zustand geradezu himmlisch schmeckte. Wer hätte das von koscherem Fleisch gedacht.

Schließlich schafften wir es, die anderen zu reanimieren und sie zum Essen und Trinken zu nötigen, obwohl sie sich zunächst weigerten. Es ging ihnen so schlecht, dass sie nicht merken, wie wichtig das nach einem derartigen Blutverlust war.

Als Kaspar nach einer ganzen Weile wieder zu sich kam, aber noch ziemlich schwach war, tönte er gleich, dass wir unsere Wunden verarzten müssten, damit sie sich nicht entzündeten. Ich hielt sie schon für ziemlich entzündet, doch er meinte, das seien sie nicht, die Schnitte hätten lediglich aufgehört zu bluten, und wir müssten uns beeilen. Da sich Farag darauf versteifte, mich zu versorgen, und Kaspar das Gleiche mit Abby tun wollte, blieb Gilad Abrabanel nichts anderes übrig, als sich um Sabira zu kümmern, die sich jedoch würdevoll mit den Worten weigerte:

»Ich versorge zuerst dich. Deine Füße sehen viel schlimmer aus als meine.« Dann griff sie zum Verbandskasten.

»Weil sie größer sind«, erwiderte er und versuchte sie ihr zu entziehen.

Die Stimme von Abby, deren Füße Kaspar bereits mit dem Messer von den Stiefel- und Sockenresten befreit hatte und vorsichtig mit Wasser und Seife reinigte, klang wie die Stimme einer Präsidentin bei einer Vollversammlung:

»Sabira hat recht, Gilad. Lass sie dich zuerst versorgen.«

Und damit war die Diskussion beendet.

Nachdem er meine Wunden sorgfältig gewaschen hatte, hielt Farag meine Füße in die Höhe, um sie den anderen zu zeigen.

»Das sind unregelmäßige Schnitte«, erklärte er. »Verletzungen unterschiedlicher Größe und zum Glück ziemlich oberflächlich.«

Der kniende Kaspar richtete sich ein wenig auf und antwortete, ohne den Blick von Abbys Füßen abzuwenden:

»Ja. Das erklärt, warum das Gehen so wehgetan hat. Aber was für eine Art Klinge zerfetzt Stiefelsohlen und hinterlässt so merkwürdige Schnitte?«

»Völlig außer Frage steht doch«, sagte ich auf die Ellbogen gestützt, weil Farag meine Füße immer noch hochhielt, »dass dieses rote Thermalwasser uns trotz der nicht sehr tiefen Schnitte großen Blutverlust eingehandelt hat. Als würde sich jemand in einer Wanne voller warmen Wassers die Handgelenke aufschneiden, um die Gerinnung zu verhindern und schneller zu verbluten.«

»Und das kräftige Rot des Wassers«, fügte Gilad mit schmerzverzerrtem Gesicht hinzu, »hat uns daran gehindert zu merken, dass wir bluten.«

»Wir haben nur den Schmerz gespürt«, bestätigte Abby.

»Ja, aber ich dachte«, keuchte ich nach Luft schnappend wegen des brennenden Desinfektionsmittels, das Farag mir literweise auf die Füße sprühte, »dass es so wehtut, weil wir aus dem eiskalten Wasser kamen und das Blut wieder zirkulieren konnte.«

Alle bestätigten, dass sie das ebenfalls geglaubt hatten, und Sabira fügte hinzu, dass deshalb keiner von uns hatte ahnen können, dass keine Schuhsohlen mehr unsere Füße geschützt hatten und wir barfuß durchs Wasser gewatet waren.

»Nein«, widersprach ihr Farag, während er mit einem Stück Mull die Flüssigkeit von meinen Füßen tupfte. »Das war das kalte Wasser. Erinnert euch, wir sind stundenlang durchs eiskalte Wasser gewatet, ich hatte keinerlei Gefühl mehr in den Füßen. Ich habe die Beine weiterbewegt, aber meine Füße nicht mehr gespürt, sie waren vollkommen taub vor Kälte. Dabei haben wir uns die ersten Schnitte zugezogen, die uns durch Sohlen und Socken drangen, ohne dass wir es gemerkt haben.«

»Und als wir durch das rote Wasser gingen«, ergänzte Abby mit einem prüfenden Blick auf die vielen Pflaster, die Kaspar ihr auf einen Fuß geklebt hatte, »haben wir uns die Füße wirklich zerschnitten, aber weil sie gefühllos und das Wasser warm war, haben wir den stechenden Schmerz auf den Temperaturwechsel und die neuerliche Durchblutung geschoben.«

»Sie haben wahrscheinlich aus beiden Gründen geschmerzt«, schloss ich zustimmend. »Wo sind wir hier überhaupt, und wie sind wir hergekommen?«

Kaspar ließ Abbys Fuß los und griff zu seiner Taschenlampe, während Farag meine Füße sanft auf den Boden legte und zu seiner Lampe griff. Der auf dem Rücken liegende Gilad schaltete seine ebenfalls an. Die drei Lichtkegel leuchteten den Ort gut aus, und wir alle erkannten deutlich, wo wir uns befanden. Das war keineswegs eine angenehme Entdeckung.

Der Blutfluss lag direkt vor uns. Nicht dass er hier zu Ende gewesen wäre, ganz im Gegenteil. Die Ebioniten – nur Gott wusste, wie sie die Zeitabläufe kalkulierten – hatten auf der linken Wasserseite eine Art Hohlraum über dem Wasserspiegel angelegt, damit solche Kamikaze wie wir eine Verschnaufpause einlegen konnten. Es handelte sich um eine Art Mauernische von drei Metern Höhe und einer Fläche von dreißig Quadratmetern, ungefähr ein Drittel der Edelsteinhöhle. Gerade groß genug für uns und unsere Rucksäcke.

Aber damit nicht genug. In die Wand dahinter war auf halber Höhe ein schreckliches Motiv eingeritzt, allerdings besser ausgearbeitet als die Spirale der Seligpreisungen. Es stellte ein seltsames lateinisches Kreuz dar, das nicht aus Holzbrettern, sondern aus Weißdornästen gebildet war, und darüber befand sich ein großer Kreis oder Heiligenschein mit einem Tatzenkreuz in der Mitte, dessen leicht verdrehte Arme zu beiden Seiten ein X bildeten, in dem zwei hebräische Buchstaben standen.

Die Gravur erstrahlte im Licht der drei Taschenlampen.

»Was soll das bedeuten?«, fragte Sabira sichtlich irritiert.

»Das ist ein Kreuz«, erwiderte der Ex-Cato säuerlich, als hätte ihm jemand etwas gestohlen, das nur ihm gehörte.

»Aber ein merkwürdiges Kreuz, Kaspar«, warf ich ein. »Aus spitzen Dornenästen.« Sein Anblick machte einen frösteln, vor allem mit schmerzenden Füßen. »Und der Nimbus da oben ist ein Anachronismus, weil schon im 15. Jahrhundert bei ähnlichen Kruzifixen der Heiligenschein immer hinter Jesus' Kopf gemalt wurde oder hinter den Kopf eines Heiligen.«

»Die hebräischen Buchstaben«, fügte Gilad hinzu, »sind Aleph (א), der erste im hebräischen Alphabet, und Thau (ת), der letzte«.

»Die hebräische Formel Aleph-Thau aus der Bibel ist das Äquivalent zum griechischen Alpha und Omega«, erklärte uns Farag.

»Ich bin das Alpha und das Omega, spricht Gott der Herr«, zitierte ich aus dem Gedächtnis in Erinnerung an die Apokalypse, doch da spürte ich ein heftiges Stechen in den Fußsohlen. »Leuchtet dieses Bild bitte nicht mehr an. Bei seinem Anblick tun mir die Füße noch mehr weh.«

Die Mengen an Desinfektionsmitteln, die Farag mir über die Wunden geschüttet hatte, waren inzwischen getrocknet, aber statt sich um mich und meine Füße zu kümmern (es war eindeutig, dass er mich nicht mehr so liebte wie früher), starrte mein Mann auf das beängstigende Dornenkreuz. Ich glaubte das Quietschen des Getriebes zu hören, das auf Hochtouren in seinem Kopf arbeitete.

»Mit dem Schuhwerk, das man in 13. Jahrhundert getragen hat«, sinnierte er dann und stützte die Hände in die Hüften (allerdings noch immer auf den Knien), »wäre hier niemand lebend rausgekommen.«

Wir hätten den Augenblick in einem Selfie festhalten sollen.

»Stimmt«, bestätigte Gilad. »Ledersohlen hätten den Schnitten kaum standgehalten, und im 13. Jahrhundert waren Schienenschuhe, wie man sie zu Rüstungen trug, noch nicht erfunden, weshalb die Ebioniten gestorben sein müssen, bevor sie hierhergelangen konnten.«

»Uns hat es auch ziemlich viel gekostet, und dazu mussten wir noch euch Frauen und alle Rucksäcke schleppen!«, rief der Felsen mit düsterem Gesicht.

»Du bist auch ohnmächtig geworden, Abby?«, fragte ich überrascht.

Die Erbin sah mich an und nickte.

»Du auch, Sabira?«

Sabira nickte ebenfalls.

»Gleich nach dir, Ottavia«, sagte die Mörderin.

Mit anderen Worten, wir Frauen hatten den Wettstreit, wer schneller verblutete, verloren. Dafür musste es irgendeine wissenschaftliche Erklärung geben. Das würde ich noch herausfinden.

»Ich habe Abby und unsere Rucksäcke getragen«, erklärte der Felsen. »Farag hat dich und eure Rucksäcke getragen. Und Gilad Sabira und ihre Rucksäcke. Doch als wir halbtot auf diese Plattform gekrochen sind, wurde dein Mann ebenfalls ohnmächtig, weshalb Gilad und ich euch alle hochgezogen haben, bevor auch wir das Bewusstsein verloren.«

»Das war ziemlich anstrengend«, räumte der athletische Gilad ein. »Ich glaube, ich habe mich noch nie im Leben so schlecht gefühlt.«

»Also, wenn man mit dem Schuhwerk des 13. Jahrhunderts nicht bis hierhergelangt«, wiederholte mein Lieblingsarchäologe ganz in seinem Element, »dann muss es noch einen anderen Zugang geben und demzufolge auch einen Ausgang.«

Die Gruppe hüllte sich in Schweigen. Wenn das stimmte, musste es einen Weg geben, um gefahrlos diesem tödlichen Gang zu entkommen.

Als Sabira wortlos Gilads Füße mit Pflastern verklebt und verbunden hatte, nahm er sich ihrer Füße an. Auch Abby war fertig verarztet, und Kaspar half ihr, zur Wand zu rutschen, um sich anlehnen zu können; dann schob er ihr den Rucksack unter die Beine, damit sie die Füße hochlegen konnte. Schließlich setzte er sich umgekehrt neben sie und hielt ihr seine riesigen, verletzten Füße hin. Damit hatte Abby eine Weile zu tun. Farag befestigte meine Mullverbände mit Klammern und half mir, mich aufzurichten, damit ich mich um seine Wunden kümmern konnte. Der Anblick seiner geschwollenen Füße voller verkrustetem Blut war beängstigend, fast so beängstigend wie der Anblick des Dornenkreuzes.

Nach einer langen Schweigephase waren endlich alle Füße verarztet, und wir saßen mit hoch gelagerten Beinen da. Es war zwei Uhr nachts, und wir waren todmüde, glaubten aber, dass wir vor dem Schlafen besser noch etwas essen und trinken sollten. Vor uns lagen mindestens zwei Tage des geduldigen Wartens, bis wir unsere Füße wieder aufsetzen konnten, weshalb wir vier Lager aufschlugen: eines für Farag und mich samt unseren Rucksäcken, Schlafsäcken, Kleidern und Decken; zu unserer Linken eines für Gilad, zu unserer Rechten eines für Kaspar und Abby und neben diesen beiden eines für Sabira. So lagen Gilad und Sabira getrennt von uns vieren jeweils an einer Wand.

Nach ausgiebigem Essen und Trinken bedankten wir uns bei Abby und dem Ex-Cato, weil sie die Rucksäcke so gut bestückt hatten. Sie hatten einfach an alles gedacht.

»Wir haben sie nicht gepackt«, erklärte Abby überrascht.

»Ach nein?«, fragte mein Mann noch überraschter.

»Nein«, sagte sie. »Das israelische Militär hat sie bestückt. Die Stiftung kannte eure Kleidergrößen seit Istanbul, als Nuran und Arslan die Helme, Schuhe und Neoprenanzüge besorgten, die wir in den Zisternen brauchten. Nach dem Brand eures Hauses kam es uns sehr gelegen, dass wir diese Angaben schon hatten.«

»Aber hallo!« Jetzt verstand ich die vielen unerklärlichen Wunderdinge in unserer Ausrüstung.

»Sabira und Gilad haben wir im Hotel nach ihren Größen gefragt«, erklärte Abby weiter. »Deshalb sind die Rucksäcke so fantastisch, denn sie enthalten die militärische Grundausstattung für Zivileinsätze. Wie hätten Kaspar und ich das alles in knapp zwei Stunden organisieren sollen?«

Sie lachte herzlich über diese absurde Vorstellung. Und wir wurden gewahr, wie sehr uns dieses Lachen gefehlt hatte. Es war das erste herzliche Lachen seit Langem, seit vielen Stunden, und es wärmte unsere Herzen wie ein heißer Ofen in einer kalten

Nacht. Wir hatten nicht gewusst, dass wir es so dringend benötigten wie Essen und Trinken. Wie einen isotonischen Drink. Weshalb wir anderen in ihr Lachen einfielen wie Kinder auf dem Spielplatz und eine absurde Freude empfanden, die keinen ersichtlichen Grund zu haben schien, obwohl der Grund vielleicht darin bestand, dass wir glücklich waren, noch am Leben zu sein, und die begründete Hoffnung hegten, ohne weiteren Blutverlust einen Ausgang aus diesem Loch zu finden.

DREISSIG

An die ungemütliche Wand gelehnt rief ich empört und überrascht zugleich:
»Feuersteinsplitter? Feuerstein wie in der Steinzeit?«
»Ganz genau, Dottoressa«, antwortete der Felsen. »Und mit extrem scharfen Kanten.«
»In Israel gibt es große Vorkommen mit jeder Menge Arbeitsgeräten aus Feuerstein«, erklärte Gilad, der mir gegenübersaß. »Im Tal des Flusses HaBesor in der Wüste Negev steht die größte Maschine aus Feuerstein im ganzen Nahen Osten. Leider weiß niemand, wozu sie diente.«
Sabira, Farag und ich hatten den ganzen Tag brav mit hochgelegten Füßen dagesessen, ebenso wie Gilad und Abby, die an der Wand gegenüber lehnten. Aber Kaspar zu bitten, still zu sitzen, bedeutete nichts Geringeres, als nach den Sternen greifen zu wollen, und weil die alte Wunde am Oberschenkel inzwischen verheilt war, wollte er sich natürlich nicht von neuen Wunden an den Füßen einschränken lassen. Was tat er also? Gegen unseren Willen, einschließlich den seiner Julia, kroch er auf allen vieren zum Rand des Felsvorsprungs, beugte sich über das rote, morastige Wasser, griff hinein und brach zwei Stücke von dem Feuerstein heraus, der unsere Stiefel und Fußsohlen zerschnitten hatte.
»Das ganze Flussbett ist voll davon«, sagte er, als er sie uns zeigte. »Jetzt wisst ihr, warum unsere Füße so aussehen.«
Diese messerscharfen Feuersteine von der Größe einer Kreditkarte hatten ungefähr die Form einer Mandel und eine hell-

braune Farbe, obwohl der Teil, der im Schlamm steckte (und das war der größte Teil) dunkler war als der gute Zentimeter, der ins Wasser ragte. Beide Seiten waren glatt geschliffen und die Kanten so scharf, dass sie eine langsam herabsegelnde Feder durchschneiden konnten. Ja, jetzt verstanden wir, warum unsere Füße so aussahen.

»Es muss Tausende von diesen Steinen im Wasser geben«, meinte Abby.

»Eine beeindruckende Arbeit«, sagte Sabira voller Bewunderung.

»Aber wir haben nichts aus Metall, um unsere Füße zu schützen und von hier wegzukommen«, klagte Gilad. »Außerdem ist auch nicht jedes Metall geeignet. Eternit zum Beispiel hätten die Dinger da unten im Nullkommanichts zerschnitten.«

Wie ein Büßer rutschte Kaspar auf den Knien, in den Händen die Feuersteinscherben, zu seinem Platz neben Abby, setzte sich und stieß einen erleichterten Seufzer aus, als er seine Beine auf den Rucksack legte.

»Es muss einen anderen Weg geben«, brummelte er.

»Vielleicht findet sich die Antwort in dem Relief«, schlug Farag vor.

»In diesem grässlichen Dornenkreuz?«, fragte ich besorgt. Ich hatte keine Lust, es auf der Suche nach einer Lösung ausgiebig zu erforschen. Als wir am Abend zuvor schlafen gingen, hatte ich schon vermieden, es anzusehen, und unseren Schlafsack dergestalt an die Wand gelegt, dass wir ihm den Rücken zudrehten, um es nicht aus Versehen anzublicken, schon gar nicht beim Aufwachen.

»Wir müssen es untersuchen«, wiederholte mein Mann hartnäckig.

»Bisher haben uns die vorgefundenen Reliefs auch nicht viel weitergeholfen«, wandte ich ein.

»Das Einzige, das uns nicht geholfen hat, war die Spirale der Seligpreisungen«, murmelte Kaspar. »Das Tabernakel hat uns sehr geholfen.«

Gilad zog ein verdattertes Gesicht, das größte Überraschung ausdrückte.

»Verdammt! Ich habe mich total geirrt!«, entfuhr es ihm.

Wir sahen ihn befremdet und verständnislos an.

»Nein, also ...«, setzte er unsicher an. »Nun ja, ich habe die ersten beiden Seligpreisungen mit der Edelstein-Höhle und diesem Ort in Verbindung gebracht.«

Jetzt waren wir vollkommen verwirrt. Was zum Teufel sagte er da? Als Jude hatte er bestimmt nur Jesus' Worte durcheinandergebracht.

»Erkäre das genauer!«, befahl der Felsen dröhnend. Da die beiden nebeneinandersaßen, musste seine Stimme in Gilads Ohren wie die Trompeten des Jüngsten Gerichts klingen.

»In der ersten Seligpreisung«, beeilte sich das Opfer zu erklären, »stand etwas von den Armen, die sich glücklich schätzen sollten, denn das Reich sei ihres. In der ersten Höhle haben wir Edelsteine von unschätzbarem Wert gefunden. Hätten wir sie behalten, hätten wir das Rätsel nicht gelöst. Doch indem wir auf sie verzichteten, haben wir das Reich gewonnen und kamen aus der Höhle heraus.«

»Welches Reich?«, sprang ich an. Die echte Seligpreisung meinte, dass das Himmelreich für die Armen an Geist sei.

»Das Reich Israel natürlich«, erklärte Gilad.

»Da bist du vollkommen im Irrtum!«, versicherte ich ihm.

»Aber Ottavia, in allen Texten der hebräischen Bibel, wo es um das Reich oder das Gewinnen des Reichs ohne genauere Spezifizierung geht, ist die Rede vom Reich Israel, das stand auch in der Inschrift der Spirale.«

Sabira nahm ihre Kamera, drückte einen Haufen Knöpfe und reichte sie mir herüber. Auf dem kleinen Display war der spiralenförmige Text der Seligpreisungen aus der ersten Höhle genau zu erkennen. Sie hatte das Bild vergrößert, damit die Mitte gut zu erkennen war.

»Kannst du sie Farag weitergeben, damit er die erste Seligpreisung laut übersetzt?«, bat sie mich freundlich.

Unwillig nahm ich sie ihr ab und reichte sie meinem Mann weiter. Es störte mich noch immer, wenn es Widersprüche gab zu dem, was ich blind geglaubt hatte.

»Selig die Armen«, las Farag, »denn ihnen gehört das Reich.«

»Siehst du, Ottavia?«, rief Gilad. »Die Armen oder die, die wie wir auf Reichtum verzichten, werden das Reich bekommen. Und das Reich, das auf dem Relief des Tabernakels auftauchte, war eindeutig das gesamte Reich Israel mit seinen zwölf Stämmen. Ich dachte, dass das der Sinn der Seligpreisung und der Prüfung sein könnte.«

»Und der Sinn von dieser?«, erwiderte ich verstimmt.

»Selig diejenigen, die weinen, denn sie werden getröstet«, übersetzte Farag von sich aus.

»Wenn ich mich nicht irre«, fuhr ich irritiert fort, »hat keiner von uns über die Wunden geweint oder war im Begriff zu sterben.«

»Ich habe schon geweint«, widersprach Abby. »Ich habe die ganze Zeit geweint, als wir durch das eisige Wasser gewatet sind, erst wegen der Kälte, dann wegen der Schmerzen.«

»Ich auch«, räumte Kaspar unumwunden ein.

»Und ich«, bestätigte Gilad.

»Ja, ich auch«, fügte Sabira hinzu.

»Ich natürlich auch«, gestand Farag. »Und du, *Basileia*, hast Rotz und Wasser geheult, ich hab's genau gesehen. Also haben wir alle geweint und uns deshalb auch die zweite Seligpreisung verdient. Erkläre es uns, Gilad.«

»So weit war ich noch nicht«, entschuldigte sich der muskulöse Betrüger. »Ich weiß noch nicht, womit wir getröstet werden, aber ich hoffe, mit etwas Gutem, denn die Seligpreisung sagt eindeutig, dass wir glücklich werden, weil wir geweint haben.«

»Mit gefällt der Ansatz dieses Kerls«, sagte Kaspar lachend. »Da ihm nicht von Geburt an eingetrichtert wurde, wie er jede Seligpreisung zu verstehen hat, analysiert er sie vollkommen rational und im historischen Kontext.«

»Ich glaube nicht, dass ich glücklich werde, weil ich geweint habe«, widersprach ich.

»Wenn wir auf Trost warten sollen«, tönte mein Mann ganz begeistert, »sollten wir vielleicht das Relief im Licht dieser wichtigen Entdeckung genauer inspizieren.«

»Welche Entdeckung?«, fragte ich trocken.

»Liebling!« Er war sichtlich überrascht. »Die Spirale mit den Seligpreisungen war nicht nur ein dekoratives Relief. Die Ebioniten haben uns darauf hingewiesen, dass wir die wesentlichen Aspekte des Wahlprogramms, das Jesus in der Berg- und Talpredigt vorgestellt hat, berücksichtigen müssen, wenn wir die Ossuarien finden wollen.«

Ich hätte ihn umbringen können. War ihm eigentlich klar, was er da sagte? Abgesehen von der Blasphemie mussten wir noch »getröstet werden«, um hier rauszukommen. Aber sollte dieser ganze Wahnsinn stimmen, bedeutete das auch, dass noch sechs weitere Seligpreisungen vor uns lagen, und eine von ihnen, die vierte nämlich, fand ich wirklich bedrohlich. »Selig die Hungrigen ...« Doch der Zustand unserer Füße eignete sich wahrlich nicht dazu, vor Freude Luftsprünge zu machen, und erst recht nicht, wenn man bedachte, welch langen Weg wir noch vor uns hatten und dass die Nahrungsmittel in unseren Rucksäcken schon bald zur Neige gingen.

Aber statt sich um unsere ernste Lage Sorgen zu machen, wollte dieser erbärmliche Haufen Ahnungsloser nur das Relief mit dem schrecklichen Dornenkreuz studieren und schnell das Rätsel lösen, um alsbald in den Genuss des angeblich bevorstehenden Trostes zu kommen. Als könnten wir einfach von hier weggehen und wären danach getröstet und glücklich.

»Schwachgläubige Frau«, flüsterte Farag mir zu, als er sah, dass ich keine Anstalten machte, zu dem Relief zu eilen.

»Du irrst dich«, stellte ich bekümmert klar. »Ich bin eine tiefgläubige Frau und fechte deshalb einen schmerzlichen inneren Kampf aus, falls du das nicht wissen solltest.«

»Glaubst du wirklich, ich wüsste das nicht?«, erwiderte er und gab mir einen Kuss. »Ich spüre jede Minute, was du seit Beginn dieses Abenteuers durchmachst, und weil ich dich kenne, weiß ich auch, dass du diesen Kampf allein austragen musst. Ich kann dir nicht helfen. Aber wegen deines Glaubens und deiner Liebe zu diesem Gott wirst du dein Bestes geben und siegreich daraus hervorgehen. Das tust du doch immer, mein Schatz.«

»Danke«, antwortete ich lächelnd.

»Du bist sturer als ein Maultier, merkst du das eigentlich?«, schloss er lachend. »Und bevor du dir eine Herausforderung entgehen lässt, lässt du dir lieber einen Arm abhacken oder gar beide?«

»Farag!«, heulte ich auf und gab ihm einen Klaps auf den Rücken, denn das war die einzige Stelle, die ich noch erwischte, weil der Feigling gekrümmt vor Lachen in Windeseile davonkroch, indem er sich wie ein Läufer im Wettkampf mit den Händen abstützte.

Ich musste das Relief nicht wie eine Bekloppte stundenlang anstarren, denn ich hatte es in allen Einzelheiten im Kopf. Schließlich hatte ich ein fotografisches Gedächtnis. Wozu also Zeit damit verschwenden? Ich konnte ebenso gut über seine Motive reflektieren, während ich unsere Nahrungsvorräte und Wasserreserven überprüfte und in diesen Mary-Poppins-Wundertaschen des israelischen Militärs nach einem Ersatz für Schuhe suchte. Wir hatten keine Stiefel mehr, und wenn unsere Füße in knapp vierundzwanzig Stunden wieder abgeschwollen und die Wunden einigermaßen vernarbt wären (Wunder der modernen Medizin: Wundheilpflaster!), wäre es auch keine Lösung, wenn wir barfuß gehen müssten.

Dabei ging mir ein Gedanke nicht aus dem Kopf: Wenn man mit Schuhwerk aus dem 13., 14. oder 15. Jahrhundert nicht lebend auf diesen Felsvorsprung gelangt wäre, warum zum Teufel hatten die Ebioniten ihn dann angelegt und dieses schreckliche Dornenkreuz mit dem anachronistischen Heiligenschein ohne das Haupt Christi in den Stein gemeißelt? Wenn kein Mensch lebend hierhergelangen konnte außer ihnen selbst, weil sie einen anderen Weg ohne Feuerstein kannten, welchen Sinn sollte dann dieses Relief haben? Uns hatten die Stiefel gerettet, aber in früheren Jahrhunderten wäre jeder andere leichtsinnige Eindringling verblutet oder ertrunken, bevor er diese künstliche Plattform erreicht hätte.

Genau bedacht befand sich dieser Ort hingegen in der richtigen Entfernung, damit diejenigen, die aus der Höhle der Edelsteine kamen, innehalten und sich ausruhen konnten, bevor die Reise weiterging. Er hatte die Funktion eines Rastplatzes oder eines Motels. Schlussfolgerung: Die Plattform diente ihnen, den Ebioniten, die den sicheren Weg kannten. Deshalb musste es in dieser Höhle zwangsläufig irgendwo eine Geheimtür geben. Es konnte nicht anders sein, es sei denn, die Ebioniten konnten fliegen, was ich sehr bezweifelte.

Meine Berechnungen ergaben, dass wir Wasser und Nahrung für ein paar weitere Tage hatten. Ein anderes Thema waren die Schuhe, die ich zusammengefaltet in einem Winkel ganz unten in den Rucksäcken fand.

»Was zum Teufel ist denn das?«, rief ich und hielt ein paar beigefarbene Gummischuhe in die Höhe.

Die anderen saßen vor dem Relief und waren so in ihr fleißiges Studium vertieft, dass sie meinen Ausruf einfach ignorierten; nur Abby drehte sich um und lächelte, als sie mein angewidertes Gesicht sah.

»Das sind Katzenpfoten«, erklärte sie mir und kam auf den Knien herbeigerutscht. »Sie heißen so, weil es Kletterschuhe sind, die es ermöglichen, die Füße auch auf vertikale Flächen zu setzen.«

Sie nahm mir die Gummischuhe aus der Hand und zeigte mir die Sohle.

»Schau mal hier. Diese Sohlen aus weichem Gummi sind so sicher wie die Sohlen der Bergsteigerstiefel, die wir anhatten.«

»So sehen sie aber nicht aus.«

»Sie sind aus einem ganz neuen Material, das im Labor entwickelt wurde«, fügte sie hinzu, um mich zu überzeugen. »Es sind sehr hochwertige Katzenpfoten, glaub mir. Vergiss nicht, dass sie vom Militär benutzt werden. Wahrscheinlich kannst du in keinem Geschäft der Welt bessere kaufen. Mit denen ist das Laufen ebenso sicher und bequem wie in Stiefeln. Vielleicht sogar noch sicherer, weil sie außerdem nichts wiegen.«

»Seid ihr zu einer Schlussfolgerung über das Relief gekommen?«, fragte ich sie, als ich die Katzenpfoten wieder zusammenlegte und einpackte.

»Wir haben über das Dornenkreuz nachgegrübelt«, erzählte sie, während sie mir beim Einpacken half. »Und wir sind uns einig, dass es für den Weg steht, den wir bis hierher zurückgelegt haben. Und als du nach den Katzenpfoten gefragt hast, hatten wir gerade Jesus' Leidensweg mit den Tränen in Verbindung gebracht, die wir vergossen haben, als wir so bluteten und uns in ›die, die weinen‹ verwandelten.«

»Weißt du, was ich herausgefunden habe?«, sagte ich leise zu ihr. »Dass es hier in dieser Höhle eine Geheimtür geben muss.«

Als ich sah, wie sie mich anstarrte, beeilte ich mich, ihr alles Nötige zu erklären, damit sie nachvollziehen konnte, wie ich zu diesem Schluss gekommen war. Ihre blauen Augen weiteten sich, was ihr gut stand, es machte sie eindeutig hübscher. Eigentlich hatte sie schöne Augen. Nicht so schöne wie Farag, die waren nicht zu toppen, aber eben schön. Warum waren sie mir vorher so klein und eng stehend vorgekommen? Das Leben ist eine Kiste voller geistiger Überraschungen.

»Das müssen wir den anderen erzählen!«, flüsterte sie mit einem strahlenden Lächeln.

»Nein, noch nicht«, hielt ich sie zurück. »Schau nur, wie still sie dasitzen. Sie haben sich sogar Kleiderbündel unter die Beine geschoben. Ganz zu schweigen von Kaspar – er sitzt da wie ein braver Junge, ohne zu protestieren, zu knurren oder sich ins Wasser zu stürzen, um Feuersteinscherben herauszufischen!«

Abby lachte herzlich auf, und obwohl ihr Lachen ziemlich laut war, brachte es die hingebungsvollen Statuen vor dem Relief keinen Moment aus der Ruhe.

»Lass sie. Es ist fast Essenszeit. Dann machen wir uns frische Verbände und gehen schlafen. Morgen werden unsere Füße schon viel besser aussehen. Beim Frühstück erzählen wir ihnen dann alles, und ich bin mir ziemlich sicher, dass wir die Geheimtür wie menschliche Zweifüßler suchen können, also ohne Katzenpfoten und auch nicht auf Knien.«

Die Forscher weigerten sich, ihren Kontrollposten zum Essen und Versorgen der Wunden zu verlassen, doch Abby und ich, unvermittelt zu autoritären Professorinnen dieser ausgeflippten Studenten mutiert, schafften es irgendwie, sie von dem Relief loszueisen, und es gelang uns sogar, beim Essen über Belangloses zu plaudern, das überhaupt nichts mit der widerwärtigen Interpretation des Dornenkreuzes zu tun hatte. Als wir später die gelockerten Verbände abnahmen, weil unsere Füße inzwischen gänzlich abgeschwollen waren, stellten wir fest, dass die Heilung unserer Füße unter der dicken Schicht der Wundverschlusspflaster sichtbar fortgeschritten war. Diesmal säuberten wir Wunden und Verschlusspflaster mit einem ordentlichen Schuss Salzlösung. Als sie getrocknet war, desinfizierten wir unsere Füße und beschlossen, sie über Nacht nicht zu verbinden, weil das der Wundheilung zuträglich wäre.

Nach einem kurzen Austausch über die Knappheit der verbliebenen Nahrungsmittel und Getränke sowie der Notwendigkeit, sie strikt zu rationieren, legten wir uns schlafen. Ich kuschelte mich in den Schlafsack, und kurz darauf schnarchte mir Farag, der zu meiner Rechten lag, schon ins Ohr. Obwohl die Höhle dank der Wärme, die das Wasser abgab, angenehm temperiert war, konnte ich nur schwer Schlaf finden, weil ich in dem warmen Schlafsack schwitzte, und als es mir endlich gelang, war es kein erholsamer Schlaf, weil ich in eine dieser seltsamen Traumwelten des Halbschlafs eintauchte. Und natürlich träumte ich von dem verfluchten Dornenkreuz, was mich in große Unruhe versetzte und aufwachen ließ, obwohl ich schnell wieder einschlief, wenn man dieses oberflächliche, bleierne Dahindämmern Schlaf nennen konnte.

Am besten erinnerte ich mich daran, dass ich plötzlich glaubte, wach zu sein, obwohl ich es nicht war, aus dem Schlafsack schlüpfte, mühelos aufstand, weil ich keine Wunden an den Füßen hatte, und mit einer Taschenlampe zu dem Wandrelief ging. Aber jetzt sah das Relief anders aus: Jetzt sah ich nur noch den Heiligenschein (sogar im Schlaf lehnte mein Geist das Dornenkreuz ab), der nun ein wenig größer war als der echte und sich genau in der Wandmitte befand. Außerdem stand im Nimbus meines Traumes das Tatzenkreuz aufrecht in der Mitte und wurde vom Kopf eines Christus Pantokrators bedeckt, der im byzantinischen Stil ein mürrisches Gesicht zog und einen Vollbart trug. Die hebräischen Lettern Aleph und Thau (א und ת) waren verschwunden, an ihrer Stelle standen jetzt die griechischen Buchstaben Alpha und Omega (A und Ω). Ich leuchtete Christus mit der Taschenlampe ins Gesicht, weil ich ihm etwas sagen wollte, aber je stärker ich ihn anleuchtete, desto stärker verschwamm sein Antlitz und umso dringender wollte ich ihm etwas sagen, an das ich mich nicht erinnerte, bis das Gesicht des Christus Pantokrators schließlich vollständig verblasste und nur der Heiligenschein zurückblieb.

»Ich bin das Alpha und das Omega, spricht der Herr«, rief ich im Traum, und der Nimbus wurde ein wenig größer. »Ich bin das Aleph und das Thau, spricht der Herr«, rief ich anschließend, und der Nimbus wurde noch ein wenig größer. Ich erkannte, dass beide Sprachen, das Hebräische und das Griechische, dieselbe Wirkung zeitigten.

Als ich mich umdrehte und es den anderen sagen wollte, war in der Höhle nichts und niemand. Ich stand allein und barfuß mit einer Taschenlampe vor dem Heiligenschein.

»Alpha und Omega!«, rief ich. »Aleph und Thau!«

Jedes Mal, wenn ich die Namen der Buchstaben auf Griechisch und Hebräisch aussprach, wurde der Nimbus größer, und wenn ich sie schneller aussprach, wurde er auch schneller größer. Am Ende war der Heiligenschein riesengroß und bedeckte die gesamte Höhlenwand vom Boden bis zur Decke, und ich erkannte jetzt etwas in dem Tatzenkreuz, das ich vorher nicht gesehen hatte, weil der Pantokrator es verdeckt hatte: ein kleiner Kreis, eine Art Ring, und sein Anblick ließ mich sofort wissen, dass wir uns irrten, dass sich die Ossuarien mit den sterblichen Überresten von Jesus von Nazareth und seiner Familie nicht in diesem Berg befanden, dass alles eine böse Falle und ein ungeheuerlicher Frevel gegen Glauben und Kirche war.

Und kurz bevor ich aus diesem Alptraum erwachte, sagte ich zu dem Nimbus:

»Wenn du das Alpha und das Omega bist, der Anfang und das Ende, warum bist du dann in einem Kreis? In einem Kreis gibt es keinen Anfang und kein Ende. Du bist nicht Alpha und Omega, denn Gott hat weder Anfang noch Ende, und sollte er sie doch haben, ist er nicht Gott.«

In Schweiß gebadet schlug ich unvermittelt die Augen auf und sah natürlich nichts außer völliger Dunkelheit. Alle schliefen, auch Farag, dessen Schnarchen eine vertraute Gewohnheit meiner Nächte war.

Ich öffnete den Reißverschluss des Schlafsacks, schlüpfte ohne meinen Mann zu wecken unter ihm hervor und legte mich regungslos auf den Schlafsack. Nach einer Weile ließ die Hitze nach, ich spürte meine nackten Füße auskühlen, und je stärker ich abkühlte, desto müder wurde ich. Endlich dämmerte ich wieder weg, wenn auch in keinen besonders erholsamen Schlaf. Aber den Traum vergaß ich nicht.

Als uns am Morgen Kaspars Armbanduhr weckte, machten wir die Taschenlampen an und sahen zu unser aller Zufriedenheit, dass unsere Füße fast vollständig verheilt waren. Die wundverschließenden und entzündungshemmenden Wirkstoffe, die sowohl in den Antiseptika als auch in den Pflastern enthalten waren, hatten gewirkt. Breit grinsend und aufgeregt standen wir auf und setzten behutsam unsere Füße auf: Probe bestanden. Zur Sicherheit wuschen wir sie erneut mit Salzlösung, trockneten sie gut ab und behandelten sie ein letztes Mal mit einem Antiseptikum. Unsere Wunden würden jetzt unter den dicken Wundverschlusspflastern in weniger Zeit, als wir zum Waschen und Frühstücken brauchten, knochentrocken sein. Erfreulicherweise konnten wir täglich die Unterwäsche wechseln, aber leider nicht die Oberbekleidung, die inzwischen ziemlich schmutzig und verschwitzt war. Unsere Hygiene erledigten wir mit Feuchttüchern (eher feuchten Handtüchern, denn sie waren sehr groß), aber so langsam hätten wir den gewissen Luxus einer kräftigen Dusche und sauberer Kleidung ganz gut vertragen können. Zum Glück hatten wir noch genügend Tütchen mit löslichem Kaffee und Teebeutel; allerdings fehlte uns das Wasser dafür.

Abby und ich berichteten unseren aufmerksamen Zuhörern abwechselnd von meiner Theorie über die Existenz einer Geheimtür in dieser Höhle, und die Zuhörer reagierten, als hätten wir ihnen intravenös Adrenalin gespritzt: Sie waren komplett aus dem Häuschen. Einschließlich Farag und sogar Sabira. Jeder wollte als Erster die Tür finden, denn angesichts der erdrückenden Logik unserer Ausführungen focht niemand die Theorie an. Das Frühstück war demzufolge ziemlich kurz, ungefähr von der Dauer eines Hahnenschreis, und schon schwärmten wir aus, um minuziös jeden Quadratzentimeter der Höhle abzusuchen. Was die Aufteilung der Abschnitte anging, blieb ich diesmal stur. Wie auch immer der Rest aufgeteilt wurde, die Wand mit dem Relief war mein Bereich, da gab es keine Diskussion. Ich argumentierte, dass sie es am Tag zuvor schon lang genug inspiziert hätten, und ich es mir jetzt genauer ansehen wollte. Nach anfänglichen Protesten erklärten sich alle damit einverstanden. Schließlich und endlich war die Existenz einer Geheimtür meine Idee gewesen.

So verwandelten wir uns wieder in leuchtende japanische Shintō-Mönche, weil wir uns die Taschenlampen mit den Schnürsenkeln unserer kaputten Stiefel wieder am Kopf befestigten, und machten uns, bewaffnet mit Klopapierrollen (davon hatten wir mehr als genug), Schweizermessern und den Flaschen der isotonischen Getränke, die wir mit rotem Kanalwasser gefüllt hatten, auf die Suche nach der Geheimtür. Mich interessierte die Tür jedoch weniger. Ich wollte den Nimbus in Augenschein nehmen.

Obwohl wir frische Strümpfe und die Kletterschuhe angezogen hatten, traten wir noch vorsichtig auf und bewegten uns langsam. Mein Problem bestand darin, dass ich zu klein war, um mit dem Heiligenschein auf Augenhöhe zu sein, also baute ich mir aus Farags und meinem Rucksack eine Plattform, auf die ich noch unseren Schlafsack und mehrere Schichten Kleidung legte, die ich schließlich vorsichtig mit meinen schrundigen Füßen erklomm. Es hätten noch ein paar Zentimeter mehr sein können, aber weitere Hilfsmittel standen mir nicht zur Verfügung.

Nun stand ich also wieder vor dem Nimbus. Nach der gemeinsamen Nacht hatten wir jetzt eine besonders innige Beziehung zueinander. Natürlich sah der Nimbus nicht genauso aus wie in meinem Traum; in Wirklichkeit war er kleiner, er trug keine griechischen Buchstaben, und das verdrehte Tatzenkreuz sah aus wie ein schiefes X. Außerdem gab es an der Schnittlinie der Querbalken keinen Kreis, keinen Ring oder Ähnliches, was mich, ich weiß nicht, warum, irritierte, als hätte ich meinen Traum für wirklich gehalten.

Für den Fall der Fälle riss ich ein Stück Klopapier ab, tränkte es mit rotem Wasser und begann, die Schnittlinien des Kreuzes zu säubern. Aber nein, da war nichts. Na gut, einverstanden, der Ring, den ich im Traum gesehen hatte, war Einbildung. Und was jetzt? Sollte ich trotzdem auf die Stelle drücken, an der ich den Ring gesehen hatte, oder die Worte aus der Apokalypse sprechen, als wären sie eine Beschwörung? Es gab keinen vernünftigen Grund, solchen Blödsinn zu veranstalten, trotzdem drückte ich fest auf den eingebildeten Ring, aber aus Wut, und fühlte mich ziemlich idiotisch, weil ich an meinen Traum geglaubt hatte. Wie zu erwarten ... geschah nichts.

Doch so nah an der Wand glaubte ich, etwas gehört zu haben. Wieder das Geräusch von Scharnieren, Ketten oder was auch immer. Ich wartete einen Augenblick, aber außer dem Kratzen der Taschenmesser und dem Schnaufen meiner Gefährten war nichts zu hören. Und wenn ich noch einmal drückte, um zu sehen, ob die Geräusche sich wiederholten? Ich tat es. Und natürlich wurde der Nimbus nicht wie in meinem Traum durch ein Wunder größer, aber er verwandelte sich vom Kreis in eine Walze, die unter Knarzen und Quietschen aus der Wand heraustrat.

Ich erschrak so heftig, dass ich instinktiv zu Boden sprang, damit mir dieser steinerne Zylinder nicht ins Gesicht schlug. Mein Gott, meine Fußsohlen! Es tat derartig weh, dass mir die Tränen in die Augen schossen. Ich erinnere mich noch daran, dass ich mich auf den Rücken fallen ließ und an meine Füße griff, als Farag »Ottavia!« schrie.

»Die Wand!«, rief Gilad.

Mein Mann umarmte und küsste mich, öffnete vorsichtig die Klettverschlüsse und streifte die Kletterschuhe ab. Währenddessen beobachteten die anderen, wie eine Steinsäule horizontal zur Wand heraustrat. Farag untersuchte meine Socken nach Blutspuren und zog sie mir dann ganz aus, um die Narben und Grinde zu inspizieren.

»Ist alles in Ordnung, Schatz«, erklärte er mit einem beruhigenden Lächeln.

Die Geräusche waren verstummt, und die Steinsäule hatte ihre endgültige Position erreicht. Die Schmerzen in meinen Füßen ließen nach. Ich schlüpfte wieder in die Kletterschuhe. Farag half mir aufzustehen. Alle Kopflampen waren auf den Steinzylinder gerichtet, der mit einem trockenen Schmutzfilm überzogen war, Überreste dessen, was vor Jahrhunderten eine Art Schmierfett gewesen sein dürfte.

»Das ist Honig«, sagte der Felsen und hielt seinen Zeigefinger hoch, mit dem er eine Probe genommen hatte.

»Honig?«, fragte Abby.

»Honig hält Tausende von Jahren«, erklärte ihr geliebter Ex-Cato. »Manchmal in richtig gutem Zustand. Dieser ist kristallisiert und trocken, aber wegen des heißen Wasserdampfs hier drin lässt er die Steinsäule noch immer gut gleiten.«

»Ansonsten säße der Zylinder wegen des Gemischs aus Staub und Feuchtigkeit nach Jahrhunderten fest in der Wand«, fügte Gilad hinzu. »Hätten sie Tierfett benutzt, wäre das ausgetrocknet, und der Zylinder säße ebenfalls fest in der Wand. Beim Honig kann schlimmstenfalls passieren, dass er ein wenig austrocknet, aber selbst dann lässt sich die Säule damit noch bewegen, wie wir sehen konnten. Sehr einfallsreich.«

»Soll das unser Trost sein?«, fragte ich ironisch.

Die anderen sahen mich irritiert an.

»Du entdeckst die Geheimtür und machst dich auch noch lustig darüber?«, schnaubte Kaspar.

»Das ist keine Tür«, erwiderte ich verächtlich und zeigte auf den Zylinder.

»Noch nicht«, lautete seine Antwort. »Wird aber eine sein. Oder ist so eine Röhre, die aus der Wand heraustritt, etwa kein seltsames Phänomen für dich?«

»Ottavia, was hast du noch gleich gesagt, als wir das Relief entdeckten und ich erklärte, dass die Buchstaben im Nimbus ein Aleph und ein Tau sind?«, fragte Gilad.

»Ich bin das Alpha und das Omega, sprach Gott der Herr«, wiederholte ich und hatte eine Vorahnung, was gleich geschehen würde.

»Ja genau. Wenn der Herrgott eurer Bibel sagt, dass er das Alpha und das Omega ist, sagt der in meiner Bibel mehrfach, dass er das Aleph und das Tau ist. Ist euch denn gar nicht aufgefallen, dass sich das Kreuz im Nimbus gedreht hat und jetzt sehr dem hebräischen Buchstaben Aleph ähnelt?«

Dem hebräischen Buchstaben Aleph? Ich betrachtete aufmerksam die Form des Nimbus', und der Buchstabe א (Aleph) ähnelte in der Tat sehr dem Tatzenkreuz; mehr noch, es wirkte deutlich hineingemeißelt. Allerdings auf seiner Achse verdreht wie der ganze Nimbus.

Das gesamte Team der Forschungskräfte der Rechteck-Prisma-Quader (abgekürzt FKRPQ) wusste die Lösung gleichzeitig.

»Ich glaube, wir werden uns von oben bis unten mit Honig

besudeln«, warnte mein Mann. »Wir sollten die dünnen Plastikmäntel aus den Rucksäcken anziehen.«

Wir zogen sie an, aber außer zur Schonung unserer Kleidung nützten sie nicht viel. Während wir alle zusammen den Steinzylinder drehten, um den Nimbus und den Buchstaben Aleph in die richtige Position zu bringen, blieb der alte kristallisierte Honig großflächig an den Händen, im Gesicht, an Wimpern und Augenbrauen sowie im Haar kleben. Dennoch war er uns von großem Nutzen, denn die Steinsäule war knapp achthundert Jahre nach ihrem Anbringen ziemlich leicht zu drehen. Als der Zylinder endlich vollständig gedreht und in der richtigen Position war – denn weiter ließ er sich nicht drehen –, war deutlich das bereits vertraute Zischeln von Sand zu hören, der zwischen den Doppelwänden von der Decke herabrieselte. Er wirkte, als würden um uns herum gigantische Sandmengen in für uns unsichtbare Kanäle herabfallen. Und dann geschah es.

Das Zischeln des Sandes über uns wurde plötzlich ohrenbetäubend laut, und als ich mich schon tot unter dieser tonnenschweren Wüste liegen sah, senkten sich über das rote Wasser schmale Steinplatten von ungefähr zwei Metern Länge herab, und obwohl sie mich an Neonröhren über Billardtischen erinnerten, handelte es sich um die Klappen der großen Sandlager, aus denen der Sand jetzt in Riesenfontänen in das heiße rote Wasser herabfiel.

Schon bald war die Luft in der Höhle vernebelt wie bei einem Sandsturm in der Wüste, und ich spürte, wie Farag mich umarmte und mir die Kapuze des klebrigen Regenmantels über den Kopf stülpte. Es dauerte ziemlich lange, aber dann war alles vorbei. Der Staub legte sich langsam, und wir konnten die Kapuzen sowie die Taschentücher und T-Shirts herunternehmen, die wir uns zum Atmen vor den Mund gehalten hatten. Der rote Fluss mit den Feuersteinscherben war verschwunden. Der Sand hatte das Wasser aufgesogen und den Kanal bis zur Höhlendecke gefüllt, wobei er einen rötlichen Pfad freigelassen hatte, der sich glatt und gerade fortsetzte, bis er nicht mehr zu sehen war.

Und nicht genug damit, dass man über den Pfad gehen konnte – er war auch formbar und nachgiebig wie nasser Sand am Strand, genau richtig für unsere mitgenommenen Füße. Als wir unsere Siebensachen einpackten und die Höhle verließen, schätzte ich mich regelrecht glücklich, denn das Gehen auf diesem Pfad war eine wahre Wohltat.

EINUNDDREISSIG

Wir hatten knapp zwei Kilometer mit der Geschwindigkeit von Schildkröten zurückgelegt, als der rötliche Sandboden sich plötzlich grau färbte und wir gleich darauf am Ende des Pfades angelangten, der in eine großflächige runde Ebene mit einem ziemlich hohen Kuppeldach mündete. Zum Essen war es noch zu früh, wir hatten ja eben erst die Höhle mit dem Nimbus verlassen, aber dieser Ort eignete sich bestens dazu, eine Pause einzulegen und die Füße auszuruhen. Und zu allem Überfluss sprudelte aus der gegenüberliegenden Wand neben einer weiteren Öffnung eine kleine Quelle mit sauberem Wasser in ein Becken, das man in den steinernen Boden gehauen hatte.

»Wasser, welch ein Glück!«, rief Farag. »Jetzt können wir unsere Feldflaschen nachfüllen, das wurde auch Zeit.«

»Diese Ebioniten haben wirklich an alles gedacht«, stellte Kaspar höchst zufrieden fest.

»Sie waren sehr aufmerksam«, ergänzte Abby lächelnd.

Also bahnten wir uns vorsichtig und behutsam einen Weg zur Quelle. Der Boden bestand ebenfalls aus Sand, aber im Gegensatz zum Pfad war dieser Sandboden trocken und seine Oberfläche eigentlich zu hart für unsere empfindlichen Fußsohlen. Doch bevor wir in der Mitte angelangten, glaubte ich ein leichtes Nachgeben des Bodens zu spüren, wie wenn man leicht eine Wasseroberfläche berührt und damit eine sanfte Wellenbewegung auslöst.

Wir hatten es nicht kommen sehen. Wir waren nicht auf der Hut, weil wir so bald nicht damit gerechnet hatten, denn zwischen der Prüfung mit den Edelsteinen und der Höhle mit dem Nimbus hatten die Ebioniten ziemlich viel Abstand eingebaut, und wir hatten schlicht vergessen, dass in diesem Berg nichts dem Zufall überlassen, sondern alles haarklein geplant war, um Grabräubern oder, was auf das Gleiche hinauslief, Forschern wie uns, die unerlaubterweise nach den Ossuarien suchten, den Garaus zu machen.

Als wir gerade in der Mitte angekommen waren, gab die dünne Schicht trockenen und kompakten Sandes unter unserem Gewicht nach, verklumpte und riss auf, und noch bevor wir nach unten schauen konnten, waren unsere Füße bereits in einem großen See voller Treibsand gefangen.

Wir benötigten ein paar Sekunden, um reagieren zu können. Wir waren derart überrumpelt, derart überrascht, dass unser Überlebensinstinkt viel zu spät erwachte, und als er es endlich tat, steckten wir bis zu den Knien im Sand.

»Treibsand!«, rief Farag und versuchte, zu mir zu kommen, während Kaspar, bei dem ebenfalls der Groschen gefallen war, Abby eine Hand hinhielt, um sie zu sich heranzuziehen, was zur Folge hatte, dass alle drei bis zu den Oberschenkeln versanken. Im nassen Sand verursachte jede Bewegung einen kräftigen Sog.

»Nicht bewegen!«, rief ich. »Farag, beweg dich nicht! Keiner darf sich bewegen! Bewegt euch nicht!«

»Niemand rührt sich!«, rief auch Abby.

Wir sechs verwandelten uns in Wachsfiguren, deren einziges Lebenszeichen die Bewegung der Augen war, die ängstlich von einem zum anderen wanderten. Sogar die Lichtkegel unserer Taschenlampen waren starr auf einen Punkt gerichtet. Bei absoluter Regungslosigkeit ließ der Sog nach unten nach, obwohl wir langsam, ganz langsam weiter Millimeter für Millimeter versanken. Und da wir uns genau in der Mitte der Ebene befanden, blieben die zehn Meter entfernten Wände außer Reichweite. Es gab niemanden, der uns ein Seil oder das Ende einer langen Stange hinhalten und herausziehen könnte, es gab auch nichts, woran wir uns hätten festhalten können. Wir konnten nicht einmal um Hilfe rufen oder uns gegenseitig helfen, denn wir waren alle ungefähr anderthalb Meter voneinander entfernt.

»Kaspar, ruf die Nichte von Ottavia und Farag an«, schlug Gilad mit angespannten Kiefern und kaum die Lippen bewegend vor. »Sag ihr, sie soll Hilfe schicken.«

»Wenn Kaspar nach dem Telefon greift«, stammelte Sabira, »wird ihn der Treibsand verschlingen.«

»Bitte, Kaspar, greif nicht zum Telefon!«, flehte Abby ängstlich.

»Keine Sorge, Liebling, bleib ganz ruhig«, raunte der Felsen und drehte ihr langsam den Kopf zu. Sie waren anderthalb Meter voneinander entfernt, aber es war, als wären sie Tausende von Kilometern getrennt. Sie durften nicht den geringsten Versuch unternehmen, sich einander zu nähern.

Auch Farag befand sich dicht bei mir zu meiner Linken, doch der Überlebenswille trennte uns wie eine unüberwindliche Mauer. Hinter uns standen Sabira und Gilad, unsichtbar für uns, ebenfalls ziemlich nah beieinander, obwohl wir später erfuhren, dass sie nicht nebeneinander, sondern hintereinander standen.

Während der Treibsand uns unerbittlich aufsaugte, suchte ich in meinem geistigen Hinterstübchen verzweifelt nach irgendeiner Information darüber, wie Menschen sich vor einem solchen Tod retten konnten. Ich musste doch irgendwann mal etwas darüber gelesen oder in Film oder Fernsehen gesehen haben. Aber alle Bilder, die an meinem geistigen Auge vorbeizogen, zeigten jemand, der das Opfer mit einem Seil oder einer Stange aus der tödlichen Falle zog.

»Seien wir vernünftig«, sagte plötzlich mein Mann. »Benutzen wir unseren Verstand, dafür haben wir ihn schließlich. Wir dürfen nicht vergessen, dass wir mitten in der Prüfung der dritten Seligpreisung stecken.«

Mein Gott, er hatte recht! Die Angst hatte uns derart gelähmt, dass unsere Fähigkeit zum logischen Denken praktisch ausgeschaltet war.

»Wie lautete die dritte Seligpreisung nach dem heiligen Matthäus?«, scherzte mein Mann, indem er den Tonfall eines Priesters bei der heiligen Messe anschlug. Farag war nicht nur der intelligenteste Mann, den ich kannte, sondern auch imstande, fatale Situationen mit irgendeiner Albernheit aufzulockern.

»Selig die Demütigen, denn sie werden das Land erben«, zitierte ich aus dem Gedächtnis, denn es war nicht der geeignete Moment, mich dumm zu stellen. »Doch in der modernen Fassung von Matthäus ist in der dritten Seligpreisung von den ›Leidenden‹ die Rede, nicht von den Demütigen.«

»Und wo ist der Unterschied?«, fragte mich Kaspar spöttisch, »zwischen denen, ›die Leid tragen‹ aus der zweiten und ›den Leidenden‹ aus der dritten Seligpreisung? Matthäus' ältere Seligpreisungen klingen plausibler als die neuen.«

»Also wirklich, Hauptmann!«, protestierte ich. »Verschieben wir derlei Diskussionen auf den nächsten Flug! Wir versinken gerade im Treibsand!«

»Wir müssen eine Verbindung zwischen dem Treibsand und den Demütigen finden, die das Land erben werden«, flüsterte Sabira hinter mir.

»Ich will auch Land erben«, murmelte der jüdische Archäologe etwas weiter hinten, »aber mit festem Erdboden, der mich nicht verschlingt.«

»Das war gut, Gilad!«, beglückwünschte ihn mein Mann. »Ich stimme absolut mit dir überein, dass der Sinn dieser Prüfung eben genau dieser ist: Wenn wir demütig sind, kommen wir aus dem Treibsand heraus und werden wieder festen Boden unter den Füßen haben, festen Erdboden.«

»Einverstanden«, knurrte ich. »Ich bin demütig. Und warum bin ich dann nicht außer Gefahr und drüben bei der Quelle?«

»*Basileia*, bitte, fang nicht schon wieder an! Suche in der Demut nach dem religiösen Sinn, der uns in dieser Situation helfen kann.«

»Ich glaube, wir sollten erst ganz langsam, aber wirklich ganz langsam, die Rucksäcke ablegen«, sagte Abby. »Sie ziehen uns runter.«

Das stimmte. Das Gewicht der Rucksäcke war einer der Gründe, weshalb ich erst bis zu den Oberschenkeln eingesunken war, während Farag, Kaspar und Abby der Sand schon bis zur Hüfte reichte. Die anderen beiden konnte ich nicht sehen, ging aber davon aus, dass sie in etwa so tief steckten wie ich, vorausgesetzt natürlich, sie hatten keine abrupten Bewegungen gemacht, um einander näher zu kommen.

Zu dem Zeitpunkt litt ich schon an solchem Herzrasen, als wollte mein Herz zerspringen. Meine Hände waren schweißnass und zitterten stark, was Farag bemerkte, als ich in Zeitlupe die rechte Hand nach seinem Rucksackriemen ausstreckte.

»Entspann dich, Schatz«, flüsterte er zärtlich. »Versuche, ruhig und tief zu atmen. Wir werden hier rauskommen, wir haben es doch immer geschafft, oder nicht?«

»Irgendwann wird uns das Glück verlassen, Farag«, stammelte ich ängstlich.

»Wir glauben nicht an das Glück, erinnerst du dich?«, erwiderte er gelassen. »Wir glauben an die Wissenschaft, an unsere Arbeit und an uns selbst. Und das verbraucht sich nicht wie der Geschmack von Kaugummi und geht auch angesichts von Schwierigkeiten nicht verloren. Im Gegenteil, je größer die Schwierigkeiten, mit denen wir konfrontiert werden, desto eher stehen wir wieder auf und wachsen daran. Denk an die vielen Dinge, die wir in unserem Leben schon geschafft haben.«

»Ich weiß, dass du versuchst, uns allen und nicht nur Ottavia Mut zu machen, Farag«, sagte Abby mit den Händen im Sand, weil sie versuchte, den Bauchgurt ihres Rucksacks zu öffnen. »Aber wir haben Angst, und Angst ist ein starkes Gefühl und nur schwer zu kontrollieren.«

»Deshalb muss man sie ignorieren«, lautete seine überzeugte Antwort. »Wenn wir zulassen, dass die Angst Besitz von uns ergreift, werden wir unfähig sein, etwas zu tun, weder für uns noch für die anderen. Was passieren soll, wird passieren. Aber wenn wir verhindern wollen, dass es passiert, müssen wir etwas tun, und zwar ohne uns von der Angst lähmen zu lassen.«

»Gut, einverstanden«, brummelte der Ex-Cato. »Klingt ziemlich einleuchtend, mein Freund. Aber wir öffnen bereits unsere Gurte und Träger der Rucksäcke, und du hast noch nicht mal angefangen damit. Also beeil dich!«

»Mach schnell, Farag!«, flehte ich. Wir mussten dieses zusätzliche Gewicht schnell loswerden, oder wir waren verloren. Farags Worte hatten mich einigermaßen beruhigt. Wir mussten unseren Verstand benutzen.

»Werft die Rucksäcke nicht weg!«, empfahl uns Gilad. »Lasst sie einfach ohne euch zu rühren in den Sand rutschen. Aber nehmt vorher die Taschenlampen heraus. Jetzt fehlte nur noch, dass wir im Dunkeln sitzen. Und anderen Ballast wie Armbanduhren oder Schmuck solltet ihr auch ablegen.«

Wir brauchten ewig (zumindest kam es mir so vor), um alles abzulegen, besonders, weil wir in Beinen und Füßen den Sog des Treibsands spüren konnten, der mit seiner großen Nachgiebigkeit auf die geringste Bewegung reagierte. Und für die war er ausgesprochen empfänglich.

Ohne das Gewicht der Rucksäcke spürten wir, wie der Sog nachließ. Wir hatten Zeit gewonnen, und wenn wir uns ganz still verhielten, könnten wir noch ein Weilchen durchhalten. Wir alle hielten unsere Taschenlampen in der Hand, doch es waren wie gewöhnlich nur zwei eingeschaltet. Die Smartphones waren in den wasserdichten Taschen sicher, und Sabira hatte dazu noch ein paar zusammengefaltete Blätter eingesteckt, die sie aus ihrer Mappe gerissen hatte, bevor sie sie fallen ließ.

»Also gut, lasst uns nachdenken«, verlangte der Felsen, als wir uns endlich des Ballasts entledigt hatten. »Sieht jemand irgendwo ein Relief?«

Abgesehen vom Boden voller Treibsand war in der gesamten Steinkuppel bis in ihre Spitze keinerlei Relief oder Pfeil zu erkennen, der uns eine Spur liefern könnte. Vielleicht verschluckte uns der Treibsand am Ende gar nicht. Wenn wir uns nicht rührten, würde uns die Luft in der Lunge über Wasser halten und ein Ertrinken verhindern, denn schlussendlich bestand dieser Matsch vor allem aus Wasser, dachte ich. Stattdessen würden wir nach wenigen Tagen an Hunger und Durst sterben.

»Analysieren wir unsere Lage«, schlug der Felsen vor. »Die Ebioniten dürften vorausgesetzt haben, dass du, wenn du so weit gekommen bist, begriffen hast, dass alle Gefahren mit den Seligpreisungen in Verbindung stehen.«

»Oder auch nicht«, widersprach Gilad.

»Gehen wir mal davon aus«, konterte der Ex-Cato genervt. »Sagen wir, es ist so, und die Prüfung ist folgende: festzustellen, ob du die Botschaft verstanden hast; wenn nicht, wirst du dich nicht retten können. Aber wenn du sie verstanden hast, hilft dir die dritte Seligpreisung.«

»Selig die Demütigen, denn sie werden das Land erben«, wiederholte Abby.

»Das Schlüsselwort ist Demut«, betonte Farag.

»Aber wie kann uns die Demut helfen, dem Treibsand zu entkommen?«, fragte Sabira mit einem Anflug von Angst in der Stimme.

»Genau das müssen wir herausfinden«, erwiderte Abby.

Gott, hörst du mich?, betete ich im Stillen mit geschlossenen Augen. Ich weiß deinen Namen nicht und kenne dich auch nicht, weil ich mich immer an Jesus gewandt habe. Und durch Jesus habe ich dir viele Jahre meines Lebens geschenkt, weil du wie der Heilige Geist als oberste Gottheit in diesem merkwürdigen Gespann der Dreifaltigkeit immer da warst. Ich wende mich an dich, Gott, denn wir brauchen deine Hilfe. Ich will nicht mit dir handeln und dir etwas versprechen, wenn du uns hier rausholst. Vielleicht weißt du, dass ich mich nie für diese Art von Tauschhandel erwärmen konnte, denn ich bin nicht der Meinung, dass Gott den Schmerz, die Mühsal, den Verzicht oder das Opfer als Zahlungsmittel akzeptiert, um eine vernünftige Bitte zu erfüllen, die jeder Vater oder jede Mutter aus Liebe zu ihrem

Kind an dich richten würde. Deshalb biete ich dir nichts an, sondern bitte dich nur um Hilfe. Hilf uns, Gott. Ich glaube an dich.

»Ich habe eine Idee!«, rief Gilad in dem Moment. »Mir ist gerade etwas eingefallen, das uns vielleicht nützt!«

Um meine Lippen spielte ein glückliches Lächeln. Danke, flüsterte ich.

»Am Vorabend von *Pessach*, dem jüdischen Osterfest«, begann er zu erklären, »am *Seder* mit dem Ostermahl, gehört es zum Ritual, die Lobreden des *Hallel* über die Wunder beim Auszug aus Ägypten zu lesen. Unter anderen wird beim kleinen *Hallel,* wie wir es nennen, jedes Jahr das Mizmor ... der Psalm 113 gelesen, wo es heißt: Wer ist wie der Herr, unser Gott, der in der Höhe thront und sich vorbeugt, um Himmel und Erden zu schauen?«

Während ich Gilads mir unbekannte hebräische Worte aussortierte, diskutierten diejenigen, die ihn verstanden hatten, schon eifrig über den Zusammenhang von den Demütigen, Demut und dem Vorbeugen Gottes. Als ich das Wesentliche herausgefiltert hatte (was mir nicht wirklich schwerfiel), wurde mir klar, dass es nicht bedeutete, dass sich Gott beim Hinabschauen demütigte, sondern sich demütig zeigte, weil er sich vorbeugte, um hinabzuschauen. Tatsächlich steckt im Wortstamm *Demut,* aus dem sich das Verb *demütigen*, also andere erniedrigen, ableitet, auch das *Dienen und Verbeugen*. Laut Psalm 113, zumindest in seiner jüdischen Version, *beugte sich* Gott in der Höhe vor, um Himmel und Erde zu schauen.

»Das heißt also, dass wir uns demütig zeigen sollen, indem wir uns vorbeugen«, erklärte der ungeduldige Kaspar feierlich.

»Aber wie soll uns das helfen?«, fragte Sabira. »Ich stecke schon bis zur Hüfte im Treibsand und darf mich keinen Millimeter rühren, um nicht weiter zu versinken.«

»Und wir würden Brustkorb und Gesicht dem Sog des Sandes aussetzen«, erklärte ich in der festen Überzeugung, den schlimmsten aller Tode zu sterben, sollte ich Farag ersticken sehen.

»Das stimmt, Ottavia«, bestätigte mir Abby. »Wir würden Brustkorb und Gesicht dem Sog des Sandes aussetzen, es bedeutet aber auch, dass wir das Gewicht des Oberkörpers vom feststeckenden Unterkörper nehmen und es über eine größere Fläche verteilen, und das würde unser weiteres Einsinken verhindern.«

»Angewandte Physik, was, Abby?«, rief Farag lachend.

»Ich fand Physik schon in der Schule gut«, erwiderte sie ebenfalls lachend.

»Sehr schön, dann also los«, rief Kaspar, beugte sich ganz langsam und mit großer Demut vor, als verbeuge er sich vor einem Kreuz und Gott selbst, und legte vorsichtig seinen breiten Brustkorb auf den weichen Sand. Er hatte wirklich große Flächen zu verteilen. Am Ende seiner ausgestreckten Arme gab es Stellen mit trockenen Sandklumpen, auf die er Hände und Taschenlampe ablegte. Tatsächlich war, abgesehen von ein paar abgesackten Teilen, ein Großteil des Sandbodens noch intakt. Am Ende legte Kaspar seine linke Wange vorsichtig auf den feuchten Treibsand. In dieser Haltung verharrte er reglos.

»Los, jetzt alle anderen«, animierte uns Farag und wiederholte dabei die demütige Geste beziehungsweise – was dasselbe war – das Vorbeugen in Zeitlupe.

Er beobachtete lächelnd, wie ich es ihm gleichtat und meinen Oberkörper ganz behutsam auf die Sandoberfläche legte.

»Seht ihr, dass wir nicht versinken?«, rief Abby in ihrer eingeknickten Position.

»Stimmt«, räumte ich überrascht ein. »Das Verteilen des Gewichts über eine größere Fläche funktioniert.«

»Nicht nur das«, fügte Kaspar hinzu, der sich als Erster demütig gezeigt hatte. »Schaut mal auf meinen Hosenbund. Also bitte nur die, die es können.«

Abby lachte wieder auf ihre göttlich feine Art.

»Du hast die Hälfte deiner Beine aus dem Treibsand gezogen, Kaspar!«, rief sie glücklich und zugleich verblüfft beim Anblick der nassen Hose, an der kiloweise verklumpter Sand klebte.

»Sie sind von selbst rausgekommen«, erklärte ihr Romeo mit dem Mund im Sand. »Ich habe mich nicht bewegt und nur zugesehen, wie ihr euch demütig gezeigt habt, und plötzlich hat der Sog nachgelassen, und ich habe gespürt, dass ich mit halbem Körper wieder raus war.«

»Beim Reduzieren von Gewicht und Bewegungen ist der Treibsand wieder fester geworden«, erklärte Abby.

»Ich glaube, wir sollten versuchen, ganz langsam ein Bein herauszuziehen«, schlug Gilad vor.

»Wozu?«, fragte ich, wobei ich den feuchten Sand an meiner Wange spürte.

»Ich weiß, wozu!«, rief Farag, der anderen gern die Pointe klaute. »Wenn wir es schaffen, die Beine herauszuziehen, liegen wir bäuchlings auf dem Sand, was wesentlich mehr Oberflächenwiderstand bietet und den Sog mindert, und wir können mit Hilfe der Hände langsam zu festem Untergrund kriechen.«

»Na schön«, erwiderte ich. »Dann erklär mir mal, wie zum Teufel ich die Beine aus dem nassen Sand ziehen soll, ohne dass er sich verflüssigt und mich komplett aufsaugt.«

»Nein, *Basileia*, nicht die Beine, *ein* Bein! Erst ein Bein.«

»Ich glaube, am sichersten wäre es, wenn wir uns ein wenig zur Seite drehen, aber nur ein bisschen und ganz vorsichtig, denn so könnten wir das Bein mit einer Drehung der Hüfte herausziehen«, schlug Abby vor.

Wir benötigten Stunden dafür. Mehr noch als eine Prüfung der Demut schien dies eine Prüfung unserer physischen und psychischen Widerstandskräfte zu sein. Stimmt schon, wir lagen auf dem Sand, statt darin zu versinken, und konnten tatsächlich ganz langsam und durch Abstützen der Hände auf den trockenen Stellen erst ein Bein und später – sehr viel später – auch das andere herausziehen, aber hinterher waren wir vollkommen erledigt, unsere verkrampften Muskeln schmerzten höllisch, und wir alle schnauften wie alte Dampfloks. Und was das Schlimmste war: Wir befanden uns noch immer an derselben Stelle. Wir hatten die Körper aus dem Treibsand gezogen, aber uns noch keinen Zentimeter von der Stelle bewegt. Wir würden es auch nicht schaffen. Nicht in dem erschöpften Zustand, in dem wir uns befanden. Und dann noch der schreckliche Hunger. Aber unser Essen ruhte zusammen mit allem anderen Zeug in den Rucksäcken für immer und ewig auf dem Grund dieses Brunnens voller Treibsand. Wir hatten sie schwerfällig sinken sehen, und obwohl keiner etwas gesagt hatte, wussten doch alle, dass sich damit unsere Überlebenschancen praktisch auf null reduziert hatten. Wenn wir dem Treibsand entkommen sollten, müssten wir den Berg verlassen.

»Wir sollten schlafen«, schlug Sabira vor. Die Mörder-Archäologin hatte sich in den schlimmsten Situationen mutig geschlagen, und zwar ohne einen Laut der Klage, doch die Arme war wie ein Gewächshauspflänzchen, eine Bibliotheksratte wie ich, Archäologin hin oder her (in Wirklichkeit dürfte sie an nicht so vielen Ausgrabungen beteiligt gewesen sein wie Gilad, dem man ansah, dass er sein halbes Leben im Freien gearbeitet hatte), und zu allem Unglück war sie nicht mehr diese blühende Schönheit wie im Hotel in Tel Aviv. Mit jedem Tag, den wir im Innern dieses Berges verbrachten – wir wussten inzwischen gar nicht mehr, wie viele es waren –, hatte sie sich mehr und mehr in ein Mädchen verwandelt, bis sie in der Pubertät, fast in der Vorpubertät angekommen war, denn so sah sie jetzt – ungeschminkt, ungekämmt und schmutzig – aus. Es fehlte nur noch die Akne. Wir älteren Frauen hingegen durchliefen aus demselben Grund eine Entwicklung in die entgegensetzte Richtung, ob es uns gefiel oder nicht.

»Und wenn wir im Schlaf unbemerkt versinken?«, fragte ich bedrückt.

»Wir werden nicht versinken, Ottavia«, beruhigte mich Abby. »Denk einfach, du treibst auf einer Luftmatratze im Meer. Wirst du dabei untergehen?«

»Das ist nicht dasselbe«, protestierte ich. »Wir haben Treibsand unter uns, und jede unbewusste Bewegung im Schlaf kann dazu führen, dass er uns wieder aufsaugt.«

Der Anblick, den wir von oben betrachtet boten, musste wahrlich erbärmlich sein: Sechs sandverklebte Frösche lagen bäuchlings auf einer feuchten, instabilen Sandfläche. Obwohl es bei genauerem Hinsehen auch eine demütige Haltung sein konnte. In vielen Religionen sowie alten und neuzeitlichen Kulturen legten sich die Menschen vor einer Gottheit oder einem Monarchen ebenfalls auf den Boden, wenn sie um Barmherzigkeit flehen oder Unterwürfigkeit und Unterwerfung ausdrücken wollten. Es war also das Konzept von Demut, das uns aus dieser misslichen Lage rettete. Natürlich waren wir demütig, aber auch voller Angst.

»Wir wechseln uns mit der Wache ab«, entschied der Ex-Cato und Ex-Hauptmann der Schweizergarde des Vatikans. »Drei schlafen, und die anderen drei halten Wache. Dann wechseln wir. Vier Stunden Schlaf pro Schicht müssten meines Erachtens reichen.«

»Du vergisst, dass wir noch von dem Treibsand runter müssen«, erinnerte ihn Farag, der voraussetzte, dass wir uns alle unserer großen Erschöpfung bewusst waren.

Die erste Schicht übernahmen Kaspar, Gilad und ich. Farag war wie erschlagen, und ich hätte vor lauter Nervosität sowieso nicht schlafen können, so müde ich auch sein mochte. Schon bald erfüllte das Geräusch der regelmäßigen Atemzüge unserer Gefährten (und ein leises, vertrautes Schnarchen) die Stille in der Höhle. Ab und zu fragte Kaspar halblaut, ob wir noch wach seien, worauf Gilad und ich immer antworteten: Ja, wir lägen noch da wie aufgeschlitzte Frösche. Ich weiß nicht, was Kaspar und Gilad dachten, aber ich hatte den Kopf voller Geräusche, Bilder der bisherigen Erlebnisse, Gesprächsfetzen über die Stämme Israels, Feuersteinscherben, Heiligenscheine, Edelsteine … Und plötzlich wollte ich die Uhrzeit wissen und die Sonne sehen, ich wollte auch einen guten Kaffee trinken und dabei auf dem Sofa lümmelnd einen Film schauen (wer weiß, ob ich das je wieder könnte), aber der Gedanke an solch nichtige Dinge, denen ich keinerlei Wichtigkeit beimaß, wenn ich sie jederzeit ausleben konnte, entspannte mich. Kleine Dinge, banale Dinge, Dinge, die ich jeden Tag eher achtlos genoss. Die Erinnerung daran beruhigte mich tatsächlich. Ich entspannte Muskeln und Kiefer sowie die Schultern und atmete tief durch beim Gedanken an das Grün von Gartenkräutern und das Blau des Mittelmeers. War mir das, den Tod vor Augen, wirklich wichtig? Offensichtlich schon.

»Wir müssen sie wecken«, sagte Kaspar. »Jetzt sind wir an der Reihe.«

Und ich schlief, so unglaublich es auch klingen mochte. Ich schlief vier Stunden lang tief und fest auf diesem Abgrund aus Treibsand. Mein Geist hatte mir ohne meine Mithilfe die Angst genommen und mich ins sichere Alltagsleben zurückversetzt, damit ich mich erholen konnte. Und welch ein Glück, dass ich schlafen konnte, denn wenn das Herausziehen der Beine aus dem Treibsand schon ein Alptraum gewesen war, wurde uns erst bei der Rückkehr oder »das Zurückkriechen« zur selben Tür, durch die wir in der Absicht, den Berg zu verlassen, hereingekommen waren, erst richtig bewusst, wie hart das Leben sein konnte. Zehn Meter über Treibsand kriechen? Da war ein Lauf über einen Kilometer mit einer Kuh auf den Schultern leichter.

Wir benötigten Stunden, viele Stunden, um auf dieser tückischen Oberfläche mit langsamen Armbewegungen voranzukommen. Es wirkte, als wäre es sinnlos, als kämen wir nicht von der Stelle, entdeckten allerdings Stunden später, dass wir dem Pfad näher gekommen waren. Immer wieder wurden unsere Arme taub und kribbelten schrecklich. Unsere Muskeln waren extrem verkrampft (und wenn schon, bisher hatten wir nur zerschundene Füße, also blieben noch jede Menge Körperteile, die wir martern konnten), doch es wurde einfacher, als wir den trockenen Sand erreichten, der unser Gewicht ja schon getragen hatte, bevor wir in die gefährliche Mitte gelangten, vielleicht, weil wir langsam und vorsichtig gegangen waren. Als wir endlich auf trockenem Sand waren, wurden unsere Bewegungen effizienter und schonten Sehnen und Bänder, obwohl wir noch immer sorgfältig darauf achteten, das Monster der instabilen Verflüssigung nicht zu wecken. An Stellen, an denen wir nicht weiterkamen, mussten wir die Sandklumpen Schicht für Schicht aufbrechen und zur Seite schieben. Wäre es möglich gewesen, über sie hinwegzukriechen, ohne weiteres Unglück heraufzubeschwören, hätten wir es getan, aber wir wollten kein unnötiges Risiko eingehen, wohl wissend, dass der Versuch nichts gebracht hätte.

Als wir schon das Gefühl hatten, ein Leben lang über diesen matschigen Brei zu kriechen, erreichten wir endlich das Ende des Grabens. Denn es war ein Graben, ein Graben von unbekannter Tiefe, der von den Ebioniten ausgehoben und mit Sand, Salz und Ton im richtigen Mischverhältnis gefüllt worden war, um diesen Treibsand herzustellen, wobei sie die unterirdischen Wasseradern des Berges genutzt hatten, aus denen bestimmt auch das Wasser der verführerischen Quelle sprudelte, die uns ins Unglück gestürzt hatte.

Kaspar war als Erster draußen und versuchte sich wie ein Hund nach einem Bad das Wasser den kiloschweren klebrigen Sand von der Kleidung zu schütteln, doch vergebens. Er wirkte wie ein Yeti aus den kanadischen Wäldern. Als Nächste zog sich Abby auf den Pfad, die Kaspars Hilfe mit der Begründung ablehnte, sie beide hätten müde Arme und könnten wieder hineinfallen, außerdem bestünde bei dem Gewicht des verklumpten Sandes, der an ihr klebte, die Gefahr, dass sich der Ex-Cato den Arm ausrenkte. Die Nächste war ich, aber da ich nicht genug Kraft hatte, mich hochzuziehen, nahm ich demütig die Hilfe Kaspars und Abbys an. Anschließend zogen Kaspar und ich Farag heraus, obwohl wir inzwischen vom Sand extrem wunde Hände hatten. Gilad schaffte es allein, und am Ende halfen Farag und ich Sabira.

Wir waren dem Treibsand entkommen.

ZWEIUNDDREISSIG

»Selig die Demütigen, denn sie werden das Land erben«, murmelte ich zufrieden, als ich mich auf dem festen Untergrund des Pfades ausstreckte.

Mehrere Beine mit Tonnen von Treibsand an den Hosenbeinen stiegen vorsichtig über mich hinweg, um sich ein paar Schritte weiter ebenfalls auf den Boden zu legen. Niemand sagte auch nur ein Wort, denn wir fielen augenblicklich in tiefen Schlaf, und als wir nach mehreren Stunden wieder aufwachten, informierte uns Kaspars Smartphone (wir hatten ja keine Uhren mehr) darüber, dass es sechs Uhr am Montagmorgen, dem 7. Juli war. Wir hatten anderthalb Tage in dem Graben voller Treibsand zugebracht. Anderthalb Tage! Der trocknende Sand fiel jetzt in Brocken von unseren Kleidern ab.

Wir hatten kein Trinkwasser, nichts zu essen und auch keine Reiseapotheke mehr, um unsere Füße zu versorgen. Außer den Taschenlampen und den Smartphones hatten wir gar nichts mehr, also gaben wir uns geschlagen und machten uns auf den Weg zurück in die Höhle mit dem Heiligenschein, um von dort aus Isabella anzurufen und um Hilfe zu bitten.

Wie Seelen im Fegefeuer schleppten wir uns dahin, mit hängenden Köpfen und schmerzenden Leibern, hungrig und erschöpft, und die sandige Kleidung scheuerte uns die Haut wund. Aber noch hatten wir keine Ahnung, dass all das geradezu lächerlich war, wirklich gar nichts verglichen mit dem, was uns erwartete.

»Das glaube ich jetzt nicht!«, rief Kaspar plötzlich wutschnaubend. »Ich glaube es wirklich nicht!«

Sein Tonfall riss uns aus der Niedergeschlagenheit und weckte unsere Wachsamkeit; mehr brauchte er auch gar nicht zu sagen, denn wir sahen es selbst, weil wir unmerklich davor angekommen waren. Gilads anfänglich nervöses Auflachen schlug in hysterisches Gelächter um, als er ein paar Schritte nach vorn trat und seine Hand auf diese – woher auch immer plötzlich gekommene – Felswand legte, die uns genau an der Stelle, wo der rötliche Sand anfing, den Weg versperrte. Wir hatten, ohne es zu merken, irgendwann etwas betreten oder gedrückt, das einen Hebel aktivierte und diesen enormen Felsblock vom Boden bis zur Decke hatte aufsteigen lassen.

Sabira begann still zu weinen und sank kraftlos zu Boden, während Kaspar wie ein Löwe im Käfig wütend auf und ab ging und Abby versuchte, ihn zu beruhigen. Farag und ich umarmten uns stumm und hörten Gilad lachen. Er schien nicht aufhören zu können, als hätte er wirklich den Verstand verloren.

»Kommst du mit?«, flüsterte mir Farag ins Ohr.

»Wohin?«, fragte ich und schluckte meine Tränen hinunter.

»Zum Graben mit dem Treibsand.«

»Willst du, dass wir gemeinsam sterben?«

Nach all den Strapazen war das gar keine schlechte Idee. In dem Moment klang es sogar reizvoll und romantisch. Aber Farag lachte nur.

»Nein, wir werden nicht sterben, *Basileia*, das garantiere ich dir.«

»Warum willst du dann zurück?«

»Ich will etwas überprüfen, und die anderen sind viel zu erschöpft, um den ganzen Weg zurückzugehen, ohne zu wissen, ob ich recht habe oder nicht.«

»Recht womit?«, fragte ich.

»Kommst du mit?«, wiederholte er anstelle einer Antwort und sah mir in die Augen.

»Klar.«

Wir schalteten unsere Taschenlampen ein, entfernten uns von den anderen (was keinen zu stören schien) und kehrten schleppenden, müden Schritts zum Graben mit dem Treibsand zurück. Es tat weh, diesen schrecklichen Ort wiederzusehen. Am liebsten wäre ich einfach davongelaufen.

»Du willst doch nicht, dass wir da wieder reingehen, oder?«, fragte ich, als wir innehielten.

»Nein«, versicherte er mir matt. »Ich will nur, dass du hier stehenbleibst und mir leuchtest.«

»Was hast du vor?«, fragte ich alarmiert.

»Ich glaube, dass dieser Graben«, er zeigte mit dem Finger auf eine Stelle, »einen Rand hat, einen Spielraum zur Wand, so etwas wie ein Brunnenrand oder die Kante eines Wasserbeckens, und ich glaube, dass wir darauf bis zur Quelle gehen könnten.«

»Und warum glaubst du das?«

Farag lächelte, ging stöhnend in die Hocke, schob eine Hand in den Treibsand und tastete nach dem Rand des Grabens, wobei er sich mit der anderen Hand auf dem Pfad abstützte. Die Entfernung zwischen beiden Händen betrug ungefähr dreißig Zentimeter. Da der Sand auf dem Pfad und der trockene Sand des Grabens ineinander übergingen, war nicht gleich zu erkennen, dass der Rand in Wirklichkeit zwei oder drei Zentimeter tiefer lag, weil sich der Treibsand genau dort angesammelt hatte und eine kompakte Schicht bildete. Mit anderen Worten – wenn wir mit dem Rücken an der Wand entlanggingen, um auf die andere Seite zu gelangen, stand uns ein schmaler, halbrunder Sockel von ungefähr dreißig Zentimetern zur Verfügung, der leicht abschüssig und gefährlich rutschig war. Was für ein Glück, diese Katzenpfoten genannten Kletterschuhe zu tragen, denn beim Entlanggehen auf diesem Sockel bestand das Risiko, wieder in den Treibsand zu rutschen, und es gab weder genug Platz noch irgendeinen Halt, um jemandem, der abzurutschen drohte, eine Hand, einen Fuß oder was auch immer zu reichen. Ganz im Gegenteil.

»Ich möchte nicht, dass du da allein entlanggehst, Farag.«

»Aber *Basileia*, ich muss es ausprobieren, das musst du verstehen«, erwiderte er. »Wenn es mir gelingt, sagst du den anderen Bescheid, und ihr folgt mir. Ich warte so lange auf euch und trinke als Erster vom Quellwasser.«

Er beendete den Satz lachend, aber ich sah sein eingefallenes Gesicht im Lichtkegel und wusste, dass er am Rande seiner Kräfte war, dass seine Beine so geschwächt waren wie meine und er beim kleinsten Ausrutscher sterben könnte. Ich würde ihn nicht allein lassen, so stur und dickköpfig er sich auch stellte.

»Ich werde dir sagen, was wir machen«, schlug ich geduldig vor. »Wir werden zu den anderen zurückgehen und ihnen erzählen, dass an der Wand ein Sockel entlangführt. Dann kommen wir alle zusammen zurück und gehen auch zusammen zur Quelle.«

»Aber was ist, wenn es den Sockel gar nicht gibt? Oder wenn der Sockel kaputt oder irgendwo unterbrochen ist und wir nicht weiterkommen?«

»Dann werden wir gemeinsam eine Lösung finden. Ich mag keine eitlen Helden, die sich für die anderen opfern. Du weißt doch, was ich immer sage, wenn im Film so einer auftaucht: Er versucht zu beweisen, dass er ein großzügiger und aufopfernder Mensch ist, doch in Wirklichkeit will er nur im Mittelpunkt stehen und bewundert werden.«

Ich musste ihn mit allen Mitteln umstimmen, damit er sich nicht allein in das gefährliche Abenteuer begab. Ich wollte ihn unter gar keinen Umständen sterben sehen. Er schien über meine Worte nachzudenken.

»Einverstanden«, gab er schließlich nach. »Machen wir es so, wie du gesagt hast.«

»Wenn du sowieso weißt, dass ich immer recht habe«, fragte ich schon auf dem Rückweg, »warum machst du dir dann die Mühe, mir immer zu widersprechen?«

»Weil es mir Spaß macht.«

Ich hörte ihn lachen und war glücklich.

Als wir zurückkehrten, hatte sich Kaspar wieder beruhigt,

aber Sabira weinte noch immer, und Gilad wirkte verzweifelt. Nur Abby wirkte trotz der großen Erschöpfung noch standhaft.

Wir berichteten von Farags Entdeckung, und ein Funke der Hoffnung blitzte auf in den vier Augenpaaren, die uns verblüfft anstarrten. Die Vorstellung, zu der Quelle zu gelangen, war sehr verführerisch, denn wenn der Durst unerträglich wird, rückt alles andere in den Hintergrund. Aber jetzt gab es einen Hoffnungsschimmer, und wann immer Hoffnung aufkeimt, tun wir Dinge, die ziemlich dumm wirken, aber wir tun sie trotzdem.

Etwas munterer kehrten wir zum Graben zurück. Vermutlich fürchteten insgeheim alle, dass sich diese letzte Möglichkeit ebenfalls zerschlagen könnte, aber wir mussten es versuchen. Bevor Farag den angeblichen Sockel betrat, warnte Kaspar ihn:

»Schieb vorsichtshalber immer erst mit dem Fuß den Sand beiseite, bevor du auftrittst, denn selbst wenn er sich sofort wieder schließt, kannst du zumindest erkennen, ob fester Boden darunter ist.«

»Und sei vorsichtig, wenn du in den trockenen Teil kommst«, fügte ich hinzu. »Geh nicht einfach weiter im Glauben, dass der Sand am Sockel klebt. Scharre mit dem Fuß darin, um dich zu vergewissern, dass sich darunter kein Treibsand verbirgt oder gar ein Loch, wie Kaspar sagt, das dich zum Stürzen bringen könnte.«

Farag nickte lächelnd. Ich glaube, er war so müde, dass er zu allem Ja und Amen sagte, damit wir ihn endlich anfangen ließen. Er ging bis zum Ende des Pfades, lehnte sich an die Wand und begann, mit dem Fuß den Lehm von der Kante zu scharren, um den Untergrund freizulegen, den er gleich betreten wollte. Kaspar, Gilad und ich leuchteten ihm, damit er sich sicher fühlte und gut sehen konnte. Als er schon fast beim trockenen Teil angekommen war, an dem der Boden stabil und ebenmäßig wirkte, stellte auch ich mich mit dem Rücken an die Wand und folgte ihm. Bis zu der Stelle, wo er sich befand, war der Sockel fast freigelegt, sodass ich nur wenig nassen Sand wegscharren musste, um nicht auszurutschen. Mit den Kletterschuhen funktionierte das wunderbar, sie gaben mir Halt und Sicherheit. Dann folgte Gilad und nach ihm Abby und Sabira. Kaspar war der Letzte.

Die Taschenlampen störten uns nicht sonderlich, weil wir uns sowieso nicht an der Wand abstützen konnten. Plötzlich ertastete Sabira eine leichte Vertiefung in der Mauer hinter uns, in die man die Fingerspitzen stecken konnte. Auch das war beabsichtigt, daran gab es keinen Zweifel. Also klemmten wir uns die Taschenlampen wie früher das Fieberthermometer unter die Achseln, denn wir mussten die Arme eng an dem Körper drücken, um uns rückwärts festzuhalten.

Farag tat nicht, was ich ihm gesagt hatte; er schob den trockenen Sand nicht mit dem Fuß beiseite, als er ankam. Er ging einfach weiter, wobei er sich mit den Fingern an der Wand festhielt, und zum Glück für ihn (und für mich) hielt der Untergrund stand. Wenn wir es vorher mit langsamen und vorsichtigen Schritten geschafft hatten, bis zur Mitte der sandigen Fläche zu gelangen, redete ich mir zur Beruhigung ein, hatte Farag bestimmt gedacht, dass die Schicht verklumpten Sandes bei genauso vorsichtigem Gehen ebenfalls standhalten würde.

Und sie hielt stand. Mein Mann gelangte so glücklich und stolz zur Wasserquelle wie ein Student, der eine Auszeichnung erhält, aber statt stehen zu bleiben und zu trinken, ging er weiter zu einer Öffnung, die in einen weiteren, absolut identischen Stollen wie den vorigen führte. Dort angekommen blieb er endlich stehen und streckte die Hand nach mir aus, womit er mir zu verstehen gab, dass ich nachkommen sollte.

Alle gelangten gesund und munter zur Quelle. Wir alle tranken bis zum Überdruss, was uns sehr guttat, und wuschen uns und unsere Kleidung mit diesem frischen, weichen und köstlichen Quellwasser, natürlich immer zu zweit (je nach Grad der Intimität). Wir hatten Abschürfungen und Verbrennungen am ganzen Körper davongetragen, aber das Wasser linderte den Schmerz, und es störte uns auch nicht, die nassen Klamotten wieder anzuziehen, denn Sand und Schweiß waren ausgespült, und jetzt kühlten sie die Schürfwunden. Seife hatten wir nicht, aber das Wasser reichte fürs Erste. Wenn die Kleidung getrocknet war, würden wir uns sauber fühlen, und das war unbezahlbar.

Die Kletterschuhe hatten unsere Füße, an denen noch die Pflaster klebten, gut vor dem Sand geschützt, und auch die Wunden verheilten ziemlich gut. Die frischen Narben schimmerten rosig, aber wir hatten keine Salzlösung mehr und konnten sie auch nicht an der Luft ausheilen lassen, weil wir weitergehen mussten. Wir befanden, dass sie ziemlich gut aussähen und uns keine Probleme mehr bereiten würden, solange wir nicht springen oder laufen müssten.

Zum Glück war es in diesem Stollen ziemlich warm, obwohl es keine Warmwasserkanäle gab. Wir befänden uns wahrscheinlich unter einem Ausläufer des Berges, meinte Sabira (und Kaspar gab ihr recht), denn wenn wir bei Hillels Grab eingedrungen waren, das sich sechshundert Meter über dem Meeresspiegel etwa auf halber Höhe des Berges Meron befand, der tausendzweihundertacht Meter Höhe aufwies, war es einigermaßen logisch anzunehmen, dass wir nur diese tausendzweihundertacht Meter Felsen über uns hatten, auch wenn wir von meterdickem Felsgestein umgeben waren, und dass die große Hitze des israelischen Sommers draußen von der Erde absorbiert wurde und nach unten zu der Stelle abstrahlte, wo wir uns gerade aufhielten.

Kaspars Versuch, telefonisch Kontakt mit Isabella aufzunehmen, um sie über unsere Lage und den ungefähren Standort in Kenntnis zu setzen, schlug fehl. Das Signal, so viele Kilohertz und Netzwerkknoten und vermaschte Netze es auch haben mochte, drang nicht durch den ungemein breiten Bergausläufer.

Also machten wir uns nach mehreren Stunden und etlichen – getrunkenen und wieder ausgeschiedenen – Litern Wasser zwar hungrig, aber erfrischt, sauber und erholt auf den Weg, den der Stollen vorgab. Er war nicht sehr lang, höchstens zwei Kilometer, und am Ende mussten wir durch eine winzige Öffnung einen gewundenen, engen und (besonders für mich) ziemlich beklemmenden Steg entlanggehen, wobei wir Kopf und Schultern einzogen, um nicht an Wände und Decke zu stoßen. Der Steg vollführte ohne ersichtlichen Grund mehrere Schlenker, was uns das Schlimmste befürchten ließ: Wir befanden uns in einem Labyrinth und hatten uns verirrt. Ich litt bereits an Sauerstoffmangel und war nervös, aber zum Glück war es gar kein Labyrinth. Der niedrige Steg mündete in die größte Höhle, die wir bisher betreten hatten, größer noch in ihrer Fläche als der Graben mit dem Treibsand und ebenfalls rund, doch anstelle einer Kuppel hatte sie schlicht gar kein Dach. Es handelte sich um eine Röhre. Gewiss eine sehr hohe Röhre, durch die von irgendwoher Tageslicht hereinfiel. Ein schwacher Lichtschein, der uns jedoch erlaubte, uns gegenseitig ziemlich gut zu erkennen, als wir die Taschenlampen ausgeschaltet und unsere Augen sich umgewöhnt hatten.

Doch das Licht war nicht das Auffälligste an diesem Ort. Nach oben führte eine merkwürdige Treppe, die in die Wände der Röhre gehauen war und deren Stufen den jeweils exakt gleichen Abstand aufwiesen. In einer Spirale führten die Stufen so weit nach oben, dass wir ihr Ende nicht erkennen konnten. Das Problem war, dass die Stufen ziemlich schmal waren, höchstens einen halben Meter breit, und nirgendwo ein Geländer oder Handlauf zu sehen war. Mit anderen Worten: Ein Absturz bedeutete den sicheren Tod.

»Hätten wir noch unsere Rucksäcke«, lamentierte Kaspar, »könnten wir uns mit Seilen aneinanderbinden und gegenseitig festhalten, wenn jemand ausrutscht.«

»Vergiss die Rucksäcke, Kaspar«, erwiderte mein Mann und klopfte ihm auf die Schulter. »Sie sind weg und Schluss. Wenigstens haben wir noch Taschenlampen.«

»Dann steigen wir jetzt hinauf?«, fragte ich schon auf dem Weg zur Treppe.

»Na los«, ermunterte mich Gilad. »Du zuerst.«

»Lass mich vorangehen«, bat mich Farag und schlang seinen Arm um meine Taille.

»So gefällt mir das!«, rief Kaspar und nutzte die Gelegenheit, Abbys Hand zu ergreifen und den Aufstieg in Angriff zu nehmen. »Ihr wart schon im Graben mit dem Treibsand die Vorhut. Jetzt sind wir dran.«

»Judas!«, schimpfte ich, aber es war ihm egal.

Farag und ich folgten den beiden, Sabira und Gilad folgten uns. Nebeneinander zu gehen war nicht möglich, also bildeten wir eine Art Ameisenstraße.

Obwohl sich das Hochsteigen recht bequem gestaltete, weil die Stufen nicht sehr hoch waren, ging die verdammte Treppe drei Stunden später in eine ähnlich steile und überwölbte wie die über, die uns durch den Gang mit dem kalten Wasser in die Edelstein-Höhle geführt hatte. Hochzugehen war nicht dasselbe wie hinunterzugehen, eindeutig nicht, und man durfte nicht vergessen, dass wir nach dem Hinabsteigen der ersten Treppe fast verblutet wären, gute zwei Tage lang im Treibsand verbrachten und seit drei Tagen nichts gegessen hatten, nämlich seit unserem Frühstück in der Höhle mit dem Nimbus am Freitag. Und jetzt war es Montagvormittag.

Weitere drei Stunden später konnte ich nicht mehr. Meine Beinmuskulatur schmerzte wahnsinnig, und mir war schwindlig vor lauter Erschöpfung und Hunger. Um Farag und den anderen keine Sorgen zu bereiten, sagte ich nichts, wohl wissend, dass mein Schweigen unverantwortlich war. Wir befanden uns inzwischen in beeindruckender Höhe, vom Boden war nichts mehr zu erkennen, und wenn der Schwindel zunähme, würde ich das Bewusstsein verlieren, abstürzen und sterben, denn diese fünfzig Zentimeter breiten Stufen eigneten sich wahrlich nicht dafür, theatralisch in Ohnmacht zu fallen.

Zum Glück fragte Abby wenige Minuten später, ob wir eine kurze Pause einlegen könnten. Sie fühlte sich nicht wohl. Sie hatte Magen- und Kopfschmerzen.

»Das ist der Hunger«, lautete Farags Diagnose, und seine Stimme hallte gespenstisch in der Steinröhre wider. »Mir geht es genauso.«

Im Versuch, möglichst nicht nach unten zu blicken und den Schwindel damit noch zu verstärken, drehte ich mich zu der totenblassen Sabira um und setzte mich auf eine Stufe, in der festen Überzeugung, dass wir nun endgültig an dem Ort angelangt waren, an dem wir sterben würden. Ich schloss die Augen, und hinter meinen Lidern explodierte ein buntes Feuerwerk. Ich war schrecklich unterzuckert und kam nicht gegen die Erschöpfung und den Schwindel an, aber es gab nichts zu essen.

»Ich glaube, offiziell sind wir jetzt bei der vierten Seligpreisung, der der Hungrigen«, verkündete Kaspar dröhnend, wobei er mit dem Echo spielte. »Wer erinnert den genauen Wortlaut?«

»Selig sind die Hungrigen, denn sie werden satt werden«, flüsterte ich, die Stirn auf meine Hände gestützt.

»Erwarten wir lieber nicht, so leicht satt zu werden«, lamentierte mein Mann, als er sich hinter mir niederließ und die Hände auf meine Schultern legte. »Ich nehme an, das hier ist erst der Anfang.«

»Ich halte das nicht aus«, sagte Abby mit schwacher Stimme.

»Wer hat noch genug Kraft, um ein Stückchen weiter hochzusteigen?«, fragte Kaspar.

»Ich«, hörte ich Gilad antworten.

»Ich auch«, hörte ich meinen Mann antworten.

»Nein, Farag, du nicht«, sagte Kaspar abwehrend. »Bleib bei den Frauen. Du bist zu erschöpft. Gilad und ich gehen allein weiter.«

»Kaspar, ich komme nicht zu dir hoch«, sagte Gilad plötzlich.

Es entstand ein kurzes Schweigen.

»Diejenigen, die erst mal hierbleiben, legen sich ganz vorsichtig bäuchlings auf die Stufen und drücken sich so dicht wie möglich an die Wand, damit Gilad über sie drübersteigen kann«, befahl mein Mann.

Mein Magen tat so weh, als würde eine Tigerkralle darin herumwühlen. Die Vorstellung, mich umzudrehen und hinzulegen, überstieg meine augenblicklichen Fähigkeiten, aber ich hatte keine andere Wahl. Klagen konnte man in besseren Zeiten, in schwierigen lautete die Devise, sich zu überwinden. Ich hob den Kopf und schaute nach oben, zum höchsten Punkt der Röhre, durch die aus einer unbekannten Quelle diffuses Licht hereinfiel. Und da entdeckte ich die Öffnung, die Tür. Sie befand sich zwei Drehungen weiter oben rechts in der Wand.

»Schaut mal dort!«, sagte ich und zeigte mit dem Finger nach oben.

Alle blickten nach oben.

»Eine Tür!«, rief Kaspar. »Schau mal, Abby, eine Tür!«

»Wir müssen da rauf«, schlug Farag vor.

»Warte mal«, bat ihn der Felsen. »Lass mich vorausgehen, nicht dass ...«

»Ich stehe nicht auf Helden!«, rief ich und drückte meine Hände auf den Bauch. Ich hätte noch zwei weitere Hände gebraucht, um sie um den Kopf zu legen, und noch zwei, um mir die Augen zuzuhalten. »Wir gehen alle zusammen! Wir müssen uns nur ein letztes Mal anstrengen. Komm schon, Sabira, steh auf! Los, Abby, beweis uns, dass du kein Hasenfuß bist.«

Kaspar marschierte los und zerrte die arme Abby hinter sich her. Farag hingegen drückte sich an die Wand und ergriff meine Arme.

»Du gehst voraus«, befahl er. »Ich will dich nicht aus den Augen verlieren.«

Mir war übel, und ich wusste nicht, warum, denn mein Magen war leer. Ich müsste dringend irgendwelche Nahrung erbrechen, die ich nicht zu mir genommen hatte, denn die Tigerkralle arbeitete sich, nachdem sie schon meinen Magen zerfetzt hatte, weiter bis zum Rücken vor. Ich erinnere mich an meine Überraschung, als ich feststellte, dass Magenschmerzen auch zu schrecklichen Rückenschmerzen führen können. Mir war schlechter als schlecht. Ich hätte alles dafür gegeben, mich hinlegen zu können und nicht mehr rühren zu müssen.

»Komm schon, *Basileia*; los jetzt! Streng dich noch ein klein wenig an, meine Liebe.«

Ich weiß nicht, wie ich diese Tanzdrehung schaffte, um Farag ansehen zu können, und es ist wahrscheinlich besser, es nicht zu wissen, denn ich dürfte den Oberkörper weit über den Abgrund gebeugt haben, nur meine Füße blieben auf dem Boden, und meine Hände klammerten sich an Farag.

Diese letzten beiden Treppenwindungen gehören zu der Art von Grenzerfahrungen, die man ein Leben lang nicht vergisst. Wenn du eigentlich in einem Krankenbett liegen solltest, stattdessen aber ängstlich, kraftlos, schwindlig und mit starken Magen- und Rückenschmerzen eine Stufe nach der anderen erklimmen musst und nicht weißt, ob sich dieser letzte Kraftaufwand überhaupt lohnt, und dich nur noch die Hoffnung antreibt, dass du dich endlich irgendwo hinlegen und einfach bewusstlos werden kannst, ohne aus fast fünfhundert Metern in die Tiefe zu stürzen, wirst du das nie vergessen, so viel Zeit auch vergehen mochte.

Kaspar und Abby waren inzwischen bei der Öffnung angekommen. Er schaltete seine Taschenlampe an, und gleich darauf waren die beiden verschwunden. Als Nächste folgten ich und Farag, der ebenfalls seine Taschenlampe einschaltete. Bevor wir in die Felsöffnung traten, sah ich noch, dass die Treppe an dieser Stelle zu Ende war und man hier nicht weiterkam, die Röhre jedoch weiter nach oben reichte und in einem Kegel endete. Von dort kam das Licht. Der rechte Teil des Kegels musste in eine Bergflanke ragen, in der eine Art Gitter oder Steinrost eingelassen war, aus dem lange Luftwurzeln und Pflanzen herabhingen, die aber noch Platz für Licht und Luft ließen. Daraus schloss ich, dass der äußere Berghang dicht bewaldet und undurchdringlich sein musste und ihn noch nie jemand betreten hatte. Vielleicht konnten wir von hier aus mit Isabella Kontakt aufnehmen.

Ich weiß nur noch, dass Farag und ich nach Kaspar und Abby durch die Felsöffnung traten und uns in einer weiteren Höhle wiederfanden, von ähnlichen Dimensionen wie die mit den Edelsteinen, aber mit einer Quelle auf der linken Seite, ähnlich wie in der Höhle mit dem Treibsand, und dass Decke, Boden und Wände grau waren. Und mir fiel auf, dass es keinen Ausgang gab, dass keine weitere Öffnung zu erkennen war, die von einem Steinrad verschlossen wurde. An mehr erinnere ich mich nicht. Farag half mir noch, mich auf den Boden zu legen, dann verlor ich das Bewusstsein.

DREIUNDDREISSIG

Wenn Schlaf dich schon nicht satt macht, so nimmt er dir wenigstens die vom Hunger verursachte Übelkeit. In der Nacht von Montag auf Dienstag, den 8. Juli, schliefen wir alle fast zehn Stunden durch. Beim Aufwachen waren wir schwach und durstig, aber ansonsten noch intakt. Die Angst und andere Begleiterscheinungen waren (momentan) verschwunden, und das frische Quellwasser belebte uns sichtlich. Doch wenn uns jemand gebeten hätte, noch ein paar Kilometer zu gehen oder eine Treppe wie die am Vortag nach oben zu steigen, hätten wir das nicht geschafft. Wir fühlten uns kraftlos wie Menschen, die nach langer Krankheit endlich auf dem Weg der Besserung sind. Nur dass wir nicht auf dem Weg der Besserung waren, denn der Hunger würde uns im Laufe der Tage noch mehr zusetzen, aber wir hatten nichts mehr zu essen.

»Ich habe noch nie hungern müssen«, murmelte Abby mit dem Kopf in Kaspars Schoß, der sich beschützend über sie gebeugt hatte, als würde das helfen.

»Keiner von uns hat je hungern müssen, Abby«, erwiderte ich matt.

Es war eine Sache, einen Tag lang nichts zu essen oder über Ostern zu fasten, aber hungern, wirklich Hungers leiden wie die unterernährten Kinder in der Dritten Welt oder die Bauern in Regionen mit langen Trockenperioden, das kannte keiner von uns, weil wir alle aus Erste-Welt-Ländern und privilegierten Familien stammten, die uns ordentlich ernähren konnten.

»Kaspar«, flüsterte Farag, der neben mir lag. »Versuch mal, mit Isabella Kontakt aufzunehmen.«

Kaspar antwortete nicht, hob aber sanft Abbys Kopf und legte ihn auf einen kleinen Erdhügel am Boden, der ihr als Stütze diente. Es gab noch einen anderen Hügel, auf dem ihre Füße lagen, weshalb sie etwas verrenkt dalag, aber der Ex-Cato schien es nicht zu bemerken. Er stand auf, streckte sich wie ein Akkordeon und holte das Smartphone aus der Tasche.

»Ihr solltet eure Smartphones auch einschalten«, sagte er mit unendlich müder Stimme.

Wenn die Bitte, mit dem irdischen Paradies Kontakt aufzunehmen, solch einen Kraftaufwand für uns alle bedeutete, bezweifelte ich stark, dass es sich lohnte. Geplagt von Schwindel und Übelkeit, die bei jeder Bewegung schlimmer wurden, tasteten wir nach den Telefonen in unseren Hosentaschen. Ich konnte mich nicht erinnern, wo ich es gelassen hatte, war mir aber sicher, dass es irgendwo sein musste.

»Gilad«, sagte Kaspar plötzlich schon lebhafter, »bring mal die Taschenlampen her.«

»Was ist los?«, fragte mein Mann, der sein Smartphone schon eingeschaltet hatte.

»An dem Boden ist was komisch«, erklärte der Ex-Cato, während er Abby behutsam aufhob. Sie ließ es mit sich geschehen wie eine Stoffpuppe; sie klagte nicht und wirkte irgendwie apathisch. Kaspar legte sie neben Sabira.

»Komisch?«, wunderte sich Farag auf dem Weg zu Kaspar. »Komisch wie etwas Sonderbares oder wie ein komischer Kauz?«

»Eine komische Form«, erklärte der Felsen, während er zu der Stelle zurückging, an der Abby gelegen hatte. »Bringt die Taschenlampen bitte hierher.«

Nur die Träger von Mehr-Tage-Bärten konnten sich noch mit den Taschenlampen zu der Stelle schleppen, wo Kaspar stand.

»Auf den Boden, leuchtet auf den Boden. Seht ihr es? Seht ihr diese komischen Formen auf dem Boden?«

»Das sind Deformationen des Felsens, Kaspar«, empörte sich Farag, der hundemüde war. »Wir befinden uns in einem Berg.«

»Nein, nein!«, rief Gilad plötzlich überrascht. »Das sind Buchstaben!«

Damit weckte er sofort die Aufmerksamkeit meines Mannes, der wie von einem Magneten angezogen zu ihm schlurfte. Kaspar trat ebenfalls näher, und die drei schwenkten die Lichtkegel hin und her, um die großen Lettern zu entziffern, die kaum noch zu erkennen waren, weil sie mit der Zeit verblasst oder im Laufe der Jahrhunderte von den Tritten vieler Füße abgenutzt zu sein schienen, auch wenn das so falsch sein mochte wie alles in diesem Berg.

»Ich glaube, es sind zwei«, behauptete Farag. »Und es sind hebräische Buchstaben.«

Sabira und ich saßen auf dem Boden und lauschten trotz unserer schlechten Verfassung interessiert ihren Mutmaßungen, während Abby zu schlafen schien.

»Der erste ist der Buchstabe *Waw*«, sagte Gilad.

»Bist du sicher?«, fragte Farag mit gerunzelter Stirn.

»Ganz sicher. Schau dir mal die längliche Form an, das ist ein *Waw*, kein Zweifel.«

Sabira stützte sich beim Aufstehen auf meine Schulter und schleppte sich zu den Männern, wo sie auf eines der Blätter, die sie im Treibsand aus ihrem Notizbuch gerissen hatte, den Buchstaben *Waw* malte, der sich im Lichtkegel abzeichnete. Dann kam sie freundlicherweise zu mir zurück und zeigte ihn mir:

ו

Nun ja, ich konnte nichts Besonderes daran erkennen. Ich lächelte Sabira dankbar an, glaube aber, sie hat mein Lächeln eher dahingehend interpretiert, dass sie mich in Ruhe lassen sollte. Die Männer waren mit dem zweiten Buchstaben beschäftigt.

»Es ist ein alter Schrifttyp«, sagte Gilad, dessen vormals durchtrainierter muskulöser Oberkörper jetzt eingefallen wirkte. »Aber ich bin mir sicher, dass es sich um den Buchstaben *Mem* handelt.«

»Ja, das glaube ich auch«, bestätigte mein Mann. »Das ist ein *Mem*.«

Sabira zeichnete auch diesen Buchstaben ab, denn weil sie ihren Fotoapparat nicht mehr hatte (aber noch die Speicherkarte, die in ihrer wasserdichten Hosentasche steckte), waren die Zeichnungen die einzige Möglichkeit, um Beweise zu dokumentieren.

»Also, ein *Waw* und ein *Mem*«, fasste Kaspar zusammen, als wüsste er, wovon er sprach. Aber vielleicht wusste er es ja. Mir war zu dem Zeitpunkt vieles nicht mehr klar.

Als Sabira fertig war, kam sie wieder zu mir und zeigte mir ihre Skizze des hebräischen Buchstabens *Mem*:

מ

Ich dankte ihr, aber was sollte ich damit? Ich konnte kein Hebräisch und verstand nicht, warum diese beiden Buchstaben die drei Bartträger und selbst Abby, die neugierig die Augen aufgeschlagen hatte, so in Erregung versetzte.

»*Man hu*«, sagte Farag.

»Nein, nein, Professor Boswell«, rief Gilad lachend. »Das liest man nicht *Man hu*. Das liest man *Man hu?*. Soll heißen: *Was ist das?*«

»Was ist das?«, wiederholte Kaspar wie ein Papagei. »Das frage ich mich auch! Was zum Teufel ist das?«

»*Man hu*, Kaspar, Manna«, erklärte ihm Farag amüsiert. »Das Manna, von dem sich das israelische Volk auf seiner vierzigjährigen Wanderung durch die Wüste ernährte.«

Meine Gleichgültigkeit und meine feste Überzeugung, dass es dieses Manna nicht gab, kamen nicht gegen meinen Hunger an. Urplötzlich interessierte es mich sehr, was die drei Besserwisser da behaupteten. Auch Sabira zeigte größtes Interesse. Sogar Abby richtete sich auf und stützte sich auf den Ellbogen, die Augen weit aufgerissen angesichts der Vorstellung von Manna. Schön und gut, aber ich wollte es auch sehen. Oder sollten wir etwa die Buchstaben vom Felsboden essen? Mein Magen krampfte erneut. Der Tiger fuhr wieder die Krallen aus und schlug unbarmherzig zu, als wollte er meine Eingeweide zerfetzen. Sie sollten mir doch nichts von Manna erzählen, wenn sie mir nicht sofort ein ordentliches Stück davon gaben.

»Als die Söhne Israels kurz nach ihrer Flucht aus Ägypten in der Wüste zu hungern begannen«, murmelte Abby, worauf wir alle die Köpfe drehten und sie angesichts ihrer plötzlichen Wiederauferstehung irritiert anblickten, »gab es Gerüchte, dass Moses sie dort hingeführt hätte, um sie sterben zu lassen. Da sagte der Herr zu Moses, er solle den Söhnen Israels sagen, dass er von den Gerüchten gehört hätte und Brot vom Himmel regnen lassen würde.«

»Und er sagte eindeutig Brot«, bestätigte Gilad. »Mit anderen Worten, *lejem*, das heißt Brot.«

»Und am nächsten Morgen«, fuhr Kaspar fort, damit sich Abby nicht überanstrengte, wobei er die Haltung eines Priesters oder eher eines amtierenden Catos einnahm, »entdeckten die Juden um das Lager herum auf dem Wüstensand eine seltsame Tauschicht, die nach dem Verdunsten eine dünne Kruste bildete, fein und zart wie Reif. Da blickten sie sich verwirrt an und fragten sich: Was ist das? Und Moses sagte, diese Kruste sei das Brot, das der Herr ihnen versprochen hätte.«

»So wird es im *Schemot* nicht erzählt«, protestierte Gilad und sah Kaspar empört an. »Im zweiten Buch der Tora, im *Schemot*, heißt es, nachdem der Tau vom Himmel fiel, war die Wüste überzogen mit etwas Rundem, Winzigem wie Raureif. Daraufhin fragten sich die Söhne Israels: *Man hu?*, *Was ist das?*, denn sie wussten es nicht. Und *Moshe* sagte zu ihnen, das sei *lejem*, das Brot, das Adonai ihnen versprochen hätte.«

»Aber sie nannten es nicht *lejem*«, widersprach Farag, als er sich mit verschränkten Beinen wie ein Indianer auf den Boden setzte. »Sie nannten es *man*.«

»Genau«, bestätigte Gilad. »*Man*, nicht *lejem*, denn es war etwas Rundes, Winziges, nicht eine feine, zarte Kruste, wie es in der schlechten Übersetzung der katholischen Bibel heißt. Es war auch kein Weizen oder sonst ein Getreide, das sie kannten und mit dem sie *lejem* hätten backen können.«

Und während Gilad beharrlich die Unterschiede zwischen der jüdischen und der christlichen Version von *man* oder Manna erläuterte und sich zum Beweis auf das Alter und die Glaubwürdigkeit seiner Heiligen Schrift berief, dass dieses *man* die Form von kleinen Scheiben hatte und nicht wie eine dünne Kruste aussah, kratzte Farag mit den Fingernägeln etwas vom Boden und häufte es vor sich auf. Als er das sah, verstummte der Archäologe plötzlich, und wir alle waren wie erstarrt.

»Ich fürchte, Gilad«, sagte mein Mann lächelnd und blickte zu ihm hoch, »die Ebioniten haben sich in diesem Fall für die schlechte Übersetzung der christlichen Bibel entschieden, denn was den Boden, die Wände, die Decke und wahrscheinlich auch den Ausgang dieser Höhle überzieht, ist eine Kruste aus *man*. Allerdings keine besonders feine.«

Kaspar ging zu Farag und setzte sich ihm gegenüber, zwischen ihnen die Brocken des angeblichen Felsgesteins in der Farbe von heller Asche (vielleicht bezog sich das mit dem Reif darauf), die mein Mann mit den Fingernägeln problemlos abgekratzt hatte. Der Ex-Cato ergriff ein Stück von der Größe seiner verlorengegangen kleinen Reisebibel und untersuchte es im Schein seiner Taschenlampe.

»Wir brauchen ein Taschenmesser!«, knurrte er.

»Kann ich bitte mal sehen?«, fragte Sabira und streckte die Hand aus.

Kaspar gab ihr den Brocken in der Annahme (die wir alle teilten), dass Sabira ihn für ihre Beweisliste zeichnen wollte, doch zu unserer Überraschung ging sie in die Hocke, um ihn im Lichtschein besser sehen zu können, drehte ihn hin und her, brach schließlich ein Stück davon ab und steckte es sich in aller Seelenruhe in den Mund. Dann kaute sie darauf herum und machte ein Gesicht, als würde sich bestätigen, was sie schon wusste.

»Iss das nicht!«, rief Gilad erschrocken, beugte sich zu ihr hinunter und riss ihr den Brocken aus der Hand. »Spuck das sofort aus, Sabira! Es könnte giftig sein!«

Aber die Mörderin Sabira kaute unverdrossen weiter, lächelte ihn freundlich an und schluckte dann ostentativ hinunter.

»Ich weiß, was das ist«, sagte sie sanft. »In meiner Geburtsstadt Diyarbakır in Anatolien haben wir Kinder das oft gegessen. Aber bevor ich euch diese merkwürdige Geschichte erzähle, bitte ich euch, nicht länger zu warten. Ihr könnt es ruhig essen, es wird euch nicht schaden. Das ist eine sehr nahrhafte Flechte.«

»Eine Flechte?«, wiederholte ich angewidert. Ich wusste, dass Flechten lebendige Organismen waren, die aus einer Verbindung von Pilzen und einzelligen Algen entstanden, und ich wusste auch, dass es an Orten, an denen Flechten gediehen, keinerlei Verschmutzung durch Fabriken, Autoabgase oder gefährliche toxische Produkte geben konnte, weil sie extrem empfindlich reagierten auf alles, was ihrer Beschaffenheit schadete. Doch selbst wenn sie der Kanarienvogel als Sauerstoffdetektor oder die grüne Ampel für Reinheit und Hygiene wären, hatten Flechten noch nie auf meinen Speiseplan gehört, und die Vorstellung, einen solchen lebendigen Organismus zu essen, weckte nicht gerade meine Leidenschaft.

»Sie wären noch geschmackvoller«, erklärte Sabira, als sie ein weiteres Stückchen von dem Brocken in Gilads Händen abbrach, »wenn wir Mehl daraus machen und es zum Backen verwenden könnten, aber ich glaube, in unserer Lage ist das zu viel verlangt, also müssen wir uns wohl mit den Brocken und dem Quellwasser zufriedengeben.«

Sie essen zu sehen machte mich derart neidisch und gierig, dass ich meine Zimperlichkeit vergaß. Wenn das da, Flechte oder Stein, genießbar war, würde ich es essen. Ich musste unbedingt den Tiger füttern, damit er mich leben ließ, denn die

Magenkrämpfe waren inzwischen unerträglich, und die Unterzuckerung löschte mich als Mensch geradezu aus.

Farag und Kaspar verteilten Brocken an alle, und ich schloss die Augen, bevor ich mir das winzige Stück Flechte einverleibte, das ich mit Daumen und Zeigefinger abgebrochen hatte. Ihre Struktur war rau und hart, und sie ließ sich eher wegen ihrer Trockenheit denn aus einem anderen Grund (nämlich dem, ein lebendiger Organismus zu sein) so leicht brechen. Mit geschlossenen Augen schob ich mir das Stückchen in den Mund; die Magenschmerzen wirkten als Triebfeder und ließen mich kauen. Die Flechte schmeckte nach Weizenmehl, nur etwas saurer. Sie war nicht gerade ein Leckerbissen, aber sie regte die Magensäfte an, und die dankten es mir, indem sie mich endlich in Ruhe ließen. Das war das Einzige, was ich wollte.

Ich wusste nicht, was Menschen empfinden, die wirklich nichts zu essen hatten. Ich wusste nicht, ob es sich genauso anfühlt wie bei mir, denn sie hungerten über längere Zeit, ich zum ersten Mal und erst seit ein paar Tagen. Dennoch gibt es kein schlimmeres Gefühl, das schmerzhafter und knebelnder ist als Hunger. Diese Erfahrung hatte etwas in mir verändert. Gewisse Dinge sah ich jetzt mit anderen Augen.

Die Flechten verlangten nach Wasser, um gekaut, geschluckt und verdaut zu werden. Am Ende standen wir alle mit unseren Brocken *man* in Händen vor der Quelle, bissen davon ab und tranken dazu Wasser. Wir aßen langsam und ohne Hast und achteten darauf, dass Hunger und Gier nicht überhandnahmen, damit uns das Mahl auch bekam. Wir sprachen nicht. Wir aßen und tranken gemächlich und stumm, wir waren viel zu schwach für eine Unterhaltung. Und als wir fertig waren, als wir satt waren, legten wir uns zum Schlafen wieder auf den Boden, einen Boden, der hart wie Stein wirkte, von dem wir aber jetzt wussten, dass er überzogen war mit einer zehn- oder fünfzehn Zentimeter dicken Schicht aus Flechten, die sich anfühlten und aussahen wie Stein, aber ebenso lebendig waren wie wir. Der Gedanke ließ einem wahrlich die Haare zu Berge stehen.

Als ich Stunden später wieder aufwachte, fühlte ich mich wesentlich besser. Die Symptome des Hungers wie Schwindel, Übelkeit und Angst waren verschwunden. Die Magenschmerzen ebenfalls. Zu meiner großen Freude war der Tiger ohne Abschied weitergezogen.

Abby und Kaspar standen vor der Quelle. Sie sahen viel besser aus und aßen und tranken eine zweite Portion (was ich jetzt auch tun wollte). Es musste schon spät sein, sodass es eher ein Abendessen als ein Frühstück war.

»Wie fühlst du dich, Dottoressa?«, fragte der Ex-Cato, als er mir ein weiteres Flechten-Brötchen anbot.

Ich nahm es und biss hinein; jetzt wusste ich ja, was es mit diesem seltsamen Nahrungsmittel auf sich hatte.

»Viel besser«, erwiderte ich, formte mit den Händen eine Schale und fing damit das Quellwasser auf, das ich in kleinen Schlucken trank. »Sehr viel besser, wirklich.«

»Wir uns auch«, sagte Abby lächelnd. »Ich glaube, wir können diese Prüfung als bestanden betrachten und uns der nächsten Seligpreisung zuwenden.«

Das brachte mich kurz aus dem Konzept.

»Wollten wir nicht Isabella anrufen und uns hier rausholen lassen?«

»Das war, bevor wir die Flechte gefunden haben«, brummte Kaspar und trank aus seinen Händen Wasser.

»Wir machen das wirklich gut, Ottavia«, erklärte mir Abby. »Es ist hart, ich weiß, aber wir bestehen nacheinander alle Prüfungen der Seligpreisungen und erlangen damit das Recht, die Ossuarien mit den sterblichen Überresten von Jesus von Nazareth und seiner Familie zu finden. Wenn wir am Ende angekommen sind, werde ich nicht das Gefühl haben, an der wichtigsten archäologischen Entdeckung der Geschichte beteiligt zu sein. Ich werde das Gefühl haben, würdig genug zu sein, um an der wichtigsten archäologischen Entdeckung der Geschichte mitgewirkt zu haben. Irgendwie bereiten diese Prüfungen uns darauf vor, uns zu verdienen, was wir finden werden.«

»Ich verstehe dich sehr gut«, sagte Farag hinter mir. Er war ebenfalls aufgewacht und zur Quelle gekommen.

Wenn der Atheist Farag Abby verstand, dann musste auch Abby etwas von einer Atheistin an sich haben, obwohl sie wiederholt ihre guten Kenntnisse der Heiligen Schriften, sowohl der christlichen als auch der jüdischen, und ihren großen Respekt gegenüber jedem Glauben einschließlich des muslimischen unter Beweis gestellt hatte und weder sie noch ihre Großeltern, soweit ich mich erinnere, bisher erwähnt hatten, irgendeiner Religion anzugehören. Sie waren enge Freunde von Prinz Karim, dem Imam der Nizariten, aber sie hatten auch gute Beziehungen zum Vatikan. Dennoch schienen sie wie Farag Atheisten zu sein.

»Hallo, mein Schatz«, sagte er und küsste mich auf die Wange. »Hast du gut geschlafen? Wie fühlst du dich?«

»Viel besser«, antwortete ich. »Du siehst auch viel besser aus. Wenn du dich rasieren könntest, würde man sogar erkennen, dass dein Gesicht wieder Farbe hat.«

Farag nahm das Stück Flechte, das Kaspar ihm reichte, hielt aber erst seinen Kopf unter den Wasserstrahl und trank einen großen Schluck, bevor er hineinbiss.

»Noch kann ich keine überschwängliche Freude empfinden«, rief er und fuhr sich mit der trockenen Hand über das nasse Gesicht. »Denn wir sind hundemüde und fix und fertig und bräuchten eine wochenlange Kur, um wieder zu Kräften zu kommen. Aber ich bin unglaublich stolz auf das, was wir bisher erreicht haben. Deshalb bin ich ganz Abbys Meinung.«

»Soll heißen, du willst weitermachen«, seufzte ich resigniert.

»Du auch, *Basileia*«, sagte er, legte mir den Arm um die Schultern und zog mich an sich, während er von der Flechte abbiss. »Du auch, ich kenne dich gut genug, um zu wissen, dass du niemals etwas nicht zu Ende führst, was du angefangen hast.«

Plötzlich stand Gilad neben mir. Er hatte ein so verschlafenes Gesicht, dass ich Mitleid empfand, wirkte aber auch deutlich gestärkt. Bäckermeister Kaspar gab ihm ein Stück Manna, doch der Israeli wollte wie alle anderen zuerst einen großen Schluck

Wasser trinken. Das tat er gerade, als auch Sabira auftauchte. Sie lächelte breit und sah von Weitem betrachtet besser aus als alle anderen. Der Bäckermeister überreichte auch ihr ein Stück Flechte, und sie biss so gierig hinein, als handle es sich um Schokolade.

»Meine Mutter und die Frauen aus Diyarbakır«, erklärte sie, nachdem sie den ersten Bissen geschluckt hatte, »sammelten die Reste dieser Flechte auf den Feldern ein, machten daraus Mehl und buken ein Brot, das wir *Schirzad* nennen und das wirklich gut schmeckte.«

»Dann fällt sie nicht vom Himmel?«, fragte Gilad enttäuscht.

»Oh doch! Natürlich fällt sie vom Himmel!«, rief Sabira fröhlich.

Wir waren sprachlos. Sie fiel wie Manna vom Himmel? Wie war sie dann in diese Berghöhle gelangt?

»Ich habe nie herausgefunden«, fuhr Sabira fort, »wie der Name dieser Flechte lautet oder zu welcher Art sie genau gehört, aber sie wird vom Wind hergetragen oder fällt mit dem Regen. Dann bildet sich eine Schicht kleiner Kreise, die außen gelb und innen weiß sind. Die haben die Frauen aus Diyarbakır und anderen Regionen Anatoliens, im Irak und in Zentralasien früher gesammelt. Wenn man sie nicht erntet, bildet sie eine Kruste von zehn bis fünfzehn Zentimetern wie in dieser Höhle, aus der man auch Mehl mahlen und Brot backen kann.«

»Und wie konnte sie hier reinkommen und sich derartig vermehren?«, wollte Abby verblüfft wissen.

»Ich weiß es nicht«, antwortete Sabira schulterzuckend. »Aber diese hier stammt doch von den Ebioniten, oder? Sie kannten bestimmt irgendeine alte Technik, um in ihren kühlen, dunklen Kellern in Susya Flechten zu züchten. Wie schon gesagt, sie sind ein gutes Nahrungsmittel.«

»Und sie hat sie bestimmt an das *Man hu* erinnert, das Adonai den Söhnen Israels in der Wüste geschenkt hat«, fügte Gilad hinzu.

»Vielleicht glaubten sie, sie sei das echte Manna«, warf ich ein. »Was Sabira erzählt hat, ist wegen seiner Ähnlichkeit mit den beiden biblischen Versionen wirklich beunruhigend.«

»Ich glaube, ich muss irgendwann mal deine Stadt besuchen«, sagte Gilad lachend. »Es wird bestimmt nicht schwer sein, finanzielle Unterstützung zu bekommen, um den Ursprung von *man* zu studieren. Für das israelische Volk ist das ein wichtiges Thema.«

»Meine Mutter würde dir bestimmt gern ihre besten Eintöpfe mit *Schirzad* zubereiten.«

»Aber würde sie denn einen Juden willkommen heißen?«, fragte er verblüfft.

Farag, Kaspar, Abby und ich aßen schweigend weiter und lauschten aufmerksam dem arabisch-israelischen Gespräch. Es war wieder einmal wie Abendessen vor dem Fernseher.

»Wie die meisten Bewohner Diyarbakırs sind wir in meiner Familie alle Kurden«, erklärte Sabira. »Wir sind keine richtigen Türken oder Araber. Wir sind auch keine Sunniten, sondern Schiiten. Genauer gesagt, ismailitische Nizariten.«

Jetzt kommen wir zum Kern der Sache, dachte ich kauend. Sabira hatte Gilad soeben eröffnet, dass sie eine Mörderin war.

»Ismailiten wie die Anhänger des Aga Khan?«, fragte Gilad neugierig und suchte in seinem Gedächtnis nach allem, was er darüber wusste.

»Genau«, sagte Sabira strahlend. »Der Aga Khan ist unser Imam.«

Gilad lächelte breit.

»Dann musst du mir etwas über deine Religion erzählen«, sagte er. »Denn ich weiß überhaupt nichts darüber.«

Er hatte keine Ahnung, dass es sich um die Sekte der Assassinen handelte! Obwohl das vielen anderen Leuten ebenso ging. Sabira lächelte ebenfalls und nickte. Soeben war ein wichtiger assassinisch-jüdischer Freundschaftspakt geschlossen worden.

Na ja, eigentlich ein ismailitisch-jüdischer. Ich hasse es, politisch korrekt zu sein.

»Wie lautet die nächste Seligpreisung?«, fragte der Felsen plötzlich.

»Warum willst du das ausgerechnet jetzt wissen?«, fragte Abby-Julia und legte ihr makelloses Kinn auf die quadratische Schulter des Ex-Catos.

»Weil ich einen Sohn habe«, antwortete er sanft. »Und ich will ihn so schnell wie möglich wiederhaben. Ich weiß, dass er gut versorgt ist, aber ich vermisse ihn. Wenn wir zur nächsten Seligpreisung eilen wollen, dann los. Wenn sie aber so schrecklich ist wie die letzten, sollten wir vielleicht noch ein Weilchen hierbleiben, uns erholen und essen.«

»Du erklärst die Prüfung des Hungers ja schnell für beendet«, stellte Farag fest. »Hast du dich mal umgeschaut? Siehst du irgendwo einen Ausgang? Denn ich, mein Freund, sehe nur eine riesige Höhle, deren Boden mit einer dicken grauen Flechtenschicht überzogen ist, die es mir unmöglich macht zu erkennen, wo sich der Ausgang befindet, sollte es denn einen geben.«

»Wir werden ewig brauchen, bis wir die Flechten mit den bloßen Händen abgekratzt haben«, rief Abby entsetzt. »Das kann Monate dauern.«

»Glaubt ihr, dass die Flechtenkruste unser Gewicht tragen würde, wenn der Ausgang im Boden wäre und nach unten führen sollte?«, fragte ich und konnte mir schon lebhaft vorstellen, wie wir auf einen Schlag eine größere Fläche an Flechten entfernten.

»Ja«, antwortete Sabira, »sie wird uns tragen, solange die Fläche nicht zu groß ist. Es ist sogar möglich, dass wir schon mehrmals darüber hinweggegangen sind, ohne es zu merken.«

»Dann sind wir ganz schön aufgeschmissen!«, klagte Gilad. »Wenigstens haben wir genug Essen und Wasser, um ein Weilchen durchzuhalten.«

»Das ist ein wichtiger Hinweis«, erklärte ich. »Wie auch immer wir hier rauskommen, wir sollten einen ordentlichen Vorrat an Flechten mitnehmen, wenn es so weit ist.«

»Aber hallo«, dröhnte der Felsen. »Will mir endlich mal jemand verraten, wie die nächste tödliche Seligpreisung lautet, der wir uns stellen müssen?«

»Selig sind die Barmherzigen, denn sie werden Erbarmen finden«, zitierte ich aus dem Gedächtnis.

Ein paar Sekunden war es totenstill.

»Das klingt nicht sehr gefährlich«, flüsterte Sabira schließlich.

»Traue niemals den Ebioniten!«, knurrte der Ex-Cato.

»Mensch, Kaspar«, sagte Farag vorwurfsvoll. »Hier ist von Erbarmen die Rede!«

»Ich habe keinen Funken von Erbarmen gespürt, seit wir in diesen verdammten Berg eingedrungen sind!«, rief Kaspar empört. Abby legte ihm beruhigend eine Hand auf die Schulter.

»Hört mal«, mischte sich Sabira ein, »ich finde, wir sollten anfangen, die Flechte zu ernten, die wir mitnehmen wollen. Wir könnten die Männerhemden zu Säcken umfunktionieren.«

»Wieso?«, fragte Abby.

»Weil es große Stoffflächen sind, die …«

»Nein, nein«, erwiderte die Erbin energisch, das hatte sie schon verstanden. »Ich meine, wieso sollten wir schon mit der Ernte beginnen?«

»Es ist neunzehn Uhr, Dienstag, 8. Juli«, erklärte Kaspar nach einem Blick auf sein Smartphone. Er war gebürtiger Schweizer und neigte dazu, wie ein Schweizer Uhrwerk zu funktionieren. Dazu gehörte natürlich auch das ständige Erinnern an die Uhrzeit.

»Wenn wir es jetzt ernten«, sagte die Archäologin, »können wir heute Nacht essen und schlafen, und morgen früh machen wir uns auf die Suche nach der nächsten Seligpreisung.«

»Was ist mit dem Ausgang?«, brachte Farag uns in Erinnerung.

»Also, den zu finden ist ganz einfach«, erwiderte sie mit strahlendem Lächeln.

Das stimmte, es war ganz einfach. Sabira verfügte über ungeahnte Fähigkeiten.

Wir machten alles wie besprochen. Wir knoteten aus den

Hemden von Farag, Kaspar und Gilad – die mit nacktem Oberkörper viel attraktiver wirkten, wie beim Badeurlaub – Säcke und füllten sie mit Flechten, dann aßen wir weiter und legten uns schlafen; diesmal hatte wegen der großen Erschöpfung niemand Probleme mit dem Einschlafen. Als wir am nächsten Morgen aufwachten, waren wir gänzlich erholt und machten uns nach dem Manna-Frühstück bereit zum Aufbruch, wozu wir erst einmal zu der Röhre mit der Treppe zurückkehren mussten, durch die Licht und Luft hereinströmte.

Sabira hatte außer ihren Zeichnungen und ihrer Speicherkarte auch die zwei kleinen Feuersteinscherben aus dem Gang mit dem roten Wasser bei sich. Als wir anderen die Stufen hinabgingen, blieb sie in der Höhle zurück; als sie uns einholte, stieg hinter ihr eine kleine schwarze Rauchsäule zur vergitterten Kuppel empor, die wie ein Staubsauger funktionierte. Der schwarze Rauch, der durch die Öffnung waberte, wurde immer dichter, bis er sich in leuchtend rote Flammen verwandelt hatte.

Zum Glück zogen weder der Rauch noch die Flammen nach unten, denn wir starrten sprachlos auf das Feuer, das Sabira in der Flechtenhöhle entfacht hatte.

»So hat man das auf den Feldern gemacht«, lautete ihre schlichte Erklärung. »Wenn die Kruste zu dick wurde und die Erde für die neue Saat vorbereitet werden musste, haben die Menschen die Flechte abgebrannt. Ich habe die beiden Feuersteinscherben aneinandergerieben und damit Feuer gemacht.«

Die Höhle brannte noch gute drei Stunden lang.

VIERUNDDREISSIG

Während wir darauf warteten, dass die Flechte verbrannte und die Temperatur in der Höhle wieder auf eine für Menschen erträgliche sank, damit wir nicht wie Grillfleisch im eigenen Saft schmorten, klingelte schrill und ausdauernd Kaspars Smartphone.

»Isabella!«, rief ich.

Seltsamer- und unbegreiflicherweise ließ die Tatsache, dass meine Nichte anrief, Wogen der Liebe in mir aufsteigen.

»Farag, das ist Isabella!«, sagte ich zu meinem Mann, der ebenfalls lächelte.

Wir saßen noch immer auf den Stufen am oberen Ende der Röhre, denn obwohl kein Rauch mehr in der Höhle aufstieg, hatte sich das Felsgestein derart erhitzt, dass man sich der Öffnung keinen Meter nähern konnte.

»Das ist nicht Isabella«, murmelte Kaspar. »Schaltet eure Smartphones ein.«

»Und wer außer Isabella ruft dich sonst an?«, fragte ich.

Komischerweise hatte mein Telefon an diesem Ort ebenfalls einen schwachen Empfang. Doch wenn Kaspar uns bat, die Telefone einzuschalten, bedeutete das, dass die SMS über das im irdischen Paradies eingerichtete Knotennetz kam.

»Das ist Navil, einer der Techniker«, erwiderte der Felsen. »Der israelische Forstschutz hat an der Nordwand des Berges Meron eine Rauchsäule entdeckt, ungefähr vierhundert Meter vom Gipfel entfernt in einem engen, steilen Kamm, der für die

Öffentlichkeit unzugänglich ist. Er nennt mir die Koordinaten und will wissen, ob wir das waren und ob wir Hilfe brauchen.«

»Natürlich waren wir das. Und natürlich wollen wir gerettet und hier rausgeholt werden.« Das war ich.

»Wird dieser Forstschutz die Feuerwehr oder ein Observationsteam schicken?«, fragte Farag besorgt. Unsere persönliche Sicherheit und Lebensqualität waren in den letzten Tagen etwas zu kurz gekommen.

Kaspar, der weitere Nachrichten erhielt und las, nickte.

»Das hat er schon, es wurden aber keine Flammen gesichtet. Navil schreibt, dass die Helikopter vorsichtshalber weiter in der Luft patrouillieren, falls der Rauch in Flammen umschlägt.«

»Dann werden sie bald wieder abziehen«, kommentierte Sabira. »Es steigt kein Rauch mehr auf.«

»Es ist kaum zu glauben«, wunderte sich Gilad, »dass sie das Steingitter von oben nicht sehen können. Es muss unter der Vegetation oder den Felsen perfekt getarnt sein.«

»Frag diesen Navil nach Isabella«, bat ich Kaspar.

»Isabella geht's gut«, sagte der Ex-Cato mürrisch. »Ich werde nichts fragen.«

Ich bezwang meine aufsteigende Wut, denn im tiefsten Innern wusste ich ja, dass es Isabella bestens ging. Außerdem hatte ich eine noch viel wichtigere Frage:

»Und du, Abby, willst du nicht nach Jake und Becky fragen?«

Da war es wieder, ich habe es genau gesehen, ich habe wieder diesen Anflug von Beklommenheit über ihr Gesicht huschen sehen, der sofort von einem freundlichen Lächeln verscheucht wurde.

»Wie sollen sie im irdischen Paradies wissen, wie es meinen Großeltern geht?«

»Ich werde sie bitten, sich zu erkundigen«, murmelte Kaspar, der ununterbrochen tippte, ohne auf Abbys Antwort zu warten.

»Machst du dir keine Sorgen?«, hakte ich nach.

»Ich mache mir große Sorgen, Ottavia«, antwortete sie mit großer Aufrichtigkeit in der Stimme und sichtlich irritiert von dieser Frage, weshalb ich mir wie eine Idiotin vorkam. Farag hatte wirklich recht, wenn er mir vorwarf, unerträglich misstrauisch zu sein. »Ich denke ständig an sie und wünsche mir nur, dass sie wieder gesund werden, damit ich sie umarmen kann, wenn wir hier raus sind, und ihnen die gute Nachricht überbringen kann, auf die sie schon ein Leben lang warten.«

»Sobald sie was wissen, geben sie uns Bescheid,«, verkündete Kaspar, als er den Kopf hob und Abby anblickte.

Abby lächelte so voller Dankbarkeit, dass ich jeglichen Zweifel aus meinem Kopf verbannte, um mich nicht noch erbärmlicher und verabscheuenswerter zu fühlen.

»Isabella und Linus geht's gut«, schloss der Ex-Cato und schaltete sein Display aus. Die Verbindung war unterbrochen.

Gelangweilt und stumm hockten wir fast den ganzen Tag auf der verfluchten Treppe und warteten darauf, dass die Höhle abkühlte. Erst gegen Einbruch der Dunkelheit, als durch das Gitter in der Kuppel kaum noch ein Lichtstrahl hereinfiel, verkündete uns Sabira, die für die Temperaturkontrolle in der Höhle zuständig war, weil sie näher an der Öffnung saß, dass wir wieder hineinkönnten.

Wir schalteten die Taschenlampen ein und betraten hinter ihr den unheimlichen Ort, dessen Boden zuvor mit Flechten überzogen und jetzt völlig verrußt und schwarz wie die Nacht war. Der Ausgang befand sich auf der anderen Seite, genau gegenüber dem Eingang. Hätten wir uns ein wenig bemüht und nachgedacht, wäre es vielleicht nicht nötig gewesen, so viel Nahrung zu verbrennen, dachte ich, denn aufgrund meiner Erziehung war es mit dem Vernichten von Nahrungsmitteln ebenso wie mit dem Verbrennen von Büchern: schlicht grauenhaft, unverantwortlich und kriminell.

Die neue Öffnung führte zu einer Wendeltreppe, die sich sachte nach links wand und weiter ins Berginnere führte. Wie gewohnt handelte es sich um eine Steintreppe zwischen zwei Mauern mit einem hässlichen Gewölbe darüber.

Wir stiegen zehn oder fünfzehn Minuten lang im Kreis immer weiter nach oben, bis wir in eine neuerliche Höhle gelangten, einen Ort, an dem wir uns tüchtig in Barmherzigkeit (nicht in göttlicher, sondern in ebionitischer Barmherzigkeit) üben sollten. Es handelte sich um eine runde Höhle, die ebenfalls eine Kuppel und eine Quelle mit frischem Wasser auf der linken Seite aufwies. Verglichen mit den vorigen Höhlen gab es in dieser allerdings zwei deutliche Unterschiede: Der erste war, dass der gegenüberliegende Ausgang nicht nur von einem riesigen Steinrad versperrt wurde, sondern links davon ein ungefähr fünf Meter langes und ein Meter hohes Rechteck mit vier kleineren Rädern voller Symbole in die Wand gemeißelt war. Der Durchmesser eines jeden dieser kleineren Räder musste einen halben Meter betragen, und sie waren ungefähr so tief wie das Rechteck, also zwanzig oder dreißig Zentimeter. Keine Ahnung, was wir damit nun wieder anfangen sollten.

Der zweite Unterschied bestand darin, dass der Höhlenboden überzogen war mit Resten von etwas, das einmal schmale Säulen mit glockenförmigen Kapitellen im ägyptischen Stil gewesen sein mussten, Säulen, die irgendwann eingestürzt waren und einen Trümmerhaufen aus steinernen Schäften, Sockeln und Verzierungen hinterlassen hatten. Da Israel direkt auf dem schmalen Grat lag, an dem die arabische und die afrikanische Kontinentalplatte zusammenstießen, waren sie vermutlich bei einem Erdbeben in den letzten achthundert Jahren eingestürzt.

»Selig die Barmherzigen, denn sie werden Erbarmen finden«, zitierte Farag laut, als wir sechs in der Mitte der runden Höhle standen und die vier kleinen Räder anstarrten.

Wie einer dieser Vogelzüge am Himmel oder eine dieser Fischbänke im Wasser, bei denen alle Vögel und Fische gleichzeitig die Richtung ändern, gingen wir sechs im Gleichschritt zu den Rädern. Sie schienen wie die Lenkräder eines Autos an einer festen Achse in dem Rechteck befestigt zu sein, als könnten sie hinter der Mauer irgendein Gewinde in Bewegung setzen.

»Was zum Teufel hat das alles mit der Barmherzigkeit zu tun?«, schnaubte Kaspar aufgebracht.

Jedes der vier kleinen Räder enthielt acht Kreise, was bedeutete, dass sie in acht Teile oder – wären es runde Grafiken gewesen – acht Portionen aufgeteilt waren, und in jeder dieser Portionen stand ein Symbol; von Nahem betrachtet waren es jedoch keine Symbole, sondern Buchstaben, wunderschöne, fein gemeißelte Buchstaben, die auf den ersten Blick aus mehreren Alphabeten zu stammen schienen. Ich erkannte hebräische und lateinische Buchstaben und entdeckte im ersten Rad ein elegantes großes griechisches Pi (Π), das mein Herz höherschlagen ließ. Offensichtlich gab es auch griechische Buchstaben; das Problem war nur, dass sie als Großbuchstaben leicht mit den lateinischen zu verwechseln waren, die in beiden Alphabeten identisch waren. In Kleinschreibung waren sie einfacher zu unterscheiden. Dann gab es noch andere Buchstaben, die für mich keinen Sinn ergaben, bis Gilad, der Aramäisch beherrschte, sie erkannte:

»Das sind syrische Buchstaben«, behauptete er im Brustton der Überzeugung. »Das ist zweifellos ein syrisches *Waw*.«

Und er zeigte auf das Symbol auf dem ersten Rädchen:

Abby trat einen Schritt zurück, um es aus der Distanz betrachten zu können (denn wir standen alle ganz nah vor dem Rad mit dem syrischen Waw), und stellte uns amüsiert die rhetorische Frage:

»Wollt ihr wissen, worin diese Prüfung besteht?«

Mit dem Gesichtsausdruck von Schülern, die ihrer Lehrerin bei einem Museumsbesuch aufmerksam lauschen, drehten wir uns zu ihr um.

»Wir müssen einen PIN-Code in den Geldautomaten eingeben«, sagte sie lächelnd und voller Stolz. »Man muss die richtigen vier Zahlen wissen, damit der Automat Geld ausspuckt oder, wie in unserem Fall, damit das große Rad den Ausgang freigibt und uns hinauslässt.«

»Und diese vier Zahlen oder Buchstaben aus unterschiedlichen Alphabeten«, fügte Farag nachdenklich hinzu, »stehen irgendwie in Verbindung mit der Barmherzigkeit.«

»Das ist doch Wahnsinn«, sagte Gilad und untersuchte noch einmal die vier Steinräder. »Ich kann drei unterschiedliche Alphabete erkennen …«

»Vier«, korrigierte ich ihn und tippte mit dem Finger auf das griechische Pi. Mir war klar, dass er es mit den lateinischen Großbuchstaben verwechselte.

»Also vier, noch schlimmer«, jammerte er.

»Acht Buchstaben in vier Rädern«, rechnete Kaspar. »Das ergibt zweiunddreißig Buchstaben aus vier verschiedenen Alphabeten. Wir müssen also die richtige Kombination der vier Buchstaben herausfinden, um die Prüfung der Seligpreisung der Barmherzigkeit zu bestehen? Dann werden wir vermutlich viel Zeit hier verbringen.«

Farag seufzte geduldig, und ich konnte seine Gedanken lesen. Das kommt dabei heraus, wenn zwei Personen jahrelang so eng verbunden sind.

»Du irrst dich, Kaspar«, widersprach ich eifrig. »Es wird die leichteste Prüfung sein. Das ist unser Fachgebiet. Wir sind Spezialisten für alte Sprachen. Und diese vier, die hebräische, die syrische, die griechische und die lateinische haben gemein, dass sie die bis heute meist benutzten Sprachen in zweitausend Jahren Christentum sind. Ich kann Griechisch …«

»Ich auch«, unterbrach mich der Ex-Cato, weshalb ich mich genötigt sah, mir auf die Zunge zu beißen, um nicht zu erwidern, dass es um sein Griechisch ungefähr so bestellt war wie um meine Computerkenntnisse.

»Ich kann Griechisch«, wiederholte ich jede Silbe betonend, damit er begriff. »Farag kann außer Hebräisch auch Latein und ein bisschen Syrisch. Gilads Muttersprache ist Hebräisch, und er beherrscht dazu Aramäisch.«

»Aber Ottavia«, warf Gilad ein, »Aramäisch und Syrisch sind nicht exakt gleich. Das Syrische ist ein Dialekt des Aramäischen, das stimmt, ich kenne die Buchstaben und kann sie auch lesen. Aber Syrisch ist nicht gerade mein Fachgebiet.«

»Dann arbeitest du mit Farag an den syrischen Buchstaben«, bestimmte ich, womit ich kurzerhand und zu meinem größten Vergnügen die Position der Obersten Befehlshaberin der FKRPQ an mich riss. Wir Frauen hatten schließlich auch das Recht, uns gelegentlich am süßen Geschmack von Macht und Autorität zu ergötzen. Und ich ganz besonders.

»Ich arbeite mit dir zusammen an den griechischen, Ottavia«, wiederholte Kaspar stur und schmälerte damit mein Gefühl des Triumpfes. Ich biss mir wieder auf die Zunge. Das würde ihn teuer zu stehen kommen.

»Dann können Sabira und ich gar nichts tun«, beklagte sich Abby, obwohl ich ihr ansah, wie schwer es ihr fiel, weiterhin ihr Geheimnis zu wahren.

»Aber nein«, erwiderte ich überrascht. »Ich wollte dir gerade die hebräischen Buchstaben anvertrauen. Mir ist in diesen Tagen aufgefallen, dass du ziemlich gut Hebräisch kannst.«

Sie wechselte einen vielsagenden Blick mit mir und lächelte.

»Ich dachte, das würdest du Gilad überlassen«, parierte sie diplomatisch. »Deshalb wollte ich mich nicht vordrängen.«

»Gilad arbeitet mit Farag an den syrischen Buchstaben«, bestimmte ich von meinem Siegerpodium herab. »Wenn nötig, kann er dir aber auch zur Hand gehen.«

»Also, dann werde ich mit Abby an den hebräischen arbeiten«, verkündete der wankelmütige Ex-Cato eifersüchtig. »Das habe ich in den Jahren im irdischen Paradies ebenfalls gelernt.«

Uff, was ein Glück, dachte ich, erleichtert darüber, ihn mir vom Hals geschafft zu haben.

»Ich hatte im Studium Latein«, sagte Sabira mit einem gewissen Bedauern. »Aber leider kann ich mich kaum noch daran erinnern. Ich habe mich seither nicht mehr damit beschäftigt.«

»Keine Sorge«, erwiderte ich. »Ich kann mich auch nicht mehr an viel erinnern und werde es trotzdem versuchen, vor allem, weil hier die lateinischen Großbuchstaben von den griechischen nicht zu unterscheiden sind und es gut sein wird, mit beiden Sprachen zu arbeiten. Und wenn Farag mit den syrischen fertig ist, reiche ich ihm die lateinischen weiter.«

»Fein«, sagte sie erleichtert, »dann werde ich inzwischen die Räder und die Buchstaben abmalen. Ich mache euch allen eine Zeichnung, daran lässt es sich leichter arbeiten.«

Ich fand die Idee fantastisch. Wir könnten uns viel besser konzentrieren, wenn wir jeder für sich auf Papier mit den Buchstaben arbeiteten, statt vor den Rädern zu stehen und sie alle gleichzeitig in unterschiedliche Richtungen zu drehen.

»Es ist schon spät«, sagte Abby. »Lasst uns erst was essen und ein wenig ausruhen. Anschließend beschäftigen wir uns so lange mit dem Code, bis wir müde werden.«

»Wir haben den ganzen Tag auf der Treppe gesessen, Abby«, sagte der Felsen vorwurfsvoll. »Du willst doch nicht behaupten, du seist müde?«

»Doch, Kaspar«, erwiderte sie mit verhaltenem Ärger. (Probleme im Paradies?, dachte ich überrascht.) »Ich bin müde. Heute vor genau einer Woche haben wir den Berg Meron betreten. Eine Woche! Und ich glaube kaum, dass ich dich daran erinnern muss, was in dieser Woche alles passiert ist.«

Kaspar gab sofort klein bei. Es gefiel mir, ihn so zahm und unterwürfig zu sehen. Das würde ich natürlich bei passender Gelegenheit gegen ihn verwenden, ganz bestimmt.

»Also gut«, räumte er ein. »Wenn die anderen das auch wollen, habe ich nichts dagegen.«

»Wir sind begeistert von Abbys Vorschlag«, erklärte ich triumphierend und setzte mich an Ort und Stelle im Schneidersitz auf den Boden. Wozu einen anderen Platz suchen, wenn wir doch nur drei Bündel mit Essen hatten? Doch mein Mann, der eines dieser Bündel trug, beugte sich herab, ergriff meinen Arm und zog mich wieder auf die Füße.

»Lasst uns zur Quelle rübergehen«, schlug er vor. »Wir können uns aus den Trümmern der eingestürzten Säulen Sitzgelegenheiten bauen.«

So schlugen wir also ein Camp auf, nicht mit dem orientalischen Luxus wie in den ersten Tagen im Berg Meron, aber in Anbetracht unserer misslichen Lage einigermaßen gemütlich. Alle schleppten oder rollten Sockeltrümmer zur Quelle und stellten sie nebeneinander, sodass wir zwar auf dem Boden saßen, uns aber anlehnen konnten. Die kleineren und feineren Stücke der zerstörten glockenförmigen Kapitelle würden uns später als Kopfkissen dienen. So gaben wir unserem Platz vor der Quelle eine gemütliche Note (obwohl wir noch ein paar Blümchen gebraucht hätten, um es richtig wohnlich zu machen), zogen unsere Schuhe aus und wuschen uns abwechselnd die Füße, auf denen noch immer Reste der Wundheilpflaster klebten, weshalb die Narben schon viel besser aussahen. Dann legten wir die Beine auf Säulenstücke, damit sowohl Füße als auch Pflaster trocknen konnten, und holten anschließend das Manna heraus. Allerdings mussten wir die Schuhe wieder anziehen, um zur Quelle zu gehen und ausreichend zu trinken, weil wir die Flechten sonst nicht hinuntergebracht hätten.

»Barmherzigkeit. Vier Buchstaben«, scherzte Farag, als er nach dem Trinken zu mir zurückkehrte.

»Wäre es doch ein Kreuzworträtsel!«, rief ich, nachdem ich meinen Bissen trocken hinuntergewürgt hatte.

Sabira beeilte sich sehr mit dem Essen, weshalb sie als Erste fertig war, mit ihrer Taschenlampe und den Papierbögen zu den vier Steinrädern ging und sie abzuzeichnen begann. Wir anderen aßen weiter, wenn auch mit schlechtem Gewissen, und scherzten, als handelte es sich um ein vergnügliches Picknick am Wochenende und nicht um das, was es in Wirklichkeit war: eine machiavellistische Tortur, die sich fanatische Ebioniten ausgedacht hatten, um ihr Heiligstes vor Grabräubern zu schützen. Doch wenn man es recht bedachte – welcher Grabräuber würde diese ganze Mühsal auf sich nehmen, um die sterblichen Überreste von Jesus von Nazareth und seiner Familie zu stehlen? Jeder Dieb und auch jeder Nicht-Dieb wie zum Beispiel wir, also Akademiker, Forscher und Archäologen, wie Kaspar so schön gesagt hatte. Und tatsächlich hatten wir das Gefühl, die Ersten (und Einzigen in achthundert Jahren) zu sein, die sich diesen Prüfungen stellten und sie bestanden. Es sah nicht danach aus, als wäre früher schon jemand hier durchgekommen.

Sabira hatte die erste Skizze von den Rädern und ihren Buchstaben fertig, wollte sie uns aber noch nicht zeigen, weil sie erst für jeden eine anfertigen wollte. Doch schon bald gingen die Skizzen von Hand zu Hand, und niemand sagte auch nur ein Wort. Weil die arme Sabira die Abbildungen schon in- und auswendig kannte, zeichnete sie immer schneller. Ich war die Letzte, der sie ein Blatt überreichte.

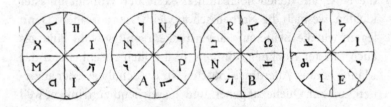

»Mir ist aufgefallen«, sagte sie, »dass es oberhalb der rechteckigen Vertiefung und genau auf der Vertikalachse eines jeden Rades vier kaum zu erkennende winzige Kerben gibt. Ich glaube, sie sind dazu da, das Rad so zu drehen, dass der richtige Buchstabe nach oben zeigt, um den Code zu bilden.«

Wir hatten keine Kugelschreiber, um Notizen zu machen oder Buchstabenkombinationen auszuprobieren. Wir hatten nur Sabiras wunderschönen goldenen Druckbleistift, und obwohl sie versicherte, genügend Minen zu haben und wir sie auch unbesorgt verbrauchen könnten, war es dennoch nur ein Stift für drei Arbeitsgruppen. Was sollten wir also tun? Wir entschieden, uns zu melden, wenn wir ihn brauchten, und Sabira würde die Zeit seiner Nutzung überwachen und ihn entsprechend weiterreichen. Da meine Gruppe nur aus mir bestand und ich mit zwei Sprachen arbeitete, während die anderen jeweils Zweiergruppen für nur eine Sprache bildeten, fanden sie es nur gerecht, dass ich den Stift doppelt so lange benutzen durfte wie sie.

»Hast du einen Radiergummi?«, fragte ich die Mörderarchäologin.

»Ja, der Druckbleistift hat einen eigenen«, antwortete sie und gab ihn mir zuerst. »Nimm oben den metallischen Deckel ab, da ist er drin.«

Ich tat, wie mir geheißen, und fand den winzigen Radiergummi. Weil Sabira bereits die Zeit stoppte und sehr methodisch vorging, radierte ich in meiner Skizze rasch die Buchstaben des hebräischen und syrischen Alphabets aus. Sie interessierten mich nicht weiter und würden mich nur ablenken, weshalb am Ende auf meinen Rädern nur noch die griechischen und lateinischen Buchstaben standen.

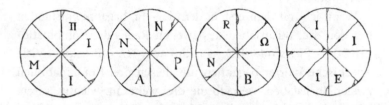

Pro Rad blieben mir vier Buchstaben, alle in Majuskeln, also insgesamt sechzehn, von denen nur zwei (der Buchstabe Pi – Π des ersten Rades und der Buchstabe Omega – Ω des dritten Rades) eindeutig griechisch waren. Dazu hatte ich im dritten Rad den eindeutig lateinischen Buchstaben R. Die restlichen drei konnten sowohl lateinisch oder auch griechisch sein, obwohl ich berücksichtigen musste, dass jeweils zwei der vier Buchstaben eines jeden Rades notgedrungen griechische und lateinische sein mussten.

Das Problem wirkte komplex, aber ich wusste, dass es sich um eine schlichte Frage statistischer Wahrscheinlichkeit handelte. Außerdem entdeckte ich weitere Vorteile, die ich bis zu dem Zeitpunkt gar nicht wahrgenommen hatte: Auf dem ersten Rad gab es zwei gleiche Buchstaben, die sowohl ein lateinisches I als auch ein griechisches I – Iota sein konnten. Im zweiten Rad war es genau dasselbe: Es enthielt ein lateinisches N, das ebenso gut ein griechisches N – Ny sein konnte. Und im vierten Rad hatte ich (um mein großes Glück perfekt zu machen) drei Buchstaben I oder Iota, die ich ohne Unterschied benutzen konnte.

Der Stift war gerade bei den Syrern, weshalb ich mich ein wenig gedulden musste. Als Sabira ihn mir zurückgab, begann ich die Buchstaben blitzschnell auf dem leeren Blatt zu kombinieren.

Ich musste dergestalt beginnen, dass ich alle Buchstaben (außer dem R) für griechische hielt, da ich nur so den Code bilden konnte (wenn er denn auf Griechisch war und mit der Barmherzigkeit in Verbindung stand). Auf diese Weise konnte der erste Buchstabe nur einer der drei anderen des ersten Rades sein: Π – Pi, I – Iota oder M – My.

Wenn ich mit dem ersten, dem Π – Pi, begann, entstanden mit den drei Buchstaben des zweiten Rades die Kombinationen ΠN – Pi-Ny oder ΠP – Pi-Rho oder ΠA – Pi-Alpha. Viele griechische Wörter begannen mit diesen drei Kombinationen zweier Buchstaben, weshalb die drei weiterhin wichtig waren. Ich machte mit der ersten Kombination, ΠN, weiter und fügte die drei Buchstaben des dritten Rades hinzu: ΠNΩ – Pi-Ny-Omega, ΠNB – Pi-Ny-Beta und ΠNN – Pi-Ny-Ny. Das war's. Soweit ich wusste, begann kein griechisches Wort mit diesen drei Buchstaben, also kehrte ich zum Anfang zurück. Doch in dem Moment musste ich den Stift wieder abgeben, also versuchte ich, die Kombinationen im Kopf zu bilden.

Der erste Buchstabe musste also wieder das Π – Pi sein, aber jetzt musste ich den Buchstaben P – Rho aus dem zweiten Rad und die drei aus dem dritten hinzufügen. Das war einfach, denn die Kombinationen ΠPB – Pi-Rho-Beta und ΠPN – Pi-Rho-Ny gab es im Griechischen nicht, weshalb mir nur ΠPΩ – Pi-Rho-Omega blieb. Auf Basis meiner Prämisse »alles auf Griechisch« hatte ich im vierten Rad drei I – Iota und ein Y – Ypsilon, weshalb nur zwei mögliche Kombinationen blieben, ΠPΩI und ΠPΩE. Die zweite hatte keine Bedeutung und existierte im Griechischen auch nicht. Die erste hingegen schon. ΠPΩI hieß

»früh« oder »bald«. Ich sah zwar keinen Bezug zur Barmherzigkeit, aber ich speicherte es im Kopf als das erste griechische Wort ab, das einen Sinn ergab.

Nun blieb mir nur noch, das Π – Pi mit dem A – Alpha zu kombinieren und dann meinen Assoziationen mit den Buchstaben des dritten und vierten Rades zu folgen. Nur eine der sechs Möglichkeiten führte zu einem Resultat: ΠΑΝΙ – Pi-Alpha-Ny-Iota, was »Tuch« bedeutete. Aber auch bei diesem Wort sah ich keinen Bezug zur Barmherzigkeit. Für den Fall der Fälle speicherte ich auch dieses Wort im Gedächtnis ab, um später, wenn wir unsere Ergebnisse zusammentrugen, davon zu berichten. Wer weiß ...? Vielleicht fand jemand etwas Barmherziges in den Wörtern »früh« oder »Tuch«. Wie dem auch sei, es waren ja nur die Kombinationen des ersten Buchstaben vom ersten Rad. Ich musste mit dem nächsten weitermachen, und da ich dort zwei I – Iotas und ein M – My hatte, entschied ich mich für das I – Iota, weil es zwei Möglichkeiten bot.

Ich hatte Glück, dass in dem Augenblick der Stift wieder an mich ging. Also zeichnete ich rasch und ohne nach einem Wortsinn zu suchen ein Diagramm, in das ich erst die Buchstaben eintrug und dann die möglichen Kombinationen mit Pfeilen versah. Beim ersten I – Iota gab es drei Pfeile, an deren Ende ich N – Ny, P – Rho und A – Alpha notierte. Bei jedem dieser Buchstaben gab es drei weitere Pfeile (insgesamt neun Kombinationsmöglichkeiten) mit Wiederholung der drei Buchstaben des dritten Rades (Ω – Omega, B – Beta und N – Ny). Am Ende tat ich das Gleiche mit den zwei möglichen Buchstaben des vierten und letzten Rades, dem I – Iota und dem Y – Ypsilon. Achtzehn Kombinationsmöglichkeiten mit vier Buchstaben. Und eine davon ergab im Griechischen gewiss einen Sinn. Aber da nahm mir Sabira schon wieder den Stift ab, weil die Syrer und die Hebräer protestierten, zu Unrecht ihren Anspruch auf den Stift einklagten und mich des ungerechtfertigten Missbrauchs beschuldigten.

Zähneknirschend reichte ich den Stift weiter, und als sich

die Wogen wieder geglättet hatten, konnte ich mich wieder auf mein Blatt und mein Diagramm konzentrieren.

Da war er, sonnenklar wie das Licht, unverkennbar wie Himmel und Meer. Die Richtung eines der achtzehn Pfeile, genauer gesagt des dritten, begann vor meinen erstaunten Augen zu zittern wie der Faden einer alten Glühbirne. Da stand der PIN-Code des Geldautomaten aus dem 13. Jahrhundert, da war das Symbol des größten Liebesdienstes und Aktes der Barmherzigkeit in der Weltgeschichte. Die Ebioniten hatten nicht ein Wort (denn das war es nicht), sondern ein Akronym ausgewählt, das für alle Christen welcher Epoche und welcher Herkunft auch immer die göttliche Barmherzigkeit in bestmöglicher Form repräsentierte. Und ich sah es nicht nur auf Griechisch, das hätte mir schon genügt, sondern ich sah es auch auf Lateinisch, weil es mit dem lateinischen Buchstaben R aus dem dritten Rad einen Sinn ergab.

Ich sagte nichts. Ein Knoten schnürte mir die Kehle zu, und meine Augen füllten sich mit Tränen, die mir die Sicht vernebelten, obwohl ich dennoch ganz klar die Kombination der vier Buchstaben vor mir sah, die irgendwann die Welt für immer verändert hatte.

Der Code lautete auf Griechisch INBI *('Ιησοῦς ὁ Ναζωραῖος ὁ Βασιλεὺς τῶν 'Ιουδαίων),* doch im Okzident war er bekannter in seiner lateinischen Version: INRI, *Iesus Nazarenus Rex Iudaeorum*, Jesus von Nazareth, König der Juden.

FÜNFUNDDREISSIG

»INRI?«, rief Farag aus vollem Halse, als ich ihm diskret mein Blatt hinhielt und mit dem Finger auf das berühmte Akronym zeigte, das viele Kruzifixe und sämtliche Gemälde und Skulpturen der Welt ziert, die in den vergangenen zweitausend Jahren die Kreuzigung zum Motiv hatten.

Die anderen zuckten zusammen und sahen von ihren Papieren auf, während der Sinn von Farags Ausruf langsam in ihr Bewusstsein sickerte.

»INRI?«, rief Abby verblüfft und überrascht, als hätte sie noch immer nicht begriffen.

»INRI«, wiederholte ich nickend. »*Iesus Nazarenus Rex Iudaeorum*, Jesus von Nazareth, König der Juden. Das stand auf dem Kreuzestitel, der Tafel über Jesus' Kopf. Auf diese Tafeln notierte man die Verbrechen der Verurteilten, und in Jesus' Fall war das Verbrechen, dass er sich zum König von Israel ausgerufen hatte. Eine ausgesprochen kühne Tat in Judäa, das im 1. Jahrhundert von den Römern besetzt war, die die Nase voll hatten von jüdischen Aufständen. Da hatte ihnen ein aufrührerischer König gerade noch gefehlt, der mitten in der Osterwoche in Jerusalem die Massen mobilisierte. Und ich möchte euch daran erinnern, dass Jesus gleich nach seiner Ankunft in der Stadt die Händler mit Pauken und Trompeten aus dem Tempel geworfen hat. Mehr brauchten die Römer nicht.«

»Aber Jesus hat nie behauptet, der König von Israel zu sein, auch nicht König der Juden«, warf Kaspar ein. »Das haben ihm die Priester des Sanedrin untergeschoben, damit die Römer ihn kreuzigten.«

»Schön und gut«, mischte sich Gilad ein, »soweit ich verstanden habe, hatte Yeshua zugegeben, der Messias von Israel zu sein. Und wie ich schon erwähnte, war er nur einer von angeblich vierundzwanzig Messiassen, die im 1. Jahrhundert von Rom gekreuzigt wurden, denn wenn die Römer keinen König der Juden wollten, dann wollten sie aus denselben Gründen, die Ottavia genannt hat, auch keinen Messias von Israel.«

Wir befanden uns erst fünf oder sechs Stunden in dieser Höhle der Räder und hatten das Rätsel bereits gelöst. Ich war richtig stolz.

»Kaspar, erinnerst du dich daran«, fragte ich mit einem Anflug von Eitelkeit, »dass ich behauptet habe, diese Prüfung wird die leichteste sein, weil sie in unser Fachgebiet fällt, nämlich alte Sprachen?«.

Er nickte.

»Aber jetzt werden wir sie nicht lösen«, sagte er.

»Warum nicht?«, fragte Abby einigermaßen überrascht.

»Weil es zwei Uhr nachts ist und wir nicht zur nächsten Seligpreisung weiterziehen werden, bevor wir uns nicht ausgeruht haben.«

Er hatte recht. Wir sollten schlafen. Aber mich juckte das Blatt Papier mit der Lösung in den Fingern. Ich wollte es ausprobieren.

»Ich schlage vor«, sagte ich, »dass wir den Code schon mal probehalber eingeben, um zu sehen, ob er funktioniert, und dann schlafen wir heute Nacht hier, auch wenn der Ausgang offen ist.«

Alle waren einverstanden. Keiner widersprach, und das, obwohl ich mir sicher gewesen war, dass Kaspar als typischer Spielverderber, der er nun mal war, den Vorschlag rundweg ablehnen würde. Aber zum Glück war er wie alle anderen ebenfalls neugierig. Also standen wir auf und gingen mit den Taschenlampen zu den vier Steinrädern.

»Jetzt bist du dran, Ottavia«, forderte mich der Ex-Cato mit einem angedeuteten Lächeln auf. »Dreh die Räder.«

Vor lauter Aufregung zitterten mir ein wenig die Hände. Ich stellte mich vor das linke Rad, ergriff es wie ein Lenkrad und drehte es, bis unter der Kerbe oberhalb des Dreiecks der Buchstabe I stand. Dann drehte ich das zweite Rad, bis der Buchstabe N nach oben zeigte. Anschließend tat ich dasselbe mit dem dritten und vierten Rad, bis der Code INRI gut zu lesen war.

Schweigend warteten wir darauf, gleich das Rieseln von Sand und das Rasseln von Ketten zu hören, die das riesige Steinrad in Bewegung setzen würden. Doch es passierte nichts. Wir hörten nichts. Es geschah einfach nichts.

»Haben wir uns etwa geirrt?«, fragte Sabira bekümmert.

Nein, das war unmöglich. Es war zu offensichtlich, und ich bezweifelte stark, dass die Ebioniten den Code wie über den Kruzifixen der orthodoxen Kirchen auf Griechisch hinterlegt hatten.

»Jetzt weiß ich, woran es liegt!«, rief ich erleichtert. »Ich habe griechische Buchstaben mit lateinischen vermischt. Ich habe sie einfach benutzt, ohne daran zu denken, dass sie gleich aussehen, sie sind also vermischt. Ich werde das Rad noch einmal drehen.«

Aber auch nach stillem minutenlangen Warten geschah nichts.

»Es gibt zwei große I auf dem ersten Rad«, sagte Farag und trat zu mir. »Zwei große N auf dem zweiten, ein einziges R auf dem dritten, und als wäre das nicht genug, drei große I auf dem vierten Rad. Das ist eindeutig eine Falle.«

»Wir müssen neue Kombinationen ausprobieren«, antwortete ich missmutig. »Wir sollten ein großes I im ersten Rad stehenlassen und versuchen, die anderen auszutauschen, um einen der Buchstaben der anderen drei Räder herauszufiltern.«

»Es gibt zwölf mögliche Kombinationen«, überschlug Kaspar rasch im Kopf. »Ich gehe jetzt schlafen.«

»Was sagst du da?«, sprang ich an.

»Dass ich schlafen gehe!«, antwortete er und machte sich auf den Weg zu unserem erbärmlichen Lager. »Es ist zu spät, um mit den Rädern zu spielen. Morgen ist auch noch ein Tag.«

»Ich glaube ...«, setzte ich an, aber Farag ließ mich nicht ausreden.

»Kaspar hat recht, Ottavia. Morgen ist auch noch ein Tag.«

Sie hatten es mir gründlich verdorben. Ich hatte das Geheimnis gelüftet, aber die verfluchten Ebioniten hatten mir mit ihrer Borniertheit und ihrem Starrsinn die Suppe versalzen. Warum hatten sie nicht irgendeinen Hinweis hinterlassen, der mir half, die griechischen Großbuchstaben leichter von den lateinischen zu unterscheiden? Mein Gott, man musste schon ein Schlitzohr sein und zudem ziemlich abgefeimt! Ein Code nach den anderen, es war zum Auswachsen.

Mit dem Kopf auf einem Stück glockenförmigen Kapitell zu schlafen ist unter gar keinen Umständen empfehlenswert. Ich drehte mich tausendmal hin und her und weckte Farag mehrfach auf, weshalb ich schließlich befand, dass ich kein Kapitell als Kopfkissen brauchte und tausendmal lieber mit dem Kopf auf dem Boden schlief. Ich konnte die Frauen aus dem alten China nicht verstehen, die mit dem Kopf auf einem hohlen Stein oder einem Stück Holz schliefen, damit ihre aufwendigen Frisuren nicht zerstört wurden. Ich weiß nicht, wann ich endlich einschlief, und auch nicht, wie mein Kopf auf Farags Brust gelangt war, aber als ich aufwachte, beglückwünschte ich mich dafür (selbst im Schlaf noch so schlau zu sein).

Ich hatte die ganze Nacht von köstlichem Essen geträumt, und dabei saßen wir entweder am großen Tisch der Simonsons in Toronto oder am eigenen Esstisch in unserem Haus in Istanbul. Ich konnte mich nicht erinnern, ob ich auch von unserem Haus auf dem Unicampus geträumt hatte. Doch das Essen war exquisit gewesen: Fleisch, Fisch, Pasta, Gemüse, Nachtisch ... Alles sehr schmackhaft. Der Traum war so eindringlich und realistisch, dass ich den Geschmack regelrecht auf der Zunge hatte und Farag wiederholt aufforderte, auch von den Gerichten zu probieren, obwohl er sich stur weigerte und behauptete, er sei satt, er wolle nicht mehr.

Seine Ablehnung hatte mich so beleidigt, dass ich ihn nicht ausstehen konnte, als ich mit dem Kopf auf seiner Brust und dem linken Arm über seinem Bauch aufwachte. Ich war richtig sauer. Da spürte ich seinen sanften Kuss auf meinem Haar.

»Guten Morgen, mein Schatz«, flüsterte er, nicht ahnend, dass ich ihn in dem Augenblick am liebsten zum Teufel gejagt hätte. Was ein Glück, dass mich sein Kuss in die Wirklichkeit zurückholte.

»Guten Morgen, Liebling«, säuselte ich und hob den Kopf, um ihn auf den Mund zu küssen. Ich vermisste unser Intimleben. Ich vermisste seinen Körper. Aber was für ein Intimleben sollte man schon haben, wenn man den lieben langen Tag mit vier fremden Personen im Innern eines Berges eingesperrt ist? Und sie waren nicht deshalb fremd, weil sie nicht zum engeren Familienkreis gehörten oder weil wir sie nicht kannten. Sie waren einfach wirklich fremd, seltsam. Zumindest drei von ihnen. Die vierte Person, Gilad, schien nichts zu bemerken und auch nicht ansatzweise zu ahnen, in welch schlechter Gesellschaft er sich befand.

»Ihr seid schon wach?«, erklang Kaspars Stimme ganz in der Nähe, der ohne eine Antwort abzuwarten sein Smartphone konsultierte und seine Taschenlampe einschaltete. »Es ist neun Uhr morgens. Aufstehen.«

Wie sollte ich mich nach diesem wundervollen Traum der grässlichen Wirklichkeit stellen und Flechten essen? An besagtem Morgen wollte das verdammte Manna einfach nicht durch meine Kehle rutschen, so viel Wasser ich auch dazu trank. Die anderen frühstückten genussvoll (oder resigniert), während mein Magen nach Essen verlangte, nach richtigem Essen wie in meinem Traum.

»Für den Fall, dass wir hier nicht rauskommen, Abby …«, sagte ich plötzlich.

Die angeregte Unterhaltung erstarb unvermittelt.

»Das wird nicht passieren, Ottavia«, beruhigte sie mich.

»Ja, schon, aber sollten wir hier nicht mehr rauskommen …«

»Wir kommen raus«, unterbrach mich mein optimistischer Ehemann.

»Du hast mir versichert«, warf ich ihm vor, »dass sowohl das israelische Militär als auch die Simonson-Stiftung uns suchen würden, wenn wir nach ein paar Tagen nicht wieder auftauchen.«

»Daran gibt's auch keinen Zweifel«, versicherte mir Abby überzeugt. »Vielleicht nicht nach ein paar Tagen, das war nicht vereinbart, aber …«

»Aha!«, rief ich und zeigte mit dem Salina-Finger auf sie. »Damit hast du gerade zugegeben, von Anfang an gewusst zu haben, dass wir mehr als ein paar Tage im Berg Meron zubringen müssten, denn das haben wir geglaubt, und jetzt sind wir schon über eine Woche hier drin, und keiner hat Anstalten gemacht, uns zu retten!«

»Ich wusste es auch«, räumte Kaspar ein. Ich sah ihn mit solcher Verachtung an, dass er die Augen niederschlug. »Und Gilad und Sabira waren ebenfalls darüber informiert.«

»Und uns habt ihr nichts gesagt?«, fragte Farag verblüfft.

»Nur wegen Ottavia«, sagte der Felsen entschuldigend. »Hätte sie es gewusst, wäre sie nicht mitgekommen.«

»Natürlich nicht!«, rief ich empört.

»Aber wir haben euch in keinem Moment angelogen«, entschuldigte sich der feige Ex-Cato weiter bei meinem Mann. »Wir haben es euch nur verschwiegen. Ich habe Abby den Vorschlag gemacht, euch nichts zu sagen. Ich wusste ganz genau, dass du mitkommen wolltest, es aber nicht ohne sie tun würdest, und wir hatten keine drei Monate Zeit, um Ottavia umzustimmen, die am Ende so oder so mitgekommen wäre, weil sie sich das keinesfalls hätte entgehen lassen, aber erst, nachdem sie sich ewig hätte bitten lassen, weil das so ihre Art ist.«

»Du bist ein Idiot, Kaspar!«

Nein, das sagte nicht ich, obwohl ich es dachte. Farag sagte es.

»Du bist wirklich ein Idiot, Kaspar!«, wiederholte mein Mann. »Ottavia wäre bestimmt mitgekommen. Man hätte nur mit ihr reden, ihr Sicherheit und Vertrauen geben müssen. Nur das! Aber du hast es vorgezogen, uns zu täuschen!«

»Es tut mir leid«, sagte der Felsen ungewohnt aufrichtig.

»Ich akzeptiere deine Entschuldigung nicht!«, warf Farag ihm zornentbrannt an den Kopf. »Du hast dich wie ein Blödmann verhalten, und das lässt sich nicht mit einer Entschuldigung ungeschehen machen«, schloss er, stand auf und ging mit der Taschenlampe zu den Rädern.

Ich stand ebenfalls auf und folgte ihm mit meinem Blatt Papier in der Hand. Erstaunlicherweise taten Gilad und Sabira es uns gleich und ließen Kaspar und Abby im Camp bei der Quelle sitzen. Doch Abby hielt es auch nicht lange aus. Aus den Augenwinkeln beobachtete ich, wie sie Kaspar einen Kuss auf den Mund drückte, aufstand und direkt auf mich zukam.

»Entschuldige bitte, Ottavia«, bat sie zerknirscht. »Es tut mir wirklich leid.«

»Ja, Abby, aber so geht man nicht mit anderen um«, antwortete ich, ohne sie anzublicken.

»Ich weiß, und deshalb bitte ich um Verzeihung. Ich werde auch Farag um Verzeihung bitten. Es tut mir sehr leid. Es wird nicht wieder vorkommen.«

»Das kommt von deinem schlechten Umgang.« Im Gegensatz zu Farag gab ich immer nach, wenn man mich um Verzeihung bat. »Mach Schluss mit dem Idioten, und es wird dir nicht mehr passieren, du wirst schon sehen.«

Als sie merkte, dass ich scherzte, lächelte sie dankbar. Wir lernten uns langsam kennen.

»Also, ich werde zwar nicht mit diesem Idioten Schluss machen«, erwiderte sie. »Aber ich werde ihn in Schach halten.«

»Er braucht viel mehr als das«, warnte ich sie. »Übrigens, woher wusstest du eigentlich, dass wir so lange hier drin sein würden?«

»Es sah einfach ganz danach aus«, erklärte sie reuevoll. »Wenn die Ebioniten zwanzig Jahre dafür gebraucht hatten, einen sicheren Ort für die Ossuarien zu finden, und wenn in allen Kulturen über Tausende von Jahren hinweg wichtige Grabstätten mit Fallen für Grabräuber versehen wurden, wäre es absurd zu erwarten, dass wir die Ossuarien gleich am Eingang von Hillels Grab finden würden.«

»Ottavia!«, rief Farag, der vor den Rädern stand.

Ich ging zwischen Sabira und Gilad hindurch zu meinem Mann, der noch immer höchst verstimmt war.

»Los, probiere mal die zwölf möglichen Kombinationen«, verlangte er barsch. Ich überging es einfach. Sein Freund hatte ihn verletzt.

Beim Drehen der Räder gab ich zwölf Male den Code INRI ein und hoffte darauf, dass eine der Kombinationen die vier lateinischen Buchstaben enthielt und der Mechanismus sich in Bewegung setzen würde. Aber das geschah leider nicht. Etwas war falsch, und ich war davon überzeugt, dass es nicht der Code war. Ich war felsenfest davon überzeugt, dass das Akronym INRI richtig war, denn nichts verdeutlichte Jesus' Barmherzigkeit gegenüber den Menschen besser als das Opfern des eigenen Lebens, um die Botschaft von Liebe und Erbarmen zu übermitteln. Entweder war die Maschinerie, die die Ebioniten im 13. Jahrhundert gebaut hatten, defekt oder reagierte nicht auf die richtige Kombination. Wie dem auch sei, Farag bestand darauf, dass ich den Vorgang mit der griechischen Version von INRI wiederholte. Zum Glück gab es im dritten Rad nur ein Beta und auch nur ein großes R, weshalb die Kombinationen dieselben blieben.

Ich wollte gerade den ersten Code auf Griechisch eingeben, als Gilad mir eine Hand auf die Schulter legte und mich stoppte.

»Warte mal, Ottavia«, sagte er irgendwie traurig. »Der Code ist nicht auf Griechisch.«

»Woher weißt du das?«, fragte Farag noch immer verstimmt.

»Weil ich Jude bin und seit meiner Kindheit Hebräisch spreche und schreibe.«

»Der Code INRI in der hebräischen Version?«, fragte ich überrascht.

»Die Ebioniten waren doch Juden, oder nicht?«, erwiderte er. »Und sie waren Juden, die außer Jeshua auch der Lehre der Tora folgten, stimmt's? Falls du es noch nicht gemerkt haben solltest, sie mischen häufig das Judentum mit dem Christentum für die Ergebnisse der Prüfungen.«

»Tatsächlich stand der Text in den drei vorherrschenden Sprachen jener Zeit auf den Kreuzestiteln«, sagte Farag nachdenklich und schon besser gelaunt. »Latein wegen der Römer, Griechisch war die internationale Sprache, und Hebräisch, weil es in Judäa geschah. So heißt es zumindest in einem der Evangelien, ich weiß nicht mehr, in welchem.«

»Johannes«, ergänzte ich schnell. »Johannes ist der Einzige, der es erwähnt. In den anderen Evangelien einschließlich dem von Matthäus heißt es nur, dass auf der Tafel *Jesus von Nazareth, König der Juden* stand, ohne zu erwähnen, in welcher Sprache.«

»Und sagt euer Johannes nicht auch«, fragte Gilad mit finsterer Miene, »dass die Priester des Sanedrin oder die gebildeten Juden, die die Tafel lasen, empört reagierten?«

Wovon zum Teufel redete er? Die Juden empört über das Verbrechen von Jesus, das zu seinem Todesurteil am Kreuz geführt hatte? Seine Frage und sein leichenblasses Gesicht ließen mich ahnen, dass Gilad etwas sehr Ernstes umtrieb.

»Daran erinnere ich mich nicht«, antwortete Farag.

»Ich schon«, sagte ich und wühlte in meinem Gedächtnis. »Mir scheint, da war was mit den Priestern. Ich glaube, sie haben den römischen Präfekten Pilatus, der Jesus verurteilte, gebeten, die Inschrift des Kreuzestitels zu ändern. Aber es war nur eine Spitzfindigkeit, denn sie wollten nicht *Jesus von Nazareth, König der Juden* dort stehen haben, sondern *Ich bin der König der Juden.*«

Gilad nickte mehrmals, als ergäbe jetzt alles einen Sinn und als könnte er jetzt besser verstehen, was bei der Kreuzigung geschehen war.

»Was ist los, Gilad?«, fragte Sabira gleichermaßen besorgt wie wir.

»Also, wenn Pilatus den Text des Kreuzestitels hat ändern lassen«, antwortete er mit einem traurigen Lächeln, »hätte sich der Sanedrin weit weniger empört, denn beim Übersetzen des neuen Textes ins Hebräische hätte das Akronym anders gelautet.«

»Ich schwöre dir, Gilad, ich verstehe kein Wort«, sagte mein Mann vorwurfsvoll, der wahrhaftig keinen guten Tag erwischt hatte. »Kannst du das bitte genauer erklären?«

Kaspar lauschte unserem Gespräch aus der Ferne, er mischte sich nicht ein, ließ sich aber auch kein Wort entgehen. Abby stand neben Farag, den sie vorher leise um Verzeihung gebeten hatte.

Gilad ging langsam nicht zum ersten, sondern zum vierten und letzten Rad und begann es zu drehen, als würde er gegen sich selbst und gegen seinen Willen ankämpfen. Da fiel mir ein, dass Hebräisch von rechts nach links geschrieben wurde, deshalb begann er mit dem Rad, das für uns das letzte war. Ein hebräischer Buchstabe zeigte nach oben.

»Jod«, sagte Farag.

Gilad trat nach links und drehte das dritte Rad.

»Hé«, sagte Farag, als Gilad zum nächsten Rad ging und auch dieses drehte. Ein dritter Buchstabe war an seinem Platz.

»Waw.« Die Stimme meines Mannes klang unsicher, verblüfft.

Schließlich stellte sich Gilad vor das erste Rad und ergriff es mit beiden Händen, drehte es aber nicht. Eine unsichtbare Macht schien ihn zurückzuhalten.

»Wenn du es nicht tust, mache ich es«, drohte mein Mann, der offensichtlich genau wusste, welcher Buchstaben nach oben gehörte.

Abbys Gesichtsausdruck hatte sich verändert, sie wirkte entgeistert, vollkommen ungläubig. Auch Kaspar konnte sich nicht mehr zurückhalten, denn plötzlich stand er neben mir und verfolgte die Szene sprachlos.

»*Jeshua Hanozri Wemelech Hajehudim*«, flüsterte Abby so ehrfürchtig, als würde sie beten.

»Was hast du gesagt?«, fragte ich sie, als Farag entschlossen zu Gilad ging und ihn beiseiteschob, um das Rad selbst zu drehen. Gilad trat ein paar Schritte zurück.

»Ich habe *Jesus von Nazareth, König der Juden* auf Hebräisch gesagt«, antwortete Abby, ohne die Augen von Farags Händen abwenden zu können. »Dasselbe wie INRI auf Lateinisch.«

Farag drehte entschlossen das erste Rad (mit dem letzten hebräischen Buchstaben), und als er es anhielt, sagte er:

»Hé.«

In dem Moment sahen wir alle das Akronym des Satzes, den Abby geflüstert hatte, *Jeshua Hanozri Wemelech Hajehudim* oder in hebräischer Schrift:

יהוה

Was ich jedoch nicht verstand, war, warum dieses Akronym, dieser hebräische Zwilling von INRI, Gilad, Farag, Abby und selbst Kaspar derart zusetzte, denn sein sonst schroffes und unerschütterliches Gesicht hatte jetzt einen zutiefst ehrfürchtigen Ausdruck angenommen, den ich noch nie gesehen hatte.

Zum ersten Mal wurde ich vom Rieseln des Sandes und dem metallischen Klirren der Ketten des ebionitischen Mechanismus' hinter der Wand überrascht. Das hatte ich nicht erwartet. Der hebräische Code war richtig, das bestätigte das sich schwerfällig drehende, riesige Steinrad vor der rechteckigen Öffnung, die zur nächsten Seligpreisung führte. Der Geräuschpegel schwoll an, und schließlich gesellte sich noch das Knirschen hinzu, wenn Stein an Stein rieb.

»Kann mir bitte mal jemand erklären«, brüllte ich, um in dem ganzen Getöse gehört zu werden, »was für ein Problem es mit diesem hebräischen Akronym gibt?«

»Kannst du es lesen wie INRI oder INBI?«, brüllte mir Kaspar mit seiner kräftigen Stimme ins Ohr.

Ich schüttelte den Kopf.

»Genau, dieses hebräische Akronym JHWH liest sich Jahwe.«
Ich fuhr herum und sah ihn überrascht an. Wollte er mir etwa sagen, dass das hebräische INRI Jahwe gelesen wurde, der Name des jüdischen Gottes, den man weder aussprechen noch niederschreiben durfte? Hatte er wirklich gesagt, dass das hebräische Akronym von Jesus von Nazareth, König der Juden, Jahwe lautete? O mein Gott!

SECHSUNDDREISSIG

Unter dem starken Eindruck des soeben Entdeckten holten wir unsere Mannasäcke und Taschenlampen und gingen schweigend durch die Öffnung zur nächsten Prüfung.

Wieder gelangten wir zu einer Steintreppe, die zwischen Felswänden zu einer gewölbten Decke hinaufführte und sich fast unmerklich nach links krümmte. Auch diesmal brauchten wir nicht lange, um sie zu erklimmen, knapp zehn Minuten, obwohl sie steiler war als die vorigen, weshalb Kaspar beim Eintreffen in der nächsten Höhle schätzte, dass wir uns ungefähr fünfhundert Meter über der Flechten-Höhle befinden müssten, weil die beiden letzten Treppen laut seinen Berechnungen genau dreihundertsechzig Grad Drehung aufwiesen und uns in etwa zum gleichen Standort führten, allerdings höher und deshalb näher am Gipfel des Berges Meron.

Auch hier sprudelte auf der linken Seite eine Wasserquelle, und der Boden war mit Steinbrocken von Säulenschäften, Sockeln und Zierfragmenten übersät, die ebenfalls von schmalen, eingestürzten Säulen mit glockenförmigen Kapitellen im ägyptischen Stil stammten. Aber diesmal fanden sich unter den Säulenruinen Überreste von alten Karren oder Wagen, die, nach den großen, schweren und aus Massivholz gefertigten Rädern sowie den robusten Stangen, die überall auf dem Boden herumlagen, zu urteilen, als Transportmittel für Waren benutzt worden waren.

»Wie zum Teufel sind die Karren hier reingekommen?«,

dröhnte der Felsen, der noch schlechtere Laune hatte als Farag (was nicht verwunderlich war). Beide mieden sich wie zwei gleiche Pole eines Magneten. Ich dachte natürlich nicht im Traum daran, mich einzumischen, sonst wäre am Ende noch ich die Dumme.

»Ist doch egal, Kaspar«, antwortete Abby, die auf dem Weg zur Wasserquelle war. »Wir werden sie bestimmt zum Schlafen oder Feuermachen benutzen können. Beruhige dich endlich, ja?«

»Ottavia, bitte«, bat mich mein Mann. »Kannst du mir die nächste Seligpreisung vortragen, der wir uns stellen müssen?«

»Selig, die ein reines Herz haben, denn sie werden Gott schauen«, zitierte ich aus dem Gedächtnis und ging ebenfalls zur Quelle. Aus der Ferne, wie vom anderen Ende des Berges, erklang ein merkwürdiges Geräusch, eine Art gedämpftes Grollen, das ich nicht weiter beachtete.

»Reines Herz ...«, seufzte Gilad nachdenklich, während er sich eher gleichgültig in der Höhle umsah. »Ich kann hier nichts erkennen, das uns reinen Herzens machen wird.«

»Meins wird nicht angerührt«, versicherte ich und fing mit den Händen Wasser auf. »Mein Herz ist absolut rein, also braucht man mir auch nicht den Thorax zu öffnen.«

»Schön, das ist schon die sechste Seligpreisung«, sagte Abby erfreut. »Fünf haben wir bereits bestanden, und wenn wir diese auch überstehen, werden wir Gott schauen.«

Sabira lachte auf.

»Ich würde mir nicht so viele Hoffnungen machen«, sagte sie amüsiert. »Wenn ›Gott schauen‹ bedeutet, dass wir nicht sterben müssen, reicht mir das schon.«

Gilad, Abby und Farag lachten auch. Ich fand das überhaupt nicht witzig. Und wenn es genau diese Bedeutung hatte?

»Nein, es bedeutet, dass wir Gott nur schauen, wenn wir reinen Herzens sind«, erklärte mein Mann.

»Genau«, bestätigte ich, »wenn wir die Prüfung bestehen, werden wir sterben. Nur so kann man Gott schauen.«

»Oder wir haben erst dann Gelegenheit, ihn zu sehen, wenn wir alt sterben«, widersprach mir Farag der Atheist, der Nichtgläubige. »Eine Möglichkeit, die wir jetzt vielleicht nicht haben, weil wir noch nicht reinen oder sauberen Herzens sind.«

»Ich sehe nichts Gefährliches in dieser Höhle«, versuchte ich abzulenken.

»Nein, es scheint nichts wirklich Wichtiges zu geben«, schloss sich Gilad meiner Feststellung an.

»Habt ihr etwa noch nicht gesehen, dass der Ausgang offen ist?«, fragte Sabira.

Wie ein gedrilltes Militärkorps wandten wir uns synchron zu der Öffnung auf der gegenüberliegenden Seite des Eingangs. Tatsächlich waren im Lichtkegel der zwei Taschenlampen die ersten Stufen einer weiteren, nach oben führenden Treppe zu erkennen. Was war hier los?

»Wir werden weiter nach oben steigen müssen«, sagte mein Mann. »Wie es scheint, sind wir noch nicht am richtigen Ort.«

Wir schnappten uns wieder die Mannasäcke, tranken noch etwas Wasser und machten uns erneut an den Aufstieg. Diese Treppe war absolut identisch mit der letzten, sehr kurz, begrenzt von zwei Felswänden und mit einer leichten Krümmung nach links. Seltsamerweise wurde beim Höhersteigen das Grollen, das ich vorher beim Trinken zu hören geglaubt hatte, immer lauter, und dabei waberte heiße Luft auf uns nieder, während im Treppentunnel bläuliches Licht flackerte.

»Das ist ein Feuer«, erklärte Farag, der vorausging.

Ich duckte mich hinter seinen Rücken, um der heißen Luft auszuweichen.

»Ich glaube nicht, dass wir weiter hoch können«, erklärte Sabira, die sich schützend einen Arm vors Gesicht hielt.

»Ich gehe hoch«, verkündete der Ex-Cato, der wie ein Büßer der Letzte in der Reihe war und von allen außer Abby ignoriert wurde. Auch dass er sich erbot, als Erster nach oben zu gehen, war eine Art Buße für seinen Fehler. Er wollte sich für die Gruppe opfern, und dann stünden wir in seiner Schuld.

»Du wirst dich verbrennen, Kaspar«, sagte Abby ängstlich und hielt ihn am Arm fest.

»Nein«, sagte er. »Ich werde mir den Sack mit den Flechten vors Gesicht halten und so weit vordringen, wie ich kann.«

Wir traten beiseite, um ihn durchzulassen, und als er an Farag vorbeikam, drückten sich beide Männer, um sich ja nicht zu berühren, so eng an die Wände, dass sich bestimmt sämtliche Vorsprünge und Spitzen des Felsgesteins in ihre Rücken bohrten.

Tatsächlich musste der Ex-Cato bis zur nächsten Höhle nur ein kleines Stück zurücklegen. Dabei hielt er mit seinem breiten quadratischen Oberkörper die heiße Luft von uns fern.

»Ihr könnt raufkommen!«, rief er. »Das hier ist die Höhle, in der wir uns der Reinigung unterziehen müssen!«

Wir eilten zu der Höhle, wo Kaspar mit dem Flechtensack vor Gesicht und Brust auf uns wartete, und was wir sahen, ließ uns ... Ich wollte sagen, vor Schreck erstarren, aber passender wäre: vor Hitze glühen und schmoren.

Die Öffnung war in diesem Fall dreimal so groß wie die der anderen Höhlen, und wir konnten deutlich erkennen, dass sie weder rund war noch ein Kuppeldach hatte. Sie ähnelte der quadratischen Kammer, in der sich das echte Grab von Hillel dem Alten befand, nur dass sie anstelle eines perfekten Würfels ein längliches Rechteck von ungefähr fünfzehn Metern Länge darstellte, das man als Todeskorridor bezeichnen könnte: Von der nicht sehr hohen Decke fiel ein Feuerregen herab, der wenige Schritte vor uns einsetzte und vor der Öffnung auf der anderen Seite endete. Der Feuerregen bestand in Wirklichkeit aus anhaltenden Salven von kräftigen Flackerfeuern, die aus unzähligen Löchern in der Decke herabzischten und ganz unterschiedliche Farben von kräftigem Blau bis Hellblau und von Orange bis Gelb aufwiesen. Doch es gab keine einzige Lücke, durch die man unversehrt hätte hindurchkommen können. Die schwarzen Spuren auf dem Steinboden ließen keinen Zweifel daran. Wollte man die Kammer durchqueren, würden auf dem Weg Haut, Fleisch und Teile des Körperfetts auf der Strecke bleiben.

Es gab keine Möglichkeit für Menschen, dieses zischelnde und angeblich reinigende Inferno heil zu überstehen.

»Gehen wir zurück«, rief Abby. »Hier ist kein Durchkommen!«

Das musste sie uns nicht zweimal sagen. Wie vom Teufel verfolgte Seelen rannten wir zurück in die untere Höhle, wobei wir immer zwei und sogar drei Stufen auf einmal nahmen und uns dabei mit den Händen an den Wänden abstützten, um uns nicht schon auf der Flucht umzubringen. Dennoch stießen wir uns mehrmals heftig am Felsgestein, bis wir endlich wieder in der Höhle mit den Trümmern und Holzresten angelangt waren.

Wir sanken vor der Quelle auf den Boden und atmeten hektisch, eher aus Angst denn aus Atemnot vom Laufen. Wenn die Reinigung unserer Herzen bedeutete, durch dieses Inferno zu gehen, konnte man mir gleich den Freifahrschein zum Verlassen des Berges Meron geben, denn ich würde diesen Todeskorridor auf gar keinen Fall betreten.

»Woher zum Teufel stammt dieses Feuer?«, dröhnte der Felsen und hielt dann seinen Kopf unter den kühlen Wasserstrahl.

»Wovon alles in diesem Berg abhängt«, erwiderte Gilad. »Von der seismographischen Lage Israels. Wir haben im gesamten Land und im ganzen Mittleren Osten Erdgasvorkommen.«

»Das Feuer kommt vom Erdgas?«, fragte ich irritiert. »Dasselbe Erdgas, das man zum Heizen und Kochen in Wohnungen benutzt?«

Gilad nickte lächelnd.

»Genau. Hast du die Farben der Flammen nicht gesehen? Blau ist die Farbe des Erdgases, Orange auch, allerdings nur, wenn es sich mit Kohlenmonoxid vermischt. Ich weiß allerdings nicht genau, ob es Monoxid oder Dioxid ist. Ich glaube, Dioxid«, zweifelte er. »Auf jeden Fall ist es ein giftiges Gas.«

Ich werde hier nicht den Schwall an Flüchen wiederholen, die der Ex-Cato ausstieß, während wir anderen spürten, wie sich ein Tonnengewicht auf unsere per se angeschlagenen Gemüter senkte.

»Seien wir mal praktisch«, sagte Farag, in dessen bärtigem Gesicht ein Funke der Inspiration aufblitzte. »Es handelt sich um eine Prüfung der Ebioniten. Man muss sie demzufolge bestehen können.«

»Also bitte!«, rief der Ex-Cato fassungslos. »Das ist unmöglich! Hast du es etwa nicht gesehen? Sie haben das Erdgas aus irgendeinem unterirdischen Vorkommen über siebenhundert Meter nach oben geleitet, um einen Kremationsofen anzufertigen, der schon seit achthundert Jahren funktioniert!«

Farag ignorierte ihn eiskalt.

»Feuer hat in fast allen Kulturen eine reinigende Kraft«, fuhr mein Mann fort und stützte einen Ellbogen auf mein Knie. »Eigentlich ist es nur logisch, dass man sein Herz reinigt, wenn man durchs Feuer geht.«

»Wie bitte?«, fragte die besorgte Sabira, die ihre Arme um die Brust geschlungen hatte wie eine Schiffbrüchige, die sich an den Rettungsring klammert. »Wie können wir durch dieses Feuer gehen? Es sind mindestens fünfzehn Meter bis zum Ausgang. Wir würden gegrillt.«

»Wir sollten essen«, meinte Abby. »Es ist fast Mittag. Vielleicht finden wir beim Essen eine Lösung. Ich bin wie Farag davon überzeugt, dass es eine Lösung geben muss, denn wäre dem nicht so, wäre es auch keine Prüfung der Seligpreisungen. Wir müssen uns erst mal beruhigen und nachdenken.«

Die Flechtenbrocken aus Kaspars Beutel waren heiß. Ein Wunder, dass sie nicht verbrannt waren; allerdings schmeckten sie warm viel besser und süßer und hatten eine weichere Konsistenz. So unglaublich es auch klingen mochte, wir aßen alle die doppelte Menge, aber nur aus Kaspars Beutel. Die trockenen, kalten Flechten rührten wir nicht an.

Nach dem Essen streckten sich einige auf dem Boden aus und legten den Kopf auf ein Stück Holz (das weniger hart war als die steinernen Kapitelle), während andere schweigend durch die Höhle wanderten, neugierig oder gelangweilt die Überreste der ägyptischen Säulen und der seltsamen Karren untersuchten, die wer weiß warum und zu welchem ebionitischen Zweck auch immer hier herumlagen. Welche Art von Lasten konnten sie ins Innere des Berges Meron geschafft haben? Außerdem sprang noch etwas anderes ins Auge, denn bei genauerem Betrachten der breiten Radachsen wurde klar, dass diese Karren nie und nimmer über die Treppen, die wir benutzt hatten, gepasst hätten. Dennoch waren sie aus irgendeinem Grund genau an dieser Stelle, in dieser Höhle zurückgelassen worden, als wäre ihre Fahrt hier zu Ende gewesen. Warum? Meine Gedanken kreisten wie eine Mühle um diese absurden Fragen, auf die ich wohl nie eine Antwort finden würde.

Sabira setzte sich auf den Boden und begann, die Trümmer zu zeichnen, wobei sie sich in ihre eigenen Gedanken vertiefte und im Geiste weit weg war. Ihr großartiges Zeichentalent machte mich neidisch. Ich konnte nur Smileys kritzeln, und auch die gelangen mir nicht wirklich gut.

Farag und Gilad vertieften sich in ein Gespräch über Form und Anfertigung der Karren. Beide waren sich einig, dass sie eine eher schlichte und grobe Bauweise aufwiesen, ähnlich den römischen *rhedas* mit vier Rädern, die von Ochsen oder Maultieren gezogen wurden und die man für Geschäfte zwischen nahe liegenden Ortschaften benutzt hatte, weil sie für längere Fahrten nicht taugten. Diese massiven, aus einem Holzstück hergestellten Räder, die man vertikal aus dem Kernholz eines Baumes herausgesägt hatte, hielten auf schlammigen oder erdigen Wegen und selbst auf römischem Kopfsteinpflaster stand, eigneten sich aber nicht für Fahrten über gefurchte und steinige Felder. Außerdem waren sie an Achsen befestigt, die sich mitdrehten und schnell verschlissen, weshalb man sie ständig erneuern musste.

Das alles hörte ich, als ich eines dieser merkwürdigen scheibenförmigen Räder ohne Speichen vom staubigen Boden aufhob, das einen Durchmesser von ungefähr achtzig oder neunzig Zentimetern hatte und in der Mitte ein Loch für die Achse aufwies. Da schoss mir durch den Kopf, dass das Rad den riesigen

Steinrädern ähnelte, die in diesem Berg als Türen dienten und von denen wir schon etliche gesehen hatten, weil sie sich immer vor uns öffneten oder hinter uns schlossen, womit uns die Ebioniten in die gewünschte Richtung führten oder es uns unmöglich machten, zurückzugehen und Gefangene der Prüfungen der Seligpreisungen zu werden. Ja tatsächlich, es war dieselbe Konstruktion, die wir schon mehrfach gesehen hatten, seit wir in den Berg Meron eingedrungen waren: Kreise, Räder, Steinräder ... Vielleicht waren sie auch die Pforte, dachte ich plötzlich, oder vielleicht der Schlüssel zur Pforte. Mein Herz schlug schneller. Natürlich, das war's! Wozu hätten sie sonst diese Karren hier deponiert? Es waren nicht die Karren selbst, es waren wie üblich die Räder.

Ich war mit einem Satz auf den Beinen.

»Farag!«, rief ich und machte ihm Zeichen, zu mir zu kommen. »Gilad, du auch.«

Beide unterbrachen ihr Gelehrtengespräch über die Wagengeschichte im Laufe der Zeiten und kamen zu der Stelle, wo ich mit dem Rad in der Hand in die Hocke gegangen war.

»Was seht ihr hier?«, fragte ich lächelnd.

»Ein Rad«, antwortete mein Mann irritiert. »Eines der Räder von den Karren, die in der Höhle herumliegen.«

»Falsch«, erwiderte ich höchst zufrieden und hielt das Rad hoch, damit er es mir abnehmen und ich aufstehen und den Staub von meiner Hose klopfen konnte. »Das ist kein Rad.«

»Ach nein?«, wunderte sich Gilad und sah mich irritiert an. Doch Farag lächelte.

»Was ist es dann, *Basileia*?«, fragte er. Hochkant reichte das Rad Farag kaum bis zur Hüfte.

»Ein Regenschirm«, antwortete ich. »Oder ein Feuerschirm, wenn euch das lieber ist.«

Sie brauchten nur wenige Sekunden, bis sie kapierten.

»Eine ausgezeichnete Idee!«, rief Gilad und grinste von einem Ohr zum anderen.

»Wir müssen zählen, wie viele Räder es gibt«, sagte ich. »Und

Holzstangen finden, die in die Achsenlöcher passen, damit wir sie wie Regenschirme benutzen können.«

»Wenn wir sie über unsere Köpfe direkt an die Decke halten, verhindern wir damit, von den Flammen versengt zu werden, wenn wir unter ihnen durchgehen«, erklärte mein Mann.

»Und wenn wir das alle sechs gleichzeitig machen«, fügte Gilad begeistert hinzu, »ist der Gang praktisch frei, um ihn zu durchqueren, ohne uns zu verbrennen.«

»Der Erste und der Letzte sollten vor und hinter sich einen zweiten dieser Schirme benutzen, um sich vor der großen Hitze zu schützen«, schlug ich vor.

Wir riefen die Gruppe zusammen, um die Idee zu besprechen, und Sabira erklärte, dass die Überreste von drei Karren mit jeweils vier Rädern stammten, von denen nur drei kaputt und neun in gutem Zustand wären, weshalb sie sich bestens für unsere Zwecke eigneten. Zum Glück steckten fast alle noch paarweise an den Achsen, weshalb wir diese lediglich in der Mitte durchtrennen mussten, um unsere Feuerschirme zu basteln. Leider gab es dabei ein kleines Problem: Uns fehlte ein Werkzeug, um die Achsen zu durchtrennen.

»Doch, wir haben Werkzeug«, sagte Kaspar, der sich mit jeder Stunde unwohler fühlte. »Wir haben die zwei Feuersteinscherben von Sabira und mehrere scharfkantige Kapitellreste. Damit können wir die Achsen in der Mitte ansägen und dann mit Tritten zerteilen.«

»Wir sollten die Schnitte nicht alle in der Mitte setzen«, fügte ich hinzu. »Wir sind nicht alle gleich groß. Sabira und ich werden mit unseren Schirmen nicht bis zur Decke reichen, wenn wir die Achsen mittig durchtrennen, wohingegen Kaspar und Farag fast zwei Meter groß sind und die Stange für sie zu lang wäre. Besser, wir trennen sie je nach Größe.«

Gesagt, getan. Wir machten uns an die Arbeit und trugen zunächst die neun Räder, die in gutem Zustand waren, zur Quelle. An der ersten Achse, die wir zersägten, befanden sich ein intaktes Rad und ein kaputtes, das wir beiseitelegen konnten. Deshalb sägten wir mit dem Feuerstein die Achse dicht an dem kaputten Rad an. Dann vertieften wir die Kerbe mit einem scharfen Kapitellrest, und obwohl der nicht sehr stabil, weil aus Kalkstein war, durchtrennte er das alte morsche Holz ganz gut. Und weil wir mit unseren geplagten Füßen nicht gut springen konnten, stellte sich der gewichtige Kaspar abschließend auf die Achse. Es funktionierte. Das Holz knarzte und zerbarst genau an der Stelle, die wir angesägt hatten.

Kaspar hob das Rad ohne jeden Kraftaufwand hoch.

»Hier, Ottavia«, sagte er demütig, als er mir den Holzschirm mit dem langen Stock überreichte. »Damit reichst du problemlos bis an die Decke. Und verzeih mir bitte, dass ich dir nicht die Wahrheit gesagt habe, damit du uns in den Berg begleitest. Farag hat recht. Ich hätte dir vertrauen sollen.«

Ich stand wie angewurzelt da. In Abbys Gesicht hinter Kaspar stand ein flehender Ausdruck. Der ernste Farag nickte mir aufmunternd zu, die Entschuldigung anzunehmen. Und wie ich schon sagte, kann ich aufrichtige Entschuldigungen nicht ablehnen. Das Problem war nur, dass ich mir diese günstige Gelegenheit nicht einfach so entgehen lassen wollte.

»Unter einer Bedingung«, erwiderte ich todernst. »Du tust alles, was ich dir sage, bis wir hier raus sind. Du kannst es akzeptieren oder lassen.«

Das Gesicht des Ex-Catos färbte sich rot wie eine Tomate, und ich sah, wie er gegen den Wunsch ankämpfte, mich an Ort und Stelle mit dem Holzschirm zu erschlagen. In Wirklichkeit hatte ich nicht vor, ihn zu meinem Sklaven zu machen oder Ähnliches, das war gewiss nicht meine Absicht, doch bei einem Kerl wie ihm war es immer besser, noch ein Ass im Ärmel zu haben.

Das Schweigen in der Höhle hätte man mit der Feuersteinscherbe zerschneiden können. Abby ließ mit Bedauern den Kopf hängen, Farag rollte in einer gespielten Geste der Verzweiflung die Augen, und Sabira und Gilad rührten keinen Muskel, was sie fast unsichtbar machte. Der Ex-Cato hingegen wand sich wie einer, der gleich hingerichtet werden sollte, aber keinen Schmerz zeigen wollte.

Ich lächelte. Damit war ich zufrieden.

»Mach schon, lass dich darauf ein«, animierte ich ihn. »Du hast es selbst gesagt, du solltest mir vertrauen. Ich werde nicht gleich zur schrecklichen Tyrannin mutieren.«

Mein Lächeln beruhigte alle und insbesondere den Felsen, der ahnte, dass ich ihm bereits verziehen hatte. Sein kantiges Gesicht bekam wieder seine normale Farbe, und er hörte auf, sich wie auf der Folterbank zu winden.

»Einverstanden«, willigte er schließlich ein. »Ich lasse mich darauf ein.«

»Gut, das war's«, erwiderte ich lächelnd. »Gib mir meinen Schirm.«

»Hast du ihm wirklich verziehen?« Abby konnte sich die Frage nicht verkneifen; sie zweifelte noch.

»Natürlich!«, bestätigte ich. »Und jetzt werde ich ihm meinen ersten Befehl erteilen.«

Kaspar trat einen Schritt zurück.

»Du verträgst dich jetzt sofort wieder mit Farag!«

Mein Mann schüttelte abwehrend den Kopf, aber das war mir egal.

»Klärt das auf der Stelle«, wiederholte ich. »Ich habe euch und diesen ganzen Blödsinn ziemlich satt. Ihr seid doch erwachsene Männer, oder?«

»Wenn ihr alle damit einverstanden seid«, schlug Abby wie gewohnt diplomatisch vor, »machen wir mit den Achsen und den Rädern weiter. Ottavias Befehl wird zu gegebenem Zeitpunkt ausgeführt, aber deshalb können wir jetzt nicht mit der Arbeit aufhören. Wir haben noch viel zu tun.«

Wir schafften es nicht, am selben Nachmittag alle Schirme fertig zu machen, weshalb uns zur Essenszeit nichts anderes übrig blieb, als die zwei noch fehlenden auf den nächsten Tag zu verschieben. Wir waren vollkommen erschöpft, konnten aber leider nicht mittels eines üppigen Abendessens und erholsamen

Schlafs wieder zu Kräften kommen. Ich erinnere mich noch, dass ich an Farag gekuschelt kurz vor dem Einschlafen dachte, dass, wenn wir am nächsten Tag den Feuertunnel durchquert hätten, der theoretisch unsere Herzen reinigen sollte, nur noch zwei Seligpreisungen übrig wären. Nur zwei. Und diese Vorstellung war derart tröstlich, dass ich mit einem Lächeln auf den Lippen einschlief. Na ja, wegen dieser Vorstellung und der Tatsache, dass mein Sklave den erteilten Befehl brav ausgeführt hatte. Irgendwann am Nachmittag hatten zur großen Zufriedenheit und Erleichterung aller Blödmann Nummer eins und Blödmann Nummer zwei mit einer männlichen Umarmung, diesem typischen Rückenklopfen, ihre Freundschaft neu besiegelt.

Am nächsten Morgen machten wir uns – nach einem Frühstück aus Wasser und warmen Flechten, da Gilad sich freiwillig erboten hatte, sie am Eingang des Feuertunnels zu erwärmen – wieder an die Arbeit und verfügten um elf Uhr alle über Holzschirme, um uns vor dem Flammenregen zu schützen. Unser Plan bestand darin, mit den Rädern eine geschlossene Barriere über unseren Köpfen zu bilden, damit das Holz die Flammen abfangen würde und uns damit ermöglichte, diese tödlichen fünfzehn Meter bis zum anderen Ende heil zu überstehen.

Mühsam schleppten wir die Holzschirme die Treppe hinauf, und dann war der Moment gekommen, uns aufzustellen. Kaspar würde vorausgehen, weil er der Größte und Breiteste war, weshalb er zwei Räder benutzte; eines hielt er sich über den Kopf und das andere wie einen Harnisch vor Gesicht und Oberkörper, um sich vor der heißen Luft zu schützen. Ihm folgte Sabira, die wie ich einen der letzten beiden Flechten-Säcke trug. Nach Sabira kam Abby, dann ich, dann Gilad, und Farag bildete die Nachhut, ebenfalls mit zwei Holzschirmen bewaffnet, einen über dem Kopf und den anderen zum Schutz im Rücken.

Sabira und ich banden die Flechtenbeutel an unseren Hosenbund, und zwar so, dass wir nicht das Gleichgewicht verlieren, aber mit beiden Händen den Schirm in der richtigen Höhe tragen konnten, denn wenn alle Schirme dicht unter die Decke gehalten wurden und damit das Austreten der Flammen verhinderten, liefen wir kaum noch Gefahr, uns zu verbrennen.

Meine Hände schwitzten, und das nicht nur wegen der Hitze. Diesen Korridor zu betreten war das Schlimmste, was wir seit dem Treibsand machen mussten, und ich fand es überhaupt nicht witzig, im eigenen Fett zu schmoren, zu sterben oder voller Brandwunden am anderen Ende wieder herauszukommen. Ich hatte große Angst, also betete ich. Ich suchte Trost und Kraft bei Gott, bei diesem neuen Gott, den ich langsam kennenlernte, ich bat sogar meine Mutter um Hilfe, denn wenn sie vom Himmel aus alles sehen konnte, könnte sie sich jetzt endlich eine Vorstellung vom ereignisreichen Leben ihrer Tochter Ottavia machen, in der sie immer nur die ehrwürdige Nonne gesehen hatte.

Kaspar gab den Startbefehl und setzte als Erster einen Fuß in den verdammten Feuertunnel. Da geschah etwas. Ich wusste allerdings nicht, was. Plötzlich schrie Kaspar wie ein Besessener: »Lauft! Lauft! Lauft! Lauft, so schnell ihr könnt! Nicht stehen bleiben!«

Unsere Aufstellung in Form einer Holzschlange setzte sich in Bewegung, und ich sah mich plötzlich den Holzschirm an die Decke drücken und den Flechtensack festhalten, damit er mir nicht runterfiel. Wir rannten wie die Verrückten, wir liefen um unser Leben, das wir tatsächlich auch riskierten. Das wurde uns schlagartig bewusst, als wir auf den glühenden Boden traten, der uns auf den fünfzehn Metern die Sohlen der Kletterschuhe sowie die dicken verstärkten Socken verbrannte. Ich hätte nicht gedacht, dass Erdgas, das achthundert Jahre lang brannte, dieses Felsgestein in einen Herd verwandeln könnte, der alles garte, was mit ihm in Berührung kam. Und in Berührung mit ihm kamen wir, genauer gesagt, unsere strapazierten Füße.

Fünfzehn Meter sind nicht viel, aber wenn du spürst, dass deine Füße bis ins Mark kochen, werden sie zu Kilometern. Wir rannten alle, so schnell wir konnten, doch die einzelnen Glieder der Holzschlange liefen mit unterschiedlicher Geschwindigkeit, und wir drifteten auseinander. Vor mir zischten ein paar Flammen herab, deren Hitze mir wie Lava ins Gesicht schlug, mein Haar versengte und mich kurzfristig blind machte. Ich wusste nicht, wie es Farag erging, und das machte mir noch mehr Angst. Fast am Ende dieser kurzen fünfzehn Meter war ich mir absolut sicher, dass wir es nicht schaffen, dass wir ganz bestimmt sterben würden, und zwar, als die vor mir laufende Abby unvermittelt stehen blieb, um Sabira festzuhalten, die gestolpert war. Zum Glück kam sie nicht richtig zu Fall, weil Abby sie noch rechtzeitig erwischte, und nur der Flechtensack berührte den heißen Stein, was Sabira schwere Verbrennungen ersparte, aber in diesem Augenblick, in dieser halben Sekunde der Unterbrechung unseres verrückten Laufs durch das Feuer (vielleicht hatten wir ihn gar nicht unterbrochen, und es kam mir nur so vor), ergriff die Gewissheit über unseren sicheren Tod Besitz von mir.

Vermutlich besteht die Macht der Angst letztendlich in der Vorausnahme, der Vorwegnahme, denn zum Glück bewahrheiten sich nicht alle Ängste. Objektiv betrachtet haben nur wenige eine echte Grundlage, und obwohl ich mir ganz sicher war, dass wir sterben würden, war es nur die Angst gewesen, die mir diesen schrecklichen Gedanken in den Kopf gesetzt hatte. Es stimmt, dass die Holzschlange auseinanderdriftete und Löcher entstanden, durch die Flammen herabzüngelten, aber wäre dem nicht so gewesen, wäre Abby über Sabira gestolpert, ich wäre über beide gefallen, und Gilad und Farag hinter uns hätten stehen bleiben müssen oder wären ebenfalls gestolpert. Und nichts davon geschah. Ich machte einen letzten Satz und spürte extreme Kälte an den Fußsohlen. Ich hatte den Tunnel durchquert.

Die Gefährten vor mir blieben nicht stehen, also rannte ich über den eiskalten Boden und ohne Holzschirm oder Flechtenbeutel loszulassen einfach hinterher, ich ließ mich treiben, und die Berührung des kalten Felsgesteins war eine immense Erleichterung, weil ich inzwischen weder Schuhe noch Strümpfe an den Füßen hatte. Ich mochte gar nicht daran denken, wie sehr die Verbrennungen schmerzen würden, wenn wir erst einmal stehen blieben.

Plötzlich vernahm ich ein merkwürdiges Geräusch. Dann hörte ich es erneut und dann noch einmal. Als ich begriff, um was für ein Geräusch es sich handelte, war es schon zu spät: Ich war soeben in das eiskalte schwarze Wasser einer Zisterne gestürzt.

SIEBENUNDDREISSIG

Wir landeten einer nach dem anderen im Wasser und schlugen uns dabei gegenseitig mit den Holzrädern, die uns vor den Flammen geschützt hatten. Wir bildeten ein Knäuel aus Armen, Beinen, Köpfen, Rädern, Achsen und Flechtenbeuteln, das zu entwirren im Wasser gar nicht so einfach war und demzufolge ein ganzes Weilchen dauerte.

Um wieder an die Oberfläche zu gelangen und Luft holen zu können, musste ich den Holzschirm loslassen. Zum Glück halfen mir die Lichtkegel von Kaspars und Farags Taschenlampen, mich im pechschwarzen Wasser zu orientieren. Ebenfalls ein Glück, dass sie wasserdicht waren, denn wären sie kaputtgegangen, wäre alles noch schwieriger geworden. Pech war jedoch, dass mich die verdammte Flechte, die sich offensichtlich schnell mit Wasser vollsaugte, nach unten zog wie ein Stein. Ich stieß einen Schrei aus und ging wieder unter, ich machte verzweifelte Schwimmbewegungen mit den Armen und strampelte mit den Beinen, aber es half alles nichts. Dann spürte ich Hände an meiner Hüfte, die nach dem Beutel tasteten. Als er endlich weg war, schoss ich an die Oberfläche und schnappte wild nach Luft, denn meine Lunge stand kurz vorm Platzen. Diffuses Stimmengewirr umgab mich, aber ein lautes Rauschen im Hintergrund ließ mich nichts verstehen. Ich dachte nur ans Atmen und hielt mich schwimmend an der Oberfläche. Wieso war das Wasser nur so kalt? Es fühlte sich an, als wäre es gerade erst geschmolzen. Als ich begriff, dass das Rauschen von mehreren Wasserfällen stammte, bekam ich Angst: Wenn die Zisterne sich mit eiskaltem Wasser füllte, dann gab es auf dem Boden bestimmt einen Ablauf, der uns aufsaugen könnte.

Und Farag? Ich konnte nichts sehen. Ich sah nur das Zucken der Lichtkegel weit unten im Wasser. Das brachte mich auf den Gedanken, dass Farag ertrunken war. Ich holte tief Luft und wollte zum ersten Licht hinabtauchen, wurde allerdings von einer Hand gepackt und wieder nach oben gezogen. Ich wehrte mich, aber Gilad war kräftiger und zog mich wieder an die Wasseroberfläche.

»Nein, Ottavia, lass sie!«, sagte er mit dem Kopf dicht neben meinem.

»Sie holen Sabira und Kaspar herauf! Beide wurden von den Rädern am Kopf getroffen und sind bewusstlos. Ich muss ihnen helfen. Bleib hier!«

Gilad tauchte sofort wieder ab; ich blieb allein zurück in dieser dunklen Zisterne, sah das zuckende Licht tief unter mir und hörte das Rauschen der Wasserfälle. Und der Rand? Sollte ich in irgendeine Richtung schwimmen und einen Rand suchen oder bleiben, wo ich war? Denn wenn ich an Ort und Stelle blieb, würde ich erfrieren. Doch gleich darauf tauchten die anderen auf. Farag und Abby zogen gemeinsam den bewusstlosen Kaspar nach oben, während sich Gilad um die benommene Sabira gekümmert hatte, die wieder zu Bewusstsein gekommen war, weshalb sie die Luft anhalten konnte. Echte Hilfe brauchte Kaspar.

»Ottavia!«, rief Farag.

»Hier!«, schrie ich, damit er wusste, dass ich lebte und es mir gut ging.

»Dort rüber!«, antwortete mein Mann und zeigte mit der Taschenlampe auf die gegenüberliegende Seite der Zisterne. »Wer kann, soll dorthin schwimmen!«

Ich half Gilad mit Sabira, im Dunkeln die Stelle anzusteuern, die Farag mir gezeigt hatte, wobei wir uns von dem ohrenbetäubenden Lärm der Wasserfälle entfernten und schon bald an den Rand der Zisterne stießen.

»Halt du Sabira fest«, sagte Gilad und stemmte sich aus dem Wasser. Dann streckte er mir die Arme entgegen: »Gib sie mir!«

Ich schnappte Sabira unter den Achseln und hievte sie so weit hoch, dass Gilad sie mir abnehmen und herausziehen konnte.

Dann lagen wir drei auf dem feuchten Rand der Zisterne. Gilad und ich holten unsere Taschenlampen aus den Hosentaschen und schalteten sie ein, er beugte sich über die Mörder-Archäologin, und ich leuchtete zur anderen Seite der Zisterne auf der Suche nach Farag, Kaspar und Abby. Mein Mann und die Erbin waren dabei, Kaspar wiederzubeleben, der aus irgendeinem unerfindlichen Grund immer die schlimmsten aller Unfälle erlitt. Obwohl mir klar war, dass Farag die Technik zur Wiederbelebung beherrschte, schien mir, als würde Abby sie anwenden und mein Mann sie dabei unterstützen. Plötzlich hob Kaspar den Kopf, drehte ihn zur Seite und erbrach einen Schwall Wasser, der nicht aus seinem Magen, sondern aus seiner Lunge kam. Wenn Kaspar und Sabira als Erste durch den Feuertunnel gegangen und demzufolge auch als Erste ins Wasser gestürzt waren, dann hatten sie die Schläge bestimmt von Abbys und meinem Rad abbekommen.

Sabira hatte zum Glück kein Wasser geschluckt. Als ich mich, schon beruhigter wegen Kaspar, zu meinen Gefährten umwandte, saß die Arme mit schmerzverzerrtem Gesicht auf dem Boden und drückte ihre Hand auf eine Riesenbeule am Kopf. Ich beugte mich zu ihr und griff ihr unters Kinn, um ihren Kopf zu heben. Ich wollte ihre Augen sehen und prüfen, wie ihre Pupillen auf Licht reagierten. Ich wusste, dass sie ein ernstes Problem hätte, wenn sich nicht beide zusammenzogen. Aber ihre Pupillen reagierten normal, weshalb ich einen erleichterten Seufzer ausstieß und sie Gilads Fürsorge überließ, um zu sehen, was die anderen machten.

Farag, Kaspar und Abby schwammen inzwischen auf uns zu. Kaspar wirkte noch ein wenig benommen, und Abby zog ihn wie eine Rettungsschwimmerin und redete ihm gut zu. Gab es etwas, das diese makellose Erbin nicht beherrschte? Ja, es gab etwas: Sie verliebte sich offenbar in die falschen Männer (obwohl ich einräumen muss, dass ich bei ihrer letzten Wahl eine kleine boshafte Rolle gespielt hatte).

Gilad und ich schafften es nicht, den schweren Kaspar herauszuziehen, weshalb Farag auf den Rand stieg und uns half, während Abby ihn vom Wasser aus hochschob. Als uns das gelungen war, legten wir ihn neben Sabira, die sich langsam erholte.

»Macht euch keine Sorgen um mich«, sagte sie mit schwacher Stimme. »Ich habe nur schreckliche Kopfschmerzen. Kümmert euch um Kaspar.«

Aber Kaspar war in Ordnung. Er hatte einen viel härteren Schädel als Sabira, und an seiner Stirn zeichnete sich nur eine kleine Beule ab, die sich zwar lila färbte, aber nicht weiter anschwoll. Gleich darauf wimmelte er uns heftig ab.

»Mir geht's gut!«, knurrte er und wies uns alle außer Abby zurück. »Lasst mich erst mal Luft holen!«

Wir waren ein geschlagener Trupp. Sechs Menschen hockten mit nassen Klamotten, erschöpft und barfuß auf dem kalten, feuchten Boden.

»Und eure Füße?«, fragte Farag. »Habt ihr Verbrennungen?«

Mit Hilfe der Taschenlampen untersuchten wir unsere Fußsohlen, da wir wegen der Kälte unsere Füße kaum spürten, und obwohl wir zitterten und mit den Zähnen klapperten, waren wir höchst überrascht: Keiner hatte sich verbrannt. Die Schicht der Wundverschlusspflaster war zwar etwas angesengt, hatte unsere Füße jedoch am Ende, als Schuhe und Strümpfe verschmort waren, geschützt.

»Unglaublich!«, rief Abby und starrte auf ihre Füße. »Wir hätten kaum größeres Glück haben können!«

»Die Sohlen der Kletterschuhe haben einiges ausgehalten«, flüsterte Kaspar. »Und für etwas waren auch die Strümpfe gut, bevor sie verkohlten. Ich vermute, dass wir mit den Wundpflastern höchstens noch ein, zwei Schritte gemacht haben. Wie dumm von uns, nicht an den Boden zu denken! Wir hätten uns Holzpantinen oder so was basteln können!«

Weil es dafür zu spät war, überging ich den Kommentar. Ich war einfach zutiefst dankbar für die Wundpflaster, die vorher durchsichtig gewesen waren und jetzt eine hässliche braune Farbe aufwiesen, aber unsere Füße geschützt hatten.

»Wir sollten die traurigen Überreste von Schuhen und Socken ablösen«, schlug ich vor. »Sie sind zu nichts mehr nütze.«

»Und die Flechten?«, fragte Sabira plötzlich alarmiert.

»Haben wir verloren«, bedauerte Farag. »Ich musste euch die Säcke abnehmen, denn sie haben euch wie Bleigewichte nach unten gezogen.«

»Das heißt«, sagte ich fröstelnd, »dass wir jetzt keine Schuhe und nichts mehr zu essen haben.«

»Wir haben gar nichts mehr«, knurrte der Felsen und streifte sich mit den Händen das Wasser aus den Hosenbeinen.

»Vielleicht bestehen wir damit schon die nächste Seligpreisung«, merkte Gilad an.

Ich schüttelte den Kopf.

»Nein, und das bedaure ich wirklich sehr. Die siebte Seligpreisung handelt von den Friedfertigen. Selig sind die Friedfertigen, denn sie werden Gottes Kinder heißen.«

Beklemmendes Schweigen breitete sich aus. Uns standen noch zwei Seligpreisungen bevor, doch wir hatten weder Schuhe noch Nahrung und befanden uns an der Grenze der Belastbarkeit. Die Ebioniten konnten sich glücklich schätzen, dass sie vor achthundert Jahren von der Erdoberfläche verschwunden waren, denn meine Mordgelüste auf sie hatten etwas von geschärften Messern. Ich glaube kaum, dass ich fähig gewesen wäre, die mörderische Salina-Ader im Zaum zu halten, wenn ich einen der letzten Ebioniten lebendig in die Finger bekommen hätte.

»Wir sollten weiter«, murmelte Kaspar und versuchte aufzustehen.

»Wir haben nicht mehr viel Zeit«, bestätigte Abby und meinte damit, dass uns wirklich nicht mehr viel Zeit blieb, um an Kälte, Hunger oder was auch immer zu sterben. Wir hatten sie schon verstanden.

Frierend entfernten wir uns von der tosenden Zisterne und schleppten uns zu einem Gang, wo wir sofort spürten, dass die Temperatur anstieg. Der Gang endete vor einer weiteren nach oben führenden Treppe, die wir barfuß hinaufstiegen. Es wurde immer wärmer, bis wir nach einer halben Stunde nicht mehr froren, aber zum Glück auch nicht auf einen weiteren Kremationsofen zusteuerten. Die Kleidung trocknete, das Zittern ließ nach, und der Körper war wieder besser durchblutet. Lästig war nur, dass diese Treppe – die sich wie üblich leicht nach links krümmte – nie zu enden schien.

Aber sie tat es doch. Ungefähr um zwei Uhr nachmittags standen wir auf einem Absatz zu einer Öffnung mit einem großen Steinrad, das aussah, als würde es sich sofort schließen, sobald wir diese augenscheinlich harmlose quadratische Höhle betreten hätten. Die Erfahrung ließ uns innehalten, auch wenn wir genau wussten, dass uns gar nichts anderes übrig blieb, als uns wieder einschließen zu lassen.

»Wie war noch die siebte Seligpreisung, Ottavia?«, fragte Gilad unsicher.

»Selig sind die Friedfertigen, denn sie werden Gottes Kinder heißen.«

»Wenn es sich um Friedfertigkeit handelt«, sagte Farag tapfer, »glaube ich kaum, dass wir eine weitere Katastrophe fürchten müssen.«

Ich sah ihn zärtlich an, denn ich liebte ihn wirklich sehr, konnte aber auch nicht umhin zu denken, dass seinem Vertrauen in alles Gute und Positive der Welt manchmal etwas gefährlich Unbewusstes anhaftete. Zum Glück war er mit dem Misstrauen in Person, nämlich mit mir verheiratet, tröstete ich mich, denn ich mochte mir gar nicht ausmalen, was ihm ohne mich alles hätte zustoßen können.

»Los, rein in den Käfig«, grunzte der Ex-Cato und setzte sich entschlossen in Bewegung.

Auf der anderen Seite der Höhle in der Form eines perfekten Würfels mit einst polierten, jetzt allerdings von uraltem Staub überzogenen Wänden schien ein weiteres schweres Steinrad den Ausgang freizugeben, wenn wir die Prüfung der Seligpreisung der Friedfertigen bestanden. Wie Schafe auf dem Weg zum Schlachthof folgten wir Kaspar. Wir benötigten dringend die Hilfe Gottes, um nicht darin zu sterben. Ich begann für den Fall der Fälle schon mal zu beten.

Drinnen entdeckten wir an der linken Wand neben der üblichen Wasserquelle zwei Gräber, zwei antike und sehr unterschiedliche Grabstätten. Wie magisch angezogen gingen wir auf das erste Grab zu. Es ähnelte dem von Hillel dem Alten, und die in die Wand gemeißelten hebräischen Buchstaben bestätigten, dass es sich um eine jüdische Grabstätte handelte.

»Rabbi Eliyahu ben Simeon«, las Gilad laut.

»Eliyahu ben Simeon!«, rief Abby begeistert. »Der Rabbiner von Susya, der die Überreste von Jesus von Nazareth und seiner Familie rettete und sie hier im Berg Meron versteckte!«

»Mit anderen Worten«, scherzte Farag etwas respektlos, »der Mann, der uns diesen gastlichen Empfang beschert hat. Wir sollten ihm dankbar sein.«

Sabira, mit einem Gesicht weiß wie Schnee und Augenringen schwarz wie die Nacht, näherte sich vorsichtig der anderen Grabstätte. Sie musste grässliche Kopfschmerzen haben, obwohl sie sich nicht beklagte.

»Das hier ist Farsi«, sagte sie mit erstickter Stimme. »Es ist das Grab von Farhad Zakkar, dem geistigen Führer der Sufat in der zweiten Hälfte des 13. Jahrhunderts.«

»Aber hallo!«, entfuhr es Kaspar. »Zwei Männer, die uns diesen gastlichen Empfang beschert haben!«

»Ja, und zusammen hier begraben«, erwiderte Abby vorwurfsvoll. »Hier im Berg Meron und bei der Prüfung der Friedfertigen.«

»Was mal wieder beweist«, tönte ich, »dass sich Muslime und Juden nicht immer so schlecht verstanden haben wie heutzutage. Diese beiden Männer haben für eine gemeinsame Sache gekämpft und sich gegenseitig respektiert.«

Gilad, der nicht die ganze Geschichte der Ossuarien kannte und wahrscheinlich nicht wusste, wer die Sufat waren und warum sie mit den Ebioniten zusammenarbeiteten, biss sich auf die Lippen, um sich einen Kommentar über die früheren guten Beziehungen zwischen Juden und Muslimen zu verkneifen.

»Diese Prüfung muss wichtig sein«, behauptete Farag wieder ernst. »Dass Rabbi Eliyahu, der Führer der Ebioniten von Susya, und Zakkar, der Führer der Sufat, hier zusammenliegen, ist wirklich beeindruckend.«

Als Sabira sich zu uns gesellte, hatten wir bereits den Gegenstand unserer Prüfung entdeckt: Die Wand gegenüber der Quelle und der Grabstätten bestand nicht aus poliertem Felsgestein wie die restliche Höhle, sondern aus einer Art Mauerwerk. Als hätte man den Felsen herausgeschlagen, anschließend in Stücke gehauen und aus diesen schließlich eine Mauer hochgezogen. Das war alles. Na ja, nicht alles. Es gab auch wieder einen Hebel im Boden, auf den Farag versehentlich getreten sein musste, denn wie schon befürchtet setzte sich plötzlich das Steinrad am Eingang in Bewegung und schloss uns ein.

»Vielleicht sollten wir uns nur friedlich auf den Boden setzen und warten«, sagte Abby lächelnd.

»Ich fürchte, dass die gemauerte Wand darauf hinweist, dass wir das nicht tun sollten«, scherzte Gilad. »In dieser Höhle ist alles blank poliert und glatt, außer die Gräber und diese Wand. Da hast du deine friedfertige Prüfung.«

»Und was sollen wir dann tun?«, fragte die arme Sabira, die kaum schlechter hätte aussehen können. »Sie niederreißen?«

»Du solltest dich erst mal hinsetzen«, antwortete Abby. »Du musst dich ausruhen, Sabira.«

»Mir ist wirklich nicht gut«, räumte sie ein und ließ sich von Abby zur Quelle führen, um sich daneben auf den Boden zu setzen und an die Wand zu lehnen. Die Erbin befeuchtete sich die Hände und fuhr Sabira damit übers Gesicht, um sie ein wenig zu erfrischen. Ich verstand nicht ganz, wie ein – wenn auch schweres – Holzrad sie im Wasser derart heftig hatte treffen können.

Kaspar schien wieder vollkommen in Ordnung, obwohl er einen ähnlichen Schlag abbekommen hatte. Jeder reagierte offensichtlich anders.

Wir nutzten den Augenblick, um Wasser zu trinken und neben Sabira ein wenig auszuruhen. Da wir nichts zu essen hatten, war es also besser, nicht daran zu denken. Die Ebioniten, dachte ich beim Hinsetzen, müssen doch gewusst haben, dass sich jemand, der es so weit geschafft hatte, schlecht fühlte oder sogar schlechter. Wenn also ihre Absicht war, Grabräuber zu töten, sollten wir nicht allzu lange hier verweilen. Wenn sie als gute Judenchristen aber niemanden töten wollten, hatten sie vielleicht zwei schnelle und einfache Prüfungen für das Ende vorbereitet, um den Mutigen und Kühnen wie uns, die alles Vorherige überstanden hatten, die Sache ein wenig zu erleichtern.

Anstatt zu trinken, standen Farag und Kaspar vor dem Mauerwerk und inspizierten es genauer.

»Nichts Besonderes«, hörten wir Kaspar sagen.

Mein Mann berührte die Mauer, genauer gesagt, einen Stein und tastete ihn vorsichtig ab.

»Der ist lose«, sagte er.

»Schön und gut, so hat man früher Mauern gebaut«, erwiderte Kaspar. »Man hat die Steinbrocken lose aufeinandergestapelt und keinen Mörtel zum Befestigen benutzt.«

»Was bedeutet«, fügte Farag hinzu, »dass die ganze Wand einstürzt, wenn man unten einen Stein herausnimmt.«

»Vorsicht mit dem, was ihr tut!«, warnte ich sie. »Wir wollen doch keine unangenehme Überraschung erleben.«

Gilad nickte bestätigend.

»Ich glaube nicht, dass die Prüfung darin besteht, eine so sorgfältig aufgebaute Wand einzureißen. Das hier ist eine Falle, und es gibt zwei Gräber. Denken wir noch ein wenig nach, bevor wir was anrühren.«

Worin bestand der immer wirksame Trick, Kaspar dazu zu bewegen, etwas Bestimmtes zu tun? Ihm zu sagen, er solle das Gegenteil machen.

»Ich will nur überprüfen, ob alle Steine lose sind«, murmelte er und hatte, noch bevor ihn jemand daran hindern konnte, im oberen Mauerteil einen Stein nach hinten gedrückt. Die Mauer blieb stehen.

Der Stein hatte sich leicht wegdrücken lassen, und wir hörten ihn auf der anderen Seite zu Boden fallen.

»Kaspar!«, schimpfte Abby.

Kaspar drehte sich zu ihr um und zuckte mit den Schultern.

»Ich habe die Mauer nicht niedergerissen«, entschuldigte er sich. »Ich wollte nur wissen, ob es geht.«

»Dann weißt du es jetzt! Und du bist dafür verantwortlich, was von jetzt an geschieht.« Das war meine Standpauke.

Farag und er lächelten, als hätte ich etwas Witziges gesagt.

»Wir fassen nichts mehr an, Ehrenwort«, versprach der Ex-Cato und drehte sich wieder der Mauer zu.

Abby, Gilad und ich saßen neben Sabira, die mit geschlossenen Augen an der Wand lehnte. Wir ersparten uns jeglichen Kommentar und dachten stattdessen über diese merkwürdige Konstruktion nach. Bis uns schwindlig wurde, hatten wir lediglich die Idee, dass es sich um eine Art Puzzle handeln könnte, aber schon bald konnten wir gar nicht mehr denken. Ich spürte, wie mir der kalte Schweiß ausbrach und Übelkeit aufstieg, versuchte es aber zu ignorieren. Problematisch war nur, dass es schlimmer wurde und der Schwindel seltsame Kopfschmerzen sowie ein noch seltsameres Kribbeln in Händen und Füßen auslöste, das sich über Arme und Beine ausbreitete. Als mein Puls schon auf tausend pro Stunde angestiegen war, musste ich mir eingestehen, dass etwas nicht stimmte.

»Ich fühle mich auch schlecht, Ottavia«, stammelte Abby tonlos, wobei sie gegen den Brechreiz ankämpfte und dann wie tot zur Seite kippte.

»Kaspar!«, rief Gilad, gleichzeitig wie ich nach Farag rief.

Als sich beide umdrehten, boten wir offenbar einen bedauerlichen Anblick, denn sie kamen mit besorgtem Gesicht zu uns herübergelaufen.

»Was ist los?«, fragte Farag höchst alarmiert, als er sah, dass ich ebenso kraftlos umkippte wie Abby.

»Ich glaube, wir werden vergiftet«, flüsterte Gilad, dem inzwischen auch schlecht war und der ebenfalls gegen den Brechreiz ankämpfte.

»Vergiftet?« Kaspar wirkte manchmal etwas schwer von Begriff.

»Geht's euch beiden gut?«, fragte Gilad und schloss die Augen.

Farag und Kaspar bejahten.

»Dann werden wir mit Kohlendioxid vergiftet«, murmelte der jüdische Archäologe unter größten Mühen. »Schließt dieses Loch, von dort muss das Gas kommen. Es ist schwerer als Luft, deshalb wirkt es auf die, die auf dem Boden sitzen, schneller. Wir müssen alle aufstehen und stehen bleiben, weg von dem Gas. Schnell!«

Farag hatte mich in weniger als einer halben Sekunde aufgehoben und Kaspar in Windeseile seine Hose ausgezogen, um damit das Loch zu stopfen, das er verursacht hatte.

»Stütze dich an der Quelle ab, Liebling«, sagte Farag. »Ich muss den anderen aufhelfen.«

»Meine Beine tragen mich nicht, Farag«, stammelte ich, geplagt vom Brechreiz.

»Das Gas ist auf dem Boden, Ottavia! Im Stehen kannst du frische Luft atmen, und es wird dir gleich besser gehen.«

Ich konnte ihm nichts erwidern, weil er schon verschwunden war und versuchte, Gilad beim Aufstehen zu helfen. Zum Glück hatte Kaspar das Loch endlich verstopft und half in seinen schrecklichen grauen Boxershorts Farag, Gilad und Abby, Sabira aufzurichten.

»Seht ihr es nicht?«, fragte Sabira plötzlich. Der Armen ging es wirklich schlecht. Zu den Kopfschmerzen hatte sich jetzt eine Vergiftung gesellt. »Seht ihr es wirklich nicht?«

»Nein, Sabira, wir sehen es nicht«, antwortete Farag und benetzte ihr Gesicht mit frischem Wasser.

»Es ist das Gas«, versuchte Gilad zu erklären, von dessen Lippen ein Speichelfaden herabhing. »Das Gas, von dem ich vorhin sprach. Das von den Flammen im Feuertunnel.«

»Sie haben es bis hier hochgeleitet?«, wunderte sich Kaspar, der die fast bewusstlose Abby stützte.

Gilad erbrach das Wasser, das er getrunken hatte. Etwas anderes hatte er nicht im Magen.

»Seht ihr es nicht?«, fragte Sabira immer wieder. Es musste etwas Schreckliches mit ihr geschehen. Sie hatte die Augen geschlossen.

»Ja, sie haben es hier hochgeleitet«, erklärte Gilad, der sich nach dem Erbrechen etwas besser zu fühlen schien. »Und es ist hinter dieser Mauer gestaut. Wenn wir die Steine herausnehmen, sterben wir.«

Je mehr frische Luft wir atmeten, desto besser fühlten wir uns. Selbst Abby schlug wieder die Augen auf und wollte ihr Gesicht unters Wasser halten. Kaspar gewährte es ihr und machte ihr zusätzlich das Haar nass, um sie zu erfrischen.

»Hier können wir nicht schlafen«, sagte Gilad, schon wieder ganz der Alte. »Das Gas dürfte gut einen Meter über dem Boden hängen, und wenn wir uns hinlegen oder hinsetzen, sterben wir.«

»Wir werden so oder so sterben«, sagte ich. »Weil wir nichts zu essen haben, nicht schlafen können …«

»Wir müssen diese verdammte Mauer gründlicher untersuchen«, dröhnte Kaspar mit Abby in den Armen, die wiederum ihren Arm um seinen Hals geschlungen hatte.

»Seht ihr es denn nicht?«, insistierte die arme Sabira.

Farag versuchte auf sie einzugehen.

»Was sehen wir nicht, Sabira?«

»Die Zeichnung«, antwortete sie, ohne die Augen zu öffnen. »An der Wand.«

»Welche Zeichnung an der Wand?«, fragte Gilad, der schon wieder genug Kraft hatte, um sie zu stützen. Erst dann ließ Farag Sabira los und kam wieder zu mir. Vielleicht war es ihm gar nicht aufgefallen, aber ich hatte es mir im Hinterstübchen notiert.

»Das Kreuz«, murmelte Sabira. »Der Stern.«

Mein Gott! Wovon redete sie eigentlich, verdammt noch mal? Ihr Zustand machte mir langsam Sorgen. Sie brauchte dringend medizinische Versorgung.

»Das Kreuz und der Stern?«, wiederholte Gilad überrascht.

»Ja, schaut doch!« Inzwischen hatte sie die Augen aufgeschlagen und hob, als wäre sie plötzlich wieder zu Kräften gekommen, einen Arm, mit dem sie entschlossen auf die Steinwand zeigte. »Das Kreuz innerhalb des Sterns.«

Ich schwöre, dass ich auf der Suche nach diesem Kreuz mit dem Stern konzentriert auf die Wand starrte, aber einfach nichts erkennen konnte. Ich sah nur die Steinmauer, unbehauene und unterschiedlich große Felsbrocken, die geschickt aufeinandergeschichtet waren, aber kein sichtbares Muster ergaben.

»Ich sehe nichts«, murmelte Abby, die sich wie ich anstrengte zu erkennen, wovon Sabira sprach.

Auch die anderen schüttelten betrübt die Köpfe. Keiner sah das Kreuz mit dem Stern. Es waren zu viele Einzelteile (und alle viel zu unterschiedlich in Form und Größe), die ein unruhiges Bild abgaben und kein Symbol erkennen ließen.

»Schön, nehmen wir mal an, Sabira hat recht«, sagte der halbnackte Kaspar. »Wir sind unfähig, es zu sehen, aber sie ist die Künstlerin, die Zeichnerin. Warum sollte sie nicht eine Form erkennen, die wir nicht sehen können?«

»Sie sind da«, flüsterte Sabira. »Das Kreuz und der Stern.«

»Angenommen, sie wären tatsächlich da«, sagte ich mit Blick auf Kaspar. »Was müssen wir dann tun? Die Steine, die das Bild formen, herausnehmen und friedlich am Giftgas sterben?«

»Vielleicht ist das das Risiko, das wir eingehen müssen«, meinte Farag besorgt.

»Sabira, gehört der Stein, den Kaspar herausgestoßen hat, zu dem Bild mit dem Kreuz und dem Stern?«, fragte Abby.

Die Mörder-Archäologin schüttelte langsam den Kopf.

»Verzeiht«, murmelte sie fast tonlos. »Das Gas hat meine Kopfschmerzen noch schlimmer gemacht. Deshalb fällt mir das Sprechen so schwer.«

»Bist du dir trotzdem sicher, dass der Stein, den Kaspar herausgenommen hat, nicht zu dem Bild gehört?«, hakte ich nach und suchte weiter verzweifelt nach dem angeblichen Kreuz mit dem angeblichen Stern. Vielleicht drang das Gas nur durch die Steine, die nicht zu dem Bild gehörten.

»Ich bin mir sicher, Ottavia«, flüsterte sie. »Bitte, Gilad, hilf mir, meinen Kopf unter das Quellwasser zu halten. Das wird mich wach machen.«

Ganz vorsichtig half ihr Gilad, sich vorzubeugen, um den Kopf mit dem kastanienbraunen (und schmutzigen) Haar unter den Wasserstrahl halten zu können, und ich vermute, dass er sie absichtlich so hindrehte, dass der Wasserstrahl direkt auf die Beule traf, die zwischen dem strähnigen Haar emporragte. Die Mörder-Archäologin rieb sich das Gesicht mit Wasser ab, und als sie sich das nasse Haar aus dem Gesicht strich, schien es, als ginge es ihr ein wenig besser. Sie war noch immer sehr blass und hatte dunkle Ringe unter den Augen, aber wir alle sahen das aufflackernde Leben darin, als sie sich aufrichtete.

»Geht zur Wand«, flüsterte sie. »Ich sage euch, welche Steine ihr herausnehmen müsst.«

Farag und Kaspar gingen zur Wand und stellten sich davor auf. Sie hatten nicht unter den Auswirkungen des Giftes gelitten und fühlten sich gut. Es war komisch, meinen Mann in langer Hose und daneben Kaspar in Unterhose zu sehen. Farags Anblick konnte mir selbst noch in einem Moment wie diesem den Atem verschlagen. Kaspar wirkte für meinen Geschmack zu quadratisch.

»Zeigt auf irgendeinen Stein, und ich sage euch, was ihr tun müsst«, sagte Sabira, als sie bereit waren.

Es war verblüffend. Als sie nach Sabiras Anweisungen einen Stein nach dem anderen nach innen schoben, erkannte ich das Kreuz und den Stern ebenfalls. Eigentlich handelte es sich um die seltsame Kombination zweier wichtiger Symbole, die sich über zweitausend Jahre feindselig und unversöhnlich bis zur blutigen Auseinandersetzung gegenübergestanden hatten, aber von den Ebioniten zu einem Friedenssymbol zusammengefügt worden waren. Daher die Seligpreisung der Friedfertigen, der Kinder Gottes, die sich nicht bekämpften. Der Stern war der sechszackige Davidstern oder, wie uns Gilad erklärte, der Stern von Davids Schild: zwei gleichschenkelige, entgegengesetzt übereinandergelegte Dreiecke, auf deren Achse jetzt das Kreuz von Jesus stand, genauer gesagt das vertikale Stück davon, das von oben nach unten zum zentralen Hexameter führte und das Herzstück des Sterns ausmachte.

Ich sah und begriff und spürte zugleich erneut die Auswirkungen des Kohlendioxids. Ich wollte weder mir noch den anderen Angst einjagen, aber der Schwindel, das Herzrasen, der kalte Schweiß, die Übelkeit und das Ohrensausen sowie der Brechreiz wurden wieder stärker. Das Gas strömte in großen Mengen in die Höhle, und solange Farag und Kaspar nicht den letzten Stein eingedrückt hatten, um das Symbol der Ebioniten zu vervollständigen, würde sich das Steinrad vor dem Ausgang keinen Millimeter bewegen und uns nicht entkommen lassen.

»Beeil dich, Kaspar«, flehte Abby mit schwacher Stimme.

Ich sah sie an und erkannte trotz meines enormen Schwindels, dass auch sie wieder unter den Symptomen litt und Gilad, der größer war und ahnte, was gleich passieren würde, Sabira hochgehoben hatte und über unsere Köpfe hielt, damit sie weiter die Steine benennen konnte.

Ich konnte mich mehr. Ich erbrach Galle und wollte mich an der Quelle säubern, schaffte es aber nicht. Ich sah noch, wie Farag mich erschrocken anblickte, und sank ohnmächtig zu Boden.

ACHTUNDDREISSIG

Eine leichte Brise bewirkte, dass mich eine Haarsträhne an der Stirn kitzelte. Das kann keine Brise sein – erinnere ich mich gedacht zu haben –, denn wir befinden uns im Innern eines Berges. Aber die Brise hielt an, und die Strähne kitzelte mich weiter. Das musste Farag sein, der mir ins Gesicht pustete, um mich zu wecken.

»Bitte hör auf«, murmelte ich.

»*Basileia!*«, rief er wie aus weiter Ferne.

Ich wollte die Augen öffnen, konnte es aber nicht. Dann erinnerte ich mich an den Davidstern und das Kreuz gemeinsam in einem Bild, und ich fand es schön, wunderschön. Davids Schild schützt ... Mir gefiel die Beschreibung von Davids Schild, wie Gilad es nannte. Davids Schild schützt das Kreuz von Jesus von Nazareth. Wenn Jesus wirklich ein Mensch gewesen war, ein großartiger Mensch, und sich seine sterblichen Überreste jetzt ganz in meiner Nähe befanden, wollte ich vor ihnen niederknien und sie anbeten.

»*Basileia!*«, rief Farag diesmal etwas näher.

Wenn er nicht neben mir lag, wo war er dann, und wer pustete mir andauernd ins Gesicht? Ich konnte die Brise spüren, aber nicht die Augen öffnen. Ich konnte mich auch nicht bewegen. Warum konnte ich mich nicht bewegen? Warum gehorchte mein Körper mir nicht? Ich wurde nervös. Da fiel mir wieder das Gas ein. Aber ich musste sprechen können, denn ich hatte Farag gebeten aufzuhören.

»Ich kann sprechen«, stammelte ich. Meine Lippen und meine Zunge fühlten sich geschwollen und ungelenk an.

»Was hat sie gesagt?«, fragte jemand ganz weit weg.

»Sie hat mehr Gift eingeatmet als wir«, sagte eine andere ferne Stimme. »Logisch, dass es ihr schwerfällt, wieder zu sich zu kommen.«

Ja, jetzt erinnerte ich mich. Ich hatte das giftige Gas eingeatmet, das bei der Verbrennung von Erdgas im Feuertunnel entstanden war. Aber ich kannte die Stimmen nicht, wusste nicht, wer sprach. Ich erkannte nur Farags Stimme. Plötzlich machte mein Herz einen Satz, einen Sprung im Brustkorb. Eine Extrasystole, dachte ich erschrocken. Herzrhythmusstörungen machten mir immer Angst. Ich wollte nicht sterben, das war vollkommen klar, aber wenn mir mein Körper schon nicht gehorchte, sollte er wenigstens anfangen, das verdammte Gift zu eliminieren. Die Brise. Die Brise würde mir helfen. Ich musste frische Luft atmen, und die Brise roch gut, nach Feld, Holz und Gras. Frische Luft atmen, das musste ich.

»Ich bleibe bei dir, Farag«, sagte eine Stimme in martialischem Tonfall. »Ihr anderen legt euch schlafen. Es ist schon spät. Ottavia wird noch ein Weilchen brauchen, um wieder ganz zu sich zu kommen.«

Nein, ich würde nicht lange brauchen, um wieder zu mir zu kommen, denn mein Gehirn funktionierte einwandfrei. Es war mein Körper, der nicht in die Gänge kommen wollte, also wirklich, es war nur eine Frage der Zeit, denn die Lippen konnte ich schon wieder bewegen. Sogar die Stimmen kamen mir inzwischen bekannt vor. Ich war mir ziemlich sicher, dass ich den Kerl mit dem militärischen Tonfall kannte.

»Ottavia, Liebling, hörst du mich?«, fragte mein Mann. »Gib mir ein Zeichen.«

Ich öffnete den Mund so weit ich konnte.

»Ich glaube, sie hat die Lippen bewegt«, sagte der Soldat.

»Ja, ich habe es auch gesehen«, bestätigte Farag. »*Basileia*, hörst du mich? Du hast eine Kohlendioxidvergiftung, aber jetzt liegst du in einer Röhre, in die frische Luft strömt. Ganz oben ist ein Gitter, daher kommt die Brise. Hast du verstanden, was ich gesagt habe?«

Ich öffnete wieder den Mund (oder bewegte die Lippen, wie sie behaupteten).

»Du wirst dich erholen«, versicherte mir mein Mann. »Lass nur die frische Luft das Gift aus deinem Körper vertreiben und versuch zu schlafen. Es ist spät, also werde nicht nervös und mach dir keine Sorgen. Schlaf jetzt und lass die frische Luft wirken, einverstanden? Ich bleibe hier bei dir, bis du wieder wohlauf bist.«

Das beruhigte mich sehr. Wenn Farag sagte, dass er bei mir bleiben wollte, würde er keinen Millimeter von meiner Seite weichen. Ich war sehr stolz auf uns beide. Was Farag und ich in unserem Leben erreicht hatten, war etwas, das fast alle Menschen auf der Welt ein Leben lang suchen: eine wachsende und dauerhafte Liebe, eine warmherzige und stabile Beziehung voller Vertrauen. Gott musste mich sehr lieben, wenn er mir ein solches Geschenk machte, so schwierig auch alles andere sein mochte und so wenig mich meine Familie auch liebte. Ich wollte nicht an meine Familie denken und schlief ein.

Stunden später kam ich langsam wieder zu mir und schlug die Augen auf. Alles war dunkel. Ich bewegte Finger und Fußzehen und wusste, dass ich ausreichend entgiftet war, um auch meinen Körper wieder bewegen zu können.

»Ottavia?«, flüsterte mein Mann.

»Mir geht's gut«, flüsterte ich zurück.

»Was ein Glück!« Er legte mir die Hand an die Wange und küsste mich auf die Lippen. »Was ein Glück!«

»Los, bedank dich einmal im Leben bei Gott«, murmelte ich vorwurfsvoll.

Er lachte leise.

»Schlaf ruhig weiter«, flüsterte er. »Es ist erst Mitternacht.«

»Ist Ottavia aufgewacht?«, fragte Kaspar mit verschlafener Stimme. Der Soldat vorhin war er! Verdammt noch mal, ich musste starke Vergiftungserscheinungen gehabt haben, wenn ich nicht mal ihn erkannt hatte. Jetzt war ich eindeutig wieder klarer im Kopf.

»Ja, Kaspar«, erwiderte Farag. »Danke, dass du geblieben bist. Geh jetzt zu Abby.«

»In Ordnung«, antwortete er verschlafen. »Gute Nacht.«

»Wo sind wir?«, fragte ich Farag.

»In einer Art Sanatorium für Patienten mit Kohlendioxidvergiftung. Morgen wirst du schon sehen. Jetzt schlaf weiter.«

Das musste er mir nicht zweimal sagen. Da mein Körper noch ein paar Stunden Erholungsschlaf benötigte (vollkommen logisch nach den widrigen Umständen der letzten neun Tage), schlief ich sofort wieder ein.

Ich wurde vom Morgenlicht geweckt, so seltsam das auch klingen mag. Als ich die Augen aufschlug, fiel mir als Erstes auf, wie hell es war, und das kam nicht vom Schein der Taschenlampen. Es war Tageslicht, Sonnenlicht. Selbstverständlich schlug ich nicht gleich Purzelbäume, aber ich war tief gerührt, weil es natürliches Licht war, das an zwei Stellen hereinfiel, daran gab es keinen Zweifel. Eine dieser Stellen befand sich direkt über mir in der Decke, denn in ungefähr drei Metern Höhe gab es eine kreisrunde Öffnung, die in ein langes Rohr überging, dessen Ende ich nicht mehr sehen konnte. Durch sie drangen Luft und ein eher schwaches, knauseriges Licht herein. Die zweite Stelle konnte ich erkennen, wenn ich den Kopf nach rechts drehte: In der Wand gab es viele kleine Löcher im Felsen, die wie ein arabisches Fenstergitter wirkten, woraus eindeutig zu schließen war, dass es sich um einen Steilhang des Berges handelte. Deshalb hatte ich die ganze Nacht diese Brise im Gesicht gespürt. Sie hatten mich genau an die Stelle gelegt, wo die frische Luft am stärksten zirkulierte, zwischen der Röhre und dem Gitter.

In dem Moment ertönte Kaspars Bariton, unser täglicher Weckdienst, mit voller Kraft.

»Seid ihr wach? Es ist neun Uhr morgens. Aufstehen!«

Nach einem raschen Gutenmorgen-Kuss für Abby war er sogleich auf den Beinen und kam auf uns zugeschossen wie ein Hochgeschwindigkeitszug. Und er trug eine Hose! Für diese kleine Geste des guten Geschmacks war ich ihm ausgesprochen dankbar (und mit mir die gesamte Menschheit). Er hatte anscheinend noch Zeit gehabt, sie zu holen, als wir die Höhle mit dem Kreuz und dem Stern verließen, was eine immense Erleichterung gewesen war.

»Guten Morgen, Dottoressa. Wie fühlst du dich?«

Ich war noch ein wenig benommen, weshalb meine Antwort auf sich warten ließ.

»Farag«, tönte der Felsen. »Deiner Frau geht es nicht gut.«

Farag fuhr hoch, drehte sich um und sah mich eindringlich an.

»Was ist los mit dir, Liebling?«

Als ich ihn so besorgt sah, reagierte ich augenblicklich.

»Mir geht's bestens«, sagte ich lächelnd. »Ich bin wieder ein Mensch.«

»Du hast mir vielleicht einen Schrecken eingejagt, Kaspar!«, beschwerte sich mein Mann.

Der Ex-Cato zuckte mit den Schultern und kehrte zu Abby zurück.

»Mir schien, als ginge es ihr nicht gut«, murmelte er.

»Und Sabira?«, fragte ich, als ich mich daran erinnerte, wie schlecht es der Mörder-Archäologin in der Höhle mit dem Kreuz und dem Stern gegangen war.

»Mit geht's viel besser, danke, Ottavia«, antwortete sie mir aus einer Nische dieses luftigen Ortes. »Ich habe keine Kopfschmerzen mehr und dank Gilad auch kein Giftgas eingeatmet wie du. Ich habe nur eine monströse Beule am Kopf, die höllisch wehtut, wenn ich sie berühre. Sonst nichts.«

»Kaspar, jetzt sollten wir aber um Hilfe bitten«, sagte ich zum Felsen. »Hier haben wir bestimmt Empfang. Wenn sie das Gitter in der Wand einschlagen, könnten sie uns mit dem Hubschrauber rausholen.«

Alle einschließlich Kaspar überhörten meinen Vorschlag.

»Ottavia«, flüsterte Farag vorwurfsvoll. »Uns bleibt nur noch eine Seligpreisung, nur eine, verstehst du? Wir können jetzt nicht aufgeben. Wir haben es fast geschafft.«

Da fiel mir wieder ein, was ich unter der Wirkung des Gases gedacht oder geträumt hatte: Wenn wir den sterblichen Überresten von Jesus von Nazareth schon so nah waren, wollte ich vor ihnen niederknien, sie anbeten und mich dem überwältigenden Gefühl hingeben, vor dem Grab des Mannes zu stehen, der die Welt verändert hatte, indem er den Armen, den Hungrigen, den Demütigen beistand und der uns ermöglichte, Gott kennenzulernen, ein persönliches Verhältnis zu Gott zu entwickeln. Ich hätte nicht darauf verzichten können, selbst wenn ich dafür durch einen Käfig voller hungriger Löwen hätte laufen müssen. Niemand hatte je etwas so etwas Großartiges vollbracht.

»Du hast recht, die letzte Seligpreisung ist die Mühe wert«, räumte ich ein.

»Wie lautete sie doch gleich?«, fragte Sabira, die uns zugehört hatte.

»Selig, die um der Gerechtigkeit willen verfolgt werden, denn ihnen gehört das Himmelreich«, murmelte ich.

Die um der Gerechtigkeit willen Verfolgten. Wer weiß, welch schreckliche Gefahr sich hinter diesen schönen unschuldigen Worten verbarg. Aber Jesus zu finden, vor dem leibhaftigen Jesus von Nazareth zu stehen ... Das übertraf alles. Das wäre zweifelsohne der wichtigste Moment in meinem Leben.

»Kommt, lasst uns gehen«, befahl der Ex-Cato, wobei er einen Blick um sich warf, ob wir auch nichts vergessen hatten. »Wir dürfen nicht noch mehr Zeit verlieren.«

Dicke Eisenringe, die unter dem Rohr mit der Frischluft und dem fahlen Licht in der Wand befestigt waren, schienen der einzige Ausgang aus dieser Kammer zu sein. Um den Aufstieg zu erleichtern, waren sie mit geringem Abstand rechts und links versetzt angebracht. Als ich Kaspar darauf zugehen sah und erkannte, dass sie eine andere Art Treppe darstellten, die wir erklimmen mussten, gefror mir das Blut in den Adern. Der Durchmesser des Rohrs war groß genug, um abzustürzen, wenn einer dieser Ringe sich lösen sollte oder man den Fuß danebensetzte. Und das Schlimmste war, dass diejenigen, die hinter einem hochstiegen, in diesem Fall mit in die Tiefe gerissen würden.

»Um Himmels willen!«, rief ich, als ich sah, wie Kaspar den Fuß in den ersten Ring stellte.

»Wartet hier«, befahl er. »Wenn ich oben bin, sage ich euch Bescheid.«

Schon wieder musste er den Helden spielen!

»Kommt nicht infrage«, widersprach ich. »Wir werden nicht ruhig dasitzen und zusehen, wie du dich vor aller Augen in den Tod stürzt. Steig als Erster hinauf, wenn du willst, aber ich folge dir.«

Hinter mir erklang zustimmendes Gemurmel.

»Und ich folge dir«, sagte Farag und stellte sich hinter mich.

Dem Felsen gefiel nicht, dass ich ihm immer einen Strich durch die Rechnung machte, wenn er John Wayne spielen wollte, aber noch weniger gefiel ihm, dass ich recht hatte, weil alle meiner Meinung waren.

Einer nach dem anderen machten wir uns an den Aufstieg in die Steinröhre. Es war, als würden wir Steilwandklettern veranstalten, weil wir uns nur an den alten Eisenringen festhalten konnten, auf deren Stabilität ich keinen Pfifferling gewettet hätte, vor allem, weil einige sich bewegten, wenn man sie ergriff. Da lief mir jedes Mal ein Schauer über den Rücken. Ich habe nie behauptet, besonders mutig zu sein, aber wenn man erst mal zwanzig oder dreißig Meter über dem Boden hängt, kann man auch weitergehen. Es gibt keine Alternative. Man hört einfach auf zu denken und bewegt sich mechanisch weiter, immer darauf bedacht, keinen Selbstmord zu begehen.

Ich blickte kein einziges Mal nach unten, um nicht vor lauter Angst ohnmächtig zu werden, doch als wir endlich oben anlangten und festen Boden unter den Füßen spürten, sagte Kaspar, dass wir ungefähr fünfzig Meter hochgeklettert seien.

»Das bedeutet«, fügte Gilad überrascht hinzu, »dass wir jetzt nicht mehr weit entfernt vom Gipfel des Berges Meron sind. Seit wir die Höhle mit dem Treibsand hinter uns gelassen haben, sind wir ununterbrochen nach oben gegangen.«

»Ich kann nicht glauben, dass sich die gesuchten Ossuarien so nah an der Erdoberfläche befinden, dass wir sie mit Ausgrabungen ganz leicht hätten finden können«, stellte Abby fest.

»Das war es, was Spitteler und Rau wussten«, rief Farag aufgebracht. »Deshalb hatten sie die terrestrische Radar-Interferometrie dabei. Gut möglich, dass sie die Ossuarien schon haben.«

Wir hatten die Röhre genau in der Mitte einer weiteren runden Höhle mit kuppelartigem Dach und Wasserquelle verlassen. Aber das Licht, das in die darunterliegende Höhle fiel, kam nicht aus ihr, sondern aus einer Öffnung direkt vor mir und wirkte gleißend hell nach den vielen Tagen im Lichtkegel von Taschenlampen.

Abby reagierte ernst auf Farags Kommentar.

»Nein, das ist unmöglich«, versicherte sie. »Der Shin Bet und die Stiftung haben sie permanent überwacht, seit sie in Israel eingetroffen sind. Hätten sie die Ossuarien gefunden, wären sie festgenommen und wir informiert worden.«

»Und wie hätte man uns informieren sollen, Abby?«, fragte Farag überrascht.

Die Erbin zögerte, entschied jedoch nach kurzem Abwägen von was auch immer, dass es wohl besser sei zu reden. Dennoch kam der Ex-Cato ihr zuvor.

»Indem sie das Knotennetz des irdischen Paradieses nutzen, das Isabella mit unseren Computerspezialisten installiert hat. Ich habe der Stiftung das Netz sofort zur Verfügung gestellt und sie um Zusammenarbeit gebeten. Mein Smartphone ist seit ein paar Tagen leer. Jetzt benutzen wir Abbys.«

»Hat sich Isabella gemeldet?«, fragte ich argwöhnisch.

»Wir wissen so viel wie ihr, Ottavia«, erklärte Abby. »Wir hatten keinen weiteren Kontakt. Kaspar hat die Staurophylakes gebeten, mit der Stiftung zusammenzuarbeiten, und ich habe wiederum die Stiftung darum gebeten. Mehr wissen wir nicht, doch es ist wichtig, dass die Stiftung dieses Netz im Notfall benutzen kann. Deshalb habe ich gesagt, dass wir erfahren hätten, wenn Spitteler und Hartwig festgenommen worden wären.«

Kaspar und Abby litten anscheinend am Syndrom der Geheimniskrämerei, weshalb sie Dinge für sich behielten, die nicht notwendigerweise verschwiegen werden mussten. Vielleicht liebten beide die Macht und Kontrolle, oder es gefiel ihnen, sich wichtig oder verantwortlich oder was auch immer zu fühlen. Jedenfalls war klar, dass sie Hunger mit Appetit verwechselten.

»Selig, die um der Gerechtigkeit willen verfolgt werden, denn ihnen gehört das Himmelreich«, brachte uns Sabira in Erinnerung und zeigte auf die Öffnung, durch die das Licht hereinfiel. Ein passender Themenwechsel.

»Genau, es wird besser sein, wenn wir uns endlich mit der letzten Seligpreisung auseinandersetzen«, sagte Kaspar.

Erst in dem Augenblick wurde mir bewusst, dass wir tatsächlich vor der Prüfung der letzten Seligpreisung standen, und mein Adrenalinpegel schnellte in die Höhe. Ich erinnere mich noch, dass ich Farags Hand ergriff und ihn anlächelte.

»Wir werden es schaffen, *Basileia*«, sagte er voller Stolz.

Also betraten wir einer nach dem anderen diesen letzten Tunnel, der uns zur letzten Prüfung führte. Je näher wir der Außenwelt kamen, desto greller wurde das Licht. Da hörten wir Kaspar dröhnen:

»Ich glaube es nicht! Ehrlich, ich glaube es nicht!«

Es war ein echtes Déjà-vu. Seit wir in den Berg Meron eingedrungen waren, hörte ich diese Worte zum zweiten Mal aus Kaspars Mund, und beim ersten Mal war es der Auftakt zu einem Verhängnis gewesen. Mein Herz schlug schneller. Farag beschleunigte seinen Schritt und zog mich hinter sich her, um schnellstmöglich zu der Stelle zu gelangen, wo der Ex-Cato etwas gesehen hatte, das er nicht glauben konnte. Je näher wir dem Ausgang des Tunnels kamen, desto deutlicher spürten wir eine zunehmend feuchte und klebrige Hitze.

Im Ernst, auch ich konnte es nicht glauben, als wir ankamen.

Es war, als wären wir zu der riesigen Steinröhre mit der Wendeltreppe zurückgekehrt, die uns zur Hunger-Prüfung geführt hatte; allerdings war unser Ausgangspunkt damals der Zugang zur Flechten-Höhle gewesen, und jetzt befanden wir uns auf einer viel höheren Ebene, an dem Ort, wo sich die Röhre verengte und in einen Kegel mündete. Auch hier gab es rechts vom Kegel ein steinernes Gitter, durch das Tageslicht und drückende Hitze hereinströmten sowie Pflanzen und Luftwurzeln herunterrankten. Abgesehen von der Temperatur konnte ich nur wenige Unterschiede erkennen: Am Gitter hingen Ketten, an deren Enden antike Tonkrüge und Gefäße baumelten, die offensichtlich dazu dienten, Regenwasser aufzufangen (was nicht viel Sinn ergab). Und es gab keine Treppe, weder nach oben noch nach unten. Stattdessen führte eine lange Steinbrücke über den Abgrund zur gegenüberliegenden Wand, in der wiederum eine Öffnung zu erkennen war. Doch das wirklich Reizende an der Brücke war, dass sie zwar sehr lang, aber lächerlich schmal war und darüber hinaus kein Geländer hatte.

»Das sind über hundert Meter Fallhöhe«, murmelte Sabira erschrocken, als sie in den Abgrund hinunterblickte.

»Ja«, schimpfte Kaspar. »Und dieser verdammte Laufsteg von ungefähr siebzig Metern Länge ist nicht mal einen Meter breit.«

»Und hat weder Kanten noch Handlauf«, fügte Abby hinzu.

Wir hüllten uns wieder in Schweigen und starrten auf diese gefährliche steinerne Brücke über dem Abgrund, die wir überqueren mussten. Plötzlich spürte ich ein Jucken am Arm und kratzte mich heftig. Eine Mücke hatte mich gestochen. Ein Unglück kommt selten allein.

»Schön, was machen wir?«, fragte Gilad und beugte sich vor. Ganz unten im Abgrund sah man (auch wenn es nicht zu hören war) eine Art Rinnsal, das sich um große Felsen schlängelte. Das war alles andere als ermutigend. Nichts leichter, als auf der engen Brücke auszurutschen und auf einem dieser Felsen dort unten aufzuschlagen.

»Wenigstens sind wir alle schwindelfrei«, sagte der Ex-Cato.

»Ich nicht«, behauptete ich.

»Doch, *Basileia*«, widersprach Farag. »Du bist zwar oft ein Hasenfuß, aber ein schwindelfreier.«

»Das Leid ist dasselbe«, rechtfertigte ich mich.

»Da wir keine Seile oder Kletterutensilien haben, um diese verdammte Brücke zu überqueren«, fuhr der Ex-Cato fort, »wird es besser sein, wenn wir ein paar Vorsichtsmaßnahmen treffen.«

»Wir könnten uns hinlegen und bäuchlings mit den Händen vorwärtsrobben«, schlug ich vor.

»Dafür bräuchten wir Stunden«, erwiderte Gilad nach kurzem Überlegen.

»Schon, aber wir würden uns mit dem ganzen Körper abstützen«, insistierte ich. »Wir würden nicht Gefahr laufen, das Gleichgewicht zu verlieren und in die Tiefe zu stürzen.«

»Du vergisst«, warf mein Mann ein, »dass weder Kaspar noch Gilad oder ich Hemden tragen, weil wir sie zum Beutel für die Flechten umfunktioniert haben. Wir würden uns die Brust und den Bauch abschürfen. Und das tut höllisch weh, das kann ich dir versichern.«

Drei Gesichter verzogen sich vor Schmerz, den sie schon beim bloßen Gedanken daran empfanden.

»Seien wir vernünftig«, rief Abby entschlossen. »Wir können die Brücke überqueren, wenn wir ganz langsam und sehr vorsichtig gehen. Wir haben keine Eile. Je langsamer wir gehen und je vorsichtiger wir die Füße aufsetzen, desto geringer ist das Risiko.«

»Und keiner schaut nach unten«, betonte Kaspar. »Den Blick immer nach vorn. Alle ganz ruhig und tief atmen, sicher auftreten und langsam und ohne Angst gehen. Und sich im Falle eines Absturzes nicht am Vordermann festhalten. Wenn jemand abrutscht, darf er keinen anderen mitreißen. Einverstanden?«

»Und der hinter dir darf dich auch nicht festhalten, wenn er sieht, dass du abzustürzen drohst?«, fragte ich.

»Nein!«, dröhnte der Felsen mit grimmigem Blick, um mich zum Schweigen zu bringen. Ich ließ mich nicht einschüchtern.

Über mich hatte er keine Macht. Wenn ich sehen würde, dass derjenige vor mir danebentrat, würde ich ihn mit aller Kraft festhalten. Wenn ich es verhindern könnte, würde ich nicht zulassen, dass jemand in den Tod stürzte. Wie gefährlich das für mich werden konnte, würde ich zu gegebenem Zeitpunkt schon einzuschätzen wissen.

»Fertig?«, fragte der Ex-Cato in die Runde. »Dann los. Ich gehe voraus.«

Mein Gott, was für ein Bedürfnis, ständig im Mittelpunkt zu stehen! Dieser Mann war unerträglich.

Eine weitere Mücke stach mich durch den Hosenstoff hindurch ins Bein. Ich kratzte mich, so gut ich konnte, und machte mich bereit, die Brücke zu betreten. Vor mir gingen – in dieser Reihenfolge – Kaspar, Abby, Sabira und Gilad, hinter mir kam Farag. Es gefiel mir nicht, dass er der Letzte war, aber die anderen waren uns zuvorgekommen, und er weigerte sich, mir den letzten Platz zu überlassen.

»Vertrau mir, Schatz«, sagte er gelassen. »Mir wird nichts passieren.«

Und schon hatte ich einen Fuß auf den gefährlichen Laufsteg gesetzt und versuchte, meinen rasenden Herzschlag zu beruhigen, indem ich regelmäßig atmete und geradeaus blickte, wie Kaspar gesagt hatte. Vermutlich war es Angstschweiß, vermischt mit der erstickend hohen Luftfeuchtigkeit an diesem Ort, der mir am Körper hinunterrann. Unsere Schritte waren langsam und bedacht. Die Entfernung zwischen uns war ziemlich groß, als würden wir unbewusst Abstand halten, um nicht diese eine schreckliche Entscheidung treffen zu müssen, wenn der Moment kommen sollte. Meine Atmung beschleunigte sich. Ich musste sie besänftigen und durfte nicht nach unten blicken. Ruhe. Noch ein Schritt. Alles gut. Wir kamen voran, ohne Hast und ohne Pause.

In dem Moment erklang in der Stille der riesigen Röhre das Bimmeln eines Telefons. Wir blieben erschrocken stehen. Das Herz schlug mir bis zum Hals.

»Keine Sorge«, sagte Abby ruhig und gelassen. »Das ist nur eine WhatsApp-Nachricht. Man versucht uns zu kontakten.«

»Einen schlechteren Zeitpunkt hätten sie sich nicht aussuchen können!«, klagte Farag.

»Ich werde nicht rangehen«, erwiderte Abby gedehnt. »Und das Klingeln sollte uns nicht nervös machen. Wir lesen die Nachricht, wenn wir auf der anderen Seite angekommen sind.«

Aber zur anderen Seite fehlt noch viel, dachte ich. Kaspar hatte es noch nicht einmal bis zur Mitte der Brücke geschafft. Und wir hatten über hundert Meter Fallhöhe bis zum Boden dieser Schlucht. Wenn wir nicht die Ruhe bewahrten, würden wir uns wegen eines Telefonklingelns umbringen.

Wieder ein Mückenstich, diesmal in den Fußknöchel. Verflucht! Und ich konnte mich nicht kratzen. Aber warum zum Teufel schwirrten hier so viele von diesen Viechern herum? Konnte natürlich an der feuchten Hitze liegen. Ich musste das Jucken ausblenden. Was war mir lieber, mich kratzen oder leben?

Aber das war erst der Anfang. Kurz darauf umzingelte uns ein ganzer Schwarm, und die Mücken stürzten sich wie Kamikaze auf uns und unser Blut.

»Die fressen mich bei lebendigem Leib!«, rief Gilad alarmiert.

»Mich auch!«, jammerte Sabira.

Unter meinen nackten Füßen spürte ich, wie die Steinbrücke unter den hektischen Bewegungen meiner Gefährten bebte.

»Alle ganz ruhig bitte!«, dröhnte der Felsen weiter vorn. »Werdet nicht nervös. Nehmt euch zusammen. Lasst sie zustechen und bewegt euch nicht zu viel.«

Der Mückenschwarm hatte inzwischen erkannt, dass wir eine nahrhafte Mahlzeit darstellten, und stürzte in Formation auf uns nieder. Da fiel mir wie Schuppen von den Augen, wozu die Tontöpfe und Gefäße dienten, die an dem Gitter hingen: Im darin gesammelten Regenwasser konnten die Viecher ihre Larven ablegen. Die um der Gerechtigkeit willen verfolgt werden, dachte ich, obwohl die Gepeinigten und Gehetzten richtiger gewesen wäre, denn es war weniger das Jucken der Stiche als die Tatsache, dass wir umzingelt waren von diesen Horden von Stechmücken, die uns pausenlos attackierten und zwangen, sie mit Armbewegungen zu verscheuchen, womit wir unser prekäres Gleichgewicht aufs Spiel setzten. Sie landeten auf Augen, Mund, Ohren … Sie stachen durch die Kleidung hindurch in Rücken und Beine, durch das Haar in die Kopfhaut … Es war die Hölle. Wir konnten nicht weitergehen, sonst würden wir in den Abgrund stürzen.

Da hörte ich Gilad aufheulen.

»Sabiiira!«

Es folgte ein langgezogener spitzer Schrei. Sabiras Hilfeschrei, als sie in den Abgrund stürzte und sich in der Tiefe verlor. Dann herrschte Stille.

NEUNUNDDREISSIG

Fassungslos standen wir wie angewurzelt auf der Brücke. Die Mücken attackierten uns mit aller Kraft weiter, aber Sabira war in den Abgrund gestürzt, und wir alle waren zutiefst erschüttert.

»Und wenn sie noch lebt?«, fragte ich bekümmert und verscheuchte die Viecher von meinem Mund. »Wir müssen sie bergen!«

Ich hörte ein ersticktes Schluchzen. Das war Gilad. Aber ich hörte auch jemanden weinen. Das war Abby.

»Wir müssen sie bergen!«, wiederholte ich bestürzt. Ich konnte nicht glauben, dass Sabira in die Schlucht gestürzt und ... Nein, Sabira brauchte uns, wir mussten ihr helfen.

»Beruhige dich, *Basileia*«, sagte mein Mann hinter mir. »Wir können nichts mehr für sie tun. Schau bitte nicht nach unten.«

Ich hatte nicht vor, nach unten zu schauen. Aber ich weigerte mich zu akzeptieren, dass Sabira, die Mörder-Archäologin, die gute und mutige Sabira tot sein sollte. Ich wollte es einfach nicht. Das durfte nicht sein. Diese schöne Frau mit der mädchenhaften Figur, intelligent, reizend und künstlerisch begabt, durfte nicht tot sein. Mir, die nie weinte, liefen die Tränen über die Wangen. Nein, nicht Sabira, bitte nicht, betete ich. Die Mücken stachen weiter gefräßig auf mich ein, aber ich spürte es minutenlang gar nicht, und den anderen musste es ebenso ergangen sein, denn als sich das Jucken erneut in den Vordergrund drängte, kam auch wieder Bewegung in die Steintreppe. Allerdings war dieses

Beben jetzt heftiger, als sollten wir alle wie Sabira in den Abgrund stürzen.

»Auf den Boden!«, schrie Farag hinter mir. »Alle auf den Boden! Legt euch hin und robbt einfach vorwärts, wie Ottavia vorgeschlagen hat.«

Ich war halbtot vor Angst. Vorsichtig legte ich mich auf den Bauch, und meine Schultern berührten fast die Brückenseiten. Ich weinte noch immer wegen der armen Sabira, wollte jetzt aber nur weg von hier. Runter von der verdammten Brücke, und zwar lebendig.

Als wir alle auf dem Bauch lagen, stachen die Mücken weiter auf uns ein, kamen jetzt aber wenigstens nicht mehr an unsere Vorderseite heran, wenngleich sie trotzdem mit wahrem Ingrimm Augen, Ohren und Münder attackierten. Passendes Symbol, das sich die Ebioniten für die um der Gerechtigkeit willen Verfolgten ausgesucht hatten, denn am Ende hatten ihre perversen Fallen für Grabräuber eine wunderbare Frau in den Tod getrieben, die noch ein langes Leben vor sich hatte. Sie waren die Verfolger und Sabira ihr ungerechtfertigtes Opfer. Ich verspürte blinde Wut auf sie, diese *Ebionim*.

Mit verkrampftem Herzen versuchte ich, die düsteren Gedanken aus meinem Kopf zu verbannen. Die Mücken nahmen wieder meine ganze Aufmerksamkeit in Anspruch. Am schlimmsten waren die Nervosität und das unerträgliche, vom Gehirn gesteuerte Bedürfnis, die verfluchten Viecher abzuschütteln, um dem Jucken und Brennen zu entkommen, gegen diesen teuflischen Juckreiz anzukratzen, der meinen Überlebenstrieb blockierte, wie es auch bei Sabira geschehen war. Ich suchte nach einem entlegenen Winkel in meinem Kopf, einem dunklen Winkel (ich konnte mir das erlauben, denn ich hatte die Augen geschlossen), einem ruhigen Winkel, an dem ich beten konnte. Und ich sprach mit Gott, mit diesem Gott, der noch eine diffuse Gestalt war, mit einem Anflug von Jahwe, einem Anflug vom Vater der Dreifaltigkeit und einem Anflug von jemand Neuem, den ich noch kennenlernen musste, der aber der Vorstellung vom Jesusgott sehr nahekam, den ich mein Leben lang angebetet hatte und der mir so vertraut war. Und während ich betete und Trost und Frieden bei Gott suchte, kroch ich weiter, reckte die Arme, so weit ich konnte, klammerte mich an die Brückenseiten und schob mich vorwärts. Ich setzte sogar die Zehen ein, die ebenfalls von diesen ekelhaften Insekten zerstochen wurden.

Hin und wieder drückte ich das Gesicht auf den Stein (der so gut wie sauber war, nachdem drei Personen über ihn gekrochen waren), im sinnlosen Versuch, die Mücken von Augen und Mund fernzuhalten. Zumindest verschwanden sie von meiner Nase, wofür ich schon sehr dankbar war.

Ich weiß nicht, wie lange wir in dieser Hölle zubrachten. Eine Ewigkeit. Irgendwann hörte ich, dass Farag mich fragte, wie es mir ginge. Dabei spuckte er gegen die Mücken an. Seine Stimme zu hören beruhigte mich. Solange es ihm gut ging, war alles andere unwichtig. Ich antwortete ihm mühsam und kroch weiter. Fast am Ende der Brücke stieß ich an Gilads Füße, der doch viel muskulöser und kräftiger war als ich. Vielleicht hatten Kaspar oder Abby ihn ausgebremst. Das Jucken spürte ich nicht mehr. Ich spürte die Stiche, ich spürte, dass ich von Kopf bis Fuß mit Mücken übersät war, aber innerlich spürte ich nichts mehr, als wäre mein Körper vollständig eingeschlafen.

Als ich das letzte Mal die Arme ausstreckte und meine Hände die Felswand der Schlucht berührten, verspürte ich das wahnwitzige Verlangen, sofort aufzustehen und loszulaufen, war aber klug genug, um zu warten, bis Gilad von der Brücke runter war. Dann kroch ich bis ans Ende, richtete mich auf und wartete trotz der Mücken, bis Farag bei mir war. Erst dann liefen wir beide zu der Öffnung in der Felswand, durch die unsere Gefährten bereits verschwunden waren. Es war der Zugang zu einem weiteren Tunnel, einem engen, kalten Tunnel, der sich endlos nach oben drehte. Die Mücken blieben zurück. Vermutlich hatten sie genug gesaugt oder mochten die Kälte nicht. Aber wir mussten den Ort, an dem wir Sabira verloren hatten, hinter uns lassen, denn das Brennen der Haut wurde langsam unerträglich. Der kalte Tunnel führte mit Steigungen und abrupten Krümmungen immer weiter nach oben und endete ebenso abrupt in einer weiteren Höhle, die von Kaspars und Abbys Taschenlampen erleuchtet wurde. Eine riesengroße Zisterne versperrte uns den Weg. Als Farag und ich ankamen, weinte Gilad.

Erst da sah ich, dass Brust und Bauch der Männer vom Kriechen stark zerkratzt und abgeschürft waren und ihre gesamten Oberkörper einschließlich Rücken über und über von rötlichen Stichen bedeckt waren. Ein Augenlid von Abby war so stark geschwollen, dass das Auge nicht mehr zu erkennen war, und wir alle, jetzt ohne Sabira, hatten stark gerötete und geschwollene Gesichter.

Vier große Wasserquellen an den Wänden speisten die Zisterne und kühlten die Luft in der Höhle.

»Vermutlich wird uns das eiskalte Wasser guttun«, murmelte Farag.

»Wir müssen sowieso zur anderen Seite schwimmen«, fügte Kaspar hinzu.

»Das wird den Juckreiz besänftigen und die Schwellungen abklingen lassen«, bestätigte mein Mann.

»Hast du sie abstürzen sehen, Gilad?«, fragte Abby plötzlich.

Wir verstummten. Nur das Plätschern des Wassers war zu hören.

»Ja, ich habe sie stürzen sehen. Sie hat heftig um sich geschlagen, um die Mücken zu verscheuchen. Ich habe ihre Arme festgehalten, damit sie aufhört, aber als ich sie losließ, hat sie weiter nach den Mücken geschlagen und dabei das Gleichgewicht verloren. Bevor ich es noch gewahr wurde, war sie weg. Ich konnte nicht gut sehen, nur so viel, dass sie auf einen Felsen aufschlug und ins Wasser fiel.«

»Der Bach hat sie weggespült?«, fragte ich, wobei ich mit der flachen Hand über meine Arme strich, um das Jucken zu beruhigen.

»Nein, sie ist liegen geblieben«, antwortete er und begann erneut, still zu weinen.

»Wir sollten jetzt ins Wasser gehen«, drängte der Ex-Cato.

»Glaub ja nicht, dass wir keine Lust dazu haben, Kaspar!«, sagte Abby vorwurfsvoll und zog ihr Smartphone aus der wasserdichten Hosentasche. »Schaltet bitte eure Telefone ein.«

Ich schluckte meine Tränen hinunter und gehorchte. Wir würden noch auf Sabira zu sprechen kommen. Wir konnten sie nicht einfach dort unten liegen lassen. Ihre Familie sollte sie anständig beerdigen können.

»Da ist was von der Stiftung«, sagte Abby, als sie mit ihrem einen Auge auf das Display starrte. »Sie haben das GPS-Signal meines Smartphones nah an der Bergspitze geortet. Sie schreiben, dass sie einen Rettungstrupp herschicken, weil sie annehmen, dass wir am Ende angelangt sind und gefunden haben, was wir suchen. Sie bitten uns, zu unserer Sicherheit die Smartphones eingeschaltet zu lassen.«

»Es wird aber nicht so leicht sein, uns hier rauszuholen«, behauptete ich und sah mich in der Höhle um.

»Ich bestehe darauf, dass wir jetzt in die Zisterne steigen!«, wiederholte Kaspar voller Unmut.

Wir steckten die eingeschalteten Telefone in die Hosentaschen und gehorchten. Statt in die Zisterne zu plumpsen, gingen wir diesmal freiwillig ins Wasser, Abby mit einem eleganten und perfekten Kopfsprung, während ich mit abgestützten Händen langsam eintauchte, weil ich keine Ahnung hatte, was in dem Wasser so herumschwamm.

Aber da war nichts. Nur das eiskalte Wasser, das, wie Farag gesagt hatte, den Juckreiz spürbar besänftigte und die Schwellungen langsam abklingen ließ, auch Abbys Augenlid. Die Rötungen verschwanden, und unsere Gesichter bekamen wieder ihren normalen Farbton und Ausdruck. Nicht dass es ein angenehmes Bad war, aber es war eine große Erleichterung für die malträtierte Haut, weshalb wir die Kälte stoisch ertrugen und nebenbei den Schmutz abwuschen, der sich auf unseren Körpern abgelagert hatte.

Als Erste verließ Abby auf der gegenüberliegenden Seite die

Zisterne. Kaspar folgte ihr, und beide sanken nebeneinander zu Boden, um sich auszuruhen und wieder warm zu werden. Farag war neben Gilad geschwommen und stieg mit ihm zusammen hinaus, doch als auch ich das Wasser verlassen hatte, setzte er sich zu mir und lehnte sich an die Wand. Niemand sagte etwas. Manchmal ist gemeinsames Schweigen der beste Trost.

Bei mir schien eine Stechmücke unter die Hose gekrabbelt zu sein, denn ich spürte ein seltsames Kribbeln am Bein. Ich griff an meinen Oberschenkel und wollte ihn massieren, als ich zu meiner Überraschung feststellte, dass das Kribbeln von der Vibration meines Smartphones herrührte. Ich sah die anderen an und wartete auf eine Reaktion, aber alle verharrten reglos und mit geschlossenen Augen.

Ich zog das Smartphone vorsichtig heraus und sah auf das Display. »Nicht antworten, Tante!« Isabella, meine geliebte, süße Isabella! Mein Mädchen! Warum sollte ich nicht antworten? Nun ja, alle ruhten sich aus. Anschließend gingen sechs WhatsApp-Nachrichten ein. Beim Öffnen sah ich, dass Isabella noch immer die schlechte Angewohnheit hatte, ihre SMS im Telegrammstil zu schreiben.

»Gleich vorab: Nicht antworten. Bin gerade bei Becky und Jake.«

»Habe was Merkwürdiges über sie herausgefunden.«

»Jakes Mutter war Italienerin und hieß Gabriella Simonini.«

»Eine seiner Urgroßmütter war Polin und hieß Janina Simowicz.«

»Becky wurde in Norwegen geboren, und ihr Mädchenname ist Simonsen.«

»Nicht antworten, Küsse.«

Ich war so sprachlos, dass ich alle Nachrichten noch einmal las, bevor ich das Telefon wieder einsteckte. Warum war Isabella wieder in Toronto, wenn wir sie doch zusammen mit Linus ins irdische Paradies geschickt hatten, damit sie vor Tourniers Schergen sicher waren? Warum war sie bei Becky und Jake im Krankenhaus? Ich verstand überhaupt nichts mehr. Außerhalb des Berges Meron musste etwas Seltsames im Gange sein, aber noch viel seltsamer waren die Familiennamen im Stammbaum der Simonsons. Nun gut, statistisch gesehen war die Zahl der Namen, die mit *Simo* anfingen, eher gering und konnte reiner Zufall sein, aber Statistik mal beiseite – dieser Zufall war doch ziemlich verblüffend, ganz abgesehen davon, dass die vier Familiennamen (Simonson, Simonini, Simowicz und Simonsen) dieselbe Bedeutung hatten, nämlich Sohn von Simon. In meinem Kopf drehte sich alles, aber nicht, weil mir schwindlig war.

Simon, Simeon, Shimeon, Shimon ... Alles Varianten desselben alten hebräischen Namens. Dann müsste der ursprüngliche Familienname »ben Shimeon« lauten, wie der des Rabbiners von Susya, Eliyahu ben Shimeon. Aber so verblüffend mir das alles auch erschien (und das tat es), trieb mich noch mehr um, dass Isabella nicht mehr im irdischen Paradies war. Warum? Was zum Teufel machte das Mädchen ohne unsere Erlaubnis in Toronto? Zum Glück waren Spitteler und Rau hier im Berg Meron, aber das schloss nicht aus, dass Monsignore Tournier in Toronto noch irgendein anderes Verbrechen begehen ließ.

»Wir sollten uns auf den Weg machen«, hörte ich Abby sagen.

Abby ben Shimeon, dachte ich unwillkürlich. Und plötzlich wurde mir noch etwas klar. Abby war die Abkürzung von Abigail. Ihr richtiger Name war der hebräische Mädchenname Abigail. Abigail ben Shimeon. Und Jake war die Abkürzung von Jakob. Jakob ben Shimeon. Und Becky? Becky war Rebecca, Rebecca Simonsen, Rebecca ben Shimeon. Wie hieß noch der älteste Sohn von Becky und Jake, der beim Skifahren in Neuseeland verunglückt war? Nat! Nathan Simonson. Natan ben Shimeon. Und Abbys Vater, der jüngere Sohn von Becky und Jake ...? Dan! Daniel ben Shimeon. Die Simonsons waren Juden, hundertprozentige Juden, auch wenn sie das gut verheimlichten. Zudem kannten sie die Bibel und die Evangelien ausgesprochen gut, denn Jake hatte am ersten Abend in unserem Haus einen Vers aus dem Evangelium von ... Matthäus zitiert. Das Matthäus-Evangelium, das einzige, das die Ebioniten benutzten.

Diese in meinem Kopf durcheinanderwirbelnden Gedanken kamen mir vor wie eine riesengroße Glocke mit einem Klöppel, der an mein Gehirn schlug. Die Simonsons waren Juden und stammten vom Rabbiner der Ebioniten Eliyahu ben Shimeon ab?

»Wolltet ihr nicht die Ossuarien finden?«, insistierte Abby mit einem Anflug von Freude in der Stimme. »Wir sind am Ende angelangt. Die Ossuarien erwarten uns.«

Ich sah sie an, erkannte sie jedoch nicht wieder. Das war nicht die Abby Simonson, mit der ich fast zwei Monate verbracht hatte. Sie war Abigail ben Shimeon. Ich hätte Farag Isabellas SMS zeigen sollen, aber dafür blieb mir weder Zeit noch Gelegenheit. Inzwischen waren alle aufgestanden und auf der Suche nach den Ossuarien, und wenn ich Farag mein Telefon gegeben hätte, damit er etwas liest, hätten sie es unweigerlich mitbekommen.

Wir schalteten unsere Taschenlampen ein, und erst dann entdeckten wir die Tür. Eine richtige Tür, keine in das Felsgestein gehauene Öffnung. Ehrlich gesagt war es weniger eine Tür als ein Bogen, ein Rundbogen aus Keilsteinen und Pfosten. Man musste ein paar Stufen erklimmen, um unter dem Bogen hindurchgehen und sehen zu können, was sich dahinter verbarg, denn es lag im Halbdunkel. Auf dem Abschlussstein des Bogens prangte das Symbol der Ebioniten, der Davidstern mit dem Kreuz in der Mitte, wie ein Wappen oder eine Markierung des Ortes, den wir gleich betreten würden.

Abby stieg als Erste hinauf und leuchtete ins Innere. Wir anderen folgten ihr. Jetzt verstand ich, warum das alles so wichtig für sie und ihre Großeltern war. Mein Kopf hatte alle Puzzleteile zusammengesetzt.

Unversehens hatten wir den Berg verlassen und eine kleine, romanische Kirche betreten, vollständig ausgestattet mit Bankreihen an den Wänden, einem gepflasterten Boden und drei Schiffen mit gewölbter Decke, die von glatten Säulenschäften und Kapitellen mit geometrischen Motiven voneinander getrennt waren.

»Eine Synagoge!«, rief Gilad überrascht.

Vermutlich hatte er seine Gründe für diese Feststellung, denn für mich war es eine normale mittelalterliche Kirche, allerdings eher horizontal als vertikal gebaut, denn in der Breite betrug sie ungefähr hundertzwanzig Meter, während sie in der Länge höchstens siebzig Meter maß. Vor uns stand auf einer Art niedrigem Altar ein einzelnes Ossuarium aus hellem Kalkstein und schien das Wichtigste in diesem Tempel zu sein. Weiter hinten stand ein höherer Altar, und dahinter befand sich ein alter Wandschrank aus Holz. Im rechten Schiff waren acht identische Ossuarien im Kreis aufgestellt, und im linken Schiff lehnte ein einzelnes Ossuarium an der Wand, das mit zerschlissenem leuchtend grünen Samt bedeckt war, auf den man mit Goldfäden arabische Lettern gestickt hatte. Irgendwie wusste ich aufgrund ihrer Aufstellung, ihrer Zahl und ihrem Standort sofort, wessen Steinossuarium ich keine dreißig Meter von mir hatte. Doch ich konnte es nicht glauben. Noch nicht. So nicht.

Voller Ehrfurcht gingen wir langsam auf den kleinen Altar zu. Wahrscheinlich hat jeder von uns diesen Moment je nach Glauben, Verwandtschaftsgrad oder Skepsis anders empfunden. Für mich war es ein derart gewaltiges, machtvolles Erlebnis, dass ich kaum gewahr wurde, wie ich mich darauf zubewegte und schließlich direkt davor stehen blieb. Mir war nur bewusst, dass ich vor den sterblichen Überresten des wichtigsten Menschen der Weltgeschichte stand, den ich als Gott unermesslich geliebt hatte und den ich als Menschen noch immer unermesslich liebte. Ich empfand ein derart starkes Gefühl der Liebe und des Vertrauens wie jemand, der an das Grab eines Vaters oder Bruders tritt. Jesus von Nazareth, wenn er tatsächlich darin lag, wenn er es wirklich war, verkörperte einen der wichtigsten Abschnitte meines Lebens, er gab ihm Sinn, er erklärte alles.

Gilad beugte sich über das Ossuarium, das sich uns in seiner ganzen Länge mit einem kleinen Satteldach präsentierte, und strich ohne jegliche Ehrfurcht, aber mit der Erfahrung des Archäologen behutsam über den Kalkstein, um den Staub und die Erde abzuwischen, die sich in Jahrhunderten darauf abgelagert hatten. Dabei wurden die penibel gemeißelten Buchstaben sichtbar, wunderschöne hebräische und aramäische Schriftzeichen. Er leuchtete mit der Taschenlampe auf die hebräischen Buchstaben und begann von rechts nach links vorzulesen:

»*Yeshua Ha Mashiach ben Yehosef.*«

»Jesus der Messias, Sohn von Josef«, übersetzte Farag sichtlich überrascht, als könne er noch immer nicht glauben, dass wir die echten sterblichen Überreste von Jesus von Nazareth tatsächlich gefunden hatten.

»Auf Aramäisch heißt es dasselbe«, fügte Gilad leise hinzu.

Aus meiner Kehle drang ein Schluchzer, ich sank vor dem Ossuarium auf die Knie und neigte den Kopf. Jesus, Jesus, Jesus, wiederholte ich in meinem Innern wie eine endlose Litanei, wie ein Gebet aus einem einzigen Wort. Ich hatte die ganze Zeit befürchtet, dass meine Welt zusammenbrechen könnte, wenn dieser Augenblick gekommen wäre, aber sie brach nicht zusammen. Es war wie das Aufbrechen einer Schale und die Geburt in ein neues Leben, in ein freieres, erfüllteres, logischeres Leben.

Ich hatte nicht bemerkt, dass auch Kaspar neben mir auf die Knie gesunken war und sich in einer außergewöhnlichen Geste der Demut und Verehrung verneigte. Ich wurde es gewahr, weil er mich berührte, und als ich den Kopf drehte, sah ich auch, dass er mit dem Gesicht nahe dem Boden lautlos die Lippen bewegte, als würde er beten.

Ich konnte nicht glauben, dass ich diesen Augenblick wirklich erlebte. Alles wirkte wie ein Traum, als handle es sich um ein Fest und als würde ich das beste Geschenk bekommen, das je ein Mensch in seinem Leben erhalten hatte. Dann begann ich zu beten. Ich betete zu Gott, dem einzigen Gott, und schloss in mein Gebet unwillkürlich Jesus ein, ich bedankte mich dafür, ihn gefunden zu haben, diesen wunderbaren Moment erleben zu dürfen, der mein Leben für immer verändern würde. Vor Jesus' Ossuarium lernte ich endlich meinen Gott kennen, der mich mein restliches Leben begleiten würde, und es war Jesus, der mir einen Zugang zu ihm verschaffte, wie er es zu Lebzeiten für die gesamte Menschheit getan hatte, auch wenn später Leute wie Paulus von Tarsus, der Pseudoapostel, alles verfälscht hatten, um nach eigenem Gutdünken und nicht nach Gottes oder Jesus' Vorbild eine neue Religion zu erschaffen.

Ich spürte einen zärtlichen Händedruck auf der Schulter, und als ich den Kopf hob, sah ich, wie Farag mir Zeichen gab, einen Blick in das rechte Kirchenschiff zu werfen. Als ich Abby Simonson wie Kaspar vor einem anderen Ossuarium aus Kalkstein knien sah, erstarrte ich. Farag beugte sich herunter und flüsterte mir ins Ohr:

»Sie hat Gilad gebeten, das Ossuarium von Simon zu suchen, Sohn von Josef und Bruder von Jesus von Nazareth.«

Ein greller Funke zuckte durch meinen Kopf und nahm mir den Atem. Abigail ben Shimeon hatte in erster Linie die sterblichen Überreste von *Shimeon ben Yosef akhui di Yeshua Ha Mashiach* gesucht. Das konnte kein Zufall sein. Das war kein Zufall.

Während Kaspar weiter zu Jesus betete, Abby vor den sterblichen Überresten von *Shimeon*, Jesus' Bruder, kniete und Gilad ganz vorsichtig die Holztüren des Wandschranks öffnete, stand ich auf und holte mein Smartphone heraus. Ich öffnete WhatsApp und zeigte Farag wortlos Isabellas Nachrichten. Er las sie und sah mich verblüfft an, er las sie noch einmal, sah zu Abby hinüber und gab mir dann das Telefon zurück. Sein Kopf rauchte förmlich, meiner ebenfalls.

»Das kann nicht sein«, sagten seine Lippen, ohne einen Laut von sich zu geben.

»Ich dachte, sie stammen vom Rabbiner Eliyahu ben Shimeon ab«, flüsterte ich ihm fast tonlos ins Ohr. »Doch mir scheint, sie stammen von *Shimeon ben Yosef akhui di Yeshua* ab. Farag, sie sind Nachfahren Jesu!«

»Indirekt«, flüsterte er. In seinem bärtigen Gesicht stand größte Bestürzung.

»So indirekt wie du willst, aber sie stammen von Josef und Maria, den Eltern von Jesus von Nazareth ab!«, zischte ich vor lauter Aufregung, die mir aus allen Poren springen musste. Entweder war alles eine riesengroße Respektlosigkeit und Abscheulichkeit und Blasphemie, oder wir hatten nach dem aktuellen Stand der Dinge ein historisches und religiöses Geheimnis von unschätzbarem Ausmaß enthüllt.

»Erinnere dich daran, dass Eusebius von Caesarea behauptete«, sagte Farag, »Judas, *Yehuda*, der Bruder von Jesus, hätte zwei Enkel gehabt. Und wenn Jesus Brüder und Schwestern und viele Cousins hatte, dürften die meisten von ihnen Kinder und Enkel haben. Tatsächlich lassen sich bis Mitte des 3. Jahrhunderts Nachfahren der Familie von Jesus von Nazareth historisch nachweisen.«

»Die Simonsons!«, behauptete ich im Brustton der Überzeugung (wenn auch leise).

»Möglich«, räumte Farag ein und sah wieder zu Abby hinüber, die sich jetzt mit gefalteten Händen und geneigtem Kopf vor jedem der sieben Ossuarien niederkniete. Dann stand sie auf und ging zu dem Ossuarium von Jesus von Nazareth, wo sie uns dabei ertappte, dass wir sie beobachteten. Sie hielt kurz inne und lächelte uns voller Zuneigung an, dann ging sie langsam weiter zu Kaspar und kniete sich neben ihn; diesmal jedoch verbeugte sie sich so weit, dass ihre Stirn den Boden berührte.

»Was macht denn Gilad da?«, fragte mein Mann plötzlich.

Ich suchte mit dem Blick nach dem israelischen Archäologen und entdeckte ihn vor dem Wandschrank, aus dem er große Rollen holte. Um Jesus' Ossuarium und den höheren Altar herum eilten Farag und ich ihm zur Hilfe.

»Lass uns mit anfassen«, erbot sich Farag.

Doch Gilad lehnte ab.

»Das sind alte Tora-Rollen«, erklärte er, als er sie behutsam auf den höheren Altar legte, der die Bima sein musste, auf der die Tora gelesen wurde. »Dieser Schrank ist der Toraschrein, der *Aron Kodesh*, in dem in allen Synagogen der Welt die Rollen aufbewahrt werden.«

»Dann ist das hier tatsächlich eine Synagoge?«, fragte ich.

Selbst wenn es eine Synagoge sein sollte, war es für mich auch eine Kirche. Die sterblichen Überreste von Jesus von Nazareth, von seiner Mutter Maria und der übrigen Familie machten diesen Ort zu dem, was ich unter einer Kirche verstand. Wenngleich alles, was die Ebioniten getan und gebaut hatten, eine Mischung von Juden- und Christentum war. Darauf verwiesen schon das Kreuz und der Stern auf dem Türbogen.

»Ja, Ottavia, eine Synagoge aus dem 13. Jahrhundert«, bestätigte er mir. »Eine großartige Entdeckung.«

»Gilad, ist dir bewusst, dass hier die sterblichen Überreste von Jesus von Nazareth liegen?« Ich wollte ihn nicht in Verlegenheit bringen, aber es überraschte mich schon, dass die Synagoge größeren Eindruck auf ihn machte als die Ossuarien. Er hielt abrupt inne.

»Sollte ich mich respektvoller zeigen?«, fragte er besorgt. Für ihn hatte Jesus keinerlei Bedeutung, und er fürchtete, sich unbewusst falsch verhalten zu haben.

»Nein, nein«, beruhigte ihn Farag. »Ist nicht nötig.«

Gilad nickte zustimmend und holte die fünfte und letzte Tora-Rolle aus dem Schrank. Es lagen bereits vier Rollen auf der Bima. Sie steckten in schwarzen Samtsäcken, die reich bestickt waren mit silbernen hebräischen Buchstaben und Darstellungen der Tafeln von Moses mit den zehn Geboten. Aus den Sackenden ragten zu beiden Seiten angelaufene silberne Walzen heraus, um die die Pergamente mit den Texten der fünf Bücher der Tora gerollt waren, die wir Pentateuch (Genesis, Exodus, Levitikus, Numeri und Deuteronomium) nannten.

Und dann vernahm ich das vertraute Geräusch von alten Hebeln, auf die wir in den elf Tagen im Innern des Berges Meron oft genug getreten waren, und fuhr herum. Es kam aus dem heiligen Toraschrein, dem *Aron Kodesh*, vor dem Gilad mit der Tora-Rolle in den Armen ebenfalls zur Salzsäule erstarrt war.

»Oh, oh!«, stöhnte Farag, der wie Gilad und ich nur darauf wartete, dass es gleich eine Katastrophe geben würde.

Kurz darauf hörte ich das Rieseln von Sand hinter den Mauern dieser christlichen Synagoge. Große Mengen Sand stürzten mit hoher Geschwindigkeit herab, und schon folgte das bekannte metallische Rasseln mehrerer Ketten, die sich auf- oder abrollten. Kaspar war mit einem Satz auf den Beinen und kam zusammen mit Abby zu uns gelaufen.

»Was ist passiert?«, fragte er mit rauer Stimme. Er hatte feuchte Augen.

Farag und ich zeigten vorwurfsvoll auf Gilad, der sich mit der riesigen Tora-Rolle in den Armen noch immer nicht vom Fleck gerührt hatte. Man musste ziemlich stark sein, um das Gewicht einer solchen Rolle lange zu halten.

In dem Moment ließ mir das grässlichste aller Geräusche, das Reiben von Stein an Stein, die Haare zu Berge stehen, denn es wurde zudem vom Beben des Daches und vom Rasseln herunterfallender Ketten begleitet. Doch der Teil des Daches, das unter Rasseln, Knarzen und Quietschen aus den Fugen geriet, gehörte zum linken Schiff, wo an einer Wand das Ossuarium von Hasan-i-Sabah, dem Begründer der Sekte der Assassinen (oder der ismailitischen Nizariten) lehnte, dem wir keinerlei Beachtung geschenkt hatten. Wäre Sabira noch bei uns, wäre dies gewiss der wichtigste Moment ihres Lebens gewesen; wir aber hatten ihn nur eines kurzen Blickes gewürdigt, weil wir ahnten, wessen sterbliche Überreste dort ruhten.

Die dicke steinerne Leiter, die wie eine Rutsche von der Decke gefallen war, hing an zwei Ketten, deren Enden ungefähr fünf Meter vor Hasan-i-Sabahs Ossuarium auf den Boden trafen. Sie führte nach draußen, und durch ihre Öffnung strömte jede Menge Licht und Bergluft herein (abgesehen von einem Haufen Erde, Blättern, Wurzeln, Pflanzen und wahrscheinlich auch jeder Menge Viecher, wovon der gepflasterte Boden der Synagoge sehr bald übersät war).

Wir hatten uns von all den Eindrücken noch nicht erholt, als ein schwer bewaffnetes paramilitärisches Geschwader in Tarnuniform diese Leiter heruntergelaufen kam und seine Gewehre auf uns richtete.

VIERZIG

Abby trat einen Schritt vor.
»Ich bin Abby Simonson«, erklärte sie im Tonfall der Präsidentin der Simonson Financial Group.
Einer der Paramilitärs sagte etwas in das Mikrofon auf seiner Schulter. Die anderen senkten die Waffen. Der Soldat, der bereits auf dem gepflasterten Boden stand, ging auf sie zu.
»Captain Roy Madden, Sicherheitsgeschwader der Simonson-Stiftung.«
Eine große gertenschlanke Gestalt mit wunderschöner kastanienbrauner Mähne kam im Laufschritt die Leiter herunter.
»Tanta Ottavia! Onkel Farag!«, rief sie außer sich vor Freude.
Die Paramilitärs mussten zur Seite treten, um die Verrückte durchzulassen, die sich nach einem athletischen Sprung an meinen Hals geworfen hatte und mich so fest drückte wie als kleines Mädchen. Isabella, die sich sonst nicht sonderlich zärtlich zeigte, umarmte und küsste mich, als hätte sie den Verstand verloren, und noch bevor ich reagieren konnte, war sie schon weitergehüpft und umarmte und küsste ihren Onkel Farag, der in dem Moment der glücklichste Mann auf Erden zu sein schien.
»Isabella!«, stotterte ich ungläubig. Was hatte sie hier verloren, wie war sie hergekommen, was bedeutete das alles?
Aber Isabella hatte inzwischen ihren Onkel losgelassen und begrüßte Kaspar und Abby.
»Wie geht es euch?«, fragte sie uns vier.

»Abby!«, rief plötzlich jemand vom oberen Ende der Leiter. Eine blendend aussehende und wunderbarerweise genesene Becky Simonson in eleganter Bergsteigerkluft, die wie angegossen saß, kam viel schneller, als man bei einer Frau ihres fortgeschrittenen Alters vermutet hätte, die Leiter heruntergelaufen und verschmolz mit ihrer Enkelin in einer so innigen Umarmung, dass Jake, der ebenfalls als Bergsteiger verkleidet, aber trotz seines gesunden Aussehens etwas langsamer war, Zeit genug hatte, um sich ihnen in dieser langen Umarmung anzuschließen, die mir wie eine Ewigkeit erschien, obwohl Isabella wieder an meinem Hals hing und nicht von mir lassen wollte.

»Was zum Teufel …?«, setzte ich an.

»Beruhige dich, Tante. Es gibt für alles eine Erklärung. Jetzt müssen wir so schnell wie möglich hier raus. Diese Männer müssen den Berg Meron nach Spittler, Rau und Konsorten absuchen, die ganz in der Nähe sein müssen. Anscheinend waren sie euch dicht auf den Fersen.«

»Was?«, rief ich entgeistert.

»In Tel Aviv wird man euch alles erzählen«, beendete meine Nichte ihre Erklärungen und schloss mich erneut fest in ihre langen Arme. So liebevoll und herzlich kannte ich sie wirklich nicht. Wenigstens war sie nicht im irdischen Paradies bei diesem Jungen, der ihr so gefiel, geblieben und hoffentlich auch keine Staurophylax geworden, dachte ich erleichtert. Sobald sich die Gelegenheit böte, würde ich mir ihren Körper wegen möglicher Skarifikationen genauer ansehen.

Gilad war näher gekommen, während Kaspar, der zweitgrößte Judas der Menschheitsgeschichte, zu Abby gegangen war und Jake und Becky begrüßte, als würde es ihn keinen Funken überraschen, die beiden wieder vollkommen genesen vor sich zu haben.

Captain Roy Madden wandte sich an Jake.

»Mister Simonson, Sie müssen so schnell wie möglich alle hier raus.«

»Und das Archäologenteam?«

Der Soldat mit dem Mikrofon sprach wieder mit jemandem von draußen.

»Sie kommen runter«, verkündete er.

»Die Transporthubschrauber stehen bereit«, erklärte der Captain. »Meine Männer und ich werden den Berg absuchen. Gehen Sie jetzt, Sie werden nach Tel Aviv gebracht. Wir halten Sie auf dem Laufenden.«

Noch mehr Paramilitärs der Stiftung kamen die Leiter herunter und schleppten jede Menge Bergsteiger- und Kriegsausrüstung an. Es mussten ungefähr zwanzig sein, gefolgt von zehn weiteren Personen in weißen Schutzanzügen, die Metallkisten für den Abtransport der Ossuarien in die Synagoge trugen.

»Kann ich bleiben?«, fragte Gilad Jake Simonson. »Es gibt hier unten so vieles, das gerettet und erforscht werden muss.«

»Alles, was sich hier drin befindet, Mister Abrabanel«, antwortete Jake höflich, »wird an einen sicheren Ort gebracht, wo es mit viel Zeit und Ruhe sowie den nötigen Mitteln genauestens untersucht wird. Aber jetzt müssen wir gehen.«

»Nein, Jake«, widersetzte ich mich. »Ohne den Körper von Sabira Tamir gehe ich nicht von hier weg.«

Auf der Suche nach der assassinischen Archäologin blickten sich Jake und Becky nach allen Seiten um.

»Was ist passiert?« fragte Becky alarmiert.

Wir berichteten von dem Unfall und erklärten ihnen, wo sich ihre Leiche befand und wie schwierig es sein würde, sie zu bergen.

»Captain Madden«, rief Jake. »Ich habe noch eine weitere Aufgabe für Sie.«

Der Paramilitär der Stiftung nickte, doch in seinem Gesicht rührte sich kein Muskel. Er erinnerte mich an Kaspar, auch wenn Madden deutlich attraktiver war als der Ex-Cato.

»Das ist kein Problem«, verkündete Jake traurig. »Sie werden die Leiche von Sabira Tamir bergen, sobald sie den Trupp von Hartwig und Spitteler haben. Ich werde Prinz Karim anrufen und ihm berichten, was passiert ist.«

»Lasst uns endlich aufbrechen«, drängte Becky, die für eine Frau, die von einem gigantischen Holztransporter mit riesigen Baumstämmen überrollt worden war, eine überraschende Rüstigkeit und Gesundheit zur Schau stellte.

Als wir die Leiter hinaufgingen, die aus dem Berg Meron hinausführte, warf ich einen letzten Blick auf das Ossuarium von Jesus von Nazareth. Eine Frau und ein Mann im weißen Overall hoben ihn gerade vorsichtig von seinem Sockel und legten ihn dann in eine dieser Metallkisten. Ich wollte dieses letzte Bild als wertvollste Erinnerung meines Lebens im Gedächtnis behalten, denn ich war mir sicher, dass ich das Ossuarium nie wiedersehen würde.

Als wir draußen ankamen, war ich geblendet vom Mittagslicht, ganz zu schweigen von Farag, der sich den Arm vor die Augen hielt, weil er solche Helligkeit nicht ertrug. Doch bei den Simonsons, genauer gesagt, den ben Shimeons, wurden keine halben Sachen gemacht. Ein weiteres Grüppchen von Leuten, die wie Pflegepersonal aussahen, händigte uns allen schwarze Sonnenbrillen aus, die so groß waren, dass sie sogar unsere Schläfen bedeckten, und natürlich Wasserflaschen, die wir gierig leer tranken. Die drei Männer bekamen frische Hemden in ihren Größen, und uns allen wurde an Ort und Stelle Blutdruck und Temperatur gemessen sowie Blut- und Speichelproben entnommen. Isabella sprang wie ein Zicklein um ihren Onkel und mich herum, wie damals, als sie elf oder zwölf Jahre alt war. Sie war nervös wie ein Vögelchen, denn sie war einfach noch zu jung für derartige Erfahrungen. Kurz bevor wir die Synagoge verlassen mussten, war sie schüchtern zu Jesus' Ossuarium gegangen und hatte schweigend davorgestanden, bis Becky uns zum Gehen aufforderte. Ich wusste nicht, was ihr dabei durch den Kopf gegangen war, aber angesichts des überaus schlechten Einflusses ihres Onkels und der Abkehr ihrer Familie in Palermo müsste ich mich wohl sehr bemühen, ihr all das so zu erklären, dass sie es verstand und in keine irreversible Glaubenskrise stürzte.

Im Freien herrschte große Hitze, und trotzdem hüllte uns

das Stiftungspersonal in hellblauen dünnen Stoff, der zu meiner Überraschung angenehm erfrischend wirkte. Welche Erleichterung. In Begleitung von zwei Sanitätern machten sich Jake und Becky an den kurzen Aufstieg zum Gipfel, der sich knapp zehn Meter über der Stelle befand, an der wir den Berg verlassen hatten. Abby und Kaspar, ebenfalls mit Sonnenbrillen auf den Nasen und in hellblauen Stoff gehüllt, folgten ihnen, und Isabella hüpfte den beiden hinterher. Gilad, Farag und ich waren die Letzten, die in Begleitung des freundlichen Personals den Gipfel erklommen, wo sich an fünf großen Helikoptern die Rotoren in Bewegung setzten, als man uns näher kommen sah. Wir acht stiegen in eines dieser fliegenden Monster, in das nicht nur wir, sondern auch das Begleitpersonal der Simonsons passte, und gleich darauf befanden wir uns in der Luft und auf dem Weg nach Tel Aviv. Die anderen Hubschrauber warteten vermutlich auf die Paramilitärs und ihre Gefangenen sowie auf das Archäologenteam und ihre ungemein wertvolle Fracht.

Wir waren raus aus dem Berg. Ich konnte einfach nicht glauben, dass wir raus waren. Wir hatten es geschafft, wir hatten überlebt, und wir hatten die Ossuarien gefunden. In meinem Gesicht stand ein glückseliges Lächeln. Plötzlich benötigte ich keine dunkle Sonnenbrille und kein kühles Tuch mehr. Ich wollte vom Hubschrauber aus die Welt sehen. Ich wollte den Himmel, die Erde, die grünen Berge, die Kleckse der Städte, die Schlangenlinien der Landstraßen sehen. Ich wollte ins 21. Jahrhundert zurück. Mein Gott, wie satt ich das 13. Jahrhundert hatte. Ich war euphorisch. Ich war glücklich. Wahnsinnig glücklich. Wir hatten es geschafft! Wir waren die Besten!

Farag sah mich an und lächelte, weil er meine Gedanken lesen konnte. Auch er nahm Sonnenbrille und Tuch ab. Dieser Flugkörper verfügte über eine Klimaanlage, und die getönten Fensterscheiben filterten das Licht. Wir blickten uns an und lachten auf. Es war ein Lachen der Erleichterung, das wir nicht unterdrücken konnten, selbst wenn wir es gewollt hätten, obwohl es durch den Lärm der Rotoren gar nicht zu hören war.

Ich hatte das Gefühl, vor Glück zu platzen. Isabella, die neben Farag saß, ließ sich von unserem Lachen anstecken, vermutlich aus denselben Gründen wie wir, weil wir es geschafft hatten, weil sie ihre Tante und ihren Onkel gesund und munter aus dem Berg Meron hatte kommen sehen, weit weg von den Tücken der Seligpreisungen, den Ebioniten ... Schließlich lachten alle vierzehn oder fünfzehn Passagiere in der Kabine (einschließlich der Sanitäter) schallend.

Moment mal, dachte ich mit Blick zu Jake, Becky und Abby. Nein, das stimmte ja gar nicht, den Ebioniten waren wir nicht entkommen. Keinesfalls. Sie saßen vor uns, auf den Sitzen direkt gegenüber. Mehr noch, wir waren ihre Gefangenen. Mein Blick trübte sich. Wir waren Gefangene der Ebioniten des 21. Jahrhunderts! Außerdem wurde ich gewahr, dass wir nicht allein flogen: Weitere sieben oder acht Militärhubschrauber in Tarnfarben wie die, die uns auf unserer Reise nach Susya begleitet hatten, eskortierten uns zu beiden Seiten. Sie mussten uns in der Luft erwartet haben. Wir waren Gefangene und hatten keine Ahnung, wohin man uns bringen würde. Und wenn sie uns, um das Geheimnis zu wahren, endgültig ... zum Schweigen bringen wollten? Müdigkeit vortäuschend setzte ich die dunkle Sonnenbrille wieder auf, damit man mir die Mordgelüste des eingekreisten Raubtieres nicht ansah.

Eine knappe Stunde später landete unser Helikopter in einem der üppigen Gärten des Hotel Hilton Tel Aviv, während sich die Schar der Begleithubschrauber in den Wolken verlor. Niemand stellte uns Fragen. Alles war minutiös geplant.

Man führte uns direkt in unsere Zimmer, die wir vor zwölf Tagen verlassen hatten – mir kam es wie zwölf Monate, eher noch wie zwölf Jahre vor –, wo sich auch unser Gepäck mit all unseren Sachen befand. Im kleinen Esszimmer der Suite bog sich der Tisch unter den vielen Speisen. Es war gleich Essenszeit. Aber vorher mussten wir dringend duschen und die dicken Schmutzschichten von unseren Körpern schrubben. Farag blieb bei Isabella, und ich ging als Erste unter die Dusche. Was für ein

Genuss, sauber zu sein und bequeme Kleidung zu tragen. Farag nutzte die Gelegenheit, um sich den zwei Wochen alten Bart abzurasieren. Während er unter der Dusche stand, wollte ich eigentlich das Kind aushorchen, aber leider war es am Ende ich, die ihr erzählte, was im Innern des Berges Meron vorgefallen war. Als Farag dann blitzsauber und höchst attraktiv aus dem Badezimmer kam, hielt mich nur Isabellas Anwesenheit davon ab, über ihn herzufallen. Und, warum sollte ich es leugnen, auch die Erschöpfung.

Um halb sieben setzten wir uns zum Abendessen. Ich erinnere mich an die Uhrzeit, weil Isabella sie erwähnte, als ich schon das üppige und köstliche Essen in mich hineinschaufelte, das gewiss nicht koscher war, davon war ich überzeugt. Dann versuchten Farag und ich gleichzeitig, Isabella mit allen Mitteln zu entlocken, warum sie hier und nicht im irdischen Paradies war, wohin wir sie geschickt hatten. Aber sie, stur wie eine typische Salina, zeigte sich vollkommen zugeknöpft. Sie weigerte sich rundweg, auch nur ein Wort zu sagen, und verschanzte sich hinter der Ausrede, dass wir zu gegebener Zeit schon alles erfahren würden, denn jetzt würden wir es nicht verstehen. Sie war lediglich bereit, uns zu erzählen, wie sie das mit den Familiennamen herausgefunden hatte.

»Zuerst konnte ich nichts Anormales finden«, erklärte sie und spießte dabei eine große Portion Salat auf. »Aber da ich in Stauros so viel Freizeit hatte, verfolgte ich die eine oder andere Spur. Als ich Beckys Mädchennamen herausfand und dass er Jakes Familiennamen so ähnlich war, war ich ziemlich überrascht. Als ich eruierte, dass die norwegische Endsilbe *ssen* ›Sohn von‹ bedeutet wie *son* auf Englisch oder *ini* auf Italienisch, wurde die Sache langsam interessant. Ich suchte nach den bekannten Vorfahren von Jake, und was ich gefunden habe, wisst ihr ja. Ich dachte, das kann kein Zufall sein.«

»Als ich deine SMS las«, kommentierte Farag, der gerade ein Stück von seinem Rumpsteak abschnitt, »erinnerte ich mich an die Sitte von Adelshäusern, ständig untereinander zu heiraten.

Schlecht war nur, dass Blutsverwandte meist missgebildet und mit seltsamen Krankheiten zur Welt kamen. Heutzutage heiraten sie Bürgerliche und haben dieses Problem nicht mehr.«

»Ja«, sagte Isabella, »aber die Simonsons sind extrem weit verzweigt und heiraten nie untereinander. Keiner der Enkel oder Urenkel von Jake und Becky, die ich kennengelernt habe, einschließlich Abby, scheint an etwas Seltsamen zu leiden. Ich glaube, die machen das absichtlich, alles wird ganz genau geplant.«

Das Abendessen war zu Ende. Jemand klopfte an die Tür, und Isabella ging öffnen. Es waren einer der Ärzte und einer der Sanitäter, die uns vom Berg Meron nach Tel Aviv begleitet hatten. Der Arzt brachte uns Schlaftabletten. Isabella bestand darauf, dass wir sie einnahmen, während der Sanitäter die Schürfwunden auf Farags Brust versorgte und der Arzt mir die Reste der verbrannten Wundpflaster von den Füßen kratzte, die so fest daran klebten, als gehörten sie zu mir. Und natürlich weigerte ich mich, die Schlaftabletten einzunehmen. Auf dem Blister stand nirgends die Marke oder wie das Medikament zusammengesetzt war, das die Ebioniten uns schickten. Denen war nicht zu trauen. Aber als ich mich zu Farag umdrehte, um ihn davon abzuhalten, diese Tablette einzunehmen, hatte dieser Dummkopf von meinem Mann sie schon geschluckt und das verräterische Glas Wasser noch in der Hand.

Isabella gab uns beiden einen Kuss, als wäre sie eine Erwachsene, die sich um zwei widerspenstige Kinder kümmerte (das würde schon wieder vergehen, davon war ich überzeugt; sobald wir wieder ein normales Leben führten, würde sie aufhören, überall Küsschen zu verteilen), wünschte uns schöne Träume und verschwand mitsamt Arzt und Sanitäter.

»Sie ist irgendwie merkwürdig, oder?«, fragte Farag, als die Tür zugefallen war.

»In welchem Sinne? Weil sie sich so liebevoll verhält oder weil sie zu den Ebioniten gewechselt hat?«

Farag lachte.

»Hattest du nicht Angst, sie könnte eine Staurophylax werden?«

»Glaubst du etwa, dass sie um eine genaue Untersuchung herumkommt?«, fragte ich zurück.

»Dann also Staurophylax und Ebionitin.«

»Bis ich nicht in Ruhe mit ihr gesprochen habe«, sagte ich, »weiß ich nicht, woran ich bin. Diese ganzen Küsse und vielen Umarmungen sind nicht normal. Vielleicht wurde ihr im irdischen Paradies oder von den ben Shimeons eine Gehirnwäsche verpasst.«

»Also ich mag es, wenn sie mich küsst und umarmt«, gestand Farag und ging ins Schlafzimmer. »Die Schlaftablette muss ziemlich stark sein. Ich schlafe gleich.«

»Du bist schon müde?«, fragte ich, wobei ich allerdings selbst ein Gähnen unterdrücken musste. Nichts ist schlimmer, als mit vollem Magen ins Koma zu fallen, doch mir bereitete mehr Sorgen, dass Farag nie wieder aus diesem chemischen Schlaf erwachen könnte. Sollte das passieren, würde ich die Simonsons ermorden.

»Ich hoffe, ich schaffe es noch, den Pyjama anzuziehen«, murmelte er wie betrunken.

Er schaffte es. Ich hingegen nicht, denn ich erwachte angezogen, aber ohne Tablette oder sonstige Hilfsmittel, im Morgengrauen auf dem Sofa und wankte ins Schlafzimmer, wo ich wie ein Sack ins Bett fiel.

Wir schliefen dreizehn Stunden, bis Punkt neun Uhr das Telefon im Salon klingelte und natürlich der verfluchte Ex-Cato dran war.

»Kaspar fragt, ob wir schon wach sind«, meldete Farag höchst amüsiert in Erinnerung daran, wie er uns im Berg immer geweckt hatte.

»Sag Nein und dass er sich den frischen Wind im Meron um die Nase wehen lassen soll«, murmelte ich ins Kopfkissen.

»Wir sind zum Frühstück in die Suite der Simonsons im obersten Stock eingeladen.«

»Sollen sie doch alle zum Meron gehen«, wiederholte ich bockig.

»Er sagt, dass Gilad nach Jerusalem zurückkehrt und sich gern von uns verabschieden würde.«

Ich schlug die Augen auf.

»Gilad kehrt zurück?«, fragte ich schlagartig hellwach.

»Ja«, erwiderte mein Mann und legte den Hörer auf. »Wir sollen uns beeilen.«

»Zur Abwechslung mal was ganz Neues!«, sagte ich und sprang vollständig bekleidet aus dem Bett. Es zwickte und zwackte noch an mehreren Körperstellen, aber ich fühlte mich ausgeruht und gestärkt.

»*Basileia*, du hast die Tablette doch genommen!«, sagte mein Mann lachend, als er mich vollständig angezogen auftauchen sah.

»Ich habe gar nichts genommen«, maulte ich und lief ins Bad. »Ich bin ganz von selbst ins Koma gefallen.«

Frisch geduscht und wie normale Menschen statt wie Wanderer, Forscher oder Bergsteiger angezogen (Farag trug ein weißes Hemd mit Stehkragen sowie braune Hose und Schuhe, ich ein rot geblümtes Kleid), drückten wir eine halbe Stunde später auf die Klingel der Präsidentensuite im siebzehnten Stock. Ein vierschrötiger Kerl wie Kaspar mit einem Knopf im Ohr öffnete die Tür und ließ uns eintreten. Im Salon, von dem aus man einen beeindruckenden Blick auf das Mittelmeer und den Hafen von Jaffa hatte, saßen Isabella, Jake, Becky, Abby, Kaspar und Gilad. Kaspar und Gilad sahen ohne Bart irgendwie komisch aus.

Der israelische Archäologe, der eine elegante schwarze Hose und ein schönes blaues Hemd trug, kam lächelnd auf uns zu.

»Frau Doktor Salina«, sagte er mit einer Verbeugung. »Professor Boswell.« Farag hielt er die Hand hin.

»Stellvertretender Direktor Abrabanel«, erwiderte mein Mann ebenfalls scherzend und schüttelte ihm die Hand.

»Es war mir eine Ehre, mit Ihnen zusammenzuarbeiten«,

flüsterte Gilad gerührt. Sein weißes Gesicht errötete und wirkte seinem Haar sehr ähnlich.

»Dann stimmt es, dass du abreist?«, fragte ich nervös.

»Ich habe den Auftrag erledigt, für den ich verpflichtet war«, erklärte er mit melancholischem Unterton. »Das war die wichtigste Erfahrung meines Lebens.«

»Über die er nie mit jemandem sprechen darf«, stellte Jake Simonson klar.

Gilad drehte sich zu ihm um.

»Selbstverständlich«, bestätigte er. »So steht es im Vertrag, und ich werde es beherzigen. Außerdem waren Sie sehr großzügig, außergewöhnlich großzügig in allem. Sie können immer auf mich zählen, ich bitte Sie darum.«

»Aber du wirst doch für die Simonson-Stiftung arbeiten, Gilad!«, sagte Abby lachend, die eine hübsche beige Hose und eine ärmellose weiße Bluse mit rundem Kragen voller Glitzersteine trug.

Jetzt färbte sich das Gesicht des israelischen Archäologen tiefrot.

»Ich meinte …«, setzte er an und breitete die Arme aus, wobei er Kaspar, Abby, Farag und mich einschloss.

»Wir haben dich schon verstanden«, sagte Kaspar, ging zu ihm und umarmte ihn wie ein Bär. Als er ihn wieder losließ, umarmte Abby ihn, und dann war Farag an der Reihe. Was bedeutete, dass ich ihn auch umarmen musste, wenn ich mich nicht lächerlich machen wollte. Ich versuchte es so herzlich und natürlich wie möglich und glaube, es ist mir gelungen.

Becky, die ein korallenrotes Sommerkleid mit einer farblich dazu passenden Perlenkette trug, hielt ihm ihre Hand mit der durchsichtigen Haut hin – jetzt wussten wir ja, dass sie norwegische Wurzeln hatte. Gilad ergriff sie und verbeugte sich vor ihr. Dann drückte er Jakes Hand.

»Danke, mein Junge«, sagte Jake zum Abschied. Dieser schlichte Dank war ehrlich und großherzig, das hörte man seinem Tonfall an.

Die neue Isabella, die jetzt jeden abküsste, der ihr in die Finger kam, reichte ihm schüchtern die Hand, und Gilad drückte sie mit einem herzlichen Lächeln. Dann ging er zur Tür.

»Ruft mich an, wenn ihr nach Israel kommt«, flüsterte er, als er die Suite verließ. Der Kerl mit dem Knopf im Ohr folgte ihm und schloss die Tür hinter sich. Ich verspürte große Leere. Wer hätte das gedacht – vor vierzehn Tagen hatten wir uns nicht einmal gekannt. Es war so viel geschehen! Wir hatten zusammen so viele Gefahren überstanden!

»Hey, wacht auf!«, rief Becky lachend.

Isabella, Jake und Becky hatten sich bereits auf Sofas und Sesseln niedergelassen. Nur Kaspar, Abby, Farag und ich standen da und starrten schweigend auf die Tür, die sich hinter Gilad geschlossen hatte.

Wir bewegten uns wie Marionetten, und als wir Platz nahmen, schob ein schweigsames und diskretes Heer aus Kellnern mehrere Wägelchen mit Tellern und Kannen für das Frühstück in die Suite. Da es so viele waren, hatten sie uns im Nu bedient und waren schnell wieder durch dieselbe Tür verschwunden wie Gilad.

»Fein, endlich sind wir unter uns!«, scherzte Jake. »Jetzt können wir in Ruhe über alles reden, was geschehen ist, und euch erzählen, was ihr alles noch nicht wisst.«

Ich spürte Zorn in mir aufsteigen.

»Meinst du damit etwa, dass ihr drei«, ich zeigte mit meinem Salina-Finger auf sie, »Ebioniten seid und das Blut von Jesus von Nazareth in euren Adern fließt?«

Jakob, Rebecca und Abigail waren wie vom Donner gerührt.

EINUNDVIERZIG

Und noch etwas«, fuhr ich mit steigender Erregung fort. »Warum habt ihr Isabella ohne unsere Erlaubnis aus dem irdischen Paradies geholt?«

»Ich bin volljährig!«, protestierte das Kind.

»Halt den Mund!«, fauchte ich mit funkelndem Blick, der keine Widerrede duldete.

»Hör mal, Ottavia ...« setzte der Ex-Cato an, als wäre er der von beiden Seiten eingesetzte Vermittler.

»Du halt auch den Mund! Was zum Teufel glaubst du eigentlich, wer du bist?«, herrschte ich ihn an. »Wir reden hier von unserer Nichte.«

»In Ordnung«, erwiderte er und lehnte sich im Sofa zurück.

»Von unserer Nichte«, wiederholte ich aufgebracht, »und natürlich darüber, warum man uns von Anfang an so niederträchtig belogen und hintergangen hat, damit wir in diesen verfluchten Berg gehen, in dem wir mehrmals beinahe unser Leben verloren hätten.«

»*Basileia*, bitte«, versuchte Farag zu beschwichtigen. »Lass sie doch erst erklären und reg dich hinterher auf.«

»Ich bin schon aufgeregt!«

»Deshalb ja«, beharrte er. »Halte dich bitte an eine vernünftige Reihenfolge, na los.«

Ich versuchte mich zu beruhigen, aber ich war derart zornig, dass ich mit der Hälfte meiner Wut das riesige Hotelgebäude in die Luft hätte sprengen können. Mein Blutdruck musste extrem hoch sein. Ich atmete mehrmals tief durch und sah den alten Simonsons vorwurfsvoll in die Augen.

»Ich will eine gute Erklärung hören«, verlangte ich störrisch. »Und es ist mir egal, ob ihr ferne Verwandte von Jesus von Nazareth seid. Ich gedenke nicht, mich deshalb vor euch auf die Knie zu werfen. Auch ich stamme aus einer Familie, mit der mich nichts außer Blutbande verbindet.«

Lastendes Schweigen breitete sich aus. Und wie immer war es Becky, die schließlich den Mut aufbrachte, eine Erklärung abzugeben.

»Wir haben Isabella nicht aus dem irdischen Paradies geholt«, sagte sie mit fester Stimme. »Isabella hat sich erboten herzukommen, um den Computerspezialisten der Stiftung zu helfen, nahe am Berg Meron ein noch stärkeres Knotennetz aufzubauen. Wir mussten mit euch in Verbindung bleiben und durften das Signal nicht verlieren. Cato Glauser-Röist hatte die Computertechniker im irdischen Paradies angewiesen, mit denen der Stiftung zusammenzuarbeiten. Deine Nichte Isabella ist von zwei Staurophylakes hergebracht worden, um das Knotennetz aufzubauen.«

»Wir haben sie nicht hergeholt«, wiederholte Jake, als wäre mir noch nicht klar, dass Isabella auf eigene Faust gehandelt hatte und von dem einzigen Ort abgehauen war, an dem sie vor Monsignore Tournier und seinen Killern sicher war, wie ihr Onkel und ich glaubten. Mein Auftritt musste sie regelrecht eingeschüchtert haben, denn sie hatte von den Unmengen an Süßspeisen und Leckereien zum Frühstück noch nichts angerührt.

»Und was war mit diesem Holztransporter und dem Unfall, bei dem ihr fast ums Leben gekommen seid?«, fragte Farag, womit er die Sache mit Isabella für beendet erklärte.

Jake und Becky starrten betreten zu Boden. Sie schienen kein Wort herauszubringen.

»Die Ereignisse an jenem siebenundzwanzigsten Juni fanden nicht so statt, wie wir euch erzählt haben«, begann Abby zu erklären.

»Nicht nötig, dass du das beschwörst!«, empörte ich mich. Abby ignorierte mich einfach.

»Wir haben vom Tod meines Onkels Nat in Neuseeland ein paar Stunden früher erfahren, als wir es bekanntgegeben haben, die Zeitverschiebung kam uns zustatten. Wie ihr euch vorstellen könnt, waren meine Großeltern am Boden zerstört, und das Krisenkabinett prognostizierte einen noch größeren Angriff seitens Tourniers Männer. Wenn sie meinen Onkel Nat umgebracht hatten, war sein Tod ganz bestimmt erst der Auftakt. Als Nächstes könnten sie die Familiengeschäfte oder meine Großeltern oder irgendeinen anderen Simonson attackieren. Alles war möglich. Die Stiftung traf große Sicherheitsvorkehrungen, die sich als überaus gerechtfertigt herausstellten, als der Wagen, in dem angeblich meine Großeltern saßen, von einem Holztransporter überrollt wurde. Aber meine Großeltern befanden sich in einer Art Bunker und waren in Sicherheit. Der Chauffeur hat wie durch ein Wunder überlebt. Er lag im Krankenhaus. Zum Glück ist er einen der gepanzerten Wagen gefahren.«

»Gut möglich«, fügte Jake traurig und ernst hinzu, »dass Tournier noch immer glaubt, wir seien tot wie unser Sohn Nat. Der wird eine große Überraschung erleben, wenn er herausfindet, dass dem nicht so ist. Und für Nats Tod wird er teuer bezahlen.«

»Dann folgte der Brandanschlag auf unsere Ölfelder«, schnaubte Abby fast ebenso wütend und erregt wie ich, wenn auch aus anderen Gründen. »Wir konnten die Berichte darüber zurück- und den Aktienwert zum Glück unter Kontrolle halten. Dieser Tag war ein einziger Alptraum. Und die Krönung war der Brandanschlag auf euer Haus in derselben Nacht, wie ihr euch erinnern werdet. Tournier, Spitteler und mein Exmann Hartwig waren entschlossen, alle umzubringen: Kaspar, den kleinen Linus, Isabella und euch beide.«

»Wenn Politikern die Ideologie verlorengeht, sobald sie an der Macht sind«, warf Becky ein und wischte eine Träne weg, »geschieht auf dem obersten Niveau der Kirchenhierarchie etwas ganz Ähnliches mit dem Glauben und den religiösen Überzeugungen. Man sollte nicht verallgemeinern, gewiss, aber das passiert oft.«

»Jede Form von Macht korrumpiert«, zitierte Kaspar den berühmten Satz des britischen Historikers John Acton. »Macht korrumpiert, absolute Macht korrumpiert absolut. Das dürfen wir nie vergessen.«

»Deshalb haben wir uns bis jetzt versteckt«, erklärte Jake und verschränkte seine rachitischen Finger über dem flachen Bauch. »Wir haben Ben, unseren zweiten Sohn ...«

»Benjamin ben Shimeon vermutlich«, unterbrach ich ihn arglistig.

»Ja, genau«, sagte Jake lächelnd. »Benjamin Simonson, Ben, führt jetzt die Geschäfte. Auf diese Weise lassen wir Tournier glauben, dass er uns beseitigt hat, und ich habe ganz nebenbei die Gelegenheit genutzt, mich in den Ruhestand zu begeben. Wurde ja auch Zeit.«

»Schön, das Wichtigste ist also geklärt«, räumte ich ein und schlug gelassen die Beine übereinander, damit sie sahen, dass ich mich beruhigt hatte. »Und jetzt erzählt uns, warum ihr uns verheimlicht habt, dass ihr Ebioniten und Nachfahren von Jesus von Nazareth seid, wenn es euch nichts ausmacht – und sollte es das, ist es mir auch egal.«

»Wir sind keine Nachfahren von Jesus von Nazareth«, empörte sich Becky. »Jeshua hatte keine Kinder. Wir stammen von seinem Bruder Shimeon ab. Der zweite Bruder Jakob oder Santiago, wie er heute genannt wird, starb im Jahr 62, und unser Vorfahr Shimeon, der vierte Bruder, folgte ihm an die Spitze der heutigen Kirche von Jerusalem. Es war Shimeon, der die jüdisch-christliche oder ebionitische Gemeinde aus Jerusalem hinausführte, als die Römer den Tempel im Jahr 70 zerstörten. Aber damals hatte Paulus die Kontrolle über die neue, im Imperium vorherrschende Religion schon an sich gerissen. Plötzlich wurden wir, die Nachfahren von Shimeon, sowie die restliche Großfamilie von Jesus und viele Anhänger der wahren Lehre zu

Ketzern erklärt, von Paulus' Kirche ausgeschlossen und verfolgt. Aber wir haben überlebt, und deshalb führen wir, die Nachfahren von Shimeon, seinen Namen über die Generationen fort. Aus Respekt und aus Stolz.«

»Und ihr drei seid Ebioniten«, fügte ich hinzu.

»Wir sind Juden«, erwiderte Jake und nahm sich ein kleines Croissant. »Juden aus dem Hause Davids. Wir befolgen die jüdischen Gebote, und wir verehren Gott. Wir beschneiden unsere Söhne, halten den Sabbat ein und ernähren uns koscher. Wir lesen und studieren die Tora.«

Das Essen, das man uns beim Studieren von Marco Polos Briefen in ihrem Haus wochenlang vorgesetzt hatte, war koscher gewesen? Unmöglich.

»Und wir sind Christen«, fügte Becky hinzu. »Wir glauben, dass Jesus von Nazareth der Messias des Volkes Israel war, und getauft sind wir im Namen von Yeshua. Wir glauben, dass er für uns gestorben ist, damit wir seine Botschaft der Wahrheit, der Liebe und des Friedens weitergeben, denn er hat uns gelehrt, alle Welt gleichermaßen zu lieben und uns Gott anzunähern, der uns auch liebt.«

»Das heißt also, ihr seid Ebioniten«, stellte Farag klar.

Es entstand ein kurzes Schweigen.

»Ja«, sagte Abby schließlich. »Wir sind Ebioniten.«

»Und ihr wolltet die Ossuarien von Jesus und seiner Familie finden, weil sie eure Vorfahren sind?«, fragte ich.

Jake schüttelte den Kopf.

»Nein, nicht, weil sie unsere Vorfahren sind«, erklärte er, nachdem er sein Croissant hinuntergeschluckt hatte, »sondern weil bis zum Juli 1187, als einer der Emire Saladins, Muzaffar ad-Din Kubkuri, Nazareth plünderte und sie mitnahm, wie ihr ja wisst, die ben Shimeons die Wächter und Beschützer dieser Ossuarien waren.«

»Aber man wusste doch schon zu Beginn desselben Jahres von der Existenz der Ossuarien«, warf ich ein. »Im Brief von Dositheus, dem Patriarchen von Jerusalem, heißt es, dass man am 6. Januar in einer Höhle eine alte jüdische Grabstätte mit vierundzwanzig Ossuarien entdeckt hatte, in denen jeweils die Gebeine mehrerer Personen lagen ...«

»Sie alle«, unterbrach mich Becky, »sind Nachfahren von Yehosef ben Yaakow, Josef Sohn von Jakob und seiner Frau Miryam bat Yehoyakim, Maria Tochter vom Joachim, unsere Vorfahren und Eltern von Yeshua, Shimeon und den anderen. Es waren natürlich nicht alle da, nur diejenigen, die noch im zweiten Jahrhundert in Jerusalem lebten, also in großen Teilen wir, die ben Shimeons.«

»Schön«, fuhr ich fort. »Aber als man die Höhle fand, in der in einer Nische auch die neun Ossuarien der Ursprungsfamilie standen, befahl der lateinische Erzbischof von Nazareth, Letard, die Grabstätte zu schließen, damit die Menschen dort nicht zu Jesus beteten. Ich denke, dass ihr seither keine Kontrolle mehr über die Ossuarien hattet.«

»Nein, das war nicht das Problem«, korrigierte mich Jake und griff nach einem Keks; es war ihm egal, dass wir anderen noch gar nicht mit dem Frühstück begonnen hatten. Er war einfach zu gierig. »Die Ossuarien blieben an ihrem Platz, und die Grabstätte war unser Besitz.«

»Das Originalhaus der Familie in Nazareth«, erklärte Becky, »befand sich genau unter dem heutigen Kloster der Damen von Nazareth. Das Haus war, wie alle zur damaligen Zeit in dieser Gegend, eine echte Höhle, die vergrößert wurde, indem man Mauern hochzog, um Räume abzuteilen und zusätzlichen Platz zu schaffen. Weil die Familien, die von Maria und Josef abstammten, eher mittellose Bauern waren, beschloss man später, diese Höhle als Grabstätte zu nutzen, denn alle hatten inzwischen ihren eigenen Häuser. Deshalb gehört der Besitz von Rechts wegen uns, auch wenn Letard sie Yeshuas Jüngern unbedingt vorenthalten wollte.«

»Unsere Vorfahren konnten schließlich nicht ahnen«, unterstrich Jake empört, »dass die lateinische Kirche, also die katholische, vorhatte, die Grabstätte zu zerstören. Hätten sie es gewusst, hätten sie sie an einen anderen Ort verbracht, doch niemand konnte ahnen, dass so etwas passieren würde.«

»Und passiert ist«, fügte Becky hinzu, »dass Saladins Emir die Ossuarien entwendet hat.«

»Dann verlor sich ihre Spur«, berichtete Jake weiter. »Shimeon, der Bruder von Jesus, hatte aus Angst vor den Römern seine Nachfahren beauftragt, die Ossuarien zu schützen. Die Jahrhunderte vergingen, aber wir ben Shimeons hielten unser Versprechen. Bis zu diesem schrecklichen Juli 1187. Natürlich folgten wir immer ihrer Spur. Wir haben sie nie im Stich gelassen. Wir waren immer in ihrer Nähe.«

»Deshalb wussten wir ungefähr, wo und was wir suchen mussten«, warf Becky lachend ein. »Denn wir kannten die Geschichte, die in unserer Familie von Generation zu Generation mündlich überliefert wurde. Im Laufe der Jahre drifteten die ben Shimeons dann auseinander, und obwohl sich manche Zweige verloren, gibt es noch vier Hauptstränge.«

»Die Simonsons, die Simoninis, die Simowizc und die Simonsens«, zählte Farag auf.

»Woher wisst ihr das?«, fragte Abby überrascht.

»Das steht im Internet«, räumte Isabella ein.

Abby sah sie verblüfft an.

»Wir leben im Zeitalter der freien Information, Großeltern«, rief sie schließlich lachend und sah Isabella wohlwollend an. Dann beugte sie sich über den Tisch und begann, allen Kaffee und Tee einzuschenken.

In dem Moment fiel mir auf, dass Kaspar gar keine Fragen gestellt hatte. Wusste er das alles etwa schon? Sollte dem so sein, was bei seiner Beziehung zu Abby eigentlich logisch wäre, hatte der Kerl schön brav den Mund gehalten, sogar uns gegenüber, seinen Freunden.

»Kennen alle Mitglieder der vier Familien die Geschichte?«, fragte Farag.

»Nein,«, sagte Jake. »Nur die Patriarchen …«

»Oder Matriarchinnen«, fiel Becky ihm ins Wort.

»… und ihre Ehegatten natürlich, und der Sohn oder Enkel …«

»… oder Tochter oder Enkelin.« Das war wieder Becky.

»… die ausgewählt werden, um die Tradition zu wahren und die alten Verpflichtungen weiterzugeben.«

»Im Falle der Simonsons bin damit ich gemeint«, erklärte Abby lächelnd und ergriff Kaspars Hand.

Der Ex-Cato riss die Augen auf und zog die Augenbrauen hoch, rührte aber sonst keinen Muskel seines Rechteck-Prisma-Körpers. War er überrascht? Das glaubte ich nicht. Er tat bestimmt nur so.

»Becky hat jahrelang die Wahl eines Nachfolgers verhindert«, erklärte Jake resigniert. »Wir hatten schon drei Söhne und sechs männliche Enkel, als das erste Mädchen geboren wurde. Und plötzlich war Becky davon überzeugt, dass die kleine Abby die Nachfolgerin werden sollte. Ihr könnt euch gar nicht vorstellen, wie es ist, wenn Becky sich etwas in den Kopf gesetzt hat!«

»Also ich finde es ausgezeichnet, dass ihr Abby gewählt habt«, bestätigte ich. »Aber noch mal zurück zu unserem Abenteuer. Erklärt uns, warum wir vorab so viele Nachforschungen über die Mongolen, die Assassinen, Maria Palaiologina und Marco Polo durchführen mussten, wenn ihr bereits wusstet, dass sich die Ossuarien im Berg Meron befanden.«

»Wir wussten es doch gar nicht«, erwiderte Jake. »Das war genau die Information, die uns fehlte.«

»Von den vier Familien ben Shimeon – übrigens alle Nachfahren von Rabbiner Eliyahu ben Shimeon, dem Wächter, der die Ossuarien zurückholte und mit Hilfe der ismailitischen Sufat im Berg Meron versteckte – kannten nur zwei das geheime Versteck unseres Ahnen Eliyahu«, erläuterte die Matriarchin. »So war es vereinbart, und so blieb es auch jahrhundertelang. Zum besseren Verständnis und der Einfachheit halber benutze ich die späteren Familiennamen; manchmal hatten die Simoninis die Information und andere Male die Simonsons, die vor ein paar Jahrhunderten in England lebten und dann nach Kanada auswanderten. Außerdem konnte der Patriarch einer jeden Familie, der seinen eigenen Nachfolger ernannte, auch einen Nachfolger aus einer der drei anderen Familien wählen, damit sie erfuhren, wo sich die Ossuarien befanden. Ihr wisst ja, dass Kinder nicht immer so werden, wie man es sich wünscht. Aber es mussten immer zwei Patriarchen im Besitz der Information sein, die, wie wir jetzt wissen, der Berg Meron ist. Kann auch sein, dass sie wussten, wie man die Fallen für Grabräuber umgeht und direkt zu den Ossuarien gelangten. Das werden wir nie erfahren.«

»Und das werden wir deshalb nie erfahren«, fuhr ihr Großvater fort, »weil sich die zwei Patriarchen, die 1628 im Besitz der Information waren, Abraham Simonini und Naftali Simowizc, aus geschäftlichen Gründen in Brescia in der östlichen Lombardei aufhielten, als die schreckliche Plage der Beulenpest ausbrach, besser bekannt als der Schwarze Tod von Mailand. Beide starben kurz hintereinander in Brescia, wo sie unter Quarantäne standen, weshalb sie das Geheimnis mit ins Grab nahmen. Und aus diesem Grund haben die vier Zweige der Familie ben Shimeon in den folgenden dreihundertsechsundachtzig Jahren versucht, das Geheimnis zu lüften und die Ossuarien wiederzufinden.«

»Jake und ich waren uns ganz sicher, dass ihr es schaffen würdet«, sagte Becky gerührt. »Wir haben unser Leben lang Dokumente, Objekte, Legenden zusammengetragen, Nachforschungen in Kirchen und bei verschiedenen Religionen angestellt, selbst bei Gesellschaften oder Bruderschaften wie der von Kaspar angefragt, ob sie einen sachdienlichen Hinweis hätten. Und als ihr aufgetaucht seid, die ihr etwas geschafft habt, was wir mit unseren ganzen Mitteln nie geschafft hatten, wussten wir, dass ihr die Leute seid, die wir brauchten.«

»Ich muss nur noch eines hinzufügen«, sagte Abby, wobei sie die Hand des gehorsamen Ex-Cato streichelte. »Ich habe Kaspar von alldem nichts erzählt, auch wenn ihr mir das nicht glaubt.«

»Stimmt«, erwiderte ich verstimmt, »ich glaube dir nicht.«

Abby lachte herzlich auf.

»Ich wusste, dass du mir nicht traust, Ottavia.«

Ich konnte nicht fassen, was ich da hörte. Hatte diese ebionitische Erbin und Matriarchin etwa naiverweise erwartet, dass ich auch nur ein Wort von dem, das sie bisher gesagt hatte, glaubte? Mal abgesehen von der Geschichte mit den Ossuarien, und das auch nur, weil ihre Großeltern sie erzählt hatten. Sie war die ganze Zeit mit uns zusammen gewesen und hatte uns bewusst getäuscht.

»Ich hatte keine Ahnung«, bestätigte der Felsen mit mürrischem Gesicht. »Nur das, was Abby mir gesagt hat, als ... als ...«

»Als wir zusammenkamen, habe ich Kaspar nur gesagt«, half sie ihm weiter, »dass es ein großes Familiengeheimnis gibt, von dem ich ihm nichts erzählen dürfte, und ich habe ihn gebeten, sich auf jede noch so abwegige Sache einzustellen, wenn wir wirklich zusammenbleiben wollten. Er versprach mir«, sie sah ihm so voller Liebe in die Augen, dass ich mir ein Schnauben verkneifen musste, »dass er mich nicht verlassen würde, selbst wenn ich von der Familie des Antichristen abstammen sollte.«

»Kaspar!«, rief ich entgeistert. Wie konnte er nur so dämlich sein und in einem albernen Anfall von Gefühlsduselei einen solchen Unsinn von sich geben?

»*Basileia* ...«, ermahnte mich Farag, ergriff meine Hand und drückte sie, damit ich den Mund hielt.

Isabella lachte sich schlapp. Jake und Becky ebenfalls.

»Was ist denn so lustig?«, fuhr ich die drei an, wobei ich stoisch Farags Händedruck ertrug.

»Das mit dem Antichristen, Tante«, prustete Isabella.

»Nun stellt sich heraus, dass Abby von Christus' Familie abstammt«, sagte mein Mann, der immer behauptete, dass man mir Witze mit dem Handbuch erklären müsste. »Kapierst du nicht? Er hat zu ihr gesagt, er würde sie nicht verlassen, selbst wenn sie von der Familie des Antichristen abstammte, und jetzt stellt sich heraus, dass sie von Jesus' Familie abstammt.«

Ich fand das alles überhaupt nicht witzig, aber die anderen schienen es superwitzig zu finden. Habe ich schon erwähnt, dass ich die Menschheit nicht verstehe und nie verstehen werde? Na also.

»Jetzt fehlt nur noch, über die Entlohnung eurer Dienste zu reden«, schloss Becky, als sie sich wieder eingekriegt hatte.

»Ich will Marco Polos Briefe«, verlangte ich rundheraus.

Jake und Becky wechselten einen Blick des Bedauerns.

»Das ist unmöglich, Ottavia«, sagte Becky. »Darin ist die Rede von den Ossuarien, und nichts, was damit zu tun hat, darf aus unserer Familie verschwinden. Du kannst alles haben, was du willst, aber nicht die Briefe.«

Ich überlegte, ob ich aufspringen, den Tisch mit dem gesamten Frühstück zum Fenster rauswerfen, dann die Simonsons eigenhändig erwürgen und zum Abschluss noch das Hotel anzünden oder einräumen sollte, dass Becky recht hatte, und mich damit begnügen. Adios, dritter Getty-Preis. Das war die bitterste Pille.

»Wir würden gern unser früheres Leben wieder aufnehmen«, sagte Farag und nahm ein Schüsselchen Müsli. »Im Augenblick haben wir nichts mehr außer unserer Arbeit und ein bisschen Geld auf der Bank, und wir hätten gern ein Haus, in das wir zurückkehren können, ein Zuhause, in dem wir neu anfangen können.«

Die alten Simonsons begannen zu lachen.

»Das ist doch längst erledigt«, verkündete Becky freudestrahlend. »Wir haben euch nahe des Campus der UofT ein Haus gekauft und es auf euren Namen eintragen lassen. Ich habe mir erlaubt, es nach meinem Geschmack einzurichten, Ottavia, obwohl ihr natürlich alles nach eurem Belieben verändern könnt.«

Ein Haus?

»Und wir haben auch etwas Geld auf eure Bankkonten überwiesen«, fügte Jake hinzu und trank einen Schluck Tee. »Damit ihr keine Probleme habt, wenn ihr nach Toronto zurückkehrt.«

»Ich mache mir ein bisschen Sorgen«, sagte Farag nervös, »dass ihr es mit dem Haus und dem Geld übertrieben haben könntet. Wir benötigen nicht viel zum Leben. Wir lieben unsere Berufe.«

»Wozu die Zeit mit Erklärungen verschwenden?«, sagte Becky lächelnd. »Wenn wir zurückkehren, werdet ihr ja sehen.«

»Ja«, schloss Jake zufrieden. »Aber ich möchte noch klarstellen, dass diese beiden Dinge nicht als Entlohnung für die Mission gedacht sind, die wir euch übertragen haben. Ihr habt uns also noch nicht gesagt, was ihr wollt. Das Haus und das Geld sind lediglich ein Art Schadensersatz, eine Entschädigung für das Erlittene. Also, was wollt ihr wirklich?«

Farag und ich sahen uns an. Was sollten wir noch wollen? Wir mochten unser Leben, wie es war. Und wenn sie mir Marco Polos Briefe nicht geben konnten, wollte ich nichts anderes und er auch nicht. Plötzlich hatte ich eine Idee.

»Also«, stammelte ich unsicher, »vielleicht könntet ihr ein paar von euren Millionen in unserem Namen für ein gutes Werk spenden.«

»Möchtest du dich nicht selbst darum kümmern, Ottavia?«, fragte Abby. »Wir unterstützen zahlreiche Organisationen mit Entwicklungshilfeprogrammen in der Dritten Welt. Wir fördern besonders die Schulbildung und die Gesundheitsversorgung.«

Verdammte Ebioniten, die Armen von Jerusalem!

»Ich hätte gerne, dass ihr eine große Geldsumme, aber eine wirklich große, an die Franziskaner des Klosters von Sankt Antonio de Padova in Palermo überweist«, erwiderte ich ganz ernst. »Mein Bruder Pierantonio war vor ein paar Jahren Kustos im Heiligen Land und kümmert sich jetzt um eine Armentafel, die man für Betroffene der Krise eingerichtet hat, als sie in eine Notlage gerieten, aber sie brauchen viel mehr. Sie nehmen auch Leute auf, die ihre Bleibe verloren haben, weshalb sie mit eurem Geld Unterkünfte bauen und vielen Menschen helfen könnten, denen es zurzeit schlecht geht.«

»Abgemacht!«, sagte Jake und biss in ein weiteres Croissant. »Ich nehme an, dass dir eine neunstellige Summe vorschwebt, in Euro natürlich.«

»Ich glaube, du hast dich gerade ganz schön in die Nesseln gesetzt«, murmelte der immer sympathische Ex-Cato leise.

»Das ist nicht dein Problem«, parierte ich.

»Und jetzt«, setzte Jake so geheimnisvoll an, dass wir ihn alle verblüfft anstarrten, »haben wir noch etwas mit dir zu besprechen, Kaspar.«

Ach du lieber Gott! Sie wollten doch nicht etwa über Heiratsanträge und Verlobungsfeste reden, oder?

EPILOG

Seit jenem heißen 13. Juli in Tel Aviv ist über ein Jahr vergangen. Jetzt befinden wir uns im Herbst 2015, und in Kanada ist es schrecklich kalt, obwohl wir uns inzwischen an dieses Klima gewöhnt haben. Unser Haus ist wunderschön, und ich schreibe dies an meinem bevorzugten Rückzugsort, meiner Zufluchtsstätte: der Bibliothek. Ich verfüge über eine eigene Bibliothek, die der kleinen Bibliothek auf dem Anwesen der Simonsons bis ins kleinste Detail gleicht! Dafür kann ich Becky nie genug danken, auch wenn ich zurzeit noch nicht über so viele Kodizes und Bände verfüge wie sie. Sie entbehrt außerdem der schönen hohen Fenster, und zwar aus dem einfachen Grund, weil sich meine Bibliothek nicht auf einem Zwischenstock zum Keller befindet; allerdings stehen vor den normalen Fenstern die gleichen schwarzem Samtsessel. Und auf einem Sockel thront ein großer Globus.

Hier bin ich glücklich und empfinde Frieden. Ich höre Farags und Isabellas Schritte und Stimmen im Haus. Sie packen gerade die Koffer, weil wir verreisen werden und Farag mich aus unserem Schlafzimmer verbannt hat, damit ich ihn nicht störe und alles durcheinanderbringe.

Unser neues Haus in Toronto ist wirklich wunderschön. Es befindet sich in unmittelbarer Nähe zur Universität, ist nicht zu groß, aber sehr hell und von einem schönen Garten umgeben. Isabella, Farag und ich waren unter lautem Protest meiner jungen Nichte – die ihr Zimmer vom ersten Moment an schrecklich fand und ein Ding nach dem anderen hinauswarf, bis es unmöglich aussah – und meinen Jauchzern der Begeisterung hier eingezogen. Ich habe an Beckys Einrichtung nichts verändert, weil sie mir gefällt.

Über Isabella haben wir keinerlei Kontrolle mehr, auch wenn Farag das nicht so sieht. Mit ihren zwanzig Jahren tut sie, was sie will, kommt und geht, wann sie will, und hat ihr Zimmer in eine Art außerirdisches Ufo verwandelt, in das weder ein weiterer Computer noch ein weiteres Gadget hineinpassen. Wir wissen (weil ihr gelegentlich etwas herausrutscht), dass sie noch immer in Kontakt zu dem jungen Staurophylax im irdischen Paradies steht, aber mehr ist ihr nicht zu entlocken, sämtlichen Fallen, die wir ihr stellen, und allem Ausfragen zum Trotz. Aber ich habe nicht genügend Kraft, um sie weiter unter Druck zu setzen, denn im Studium kommt sie gut voran (sie ist im letzten Semester, weil sie vergangenes Jahr eines überspringen konnte), und ihr Onkel beschützt sie wie eine wilder Löwe vor mir. Das ist nicht übertrieben. Er sagt, sie sei alt genug, ihr eigenes Leben zu leben, und ich würde im Glauben verharren, dass sie noch fünf Jahre alt sei, was nicht stimmt, denn sollte ich das glauben, bräuchte ich mir nicht so viele Sorgen zu machen.

Letzte Weihnachten rief mich übrigens meine Schwester Agatha an. Sie wollte nicht mit mir reden, sondern mir sage und schreibe verbieten, ihre Tochter in meinem Haus aufzunehmen. Ich sagte ihr, sie könne mir gar nichts verbieten, sie solle selbst mit ihrer Tochter reden und die Angelegenheit klären, aber mich solle sie in Frieden lassen. Bevor sie auflegte, schrie sie noch, dass sie nichts mehr mit mir zu tun haben wollte, als wäre das eine schreckliche Drohung. Ich weiß nicht, ob sie mein »Bestens« noch gehört hat. Vermutlich schon, denn ich sagte es zweimal. Ich weiß allerdings nicht, ob sie auch mit ihrer Tochter telefoniert hat. Isabella hat nichts erwähnt, und wir mochten sie auch nicht danach fragen. Sie ist zu Weihnachten nicht nach Palermo geflogen. Auch später nicht.

Mitte August des vergangenen Jahres nahmen wir an Sabiras

Bestattung in Diyarbakır im türkischen Anatolien teil. Dort sahen wir zu unserer großen Freude auch Gilad wieder und waren überrascht, dass er trotz seiner religiösen Vorbehalte an einer ismailitischen Bestattung in einem muslimischen Land teilnahm. Ebenfalls anwesend waren Prinz Karim Aga Khan und andere wichtige Würdenträger der modernen Sekte der Assassinen. Die Simonsons hatten Wochen zuvor das Ossuarium von Hasan-i-Sabah an Prinz Karim übergeben, aber da die Ismailiten ebenso diskret sind wie die ben Shimeons, ist bis heute nichts von der Entdeckung der sterblichen Überreste publik geworden. Ich vermute, sie haben ihnen an irgendeinem verlassenen Ort auf der Welt ein wunderschönes Mausoleum gebaut und vielleicht eine kleine Erinnerungstafel mit dem Namen Sabira Tamir, der Archäologin, die sie entdeckte, angebracht.

Was jedoch in den Medien tatsächlich zu einem ordentlichen Skandal aufgebauscht wurde, war die Sache mit Monsignore Tournier. Ich glaube, es war im Februar oder März dieses Jahres, als Farag, Isabella und ich regelrecht erstarrten, als wir die unglaubliche Meldung über den Monsignore in den Abendnachrichten vernahmen.

»Leg dich nie mit einem Simonson an«, lautete Farags lapidarer Kommentar.

Es war folgendermaßen: Als die Europäische Union von der Vatikanbank – dem IOR, Institut für die religiösen Werke – Transparenz einforderte, begann ein italienischer Journalist über die Finanzen des Heiligen Stuhls zu recherchieren und fand heraus, dass Hunderte Millionen Euro auf den Konten falscher Abteilungen des Vatikans versteckt waren und alle diese falschen Konten direkt von Monsignore François Tournier verwaltet wurden. Der Journalist weigerte sich offenzulegen, wie er an das belastende Material gelangt war, doch wir in Toronto wussten es. Im Fernsehen wurde ein sichtlich gealterter Monsignore Tournier nach seiner Verhaftung in einem Wagen der Carabinieri gezeigt, denn der Vatikan von Papst Franziskus hatte ihn als Beispiel für die neue Transparenz und zum Zeichen der laufenden Erneuerungen ohne zu zögern ausgeliefert. Da halfen ihm auch sein vatikanischer Pass und seine hohe geistliche Position nicht mehr.

Sein Scherge Gottfried Spitteler war zusammen mit dem berühmten Archäologen Hartwig Rau und weiteren zehn Männern, die ihn in den Berg Meron begleitet hatten, schon seit einer Weile verschwunden. Als wir die Höhle mit den Flechten abfackelten, hatte sich diese starke Rauchsäule gebildet, die nicht nur den israelischen Forstschutz auf uns aufmerksam gemacht hatte, sondern offensichtlich auch Spittelers Trupp, denn er hörte die Funksprüche der Hubschrauber ab und erfuhr somit, dass es unser Werk war. Wie es schien, hatten sie das Steingitter entdeckt, es zerschlagen und sich anschließend in die Höhle abgeseilt. Sie folgten uns auf dem Fuße bis zur Prüfung der Barmherzigkeit, die mit den vier kleinen Rädern, in die wir das Schlüsselwort INRI auf Hebräisch, den Namen Yahwe, einfügen mussten. Das Steinrad hatten wir bereits geöffnet, sodass sie problemlos bis zur Höhle der Reinen im Herzen vordrangen, dem Feuertunnel. Und da sie bestens ausgerüstet waren und alles Nötige bei sich hatten, konnten sie den verfluchten Tunnel ohne Verbrennungen durchqueren. Was uns das gekostet hatte!

Das Steinrad, das den Eingang zur Prüfung der Friedfertigen verschloss, mussten sie allerdings sprengen, weil es sich hinter uns wieder geschlossen hatte. Und dort verließ sie das Glück endlich. Die Paramilitärs der Simonson-Stiftung, die in die entgegengesetzte Richtung in den Berg Meron eindrangen (und die auch einiges in die Luft sprengen mussten), fanden sie tot unter dem Kreuz mit dem Stern liegen, getötet vom farb- und geruchlosen Kohlendioxid, das sie offensichtlich viel zu spät bemerkten. Keiner der Männer von Spitteler und Rau war Israeli, weshalb sie keinen blassen Schimmer von der Geodynamik der Gegend und ihren Gefahren hatten. Tournier und seine elf Schergen starben an einer Gasvergiftung bei der Prüfung der Friedfertigen. Ich fand das ausgesprochen passend für diese Kriminellen.

Die Paramilitärs der Stiftung berichteten uns, dass sie unter den Sachen der Toten neben normalen Handys auch verschlüsselte Smartphones gefunden hätten. Das erklärte, warum es nicht möglich gewesen war, irgendwelche verdächtigen Gespräche von ihnen abzufangen. Sie mussten gewusst haben, dass sie abgehört werden würden, sobald sie in Israel einträfen, und hatten sich entsprechend geschützt.

Mit Spitteler im Grab und Tournier im Gefängnis kehrte endlich wieder Frieden in mein Leben ein. Meine Ängste schwanden, ich sah nicht mehr hinter jeder Straßenecke Gefahren lauern und hörte auf, Farag und Isabella mit meinen Bitten nach mehr Sicherheit zu piesacken. Sie hätten sowieso nicht auf mich gehört, aber es beruhigte mich eben, ihnen ständig zu wiederholen, dass sie aufpassen sollten. Nach Tourniers Festnahme war Schluss damit, und ich konnte auch wieder ohne Alpträume durchschlafen, was schon ein großer Triumph war.

Unser Flug geht in drei Stunden, aber Isabella wird uns natürlich nicht begleiten. Sie wird erst am Abend zusammen mit Diane, der Staurophylax-Frau, die sich schon auf ihrer ersten Reise als ihre Mutter ausgegeben hatte, ins irdische Paradies fliegen. Beide sind dann wieder Gudrun und Hanni Hoch aus Liechtenstein. Aber sie haben uns versprochen, dass wir alle zur gleichen Zeit eintreffen werden.

Es ist weder eine kurze noch eine angenehme Reise, aber Farag und ich waren schon seit Jahren nicht mehr im irdischen Paradies und wollten unbedingt wieder einmal hin. Außerdem wollen wir auch den kleinen Linus wiedersehen. Und zu guter Letzt können wir uns selbstverständlich auf gar keinen Fall die unglaubliche Zeremonie entgehen lassen, die übermorgen dort stattfinden soll: Die Ossuarien mit den sterblichen Überresten von Jesus von Nazareth, seinen Eltern und Geschwistern werden der Bruderschaft übergeben, damit sie im irdischen Paradies für immer in Sicherheit sind. Die betagten Simonsons, die zur selben Zeit und auf dieselbe Weise wie Isabella ins irdische Paradies gebracht werden – soll heißen, im Tiefschlaf und wie Stückgut aus Flugzeugen auf Schiffe, von Schiffen auf Lastwagen, von Lastwagen auf Karren, von Karren auf Hafenbarkassen usw. verfrachtet werden –, wollten die Übergabe persönlich übernehmen. Als Jake vergangene Woche davon erfuhr, war er so aufgeregt, dass sein Blutdruck gefährlich anstieg und mit Hilfe von Medikamenten wieder gesenkt werden musste. Die Vorstellung, das irdische Paradies zu sehen, brachte seine Turboherzklappe auf Hochtouren.

An jenem Morgen in Tel Aviv, einen Tag nach Verlassen des Berges Meron, hatte Jake Kaspar gebeten, die Ossuarien der Bruderschaft anvertrauen zu dürfen.

»Ihr habt den sichersten Ort der ganzen Welt«, sagte er. »Nicht einmal wir haben ihn finden können. Becky und ich sind schon sehr alt, und Abby ist unsere Nachfolgerin. Sie wird für die Ossuarien verantwortlich sein, und ich fürchte, dass sie sie ein Leben lang vor den fanatischsten und radikalsten Zweigen der katholischen Kirche schützen muss. Welcher Ort wäre besser für die sterblichen Überreste von Yeshua von Nazareth geeignet als das einzige Versteck, das niemand je entdeckt hat? Wir haben das mit den anderen Familien ben Shimeon besprochen, und alle sind einverstanden.«

Doch so einfach, wie Jake glaubte, war die Sache nicht. Zum Beispiel musste der Bruderschaft erst erklärt werden, dass Jesus nicht von den Toten auferstanden war, und Ähnliches derselben Couleur. Die Staurophylakes mochten in vieler Hinsicht außergewöhnlich sein, aber sie blieben doch immer eine christliche Sekte, die blind eine Reliquie verehrte, das Kreuz, an dem ihr Gott gestorben war, wie sie glaubten.

»Jesus ist wirklich am Kreuz gestorben«, sagte Becky bestimmt. »Aber Gott kann nicht sterben. Ein sterbender Gott ist eine abwegige und paradoxe Erfindung der Katholiken, die nur wegen ihrer permanenten Wiederholung als normal empfunden wird. Das Kreuz kann seinen Wert für die Staurophylakes behalten, wenn sie akzeptieren, dass die Ossuarien echt sind.«

Also machte sich Kaspar mit sämtlichen Beweisen und Unterlagen, die ihm die Simonsons ausgehändigt hatten, auf den Weg und kehrte für diese schwierige Mission und mit dem dringenden Bedürfnis, seinen Linus wiederzusehen, ins irdische Paradies zurück. Er wurde freudig und mit offenen Armen empfangen, doch dann war der Augenblick gekommen, um dem Rat der Weisen zu berichten, was wir getan und entdeckt hatten. Er berichtete ihnen von Maria Palaiologina, von Marco Polo, der Sekte der Assassinen, den Sufat, den Ebioniten und der Familie ben Shimeon, den Nachfahren der Familie Jesu. Er erzählte ihnen alles, ohne ein Komma auszulassen, und zu seiner Überraschung reagierte der Rat nicht empört oder weigerte sich gar rundweg, das Ansuchen auch nur in Betracht zu ziehen, sondern beschloss eine Phase des Nachdenkens für alle Staurophylakes (einschließlich der draußen Lebenden), in der sie anhand der heiligen Texte der Bibel und der von Kaspar mitgebrachten Dokumente den Wahrheitsgehalt der Geschichte nachvollziehen konnten.

Die Phase des Nachdenkens erstreckte sich über insgesamt ein Jahr bis zum letzten Sommer, doch kurz vor Weihnachten baten der Rat und viele Staurophylakes darum, mit einem Mitglied der Familie ben Shimeon reden zu können. Wir wissen nicht genau, wie es dazu kam, sondern erfuhren von Jake und Becky nur, dass Abby, ohne sich von uns zu verabschieden, die Verantwortung übernommen und ins irdische Paradies gereist war, um der Bruderschaft Rede und Antwort zu stehen, und sich zudem vorher freiwillig den neun Aufnahmeprüfungen unterzogen hatte, die ihr die rituellen Skarifikationen bescherten. Als wir das erfuhren, waren Farag und ich wie vom Donner gerührt, dachten jedoch, dass sie das vorher bestimmt mit Kaspar besprochen und er ihr die Prüfungsthemen vorab verraten hatte, wie wir gemeinerweise unterstellten. Oder vielleicht auch nicht. Abby war hochintelligent und sehr gut vorbereitet.

So gelangte Abby mit den Auszeichnungen der Staurophylakes ins irdische Paradies, und darüber hinaus floss angeblich auch noch das Blut von Jesus von Nazareth in ihren Adern, was für die Bruderschaft nicht ganz unwichtig war.

Am Ende akzeptierte der Rat der Weisen im August, vor

knapp drei Monaten, die Wahrhaftigkeit der Geschichte der Familien ben Shimeon und die Echtheit der Ossuarien. Nach seiner Rückkehr ins irdische Paradies war Kaspar schon bald wieder in die Rolle des Cato geschlüpft, zum Teil, um größeren Einfluss ausüben zu können, aber auch, weil er das Amt gewohnt war. So ist er eben. Mit Ruhe und Gelassenheit übernahm er wieder seine Funktionen, und als die neue Staurophylax Abby im Januar eintraf und eine Zeit lang bleiben wollte, hatte Kaspar bereits begriffen, dass sein Platz im irdischen Paradies war und er als Cato der Staurophylakes in der Verantwortung stand. Also warteten Kaspar, Abby und Linus ab, bis die Phase des Nachdenkens vorüber und die endgültige Entscheidung gefallen war.

Übermorgen wären wir schon im irdischen Paradies, würden an der Übergabezeremonie der Ossuarien teilnehmen, die mit Isabella, Jake und Becky reisten, und wir würden nicht nur Linus umarmen können, der laut seinem Vater viel an uns dachte und uns vermisste, sondern auch die kleine Miryam Glauser-Röist kennenlernen, die vor knapp zwei Monaten geboren wurde. Ihre Urgroßeltern waren ebenfalls ganz verrückt danach, sie zu sehen, und anscheinend herrschte in der Bruderschaft besonders große Freude über die Geburt des Mädchens, weil sie die Tochter ihres Catos und einer Nachfahrin der Jesus-Familie war. Ich hoffe, dass Linus nicht eifersüchtig ist und sich gut mit seiner Schwester verträgt, deren Schicksal zu sein scheint, ein Stern am Firmament der seltsamen religiösen Sekte zu werden. Ich würde mit ihm darüber sprechen, wenn ich ihn sah. Ich würde mit ihm am Fluss spazieren gehen.

Bleibt mir nur noch ein letzter dringender Wunsch, für den ich bis zu meinem Todestag beten werde: Bitte, Gott, bitte lass nicht zu, dass Kaspar Glauser-Röist das irdische Paradies je wieder verlässt, nachdem er endlich wieder dorthin zurückgekehrt ist, denn jedes Mal, wenn er das tut, geschehen schreckliche Dinge, und ich will mit Farag ein ruhiges Leben führen.

QUELLENNACHWEIS

Die Bibel, Altes und Neues Testament, Einheitsübersetzung, Herder 1980.

Ibn al-Athīr: *al-Kāmil fī 't-tarīch (Die vollständige Geschichte)*, Ed. C.J. Tomberg, Leiden 1951-1976 (Zitiert von W.C. Bartlett in: *Assassins: The Story of Mediaval Islam's Secret Sect*, The History Press 2007). (S. 95, 109)

Ata al-Mulk Dschuwaini: *The History of the World Conquerer*, University Press Manchester 1958, Übersetzung von John Andrew Boyle. (S. 120)

Laurence Berggren: *Marco Polo: From Venice to Xanadu*, New York 2007. (S. 207)

Eusebius von Caesarea: *Historia Ecclesiastica (Kirchengeschichte)*, München 1932. (S. 335, 340, 586)

Israel Finkelstein, Neil Asher Silberman: *Keine Posaunen vor Jericho: Die archäologische Wahrheit über die Bibel*, Beck 2002. (S. 343)

Michael J. Gelb: *Das Leonardo-Prinzip*, vgs 1998, Übersetzung von Sabine Lorenz. (S. 307)

Juan Gil: *En demanda del Gran Khan: Viajes a Mongolia en el siglo XIII (Auf der Suche nach dem Großkhan: Reisen in die Mongolei des 13. Jahrhunderts)*, Alianza Editorial 1993. (S. 121)

Jacques Heers: *Marco Polo*, Fayard 1983. (S. 285)

Carlos Illana-Esteban: *Líquenes comestibles (Essbare Flechten)*, Madrid 2009. (S. 500)

Jean-Pierre Lémonon: *Les Judéo-crétiens: des témoins oubliés (Die Judenchristen: Vergessene Zeugen)*, Collection Cahiers Évangile N° 135. (S. 324, 325)

Elaine Pagels: *Das Geheimnis des fünften Evangeliums: Warum die Bibel nur die halbe Wahrheit sagt*, Beck 2004. (S. 249)

Antonio Piñero: *Los cristianismos derrotados (Das geschlagene Christentum)*, Ed. EDAF 2007. (S. 339)

Marco Polo: *Il Milione – Die Wunder der Welt*, Manesse 1983. (S. 212, 289)

Jan van Ruysbroek: *Ioannis Rusbrochii De ornatu spiritualium nuptiarium, Wilhelmo Iordani interprete*, Kritische Edition, Hrsg.: Kees Schepers, Brepols, Turnhout 2004. (S. 121)

Mario Javier Saban: *El judaísmo de Jesús (Das Judentum von Jesus)*, Saban Editorial 2008. (Saban ist argentinischer Religionsphilosoph sephardischer Herkunft). (S. 332)

LESEPROBE AUS:

WÄCHTER DES KREUZES

THRILLER

Aus dem Spanischen von
Silvia Schmid

Fünfzehn Jahre, bevor DIE JESUS-VERSCHWÖRUNG sie um die halbe Welt führt, haben Ottavia und ihre Mitstreiter schon einmal ein ebenso gefährliches Abenteuer erlebt:

Auf der ganzen Welt sind die Reliquien des Heiligen Kreuzes verschwunden. Im Auftrag des Vatikans soll ein dreiköpfiges Expertenteam diesen gewaltigen Reliquienraub aufklären: die Paläographin Ottavia Salina, der Archäologe Farag Boswell und der Schweizergardist Kaspar Glauser-Röist. Bald stoßen sie auf eine streng geheime Bruderschaft – die Wächter des Kreuzes. Um zu ihnen vorzudringen, muss das Trio einen uralten Initiationsritus meistern. Sieben lebensgefährliche Prüfungen, die alle mit Dantes Göttlicher Komödie zusammenhängen …

Der internationale Bestseller jetzt in Neuauflage.

EINS

Alles Schöne, alles Kunstvolle, alles Sakrale spürt wie wir die unaufhaltsam verrinnende Zeit. Sei er sich der Eintracht mit dem Unendlichen bewusst oder nicht, sobald der Schöpfer sein Kunstwerk als vollendet betrachtet und seiner Bestimmung übergibt, beginnt für ebendieses Werk ein Dasein, das es im Laufe der Jahrhunderte auch immer dem Alter und dem Tod ein Stück näher bringt. Jedoch verleiht ihm die Zeit, die uns altern lässt und zugrunde richtet, eine neue Dimension von Schönheit, von welcher der Mensch nur träumen kann: Würde ich heute das Kolosseum mit all seinen Mauern und Stufen wiedererrichtet sehen wollen? Gäbe ich etwas für das Parthenon, in grellen Farben bemalt, oder für die Nike von Samothrake wieder mit Kopf? Nicht um alles in der Welt.

Derlei Gedanken gingen mir durch den Kopf, während ich mit den Fingerkuppen über die rauen Ecken des vor mir liegenden Pergaments strich. Ich war so in meine Arbeit vertieft, dass ich das Klopfen an der Tür gänzlich überhörte. Ebenso wenig nahm ich wahr, wie der Archivsekretär William Baker die Türklinke heruntedrückte und seinen Kopf hereinstreckte. Als ich ihn letztendlich dann doch bemerkte, stand er schon in der Tür meines Labors.

»Dottoressa Salina«, flüsterte Baker, hütete sich jedoch, über die Schwelle zu treten, »Hochwürden Pater Ramondino bat mich, Ihnen auszurichten, Sie mögen sofort in sein Büro kommen.«

Ich blickte von den Schriftstücken hoch und nahm meine Brille ab, um den Sekretär besser mustern zu können, in dessen ovalem Gesicht sich die gleiche Ungläubigkeit widerspiegelte wie in meinem. Mit seiner dicken Brille aus Schildpatt und dem schütteren, zwischen Blond und Grau changierenden Haar, das er peinlich genau so hingekämmt hatte, dass die größtmögliche Fläche seiner glänzenden Halbglatze verdeckt wurde, war Baker einer dieser kleinen, stämmigen Nordamerikaner, die unschwer auch als Südeuropäer durchgehen könnten.

»Entschuldigen Sie, Dr. Baker«, meinte ich mit weit aufgerissenen Augen, »könnten Sie mir bitte wiederholen, was Sie da soeben gesagt haben?«

»Hochwürden Pater Ramondino will Sie so schnell wie möglich in seinem Büro sehen.«

»Der Präfekt will mich sehen? ... *Mich*?« Ich konnte der Botschaft keinen Glauben schenken; Guglielmo Ramondino, die Nummer zwei des Vatikanischen Geheimarchivs, war die oberste Instanz nach Seiner Exzellenz Monsignore Oliveira, und man konnte die wenigen Male an den Fingern einer Hand abzählen, die er einen seiner Angestellten in sein Arbeitszimmer beordert hatte.

Ein verlegenes Lächeln huschte über Bakers Gesicht, als er nickte.

»Und haben Sie eine Ahnung, *warum* er mich sehen will?«, fragte ich ganz eingeschüchtert.

»Nein, Dottoressa Salina, doch wird es zweifellos wegen etwas sehr Wichtigem sein.«

Damit schloss er, noch immer ein Lächeln auf den Lippen, sacht die Tür hinter sich und war verschwunden. Zu diesem Zeitpunkt plagten mich schon die Symptome dessen, was man gemeinhin als einen Anfall von Panik bezeichnet: schweißnasse Hände, ein trockener Mund, Herzrasen und zitternde Knie.

Irgendwie gelang es mir, mich von meinem Hocker zu erheben, die Schreibtischlampe zu löschen und einen letzten schmerzerfüllten Blick auf die beiden herrlichen byzantinischen

Kodizes zu werfen, die vor mir ausgebreitet auf dem Tisch lagen. Ich hatte die vergangenen sechs Monate darauf verwandt, mit ihrer Hilfe das berühmte »Panegyrikon« des heiligen Nikephoros zu rekonstruieren, und ich stand kurz vor seiner Fertigstellung. Resigniert seufzte ich ... Um mich herum herrschte tiefe Stille. Mein kleines Labor – dessen ganzes Mobiliar aus einem alten Holztisch, ein paar langbeinigen Hockern, einem Kruzifix an der Wand und einer Vielzahl randvoller Bücherregale bestand – lag vier Ebenen unter der Erdoberfläche und gehörte zum Hypogäum, dem Teil des Vatikanischen Geheimarchivs, zu dem nur eine sehr beschränkte Anzahl von Menschen Zutritt hatte; es war die unsichtbare Abteilung des Vatikans, für die Welt wie die Geschichte nicht existent. Viele Journalisten und Gelehrte hätten ihr Leben dafür gegeben, auch nur eines der Dokumente einsehen zu können, die während der letzten acht Jahre durch meine Hände gegangen waren. Doch allein die Annahme, dass irgendein der Kirche nicht nahestehender Mensch die nötige Erlaubnis bekäme, bis dorthin vorzudringen, war reine Illusion; noch nie hatte ein Laie Zugang zum Hypogäum erhalten, und niemandem würde dies je gewährt werden.

Auf meinem Schreibtisch waren außer dem Lesepult, den vielen Notizbüchern und der Speziallampe – die Pergamente sollten sich nicht erwärmen – auch noch Radiermesser, Latexhandschuhe und Aktenmappen mit hochaufgelösten Reproduktionen der am schwersten beschädigten Blätter der byzantinischen Kodizes zu finden. Wie ein sich windender Wurm ragte an einer Seite des Tisches der lange Arm einer Lupe heraus, an der eine aus rotem Karton gefertigte Hand baumelte, auf der viele Sterne klebten: ein Andenken an den letzten – ihren fünften – Geburtstag der kleinen Isabella, meiner Lieblingsnichte unter den fünfundzwanzig Nachkommen, die sechs meiner acht Geschwister der Herde des Herrn beigesteuert hatten. Ein Lächeln erhellte mein Gesicht, als ich mich jetzt an das lustige kleine Mädchen erinnerte, wie sie rief: »Tante Ottavia, Tante Ottavia, lass mich dir mit dieser roten Hand ein paar herunterhauen!«

Der Präfekt! Mein Gott, der Präfekt erwartete mich, und ich stand hier wie angewurzelt und dachte an Isabella! Hastig zog ich den weißen Kittel aus, hängte ihn an seinen Haken an der Wand, und nachdem ich meinen Ausweis mit der Benutzer-ID, auf dem neben einem schrecklichen Porträtfoto ein großes C zu sehen war, an mich genommen hatte, trat ich hinaus auf den Flur und schloss hinter mir die Tür. Mein Mitarbeiterstab saß an einer langen Reihe von Tischen, die sich gute fünfzig Meter bis zu den Fahrstuhltüren erstreckte. Auf der anderen Seite der Stahlbetonwand katalogisierte und archivierte subalternes Personal Hunderte, Tausende von Verzeichnissen und Akten über die Kirche und ihre Geschichte, ihre Diplomatie und sämtliche sie betreffende Aktivitäten vom 2. Jahrhundert bis zum heutigen Tag. Die mehr als fünfundzwanzig Kilometer langen Bücherregale des Vatikanischen Geheimarchivs ließen das Ausmaß der erhaltenen Dokumentation erahnen. Offiziell verwahrte das Archiv nur Schriftstücke der letzten achthundert Jahre; doch auch die der tausend Jahre zuvor (jene, die nur im dritten und vierten Untergeschoss des Hochsicherheitstrakts zu finden waren) befanden sich in seiner Obhut. Seit sie aus den Pfarreien, Klöstern oder Kathedralen, von archäologischen Ausgrabungen oder aus den ehemaligen Archiven der Engelsburg und der Apostolischen Kammer hierher überführt worden waren, hatten diese wertvollen Dokumente das Sonnenlicht nicht mehr gesehen, welches sie neben anderen, gleichermaßen gefährlichen Dingen für alle Ewigkeit zerstören könnte.

Schnellen Schrittes ging ich zu den Aufzügen, blieb jedoch kurz an einem der Tische stehen, um die Arbeit Guido Buzzonettis, eines meiner Assistenten, zu begutachten, der sich mit einem Brief des mongolischen Großkhans Güyük abmühte, den dieser im Jahre 1246 an Papst Innozenz IV. geschickt hatte. Wenige Millimeter von seinem rechten Ellenbogen entfernt, genau neben einigen Fragmenten des Schreibens, stand ein kleines Gefäß mit alkalischer Lösung. Unverschlossen.

»Guido!«, rief ich erschrocken. »Keine Bewegung!«

Entsetzt starrte Guido mich an; er wagte nicht einmal mehr, Luft zu holen. Das Blut war aus seinem Gesicht gewichen und stieg langsam in seine Ohren, die wie zwei rote Tücher wirkten, die ein weißes Schweißtuch umrahmten. Mit der geringsten Bewegung seines Arms würde er die Lösung über die Fragmente verschütten und damit irreparable Schäden auf einem für die Historie einzigartigen Dokument anrichten. Um uns herum hatten alle in der Arbeit innegehalten. Es herrschte tiefes Schweigen. Ich nahm das Gefäß, stöpselte den Deckel darauf und stellte es ans andere Ende des Tischs.

»Buzzonetti«, zischte ich und sah ihn dabei mit durchdringendem Blick an, »packen Sie sofort Ihre Sachen zusammen und sprechen Sie beim Vizepräfekten vor.«

Nie hatte ich in meinem Labor ein derart fahrlässiges Verhalten geduldet. Buzzonetti war ein junger Dominikaner, der an der Vatikanischen Schule für Paläographie, Diplomatik und Archivistik studiert und sich auf orientalische Kodikologie spezialisiert hatte. Ich selbst hatte ihn zwei Jahre lang in griechischer und byzantinischer Paläographie unterrichtet, bevor ich den Vizepräfekten des Archivs, Hochwürden Pater Pietro Ponzio, darum gebeten hatte, ihm eine Stelle in meinem Team zu offerieren. Sosehr ich Bruder Buzzonetti auch schätzte und um seinen großen Wert wusste, war ich dennoch nicht bereit, ihn weiterhin im Hypogäum zu beschäftigen. Unser Material war einzigartig, einfach unersetzlich, und wenn in tausend oder zweitausend Jahren irgendjemand den Brief Güyüks an Innozenz IV. einsehen wollte, musste ihm dies auch möglich sein. So einfach war das. Was wäre denn einem Restaurator des Louvre passiert, der einen Topf voll Farbe auf dem Rahmen der »Mona Lisa« hätte stehenlassen? ... Seit ich dem Labor für Restaurierung und Paläographie des Vatikanischen Geheimarchivs vorstand, hatte ich für derartige Verfehlungen meiner Mannschaft niemals Verständnis aufgebracht – alle wussten dies –, und heute würde ich es ebenso wenig aufbringen.

Während ich den Aufzug rief, war ich mir wieder einmal

vollkommen im Klaren darüber, dass mich meine Mitarbeiter nicht sonderlich schätzten. Es war nicht das erste Mal, dass ich ihre vorwurfsvollen Blicke in meinem Rücken spürte, weshalb ich mir nicht einmal zu denken gestattete, dass sie mir Hochachtung zollten. Nichtsdestotrotz dachte ich, dass man mir vor acht Jahren die Leitung des Labors nicht übertragen hatte, um die Zuneigung meiner Untergebenen oder Vorgesetzten zu gewinnen. Es bereitete mir großen Kummer, Bruder Buzzonetti entlassen zu müssen, und nur ich wusste, wie schlecht ich mich deswegen in den folgenden Monaten fühlen würde, doch war es gerade meine Entschiedenheit, die mir zu dieser Führungsposition verholfen hatte.

Leise hielt der Lift im vierten Untergeschoss. Vor mir gingen die Türen auf. Ich steckte den Sicherheitsschlüssel in die Schalttafel, zog meine Benutzer-ID durch den Scanner und drückte auf die Null. Augenblicke später durchbohrte die durch die großen Glasscheiben vom Damasushof hereinflutende Sonne meinen Kopf wie ein Messer, blendete und betäubte mich. Das künstliche Licht der unterirdischen Stockwerke verwirrte einem die Sinne, sodass man dort die Nacht nicht vom Tag unterscheiden konnte; bei mehr als einer Gelegenheit, wenn ich in irgendeine wichtige Arbeit vertieft war, hatte ich das Archivgebäude mit dem ersten Licht des neuen Tages verlassen, verblüfft, wie viel Zeit inzwischen verstrichen war. Noch immer blinzelnd blickte ich zerstreut auf meine Armbanduhr. Es war genau ein Uhr mittags.

Zu meiner Überraschung ging der Präfekt, Hochwürden Guglielmo Ramondino, im großen Vorzimmer voller Ungeduld auf und ab, statt mich gemächlich in seinem Büro zu erwarten, wie ich dies eigentlich vermutet hatte.

»Dottoressa Salina«, murmelte er, drückte mir die Hand und wandte sich gleich zum Ausgang, »kommen Sie bitte mit. Wir haben nur sehr wenig Zeit.«

An jenem Morgen Anfang März war es im Cortile del Belvedere sehr warm. Als wären wir exotische Tiere in einem extravaganten Zoo, starrten die Touristen von den großen Flurfenstern der Apostolischen Pinakothek gebannt auf uns herab. Ich kam mir immer sehr komisch vor, wenn ich durch die für den Publikumsverkehr geöffneten Teile der Vatikanstadt ging, und nichts ärgerte mich mehr, als wenn ich mitten in das auf mich gerichtete Objektiv eines Fotoapparats sah, sobald ich den Blick hob. Leider genossen es gewisse Prälaten sehr, ihren Status als Bewohner des kleinsten Staates der Welt zur Schau zu stellen. Pater Ramondino war einer von ihnen. Im typisch schwarzen Anzug mit Kollar, das Jackett offen, konnte man den plumpen Körper dieses lombardischen Bauern schon auf kilometerweite Entfernung ausmachen. Er bemühte sich, mich entlang der Touristenroute zu den Räumlichkeiten des Staatssekretariats im dritten Stock des Apostolischen Palasts zu geleiten, und während er mir erzählte, dass wir von Seiner Eminenz Kardinalstaatssekretär Angelo Sodano persönlich empfangen würden (mit dem ihn anscheinend eine alte und innige Freundschaft verband), blickte er mit strahlendem Lächeln mal nach links, mal nach rechts, so als defiliere er inmitten einer provinzlerischen Osterprozession.

Die Schweizergardisten, die am Eingang der Diensträume des Heiligen Stuhls postiert waren, zuckten nicht einmal mit der Wimper, als wir an ihnen vorbeigingen. Ganz im Gegensatz zu dem Sekretär, der die Aufsicht darüber führte, wer dort ein und aus ging, und unsere Namen und Funktionen gewissenhaft in seinem Register vermerkte. Der Kardinalstaatssekretär würde uns erwarten, erklärte er, stand auf und führte uns durch einige lange Gänge, deren Fenster auf den Petersplatz hinausgingen.

Obwohl ich mir nichts anmerken ließ, lief ich neben dem Präfekten her mit dem Gefühl, als balle sich eine stählerne Faust um mein Herz: Auch wenn ich wusste, dass die Angelegenheit, die all diesen seltsamen Ereignissen zugrunde lag, nicht mit Fehlern in Zusammenhang stehen konnte, die mir bei meiner Arbeit unterlaufen waren, ging ich doch in Gedanken alles durch, was ich in den letzten Monaten getan hatte, forschte nach irgendeiner Verfehlung, die eine Rüge seitens der höchsten kirchlichen Hierarchie wert wäre.

Schließlich blieb der Sekretär in irgendeinem der vielen Säle stehen – er sah genauso aus wie alle anderen auch, mit den gleichen Ornamenten und Freskenmalereien – und bat uns, einen Augenblick zu warten, woraufhin er hinter einer der Flügeltüren verschwand, die so leicht und zerbrechlich wirkten, als seien sie aus Blattgold gemacht.

»Wissen Sie eigentlich, wo wir uns befinden, Dottoressa?«, fragte mich der Präfekt mit nervösem Gebaren und einem außerordentlich zufriedenen Lächeln auf den Lippen.

»Mehr oder weniger, Euer Hochwürden ...«, erwiderte ich und blickte mich aufmerksam um. Es roch ganz eigenartig, wie nach frisch gebügelter Wäsche, vermischt mit Firnis und Wachs.

»Dies hier sind die Räumlichkeiten der Zweiten Sektion des Staatssekretariats« – mit dem Kinn beschrieb er einen allumfassenden Kreis – »der Abteilung, die sich mit den diplomatischen Beziehungen des Heiligen Stuhls zum Rest der Welt befasst. Geleitet wird sie von Erzbischof Monsignore François Tournier.«

»Ach ja, Monsignore Tournier!«, erklärte ich im Brustton der Überzeugung. Ich hatte keine Ahnung, wer das war, auch wenn sein Name mir irgendwie bekannt vorkam.

»Hier, Dottoressa Salina, lässt sich mühelos nachweisen, dass die kirchliche Macht über sämtliche Regierungen und Staatsgrenzen erhaben ist.«

»Und warum hat man uns hierherbestellt, Euer Hochwürden? Unsere Arbeit hat damit doch nichts zu tun.«

Verlegen sah er mich an und senkte die Stimme.

»Ich darf Ihnen den Grund nicht nennen ... Was ich Ihnen aber versichern kann, ist, dass es sich um eine Angelegenheit von größter Wichtigkeit handelt.«

»Aber Euer Hochwürden«, bohrte ich starrköpfig nach, »ich bin eine ganz gewöhnliche Angestellte des Geheimarchivs. Jegliche Angelegenheit auf höchster Ebene müssen doch wohl Sie, als Präfekt, oder Seine Eminenz, Monsignore Oliveira, regeln. Aber ich, was mache ich hier?«

Er schaute mich an, als ob er nicht wüsste, was er darauf antworten sollte. Dann klopfte er mir ein paarmal aufmunternd auf die Schulter, wandte sich um und ging auf eine große Gruppe von Prälaten zu, die nahe den Fenstern standen, um ein paar wärmende Strahlen der Sonne zu erhaschen. In diesem Moment wusste ich, wo der Geruch nach frisch gebügelter Wäsche herkam: von ebenjenen Prälaten.

Es war beinahe Essenszeit, allerdings schien das hier niemanden zu kümmern; in den Fluren und Diensträumen herrschte nach wie vor fieberhafter Betrieb, Geistliche und Laien liefen geschäftig hin und her. Ich war noch nie hier gewesen, sodass ich die Gelegenheit beim Schopf packte und mir die Zeit damit vertrieb, die unglaubliche Pracht des Saals zu bestaunen, die Eleganz des Mobiliars, die unschätzbaren Gemälde und den wertvollen Zierat. Noch bis vor einer halben Stunde hatte ich in meinem weißen Kittel, die Brille auf der Nase, allein und in völliger Stille in meinem kleinen Labor über der Arbeit gesessen ... und jetzt befand ich mich unversehens in einer der weltweit wichtigsten Schaltzentralen der Macht, umgeben von den höchsten internationalen Würdenträgern!

Plötzlich hörte man das Quietschen einer Tür und anschwellendes Stimmengewirr, sodass alle jäh den Kopf wandten. Unmittelbar darauf kam ein lärmender Pulk von Journalisten, einige mit Fernsehkameras oder Tonbandgeräten, den Hauptflur entlang. Schallendes Gelächter und lautes Geschrei waren zu vernehmen. Die meisten der Journalisten waren Ausländer, hauptsächlich Europäer und Afrikaner, aber es gab auch etliche Italiener darunter. Insgesamt waren es wohl an die vierzig, fünfzig Reporter, die innerhalb von Sekunden über unseren Saal hereinbrachen. Einige blieben stehen, um die Priester, Bischöfe und Kardinäle zu begrüßen, die wie ich dort herumspazierten, andere wiederum eilten zum Ausgang. Fast alle musterten mich verstohlen, überrascht vom ungewohnten Anblick einer Frau in diesen heiligen Hallen.

»Man hat Lehmann ohne langes Federlesen abblitzen lassen«, rief eben neben mir ein kahlköpfiger Journalist mit einer Brille für Kurzsichtige aus.

»Es ist doch ganz klar, dass Wojtyla nicht an Rücktritt denkt«, erklärte ein anderer und kratzte sich dabei an den Koteletten.

»Oder aber man lässt ihn nicht zurücktreten!«, urteilte ein dritter verwegen.

Ihre weiteren Worte verhallten, während sie sich über den Flur entfernten. Der Vorsitzende der Deutschen Bischofskonferenz, Karl Lehmann, hatte ein paar Wochen zuvor eine gewagte Äußerung fallen gelassen, wonach es wünschenswert wäre, dass Johannes Paul II. aus freien Stücken zurücktrete, falls er sich nicht mehr in der Lage sähe, die Kirche verantwortungsbewusst zu lenken. In den Kreisen, die dem Papst nahestanden, hatte der Mainzer Bischof, der in Anbetracht des schlechten Gesundheitszustands Seiner Heiligkeit nicht als Einziger eine solche Empfehlung ausgesprochen hatte, mit seiner Bemerkung Öl ins Feuer gegossen, und anscheinend hatte Kardinalstaatssekretär Angelo Sodano soeben in einer stürmischen Pressekonferenz ein solches Ansinnen mit einer angemessenen Erklärung zurückgewiesen. Das Barometer steht auf Sturm, sagte ich mir besorgt; das würde nun so weitergehen, bis der Heilige Vater unter der Erde läge und ein neuer Hirte mit ruhiger Hand die kirchliche Weltherrschaft übernähme.

Von all den Angelegenheiten des Vatikans ist zweifellos die Wahl eines neuen Papstes diejenige, die am meisten Interesse hervorruft und für größte Faszination sorgt, offenbaren sich dabei doch nicht nur die niederträchtigsten Ambitionen der Kurie, sondern auch die alles andere als frommen Wesenszüge der göttlichen Stellvertreter. Leider schien ein solch aufsehenerregendes Ereignis unmittelbar bevorzustehen, und der Stadtstaat war der reinste Intrigenherd, da die verschiedenen Fraktionen allerhand Ränke schmiedeten, um den jeweilig bevorzugten Kandidaten auf den Petrusstuhl zu hieven. Offen gesagt hatte man im Vatikan schon seit geraumer Zeit das Gefühl, dass das Pontifikat seinem Ende zuging, und auch wenn mich diese Frage als Kind der Mutter Kirche und Ordensschwester überhaupt nicht berührte, so waren für mich als Forscherin unmittelbare Nachteile daraus erwachsen, weil die Bewilligung und Finanzierung mehrerer Projekte in der Schwebe blieben. Während des erzkonservativen Pontifikats Johannes Pauls II. war nicht daran zu denken gewesen, eine bestimmte Art von Forschung zu betreiben. In meinem tiefsten Inneren wünschte ich mir, dass der nächste Heilige Vater größeren Weitblick besäße und sich nicht so viele Gedanken darüber machte, wie man die offizielle Version der Kirchengeschichte zementieren könne (es gab so unendlich viel Material, welches unter »Streng vertraulich« archiviert war!). Allerdings hegte ich keine großen Hoffnungen auf einschneidende Reformen, da die Macht, welche die von Johannes Paul II. in den letzten zwanzig Jahren ernannten Kardinäle angehäuft hatten, den Sieg eines Papstes des fortschrittlichen Flügels beim Konklave unmöglich machte. Wenn nicht der Heilige Geist persönlich für einen Wandel eintrat und seinen Einfluss bei einer so wenig geistvollen Ernennung geltend machte, war es alles andere als wahrscheinlich, dass der neue Pontifex nicht konservativer Prägung war.

In diesem Moment trat ein in eine schwarze Soutane gekleideter Priester zu Hochwürden Ramondino und flüsterte ihm etwas ins Ohr, woraufhin dieser mir mit hochgezogenen Augenbrauen zu verstehen gab, dass ich mich wappnen sollte: Man erwartete uns.

Die fein gearbeiteten Türen öffneten sich leise. Ich ließ dem Präfekten den Vortritt, wie dies das Protokoll verlangte. Der Saal vor uns war von oben bis unten mit Spiegeln, vergoldeten Leisten und Freskenmalereien von Raffael dekoriert und dreimal so groß wie der, in dem man uns hatte warten lassen. Ganz hinten, für meine Augen schon fast unsichtbar, standen auf einem Teppich lediglich ein klassischer Schreibtisch und ein Stuhl mit hoher Lehne: Es war das größte Büro, das ich in meinem Leben gesehen hatte. An einer der Längsseiten unter den schmalen Fenstern, die das Licht von draußen hereinließen, unterhielt sich angeregt eine Gruppe von Kirchenmännern, die auf niedrigen, von den Soutanen verdeckten Schemeln saßen. Hinter einem der Prälaten stand ein Ausländer in Straßenkleidung, der sich an dem Gespräch nicht beteiligte und eine so offensichtlich martialische Haltung an den Tag legte, dass es sich zweifellos um einen Polizisten oder Soldaten handeln musste. Er war sehr groß, bestimmt über einen Meter neunzig, kräftig und so gestählt, als stemme er ständig Gewichte; das blonde Haar trug er so kurz, dass gerade einmal ein Schimmer davon im Nacken und über der Stirn zu entdecken war.

Einer der geistlichen Würdenträger stand sogleich auf, als er uns hereinkommen sah. Kardinalstaatssekretär Angelo Sodano war von mittlerer Statur und schien weit über siebzig zu sein; unter dem Scheitelkäppchen aus purpurroter Seide war eine hohe Stirn zu sehen, die von einer beginnenden Glatze herrührte, und weißes, mit Brillantine gebändigtes Haar. Er trug eine altmodische erdfarbene Brille mit großen, rechteckigen Gläsern, einen schwarzen Talar mit purpurnen Borten und Knöpfen, eine schillernde rote Schärpe und Socken gleicher Farbe. Über seiner Brust baumelte ein kleines goldenes Pektorale. Ein strahlendes Lächeln erhellte das Gesicht Seiner Eminenz, als er nun auf den Präfekten zutrat und ihn mit dem Bruderkuss begrüßte.

»Guglielmo!«, rief er aus. »Wie schön, dich zu sehen!«

»Eure Eminenz!«

Die beiderseitige Zufriedenheit über das Wiedersehen war offenkundig. Also hatte der Präfekt nicht fantasiert, als er mir von seiner alten Freundschaft mit dem wichtigsten Entscheidungsträger des Vatikans erzählt hatte. Meine Verwirrung wuchs; das Ganze kam mir immer mehr wie ein Traum denn wie greifbare Wirklichkeit vor. Was war geschehen, dass ich mich plötzlich im Staatssekretariat befand?

Die übrigen Anwesenden, welche die Szene aufmerksam und neugierig verfolgten, waren der Kardinalvikar von Rom und Vorsitzende der Italienischen Bischofskonferenz, Seine Eminenz Kardinal Carlo Colli, ein ruhiger Mann von umgänglichem Wesen; Erzbischof Monsignore François Tournier, der Sekretär der Zweiten Sektion (den ich daran erkannte, dass er ein violettes Scheitelkäppchen trug und kein purpurnes, welches den Kardinälen vorbehalten war); und der einsilbige blonde Recke, der seine durchscheinenden Augenbrauen runzelte, als ob er sich maßlos über das Geschehen ärgerte.

Plötzlich drehte sich der Präfekt zu mir um, fasste mich an den Schultern und schob mich vor den Kardinalstaatssekretär.

»Eure Eminenz, das ist Dottoressa Ottavia Salina.«

Kardinal Sodano musterte mich von Kopf bis Fuß. Zum Glück hatte ich mich an diesem Tag dezent gekleidet: Ich trug einen netten grauen Rock und ein lachsfarbenes Twinset. Vor seiner Eminenz stand eine etwa achtunddreißigjährige Frau von mittlerer Statur, die sich für ihr Alter gut gehalten hatte, mit einem freundlichen Gesicht, kurzem schwarzen Haar und dunklen Augen.

»Eure Eminenz …«, murmelte ich, beugte respektvoll den Kopf und das Knie und küsste den Ring, den der Staatssekretär mir entgegenstreckte.

»Sind Sie Nonne, Dottoressa?«, vernahm ich als einzige Begrüßung. Er hatte einen leichten piemontesischen Akzent.

»Schwester Ottavia, Eure Eminenz«, beeilte sich der Präfekt zu erklären, »gehört der Kongregation der Glückseligen Jungfrau Maria an.«

»Und warum tragen Sie dann keine Tracht?«, wollte der Sekretär der Zweiten Sektion, Erzbischof Monsignore François Tournier, wissen. »Hat Ihre Gemeinschaft etwa keine, Schwester?«

Sein Tonfall war äußerst angriffslustig, aber ich würde mich nicht einschüchtern lassen. Unzählige Male schon hatte ich in den letzten Jahren im Stadtstaat Ähnliches erlebt und tausendundeine Schlacht für meinen Orden geschlagen. Ich blickte ihm fest in die Augen.

»Nein, Monsignore. Meine Kongregation legte sie nach dem Zweiten Vatikanischen Konzil ab.«

»Ach ja, das Konzil …«, brummte er mit offenkundigem Missfallen. Monsignore François Tournier war ein gut aussehender Mann, ein wahrer Kirchenfürst, einer dieser Gecken, die auf Fotografien immer gut wirkten. »Ziemt es sich, dass eine Frau unbedeckt vor Gott betet?«, fragte er sich nun laut, auf eine Stelle im ersten Brief des heiligen Paulus an die Korinther anspielend.

»Monsignore«, führte der Präfekt zu meiner Verteidigung an, »Schwester Ottavia hat in Paläographie und Kunstgeschichte promoviert und besitzt darüber hinaus noch weitere akademische Grade. Seit acht Jahren leitet sie das Labor für Restaurierung und Paläographie des Vatikanischen Geheimarchivs, außerdem lehrt sie an der Vatikanischen Schule für Paläographie, Diplomatik und Archivistik und hat für ihre Forschungen bereits zahlreiche internationale Preise erhalten, unter anderem 1992 und 1995 den renommierten Getty-Preis.«

»Aha!« Der Kardinalstaatssekretär Sodano schien nun besänftigt und nahm wieder unbefangen neben Tournier Platz. »Also gut … nun, deshalb sind Sie auch hier, Schwester, aus diesem Grund haben wir Sie um Ihre Teilnahme bei dieser Versammlung ersucht.«

Alle blickten mich nun mit unverhohlener Neugier an. Doch ich sprach kein Wort, harrte erst einmal dessen, was da kommen sollte; nicht dass der Erzbischof auch noch jene Passage des heiligen Paulus zitieren würde, die da lautete: »Frauen sollen in der Gemeindeversammlung schweigen, denn es ist ihnen nicht gestattet zu reden.« Vermutlich hätte Monsignore Tournier wie auch der Rest der hier Versammelten lieber eine ihrer eigenen beflissenen Ordensschwestern (in ihren Diensten mussten jeweils mindestens drei oder vier davon stehen) vor sich gehabt oder eine der polnischen Schwestern der Liebe vom Kinde Maria, die sich in ihrem Habit mit der dachförmigen Haube um die Verköstigung Seiner Heiligkeit sowie die Reinigung und Pflege seiner Gemächer und Gewänder kümmerten; selbst einer Nonne der *Congregazione delle Suore Pie Discepole del Divin Maestro,* der »Schwestern vom Göttlichen Meister«, die in der Telefonzentrale des Vatikans arbeiteten, hätten sie wahrscheinlich den Vorzug gegeben.

»Jetzt, Schwester«, fuhr Seine Eminenz Angelo Sodano fort, »wird Ihnen Erzbischof Monsignore Tournier erklären, warum wir Sie hierherbestellt haben. Guglielmo, komm«, sagte er zum Präfekten, »setz dich neben mich. Monsignore, Sie haben das Wort.«

Mit einer Selbstsicherheit, die nur besitzt, wer weiß, dass sein Äußeres ihm sämtliche Schwierigkeiten aus dem Weg räumt, stand Monsignore Tournier gleichmütig von seinem Schemel auf und streckte, ohne sich umzublicken, eine Hand nach dem blonden Soldaten aus, der ihm gehorsam ein dickes, schwarz eingebundenes Dossier reichte. Mir blieb fast das Herz stehen, und einen Augenblick lang dachte ich, was auch immer ich falsch gemacht haben mochte, es musste ganz schrecklich sein. Sicherlich würde man mich aus diesem Büro hinauskomplimentieren, mit meinen Entlassungspapieren in Händen.

»In dieser Mappe, Schwester Ottavia«, begann Monsignore Tournier mit tiefer, nasaler Stimme, wobei er es jedoch vermied, mich anzusehen, »werden Sie einige Fotos finden, die man wohl als ... nun ja, sagen wir, als *ungewöhnlich* bezeichnen darf. Bevor Sie sie aber in Augenschein nehmen, sollten wir Sie davon in Kenntnis setzen, dass darauf die Leiche eines erst kürzlich verstorbenen Mannes zu sehen ist, eines Äthiopiers, dessen Identität wir noch nicht mit absoluter Sicherheit kennen. Wie Sie feststellen werden, handelt es sich bei den Aufnahmen um Vergrößerungen verschiedener Körperteile.«

Ach ... dann wollte man mich also gar nicht entlassen?

»Vielleicht sollten wir Schwester Ottavia zuerst fragen, ob sie mit solch unangenehmem Material auch arbeiten möchte«, mischte sich der Kardinalvikar von Rom, Seine Eminenz Carlo

Colli, erstmals ein. Er schaute mich mit väterlicher Besorgnis an und fuhr dann fort: »Der arme Kerl starb bei einem fürchterlichen Unfall, wobei er entsetzlich verstümmelt wurde. Diese Bilder zu betrachten wird ziemlich widerwärtig sein. Glauben Sie, dass Sie das ertragen können? Falls nicht, brauchen Sie es nur zu sagen.«

Starr vor Staunen stand ich da und hatte das dumpfe Gefühl, dass man mich mit jemandem verwechselte.

»Verzeihung, Eure Eminenzen«, stammelte ich, »aber wäre es nicht ratsamer, einen Gerichtsmediziner zu konsultieren? Ich verstehe ehrlich gesagt nicht ganz, wobei ich nützlich sein könnte ...«

»Schauen Sie, Schwester«, fiel mir Monsignore François Tournier ins Wort und schritt nun langsam den Kreis seiner Zuhörer ab, »der Mann auf den Fotos war in ein schweres Delikt gegen sämtliche christlichen Kirchen verwickelt. Leider dürfen wir Ihnen nicht mehr Details nennen. Was wir von Ihnen erwarten, ist, dass Sie mit größtmöglicher Diskretion gewisse Zeichen untersuchen, ungewöhnliche Narben, die man auf der Leiche entdeckt hat, als man die Obduktion vornahm. Skarifikation ist, glaube ich, der fachsprachliche Ausdruck für diese ... wie soll man sie bezeichnen? ... für diese rituellen Narbentätowierungen oder Klanmerkmale. Anscheinend ist es bei bestimmten alten Kulturen Brauch, die Körper mit zeremoniellen Hautritzungen zu schmücken. Die von diesem Unglücksraben hier ...« – er schlug die Mappe auf und warf einen Blick auf die Fotografien – »... sind allerdings ziemlich sonderbar: Es sind griechische Buchstaben, Kreuze und andere gleichermaßen ... wie soll man es nennen? ... *künstlerische* Darstellungen ... ja, zweifellos ist das der richtige Ausdruck dafür: künstlerisch.«

»Was Monsignore Ihnen zu vermitteln versucht«, unterbrach ihn plötzlich Seine Eminenz der Staatssekretär mit einem herzlichen Lächeln auf den Lippen, »ist, dass Sie alle diese Symbole unter die Lupe nehmen und analysieren sollen, um uns danach eine möglichst genaue und ausführliche Deutung davon zu geben. Selbstverständlich stehen Ihnen dafür sämtliche Mittel des Geheimarchivs zur Verfügung. Und natürlich auch die des Vatikans.«

»Auf alle Fälle kann Dottoressa Salina mit meiner uneingeschränkten Unterstützung rechnen«, erklärte der Präfekt des Archivs und blickte beifallheischend in die Runde.

»Wir danken dir für das Angebot, Guglielmo«, stellte Seine Eminenz jedoch klar, »aber Schwester Ottavia wird in diesem Fall nicht unter dir arbeiten. Ich hoffe, du bist jetzt nicht beleidigt, aber bis sie ihr Gutachten abgegeben hat, wird sie dem Staatssekretariat unterstehen.«

»Keine Sorge, Euer Hochwürden«, fügte Monsignore Tournier sanft hinzu und vollführte mit der Hand eine Geste eleganter Gleichgültigkeit, »Schwester Ottavia wird ein unschätzbarer Mitarbeiter zur Seite stehen. Darf ich vorstellen: Hauptmann Kaspar Glauser-Röist von der Schweizergarde. Er ist einer der wertvollsten Beamten Seiner Heiligkeit und steht in Diensten der *Sacra Rota Romana,* des höchsten Kirchengerichts. Er hat die Fotos geschossen und koordiniert die laufende Untersuchung.«

»Eure Eminenzen ...«

Es war meine zitternde Stimme, die da um Gehör bat. Die vier Prälaten und der Schweizergardist drehten sich zu mir um.

»Eure Eminenzen«, wiederholte ich mit all der Demut, derer ich fähig war, »ich bin Ihnen zu tiefstem Dank verpflichtet, dass Sie bei einer so wichtigen Mission an mich gedacht haben, aber ich fürchte, ich kann sie nicht übernehmen ...« – ich wog jedes einzelne meiner Worte sorgsam ab, bevor ich fortfuhr – »nicht allein, weil ich momentan meine Arbeit nicht im Stich lassen kann, die meine ganze Zeit in Anspruch nimmt, sondern auch, weil mir die nötigen Grundkenntnisse fehlen, um mit der Datenbank des Geheimarchivs umgehen zu können. Zudem wäre ich auf die Hilfe eines Anthropologen angewiesen, um die wichtigsten Aspekte der Untersuchung zu bündeln. Was ich damit sagen will, Eure Eminenzen, ... ich ... ich fühle mich außerstande, diese Aufgabe zu erfüllen.«

Monsignore Tournier war der Einzige, der auf diese Worte eine Reaktion zeigte. Während die anderen vor Überraschung kein Wort herausbrachten, zeichnete sich auf seinen Lippen ein sarkastisches Lächeln ab, das mich seinen verbissenen Widerstand ahnen ließ, als es darum gegangen war, meine Dienste in Anspruch zu nehmen. Ich konnte ihn förmlich hören, wie er voller Verachtung protestierte: »Eine Frau ...?« Gerade diese spöttische und bissige Art war es wohl, die mich urplötzlich eine Wendung um 180 Grad machen ließ.

»Obwohl, wenn ich es mir recht überlege ... ich könnte sie vielleicht doch übernehmen, vorausgesetzt, man gibt mir genügend Zeit dafür.«

Monsignore Tourniers höhnische Grimasse war auf einmal wie weggezaubert, und die Gesichtszüge der anderen entspannten sich; sie seufzten erleichtert. Einer meiner größten Fehler ist mein Stolz, ich gebe es zu, der Stolz in all seinen Variationen von Arroganz über Eitelkeit, Überheblichkeit bis ... sosehr ich das auch bereue und versuche, hinreichend Buße dafür zu tun, so bin ich doch nicht imstande, mich von einer Herausforderung, die meine Intelligenz oder mein Wissen in Zweifel stellt, einschüchtern zu lassen oder sie nicht anzunehmen.

»Großartig, dann ist es also beschlossene Sache!«, rief Seine Eminenz der Kardinalstaatssekretär jetzt aus und schlug sich auf die Schenkel. »Das Problem hätten wir gelöst, Gott sei Dank! Von nun an wird Hauptmann Glauser-Röist Ihnen also bei allem mit Rat und Tat zur Seite stehen, Schwester Ottavia. Jeden Morgen wird er Ihnen die Fotos aushändigen und sie bei Feierabend wieder an sich nehmen. Haben Sie noch Fragen, bevor Sie sich an die Arbeit machen?«

»Ja«, erwiderte ich befremdet. »Darf der Hauptmann denn mit in das Geheimarchiv? Unbefugten ist der Zutritt verboten, und er ist kein Geistlicher, und ...«

»Natürlich darf er, Dottoressa!«, fiel mir der Präfekt Ramondino ins Wort. »Ich selbst werde ihm die Vollmacht ausstellen; noch heute Nachmittag wird sein Ausweis fertig sein.«

Ein Zinnsoldat (was sonst waren sie denn, diese Schweizergardisten?) war im Begriff, mit einer ehernen, jahrhundertealten Tradition zu brechen.

Ich aß in der Kantine des Archivs zu Mittag und verwendete den Rest des Tages darauf, alles, was sich auf meinem Labortisch befand, wegzuräumen. Meine Untersuchung des »Panegyrikon« auf die lange Bank zu schieben ärgerte mich mehr, als ich mir eingestehen wollte, doch war ich nun einmal in meine eigene Falle getappt. Nun denn, jedenfalls hätte ich mich einem direkten Befehl des Kardinalstaatssekretärs ohnehin nicht widersetzen können. Außerdem war ich schon so gespannt, was es mit dem Auftrag auf sich hatte, dass ich das leichte Kribbeln einer ruchlosen Neugier in den Fingern spürte.

Als alles so weit in Ordnung war, dass ich die neue Aufgabe am nächsten Morgen beruhigt angehen konnte, suchte ich meine Siebensachen zusammen und ging. Unter den Bernini-Kolonnaden hindurch schlenderte ich gedankenverloren über den Petersplatz zur Via di Porta Angelica, vorbei an den zahlreichen Souvenirläden, in denen sich noch immer die Touristenmassen drängten, welche wegen des Heiligen Jahrs nach Rom gekommen waren. Wir Angestellte des Vatikans kannten zwar fast alle Taschendiebe des Borgo, doch hatte sich ihre Zahl seit Beginn des Heiliges Jahres – allein in den ersten zehn Januartagen waren drei Millionen Menschen in die Stadt geströmt – sprunghaft erhöht; das Jubiläum hatte Gelegenheitsdiebe aus ganz Italien angelockt. Daher umklammerte ich meine Tasche fest und beschleunigte meine Schritte. Das Abendlicht wurde im Westen langsam schummrig, und da die Dämmerung mir von jeher etwas unheimlich war, hatte ich es eilig, nach Hause zu kommen. Es war nicht mehr weit, denn zum Glück war unsere Mutter Oberin der Auffassung gewesen, dass der Kauf einer Wohnung in der unmittelbaren Nähe des Vatikans sehr wohl gerechtfertigt sei, wenn eine ihrer Schwestern eine so hohe Position bekleidete. Daher teilte ich mit drei Mitschwestern ein winziges Apartment an der Piazza delle Vaschette, von dem aus man einen Blick auf den von Francesco Buffa geschaffenen Brunnen hatte, der vormals, als er noch an der Porta Angelica stand, von Engelswasser gespeist worden war, dem man bei Magenbeschwerden große Heilkraft zuschrieb.

Ferma, Margherita und Valeria unterrichteten an einer öffentlichen Schule in der Umgebung und waren kurz vor mir nach Hause gekommen. Sie standen in der Küche und bereiteten das Abendessen zu, während sie lebhaft über irgendwelche Nichtigkeiten plauderten. Ferma, mit ihren 55 Jahren die Älteste, hielt starrköpfig an einer einheitlichen Kleidung fest – weiße Bluse, marineblaue Strickjacke, einen bis unter die Knie reichenden Rock derselben Farbe und grobe schwarze Strümpfe –, die sie seit dem Ablegen der Ordenstracht trug. Margherita stand unserer kleinen Schwesterngemeinschaft vor und war die Direktorin der Schule, in der die drei arbeiteten. Sie war nur ein paar Jahre älter als ich, und im Laufe der Jahre hatte sich die anfängliche Distanz zwischen uns in Zuneigung und die Zuneigung in Freundschaft gewandelt, jedoch ohne allzu sehr in die Tiefe zu gehen. Und schließlich gab es noch die junge Valeria aus Mailand. Sie unterrichtete die Kleinsten in der Schule, die Vier- bis Fünfjährigen, bei denen allmählich die Kinder von arabischen und asiatischen Emigranten überhandnahmen, was im Klassenzimmer allerlei Verständigungsprobleme mit sich brachte. Erst neulich hatte ich sie einen dicken Wälzer über Sitten und Religionen anderer Kontinente lesen sehen.

Die drei nahmen auf meine Arbeit im Vatikan sehr viel Rücksicht. Allerdings wussten sie auch nicht so genau, womit ich mich dort eigentlich tagein, tagaus beschäftigte; sie wussten nur, dass sie mich nicht darüber ausfragen durften (ich vermute, dass unsere Mutter Oberin sie aufs Eindringlichste davor gewarnt hatte), da ich laut einer unmissverständlichen Klausel in meinem Arbeitsvertrag zum Stillschweigen gegenüber Unbefugten verpflichtet war und bei Zuwiderhandlung mit dem Ausschluss aus der Kirche bestraft würde. Hin und wieder erzählte ich ihnen trotzdem, wenn auch nicht im Detail, was wir über die ersten christlichen Gemeinden oder die Anfänge der Kirche herausgefunden hatten, da ich wusste, dass sie ihre Freude daran hatten. Natürlich offenbarte ich ihnen nur die positiven Dinge, das, was man preisgeben konnte, ohne die offizielle Geschichtsschreibung oder die Grundpfeiler des Glaubens zu unterminieren. Wozu sollte ich ihnen zum Beispiel schildern, dass Irenäus von Lyon, einer der Kirchenväter, in einem Schreiben aus dem Jahr 138 n. Chr. als ersten Papst Linus anführte und nicht Petrus, der nicht einmal erwähnt wurde? Oder dass im *Catalogus Liberianus*, dem sogenannten »Chronographen vom Jahre 354«, das Verzeichnis der Päpste gefälscht war und die darin aufgelisteten, vermeintlich ersten Pontifizes (Anaclet I., Clemens I., Evaristus, Alexander I.) nicht einmal existiert hatten? Wozu sollte ich ihnen das alles erzählen? Wozu ihnen beispielsweise erklären, dass die vier Evangelien erst nach den Paulus-Briefen entstanden waren und deshalb den Lehrmeinungen des wahrhaften Begründers unserer Kirche folgten und nicht umgekehrt, wie dies die ganze Welt annahm? Meine Zweifel und Ängste, die Ferma, Margherita und Valeria intuitiv erfassten, meine große Pein und mein Ringen mit mir waren ein Geheimnis, das ich nur mit meinem Beichtvater, Franziskanerpater Egilberto Pintonello, teilen durfte, zu dem alle gingen, die im dritten und vierten Untergeschoss des Vatikanischen Geheimarchivs arbeiteten.

Nachdem wir das Essen in den Ofen geschoben und den Tisch gedeckt hatten, ging ich mit meinen drei Mitschwestern in die Hauskapelle, wo wir uns auf die auf dem Boden verstreuten Kissen um das Tabernakel herum knieten, vor dem ein kleines Ewiges Licht brannte. Gemeinsam beteten wir die Schmerzhaften Geheimnisse des Rosenkranzes, und danach hing jede im stillen Gebet ihren Gedanken nach. Wir befanden uns mitten in der Fastenzeit, und auf Anraten von Pater Pintonello meditierte ich dieser Tage über die Stelle im Evangelium, derzufolge Jesus in der Wüste vierzig Tage gefastet und sich den Versuchungen des Teufels gestellt hatte. Die Passage gehörte nicht gerade zu meinen liebsten Bibelstellen, doch konnte ich mich von jeher am Riemen reißen, und nie wäre es mir in den Sinn gekommen, mich einer Anordnung meines Beichtvaters zu widersetzen.

Während ich betete, ging mir die Unterredung vom Mittag allerdings nicht aus dem Sinn. Ich fragte mich, ob ich eine Aufgabe meistern konnte, zu der man mir Informationen vorenthielt, zumal es eine ziemlich merkwürdige Geschichte war. *Der Mann auf den Fotos,* hatte Monsignore Tournier gesagt, *war in ein schweres Delikt gegen sämtliche christlichen Kirchen verwickelt. Leider dürfen wir Ihnen nicht mehr Details nennen.*

In dieser Nacht hatte ich schreckliche Alpträume, in denen ein übel zugerichteter Mann ohne Kopf – wohl die Reinkarnation des Bösen – mir an allen Ecken einer langen Straße auflauerte, die ich wie betrunken entlangstolperte, und mich mit der Macht und dem Ruhm aller Königreiche dieser Welt in Versuchung führen wollte.

Punkt acht Uhr morgens klingelte es stürmisch an unserer Haustür. Margherita ging in den Flur zur Gegensprechanlage und kam kurz darauf mit verdutztem Gesicht in die Küche zurück.

»Ottavia, unten wartet ein gewisser Kaspar Glauser auf dich.«

Ich war wie versteinert.

»Hauptmann Glauser-Röist?«, stammelte ich mit dem Mund voller Kekse.

»Ob er Hauptmann ist, hat er nicht gesagt«, stellte Margherita klar, »aber der Name stimmt.«

Ich schluckte den Keks hinunter und trank in einem Schluck meinen Milchkaffee leer.

»Das betrifft die Arbeit …«, entschuldigte ich mich und stürmte unter dem überraschten Blick meiner Mitschwestern aus der Küche.

Die Wohnung an der Piazza delle Vaschette war zum Glück so klein, dass ich im Handumdrehen mein Bett gemacht und das Zimmer aufgeräumt hatte und auch noch kurz Zeit fand, mich vor unserem Hausaltar zu bekreuzigen. In fliegender Hast riss ich dann in der Diele meinen Mantel und meine Tasche vom Haken und zog völlig verwirrt die Tür hinter mir zu. Warum wartete Hauptmann Glauser-Röist auf mich? War irgendetwas passiert?

Die Augen unergründlich hinter einer dunklen Brille verborgen, lehnte der stämmige Zinnsoldat an der Tür eines dunkelblauen Alfa Romeo. In Rom ist es üblich, den Wagen immer direkt vor der Tür zu parken, egal, ob man damit den Verkehr behindert oder nicht. Jeder gute Römer wird einem nachsichtig erklären, dass man so keine Zeit verliert. Wenn Hauptmann Glauser-Röist, der ja Schweizer Staatsbürger war – Voraussetzung für den Eintritt in das kleine vatikanische Korps –, die schlechtesten Angewohnheiten der Römer mit so viel Gelassenheit praktizierte, so musste er wohl schon etliche Jahre in der Stadt leben. Gleichgültig gegenüber dem Aufsehen, welches er bei den Nachbarn im Borgo erregt hatte, verzog der Hauptmann keine Miene, als ich endlich auf die Straße trat. Im unbarmherzigen Sonnenlicht freute es mich dann festzustellen, dass es mit der Muskelkraft des stattlichen Schweizer Soldaten doch nicht ganz so weit her war. Die Zeit hatte auch in seinem trügerisch jugendlichen Gesicht ihre Spuren hinterlassen, und in den Augenwinkeln zeichneten sich erste kleine Fältchen ab.

»Guten Morgen«, begrüßte ich ihn und knöpfte mir den Mantel zu. »Ist irgendetwas passiert?«

»Guten Morgen, Dottoressa«, entgegnete er in einwandfreiem Italienisch; die Aussprache des »R« verriet jedoch eine gewisse helvetische Färbung. »Seit sechs Uhr schon warte ich vor dem Archiv auf Sie.«

»Warum denn so früh, Herr Hauptmann?«

»Ich dachte, Sie würden um diese Zeit anfangen zu arbeiten.«

»Für gewöhnlich beginne ich um acht Uhr«, brummte ich.

Der Hauptmann warf einen gleichgültigen Blick auf seine Armbanduhr.

»Es ist bereits zehn nach acht«, verkündete er so kalt und sympathisch wie ein Felsklotz.

»Ach ja? ... Na, dann lassen Sie uns fahren.«

Dieser Mann konnte einen zur Weißglut treiben! Wusste er etwa nicht, dass man als Vorgesetzter grundsätzlich immer zu spät kommt? Das war schließlich Teil unserer Privilegien.

Der Alfa Romeo raste durch die Gassen des Borgo, denn der Hauptmann hatte sich auch den selbstmörderischen Fahrstil der Römer zu eigen gemacht. Bevor ich noch ein Stoßgebet zum Himmel schicken konnte, fuhren wir auch schon durch die Porta Sant'Anna an den Kasernen der Schweizergarde vorbei. Dass ich nicht aufschrie und mich während der Fahrt aus dem Wagen stürzen wollte, verdankte ich einzig und allein meiner sizilianischen Herkunft, das heißt der Tatsache, dass ich als junges Mädchen meinen Führerschein in Palermo gemacht hatte, wo die Verkehrszeichen bloß schmückendes Beiwerk waren und sich alles ausschließlich nach den Motorstärken, dem Gebrauch der Hupe und dem gesunden Menschenverstand richtete. Jäh bog der Hauptmann nun in einen Parkplatz ein, den ein Schild mit seinem Namen zierte, und stellte gut gelaunt den Motor ab. Es war der erste menschliche Zug, der mir an ihm auffiel: Offenbar machte ihm Autofahren Spaß. Auf dem Weg zum Archiv kamen wir dann an Orten vorbei, von deren Existenz ich nicht das Mindeste geahnt hatte, wie beispielsweise einem Fitnessraum mit den modernsten Kraftgeräten oder einem Schießplatz, und alle Schweizergardisten, denen wir begegneten, nahmen vor Glauser-Röist Haltung an und salutierten.

Eines der Dinge, die über die Jahre meine Neugier angestachelt hatten, war die Herkunft der auffällig bunten Uniformen der Schweizergarde. Leider fand sich in den im Geheimarchiv katalogisierten Dokumenten nichts, was bewies oder widerlegte, dass sie, wie allgemein behauptet, von Michelangelo entworfen worden waren, doch vertraute ich fest darauf, dass eines Tages, wenn man es am wenigsten erwartete, besagter Nachweis unter den Bergen noch unerforschter Archivalien zum Vorschein käme. In jedem Fall schien Glauser-Röist im Gegensatz zu seinen Kameraden nie Uniform zu tragen, denn beide Male war er bisher in Zivil und überdies sehr teuer gekleidet gewesen, meiner Ansicht nach *zu* teuer für den mageren Sold eines einfachen Schweizergardisten.

Vorbei am noch geschlossenen Büro des Präfekten, Hochwürden Ramondino, durchquerten wir schweigend den Eingangsbereich des Geheimarchivs und betraten dann gemeinsam den Fahrstuhl. Glauser-Röist steckte seinen nagelneuen Schlüssel in die Schalttafel.

»Haben Sie die Fotos dabei, Hauptmann?«, fragte ich neugierig, während wir zum Hypogäum hinabfuhren.

»Sicher, Dottoressa.« Er bekam für mich immer mehr Ähnlichkeit mit einem schroffen Felsen. Wo hatte der Vatikan wohl solch einen Kerl aufgegabelt?

»Dann fangen wir vermutlich gleich an zu arbeiten, nicht wahr?«

»Auf der Stelle.«

Meine Mitarbeiter sahen Glauser-Röist mit offenem Mund hinterher, als er durch den Flur zu meinem Labor schritt. Der Tisch von Guido Buzzonetti wirkte an jenem Morgen schrecklich leer.

»Guten Morgen«, rief ich laut.

»Guten Morgen, Dottoressa«, murmelte irgendjemand pflichtschuldig.

Zwar begleitete uns eisiges Schweigen bis zu meinem Büro, doch der Schrei, den ich ausstieß, als ich die Tür öffnete, war mindestens bis zum Forum Romanum zu hören.

»O mein Gott! Was ist denn hier passiert?«

Mein alter Schreibtisch war erbarmungslos in eine Ecke geschoben worden. An seiner Stelle stand nun ein Metalltisch mit einem riesigen Computer mitten im Raum. Noch mehr Computerkram hatte man auf kleine Acryltischchen gestellt, die aus irgendeinem unbenutzten Büro herbeigeschafft worden waren, und Dutzende von Kabeln liefen quer über den Boden zu den zahlreichen Mehrfachsteckern oder hingen von den Brettern meiner alten Regale herab.

Entsetzt schlug ich die Hände vor den Mund und betrat den Raum wie auf Eiern, als bewege ich mich zwischen lauter Schlangennestern.

»Wir werden diese ganze Ausrüstung zum Arbeiten brauchen«, verkündete der Felsen hinter mir.

»Das will ich hoffen, Hauptmann! Wer hat Ihnen eigentlich die Erlaubnis gegeben, in meinem Labor ein solches Chaos anzurichten?«

»Präfekt Ramondino.«

»Also, Sie hätten mich wirklich fragen können!«

»Wir haben die EDV-Anlage gestern Nacht aufgebaut, als Sie schon weg waren.« In seiner Stimme lag nicht einmal ein Hauch von Bedauern oder Zerknirschung; er beschränkte sich darauf, mich zu informieren und Punktum, als ob sein Handeln über jede Diskussion erhaben wäre.

»Wunderbar! Wirklich wunderbar!«, zischte ich grimmig.

»Wollen Sie nun anfangen oder nicht?«

Ich schnellte herum, als ob er mir eine schallende Ohrfeige gegeben hätte, und blickte ihn mit all der Verachtung an, derer ich fähig war.

»Je schneller wir es hinter uns bringen, umso besser.«

»Wie Sie wünschen«, brummte er. Er knöpfte sich das Sakko auf und zog aus einem mir völlig unverständlichen Ort das dicke Dossier mit den schwarzen Aktendeckeln heraus, das mir Monsignore Tournier am Tag zuvor gezeigt hatte. »Das hier gehört ganz Ihnen«, sagte er und streckte es mir hin.

»Und was tun Sie inzwischen?«

»Ich werde mich vor den Computer setzen.«

»Wozu?«, fragte ich befremdet. Was meine Computerkenntnisse betraf, so war ich die reinste Analphabetin. Mir war bewusst, dass ich dieses Problem eines Tages angehen musste, doch im Augenblick war mir als anständiger Gelehrten noch sehr wohl dabei, über das ganze Teufelszeug die Nase zu rümpfen.

»Um jeden aufkommenden Zweifel aus dem Weg zu räumen. Und um Ihnen alle nötigen Informationen über jedes gewünschte Thema zu beschaffen.«
Und dabei blieb es.
Ich machte mich also daran, die Fotos zu sichten. Es waren etliche, dreißig an der Zahl, um genau zu sein, durchnummeriert und chronologisch geordnet von Anfang bis Ende der Obduktion. Nachdem ich sie alle einmal flüchtig durchgeblättert hatte, suchte ich diejenigen heraus, auf denen man die Leiche des Äthiopiers in Bauch- oder Rückenlage sehen konnte. Auf den ersten Blick sprang besonders der unnatürliche Winkel seiner Beine ins Auge, was auf einen Bruch der Beckenknochen hinwies, aber auch eine schreckliche Kopfverletzung am rechten Scheitelbein, welche zwischen Knochensplittern die graue Substanz des Gehirns freigelegt hatte. Die restlichen Bilder sonderte ich aus; zwar musste die Leiche zahlreiche innere Verletzungen haben, doch weder wusste ich sie zu diagnostizieren, noch schienen sie für meine Arbeit relevant zu sein. Mir entging jedoch nicht, dass er sich womöglich während des Aufpralls auf die Zunge gebissen hatte.
Der Tote wäre niemals als etwas anderes durchgegangen, als das, was er war. Seine Physiognomie ließ keine Zweifel aufkommen: Wie die meisten Äthiopier war er äußerst hager und lang aufgeschossen, sein Körper war straff und sehnig und von extrem dunkler Hautfarbe. Der untrügliche Beweis für seine abessinische Herkunft waren jedoch seine Gesichtszüge: hohe und stark ausgeprägte Wangenknochen, eingefallene Backen, große schwarze Augen – die auf den Fotos noch offenstanden, was sehr wirkungsvoll war –, eine breite, knochige Stirn, wulstige Lippen und eine feine Nase von fast griechischem Profil. Bevor man ihm den unversehrt gebliebenen Teil seines Kopfes rasiert hatte, war sein blutverkrustetes Haar spröde und kraus gewesen; nach der Rasur konnte man mitten auf dem Schädel eine feine Narbe entdecken in Form des griechischen Buchstabens Sigma: Σ.

An besagtem Vormittag tat ich nichts anderes, als ein ums andere Mal die schrecklichen Bilder zu betrachten und jedes Detail genauestens unter die Lupe zu nehmen, das mir bedeutsam erschien. Wie Straßen auf einer Landkarte hoben sich die seltsamen Narben von der Haut ab. Einige, sehr hässliche, waren fleischig und wulstig, andere wiederum kaum sichtbar, so filigran wie Seidenfäden, doch alle zeigten ohne Ausnahme eine rosige Färbung, die an einigen Stellen sogar ins Rötliche ging, so als ob weiße auf schwarze Haut verpflanzt worden wäre. Ein widerlicher Anblick.

Am frühen Abend rauchte mir der Kopf, und es war mir ganz flau im Magen. Auf dem Tisch häuften sich die Notizen und Skizzen zu den Narbentätowierungen des Toten. Noch sechs weitere griechische Buchstaben hatte ich über den Körper verteilt gefunden: auf dem Bizeps des rechten Arms ein Tau (T), auf dem linken ein Ypsilon (Y), mitten auf der Brust über dem Herzen ein Alpha (A), auf dem Unterleib ein Rho (P), auf dem rechten Oberschenkel über dem Quadrizeps ein Omikron (O) und auf dem linken an derselben Stelle ein zweites Sigma (Σ). Direkt unter dem Alpha und über dem Rho, etwa auf der Höhe des Magens, war ein großes Christusmonogramm zu sehen, wie man es von den Tympana und Altären mittelalterlicher Kirchen kannte. Wie üblich bestand es aus den beiden griechischen Anfangsbuchstaben von Christi Namen, Chi und Rho (X und P), allerdings wies dieses Christusmonogramm eine Besonderheit auf: Die beiden Buchstaben hatte man ineinandergefügt und dabei das Rho mit einem Längsbalken verlängert, sodass ein Kreuz entstanden war. Einmal abgesehen von den Händen, den Füßen, den Pobacken, dem Hals und dem Gesicht, war der übrige Körper voller Kreuze in den originellsten Formen, die ich je gesehen hatte.

Hauptmann Glauser-Röist verbrachte indessen viel Zeit vor seinem Computer und tippte unermüdlich mysteriöse Befehle ein. Hin und wieder rückte er seinen Stuhl an den meinen heran und verfolgte schweigend die Fortschritte meiner Untersuchung.

Deshalb zuckte ich erschreckt zusammen, als er mich plötzlich fragte, ob mir der Umriss eines Menschen in Lebensgröße von Nutzen wäre, ich könne darauf die Narben einzeichnen. Um meine schmerzenden Nackenmuskeln zu lockern, bewegte ich den Kopf ein paarmal nach oben und unten, drehte ihn nach links und rechts.

»Das ist eine gute Idee. Ach übrigens, Hauptmann, inwieweit sind Sie eigentlich befugt, mir Auskünfte über diesen armen Kerl zu geben? Monsignore Tournier hat erzählt, dass Sie diese Fotos gemacht haben.«

Glauser-Röist stand auf und wandte sich wieder zu seinem Computer.

»Dazu darf ich Ihnen nichts sagen.«

Gibt es ein Video von Jesus Christus?

Andreas Eschbach
DAS JESUS-VIDEO
Thriller
704 Seiten
ISBN 978-3-404-17035-7

Bei archäologischen Ausgrabungen in Israel findet der Student Stephen Foxx in einem 2000 Jahre alten Grab die Bedienungsanleitung einer Videokamera, die erst in einigen Jahren auf den Markt kommen soll. Es gibt nur eine Erklärung: Jemand muss versucht haben, Aufnahmen von Jesus Christus zu machen! Der Tote im Grab wäre demnach ein Mann aus der Zukunft, der in die Vergangenheit reiste – und irgendwo in Israel wartet das Jesus-Video darauf, gefunden zu werden. Oder ist alles nur ein großangelegter Schwindel? Eine atemberaubende Jagd zwischen Archäologen, Vatikan, den Medien und Geheimdiensten beginnt ...

Bastei Lübbe

Wenn Sie mit einer Zeitmaschine in die Zeit von Jesu Kreuzigung reisen könnten – würden Sie versuchen ihn zu retten?

Andreas Eschbach
DER JESUS-DEAL
Thriller
736 Seiten
ISBN 978-3-431-03900-9

Wer hat das originale Jesus-Video gestohlen? Stephen Foxx war immer überzeugt, dass es Agenten des Vatikans gewesen sein müssen und dass der Überfall ein letzter Versuch war, damit ein unliebsames Dokument aus der Welt zu schaffen. Es ist schon fast zu spät, als er die Wahrheit erfährt: Tatsächlich steckt eine Gruppierung dahinter, von deren Existenz Stephen zwar weiß, von deren wahrer Macht er aber bis dahin nichts geahnt hat – die Gruppe ist schon so mächtig, dass in den USA niemand mehr Präsident werden kann, der sie gegen sich hat. Die Videokassette spielt eine wesentliche Rolle in einem alten Plan von unglaublichen Dimensionen – einem Plan, der nichts weniger zum Ziel hat als das Ende der Welt, wie wir sie kennen ...

Bastei Lübbe

Die Community für alle, die Bücher lieben

Das Gefühl, wenn man ein Buch in einer einzigen Nacht verschlingt – teile es mit der Community

In der Lesejury kannst du
- ★ Bücher lesen und rezensieren, die noch nicht erschienen sind
- ★ Gemeinsam mit anderen buchbegeisterten Menschen in Leserunden diskutieren
- ★ Autoren persönlich kennenlernen
- ★ An exklusiven Gewinnspielen und Aktionen teilnehmen
- ★ Bonuspunkte sammeln und diese gegen tolle Prämien eintauschen

Jetzt kostenlos registrieren: www.lesejury.de
Folge uns auf Facebook:
www.facebook.com/lesejury